古典文獻研究輯刊

二十編
曾永義 主編

第19冊

中國古代文學傳習錄

趙永剛 著

國家圖書館出版品預行編目資料

中國古代文學傳習錄／趙永剛 著 — 初版 — 新北市：花木蘭
文化事業有限公司，2019〔民 108〕
目 2+294 面；19×26 公分
（古典文學研究輯刊 二十編；第 19 冊）
ISBN 978-986-485-893-4（精裝）
1. 中國文學 2. 文學評論
820.8   108011769

ISBN-978-986-485-893-4

古典文學研究輯刊
二十編　第十九冊　　　　　　ISBN：978-986-485-893-4

中國古代文學傳習錄

作　　　者　趙永剛
主　　　編　曾永義
總 編 輯　杜潔祥
副總編輯　楊嘉樂
編　　　輯　許郁翎、王筑、張雅淋　美術編輯　陳逸婷
出　　　版　花木蘭文化事業有限公司
發 行 人　高小娟
聯絡地址　235 新北市中和區中安街七二號十三樓
　　　　　　　電話：02-2923-1455／傳眞：02-2923-1452
網　　　址　http://www.huamulan.tw 信箱 hml810518@gmail.com
印　　　刷　普羅文化出版廣告事業
初　　　版　2019 年 9 月
全書字數　264652 字
定　　　價　二十編 19 冊（精裝）新台幣 40,000 元　　版權所有・請勿翻印

中國古代文學傳習錄

趙永剛 著

作者簡介

趙永剛，山東鄒城市人。2011 年畢業於南京大學文學院，獲文學博士學位。現爲貴州大學文學與傳媒學院副教授、中文系主任、中國古代文學專業碩士生導師、中國古典文獻學專業碩士生導師。研究方向爲：中國古代儒學與文學、東亞《孟子》學、陽明學。

提　　要

　　本書研究對象爲中國古代文學，研究內容涵蓋《四書》學、杜詩學、陽明學、紅學等八個專題，包涵詩歌、散文、八股文、小說等主要文體。本文採用多種研究方法，首先，本著孟子知人論世、以意逆志古訓，研究杜甫、王陽明、黃宗羲、呂留良、曾國藩等，發覆闡微，頗有創獲。其次，不同文體的思想內蘊與表述方法均有極大之差異，故辨別文體，分類研究，是中國古代文學研究的重要方法，本此方法，本文處理了墓誌銘、八股文等文體，亦有較爲新穎之見解。再次，文史互證方法之運用，如運用《開元天寶遺事》史料筆記重新解讀杜甫《麗人行》等文本，文史交輝呼應，照亮古代文本。最後，文學與儒學相結合之研究方法，書中王陽明文學之研究以及《紅樓夢》儒學思想之探索，均採用此種方法。第八章則屬於教學方法之探索，教授古代文學之踐履，樂育英才，足徵教學相長之益。

目次

第一章　《四書》學專題研究

第一節　《四庫全書總目》中的《四書》批評

　　《四庫全書總目》是中國古典目錄學的集大成之作，該書共收兩漢至乾隆中葉《四書》類研究著作 164 部，並對這些論著施以精審之批評，批隙導窾，品鑒得當，儼然一部簡明的《四書》學史，有極高的學術參考價值。其漢宋兼採、宏收博取、不主一偏的《四書》學術批評方法，也應爲今日學者所借鑒。

　　中國古代學人，未有不重視目錄學者。這是因爲，中國優秀的目錄學著作，自劉向《別錄》以降，無不具有「辨章學術，考鏡源流」之功用，而傳統目錄學的集大成之作《四庫全書總目》尤爲中國學術史之淵藪，正如余嘉錫《四庫提要辯證·敍錄》所云：「今四庫提要敍作者之爵里，詳典籍之源流，別白是非，旁通曲證，使瑕瑜不掩，淄澠以別，持比向、歆，殆無多讓。至於剖析條流，斟酌古今，辨章學術，高挹群言，尤非王堯臣、晁公武等所能望其項背。故曰自《別錄》以來，才有此書，非過論也。故衣被天下，沾溉靡窮。嘉道以後，通儒輩出，莫不資其津逮，奉爲指南，功既鉅矣，用亦弘矣。」〔註 1〕《四庫全書總目·經部·四書類》收錄歷代《四書》研究著作 164 部，其著錄情況如下表：

	兩漢	六朝	唐	宋	元	明	清	偽作	總計
著錄	1	2	1	22	11	10	16	0	63
存目	0	0	0	2	1	39	53	6	101

〔註 1〕余嘉錫《四庫提要辯證》，雲南人民出版社 2004 年版，第 5 頁。

　　四庫館臣對以上 164 部《四書》研究論著，均有批隙導窾之精審批評，儼然是一部簡明《四書》學史，其中對宋、元、明、清四朝的《四書》學批評尤爲珍貴，下文擬詳細論述之：

一、《四庫全書總目》對宋代《四書》學之批評

　　中國傳統學問，有義理、辭章、考據三類。漢唐訓詁發達，經學昌明，考據學興盛；宋代理學蔚然興起，義理之學了取代考據之學，成爲學術的新潮流。理學是哲學興味極濃厚的學術類別，它著重於宇宙論、本體論的發明，發展了儒家心性理論，強調爲學工夫，推崇儒家的理想人格和精神境界〔註 2〕。理學之所以呈現出以上諸種迥異於考據學的特徵，其中的重要原因即是理學家所依據的儒家經典與漢學家判然有別。漢學家以名物考證見長，所據經典爲「五經」；理學家以義理闡發爭勝，所據經典爲《四書》。朱熹集平生之力爲《四書》作注，元代延祐年間朝廷又將其懸爲令甲，之後科舉八股以《四書章句集注》爲命題所出，天下士子皆被籠罩其中。學者自束髮受書，無不從《四書》入手。以至於《四書》的地位日漸高漲，有凌駕五經而上之的趨勢。

　　「五經」與《四書》在中國學術發展史上，各自分途，發展出漢學和宋學兩端，固然是因爲後世儒者別擇不同、分途致力，但其根源卻仍在兩者內容上的差異。《四庫全書總目》經部卷三十五《孟子正義》提要對此有精當的論述，其詞云：

　　　　漢儒注經，多明訓詁名物，惟此注（趙岐《孟子注》）箋釋文句，乃似後世之口義，與古學稍殊，然孔安國、馬融、鄭玄之注《論語》，今載於何晏《集解》者，體亦如是。蓋《易》、《書》文皆最古，非通其訓詁則不明；《詩》、《禮》語皆徵實，非明其名物亦不解；《論語》、《孟子》詞旨顯明，惟闡其義理而止，所謂言各有當也〔註 3〕。

《論語》、《孟子》詞旨顯明，從漢學名物考證入手，未必有多少值得抉發之處，而義理闡發卻有無限空間。從這個意義上說，《論語》、《孟子》文本的特質，是理學家選擇它們的根本依據，而理學家的義理闡發，也符合《論語》、《孟子》的文本要求。故此宋代理學家選擇《四書》不是偶然，而以《四書》爲代表的宋學之興起，也是《四書》文本的內在要求所致。

〔註 2〕陳來《宋明理學》，華東師範大學出版社 1992 年版，第 14 頁。
〔註 3〕〔清〕紀昀等《四庫全書總目（整理本）》，中華書局 1997 年版，第 455 頁。

　　漢學經歷了漢唐的繁榮之後，在宋代遇到了理學的挑戰，並逐漸被理學取代，皮錫瑞稱宋代是經學的變古時代〔註4〕，而《四書》變古的標誌性著作，四庫館臣以爲是宋代邢昺的《論語正義》，該書提要云：

　　　　今觀其書，大抵翦皇氏之枝蔓，而稍傅以義理，漢學、宋學茲
　　　　其轉關。是疏出而皇疏微，迨伊、洛之說出，而是疏又微。故《中
　　　　興書目》曰：「其書於章句、訓詁、名物之際詳矣。」蓋微言其未造
　　　　精微也。然先有是疏，而後講學諸儒得沿溯以窺其奧，祭先河而後
　　　　海，亦何可以後來居上，遂盡廢其功乎？〔註5〕

導源之功歸於邢昺，但若論宋學的集大成者，自然當以朱熹爲大宗，而宋代《四書》學最高成就的代表之作，甚至《四書》學史上成就最高的論著，也應首推朱熹的《四書章句集注》。《四庫全書總目》對該書更是推崇備至，該書提要曰：

　　　　《大學》章句，諸儒頗有異同，然所謂誠其意者以下並用舊文，
　　　　所特創者不過補傳一章，要非增於八條目外。既於理無害，又於學
　　　　者不爲無裨，何必分門角逐歟？《中庸》雖不從鄭注，而實較鄭注
　　　　爲精密。蓋考證之學，宋儒不及漢儒；義理之學，漢儒亦不及宋儒。
　　　　言豈一端，要各有當。況鄭注之善者如「戒愼乎其所不睹」四句，
　　　　未嘗不採用其意。「雖有其位」一節，又未嘗不全襲其文。觀其去取，
　　　　具有鑒裁，尤不必定執古義以相爭也。《論語》、《孟子》亦頗取古注，
　　　　如《論語》「瑚璉」一條與明堂位不合，《孟子》「曹交」一注與《春
　　　　秋傳》不合，論者或以爲疑。不知「瑚璉」用包咸注，曹交用趙岐
　　　　注，非朱子杜撰也。又如「夫子之牆數仞」注「七尺曰仞」，「掘井
　　　　九仞」注「八尺曰仞」，論者尤以爲矛盾。不知七尺亦包咸注，八尺
　　　　亦趙岐注也。是知鎔鑄群言，非出私見，苟不詳考所出，固未可概
　　　　目以師心矣。大抵朱子平生精力殫於《四書》。其剖析疑似，辨別毫
　　　　釐，實遠在《易本義》、《詩集傳》上。讀其書者，要當於大義微言
　　　　求其根本。明以來攻朱子者，務摭其名物度數之疏；尊朱子者，又
　　　　並此末節而迴護之。是均門戶之見，烏識朱子著書之意乎？〔註6〕

〔註4〕　〔清〕皮錫瑞《經學歷史》，中華書局1959年版，第220頁。
〔註5〕　〔清〕紀昀等《四庫全書總目（整理本）》，第457頁。
〔註6〕　〔清〕紀昀等《四庫全書總目（整理本）》，第461～462頁。

可以說，此提要是對朱熹《四書章句集注》最爲公允的評價，同時也反映了四庫館臣的兩種《四書》學批評方法。第一，漢宋兼採，不主一偏。清朝開四庫館，館員集一時之選，紀昀、戴震等一大批漢學家主持其事，可以說四庫館是當時漢學家的大本營，以往論者往往據此推斷《四庫全書總目》的撰寫也是以漢學標準爲持論之繩墨，更有甚者以爲《四庫全書總目》是漢學家眼中的學術源流變遷，故此推斷四庫館臣對漢學著作褒獎有加，而宋學論著，尤其是理學著作，則倍受譏彈，評介失允。不過，現在以《四書章句集注》的提要來看，這種觀點是與事實相悖的。實際上，四庫館臣是主張漢宋兼採，不主一偏的。《四庫全書總目·經部總敘》就有其明確的宣示，即「夫漢學具有根柢，講學者以淺陋輕之，不足服漢儒也。宋學具有精微，讀書者以空疏薄之，亦不足服宋儒也。消融門戶之見，而各取所長，則私心袪而公理出，公理出而經義明矣。」可見，四庫館臣是以「公理」、「經義」爲最高懸鵠的，而不是先存了漢學家的偏見，有意左祖漢學而貶低宋學，《四書章句集注》提要對漢學家以細枝末節的考證之疏質疑朱熹的做法甚表不滿；當然，他們也無意推崇宋學，對於宋學家的迴護朱熹，百般彌縫，也有極尖銳的批評。所以，簡單地以漢學標準衡量《四庫全書總目》是偏頗的，並且學界流行的觀點以爲漢宋合流的趨勢是嘉道之際才開始顯露，也不符合歷史事實，從《四庫全總目》來看，這個漢宋兼採的學術潮流，最遲在乾隆中後期就已經出現了。

第二，尊奉經典，反對叛經。從學術發展的內在理路考察，不難看出，宋學的興起，一定程度上是漢學考證的反動，它的興起革除了漢代學術的拘泥瑣碎之弊，也糾正了六朝隋唐經學的蕪雜無宗之失，是經學研究方法的一次重要革新，自然也推動了學術思想的進步。但利弊相仍，宋學也有疑古過勇之失，這就是四庫館臣所說的「悍」。《四庫全書總目·經部總敘》云：「洛、閩繼起，道學大昌，擺落漢、唐，獨研義理，凡經師舊說，俱排斥以爲不足信，其學務別是非，及其弊也悍。」這股疑古思潮也波及到了《四書》研究，尤以《孟子》爲烈。據《禮部韻略》所附條式可知，宋代元祐年間就以《論語》、《孟子》試士，王安石對《孟子》更是尊崇有加。但守舊派反對王安石變法新政，黨爭之火，殃及《孟子》，司馬光等借《孟子》與王安石作難，所以有司馬光《疑孟》、晁說之《詆孟》問世。清朝政府自立國之初就明令嚴禁黨爭，維護正統官學思想的四庫館臣也反對這種黨爭陋習、門戶之見，而對宋代學者中能逆流而上、尊奉經典者則極力表彰推揚，從他們對孫奭《孟子音義》的評價中就可見一斑，

該書提要云：「考趙岐《孟子題詞》，漢文帝時已以《論語》、《孝經》、《孟子》同置博士。而孫奭是編實大中祥符間奉敕校刊《孟子》所修。然則表章之功在漢爲文帝，在宋爲眞宗，訓釋之功在漢爲趙岐，在宋爲孫奭。」

二、《四庫全書總目》對元、明兩代《四書》學之批評

元仁宗皇慶二年（1313），制定科舉考試科目，分經義疑、古賦詔誥章表、時務策三門，其中「第一場明經經疑二問，《大學》、《論語》、《孟子》、《中庸》內出題，並用朱氏章句集注，復以己意結之，限三百字以上」〔註7〕。至此，朱熹的《四書章句集注》被元代政府定於一尊。受官學強勢影響，元代的《四書》學幾乎都籠罩在朱熹的思想中，創獲性的著作難得一見，即使是較爲出色的論著也是依附朱注而行，如理學家劉因的《四書集義精要》。朱熹《四書》學思想的精粹部分都被納入到《四書章句集注》之中，平時答門人之問的思想與《四書章句集注》略有不同，朱熹生前未及訂正統一。朱熹卒後，盧孝孫採集《朱子語類》、《晦庵文集》關涉《四書》者，彙集爲《四書集義》，計有一百卷之多。學者以爲過於繁冗，有鑑於此，劉因在《四書集義》的基礎上，刪除重複，保留菁華，編輯了《四書集義精要》二十八卷。四庫館臣對該書評價頗高，《四庫全書總目》經部卷三十六該書提要云：「其書芟削浮詞，標舉要領，使朱子之說不惑於多岐。蘇天爵以簡嚴粹精稱之，良非虛美。蓋因潛心義理，所得頗深，故去取分明，如別白黑。較徒博尊朱之名，不問已定未定之說，片言隻字無不奉若球圖者，固不同矣。」

誠如四庫館臣所言，元代儒者「徒博尊朱之名」者很多，他們過於尊奉朱熹，以致泯滅是非之分，對朱熹《四書章句集注》中的錯誤也是百般迴護、曲意彌縫，張存中《四書通證》即是一例，四庫館臣批評說：

> 今覈其書，引經數典，字字必著所出。而《論語》「夏日瑚，商曰璉」一條，承包氏之誤者，乃不引《禮記》以證之。又「時見曰會，眾覜曰同」，與《周禮》本文小異。蓋宋代諱「殷」，故改「殷」爲「眾」，乃但引《周禮》於下，而不辨其何以不同，皆不免有所迴護。不知朱子之學在明聖道之正傳，區區訓詁之間，固不必爲之諱也。〔註8〕

泥朱過甚，難免偏頗，甚至出現了割裂《四書》原文，以之遷就朱熹注文的

〔註7〕〔明〕宋濂等《元史》，中華書局1976年版，第2019頁。
〔註8〕〔清〕紀昀等《四庫全書總目（整理本）》，第470頁。

荒謬行為，較為極端的著作就有胡炳文《四書通》，提要說：「大抵合於經義與否非其所論，惟以合於注意與否定其是非，雖堅持門戶，未免偏主一家。」

元代也出現了很多為科舉而設的《四書》學著作，《四庫全書總目》著錄了袁俊翁《四書疑節》和王充耘《四書經疑貫通》兩種。儘管兩部書都是科場參考書，但元代科舉剛剛設立，當時學風篤實淳厚，士大夫還有志於研究經書，與明代八股文影響下的《四書》著作相比，仍有較高的價值，因此《四庫全書總目》對二書評價還是頗高的，袁俊翁《四書疑節》提要云：「蓋當時之體如是，雖亦科舉之學，然非融貫經義，昭晰無疑，則格閣不能下一語，非猶夫明人科舉之學也。」王充耘《四書經疑貫通》提要云：「其書以四書同異參互比較，各設問答以明之。蓋延祐科舉經義之外，有經疑，此與袁俊翁書皆程試之式也。其間辨別疑似，頗有發明，非經義之循題衍說可以影響揣摩者比。」

明洪武十七年（1384）年，「始定科舉之式，命禮部頒行各省，後遂以為永制」〔註9〕。明代科舉分三場，第一場試《四書》義三道，經義四道；二場試論一道，判五道，詔、誥、表、內科一道；三場試經史時務策五道。三場之中以頭場為重，頭場又以三篇八股文為重。此制度一定，士子無不以八股文為頭等大事，一切經史之學都廢置不講，所以明代成為經學史上的極衰時期，而其根本癥結即在八股取士，無怪乎顧炎武在《日知錄》中哀歎：「嗟乎！八股盛而六經微，十八房興而廿一史廢。」〔註10〕

《四書》研究在明代也是走到了低谷，可謂是百弊叢生，讖陋至極了，而開此惡俗風氣的，即是明永樂十三年（1415）翰林學士胡廣等奉敕編撰的三十六卷本《四書大全》。此書乃是從元代倪士毅的《四書輯釋》剽竊而來，僅小有增刪，詳略繁簡的處理，還在倪氏之下，幾乎無創造性的價值可言。然而，明成祖卻為《四書大全》作序，頒行天下，有明一代兩百多年奉此書為取士準則。上行下效，影響極壞，四庫館臣說：「後來四書講章浩如煙海，皆是編為之濫觴。蓋由漢至宋之經術，於是始盡變矣。」「至明永樂中，《大全》出而捷徑開，八比盛而俗學熾。」受《四書大全》的影響，明代為八股文而作的《四書》講章氾濫天下，這些《四書》學論著，幾乎都是為了盈利而作，原本就不是為了學術研究，所以陳陳相因、剽竊重複是常有的事情。而這些講章幾乎都是庸陋鄙

〔註9〕〔清〕張廷玉等《明史》，中華書局1974年版，第1696頁。
〔註10〕〔清〕顧炎武著、黃汝成集釋《日知錄集釋》，上海古籍出版社2006年版，第936頁。

俚，粗製濫造。即使是受到好評的薛應旂《四書人物考》，也不入四庫館臣法眼，他們批評該書「雜考《四書》名物，餖飣尤甚。」而究其原因，仍在八股文，即「明代儒生，以時文爲重，遂有此類諸書，襞積割裂，以塗飾試官之目。斯亦經術之極弊。」在講章充斥的明代，《四書》本旨，甚至是朱熹的注解，都被淹沒其中，隱晦不彰了。故《四庫全書總目》卷三十六末案語感歎：「科舉之文，名爲發揮經義，實則發揮注意，不問經義何如也。且所謂注意者，又不甚究其理，而惟揣測其虛字語氣，以備臨文之摹擬，並不問注意何如也。蓋自高頭講章一行，非惟孔曾思孟之本旨亡，並朱子之四書亦亡矣。」

　　除了八股講章氾濫之外，明代以禪解經的現象也十分流行。王學末流，尤熱衷於此。因爲王學在「萬曆以後，有一種似儒非儒、似禪非禪的狂禪運動風靡一時」〔註11〕，這種風氣也波及到《四書》詮釋之中。其實，以禪理附會《四書》，蘇轍就已經開啓端倪，其《論語拾遺》提要云：

　　　　其以「思無邪」爲「無思」，以「從心不踰矩」爲「無心」，頗涉禪理。以「苟志於仁矣，無惡也」爲有「愛而無惡」，亦冤親平等之見。以「朝聞道夕死可矣」爲「雖死而不亂」，尤去來自如之義。蓋眉山之學本雜出於二氏故也。〔註12〕

不過，北宋以禪解經的做法只是偶爾一見，不像晚明如此盛行。《四庫全書總目》卷三十七《四書類存目》就著錄了很多種，如管志道《孟子訂測》，提要批評說：「測義則皆出自臆說，恍惚支離，不可盛舉。蓋志道之學出於羅汝芳，汝芳之學出於顏鈞，本明季狂禪一派耳」；姚應仁《大學中庸讀》「陽儒陰釋」；寇愼《四書酌言》「純乎明末狂禪之習」。

　　《四庫全書總目‧凡例》有一條重要的批評標準，就是「論人而不論其書」與「論書不論其人」，這是因爲「文章德行，自孔門既已分科，兩擅厥長，代不一二」，所以應該採取變通之策。如著錄楊繼盛、黃道周的著作，是「論其人而不論其書」；而耿南仲的《易》學之作能夠廁身《四庫全書》，乃是因爲「論其書而不論其人」。這個標準也體現在對明代《四書》學的批評中，《四庫全書總目》對劉宗周《論語學案》的評價就是如此，提要云：「蓋宗周此書直抒己見，其論不無純駁，然要皆抒所實得，非剽竊釋氏以說儒書，自矜爲無上義諦者也。其解『見危致命章』曰：『人未有錯過義理關，而能判然於生

〔註11〕嵇文甫《晚明思想史論》，東方出版社1996年版，第50頁。
〔註12〕〔清〕紀昀等《四庫全書總目（整理本）》，第459頁。

死之分者』，卒之明社既屋，甘蹈首陽之一餓，可謂大節皭然，不負其言矣。」
提要顯然有表彰節義、彰善癉惡的用意所在，其評價也不完全是從學術著眼。

三、《四庫全書總目》對清代《四書》學之批評

皮錫瑞以爲清代乃是經學的復盛時期，他在《經學歷史》中說：「經學自
兩漢後，越千餘年，至國朝而復盛。兩漢經學所以盛者，由其上能尊崇經學、
稽古右文故也。國朝稽古右文，超軼前代。」清初的右文之風，首先是康熙
皇帝發起的。康熙十年（1671），開經筵日講，任命王熙、熊賜履等爲講官。
康熙朝的經筵日講有利於經學昌明，也有利於理學的復興。經筵日講的《四
書》部分，結集爲《日講四書解義》，該書提要云：「是編所推演者，皆作聖
之基，爲治之本。詞近而旨遠，語約而道宏。聖德神功，所爲契洙泗之傳，
而繼唐虞之軌者，蓋胥肇於此矣？」因爲該書標明爲御製，四庫館臣揄揚有
些過當，但提要所言該書有轉移風氣、接續道統之功，卻是符合實情的。受
康熙崇尚程朱理學思潮的影響，清初陸續出現了一批維護程朱正統思想的《四
書》學論著，較爲知名的有陸隴其《四書講義困勉錄》，提要評曰：「隴其篤
信朱子，所得於四書者尤深。是編薈粹群言，一一別擇，凡一切支離影響之
談，刊除略盡。其羽翼朱子之功，較胡炳文諸人有過之無不及矣。」

另外，清初儒者幾乎都經歷了明亡的悲劇，對於明代陽明末流束書不觀、
遊談無根的風氣深惡痛絕，一時人心思治，無不嚮往篤實嚴謹的學風。這正是
梁啓超所言，清代學術的主潮是「厭倦主觀的冥想而傾向於客觀的考察」，此外
還有一個支流，即「排斥理論，提倡實踐」〔註13〕。《四書》研究也開始排斥晚
明的不良習氣，恢復漢唐考據傳統，以考證見長的《四書》論著也開始問世。
代表性的著作就有閻若璩的《四書釋地》，《四庫全書總目》稱讚該書：

> 大抵事必求其根柢，言必求其依據，旁參互證，多所貫通。雖
> 其中過執己意，如以鄹君假館，謂曹國爲復封；以南蠻鴃舌，指許
> 行爲永州人者，亦間有之。然四百二十一條之中，可據者十之七八。
> 蓋若璩博極群書，又精於考證，百年以來，自顧炎武以外，罕能與
> 之抗衡者。觀是書與《尚書古文疏證》，可以見其大概矣。〔註14〕

另外，江永《鄉黨圖考》也是考據學的經典之作，四庫館臣也對此書給予了

〔註13〕梁啓超《中國近三百年學術史》，東方出版社 1996 年版，第 1～2 頁。
〔註14〕〔清〕紀昀等《四庫全書總目（整理本）》，第 478～479 頁。

很高的評價，提要云：

> 是書取經傳中制度名物有涉於鄉黨者，分爲九類，曰圖譜，曰
> 聖蹟，曰朝聘，曰宮室，曰衣服，曰飲食，曰器用，曰容貌，曰雜
> 典，考核最爲精密。……然全書數十百條，其偶爾疏漏者不過此類，
> 亦可謂邃於三禮者矣。〔註15〕

當然，前明的影響在清初也並未消失淨盡，清初王學家和時文家也不乏《四書》論著，陽明學派有孫奇逢《四書近指》、黃宗羲《孟子師說》等，時文講章派則有楊明時《四書椰簂記》、焦袁熹《此木軒四書說》。但兩派的作品都擺脫了明代的新奇謬戾之弊，呈現出案諸實際，推究事理，不爲空疏無用之談的新特徵，孫奇逢《四書近指》提要云：「蓋奇逢之學兼採朱陸，而大本主於窮則勵行，出則經世，故其說如此，雖不一一皆合於經義，而讀其書者，知反身以求實行實用，於學者亦不爲無益也。」焦袁熹《此木軒四書說》也被四庫館臣所褒獎，說該書「疏理簡明，引據典確，間與《章句》、《集注》小有出入，要能犖然有當於人心。」

四、結語

《四庫全書總目》對中國古代重要的《四書》學論著都給予了公允精當的品鑒，對每個朝代的《四書》學成就與缺失也都有極精彩的剖析，確實具備學術史的意義和價值，應該引起今日研究儒學史，特別是研究《四書》的學者的重視。四庫館臣所運用的漢宋兼採、尊重經典、表彰人格等科學批評方法，也需傳承光大。

第二節　《御製孟子廟碑》與康熙皇帝的《孟子》學

康熙皇帝《御製孟子廟碑》兼具文學與學術雙重價值，該文駢散互融，清眞古雅，既對明末文壇衰颯之弊有振起之功，又對清代古雅文風有示範之效，是契合儒家文道合一文風祈向的佳作。文章富含學術信息，康熙皇帝對孟子思想史地位的重新釐定，有助於清初《孟子》學與儒學的復興。通過對《孟子》一書的學術闡揚，康熙皇帝試圖實現文道合一、道統與治統合一、內聖與外王合一的政治文化理想。當然，文章、學術與政治之間的糾葛纏繞也容易滋生流弊，權威政治的強勢介入，壓制了文學、學術的自由健康發展。

〔註15〕〔清〕紀昀等《四庫全書總目（整理本）》，第 480 頁。

一、引言

　　矗立在山東鄒城市孟廟內的康熙皇帝《御製孟子廟碑》是孟廟石刻中最爲雄偉的一塊，關於這塊碑刻的形制，劉培桂有非常詳細地描述〔註16〕，形制的莊嚴巍峨從側面昭示著此碑在文學與學術上的重要地位，爲方便下文論述的展開，迻錄碑文如下：

> 　　自王跡熄於春秋，聖人之道或幾於泯滅，卒之晦而復明，歷千百世而不斁者，恃有孔子也。孔子沒百有餘年，寖假及於戰國，楊墨塞路，禍尤烈於曩時。子輿氏起而辟之，於是天下之人始知誦法孔子，率由仁義，斯道之有傳，至於今賴之。是以後世學者，如韓愈、蘇軾之徒，咸推其功，以配大禹，而閩洛之儒，咸尊爲正學之宗傳。烏虖！盛已！
>
> 　　夫洪水之禍，止於人身已爾；楊墨之禍，隱然直中於人心。不有孟子，使楊墨濫觴於前，釋老推波於後，後之人雖欲從千載之下，探尼山之遺緒，其孰從而求之？因推述厥義，刻文於石，俾揭於鄒之廟。其文曰：
>
> 　　尼聖既往，夐矣音徽。後百餘歲，聖緒寖微。
> 　　尚異實繁，楊墨競煽。陷溺之禍，酷於昏墊。
> 　　惟子輿氏，距詖放淫。以承先聖，以正人心。
> 　　述舜稱堯，私淑孔子。正學修明，百世以俟。
> 　　不有是者，斯道孰傳。宇宙晦霿，萬物狂僽。
> 　　我讀其書，曰仁曰義。遺澤未湮，聞風可企。
> 　　嶽嶽亞聖，巖巖泰山。功邁禹稷，德參孔顏。
> 　　刻石茲文，於祠之下。誦烈颺休，用告來者。
>
> 　　康熙二十六年夏四月。〔註17〕

〔註16〕劉培桂《孟子林廟歷代石刻集》曰：「此石爲孟廟內最雄偉壯觀之碑刻。通高5.90米。其中碑額高1.70米，寬1.64米。額與碑身一石，深浮雕四條盤龍纏繞。龍首分向左右兩側，一側各兩首，張口向下，吞咬碑身，龍鬚吐向碑身約0.30米，雄渾的龍身盤繞拱衛著篆額。篆額共兩行，每行3字。碑身高3.20米，寬1.44米，厚0.54米。周圍浮雕遊龍。上下方均爲二龍戲珠，左右各四龍，每龍各戲一珠，躍躍欲出。間以浮雕雲紋。碑文行楷書，遒勁典雅。共12行，每行35字。」齊魯書社2001年版，第329頁。
〔註17〕劉培桂《孟子林廟歷代石刻集》，第328～329頁。

碑文內容及書法均出自康熙皇帝御筆，至於撰文書碑時間，《康熙起居注》有明確記載，該書於康熙二十六年（1687年）四月十七日載：「上又顧明珠等曰：『朕適書闕里碑文，爾等可試觀之。』又命講官伊圖、陳元龍向前共觀。」﹝註18﹞又碑文原石亦載樹碑年月爲「康熙二十六年夏四月」﹝註19﹞。

　　此碑對於清初文風釐定、儒學復興均有較大影響，通過此碑可以看出康熙皇帝在《孟子》學方面的造詣及其特色，故對其文章學價值、思想史意義闡釋如下。

二、文道合一

　　從文章形式來看，《御製孟子廟碑》由散體碑文和駢體銘文兩部分組成，在駢散結合的文章構建方面比較成功。從文章的內容來看，可以把它分爲三個部分：第一部分確認孟子在儒家道統中的歷史地位；第二部分表彰孟子闢楊墨、續道統的思想史貢獻；最後的駢文部分，是對以上兩部分內容的精練概括，同時臚列了孟子重要的學術思想，文末發出「誦烈颺休」的學術號召。前兩部分主要圍繞道統展開，宜用散體行文；第三部分闡釋孟子的學術思想，內容頭緒較多，以駢體筆法敘寫﹝註20﹞。駢散文體的巧妙結合不僅體現在整體布局上，即使在前半部分的散體碑文中，也有一些駢體文法穿插其間，其中對稱修辭手法的運用就比較突出。如「是以後世學者，如韓愈、蘇軾之徒，咸推其功，以配大禹；而閩洛之儒，咸尊爲正學之宗傳」。「夫洪水之禍，止於人身已爾；楊墨之禍，隱然直中於人心」。「楊墨濫觴於前，釋老推波於後」。碑文以散體爲主，有疏朗紆徐的韻味；駢體文法的穿插運用，使得碑文又呈現出鏗鏘整飭的形式美感。

　　劉勰《文心雕龍·誄碑篇》曰：「夫屬碑之體，資乎史才。其序則傳，其文則銘。標序盛德，必見清風之華；昭紀鴻懿，必見峻偉之烈。」﹝註21﹞通過這篇碑文，不難看出康熙皇帝的學術史修爲，能夠在短短四百字的篇幅內，對孟子學術思想及其學術史地位作高度的概括實非易事。並且從文章學角度來看，這篇碑

﹝註18﹞　中國第一歷史檔案館整理《康熙起居注》，中華書局1984年版，第1619頁。

﹝註19﹞　劉培桂《孟子林廟歷代石刻集》，第329頁。

﹝註20﹞　章炳麟《國學概述》第一章《概論》曰：「凡簡單敘一事不能不用散文，如兼敘多人多事，就非駢體不能提綱。以《禮記》而論，同是周公所著，但《周禮》用駢體，《儀禮》卻用散體，這因事實上非如此不可的。《儀禮》中說的是起居跪拜之節，要想用駢也無從下手。更如孔子著《周易》用駢，著《春秋》就用散，也是一理。實在，散、駢各有專用，可並存而不能偏廢。」北京大學出版社2009年版，第22頁。

﹝註21﹞　范文瀾《文心雕龍注》，人民文學出版社1962年版，第214頁。

文也基本上做到了敘事該要，綴采雅澤，是符合儒家文質彬彬文風祈向的佳作。

文道關係是中國古典文論的重要命題，也是康熙皇帝關注的重點。他主張文道合一，繼承儒家正統的「文質彬彬」、「文以明道」、「文以載道」思想，自覺追求文學創作與儒家思想的完美結合。曾敕命徐乾學等編選《御選古文淵鑒》，該文章總集匯纂宋代以前「根柢於群聖、權輿於六籍」的古文六十四卷，作爲古文創作的官方範本，書成之日，御筆撰序曰：「夫經緯天地之謂文，文者，載道之器，所以彌綸宇宙，統括古今，化裁民物者也。」〔註22〕重申文以載道的文道觀念，強調儒家之道在古文創作中的優先性和重要性，並以復古的方式追溯「經緯天地」的文的原始意義，而否定將文的範疇限制在文學一隅。對於文的實用性價值也有較多的規定，「彌綸宇宙，統括古今，化裁民物」皆是文章之用，而且是比較重要的功用。

在康熙二十四年（1685年）四月的上諭中，也有類似的表達：

> 從來道德、文章原非二事，能文之士必須先明理，而學道之人亦貴能文章。朕觀周、程、張、朱諸子之書，雖主於明道，不尚辭華，而其著作體裁簡要，晰理精深，何嘗不文質燦然，令人神解意釋。至近世，則空疏不學之人，借理學以自文其陋，岸然自負爲儒者，究其意解，不出庸夫之見，眞可鄙也。〔註23〕

康熙皇帝雖然以道器之分來區別文道關係，但是對於重道輕文的道德至上主義是持批判態度的，他始終堅持道德與文章一體，理學與文學並重，不應有所偏執。所謂「空疏不學之人，借理學以自文其陋」的風氣，儘管可以追溯到程顥「作文害道」、「玩物尚志」之論〔註24〕，不過康熙皇帝所批判的群體更應該是明代中期受陽明學影響的一批空疏之士〔註25〕，畢竟王陽明更爲強調內在道德對於個人修爲的重要性，在他的哲學思想中「尊德性」遠遠比「道問學」更爲迫切，成己成物比撰文著書更爲切實〔註26〕。

〔註22〕〔清〕康熙《聖祖仁皇帝御製文集》卷十九，《文淵閣四庫全書》本。

〔註23〕〔清〕康熙《聖祖仁皇帝聖訓》卷五，《文淵閣四庫全書》本。

〔註24〕《二程集》卷十八《伊川先生語四》載：「問：『作文害道否？』曰：『害也。凡爲文不專意則不工，若專意則志局於此，又安能與天地同其大也。《書》云玩物喪志。爲文亦玩物也。』」〔宋〕程顥、程頤著《二程集》，中華書局1981年版，第239頁。

〔註25〕〔清〕紀昀等《四庫全書總目》卷一百七十一明程敏政《篁墩集》提要曰：「明之中葉，士大夫侈談性命，其病日流於空疏。」中華書局1997年版，第2302頁。

〔註26〕王陽明《與黃勉之》曰：「君子學以爲己。成己成物，雖本一事，而先後之序

康熙皇帝文道合一的文學觀念在《御製孟子廟碑》中有比較好的體現，該文屬於儒家學術文章，敘寫孟子的儒學思想，表彰孟子的學術貢獻是文章的重點。學術文章往往會出現「質勝文則野」的缺憾，做到文質彬彬並非易事，本文在文質關係的處理、文法修辭的安排方面卻頗有成績。以駢體銘文來說，在韻腳的使用上，四句一換韻，換韻的密度較高，且平聲韻與仄聲韻交叉使用，使文章音節抑揚頓挫，鏗鏘有力。在文法上，比喻手法的運用使抽象的學術問題呈現出更多形象性。如以「宇宙晦霾，萬物狂僭」比喻楊墨異端思想造成的混亂景象，以「嶽嶽亞聖，巖巖泰山」比喻孟子在思想史上崇高的歷史地位等。

《御製孟子廟碑》不僅是康熙皇帝文道合一文學思想的具體展現，而且也是他文統與道統合一思想的具體實踐。康熙皇帝通過創作實踐，宣示了他對明末虛浮文風的批判之意，對清初雅正文風的釐正之功。以《御製孟子廟碑》為代表的文章，對清代「崇雅黜浮」文風的形成起到了重要的示範作用〔註27〕。當然，這篇文章的學術價值，也有值得闡發之處。

三、道統與治統合一

康熙皇帝在《御製孟子廟碑》中表彰了孟子接續道統的貢獻，碑文所言「聖人之道」、「尼山遺緒」就是儒家道統。孟子對於道統的傳承是非常自覺的，七篇《孟子》就是以道統的敘述終結全書的。《孟子·盡心篇》曰：

> 由堯舜至於湯，五百有餘歲，若禹、皋陶則見而知之；若湯，則聞而知之。由湯至於文王，五百有餘歲，若伊尹、萊朱則見而知之；若文王，則聞而知之。由文王至於孔子，五百有餘歲，若太公望、散宜生則見而知之；若孔子，則聞而知之。由孔子而來至於今，百有餘歲，去聖人之世，若此其未遠也；近聖人之居，若此其甚也，然而無有乎爾，則亦無有乎爾。

朱熹注曰：「故於篇終，歷序群聖之統，而終之以此，所以明其傳之有在，而

有不容紊。孟子云：『學問之道無他，求其放心而已矣。』誦習經史，本亦學問之事，不可廢者。而忘本逐末，明道尚有『玩物喪志』之戒，若立言垂訓，尤非學者所宜汲汲矣。」〔明〕王陽明《王陽明全集》，浙江古籍出版社2011年版，第206頁。

〔註27〕曹虹《帝王訓敕與文統觀念》曰：「重視思想教化的清朝統治者，尤其是前期諸帝，『皆諄諄以士習文風勤頒誥誡』，有心裁抑晚明士風的不羈，將其歸因於文風的衰弊，故頗措意於釐正文體，申明『崇雅黜浮』的文章理念，以此推進道統與文統建設。」《古典文獻研究》（第十輯），第90頁。

又以俟後聖於無窮也，其旨深哉！」〔註28〕

正如王夫之所言：「天下所極重而不可竊者二：天子之位也，是謂治統。聖人之教也，是謂道統。」〔註29〕儒家文化不僅在思想上重視道統傳承，在政治上也注重治統延續，可謂是道統與治統並重。何謂道統與治統？馮友蘭在《論道統》一文中有詳明的論述，他說：「按照中國舊日的說法，要維持一個社會的存在，必有治統與道統。治統以君為代表，道統以師為代表。……在周代以前，君師不分，治統與道統不分。到孔子而治統與道統分開，孔子、孟子傳道統，歷朝皇帝專傳治統。……所謂統有兩個意思。一個是統一的意思。若照所謂統的這個意思講，則所謂一個社會的治統，是指一個社會的人在行動方面底中心組織，所謂道統是指一個社會的人在思想方面底中心哲學。……所謂統的另一個意思是傳統。一個社會的治統或道統，是一個社會的中心權利或中心哲學。照中國舊日的說法，這個權利或哲學必須是從古傳下來的。」〔註30〕

春秋以後，君師分離，道統與治統分途發展，康熙皇帝卻要以帝王之尊綰合道統與治統，他在《日講四書解義序》中說：

> 朕惟天生聖賢，作君作師，萬世道統之傳，即萬世治統之所繫也。……至於孟子，繼往聖而開來學，辟邪說以正人心，性善、仁義之旨，著明於天下。此聖賢訓辭詔後，皆為萬世生民而作也。道統在是，治統亦在是矣。〔註31〕

康熙皇帝認同儒家文化，並以儒家思想治理國家，力圖集道統與治統於一身。這種做法催生了兩種積極的社會效用：一是使滿族政權儒家化，有助於消解滿漢文化認同危機，加速滿族政權合法化的進程。康熙皇帝努力尋找滿族舊有的文化傳統與儒家文化之間的相通之處，通過引經據典的方式，淡化因種族血緣差異而導致的夷夏之分，藉助儒家經典提升滿族傳統的文化權威性。《孟子》就是康熙皇帝時常徵引的儒家經典，如：

> 孟子云：「存乎人者，莫良於眸子，眸子不能掩其惡。胸中正，則眸子瞭焉。胸中不正，則眸子眊焉。」此誠然也。看來人之善惡繫於目者甚顯，非止眸子之明暗。有人焉，其視人也，常有一種彷

〔註28〕〔宋〕朱熹《四書章句集注》，中華書局1983年版，第385頁。

〔註29〕〔清〕王夫之《讀通鑑論》，中華書局1975年版，第408頁。

〔註30〕馮友蘭《三松堂全集》第11冊，河南人民出版社2001年版，第552～555頁。

〔註31〕〔清〕康熙《聖祖仁皇帝御製文集》卷十九，《文淵閣四庫全書》本。

徨不定之態，則其人必不正。我朝滿洲耆舊，亦甚賤此等人。〔註32〕

眼睛神態反映心理狀況，日常生活中，觀察人的眼睛就可以瞭解其內心，這是許多民族相似的鑒人之術，本無足奇，康熙皇帝卻通過援引《孟子》原文，賦予滿族舊有傳統一種儒家典範的光環。這種引經據典使之權威化的做法，不僅體現在日用倫常中，也體現在廢立太子這種國家大事上，如康熙五十二年（1713年）二月《上諭領侍衛內大臣大學士九卿等》曰：

> 《孟子》云：「父子之間不責善，責善則離，離則不祥莫大焉。」
>
> 《大學》云：「人莫知其子之惡。」蓋父之於子，嚴不可，寬亦不可，誠為難事，如朕方能處置得宜耳爾。〔註33〕

康熙皇帝在《孟子》、《大學》中找到了廢黜太子的理論依據，儒家經典緩解了他因父子關係破裂而導致的內心傷痛，也使他有了一個昭告天下、寬慰臣工的充分理由。

道統與治統合一催生的第二種社會效用是有助於儒家思想在清朝的傳承。清軍入關以後，漢族士民此起彼伏的反抗鬥爭，一方面是對明朝政權的政治眷戀，另一方面是對滿族非我族類的文化恐懼。顧炎武等明遺民著力區分「亡國」與「亡天下」，「亡國」是指明朝覆滅，「亡天下」則是指中華文化的斷裂。康熙皇帝清醒地認識到文化認同危機必然會影響到政權穩定，所以「早在親政之初，康熙皇帝即開始了推行崇儒重道的方針」，並且「對儒家學說的創始人孔子、孟子等人極表佩服」，「對儒家學說的尊崇和對孔孟等人的吹捧，已經達到無以復加的地步，大大超過了前此的任何一位封建帝王」〔註34〕。對孟子的尊崇之意，在《御製孟子廟碑》中不難看出，「嶽嶽亞聖，巖巖泰山」，喻指亞聖孟子在思想史上的高度。「功邁禹稷，德參孔顏」，是用類比的方法認定孟子的思想貢獻。大禹治水，拯救溺民；后稷稼穡，拯救饑民：都是從身體上解救民眾。孟子「距詖放淫」，延續道統，治理了民眾思想上的洪水，滿足了民眾精神上的飢餓，因此孟子的貢獻不在大禹、后稷之下，其德行也足以與孔子、顏回鼎足而立。

在道統方面，康熙皇帝推崇孟子的思想貢獻；在治統方面，康熙皇帝也自覺將孟子的仁政民本思想運用於國家治理之中。如《農桑論》曰：

> 嘗觀王政之本在乎農桑。蓋農者所以食也，桑者所以衣也。農

〔註32〕〔清〕康熙《聖祖仁皇帝庭訓格言》不分卷，《文淵閣四庫全書》本。
〔註33〕〔清〕康熙《聖祖仁皇帝聖訓》卷四，《文淵閣四庫全書》本。
〔註34〕白新良等《康熙皇帝傳》，百花文藝出版社2007年版，第509～510頁。

事傷則饑之原，女紅廢則寒之原。孟子曰：「菽粟如水火，而民焉有
不仁。」旨哉，斯言！使天下之民，咸知貴五穀，尊布帛，服勤戒
奢，力田孝悌，而又德以道之，教以匡之，禮以一之，樂以和之，
將比戶可封，而躋斯世於仁壽之域。故曰農桑，王政之本也。〔註35〕

「王政之本在乎農桑」，即是源出於《孟子》「恆產」與「恒心」關係的論述。
「農桑，王政之本也」，也是「養生喪死無憾，王道之始也」的類似表達。

另外，康熙皇帝受孟子尊王賤霸思想的影響，撰寫了《王霸辯》，其文曰：

世或有謂古今異宜，王霸貴乎雜用者。不知古今雖異，而天命
民彝之理，豈有異乎？春秋戰國之時，三綱淪，九法斁，世風日下，
人心日偷矣。而孔子、孟子生於其時，不聞有隨時遷就之說，所守
者一以道德仁義爲歸，雖其不能見用於時君，而萬世之天下，皆得
以其空言治之。孰謂王道之宜於古，而不宜於今乎？若以雜霸之術
而欲奏熙隆之治，猶適越者而北其轅也！〔註36〕

王者與霸者的不同，李明輝《孟子王霸之辯重探》曰：「康德在《論永久和平》
中討論政治與道德的關係時，也提出『道德的政治家』與『政治的道德家』之
區別。根據他的說明，『道德的政治家』是『一個將治國的原則看成能與道德並
存的人』，而『政治的道德家』則是『編造出一套有助於政治家之利益的道德』。
換言之，前者將道德視爲政治的基礎，後者只是利用道德，以遂行其政治目的。
如果朱子對於孟子王霸之辯的詮釋無誤的話，我們便可以套用康德的概念說：
王者屬於『道德的政治家』，霸者則屬於『政治的道德家』。」〔註37〕

康熙皇帝堅持王霸之辯，不做「王霸雜用」的「隨時遷就」之事，頗有
孟子「大匠不爲拙工改廢繩墨，羿不爲拙射變其彀率」的嚴格風範。但是「王
霸之辯」不單是行爲上的分別，更是動機上的差異，正如黃宗羲在《孟子師
說》中所言「王霸之分，不在事功，而在心術」〔註38〕。至於康熙皇帝之心
術是在王道還是霸道，我們就不得而知了。

四、內聖與外王合一

內聖外王是儒家重要的政治哲學理論，其源頭可以追溯到儒家經典《大

〔註35〕〔清〕康熙《聖祖仁皇帝御製文集》卷十八，《文淵閣四庫全書》本。
〔註36〕〔清〕康熙《聖祖仁皇帝御製文集》卷十八，《文淵閣四庫全書》本。
〔註37〕李明輝《孟子重探》，臺灣聯經出版事業公司2001年版，第52～53頁。
〔註38〕〔清〕黃宗羲《黃宗羲全集》第1冊，浙江古籍出版社1994年版，第51頁。

學》，熊十力在《讀經示要》中指出：「君子尊其身，而外內交修，格、致、誠、正，內修之目也。齊、治、平，外修之目也。國家天下，皆吾一身，故齊、治、平皆修身之事。」〔註39〕至於這種政治哲學理論的具體內涵，湯一介在《論內聖外王》中有扼要的論析，他說：「前者（內聖）為一種道德哲學或人生境界學說；後者（外王）為一套政治哲學或者說是社會政治理論。個人的人生境界是關乎個人的道德學問的提升問題，而社會政治理論則必須有一套合理的客觀有效制度。前者是如何成聖成賢、超凡入聖的問題；後者是企圖把『聖人』造就成『聖王』，而由『聖王』來實現社會政治理想，這就是儒家的『內聖外王之道』。」〔註40〕

　　康熙皇帝對這種內則足以修身、外則足以治國的內聖外王之道非常關注，任命當世大儒主持經筵日講，講授此種政治哲學理論，如康熙十六年（1677年）五月二十八日《諭翰林院掌院學士喇沙裏陳廷敬侍讀學士葉方藹侍講學士張英》曰：

> 卿等進講啓導，一一悉備，皆內聖外王，修齊治平之道。朕雖不敏，固不孜孜詢之。每講之時，必專意以聽。但學問無窮，不在徒言，要惟當躬行實踐，方有益於所學。卿等仍愈加直言，毋有隱諱，以助朕好學進修之意。〔註41〕

又如《日講四書解義序》曰：

> 每念厚風俗，必先正人心，正人心，必先明學術。誠因此編之大義，究先聖之微言，則以此為化民成俗之方，用期夫一道同風之治，庶幾進於唐虞三代文明之盛也夫！〔註42〕

上文提到的「明學術」、「正人心」是「化民成俗」的內聖工夫，「厚風俗」以及「一道同風之治」與「唐虞三代文明之盛」的實現，就是外王的政治理想。康熙皇帝主張內聖外王合一，內修為聖工夫，外做賢君事業，君師合一，聖王一體。

　　孟子處於王綱解體的戰國時期，雖然不放棄「達則兼濟天下」的外王理想，但是有德無位，平生事業幾乎被限制在「窮則獨善其身」的內聖一隅。康熙皇帝對孟子的表彰，內聖也是一個重要的方面，故《御製孟子廟碑》曰：「惟子輿

〔註39〕熊十力《讀經示要》，明文書局1984年版，第126頁。
〔註40〕湯一介《儒學十論及外五篇》，北京大學出版社2009年版，第84～85頁。
〔註41〕〔清〕康熙《聖祖仁皇帝御製文集》卷六，《文淵閣四庫全書》本。
〔註42〕〔清〕康熙《聖祖仁皇帝御製文集》卷十九，《文淵閣四庫全書》本。

氏，距詖放淫。以承先聖，以正人心。」孟子在明學術、正人心方面確實有非常重要的貢獻，當公都子轉述世人對孟子好辯之性的批評時，孟子坦言自己非是要在言語上爭強鬥勝，實在是有不得已的苦衷。當時的學術思想極爲混亂，「聖王不作，諸侯放恣，處士橫議，楊朱墨翟之言盈天下。天下之言不歸楊，則歸墨。楊氏爲我，是無君也；墨氏兼愛，是無父也。無父無君，是禽獸也。公明儀曰：『庖有肥肉，廄有肥馬，民有饑色，野有餓莩，此率獸而食人也。』楊墨之道不息，孔子之道不著，是邪說誣民，充塞仁義也。仁義充塞，則率獸食人，人將相食」。〔註43〕所以孟子才要做一番「距詖放淫」、「以正人心」的思想整飭工作，即「吾爲此懼，閑先聖之道，距楊墨，放淫辭，邪說者不得作。作於其心，害於其事；作於其事，害於其政。聖人復起，不易吾言矣。」〔註44〕「我亦欲正人心，息邪說，距詖行，放淫辭，以承三聖。」〔註45〕

　　孟子「正人心」的內聖工夫努力尤其受後世學者推崇，朱熹《四書章句集注》引楊時之言曰：

　　　　《孟子》一書，只是要正人心，教人存心養性，收其放心。至論仁義禮智，則以惻隱、羞惡、辭讓、是非之心爲之端。論邪說之害，則曰：「生於其心，害於其政。」論事君，則曰「格君心之非」，「一正君而國定」。千變萬化，只說從心上來。人能正心，則事無足爲者矣。〔註46〕

康熙皇帝對孟子「以承先聖，以正人心」的表彰，也是著眼於此。另外，康熙皇帝除了通過政治表彰重塑孟子的思想史地位之外，他對於孟子在「正人心」等學術方面的闡發也有許多創新之處。《孟子・告子章句上》曰：

　　　　孟子曰：仁，人心也；義，人路也。捨其路而弗由，放其心而不知求，哀哉！人有雞犬放，則知求之；有放心而不知求。學問之道無他，求其放心而已矣。〔註47〕

對於放心的注疏，朱熹《四書章句集注》曰：

　　　　故程子曰：聖賢千言萬語，只是欲人將已放之心約之，使反復入身來，自能尋向上去，下學而上達也。此乃孟子開示切要之言，

〔註43〕〔宋〕朱熹《四書章句集注》，第276～277頁。
〔註44〕〔宋〕朱熹《四書章句集注》，第277頁。
〔註45〕〔宋〕朱熹《四書章句集注》，第277頁。
〔註46〕〔宋〕朱熹《四書章句集注》，第199頁。
〔註47〕〔宋〕朱熹《四書章句集注》，第340頁。

程子又發明之，由盡其指，學者宜服膺而勿失也。〔註48〕

朱熹認爲放心是心被外物牽引的一種放任狀態，類似於《中庸》所言已發狀態。這種放任狀態危害甚大，不單會導致視聽上的障礙，即「視而不見，聽而不聞」，更會導致道義上的麻木不仁，即「聞義不能徙，不善不能改」。所以作爲道德行爲主體的人，必須通過外在的收束工夫，把放任在外的心收約到身體中來。朱熹對放心的闡釋，強調的是工夫，或者說是從工夫上求本體。康熙皇帝的闡釋卻與朱熹迥然不同，他指出了朱熹忽視的本體，類似於《中庸》所言「未發」狀態，是從本體上說工夫，他說：

> 人心一念之微，不在天理，便在人欲。是故心存私，便是放；
> 不必逐物馳騖，然後爲放也。心一放，便是私；不待縱情肆欲，然
> 後爲私也。惟心不爲耳目口鼻所役，始得泰然。故孟子曰：「耳目之
> 官不思，而蔽於物。物交物，則引之而已矣。心之官則思，思則得
> 之，不思則不得也。」此天之所以與我者。先立乎其大者，則其小
> 者不能奪也。此爲大人而已矣。〔註49〕

康熙皇帝是以存心論放心，存心在私欲，就是放，即使沒有外物的牽引，已經是心猿意馬，動機不善了。另外，朱熹主張對放心的強制性約束，是由外至內的單向性克制。康熙皇帝則主張內外兼修，本末一體，他說：

> 心爲一身之主宰，能使心之得其正者，順以養之；心之入於邪
> 者，愼以閑之。則視聽言動，皆受治於心而不苟，由此心正而無適
> 非仁，亦無適非義，積累而上達，奚難也。學問之功，捨求放心之
> 外，尚復有他道乎？蓋人之心馳於外者欲其收，而入存於內者欲其
> 推而出，推則有以見心之用，而收則有以立心之體。體立而後用行，
> 則存養省察，非從事學問之大原耶？〔註50〕

相對於朱熹的闡釋，康熙皇帝的觀點是一個進步，所謂「馳於外者欲其收」與內聖相似，「入存於內者欲其推而出」與外王相似，內外並重，其實還是主張內聖外王合一。並且，這種內外並重的闡釋也更符合孟子的原意，「必有事焉」就是內在存心，「心勿忘，毋助長」就是外在工夫。

〔註48〕 〔宋〕朱熹《四書章句集注》，第199～200頁。

〔註49〕 〔清〕康熙《聖祖仁皇帝庭訓格言》不分卷，《文淵閣四庫全書》本。

〔註50〕 〔清〕康熙《日講四書解義》卷二十三，吉林出版集團有限責任公司2005年版，第576頁。

五、康熙《孟子》學的弊端

康熙皇帝的《孟子》學也有兩個比較顯著的弊端：

第一，道術雜用，誠偽難分。

正文前文所述，康熙皇帝曾經用存心來闡釋放心，認為道德實踐來源於道德動機，沒有道德動機的實踐不可能是道德實踐，道德實踐容易辨認，道德動機則難以把捉，過分強調道德動機的重要性，就會助長一種不近人情的道德嚴苛主義。以此道德嚴苛主義衡量世人，則世上就很難有聖賢一般的典範人格，所以道德嚴苛主義極有可能導致信仰的缺失，或者說會滋生道德虛無主義。廟堂理學家熊賜履、湯斌以微罪獲重罰，就反映了康熙皇帝重視理學，但輕視理學家人格的矛盾心理。

不可否認，從政治標準來衡量康熙皇帝的話，其文治武功確有很大成就，但是如果我們以其道德嚴苛主義的標準來分析其存心，那麼康熙皇帝道術並用的君王治法，也使我們難以識別其存心誠偽公私，這也就難怪錢穆有如下批判性地分析，錢穆說：「尤其是清代，可說全沒有制度。它所有的制度，都是根據著明代，而在明代的制度裏，再加上他們許多私心。這種私心，可以說是一種部族政權的私心。一切由滿洲部族的私心出發，所以全只有法術，更不見制度。」〔註51〕

第二，以權控學，思想禁錮。

道統與治統合一，內聖外王合一，對於政治、學術的發展有積極的推動作用，但是如果兩者之間的張力處理不當，也會產生政治對學術的壓制之弊。正如杜維明《儒家傳統的現代轉化》一文中所言：「毫無疑問，聖王是中國儒家的最高理想，而實際上的表現，則是政治化的儒家，即不是用道德理想轉化政治，而是通過其他途徑取得政權後，用政治來干預、歪曲學術，使道統變為統治者對人民進行思想控制的工具。這種王聖的現實，顯然和儒家發揚人性的意願是根本相違背的。」〔註52〕康熙皇帝晚年已經腐化為杜維明所說的「王聖」，他是唯我獨尊的皇帝，也是道德至上的聖人，他甚至批評程門「學為聖人」的倡導為「太過」〔註53〕，在他統治下的清朝，孟子「人人皆可為堯舜」的理想主義

〔註51〕 錢穆《中國歷代政治得失》，九州出版社 2013 年版，第 139 頁。

〔註52〕 杜維明《現龍在田：在康橋耕耘儒學論述的抉擇（1983～1985）》，北京大學出版社 2013 年版，第 145 頁。

〔註53〕 康熙五十七年（1718 年）十一月丙子《上諭大學士等》曰：「為君之道，要在安靜，不必矜奇立異，亦不可徒為誇大之言。程子曰：『人不學為聖人，皆自

人格理論，幾乎無人敢言，更遑論王陽明「滿街人都是聖人」〔註54〕。

第三節 正祖《孟子講義》疑孟思想發微

一、正祖與《孟子講義》的成書

正祖（1752～1800），名李祘，字亨運，號弘齋、萬川明月主人翁等。朝鮮王朝第二十二代君主，廟號正宗。正祖是英宗大王之孫，莊獻世子之子。英祖五十二年（1776）三月，英祖去世，正祖即位。正祖在位二十四年，政治較為清明，國力持續發展，文教事業繁榮，開創了朝鮮王朝後期的盛世局面。

在學術方面，正祖亦有較高造詣。正祖為政之暇，經常與經筵講官討論經史，命令講官編著《大典通編》、《國朝文苑章程》、《尊周彙編》、《奎章全韻》等大型圖書，正祖本人也曾編選《五經百篇》、《八子百選》、《朱書百選》、《朱子詩選》等書。正祖還撰寫了很多詩文和學術著作，後被彙編為《弘齋全書》，共計一百八十四卷。

正祖非常重視儒家經典的研習，對於孟子尤為偏好，這種偏好在正祖十歲時就已經表現出來，李晚秀《健陵行狀》曰：

> 壬午（1762）秋七月，命依皇明故事，以世孫為東宮。設春桂坊官。凡賓對講筵，大小諸臣入侍，頻命王侍坐。或辯論經旨，或參聽朝政。嘗於賓筵問曰：「三南告歉，何以濟民？」王對曰：「有粟則可濟。」曰：「何處得粟來？」對曰：「如梁惠王事亦可也。」英宗笑曰：「善。今日賓對問答，欲使汝早知之也。」〔註55〕

面對國家遭遇的自然災害，幼小的正祖已經能夠準確地徵引《孟子‧梁惠王章句上》移民就粟、移粟賑災的救濟之法，即「河內凶，則移其民於河東，

棄也。』此語亦屬太過。堯舜之後，豈復有堯舜乎？昔人有言孟子不足學，須學顏子。此皆務大言，不務實踐者。」〔清〕康熙《聖祖仁皇帝聖訓》卷五，《文淵閣四庫全書》本。

〔註54〕王陽明《傳習錄》曰：「先生鍛鍊人處，一言之下，感人最深。一日，王汝止出遊歸，先生問曰：『遊何見？』對曰：『見滿街人都是聖人。』先生曰：『你看滿街人是聖人，滿街人到看你是聖人在。』又一日，董蘿石出遊而歸，見先生曰：『今日見一異事。』先生曰：『何異？』對曰：『見滿街人都是聖人。』先生曰：『此亦常事耳，何足為異？』」〔明〕王陽明《王陽明全集》，第127頁。

〔註55〕〔韓〕李晚秀《屐園遺稿》卷七十，韓國民族文化推進會編《韓國文集叢刊》，第268冊，韓國景仁文化社1990年版，第302頁。

移其粟於河內。河東凶亦然」。足見正祖對孟子的熟稔，並且反映出正祖對孟子的經世之道有較多的關注。

另外，在年幼之時，正祖就對孟子的心性之學與聖王之道報以極大的興趣，李晚秀《健陵行狀》載正祖十一歲之事曰：

> 癸未（1763）春，召接贊善宋明欽。時講《孟子》，明欽仰問《孟子》宗旨。王曰：「遏人欲，存天理也。」明欽請問立志。王曰：「所願則堯舜也。」明欽退語人曰：「聰明英睿，上智之姿，東方之福也。」〔註56〕

正祖與孟子相關的著作主要有四種，即《鄒書敬選》、《鄒書商訂》、《鄒書春記》和《孟子講義》。《鄒書敬選》是孟子文選，1798年，正祖作《鄒書敬選序》述其編選概況曰：

> 予喜讀孟子書，手選七章，朝夕以誦之，而名之曰《鄒書敬選》。一曰以羊易牛章也，二曰養氣章也，三曰滕文公問爲國章也，四曰神農言者許行章也，五曰夫子好辯章也，六曰牛山之木章也，七曰魚我所欲章也。〔註57〕

正祖《鄒書敬選》特異之處在於用《周易》哲學思想來闡釋《孟子》，正祖曰：

> 今予之選於不可選，豈無義歟？抑予聞之，孟子不言《易》而善用《易》，《易》之妙涵於七章。予雖謏聞淺智，而自以爲獨得其傳也。何則？初一取諸《咸》，次二取諸《井》，次三取諸《益》，次四取諸《夬》，次五取諸《艮》，次六《蹇》以之，次七《大壯》如之。此可與知者道也。〔註58〕

正祖之前的中國學者很早就注意到到孟子在經學方面的成就，如漢儒趙岐說：「孟子通《五經》，尤長於《詩》、《書》。」〔註59〕在趙岐的基礎上，宋儒程頤還著重論述了孟子的《易》學修爲，他說：

> 孟子曰：「可以仕則仕，可以止則止，可以久則久，可以速則

〔註56〕〔韓〕李晚秀《屐園遺稿》卷七十，韓國民族文化推進會編《韓國文集叢刊》，第268冊，第303頁。

〔註57〕〔韓〕正祖《弘齋全書》卷九，韓國民族文化推進會編《韓國文集叢刊》，第262冊，第154頁。

〔註58〕〔韓〕正祖《弘齋全書》卷九，韓國民族文化推進會編《韓國文集叢刊》，第262冊，第154頁。

〔註59〕〔清〕焦循《孟子正義》，中華書局1987年版，第7頁。

速。孔子，聖之時者也。」故知《易》者莫若孟子。〔註60〕

程頤說得過於簡略，元儒郝敬有進一步的展開，其言曰：

> 孟子言四端，即《易》之四德也。仁義，即《易》立人之道也。性善，即《易》繼善成性也。知性、知天，即《易》窮理盡性至於命也。兵貴人和得諸《師》，養大體得諸《頤》，聖人於天道得諸《乾》，收放心、養夜氣得諸《復》，寡欲得諸《無妄》，與王驩、稷下諸人處包荒不失其正得諸《否》，學孔子聖之時得諸先後天。他可類推，則是知《易》誠未有如孟子者矣！〔註61〕

正祖與郝敬有類似之處，都是將孟子具體的篇章對應《周易》的具體卦象，找出二者的深層對應關係，以之說明孟子的《易》學修爲，並通過《周易》哲學來闡釋《孟子》。但是在具體的卦象對應上，正祖和郝敬卻有不同觀點。比如《孟子·告子章句上》「牛山之木章」，郝敬對應《復》卦，正祖對應《蹇》卦。兩者相較，正祖的對應更爲合理。孟子原文曰：

> 孟子曰：「牛山之木嘗美矣，以其郊於大國也，斧斤伐之，可以爲美乎？是其日夜之所息，雨露之所潤，非無萌蘖之生焉，牛羊又從而牧之，是以若彼濯濯也。人見其濯濯也，以爲未嘗有材焉，此豈山之性也哉？雖存乎人者，豈無仁義之心哉？其所以放其良心者，亦猶斧斤之於木也，旦旦而伐之，可以爲美乎？其日夜之所息，平旦之氣，其好惡與人相近也者幾希，則其旦晝之所爲，有梏亡之矣。梏之反覆，則其夜氣不足以存；夜氣不足以存，則其違禽獸不遠矣。人見其禽獸也，而以爲未嘗有才焉者，是豈人之情也哉？故苟得其養，無物不長；苟失其養，無物不消。孔子曰：『操則存，舍則亡，出入無時，莫知其鄉，惟心之謂與？』」〔註62〕

所謂「夜氣」，依照楊伯峻的注釋，即是「夜來所發出的善念」〔註63〕。郝敬認爲，「夜氣」類似於《復》卦初九一爻。《復》卦上卦爲坤，下卦爲震，一陽在下，五陰在上。雖然初九在五陰爻重壓之下，但是初九代表的是「天地之心」，是宇宙的生生之德，正如邵雍所言，是「一陽初動處，萬物未生時」〔註64〕。「夜

〔註60〕　〔宋〕程顥、程頤《二程集》卷二十五，中華書局1981年版，第327頁。

〔註61〕　〔清〕朱彝尊《經義考》卷二百三十一，《文淵閣四庫全書》本。

〔註62〕　〔宋〕朱熹《四書章句集注》，中華書局2012年版，第337～338頁。

〔註63〕　楊伯峻《孟子譯註》，中華書局2010年版，第244頁。

〔註64〕　〔宋〕朱熹《周易本義》，中華書局2016年版，第110頁。

氣」所代表的善念與《復》卦所言「天地之心」確有相似之處，然而，孟子此處所強調的重點卻不在「夜氣」，而是強調存養「夜氣」的重要性，即「故苟得其養，無物不長；苟失其養，無物不消。」易言之，孟子本章落腳點在工夫論，而非本體論。《復》卦突出初九所代表的生生之德，正是本體論的思維方式，與孟子工夫論的觀點還是有很大的差異。正祖將此章對應《蹇》卦更爲準確，《蹇》卦《象》曰：「山上有水，蹇；君子以反身修德。」《蹇》卦上卦爲坎，下卦爲艮，坎爲水，艮爲山，是山上有水之象。孔穎達《周易正義》曰：「山者是嚴險，水是阻難；水積山上，彌益危難。故曰『山上有水，蹇』。『君子以反身脩德者』，蹇難之時，未可以進，惟宜反求諸身，自脩其德，道成德立，方能濟險。故曰『君子以反身脩德』也。」〔註65〕很明顯，《蹇》卦所彰顯的「君子以反身修德」的工夫論，更契合孟子原意。另外，正祖其他六個《孟子》文本與《周易》之間的對應關係，也都非常準確。可見，以《周易》闡釋《孟子》，確實是正祖孟子學的一大特色。

《鄒書敬選》對後世有較大的影響力，尤其是在朝鮮王朝皇室成員的教育方面，該書已經成爲必讀之作。純祖二十四年（1824）六月初七日，講官洪敬謨召對鑑講廳時，就曾向正祖之子純祖力薦此書，他說：

> 總羣聖之道者，莫大乎六經。紹六經之教者，莫尚乎孟子。而孟子拔邪樹正，高行屬辭，導王化之源而以救時弊，開聖人之道而以斷羣疑。其言精而贍，其旨淵而通，汪洋渾厚，行其所無事，亦可謂文章家根基。故學者每於孟子用力者多，而雖今匹庶之士，亦必多讀是書，以暢其文理，以培其文氣，此則不可與論於聖人之學。而曾於書筵進講是書，今於召對，又講是書。臣不勝欽仰。而昔我先朝選其最好者幾章，名其篇曰《鄒書敬選》。邸下亦嘗睿覽矣，常置案頭，時以諷誦，則大有補於睿學。〔註66〕

正祖的另一部孟子學論著《鄒書春記》，是正祖二十三年（1799），正祖回答講官金近淳關於孟子問題的君臣問答錄，由金近淳筆錄成書，正祖《日得錄》卷十八載其成書過程曰：

> 正祖曰：「予於經義講論，自有欲罷不能之痼癖苦心。每機務

〔註65〕〔唐〕孔穎達《周易正義》，北京大學出版社 2000 年版，第 194 頁。
〔註66〕〔韓〕洪敬謨《冠巖全書》第八冊，韓國民族文化推進會編《韓國文集叢刊》，第 113 冊，第 213 頁。

有暇，引接臣僚，所雅言者《詩》、《書》也，所講討者義理也。言
之不足，必講確之。講確之不足，必箚錄之。樂與賢士大夫，日孳
孳爲事。接見則言皆出入經傳，未接見之時，則亦必往復論難。有
暇則必爲，既始則不輟。所成者積有卷數。一以之溫故而知新，一
以之牖蒙而發愚。然此只是自娛而已，姑不編入於內閣所編御製中，
而會當有編示諸僚之日，汝亦有意爲此事否？予雖未之學，爲汝師
則自以爲憂。汝須退以某卷經書起疑而質問也。」賤臣承命以退。
時方讀《孟子》，乃敢逐日箚納。每奏一紙，輒不住下答。盡七篇凡
若干日編成，命名曰《鄒書春記》。親製小序而弁之。斯榮也古未之
聞也！檢校直閣臣金近淳己未錄。〔註67〕

正祖《鄒書春記序》曰：

> 朱夫子平生精力盡在《四書》，而講說於鵝湖、玉山之間，
> 聽之者往往興動。及與羣弟子言，言皆出入經傳，《語類》諸錄是
> 耳。顧予習性在經傳，自幼非經傳不讀，至白紛如也，有能領悟
> 予意者。每清燕多暇，討論經義以自娛，庸追湖山盛事。《鄒書商
> 訂》，即其一也。隨其問即答之，答輒書諸策，時當春暮，日以爲
> 課，故名之以《鄒書春記》。雖深思奧義，不足以上繩考亭之隅坐
> 言志，其於牖蒙發愚之資，庶幾有少補其翼。歲庚申閏吉。萬川
> 明月主人翁。〔註68〕

據此可知，在此之前，正祖與群臣討論孟子的問答錄曾經編爲《鄒書商訂》
一書。而《鄒書春記》則是1799年春，與閣臣金近淳的問答錄，編訂成書的
時間是在正祖二十四年（1800）閏四月。

《孟子講義》是正祖與經筵講官之間研討孟子的著作，體例是正祖提問，講
官回答。共計四卷，收入《弘齋全書》卷七十六至卷七十九。包括正祖五年（1781）
講義，問答條目138個。《弘齋全書》曰：「辛丑，選李時秀、洪履健、李益運、
李宗爕、李顯默、朴宗正、徐龍輔、金載瓚、李祖承、李錫夏、洪仁浩、曹允大、
李魯春等對。」〔註69〕正祖七年（1783）講義，問答條目33個。《弘齋全書》曰：

〔註67〕 〔韓〕正祖《弘齋全書》卷一百七十八，韓國民族文化推進會編《韓國文集
叢刊》，第267冊，第485頁。

〔註68〕 〔韓〕正祖《弘齋全書》卷一百二十，韓國民族文化推進會編《韓國文集叢
刊》，第265冊，第465頁。

〔註69〕 〔韓〕正祖《弘齋全書》卷七十六，韓國民族文化推進會編《韓國文集叢刊》，

「癸卯，選李顯道、鄭萬始、趙濟魯、李勉兢、金啓洛、金熙朝、李崑秀、尹行
恁、成種仁、李晴、李翼晉、沈晉賢、徐瀅修、申馥、姜世綸等對。」〔註70〕正
祖八年（1784）、十年（1786）、十一年（1787）講義，問答條目 40 個。《弘齋全
書》曰：「甲辰，選李書九、韓商新。丙午，選鄭晚錫、金祖淳。丁未，選尹永
僖、尹光顏、李義觀等對。」〔註71〕《孟子講義》比較集中地反映了正祖的孟子
學思想，涵蓋內容非常廣泛，本文則專論其中的疑孟思想。在具體論述正祖疑孟
思想之前，有必要將學術史上的疑孟思想譜系，略作梳理。

　　《孟子》在宋代由子部升格到經部〔註72〕，尊孟是當時學術界的主要潮流。
當然，也存在一個質疑孟子、批評孟子的次要潮流，這種次要潮流在宋代的開
啓者是馮休《刪孟》，正如晁公武《郡齋讀書志》卷三《刪孟》提要所言：

　　　　右皇朝馮休撰。其序云：「觀孟軻書時有叛違經者，殆軻之沒，
　　其門人妄有附益耳。將刪去之，懼得罪於獨見。遂著書十七篇，以
　　別其僞。」其後溫公、蘇子瞻皆嘗疑軻之言有與經不合者，蓋始於
　　休云。〔註73〕

朱彝尊《經義考》卷二百三十三《馮氏休刪孟子》提要徵引《郡齋讀書志》
並進一步梳理了質疑孟子的學術譜系：

　　　　前乎休而非軻者荀卿，刺軻者王充；後乎休而疑軻者溫公，與
　　軻辨者蘇東坡，然不若休之詳也。〔註74〕

最早對孟子提出激烈批評的代表性論著是《荀子·非十二子》，漢代則有王充
《論衡·刺孟》，宋代對孟子持否定性態度的著作更多，影響較大的有馮休《刪
孟》、司馬光《疑孟》、李覯《常語》以及蘇軾的一些論述。宋代疑孟學派的
過激言論也引起了尊孟學者強烈不滿，著書立說，回擊疑孟學派的辯難，如
余允文《尊孟辯》、張栻《南軒先生孟子說》等，尊孟思潮至朱熹《孟子集注》
問世而臻於頂峰。隨著朱熹《孟子集注》學術權威地位的樹立，以及程朱理

　　第 264 冊，第 117 頁。
〔註70〕　〔韓〕正祖《弘齋全書》卷七十八，韓國民族文化推進會編《韓國文集叢刊》，
　　　　　第 264 冊，第 152 頁。
〔註71〕　〔韓〕正祖《弘齋全書》卷七十九，韓國民族文化推進會編《韓國文集叢刊》，
　　　　　第 264 冊，第 164 頁。
〔註72〕　徐洪興《唐宋間的孟子升格運動》，《中國社會科學》1993 年第 5 期。
〔註73〕　〔宋〕晁公武撰、孫猛校證《郡齋讀書記校證》，上海古籍出版社 1990 年版，
　　　　　第 420～421 頁。
〔註74〕　〔清〕朱彝尊《經義考》卷二百三十三，《文淵閣四庫全書》本。

學官學化的確立，疑孟思潮就成了學術的潛流。

具體到朝鮮時代來說，程朱理學是官學正統，朱熹《孟子集注》是朝鮮半島孟子學的權威著作，故此很少有學者對孟子和朱熹提出批評。在此學術背景下，正祖則試圖打破這種牢籠，不僅對朱熹《孟子集注》提出批評，而且對孟子也有質疑之聲。正祖對孟子的質疑主要集中在以下四個方面，即義利之辨的問題、孟子迂闊的問題、道勢之爭的問題以及孟子不尊周的問題。

二、義利之辨的問題

《孟子》一書，開篇即揭櫫義利之辨，《梁惠王章句上》曰：

> 孟子見梁惠王。王曰：「叟不遠千里而來，亦將有以利吾國乎？」孟子對曰：「王何必曰利？亦有仁義而已矣。王曰：『何以利吾國？』大夫曰：『何以利吾家？』士庶人曰：『何以利吾身？』上下交征利而國危矣。萬乘之國弒其君者，必千乘之家；千乘之國弒其君者，必百乘之家。萬取千焉，千取百焉，不為不多矣。苟為後義而先利，不奪不饜。未有仁而遺其親者也，未有義而後其君者也。王亦曰仁義而已矣，何必曰利？」〔註75〕

正祖非常重視這一章在《孟子》全書中的作用，希望從中找到統領全書的綱領性宗旨。正祖問曰：

> 開卷第一義，從古著書家之所致慎也。歷觀經傳，莫不以一部宗旨託始於篇首。《易》之《乾》、《坤》，書之二《典》，詩之二《南》，《論語》之學，《中庸》之性，《大學》之明德，皆是例也。若就此章之中求其包括一部之宗旨，則當於何處見得耶？

> （鄭）晚錫對：恐當以仁義二字為一部宗旨矣。〔註76〕

鄭晚錫將「仁義」二字定為《孟子》全書的宗旨，無疑是過於狹窄的，畢竟道德理想主義的仁義只是孟子對於個體的道德要求，無法涵攝政治層面的王道觀念，因此正祖對這個回答是不滿意的。更何況作為帝王的正祖，不僅與梁惠王有同樣的政治身份，更有同樣的政治訴求，即富國強兵之類的功利主義政治期待。正祖功利主義的重利思想與理想主義的重義思想之間有很大的

〔註75〕〔宋〕朱熹《四書章句集注》，中華書局 2015 年版，第 201～202 頁。
〔註76〕〔韓〕正祖《孟子講義》，張立文、王國軒總編纂《國際儒藏・韓國編・四書部》，華夏出版社・中國人民大學出版社 2010 年版，《孟子卷》第 3 冊，第 415 頁。

鴻溝，義利之辨的儒家論題再次在異域的君臣之間展開。正祖念茲在茲的依然在利，而經筵講官則固守義的底線。正祖問：

> 《大學》「平天下」章反覆言「以義爲利」，「不以利爲利」，則以義之利固未始不可言也。梁王初見賓師之日，先以「利吾國」爲問，則此與利吾身不同，其利之以義、以利姑未可辨。孟子何不以以義之利因其勢利導之，如答齊王好貨、好色之問，而必以「何必曰利」折之者，何也？

> 時秀對：先儒云「梁王之問非不在利字，實在利吾國三字。他只曉得有我，不知有大夫士庶」，此說盡然。既曰「利吾國」，則其以利爲利，不待問而可知。〔註77〕

正祖對孟子的質疑有兩點值得注意：第一，正祖認爲孟子泛言「何必曰利」，利的涵義含混不清。正祖援引《大學》：「國不以利爲利，以義爲利也。」對利進行了分類，將利分爲「以利爲利」和「以義爲利」者兩類。第二，正祖認爲「利吾身」者是「以利爲利」，是功利主義的，應該反對；「利吾國」者是「以義爲利」，是仁政王道，應該贊成。因此，正祖認爲孟子深閉固拒梁惠王「何以利吾國」的做法是武斷的。

對利進行分類考察並不是正祖的首創，王充《刺孟》已經有此分類：

> 夫利有二，有貨財之利，有安吉之利。惠王曰「何以利吾國」，何以知不欲安吉之利，而孟子徑難以貨財之利也？《易》曰「利見大人」，「利涉大川」，「乾，元亨利貞」。《尚書》曰：「黎民亦尚有利哉。」皆安吉之利也。行仁義，得安吉之利。孟子不且語問惠王何謂利吾國，惠王言貨財之利，乃可答若。設令惠王之問，未知何趣，孟子徑答以貨財之利。如惠王實問貨財，孟子無以驗效也；如問安吉之利，而孟子答以貨財之利，失對上之指，違道理之實也。〔註78〕

王充將利分爲「貨財之利」和「安吉之利」兩類，所謂「貨財之利」是從物質財富方面立論，「安吉之利」是從和諧順利方面立論。正祖對王充的觀點也有繼承，正祖曰：

> 利有義理之利，有利欲之利。《易》所謂「利物和義」之利、「利用安身」之利，皆以義理言者也；《論語》所謂「放於利」之利，「小

〔註77〕〔韓〕正祖《孟子講義》，第 376 頁。
〔註78〕〔漢〕王充《論衡》，上海人民出版社 1974 年版，第 156～157 頁。

人喻於利」之利，皆以利欲言者也。梁王利國之問，安知其全出於利欲，而必如是深斥耶？說者謂：梁王之失全在吾國二字，只求自己一身之利，並拋大夫士庶之利，故下文以大夫之吾家、士庶之吾身對他吾國二字，而言其交征利之失。此說果如何？假使梁王不曰利吾國，而曰利吾民云爾，則孟子將許之耶？〔註79〕

正祖所謂的「義理之利」類似於王充「安吉之利」，「利欲之利」類似於王充「貨財之利」，正祖和王充對利的分類與孟子的本義差異甚大。孟子所言之利只是「貨財之利」和「利欲之利」，是否定性的概念，並不包含肯定性的「義理」和「安吉」之意。如《滕文公章句下》：「且夫枉尺而直尋者，以利言也。如以利，則枉尋直尺，而利亦可為與？」《告子章句下》：「先生以利說秦楚之王，秦楚之王悅於利，以罷三軍之師，是三軍之士樂罷而悅於利也。為人臣者懷利以事其君，為人子者懷利以事其父，為人弟者懷利以事其兄，是君臣、父子、兄弟終去仁義，懷利以相接，然而不亡者，未之有也可也。」

正祖還試圖把利分為公利和私利，「利吾國」為公利，「利吾身」為私利。李時秀借鑒前人觀點，認為梁惠王所謂的「利吾國」仍然是從己身出發，著眼點在一「吾」字，利的對象並不涵蓋國民，因此梁惠王的「利吾國」與「利吾身」並無二致，還是私利。前文李時秀所言「先儒」是明代學者湯賓尹，正祖所言「說者」亦是此人，陸隴其《四書講義困勉錄》載其言曰：

> 湯（賓尹）霍林曰：梁王之非不止在利，又在利吾國三字，他只曉得有我，便不知有大夫、士、庶，故孟子意以仁義挽他仁義，便是大公無我之心。〔註80〕

李時秀徵引湯賓尹的觀點，格正祖君心之非，認為梁惠王所言「利吾國」乃是私利而非公利，是「以利之利」而非「以義之利」。正祖仍不甘心，正祖認為，即使如湯賓尹所言「利吾國」是私利，那麼「利吾民」是不是就是公利，孟子自然不會提倡私利，那麼公利孟子是否會反對呢？正祖觸及到了儒學思想史上的一個重要的命題，即「義利之辨」與「公私之別」，即公利是不是義、私利是不是利的問題，或者說孟子反對的利是否只是私利，至於公利，孟子又持何種態度？

黃俊傑《先秦儒家義利觀念的演變及其思想史的涵義》指出，孟子所倡

〔註79〕〔韓〕正祖《孟子講義》，第 416 頁。
〔註80〕〔清〕陸隴其《四書講義困勉錄》卷二十四，《文淵閣四庫全書》本。

導的仁義之中已經內涵了公利的講求，只是在孟子那裡，公利還沒有提升到公義的高度，其文曰：

> 在中國思想史中，「義」「利」之辨與「公」「私」之別這兩條思想線索是密切綰合的。孔孟所反對的是「私利」的講求，至於「公利」與孔孟所提倡的「義」是並行不悖的。但不論孔子或孟子都沒有明白提出「公義」的概念，因為孔孟大體上都把「義」當作屬於「我」的範疇的個人修德問題。但是，到了戰國晚期，荀子把「公」與「義」這兩個概念結合而提出了「公義」的概念，使孔孟思想中特重內省的「義」轉而取得外鑠的涵義，從「個體」（我）的範疇突破而指涉「群體」（人）範疇的問題。〔註81〕

正祖對於公利的強調，自然有現實政治實用主義的目的，當然與孟子的民本思想也並不違背。正祖認為孟子反對私利而倡導公利的觀點是正確的，誠如馮友蘭所言：

> 儒家所謂義利的分別，是公私的分別。伊川說：「義與利，只是個公與私也。」（《遺書》卷十七）孟子說：「雞鳴而起，孳孳為善者，舜之徒也；雞鳴而起，孳孳為利者，跖之徒也。」為義者，不是不為利，不過其所為底利，是公利不是私利。〔註82〕

正祖對於「義利之辨」的認識既有經典文本為之依據，又有現實政治的實用價值，是通經致用的開明經學觀念。與之相反，李時秀、鄭晚錫還在固守程朱的形上之論、迂腐之言，不僅對於《孟子》本文的學術闡發無益，更容易對現實政治造成巨大的災難，晚明大儒劉宗周就曾指出其空疏誤國之弊：

> 正言仁義功用，天地賴以常運而不息，人紀賴以接續而不墜，遺親、後君便非仁義，不是言仁義未嘗不利。自後世儒者事功與仁義分途，於是當變亂之時，力量不足以支持，聽其陸沉魚爛，全身遠害，是乃遺親、後君者也。此是宋襄、徐偃之仁義，而孟子為之乎？〔註83〕

〔註81〕黃俊傑《先秦儒家義利觀念的演變及其思想史涵義》，《漢學研究》第4卷第1期（1986年6月），第137頁。

〔註82〕馮友蘭《新原人》，《三松堂全集》第4冊，河南人民出版社2001年版，第550頁。

〔註83〕〔清〕黃宗羲《孟子師說》卷一，《黃宗羲全集》第1冊，浙江古籍出版社年2005版，第49頁。

與宋明理學家偏重內聖的心性之論不同，正祖強調內聖外王的統一，或者說更為偏重外王的事功。正祖沒有宋明儒學的高深玄妙，也規避了宋明儒學的空疏之弊，顯得更為篤實切用，在《孟子》學發展史上，有其獨樹一幟的價值。

三、孟子迂闊的問題

在義利之辨的問題上，正祖不滿於宋明儒者的空疏之弊，對於孟子的道德理想主義也有批評，他認為孟子的王道理想在實踐層面的操作性不強，有迂闊之弊。

關於孟子的迂闊之弊，始見於《史記・孟子荀卿列傳》：

> 道既通，遊事齊宣王，宣王不能用。適梁，梁惠王不果所言，則見以為迂遠而闊於事情。當是之時，秦用商鞅，富國彊兵；楚、魏用吳起，戰勝弱敵；齊威王、宣王用孫子、田忌之徒，而諸侯東面朝齊。天下方務於合從連衡，以攻伐為賢，而孟軻乃述唐、虞、三代之德，是以所如者不合。〔註84〕

功利主義者對孟子有迂闊的批評，認為孟子僅能載之空言，無法見諸實事。在霸道盛行的戰國時代，孟子的政治理想自然無有立足之地，難以付諸實施，以至於有人懷疑仁義等道德理想是虛文，對政治無有實際效用。雖然，孟子的仁政王道理想沒有從正面得以彰顯，卻從反面得以印證。秦王朝二世而亡的原因，就是賈誼《過秦論》所言「仁義不施而攻守之勢異也」。離開孟子倡導的仁政王道，即使是如秦國一樣國力雄厚，也會土崩瓦解。對此熊禾有精闢之論：

> 熊勿軒曰：當時孟子止言深耕易耨，孝悌忠信，則可以制挺而撻秦楚，自一等富強而言，豈不大迂闊而不切於事情？然後來秦亡不過起於揭竿斬木之匹夫，堅甲利兵果足恃乎？孟子之言，不我誣也！〔註85〕

駁斥孟子迂闊論的學者代不乏人，如王安石《孟子》：「沉魄浮魂不可招，遺編一讀想風標。何妨舉世嫌迂闊，故有斯人慰寂寥。」經過宋代尊孟學者的駁議，孟子迂闊的問題其實已經解決。可是，作為帝王的正祖與梁惠王、齊宣王類似，有強烈的實用主義目的，現實事功的考量與理想主義的堅守之間

〔註84〕　〔漢〕司馬遷《史記》，中華書局，1959 年版，第 2343 頁。
〔註85〕　〔清〕孫奇逢《四書近指》卷十四，《文淵閣四庫全書》本。

有難以彌合的鴻溝，以至於正祖認爲孟子的某些政治策略形同虛設，並無現實意義。如《孟子·梁惠王章句下》：

> 滕文公問曰：「滕，小國也。竭力以事大國，則不得免焉。如之何則可？」孟子對曰：「昔者大王居邠，狄人侵之。事之以皮幣，不得免焉；事之以犬馬，不得免焉；事之以珠玉，不得免焉。乃屬其耆老而告之曰：『狄人之所欲者，吾土地也。吾聞之也：君子不以其所以養人者害人。二三子何患乎無君？我將去之。』去邠，踰梁山，邑於岐山之下居焉。邠人曰：『仁人也，不可失也。』從之者如歸市。或曰：『世守也，非身之所能爲也。效死勿去。』君請擇於斯二者。」〔註86〕

宋儒楊時注此章曰：「孟子所論，自世俗觀之，則可謂無謀矣。」〔註87〕正祖確如楊時所言，批評孟子迂闊無謀，正祖曰：

> 孟子以「大王去邠」及「效死勿去」二者請擇於文公。而當文公之時，「效死勿去」可矣。滕國，五十里之外皆他國也，未有如大王之膴原西滸爲可建國，則雖欲去而之他，將安所適然？則去邠之說，不免虛設。〔註88〕

對於孟子提供給滕文公的兩個選擇，正祖認爲滕國地小民窮，築城鑿池，帶領國民，死守滕國，「效死勿去」，是唯一的選擇。至於效法周大王，離開滕國而徐圖自強，根本無此可能。因爲當時滕國處在齊、楚兩個大國之間，沒有一塊權力眞空地帶供其施行仁政，與周大王之時的情景已不可同日而語。因此，孟子所言「大王去邠」，對於滕文公來講是形同虛設，是脫離滕國現實的空想。

針對正祖的質疑，講官金載瓚對曰：

> 此章去邠，權也；死守，經也。以經權分言，使文公自擇而已。
>
> 可遷之有地無地，顧何必論耶？〔註89〕

金載瓚的觀點是承襲朱熹《孟子集注》之成說，朱熹注曰：

> 能如大王則避之，不能則謹守常法。蓋遷國以圖存者，權也；守正而俟死者，義也。審己量力，擇而處之可也。〔註90〕

正祖和金載瓚君臣都誤讀了朱熹的注釋，更誤讀了孟子的本意。殊不知孟子

〔註86〕〔宋〕朱熹《四書章句集注》，第 226 頁。
〔註87〕〔宋〕朱熹《四書章句集注》，第 226 頁。
〔註88〕〔韓〕正祖《孟子講義》，第 378 頁。
〔註89〕〔韓〕正祖《孟子講義》，第 378 頁。
〔註90〕〔宋〕朱熹《四書章句集注》，第 226 頁。

對於滕國的艱危處境早已洞若觀火，滕國之被鄰國吞併、社稷丘墟乃是必然之事，作為國君的滕文公若要忠於社稷，恐怕只有「效死勿去」之唯一選擇。但勸人捨身取義，實在是難開其口，更何況面對的是一國之君。不得已孟子才虛設遷國一策，雖是兩策並舉，實則只是一策。滕文公反躬自省、審時度勢，應該也能明白孟子本意。

朱熹引申孟子之意，指出滕國難保社稷：

> 滕是必亡無可疑者，況王政不是一日行得底事。他又界在齊、楚之間，二國視之，如太山之壓雞卵耳。若教他粗成次第，此二國亦必不見容也。若湯、文之興，皆在空閒之地，無人來覷他，故日漸盛大。若滕，則實是難保也。〔註91〕

朱熹弟子輔廣比較瞭解其師本意，他疏解朱熹注曰：

> 遷國以圖存者，大王是也；守正而俟死者，國君死社稷是也。在文公唯有此二法，故並舉以告之。然權非大賢以上不能為，經則人皆當勉也。故使文公審己量力，擇而取其一焉。夫大王之事，非文公所能為。然則孟子之意，固欲文公勉守其常法耳。〔註92〕

據史學家研究，滕國滅亡的時間大約在公元前 300 年左右。根據錢穆《先秦諸子繫年·孟子游滕考》的研究成果，可以確定孟子初到滕國是在公元前 322 年，離開滕國是在公元前 320 年。因此，孟子回答滕文公的時間距離滕國滅亡的時間僅有短短二十年，孟子在滕時，滕國已經是國運衰微，孟子縱有魯陽之戈，也難挽虞淵落日。時勢使然，雖聖賢亦無如之何？正祖責難孟子迂闊無謀，求全責備，有失公允。

四、孟子不尊王者的問題

正祖既然有時已經認定孟子迂闊無謀，那麼對於孟子所享受的禮遇就深致不滿，認為孟子所享受的崇高禮遇與其政治貢獻並不匹配，正祖與彭更一樣，都懷疑孟子所享受的禮遇過高，甚至有泰侈之失，《孟子·滕文公章句下》曰：「彭更問曰：後車數十乘，從者數百人，以傳食於諸侯，不以泰乎？」〔註93〕

正祖認為當時的國君如梁惠王、齊宣王等對孟子是非常尊重的，他們都

〔註91〕 〔明〕胡廣等纂修，周群、王玉琴校注《四書大全校注》，第803頁。
〔註92〕 〔明〕胡廣等纂修，周群、王玉琴校注《四書大全校注》，第803頁。
〔註93〕 〔宋〕朱熹《四書章句集注》，第271頁。

給孟子以極高的政治禮遇，又給孟子提供了很高的物質俸祿，可謂是盡到了禮賢下士的責任。與這些國君相比，孟子的態度似乎是不恭敬的，對待國君的態度有時是拒人千里之外，如《孟子‧公孫丑章句下》：

> 孟子致爲臣而歸。王就見孟子，曰：「前日願見而不可得，得侍同朝，甚喜；今又棄寡人而歸，不識可以繼此而得見乎？」
>
> 對曰：「不敢請耳，固所願也。」
>
> 他日，王謂時子曰：「我欲中國而授孟子室，養弟子以萬鍾，使諸大夫國人皆有所矜式。子盍爲我言之！」
>
> 時子因陳子而以告孟子，陳子以時子之言告孟子。
>
> 孟子曰：「然；夫時子惡知其不可也？如使予欲富，辭十萬而受萬，是爲欲富乎？季孫曰：『異哉子叔疑！使己爲政，不用，則亦已矣，又使其子弟爲卿。人亦孰不欲富貴？而獨於富貴之中有私龍斷焉。』古之爲市者，以其所有易其所無者，有司者治之耳。有賤丈夫焉，必求龍斷而登之，以左右望而罔市利。人皆以爲賤，故從而征之。征商自此賤丈夫始矣。」〔註94〕

正如景丑所言，正祖也只看到齊王尊敬孟子，未曾看到孟子尊敬齊王，正祖曰：

> 齊王之就見也，臨別之言，眷眷於繼此得見；嚮慕之意申申於中國萬鍾，至欲使國人矜式，則其所尊禮愛敬，固可謂勤且摯矣。聖人亦有際可之仕，孟子何若是邁邁，至引龍斷之説而拒之不受耶？〔註95〕

「際可之仕」見於《孟子‧萬章章句下》：「孔子有見行可之仕，有際可之仕，有公養之仕。於季桓子，見行可之仕也；於衛靈公，際可之仕也；於衛孝公，公養之仕也。」朱熹注曰：「見行可，見其道之可行也。際可，接遇以禮也。公養，國君養賢之禮也。」〔註96〕據此可知，所謂「際可之仕」就是國君以禮相待、待遇豐厚，士人可以出仕。正祖認爲齊王對待孟子完全符合「際可之仕」的要求，孟子拒絕齊王而浩然離去，未免有顯得有些倨傲不恭。

對於正祖的質疑，李魯春對曰：

> 齊王之言，外雖尊禮，實非誠心。孟子之適齊本爲行可之仕，

〔註94〕〔宋〕朱熹《四書章句集注》，第250～251頁。
〔註95〕〔韓〕正祖《孟子講義》，第382頁。
〔註96〕〔宋〕朱熹《四書章句集注》，第326頁。

則言不見用之後，豈可苟靡於矜式之虛文而不知去哉？若聖人際可

之仕，其初亦以際可而來故也。〔註97〕

李魯春的觀點是在程朱基礎上的進一步延伸，朱熹注徵引程子之言曰：

程子曰：齊王所以處孟子者，未爲不可，孟子亦非不肯爲國人矜

式者。但齊王實非欲尊孟子，乃欲以利誘之，故孟子拒而不受。〔註98〕

李魯春認爲孟子到齊國來的目的，是爲了得君行道，說服齊王施行仁政，出
仕齊國乃是行可之仕而非際可之仕，即孟子不是爲高官厚祿而來，自然也不
會因齊王的利祿之誘而羈留齊國。另外，齊王在實際政治上並不接納孟子的
仁政構想，至於「使國人矜式」孟子的虛文俗套，也無非是爲了博取尊賢養
士之名，表面上看是對孟子的尊禮，實則並非出於誠心。因此，孟子離開齊
國，其過原本就在齊王，正如陳櫟所言：「齊王固不得待孟子之道，尤爲不知
孟子之心。」〔註99〕

　　孟子不接受齊王萬鍾之祿的物質誘惑，浩然離開齊國，在正祖看來，是
屬於行爲上對國君的不敬。正祖還指出，孟子對國君的不敬，有時還表現在
君臣交往的語言上。如《孟子・梁惠王章句下》

孟子謂齊宣王曰：「王之臣有託其妻子於其友，而之楚遊者。

比其反也，則凍餒其妻子，則如之何？」王曰：「棄之。」曰：「士

師不能治士，則如之何？」王曰：「已之。」曰：「四境之內不治，

則如之何？」王顧左右而言他。〔註100〕

正祖針對此章發問曰：

此章前二節發問，專爲四境之內不治而設也。辭氣得無欠於雍

容耶？若《論語》則無此等問答。且使齊王知愧謝過，其於說而不

繹、從而不改，何哉？恐不如直說王政之直捷徑約。此所以爲聖賢

之分耶？先儒或云「四境之內不治」只是冷諷他，不著宣王身上。

或云直說在宣王身上。兩說孰是？〔註101〕

正祖對孟子「辭氣」的批評，是儒學史上的一個大命題，即聖賢在對君主表
達觀點時的言語選擇和辭氣態度問題。漢代以後，君主專制強化，這個問題

〔註97〕　〔韓〕正祖《孟子講義》，第383頁。

〔註98〕　〔宋〕朱熹《四書章句集注》，第251頁。

〔註99〕　〔明〕胡廣等纂修，周群、王玉琴校注《四書大全校注》，第849頁。

〔註100〕　〔宋〕朱熹《四書章句集注》，第220頁。

〔註101〕　〔韓〕正祖《孟子講義》，第378頁。

就顯得更為迫切。宋代儒者甚至以此評判孔孟聖賢境界之高下，如：

> 程子又曰：「孟子有些英氣。才有英氣，便有圭角，英氣甚害
> 事。如顏子便渾厚不同，顏子去聖人只豪髮間。孟子大賢，亞聖之
> 次也。」或曰：「英氣見於甚處？」曰：「但以孔子之言比之，便可
> 見。且如冰與水精非不光，比之玉，自是有溫潤含蓄氣象，無許多
> 光耀也。」〔註102〕

正祖提問中所援引之先儒乃是明代學者張振淵，陸隴其《四書講義困勉錄》
卷二十五載張振淵之言曰：「四境之內不治，亦只是大槩冷諷他，不著宣王身
上。」〔註103〕明代學者蔡清則持與之截然相反的觀點，他說孟子是「直說在
王身上。」〔註104〕孟子是否直接針對齊宣王發難，這是正祖比較關心的問題，
他以此為問，講官李顯默對曰：

> 顯默對：孟子之引君當道、格其非心者，固為第一義。而此章
> 辭氣英發，圭角太露。若使孔子處之，恐不當如是。然此特泛論事
> 理，而未必直指齊王身上。臣以前說為得正義。〔註105〕

李顯默也感到這個問題非常棘手，君臣關係固化之後，在驕主順臣眼中，孟
子確實有圭角太露之嫌。但是李顯默既要維護君主的政治權威，更要維護孟
子的道統地位，故此為聖賢開脫彌縫，說孟子是泛泛而論事理，並不針對齊
宣王本人。其實李顯默何嘗不知孟子本心，如此曲解聖賢之意，也是高壓政
治下為道統爭空間的不得已之策。

其實，正祖不滿於孟子對待國君的倨傲態度，所反映的本質問題還是道勢
之爭，正祖的君主身份使他更為關注社會地位的優越性，而擇善固執於民本思
想和道德理想的孟子，則堅持以道抗勢。關於孟子以道抗勢的思想史意義，楊
國榮《政道與治道——以孟子為中心的思考》有較為深入的分析，他說：

> 「道」和「善」以社會理想（包括道德理想）和道德追求為內
> 容，「勢」則表徵著社會的地位。這裡包含二重含義：就君主而言，
> 其賢明性往往表現在不以自身在社會政治結構中的地位（勢）自重，
> 而是將道德的追求放在更優先的方面（所謂『好善而忘勢』）；就賢

〔註102〕〔宋〕朱熹《四書章句集注》，第199頁。
〔註103〕〔清〕陸隴其《四書講義困勉錄》卷二十五，《文淵閣四庫全書》本。
〔註104〕〔明〕蔡清《四書蒙引》卷九，《文淵閣四庫全書》本。
〔註105〕〔韓〕正祖《孟子講義》，第378頁。

士而言，其人格的力量則在於不迎合或屈從於外在的地位，以道的認同消解勢位對人的壓抑（『樂道而忘勢』）。在君臣關係的如上形態中，似乎已多少流露出某種交往對等性的要求。……德位之分、樂道忘勢等觀念，同時也蘊含著對個體內在人格力量的肯定。……如果說，君臣之義及等級差異包含著某種個體從屬、依附的觀念，那麼，對人格獨立性的彰顯，則多少意味著在道德境界的層面逸出人與人之間的依附關係。〔註106〕

誠如楊國榮所言，在孔子、孟子爲代表的原始儒家確實試圖把君臣關係發展成對等性關係，如《論語·八佾》：

> 定公問：「君使臣，臣事君，如之何？」孔子對曰：「君使臣以禮，臣事君以忠。」

皇侃疏曰：

> 言臣之從君如草從風，故君能使臣得禮，則臣事君必盡忠也。君若無禮，則臣亦不忠也。〔註107〕

孟子進一步發展了孔子的君臣關係對等性思想，《孟子·離婁章句下》曰：

> 孟子告齊宣王曰：「君之視臣如手足，則臣視君如腹心；君之視臣如犬馬，則臣視君如國人；君之視臣如土芥，則臣視君如寇讎。
>
> 〔註108〕

孟子並不反對臣子對君主的忠誠，也把君臣關係視爲五倫關係中的重要一倫，但是孟子極力反對愚忠，反對無條件的盲目信從。孟子認爲在君臣關係之中，君主是作用力，而臣子是反作用力，君主的行爲決定了臣子的態度。因此，君臣關係和諧與否，責任在君主而非臣子，和諧的君臣關係是君仁臣忠，不和諧的君臣關係則是因君主德不配位所導致的。在孟子看來，君主不單是一個權力主體，更是一個道德主體。如果君主不能履行其道德責任，還要固守其政治權威的話，那麼以湯武革命的形式將其推翻也未嘗不可。故《孟子·梁惠王章句下》曰：

> 齊宣王問曰：「湯放桀，武王伐紂，有諸？」孟子對曰：「於傳有之。」曰：「臣弒其君，可乎？」曰：「賊仁者謂之賊，賊義者謂

〔註106〕楊國榮《孟子的哲學思想》，華東師範大學出版社，2009 年版，第 158～159 頁。
〔註107〕〔南朝·梁〕皇侃《論語義疏》卷二，中華書局 2013 年版，第 69 頁。
〔註108〕〔宋〕朱熹《四書章句集注》，第 295 頁。

之殘，殘賊之人謂之一夫。聞誅一夫紂矣，未聞弒君也。」〔註109〕

但是在董仲舒提出三綱，至班固《白虎通義》將三綱六紀固化以後，君爲臣綱就成了處理君臣關係的金科玉律。以至於韓愈在《拘幽操文王羑里作》中想像周文王面對獨夫民賊殷紂王時，竟然宣稱「臣罪當誅兮，天王聖明」。程頤還表彰韓愈「道得文王心出來，此文王至德處也」〔註110〕。孔孟所強調的君臣關係原本有對等性倫理的訴求，至此已經完全變質爲強制性倫理，即君主對臣子的強制性倫理規範。在君爲臣綱的倫理規範下，不要說湯武革命，即使是稍微對君主權威造成威脅的言論都會被認爲是大逆不道。即使這些言論是出自儒家經典，甚至出自孟子口中，也要遭受質疑批判。如《孟子·公孫丑章句下》記載，孟子準備入朝覲見齊王，齊王派使者來，謊稱自己有寒疾，不能親自來見孟子，希望孟子主動來拜見他。齊王態度不誠，不是對待賢者應該有的態度。孟子以其人之道還治其人之身，告訴使者自己也不幸生病，無法入朝。景丑氏批評孟子不敬齊王，孟子對曰：

> 天下有達尊三：爵一，齒一，德一。朝廷莫如爵，鄉黨莫如齒，輔世長民莫如德。惡得有其一以慢其二哉？〔註111〕

齊王雖然爵位高於孟子，但是孟子年齡長於齊王，德行高於齊王，齊王不應該怠慢孟子。但是正祖認爲孟子仰仗自己德高年長，三達尊有其二，孟子反而有怠慢齊王之嫌。既然孟子可以怠慢齊王，齊王爲何不可怠慢孟子呢？故正祖問曰：

> 此云「安得有其一以慢其二哉」，使齊王齒尊於孟子，則是有其二矣，可以慢孟子之一耶？〔註112〕

正祖還是在三達尊的數量多寡上較高下，其實三達尊不是平行關係，三者的重要性也不是均等的，正如講官洪履健所言：

> 三達尊之中，德最重，齒次之，爵又次之。苟有其德，則只此一箇足以優於彼，況兼德與齒乎？然當時齊王之所以尊孟子，在德不在齒，則假使齊王齒尊於孟子，其爲不可慢均矣。孟子此訓，特主於德而論其道理而已，顧何嘗以王一我二較量多寡也？〔註113〕

〔註109〕 〔宋〕朱熹《四書章句集注》，第221～222頁。
〔註110〕 〔宋〕程顥、程頤《二程集》，第232頁。
〔註111〕 〔宋〕朱熹《四書章句集注》，第244～245頁。
〔註112〕 〔韓〕正祖《孟子講義》，第382頁。
〔註113〕 〔韓〕正祖《孟子講義》，第382頁。

南宋學者饒魯評註此章曰：「景子之言，是人臣事君之常；孟子之言，是人君尊賢之道。」〔註114〕這個評註也可以用來審視正祖對孟子的批評，孟子擇善固執，強調的是君主尊賢之道，而正祖念念不忘的還是君主的政治權威，強調的是臣子對君主的誠敬。一言以蔽之，孟子是以道抗勢，而正祖則是以勢抗道，歸根結底，還是一個道勢之爭的老命題。

五、孟子不尊周的問題

正祖對孟子的政治思想頗多訾議，尤其是孟子對待殘存的周天子及周政權的態度問題。孟子主張仁政，游說梁惠王、齊宣王施行王道政治，正祖認為孟子的政治主張對周政權造成了巨大的威脅，對周天子毫無尊重之意。《孟子・梁惠王章句上》之「寡人之於國也」章，針對梁惠王富國強兵的願望，孟子提出了王道政治的理想藍圖：

> 不違農時，穀不可勝食也；數罟不入洿池，魚鱉不可勝食也；斧斤以時入山林，材木不可勝用也。穀與魚鱉不可勝食，材木不可勝用，是使民養生喪死無憾也。養生喪死無憾，王道之始也。〔註115〕

朱熹注曰：「王道以得民心為本，故以此為王道之始。」〔註116〕孟子的王道理想是一個完整的政治設計，首尾完足，有始有終，孟子又論述了「王道之成」所必備的條件：

> 五畝之宅，樹之以桑，五十者可以衣帛矣；雞豚狗彘之畜，無失其時，七十者可以食肉矣；百畝之田，勿奪其時，數口之家可以無飢矣；謹庠序之教，申之以孝悌之義，頒白者不負戴於道路矣。七十者衣帛食肉，黎民不飢不寒，然而不王者，未之有也。〔註117〕

朱熹注曰：「此言盡法制品節之詳，極裁成輔相之道，以左右民，是王道之成也。」〔註118〕孟子對梁惠王曾經抱有希望，故以王道政治相期許。孟子認為在魏國原有的政治實力基礎上，加上自己的王道設計，就能夠深得民心，實現王天下的理想。對於孟子捨棄周天子而勸說梁惠王施行王道的做法，正祖深表不滿，他說：

> 程子之論此章（寡人之於國也）曰：「聖賢亦何心哉？視天命

〔註114〕 〔明〕胡廣等纂修，周群、王玉琴校注《四書大全校注》，第841頁。
〔註115〕 〔宋〕朱熹《四書章句集注》，第203頁。
〔註116〕 〔宋〕朱熹《四書章句集注》，第204頁。
〔註117〕 〔宋〕朱熹《四書章句集注》，第204頁。
〔註118〕 〔宋〕朱熹《四書章句集注》，第204頁。

之改與未改耳。」先儒釋之曰:「天命之改與未改,驗之人心而已。」此固然矣。而但梁王之問不出利國,齊王之問只在桓、文,則周室雖云衰微,當時諸侯猶不敢輕窺天王之家,即此可見。然則孟子何由知天命之必改,人心之必離,而遽以王道勸齊、梁之君耶?〔註119〕

正祖所言「程子」是指程頤,程頤論之曰:

> 或謂孔子尊周,孟子欲齊王行王政,何也?先生曰:譬如一樹,有可栽培之理則栽培之,不然須別種。賢聖何心?視天命之改與未改爾。〔註120〕

正祖所言「先儒」是指南宋理學家陳櫟,陳氏論此章曰:

> 天命之改未改,驗之人心而已。人心猶知尊周,可驗天命未改,則當守天下之經,文王、孔子之事是也。人心不知有周,可驗天命已改,不得不達天下之權,武王、孟子之事是也。〔註121〕

正祖並不否定人心決定天命、天命取決於人心,但是正祖質疑孟子之處在於,孟子是如何確定周王朝已失人心,進而窺見天命已改?講官金載瓚對曰:

> 孟子之時,周室將亡,人心已去,天命之必改,蓋無難知。而齊、梁之君言不及王道者,特其伎倆不外於富強一事,故孟子告之以王道。豈其彼猶尊周而反使奪周耶?〔註122〕

金載瓚的觀點有點含混不清,不如朱熹說得明白透徹,《朱子語類》曰:

> 伊川說:「孟子說齊梁之君行王政,王者,天下之義主也。聖賢亦何心哉,視天命之改與未改爾。」於此數句,未甚見得明。
>
> 先生卻問:至云天命之改與未改,如何見得?
>
> 曰:莫是周末時禮樂征伐皆不出於天子,生民塗炭,而天王不能正其權以救之否?
>
> 曰:如何三晉猶尚請命於周?
>
> 曰:三晉請命既不是,而周王與之亦不是。如溫公所云云,便是天王已不能正其權。
>
> 曰:如何周王與之不是,便以爲天命之改?

〔註119〕 〔韓〕正祖《孟子講義》,第 377 頁。
〔註120〕 〔宋〕程顥、程頤《二程集》,第 415 頁。
〔註121〕 〔明〕胡廣等纂修,周群、王玉琴校注《四書大全校注》,第 771 頁。
〔註122〕 〔韓〕正祖《孟子講義》,第 377 頁。

　　曰：至見得未甚明。舊曾記得程先生說譬如一株花，可以栽培
則須栽培，莫是那時已是栽培不得否？

　　曰：大勢已去了。三晉請命於周，亦不是知尊周，謾假其虛聲
耳。大抵人心已不復有愛戴之實。自入春秋以來，二百四十年間，
那時猶自可整頓。不知周之子孫，何故都無一人能明目張膽出來整
頓。到孟子時，人心都已去。〔註123〕

朱熹師徒認爲周朝天命轉移、民心離散的表徵有三個：第一，禮樂征伐不自
天子出，周王朝失去了實際的政治權威；第二，雖然三晉等諸侯國依然朝覲
請命於周天子，但那只是儀式上的虛文，並無實際尊周之意；第三，生民塗
炭，周天子不能救民於水火。因此，周王朝大勢已去的政治現實已經是戰國
時期的共識，這一點對於孟子來說，並非什麼難知難曉之事。

　　但是出於君主本位立場的正祖始終不肯承認這個政治現實，他認爲既然
周天子尚且在位，周王朝尚且維持殘存的統治，周朝的政治名分尚在，那麼，
孟子就不該另擇新主。《孟子·離婁章句上》曰：

　　孟子曰：三代之得天下也以仁，其失天下也以不仁。國之所以
廢興存亡者亦然。天子不仁，不保四海；諸侯不仁，不保社稷；卿
大夫不仁，不保宗廟；士庶人不仁，不保四體。今惡死亡而樂不仁，
是猶惡醉而強酒。〔註124〕

正祖責難孟子曰：

　　孟子之時，周室雖微，猶天子也。況宣、平之際，朝覲會同，未
嘗去周室而之他。故幽、厲之不仁也，而天下猶不能不尊周。則孟子之
於此章直曰「三代之失天下」，何也？孟子之意，固以東遷以後不足謂
有天下而爲天子。然天子之名故在也，豈容遽歸之失天下耶？〔註125〕

其實，正祖對孟子的責難並非首創，關於孟子不尊的批評之聲在北宋曾經引
起了巨大的爭議。黃俊傑在《宋儒對孟子政治思想的爭辯及其蘊涵的問題》
一文中指出：「宋儒關於孟子政治思想爭辯的論點甚多，其所蘊涵之問題亦復
不少，但是他們對孟子的爭議之引爆點在於：孟子不尊周的態度。」〔註126〕

〔註123〕〔宋〕朱熹《朱子語類》，中華書局 2007 年版，第 1224 頁。
〔註124〕〔宋〕朱熹《四書章句集注》，第 282 頁。
〔註125〕〔韓〕正祖《孟子講義》，第 387 頁。
〔註126〕黃俊傑《中國孟學詮釋史論》，社會科學文獻出版社 2004 年版，第 114 頁。

較早提出孟子不尊周問題的學者是李覯，《宋稗類鈔》記載李覯軼事曰：

> 李覯，字泰伯，旴江人。賢而有文章，蘇子瞻諸公極推重之。素不喜佛，不喜孟子。好飲酒。一日，有達官送酒數斗，泰伯家釀亦熟，然性介僻，不與人往還。一士人知其富有酒，無計得飲，乃作詩數首罵孟子，其一云：「完廩捐階未可知，孟軻深信亦還癡。丈人尚自爲天子，女婿如何弟殺之。」又云：「乞丐何曾有二妻，鄰家焉得許多雞。當時尚有周天子，何必紛紛說魏齊。」李見詩大喜，留連數月，所與談莫非罵孟子也。〔註127〕

李覯認爲在對待周天子的態度上，孟子甚至不如五霸之君，五霸之君尙知尊周，哪怕只是虛有其表，也表明了一種尊周的態度。至於孟子，這個態度也沒有了。故其《常語》曰：

> 孟子曰：「五霸者，三王之罪人也。」吾以爲孟子者，五霸之罪人也。五霸率諸侯事天子，孟子勸諸侯爲天子，苟有人性者，必知其逆順耳矣。孟子當周顯王時，其後尚且百年而秦並之。嗚呼！孟子忍人也，其視周室如無有也。〔註128〕

何以孟子急切地游說梁惠王、齊宣王施行王道，甚至勸其取周天子而代之，李覯認爲孟子完全是出於個人利祿考慮，他說：

> 夫周顯王未聞有惡行，特微弱爾。非紂也，而齊、梁不事之；非桀也，而孟子不就之。嗚呼！孟子之欲爲佐命，何其躁也！〔註129〕

李覯對孟子的責難曾經引起很大的波瀾，宋儒余允文撰《尊孟辯》逐條駁斥，李覯的觀點幾乎被全部駁倒。尤其是經過朱熹的表彰之後，尊孟已經成爲思想史上的主要潮流，疑孟的潮流日漸式微。

明太祖朱元璋出於君主專制的立場，刪減孟子文本，命臣下編訂《孟子節文》，對孟子的批評達到了頂峰。正祖對孟子不尊周問題的批評，學術觀點上與李覯大致相似，在政治立場上與朱元璋基本相同。何以孟子的政治觀點會引起專制帝王的反感？因爲孟子是民本位的政治立場，孟子非常重視民心，孟子認爲，天命嬗變取決於民心向背，民心決定天命的走向、決定政治的成敗。政權的合法性取決於民心，君主的政治地位也取決於民心。如果君

〔註127〕〔清〕潘永因編《宋稗類鈔》卷二十五，《文淵閣四庫全書》本。
〔註128〕〔宋〕余允文《尊孟辯》卷中，《文淵閣四庫全書》本。
〔註129〕〔宋〕余允文《尊孟辯》卷中，《文淵閣四庫全書》本。

主違背民心，倒行逆施，那麼其統治也就行將結束。這就是孟子著名的「民貴君輕」思想，關於這種思想的政治內涵，徐復觀《儒家政治思想的構造及其轉進》一文有深入分析，其文曰：

> 《尚書》「民爲邦本」的觀念，正與德治的觀念互相表裏。中國政治思想，很少著重於國家觀念的建立，而特著重於確定以民爲政治的唯一對象。……由此可知孟子「民爲貴」的說法，只是中國政治思想之一貫的觀點。在人君上面的神、人君所憑藉的國以及人君本身，在中國思想正統的儒家看來，都是爲民而存在，都是以對於民的價值的表現爲各自價值的表現。可以説神、國、君都是政治中的虛位，而民才是實體。所以不僅殘民以自逞的暴君污吏在儒家思想中不承認其政治上的地位，即不能「以一人養天下」而要「以天下養一人」的爲統治而統治的統治者，中國正統的思想亦皆不承認其政治上的地位。〔註130〕

在君民關係的輕重緩急問題上，正祖與孟子的觀點可謂是背道而馳，作爲君主的正祖無論如何也不可能接受君主爲虛位的政治設計，這也是正祖批評孟子不尊周問題的關鍵所在。孟子的王道政治和民本主義不見用於專制帝王，也是歷史局限性的必然結果，正如黃俊傑所言：

> 因爲孟子的政治思想以人民的福祉爲施政的最高標準，是建立在「人民主體性」之上的。但是自從秦始皇統一中國以後幾千年來的中國政治現實，是以一家一姓的利益爲中心而展開的，是建立在「君主主體性」之上的。德川時代的日本與李朝時代的朝鮮也是如此。因此，孟子的政治思想之不爲帝制中國、德川日本以及李朝的專制統治者所接受，乃是歷史的必然。〔註131〕

六、餘論

除了前文所論之外，正祖對於孟子的批評還有很多，正祖多次指出孟子在立身處世方面有自相矛盾之處。如《孟子・公孫丑章句下》：

> 孟子去齊。充虞路問曰：「夫子若有不豫色然。前日虞聞諸夫子曰：『君子不怨天，不尤人。』」曰：「彼一時，此一時也。五百年

〔註130〕徐復觀《學術與政治之間》，九州出版社 2014 年版，第 49～50 頁。
〔註131〕黃俊傑《孟子》，生活・讀書・新知三聯書店 2013 年版，第 93 頁。

必有王者興，其間必有名世者。由周而來，七百有餘歲矣。以其數
則過矣，以其時考之則可矣。夫天未欲平治天下也，如欲平治天下，
當今之世，舍我其誰也？吾何爲不豫哉？」〔註132〕

正祖與充虞有相似的疑問，對於孟子前後言論行爲之不一致，憂樂感情變化
之不同，表示難以理解，正祖曰：

充虞有不怨尤之問，而孟子以「彼一時，此一時」答之，則孟
子此時固不能無不豫，可知。末又曰：「吾何爲不豫哉？」一章之内，
首尾得不矛盾耶？〔註133〕

講官曹允大對曰：

不能無不豫，聖賢之憂世也；吾何爲不豫，聖賢之樂天也。故
此章「以其時考之」以上以理言也，理當如此而不如此，則不能無
不豫者，不亦宜乎？「天未欲平治」以下以氣數言也，氣數之所使，
雖聖賢亦未如之何，則吾何爲不豫者，不亦宜乎？豫與不豫，似若
矛盾，而固皆有所以也。〔註134〕

曹允大的對答幾乎全是沿襲輔廣之成說，輔廣釋此章曰：

不能無不豫，憂世之志也；實未嘗不豫，樂天之誠也。憂樂，
自常情觀之，則相反；自聖賢言之，則並行而不悖也。自五百年至
則可矣觀之，則孟子不能無不豫然也；自夫天未欲平治以下觀之，
則孟子實未嘗不豫也。〔註135〕

再如《孟子·離婁章句上》：

孟子曰：「天下有道，小德役大德，小賢役大賢；天下無道，
小役大，弱役強。斯二者，天也。順天者存，逆天者亡。齊景公曰：
『既不能令，又不受命，是絕物也。』涕出而女於吳。今也小國師
大國而恥受命焉，是猶弟子而恥受命於先師也。如恥之，莫若師文
王。師文王，大國五年，小國七年，必爲政於天下矣。」〔註136〕

正祖質疑曰：

此云：「天下有道，小德後大德，小賢後大賢；天下無道，小

〔註132〕〔宋〕朱熹《四書章句集注》，第252頁。
〔註133〕〔韓〕正祖《孟子講義》，第383頁。
〔註134〕〔韓〕正祖《孟子講義》，第383頁。
〔註135〕〔明〕胡廣等纂修，周群、王玉琴校注《四書大全校注》，第852頁。
〔註136〕〔宋〕朱熹《四書章句集注》，第284頁。

役大，弱役強。斯二者，天也。順天者存，逆天者亡。」信斯言也。當天下無道之時，雖有大德大賢，不惟其力之所不能及，亦不當逆天而強服之也，明矣。孟子之時，天下之無道孰甚焉？下文又曰：「師文王，大國五年，小國七年，必爲政於天下。」前後之言得不矛盾耶？〔註137〕

正祖認爲孟子既然說政治昏暗之時，國力弱小的國家受制於國力強盛的國家，這是難以否定的客觀事實，強調了弱小國家在霸道政治之下的艱難處境。下文又強調弱小國家實施王道的重要性，哪怕這個國家弱小如文王發跡之時，也可以在很短的時間內強盛起來。正祖認爲孟子的王道理想主義確實有脫離現實之弊，說來甚是簡單，但是處在列國紛爭之時，施行起來又談何容易。

講官李魯春對曰：

天下有道之時，氣數與天理沕合，而人事無庸變之，此只當順天而不可逆天也。天下無道之時，氣數與天理乖舛，而人事不得不變之，此可以反漓爲淳，反亂爲治，則天地之氣數亦豈無轉衰爲盛之道乎？上節以順天言，下節以回天言，若相矛盾而實相發明也。〔註138〕

李魯春的觀點也是宋明儒者的慣常論調，如饒魯釋此章曰：

小德大德，小賢大賢，以理言；小大強弱，以勢言。蓋天下有理有氣，就事上說氣，便是勢。纔到勢之當然處，便非人之所能爲，即是天了。又曰賢兼才德，以政事言也。雖曰時勢如此，然有大德者便能回天，便勝這勢。如文王自小至大，由百里而三分有二，不爲紂所役，此可以見德足以勝時勢處。〔註139〕

李魯春所言「氣數」即是饒魯「勢」，即特定的歷史事實；「天理」即是饒魯所言「理」，即歷史發展的客觀規律；「人事」即饒魯所言「政事」，即人對於歷史的創造性。饒、李兩家都承認歷史發展有其客觀規律，人處在歷史的脈絡中，不能違背現實的歷史處境，也不能與歷史發展的客觀規律背道而馳，從這個意義上說，人是歷史的創造物。但是歷史的發展有時會偏離正常的軌道，此時賢德之士就有責任和義務力挽狂瀾，將失衡的歷史復歸到正常的軌

〔註137〕〔韓〕正祖《孟子講義》，第388頁。
〔註138〕〔韓〕正祖《孟子講義》，第388頁。
〔註139〕〔明〕胡廣等纂修，周群、王玉琴校注《四書大全校注》，第852頁。

道上來，比如將霸道政治轉變爲王道政治，如此說來，歷史又是人的創造物。正祖忽視了人對歷史的能動性改造，單方面強調人對歷史的順從，難免認爲孟子的觀點前後不一，自相矛盾。

在本文結束之前，論述一下正祖疑孟思想的積極意義。正祖對於孟子的批評有些時候是誤讀，但誤讀的動機各有不相同，誤讀所產生的意義也有正負之分。正祖的有些誤讀的動機是無意之誤讀，這種誤讀是屬於學術層面的理解偏差，其意義自然是負面的，不利於學術的正常發展。正祖對於孟子心性之學的質疑，幾乎都是屬於這種誤讀，比如正祖對《孟子‧告子篇》的心性解讀，多與孟子本意牴牾扞格。在更多情況下，正祖的誤讀是有意之誤讀，正祖對於孟子政治觀點的批評，多是有意與孟子爲難，這種誤讀是屬於政治層面的分歧，有積極性的意義。不可否認，孟子在道德理想主義規約下的王道政治設計，如井田制等復古政治理論，明顯與當時的歷史現實不符。孟子其他的政治理論，也並非完美無瑕。另外，朱熹之後的孟子學，研究重心落在了心性之學上，重視內聖而忽視外王，重視人性論而忽視政治論，玄言空疏之弊日漸呈露。正祖從經世致用的角度出發，批評孟子政治理論的不合理之處，對於孟子學研究中的空疏之弊是有警示作用的。最後，對照正祖和講官的問答，精妙處是在正祖之提問，而非講官之回答。講官的回答受朱熹的籠罩太深，大都唯唯諾諾、謹小愼微，從《孟子集注大全》中綴拾前人成說，絏合歸納，學術創見甚少。反觀正祖，不單質疑孟子，懷疑經文，更對朱熹注釋時有反駁，精光閃耀之處頗多，有助於打破當時學界對朱熹孟子學的迷信，消解朱熹孟子學的在朝鮮半島的權威學術地位。

第二章　杜詩學專題研究

第一節　「老杜似孟子」闡微

　　杜甫在詩學藝術和儒學思想兩個方面均有極高之造詣，但是其儒學思想被詩學盛名所掩，故論杜甫詩學者多而論杜甫儒學者少。本文則著重論述杜甫的儒學思想成就，尤其是杜甫對孟子思想的繼承與拓展。本文認為，杜甫在精神氣質方面與孟子異常相似，在他們身上都體現出狂者的精神和獨立的人格。杜甫具有孟子的仁愛情懷，仁民愛物，推己及人，實現了個體與宇宙萬物的和諧共存。更為重要的是，杜甫持守孟子首倡的人倫觀念，試圖重新調適被安史之亂打破的儒家倫常秩序，其詩歌具有重振綱常的思想史意義。

一、黃徹與「老杜似孟子」說的提出

　　杜甫的家族有源遠流長的儒學傳統，杜甫在《進雕賦表》中所言：「臣之近代陵夷，公侯之貴磨滅，鼎銘之勳不復照耀於明時。自先君恕、預以降，奉儒守官，未墜素業矣。」〔註1〕雖然在事功方面，杜氏家族到杜甫這一代開始呈現出式微的態勢，已經沒有往日的榮貴繁華；但是在儒學方面，杜甫卻堅守從遠祖杜恕、杜預以來的家族傳統，並以詩歌的形式闡發儒學內蘊，把文學和儒學妙合無間地統一起來。對此，錢穆在《中國儒學與文化傳統》中有精妙的概括：

〔註1〕〔清〕仇兆鰲《杜詩詳注》，中華書局1979年版，第2172頁。

　　　　韓昌黎詩云：「國朝盛文章，子昂始高蹈。」唐詩人自陳子昂
　　之後有李太白，此兩人皆有意上本《詩經》來開唐代文學之新運。
　　但此兩人在唐代之復古運動，或開新運動中仍未能達到明朗化，或
　　說確切化。即所謂匯通儒學與文學之運動，即納文學於儒學中之運
　　動，其事須到杜甫，而始臻完成。杜詩稱為「詩史」，其人亦被稱為
　　「詩聖」。杜詩之表現，同時亦即是一種儒學之表現。故說直到杜甫，
　　才能真將儒學、文學匯納歸一。換言之，即是把儒學來作文學之靈
　　魂。〔註2〕

經過錢穆的分析，我們不難看出，杜甫與儒學之間的關係非常密切，儒學已
經成為杜甫詩歌的靈魂。後世學者稱譽杜甫為「詩聖」，聖人本來就是屬於儒
家體系中的理想人格，用「詩聖」來指稱杜甫，不單是基於其詩歌成就的思
考，也是對杜甫儒學修為和完美人格的認定。

　　杜甫與儒學的關係既然如此密切，但是我們還要做一番更為細密的分
疏，還要分析杜甫思想中的儒學因素是屬於哪一種類型。畢竟儒學本身有
其豐富複雜性，從孔孟以來至唐代中期，儒學經歷了漫長的發展歷程，呈
現不同的發展階段，有孔孟為代表的原始儒學，有漢代的政治儒學，還有
漢唐訓詁為主要形式的經院化儒學，杜甫是屬於這些類型中的哪一類呢，
或者說哪一位儒家學者對杜甫的影響最大呢？宋代學者黃徹一言以蔽之，
曰「老杜似孟子」，他認為孟子是對杜甫影響最大的儒家學者，黃徹《碧溪
詩話》卷一曰：

　　　　《孟子》七篇，論君與民者居半，其餘欲得君，蓋以安民也。
　　觀杜陵「窮年憂黎元，歎息腸內熱」。「胡為將暮年，憂世心力弱」。
　　《宿花石戍》云：「誰能叩君門，下令減征賦。」《寄柏學士》云：「幾
　　時高議排君門，各使蒼生有環堵。」寧令「吾廬獨破受凍死亦足」，
　　而志在「大庇天下寒士」。其心廣大，異夫求穴之螻蟻輩，真得孟子
　　所存矣。東坡問老杜何如人？或云是司馬遷，但能名其詩耳。愚謂
　　老杜似孟子，蓋原其心也。〔註3〕

杜甫之於詩歌誠如司馬遷之於史傳，這只是論述了杜甫的文學成就，若論其
思想成就，則杜甫與孟子確實有諸多一致之處。

<hr />

〔註2〕錢穆《中國學術通義》，聯經出版事業公司1998年版，第82頁。
〔註3〕〔宋〕黃徹《碧溪詩話》卷一，《文淵閣四庫全書》本。

二、杜甫與孟子狂者精神的一致性

　　杜甫留給後人的形象是愁容滿面的憂者，殊不知杜甫其實是藐視權貴的狂者。《新唐書》卷二百一《杜甫傳》記載杜甫的狂放之事曰：

> 會嚴武節度劍南東西川，往依焉。武再帥劍南，表爲參謀檢校工部員外郎。武以世舊待甫甚善，親至其家，甫見之，或時不巾，而性褊躁傲誕，嘗醉登武牀，瞪視曰：「嚴挺之乃有此兒！」武亦暴猛，外若不爲忤，中銜之。一日欲殺甫及梓州刺史章彝，集吏於門，武將出，冠鉤於簾三，左右白其母，奔救得止，獨殺彝。〔註4〕

杜甫在詩歌中也一再自言其狂，最爲典型的是《狂夫》：

> 萬里橋西一草堂，百花潭水即滄浪。
>
> 風含翠筿娟娟淨，雨裛紅蕖冉冉香。
>
> 厚祿故人書斷絕，恒飢稚子色淒涼。
>
> 欲塡溝壑惟疎放，自笑狂夫老更狂。

故交雖然官高祿厚，卻不肯對杜甫有所援助，反而是避之唯恐不及，以至於音問不通，書信斷絕。故人之薄情，也是嫌貧愛富的習見心理所致，當然，也與杜甫的狂傲有關，故人不願與杜甫親近。「厚祿故人書斷絕」直接導致的結果是「恒飢稚子色淒涼」。父母無不愛其子，即使家境窘迫，也會首先滿足孩子的衣食所需，現在杜甫的幼子時常飢餓以至於臉色憔悴，則作爲父親的杜甫，其受餓的程度更甚幼子，所以此時的杜甫隨時都有被餓死的危險，即「塡溝壑」，但是杜甫卻不會因爲物質條件的艱窘而放棄自己的操守，不會因爲升斗之祿米而諂媚官長。狂似乎是年輕人的專利，年輕人不諳世事，心高氣傲，感性會壓到理性，狂是可以理解的；隨著年齡的增長，人情的歷練，會變得理性沉穩，理性克制感性，老年人狂傲的比例就比較少。杜甫卻與之相反，他堅守儒家君子固窮之道，「貧賤不能移」，反而是越老越狂。

　　杜甫的狂有家庭方面的影響，或者說先天遺傳的因素。杜甫的祖父杜審言就是初唐時期的詩壇狂者。《新唐書》卷二百一《杜審言傳》記載其狂者事蹟曰：

> 杜審言字必簡，襄州襄陽人，晉征南將軍預遠裔。擢進士，爲隰城尉。恃才高，以傲世見疾。蘇味道爲天官侍郎，審言集判，出謂人曰：「味道必死。」人驚問故，答曰：「彼見吾判，且羞死。」

〔註4〕　〔宋〕歐陽修、宋祁等《新唐書》，中華書局 1975 年版，第 5738 頁。

又嘗語人曰「吾文章當得屈、宋作衙官，吾筆當得王羲之北面」，其矜誕類此。

　　初審言病甚，宋之問、武平一等省候何如。答曰：「甚爲造化小兒相苦，尚何言！然吾在久壓公等，今且死，固大慰。但恨不見替人云。」〔註5〕

杜甫自己也承認他的狂者氣質受其祖父的影響，王定寶《唐摭言》卷十二：

　　杜工部在蜀，醉後登嚴武之床，屬聲問武曰：「公是嚴挺之子乎？」武色變。甫復曰：「僕乃杜審言兒。」於是少解。〔註6〕

雖然同爲狂者，杜甫的狂與杜審言的狂還是有很大的差異。杜審言的狂是氣質使然，先天才性的優越導致了他目空一切，杜審言的狂是盲目的才性之狂，是才子之狂；杜甫則經歷了安史之亂的困頓流離，卻依然堅守了士大夫的人格尊嚴，因此，杜甫的狂是經過反省之後的義理之狂，是儒者之狂。單純從家族血統遺傳角度還不足深刻理解杜甫的狂，杜甫的狂還有更深層次的思想統緒，這個統緒的源頭就是孟子。

　　孟子所處的戰國時代，諸侯之間連年征戰，功利主義盛行，梁惠王開口便問孟子有何方法「利吾國」，能夠富國強兵的法家和善於處理國家關係的縱橫家成爲當時的顯學，而儒家則被邊緣化，儒家知識分子也被輕視。孟子則逆流而上，倡言義利之辨、王霸之辨和人禽之辨，以道抗勢，力挽狂瀾，維護了儒者的人格尊嚴。〔註7〕當然，在人格舉世頹靡的時代，孟子也被時人目之爲狂者。《孟子·公孫丑章句下》就記載了孟子與齊王之間的道勢之爭：

　　天下有達尊三：爵一，齒一，德一。朝廷莫如爵，鄉黨莫如齒，輔世長民莫如德，惡得有其一以慢其二哉？故將大有爲之君，必有所不召之臣；欲有謀焉，則就之。其尊德樂道，不如是，不足與有爲也。故湯之於伊尹，學焉而後臣之，故不勞而王；桓公之於管仲，學焉而後臣之，故不勞而霸。今天下地醜德齊，莫能相尚，無他，好臣其所教，而不好臣其所受教。湯之於伊尹，桓公之於管仲，則不敢召。管仲且猶不可召，而況不爲管仲者乎？」〔註8〕

〔註5〕〔宋〕歐陽修、宋祁等《新唐書》，第5736頁。

〔註6〕〔五代〕王定寶《唐摭言》，中華書局1985年版，第118～119頁。

〔註7〕杜維明《孟子：士的自覺》，《國際儒學研究》（第一輯）。

〔註8〕〔宋〕朱熹《四書章句集注》，中華書局1983年版，第244～245頁。

孟子認爲爵位確實是品量人物的重要標準，但是爵位不是唯一標準，也不是最爲重要的標準，而且爵位的適用範圍也只是在朝廷之中。品量人物還有另外兩個重要的領域和標準，鄉黨之間的尊卑次序是要以年齡來排列，至於輔助君主來統治百姓，則非任用道德高尚的人不可。因此，齊王不能以帝王的顯赫爵位來怠慢既年長又德高的孟子。即使從功利主義的角度來看，遵德樂道、重視人才，也是稱霸天下的重要因素。正如商湯王天下，是因爲尊重而且重用伊尹；齊桓公霸天下，是因爲尊重而且重用管仲。孟子是用年齡和道德對抗爵位獨尊的政治體系，也不僅維護了儒者的尊嚴，也體現出與統治者共治天下的訴求。

在《孟子・盡心上》也有類似的表達：

> 孟子曰：古之賢王好善而忘勢，古之賢士何獨不然？樂其道而忘人之勢。故王公不致敬盡禮，則不得亟見之。見且由不得亟，而況得而臣之乎？〔註9〕

對於孟子以道抗勢的思想史意義，楊國榮《政道與治道——以孟子爲中心的思考》有較爲深入的分析，他說：「『道』和『善』以社會理想（包括道德理想）和道德追求爲內容，『勢』則表徵著社會的地位。這裡包含二重含義：就君主而言，其賢明性往往表現在不以自身在社會政治結構中的地位（勢）自重，而是將道德的追求放在更優先的方面（所謂『好善而忘勢』）；就賢士而言，其人格的力量則在於不迎合或屈從於外在的地位，以道的認同消解勢位對人的壓抑（『樂道而忘勢』）。在君臣關係的如上形態中，似乎已多少流露出某種交往對等性的要求。……德位之分、樂道忘勢等觀念，同時也蘊含著對個體內在人格力量的肯定。……如果說，君臣之義及等級差異包含著某種個體從屬、依附的觀念，那麼，對人格獨立性的彰顯，則多少意味著在道德境界的層面逸出人與人之間的依附關係。」〔註10〕

三、杜甫與孟子迂闊性格的一致性

除了狂之外，杜甫與孟子精神氣質的契合還體現在迂闊上。《新唐書》卷二百一《杜甫傳》：「甫曠放不自檢，好論天下大事，高而不切。」葛立方《韻語陽秋》也有類似的評價：

> 老杜高自稱許，有乃祖之風。上書明皇云：「臣之述作，沈欝

〔註9〕〔宋〕朱熹《四書章句集注》，第358頁。
〔註10〕楊國榮《孟子的哲學思想》，華東師範大學出版社，2009年版，第158～159頁。

頓挫，揚雄、枚皋可企及也。」《壯遊》詩則自比於崔、魏、班、揚，又云：「氣劇屈賈壘，目短曹劉牆。」《贈韋左丞》則曰：「賦料揚雄敵，詩看子建親。」甫以詩雄於世，自比諸人，誠未爲過。至「竊比稷與契」，則過矣。史稱「甫好論天下大事，高而不切」，豈自比稷契而然耶？至云：「上感九廟焚，下憫萬民瘡。斯時伏青蒲，廷爭守禦床。」其忠蓋亦可嘉矣。〔註11〕

杜甫「高而不切」、「高自稱許」實際上與孟子「迂遠而闊於事情」並無二致，司馬遷《史記》卷七十四《孟子傳》曰：

> 孟軻，鄒人也。受業子思之門人，道既通，遊事齊宣王，宣王不能用。適梁，梁惠王不果所言，則見以爲迂遠而闊於事情。當是之時，秦用商君，富國強兵。楚魏用吳起，戰勝弱敵。齊威王、宣王用孫子、田忌之徒，而諸侯東面朝齊。天下方務於合從連衡，以攻伐爲賢。而孟軻乃述唐虞三代之德，是以所如者不合。〔註12〕

在儒家的語言體系中，迂有兩個涵義，第一個見於朱熹對孔子性格的分析。《論語·子路》篇曰：

> 子路曰：「衛君待子而爲政，子將奚先？」子曰：「必也正名乎。」子路曰：「有是哉，子之迂也！奚其正？」子曰：「野哉由也！君子於其所不知，蓋闕如也。名不正，則言不順；言不順，則事不成；事不成，則禮樂不興；禮樂不興，則刑罰不中；刑罰不中，則民無所措手足。」〔註13〕

朱熹注曰：「迂謂遠於事情，言非今日之急務也。」〔註14〕結合《史記》所言，當時諸侯以富國強兵爲「今日急務」，而孟子不合時宜地大談堯舜之道，在霸道橫行的戰國自然沒有唐虞王道的生存空間，以至於時人以孟子爲迂。杜甫也是如此，唐玄宗好大喜功，邊疆統帥投其所好，輕啓戰端。天寶十年，鮮于仲通率軍八萬征討南詔，在西洱河慘敗，六萬將士橫死疆場。唐玄宗下詔徵兵再戰，楊國忠派遣御史抓壯丁，不問青紅皂白，把青壯男性鎖拿之後強制性地送到軍營。杜甫目睹了百姓妻離子散、哭聲震天的慘劇，憤然寫下了

〔註11〕　〔宋〕葛立方《韻語陽秋》，中華書局 1985 年版，第 61 頁。

〔註12〕　〔漢〕司馬遷《史記》，中華書局 1959 年版，第 2343 頁。

〔註13〕　〔宋〕朱熹《四書章句集注》，第 143 頁。

〔註14〕　〔宋〕朱熹《四書章句集注》，第 143 頁。

《兵車行》一詩，將批判的矛頭隱然指向了唐玄宗，即「邊庭流血成海水，武皇開邊意未已。君不聞，漢家山東二百州，千村萬落生荊杞，縱有健婦把鋤犁，禾生隴畝無東西。」杜甫民本主義的思想與唐代「武皇開邊」的外交政策冰炭不同爐，也無怪乎被認爲是「高而不切」的迂者。

迂的另外一個涵義見於呂公著對司馬遷性格的分析，朱熹《宋名臣言行錄》卷七記載其事曰：

> 上謂晦叔曰：「司馬光方直，其如迂闊何？」晦叔曰：「孔子上聖，子路猶謂之迂。孟軻大賢，時人亦謂之迂闊。況光豈免此名？大抵慮事深遠則近於迂矣。願陛下更察之。」〔註15〕

按照呂公著的解釋，「慮事深遠則近於迂」，孟子和杜甫確實是慮事深遠，有很強的政治預見性。孟子始終排斥霸道而提倡王道，對於霸道之弊剖析甚多，之後歷史的發展印證了孟子的預見，秦始皇用暴政統一六國，卻也是迅速地土崩瓦解，二世而亡，漢初賈誼在《過秦論》中分析秦朝滅亡的原因就是「仁義不施而攻守之勢異也」。同樣，對於大唐王朝的命運，杜甫也有敏感的預見性，他寫下了《飲中八仙歌》委婉地表達了這種隱憂，正如程千帆所言：「杜甫是當時社會中的一個先覺者，他感覺到了表面美妙的社會政治情況之下的實際不妙，開始從唐代盛世的沉湎中清醒過來，但最初的感覺還不是深刻的，所以在《飲中八仙歌》中杜甫是面對一群不失爲優秀人物的非正常精神狀態，懷著錯愕與悵惋的心情，睜著一雙醒眼客觀地記錄了八個醉人的病態。」〔註16〕之後安史之亂的爆發，也讓我們真切地感受了杜甫的慮事深遠。

杜甫甚至比孟子更進一步，在迂的基礎上進而發展至腐，杜甫時常以「腐儒」指稱自己。如《題省中壁》：「腐儒衰晚謬通籍，退食遲回違寸心。」《賓至》：「竟日淹留佳客坐，百年粗糲腐儒餐。」《草堂》：「天下尚未寧，健兒勝腐儒。」《寄韋有夏郎中》：「萬里皇華使，爲僚記腐儒。」《江漢》：「江漢思歸客，乾坤一腐儒。」至於腐儒的思想史意義，莫礪鋒《杜甫的文化意義》有很精當的分析，他說：「腐儒這個詞，表面上看好像是說我自己很迂腐，是謙稱，實際上是帶有一種自豪感的。這表現爲一種道德信仰上執著、堅定的

〔註15〕〔宋〕朱熹《宋名臣言行錄》卷七，《文淵閣四庫全書》本。

〔註16〕程千帆《一個醒的和八個醉的——杜甫〈飲中八仙歌〉箚記》，《中國社會科學》1984年第5期。

追求，是至死不渝的精神。不管世界怎麼變，不管我怎麼窮困，我始終堅持自己的操守，這是杜甫自稱腐儒的最核心的內涵。」〔註17〕

四、杜甫與孟子仁愛情懷的一致性

　　孔子認爲仁愛之心要從最親近的家族關係開始培養，孝敬父母和尊重兄長是仁愛之心的植基之處。孟子繼承並進一步發展了孔子的仁愛思想，在孝悌爲人之本的基礎上，更進一步發展出推己及人的推恩之道，即《孟子·梁惠王章句上》所言：

　　　　老吾老，以及人之老；幼吾幼，以及人之幼。天下可運於掌。
　　詩云：「刑于寡妻，至于兄弟，以御于家邦。」言舉斯心加諸彼而已。
　　故推恩足以保四海，不推恩無以保妻子。古之人所以大過人者，無
　　他焉，善推其所爲而已矣。〔註18〕

孟子還進一步親親、仁民、愛物的仁愛實踐序列，即《孟子·盡心章句上》所言：

　　　　孟子曰：君子之於物也，愛之而弗仁；於民也，仁之而弗親。
　　親親而仁民，仁民而愛物。〔註19〕

綜和孟子的兩段話，有以下幾點值得注意：

　　第一，「老吾老」的孝道和「幼吾幼」的慈愛之心是仁愛精神的基本表現，這與孔子從家庭倫理培養仁愛之心的觀點是一致的，孟子也認爲家庭倫理的建構是社會倫理建構的基礎。

　　第二，任何個體和家庭都不是一個封閉的結構，而是處於各種複雜的社會關係之中。因此，仁愛精神也不可能固閉於家庭領域之中，把家庭倫理的處理方式擴大到社會領域之中，才能保證社會倫理的和諧。相反，如果刻薄寡恩地將仁愛之心固定在一己之私或一家一姓的狹窄領域內，那麼不但社會倫理會出現緊張，而且社會倫理的緊張也會反過來影響家庭倫理的和諧，這就是孟子所說的「推恩足以保四海，不推恩無以保妻子」。

　　第三，孟子的仁愛思想有先後之序，「及人之老」之前必須先「老吾老」，「及人之幼」的之前必須先「幼吾幼」。朱熹把孟子的仁愛實踐劃分爲三個層級是準確的，即親親、仁民和愛物，這三個層級的順序是不能顛倒的，重要性也不是平

〔註17〕莫礪鋒《杜甫詩歌講演錄》，廣西師範大學出版社2007年版，第381頁。
〔註18〕〔宋〕朱熹《四書章句集注》，第209頁。
〔註19〕〔宋〕朱熹《四書章句集注》，第370頁。

等的，而是遞減的，即親親最重，仁民次之，愛物最末。這是因爲孟子的仁愛思想有輕重之別，不顧輕重先後的兼愛思想是孟子所不能容忍的，因爲兼愛違背人類的自然情感，無法體現出父親的重要性，所以孟子批評墨子的兼愛是無父。

　　杜甫受孟子仁愛思想的影響很深，儘管詩言志是中國詩學的悠久傳統，可是杜甫所言之志不單是個人之悲喜與自家之興衰，杜甫總是採用推己及人的思維方式，把個人家庭擴大到普天下的個體生命和家庭形態，比如廣爲流傳的《茅屋爲秋風所破歌》，張綖《杜工部詩通》卷九評評該詩曰：

　　　　茅屋既爲秋風所破，風急而雨作，屋漏床濕，此所以難度夜也。

　　　　末數句則因己之不得其所而憂天下寒士不得其所，思有以共幷懷之。

　　　　此其憂以天下，非獨一己之憂也。禹稷思天下有溺者、饑者，若己溺

　　　　而饑之，公之心即禹稷之心也。其自比稷契，豈虛語哉？〔註20〕

再如《自京赴奉先縣詠懷五百字》：

　　　　入門聞號咷，幼子饑已卒。吾寧捨一哀，里巷亦嗚咽。

　　　　所愧爲人父，無食致夭折。豈知秋未登，貧窶有倉卒。

　　　　生常免租稅，名不隸征伐。撫跡猶酸辛，平人固騷屑。

　　　　默思失業徒，因念遠戍卒。憂端齊終南，澒洞不可掇。

詩中所言「朱門酒肉臭，路有凍死骨」既是杜甫的一家慘劇，即「入門聞號咷，幼子饑已卒」，杜甫衝風冒雪推開家門，聽到的卻是撕心裂肺的號咷哭聲，杜甫的幼子因飢餓而夭。杜甫傷心欲絕，許久之後，悲傷的心情略有恢復，鄰居家又傳來類似的哭聲，鄰居家也有孩子被餓死，即「吾寧捨一哀，里巷亦嗚咽」。杜甫反思出身仕宦之家，既無租稅之憂，又無征伐之苦，尚且因缺少糧食以至於幼子被餓死，更何況那些平人、失業徒和遠戍卒呢？杜甫的仁愛情懷已經流播到四海之內，可是無遠弗屆了。正如黃徹《䂬溪詩話》所言：

　　　　觀《赴奉先詠懷五百言》，乃聲律中老杜心跡論一篇也。……而

　　　　「默思失業徒，因念遠戍卒」，所謂憂在天下，而不爲一己失得也。

　　　　禹、稷、顏子不害爲同道，少陵之跡江湖而心稷、契，豈爲過哉？孟

　　　　子曰：「窮則獨善其身，達則兼善天下。」其窮也，未嘗無志於國與

　　　　民；其達也，未嘗不抗其易退之節。蚤謀先定，出處一致矣。〔註21〕

〔註20〕蕭滌非主編《杜甫全集校注》，人民文學出版社2014年版，第2348頁。

〔註21〕〔宋〕黃徹《䂬溪詩話》卷一，《文淵閣四庫全書》本。

孟子仁民愛物的仁愛情懷在杜甫詩歌中有諸多體現，比較典型的詩歌是《題桃樹》，詩曰：

> 小徑升堂舊不斜，五株桃樹亦從遮。
>
> 高秋總饋貧人實，來歲還舒滿眼花。
>
> 簾戶每宜通乳燕，兒童莫信打慈鴉。
>
> 寡妻群盜非今日，天下車書正一家。

范廷謀《杜詩直解》七律卷一評該詩曰：

> 此詩之興體，偶借桃樹以起興，於小題中抒寫大胸襟、大道理。
> 通首八句，因桃樹而念及貧人，因貧人而念及禽鳥，而遂及寡妻
> 盜，仁民愛物之心一時俱到，公之性情、經濟具見於此，勿認作詠
> 物詩看。〔註22〕

從思想內涵上來看，范廷謀對杜甫《題桃樹》的評價是非常準確的。該詩集中體現了杜甫民胞物與的仁愛情懷，吟誦該詩，我們明顯地感受到杜甫的仁愛之心投射到植物桃樹上，投射到了飛禽乳燕和慈鴉上，投射到了人類寡妻和群盜上，具備了宋明理學家所向往的仁者與天地萬物為一體的理想境界。

第二節　杜甫《麗人行》「紅巾」新探

　　杜詩名篇《麗人行》「楊花雪落覆白蘋，青鳥飛去銜紅巾」二句之含義，古往今來，爭議紛紜，莫衷一是。多數學者以為此二句乃刺楊國忠、虢國夫人雄狐亂倫之醜態；亦有學者從玄宗朝相位更迭，尤其是楊國忠、李林甫權勢消長角度釋之。前賢諸說，多有啓迪性創獲，然通觀全詩仍覺有扞格之失。本文擷取唐代筆記《開元天寶遺事》中所載楊貴妃史料，採用詩史互證的研究方法，得出如下結論：「紅巾」特指楊貴妃，非泛指女性所用之巾帕；全詩著力暗諷楊貴妃，至於楊國忠兄妹之驕奢淫逸，僅是該詩之表象；該詩雖為怨刺之作，然怨而不怒，恪守溫柔敦厚之詩教傳統。

一、《麗人行》「紅巾」成說獻疑

　　杜甫作於天寶十二載（753）的《麗人行》是杜詩名篇，也是杜詩中爭議很大的作品，爭議的焦點往往集中在「楊花雪落覆白蘋，青鳥飛去銜紅巾」

〔註22〕蕭滌非主編《杜甫全集校注》，第3150頁。

兩句。這兩句既有語詞訓詁上的困難，又有詩旨內涵方面的阻礙，朦朧含混，殊難索解。擇要列舉數家成說如下，仇兆鰲《杜詩詳注》卷二曰：

> 《廣雅》：「楊花入水化爲萍。」《爾雅翼》：「萍之大者曰蘋，五月有花，白色謂之白蘋。」……趙曰：「青鳥應如鸚鵡之類，蓁養馴熟，飛銜紅巾，此借用西王母青鳥也。薛道衡詩：『願作王母三青鳥，飛來飛去傳消息。』《漢武故事》：『七月七日，上於承華殿齋坐中，忽有青鳥從西方來集殿前，有頃，王母至，有兩青鳥如鳥，夾侍王母旁。』」梁元帝《詠柳》：「枝邊通粉色，葉裏映紅巾。」趙注：「紅巾，蓋婦人之飾。」黃注：「巾，蓋樹間所掛之彩。」〔註23〕

浦起龍《讀杜心解》和楊倫《杜詩鏡銓》的訓釋與仇兆鰲大體相似。在通解兩句詩的含義時，杜詩學家大多認爲這是用來描寫楊氏兄妹的囂張氣焰及不避雄狐之刺的醜態的，蕭滌非《杜甫詩選注》曰：

> 這和下句都是隱語，也是微詞，妙在結合當前景致來揭露楊國忠和從妹虢國夫人通姦的醜惡。這裡杜甫採用了南朝民歌雙關語的辦法，用楊花雙關楊氏兄妹。《爾雅·釋草》：「萍，其大者蘋。」《埤雅》卷十六：「世說楊花入水化爲浮萍。」據此，是楊花、萍和蘋雖爲三物，實出一體，故以楊花覆蘋，影射兄妹苟且。〔註24〕

而關於「青鳥飛去銜紅巾」之「青鳥」與「紅巾」，蕭氏注曰：「青鳥，西王母使者。飛去傳紅巾，爲楊氏傳遞消息。紅巾，婦人所用紅手帕。」基本上是沿襲前人成說。陳貽焮《杜甫評傳》對這兩句詩的訓釋，與蕭滌非的觀點大致類似，他說：

> 爲什麼「先時丞相未至，觀者猶得近前，及其既至，則呵禁赫然」（黃生語），不許遊人圍觀了呢？爲了顯示其「炙手可熱」權勢之煊赫，這固然是個原因，但觥籌交錯、酒後耳熱、放浪形骸之外，雖是普通人，也有不想讓旁人窺見的隱私。「春色滿園關不住，一枝紅杏出牆來」，青鳥銜去的一方手帕，便於有意無意中洩露了一點春光。〔註25〕

蕭滌非、陳貽焮兩家的觀點是從古人注釋中融匯而來，也有間接史料作爲論據，似乎是言之有據，但有以下難以解釋之處：

〔註23〕〔清〕仇兆鰲《杜詩詳注》卷二，中華書局 2009 年版，第 160 頁。
〔註24〕 蕭滌非《杜甫詩選注》，人民文學出版社 1979 年版，第 31～32 頁。
〔註25〕 陳貽焮《杜甫評傳》，北京大學出版社 2011 年年版，第 213 頁。

　　第一，蕭、陳兩家之說相同之處在於對「楊花雪落覆白蘋」的解釋，兩家均持「隱射」說，用楊花雙關楊氏兄妹，暗指兄妹苟且之事。但是關於「青鳥飛去銜紅巾」的解釋，不管是蕭滌非的「通風報信」還是陳貽焮的「春光外泄」之說，總讓人感覺上下詩句之間的聯繫不夠緊密，不符合詩歌創作的基本規律。

　　第二，儘管朱熹曾說「唐源流出於夷狄，故閨門失禮之事不以爲異」〔註26〕，《舊唐書》卷五十一《楊貴妃傳》也記載「國忠私於虢國，而不避雄狐之刺，每入朝，或聯鑣方駕，不施帷幔。」〔註27〕這些史料只能證明楊國忠與虢國夫人確有亂倫之事，也有傲慢越禮的行爲。但是這些史料都無法爲蕭滌非、陳貽焮的觀點提供直接的證據，因爲「聯鑣方駕，不施帷幔」的越禮行爲畢竟難以與白晝宣淫的禽獸之行等量齊觀。不可否認，楊氏失禮之事甚多，但是作爲一國之相的楊國忠應該還不至於在遊人如織的白晝當眾宣淫吧。唐代雖然有裸體顛飲的記載〔註28〕，但白晝當眾顛淫的記載卻未曾有過。另外，杜甫《進鵰賦表》自稱「自先君恕、預以降，奉儒守官，未墜素業矣。」〔註29〕對於謹守儒家傳統的杜甫來說，即使楊氏兄妹果眞有白晝宣淫之行，想來杜甫也絕對不會將此等穢惡淫亂之事筆之於詩。

　　正是因爲蕭、陳兩家之說扞格難通，後來學者持異議者不乏其人，如靳極蒼認爲：「杜甫是以『致君堯舜』爲抱負的，這些隱私事當不屑一談。」並且還說到：「依此處文理看，這兩句在『鞍馬何逡巡』兩句之後，『炙手可熱』兩句之前，正是形容聲勢煊赫的句子。」「我認爲以下的講法才是對的：那後來者的聲勢大極了。鬧得全場鼎沸，連江邊的楊花也大雪樣的紛紛飄落，樹上的鳥兒更驚飛而去……『紅巾』，唐代婦女隨帶的飾物，大概因爲擁擠，脫落地上，被鳥銜去。」〔註30〕單純從詩歌行文的邏輯角度來看，靳極蒼的觀點更爲圓融，他的解釋能夠保持兩句詩之間的內在關聯。但是他的解釋從整體上衡量，也不符合情理。「全場鼎沸」也不至於震落楊花如雪片，即使杜甫

〔註26〕〔宋〕朱熹《朱子語類》卷一百三十六，中華書局2007年版，第3245頁。
〔註27〕〔五代〕劉昫等《舊唐書》卷五十一，中華書局1975年版，第2179版。
〔註28〕〔五代〕王仁裕《開元天寶遺事》卷上，曰：「長安進士鄭愚、劉參、郭保衡、王沖、張道隱等十數輩，不拘禮節，旁若無人。每春時，選妖妓三五人，乘小犢車，指名園曲沼，藉草裸形，去其巾帽，叫笑喧呼，自謂之顛飲。」中華書局2006年版，第27版。
〔註29〕〔清〕楊倫《杜詩鏡銓》，上海古籍出版社1998年版，第1040頁。
〔註30〕靳極蒼《〈長恨歌〉及同題材詩歌詳解》，中州古籍出版社1989年版，第35頁。

採用的是誇張手法，確有「楊花雪落」之景象，但是他還是遺漏了對「覆白蘋」的解釋。再者，人擁擠到脫落紅巾的程度，青鳥又怎麼可能不畏避人潮，還要銜巾而去呢？

康保成則根據新舊《唐書》及《資治通鑑》的有關史料資料〔註31〕，得出這樣的結論，他說：「原來楊國忠『貴盛天下』已經到了這種地步：皇帝欲探視病危的李林甫，而被『左右諫止』，只能遠遠地『舉紅巾招慰』。而其根源，在於『以貴妃故』。想必這件事在當時乃朝野共知……杜甫在詩中用『紅巾』形容楊氏家族之顯赫。」〔註32〕康保成從李林甫、楊國忠相位更迭、權勢消長的政治角度考察「紅巾」的寓意，有其合理性，但是依照其觀點，「紅巾」代指的是楊氏家族的顯赫，然而結合後面的詩句「炙手可熱勢絕倫」，不也正是直接點明楊氏家族的貴盛之勢嗎？若果真如此，杜甫用兩句字面迥然不同的語詞表達相同的一個詩旨，詩篇就顯得拖沓冗餘，不夠凝煉，削弱了詩歌的藝術成就。杜甫自言「百年歌自苦」，對於詩的語言極為考究，當不至於疏漏至於此等。況且，《麗人行》長處就在於語言洗練，無一費詞冗句，正如浦起龍所言：「無一刺譏語，描摹處語語刺譏；無一慨歎聲，點逗處聲聲慨歎」〔註33〕。另外，「紅巾」指代楊氏家族之顯赫，這個觀點即使對於這兩句詩來看能夠解釋的通，但是將這層指代放在全詩中考慮，也難以成立。

二、「楊花雪落覆白蘋」與貴妃專寵

「楊花雪落覆白蘋」一句，蕭滌非等多數學者以為是譏刺楊國忠與從妹虢國夫人之淫亂。此種觀點，古人早已論及，如胡震亨《唐音癸籤》曰：「國忠實張易之之子，冒姓楊，乃與虢國通，不避雄狐之誚，是無根之楊花，落而覆有根之白蘋也。」〔註34〕如果以上觀點能夠成立，那麼此詩明顯有悖於「溫柔敦厚」的詩教傳統，且流於輕肆佻薄，所以夏力恕就曾在《杜詩增注》卷二質疑曰：

〔註31〕〔五代〕劉昫等《舊唐書》卷一百六《李林甫傳》曰：「林甫時已寢疾。其年十月，扶疾從幸華清宮，數日增劇，巫言一見聖人差減，帝欲視之，左右諫止。乃敕林甫出於庭中，上登降聖閣遙視，舉紅巾招慰之，林甫不能興，使人代拜於席。翌日國忠自蜀還，謁林甫，拜於床下，林甫垂涕託以後事。」第 3240 頁。

〔註32〕康保成《說「青鳥飛去銜紅巾」》，文學遺產 1996 年第 5 期。

〔註33〕〔清〕浦起龍《讀杜心解》，中華書局 1961 年版，第 229 頁。

〔註34〕蕭滌非主編《杜甫全集校注》，人民文學出版社 2014 年版，第 346 頁。

此詩專刺楊國忠，而秦、虢椒房，御廚絡繹，不復爲尊者諱，
結束又太顯然，幾於言之辱且長，非默足以容之道。且凡諷刺，貴
有含蓄，公詩歷歷可驗，豈亂後補作之歟？亦非忠厚悱惻之音矣。
或曰「但少含蓄，詩卻精絕」，故商量至此耳。〔註35〕

夏力恕的疑問也是爲成說所惑，殊不知杜甫此句詩非爲譏刺苟且之事，其用
意乃別有所指。

清代學者凌廷堪《校禮堂文集》卷二十八《一斛珠傳奇序》曰：

杜少陵《麗人行》「楊花雪落覆白蘋」，蓋爲太眞忮梅妃而發。楊
則太眞之姓，蘋則梅妃之名也。此詩故多感慨，若虢、秦，若丞相，
及此句，皆明指時事，說杜者往往穿鑿，於此獨未之及，何也？〔註36〕

在筆記傳奇中，梅妃即爲江采萍，她與楊貴妃爭寵之事也爲後人所樂道。凌廷堪
根據《梅妃傳》傳奇，認定「楊花」喻指「楊貴妃」，取其姓氏相同；「白蘋」喻
指梅妃江采萍，取其名字諧音。「楊花雪落覆白蘋」是言唐玄宗專寵楊貴妃，楊
氏地位隆盛，高居尊位，梅妃聲光爲其所奪，如白蘋爲楊花覆蓋，永無出頭之日。

凌廷堪的立論依據爲《梅妃傳》，但《梅妃傳》畢竟是一篇傳奇文章，小
說家言，史料的可信度值得商榷，魯迅就對梅妃其人之有無表示懷疑，他說：
「《梅妃傳》一卷亦無撰人，蓋見當時圖畫有把梅美人號梅妃者，泛言唐明皇
時人，因造此傳。」〔註37〕在眾多妃嬪之中，考證梅妃是否確有其人，難度
甚大。且現存唐代歷史文獻中，也確實沒有關於梅妃的記載。不過，即使沒
有梅妃其人，在後宮之中，也不會缺乏因楊貴妃專寵之後，而與梅妃同樣失
寵而導致命運悲慘的妃嬪們，程傑在《關於梅妃與〈梅妃傳〉》中說：

在這樣的情況下，人們多對梅妃其人持懷疑態度，甚至有學者
斷言是無中生有。但自古後宮三千，見於史乘者又有幾個？是否有
這樣一種可能，梅妃其人雖屬宮闈秘事，正史不載，但在其故里或
其他關係密切地卻不乏知情者，所知所聞也倍受珍視，鳳毛片羽得
以耳食口傳綿延於世。進而野史稗販，逐步在文人層面浮現出來。
〔註38〕

〔註35〕蕭滌非主編《杜甫全集校注》，第 350 頁。
〔註36〕蕭滌非主編《杜甫全集校注》，第 350 頁。
〔註37〕魯迅《中國小說史略》，中華書局 2011 年版，第 62 頁。
〔註38〕程傑《關於梅妃〈梅妃傳〉》，南京師範大學文學院報 2006 年第 3 期，第
125 頁。

相對於「雄狐之刺」，凌廷堪的觀點更爲通達合理，當然，坐實爲傳奇人物梅妃，仍有值得商榷之處。

　　蕭滌非《杜甫詩選注》根據《爾雅》、《埤雅》、蘇軾詞等，證明在古人眼中「楊花、萍和蘋雖爲三物，實出一體」〔註39〕。根據這個判斷，「楊花雪落覆白蘋」可以解釋爲：楊花是指楊貴妃，白蘋是指其他妃嬪宮女。楊貴妃與其他妃嬪宮女，其實都是後宮女性，只不過因唐玄宗的感情好惡而浮沉異勢，楊貴妃一人受寵，豔壓群芳，如楊花覆蓋了白蘋。對於楊貴妃受寵的盛況，杜甫在《哀江頭》裏也有類似的表達，即「昭陽殿里第一人，同輦隨君侍君側」。白居易《長恨歌》「後宮佳麗三千人，三千寵愛在一身」，「回眸一笑百媚生，六宮粉黛無顏色」，所要表達的內容其實正與「楊花雪落覆白蘋」相同。因此，「楊花雪落覆白蘋」與兄妹苟且之事無關，杜詩譏刺的內容是楊氏家族因楊貴妃受寵之後，驟然貴盛，驕奢淫逸。天寶十一載（752）十一月，楊國忠官拜右相兼文部尚書，也是因爲楊貴妃的裙帶關係。次年三月遊春，奢靡的衣服玩好，御廚帳幕，乃至楊國忠「丞相嗔」的囂張氣焰，也無非來源於「覆白蘋」的「楊花」。

三、「青鳥飛去銜紅巾」與「紅冰」「紅汗」

　　「楊花雪落覆白蘋」譏刺的中心在楊貴妃而非楊國忠，按照詩歌連貫性的邏輯安排，「青鳥飛去銜紅巾」應該也是爲楊貴妃而作，此處的「紅巾」應該是特指楊貴妃所用之「紅巾」而不是普通貴族婦女所用的「紅巾」。關於這個推斷，有《開元天寶遺事》可作佐證。

　　《開元天寶遺事》是五代王仁裕所撰，該書根據社會傳聞，分別記述唐朝開元、天寶年間的逸聞遺事，儘管洪邁將其貶抑爲「淺妄書」，並且摘錄出四條疏謬之事，但客觀地說，該書仍有一定的史料價值。正如周勛初所言「書中記載的宮廷瑣事與民間習俗，每具參考價值」〔註40〕。

　　《開元天寶遺事》中記載了兩則與「紅巾」有關的楊貴妃軼事，題名爲「紅冰」、「紅汗」。《紅冰》條曰：

　　　　楊貴妃初承恩召，與父母相別，泣涕登車，時天寒，淚結爲

紅冰。〔註41〕

〔註39〕蕭滌非《杜甫詩選注》，人民文學出版社1979年版，頁31。
〔註40〕周勛初《唐代筆記小説敘錄》，江蘇古籍出版社2000年版，《周勛初文集》第5冊，第486頁。
〔註41〕〔五代〕王仁裕《開元天寶遺事》，第44頁。

《紅汗》條曰：

> 貴妃每至夏月，常衣輕綃，使侍兒交扇鼓風，猶不解其熱。每
> 有汗出，紅膩而多香。或拭之於巾帕之上，其色如桃紅也。〔註42〕

楊貴妃體態豐腴，濃妝豔抹，因面上胭脂過多，淚水冰凍成紅冰，絲巾也因擦拭汗水而染紅爲紅巾。這些關於楊貴妃的奇聞異事至五代時期尙流傳未泯，身處當時的杜甫也應該有所耳聞，以之入詩，也未嘗不可。

另外，根據《漢武故事》等記載，「青鳥」是西王母的信使。在天寶年間，能夠與西王母並稱的女性，大概也只有楊貴妃。並且杜甫也時常用西王母指代楊貴妃，如《宿昔》「落日留王母，微風倚小兒」；《同諸公登慈恩寺塔》「惜哉瑤池飲，日宴崑崙丘」。

因此，「青鳥」與「紅巾」的含義就不難解讀，「青鳥」爲楊貴妃的信使，「紅巾」爲楊貴妃隨手常用之巾帕。「楊花雪落覆白蘋，青鳥飛去銜紅巾」，正是表明三月三日曲江踏青的「麗人」不單有普通貴族婦女，也不僅有楊氏兄妹，在詩歌的末尾，楊貴妃也駕臨曲江。「炙手可熱勢絕倫，愼莫近前丞相嗔」，「炙手可熱」的權勢來源於楊貴妃的專寵，「愼莫近前」是因爲楊貴妃駕臨，普通遊人自然要迴避，「丞相嗔」是說命令賓從驅趕遊人的恰恰是去年剛剛上任的丞相楊國忠。

四、結語

通觀全詩，可以看出，杜甫在《麗人行》中採用了層層推進的寫作手法。「三月三日天氣新，長安水邊多麗人。態濃意遠淑且眞，肌理細膩骨肉勻。繡羅衣裳照暮春，蹙金孔雀銀麒麟。頭上何所有，翠微㔉葉垂鬢脣。背後何所見，珠壓腰衱穩稱身。」這是第一層鋪墊，寫的是曲江江畔的普通貴族婦女，正是因爲其身份普通，所以杜甫才能近前觀瞧其姿容、服飾。

「就中雲幕椒房親，賜名大國虢與秦。紫駝之峰出翠金，水精之盤行素鱗。犀筋厭飫久未下，鸞刀縷切空紛綸。黃門飛鞚不動塵，御廚絡繹送八珍。簫管哀吟感鬼神，賓從雜遝實要津。」這是第二層鋪墊，轉入對虢國夫人、秦國夫人的描寫，其地位顯赫，杜甫無法近前，只能遠遠看到「雲幕」，至於「雲幕」中奢靡的看核供奉，皆是未曾親眼目睹的想象之詞。另外，這些看核供奉，也不是爲虢國夫人、秦國夫人所備，而是爲即將駕臨的楊貴妃準備的。

〔註42〕〔五代〕王仁裕《開元天寶遺事》，第44頁。

「後來鞍馬何逡巡，當軒下馬入錦茵。楊花雪落覆白蘋，青鳥飛去銜紅巾。炙手可熱勢絕倫，慎莫近前丞相瞋。」虢國夫人、秦國夫人先至曲江設帳置幕，宮中御廚奉命送來八珍肴核，「簫管哀吟」、「賓從雜沓」，場面極為盛大，楊國忠騎馬「逡巡」而來作為前導，最後才是楊貴妃駕臨曲江。

因此，《麗人行》不是「諷刺楊國忠兄妹的荒淫奢侈的」〔註43〕，楊國忠兄妹的荒淫奢侈只是表象，楊氏兄妹之所以能夠如此驕橫奢侈，乃是因為楊貴妃一人得寵所致，所以杜甫譏刺的真正對象應該是楊貴妃，乃至寵愛楊貴妃的唐玄宗，正如鄭杲所言：「刺荒也。嬖楊妃，悅秦、虢，國忠為相，政出私門，春遊淫侈，大亂將作，哀音示兆也。」〔註44〕「一飯未嘗忘君」的杜甫不忍直言唐玄宗、楊貴妃之失，以「楊花」、「白蘋」，「青鳥」、「紅巾」隱約寫出，不失風人之旨，怨而不怒，含蓄敦厚。

〔註43〕蕭滌非《杜甫詩選注》，第 30 頁。
〔註44〕〔清〕鄭杲《鄭東甫杜詩鈔》卷一，見蕭滌非主編《杜甫全集校注》，第 349 頁。

第三章　陽明學專題研究

第一節　新見王陽明佚詩《始得東洞遂改爲陽明小洞天》箋釋及其他

> 群峭會龍場，戟矗四環集。遍觀有遺觀，遠覽頗未給。尋溪涉
> 深林，陟巘下層隰。東峰叢石秀，獨往凌日夕。崖穹洞蘿偃，苔骨
> 徑路澀。月照石門開，風飄客衣入。仰窺嵌寶玄，俯聆暗泉急。愜
> 意戀清夜，會景忘旅邑。熠熠巖鵑翻，淒淒草蟲泣。點詠懷沂朋，
> 孔歎阻陳楫。躊躇且歸休，毋使霜露及。

筆者最近在查閱嘉靖三年（1524）本王陽明《居夷集》時，發現了這首題爲《始得東洞遂改爲陽明小洞天》的詩，此詩是《王文成公全書》失收的一首佚詩。束景南將此詩收入《陽明佚文輯考編年》，並作了一些考釋，但是考釋部分過於簡略，對於此詩的文獻與文學價值論述更少，故筆者詳細箋釋如下。

嘉靖三年（1524）本《居夷集》共三卷，前二卷爲陽明謫居貴州時的作品，附錄一卷爲獄中詩和赴謫詩，卷首有丘養浩序言、卷末有陽明弟子韓棟與徐珊跋文。丘養浩序曰：「嘉靖甲申夏孟朔丘養浩以義書。」可知該書刊刻於嘉靖三年（1524）四月。至於刻書者丘養浩，《乾隆福建通志》卷四十五曰：「丘養浩，字以義，晉江人。正德辛巳進士，授餘姚知縣。」可知丘養浩此時在陽明家鄉餘姚知縣任上。嘉靖元年（1522）二月十二日，陽明之父王華去世，此時五十三歲的陽明還在餘姚家中守制，與知縣丘養浩應該有所交往，丘養浩刊刻《居夷集》應該也曾徵得陽明首肯，刊刻之後也會送呈陽明，因此該詩確爲陽明之作無疑。

正德元年（1506）二月，陽明彈劾權奸劉瑾，被謫貴州龍場驛丞。正德三年（1508）春，陽明抵達龍場。「龍場在貴州西北萬山叢棘中，蛇虺魍魎，蠱毒瘴癘」（錢德洪《王文成公年譜》），居住環境異常惡劣，陽明曾三易其居。陽明《何陋軒記》曰：「始予至，無室以止，居於叢棘之間，則鬱也。遷於東峰，就石穴而居之，又陰以濕。龍場之民，老稚日來視予，喜不予陋，益於比。予嘗圃於叢棘之右，民謂予樂之也，相與伐木閣之材，就其地為軒以居予。……因名之曰『何陋』，以信孔子之言。」陽明到達龍場之後，並無現成房舍供其居住，最初暫且在山野樹叢之下結草庵以棲息，陽明有《初至龍場無所止結草庵居之》一詩以記其事。「草庵不及肩」，過於低矮；「迎風亦蕭疏，漏雨易補緝」，草庵難避風雨。所以，草庵只能暫時棲身，無法長久居住。陽明擬在龍場另尋一山洞作為安身之所，何以會萌生此念呢？因為六年前陽明曾久居故鄉餘姚陽明洞中行導引之術，熟悉山洞環境，深知山洞可以作為居住之所。因此陽明在龍場登山臨水，尋找山洞，一次偶然的機會，發現東峰有石洞甚為寬敞，比草庵更易遮風避雨，遂將其更名為陽明小洞天，以寄思鄉之情，且為找到住處而欣喜。關於陽明洞的形制規模，《乾隆貴州通志》卷五曰：「陽明洞，在龍岡山半岩下，高敞深廣各二三丈，頂石如鑿，舊名東洞。明王守仁謫居龍場，遊息其中，更名陽明小洞天，書於石嵌洞中。」故《始得東洞遂改為陽明小洞天》一詩，即作於正德三年（1508）春季，發現陽明洞之初，未遷入陽明洞之前。陽明遷入陽明洞之後，又寫了三首詩，題為《移居陽明小洞天》（因《王文成公全書》漏收《始得東洞遂改為陽明小洞天》，故誤將《移居陽明小洞天》題為《始得東洞遂改為陽明小洞天》）。

《始得東洞遂改為陽明小洞天》共二十二句，分為三個部分。前面八句寫陽明洞外之景及發現陽明洞之經過，中間八句寫初遇陽明洞及陽明洞內之景，末尾六句寫陽明洞內之思。

「群峭會龍場，載雉四環集」。起首兩句是陽明登上龍場最高峰之後，俯瞰龍場諸峰的景象。「群峭會龍場」之「會」字下得巧妙，「載雉四環集」之「集」字下得巧妙，正如杜甫《詠懷古蹟》「群山萬壑赴荊門之「赴」字，清人吳瞻泰《杜詩提要》評此「赴」字曰：「發端突兀，是七律中第一等起句，謂山水逶迤，鍾靈毓秀，始產一明妃。說得窈窕紅顏，驚天動地。」我們也可以借鑒吳氏之語評陽明之「會」字、「集」字，龍場群山環繞，如載雉環集，本是自然生成，是客觀存在的地貌特徵，用一「會」字、「集」字，就變客觀為主觀，變無情為有情，似乎龍場群山環抱之中的陽明洞正虛位以待，等待

一位聖賢王陽明的到來，正如陽明《移居陽明小洞天》所言「古洞閟荒僻，虛設以相待」。陽明洞爲陽明提供了棲身之所，陽明則得江山之助，在陽明洞中悟道，實現了中國思想史上的重大突破。山川有情，成就聖賢；聖賢有成，潤澤山川。成己成物，物我交融，也是中國文化史上的一段佳話。

「邇觀有遺觀，遠覽頗未給」。邇者，近也。《尚書·舜典》：「柔遠能邇，惇德允元。」鮑照《春羈》：「征人歎道遲，去鄉愒路邇。」觀者，見也。《詩經·大雅·公劉》：「迺陟南岡，迺觀於京。」遺觀，龍場周圍的文化遺存。據《乾隆貴州通志》記載，龍場周圍尚有象祠一座、僧舍兩處、文昌閣一處。這些「遺觀」大都淹沒在深山叢林之中，在近處才能清楚地看到，如果距離過遠就非目力之所能及，即「遠覽頗未給」。給者，及也。《國語·晉語》：「誠莫如豫，豫而後給。」韋昭注曰：「給，及也。」

「尋溪涉深林，陟巘下層隰。」「尋溪涉深林」，是自上往下寫，自在上之深林下而尋找山下之溪水；「陟巘下層隰」，是自下往上寫，自在下之層隰上而攀援山上之峰崖。句法與杜甫《秋興八首》「江間波浪兼天湧，塞上風雲接地陰」類似。

「東峰叢石秀，獨往凌日夕」。在日夕薄暮時分，陽明前往東峰，足見陽明尋找山洞之艱辛，亦可見陽明對山水泉石愛好之深，即使在貶謫之地，也時常登山臨水，欣賞龍場山水。如《諸生來》：「林行或沿澗，洞遊還陟巘。」《溪水》：「坐石弄溪水，欣然濯我纓。」陽明早年既有山水之好，他的詩集中就有很多山水詩，記載了他對山水的癡迷之情。如《憶鑒湖友》：「空有煙霞好，猶爲塵世留。」有時流連山中，數日不還，如《遊牛峰寺》：「兩到浮峰興轉劇，醉眠三日不知還。」有時對佳妙山水的思念形之於夢寐之中，如《憶諸弟》：「久別龍山雲，時夢龍山雨。」陽明何以「獨往凌日夕」？據《移居陽明洞小洞天》「童僕自相語，洞居頗不惡」，以及《瘞旅文》「念其暴骨無主，將二童子持畚鍤往瘞之」，可知陽明也曾從家中帶來兩名童僕。但是這兩名童僕並沒有陪同陽明尋找山洞，一來是兩名童僕沒有陽明的泉石煙霞之好，二來是兩名童僕此時皆以病倒，陽明還要反過來照顧他們。錢德洪《王文成公年譜》載其事曰：「從者皆病，自析薪取水作糜飼之。又恐其懷抑鬱，則與歌詩。又不悅，復調越曲，雜以詼笑，始能忘其爲疾病夷狄患難也。」

以上八句寫陽明洞外之景及發現陽明洞之經過，下面八句寫初遇陽明洞與陽明洞內之景。

「崖穹洞蘿偃，苔骨徑路澀」。穹者，高也。司馬相如《長門賦》：「正殿塊以造天兮，鬱並起而穹崇。」李善注曰：「穹，高貌。」「崖穹洞蘿偃」，言山崖之上的洞口藤蘿四布。骨者，滑也。《莊子‧達生篇》：「當是時也，無公朝，其巧專而外骨消。」陸德明《經典釋文》曰：「消，如字，本亦作骨消。」路澀，道路險阻。簡文帝《隴西行》曰：「烏孫途更阻，康居路猶澀。」杜甫《送率府程錄事還鄉》曰：「途窮見交態，世梗悲路澀。」「苔骨徑路澀」，言陽明洞口苔痕濕滑，道路難行。

「月照石門開，風飄客衣入。」「獨往凌日夕」，言出發時間是在夕陽西下之時；「月照石門開」，言發現陽明洞的時間是在明月高懸之時。明月朗照，石門洞開，山高風爽，客衣飄拂，陽明驚訝喜悅之情不難想見，陽明此時大有「山重水複疑無路，柳暗花明又一村」之感。

「仰窺嵌竇玄，俯聆暗泉急」。寫陽明入洞之後，仰觀俯察的景象。陽明洞高約四米，夜晚洞內無光，所以陽明仰望，發現山洞昏黑高闊，是為「仰窺嵌竇玄」；「俯聆暗泉急」，洞內有水流之聲，是暗泉流動。陽明洞內確實有山泉，《移居陽明小洞天》曰：「清泉傍廚落，翠霧還成幕。」

「愜意戀清夜，會景忘旅邑」。前文是言景，這兩句是抒情，是對前文的小結。清夜愜意，使人流連而忘返。新發現的山洞，景色清幽，軒敞開闊，足夠主僕三人居住，又有清泉汲引，眼前的景象讓陽明暫時忘卻了自己還是戴罪之身、遷謫之客。

最後六句是陽明在洞內之思，是哲理性的昇華。

「熠熠巖鵑翻，淒淒草蟲泣」。熠熠，鮮明閃爍的樣子。儲光羲《同王十三維偶然作》：「丹鳥飛熠熠，蒼蠅亂營營。」淒淒，淒涼悲傷的樣子。范縝《擬招隱士》：「歲晏兮憂未開，草蟲鳴兮淒淒。」陽明在洞內仰觀有翻飛之巖鵑，俯察有泣吟之草蟲，仰觀俯察的觀察視角與「仰窺嵌竇玄，俯聆暗泉急」相呼應。在上之巖鵑色澤熠熠，身姿矯捷；在下之草蟲則悲吟淒淒，淒涼哀歎。同處一個山洞之中，同處一個環境之下，巖鵑與草蟲的遭遇何以會迥然不同，眼前的景象引發了陽明的深思。另外，同樣是身處環境惡劣的貶謫之地，陽明不單是身康體健、心情愉悅，而且體悟眞理、教化諸生，實現了人生的光輝轉折。反觀陽明的兩位童僕，卻是鬱鬱寡歡，相繼病倒。更有甚者，在之後的生活中，陽明還目睹了一位經過龍場的吏目以及其子其僕的慘死，《瘞旅文》曰：「薄午，有人自蜈蚣坡來，云：『一老人死坡下，傍兩人哭之哀。』予曰：『此必吏目死矣，傷哉！』薄暮復

有人來，云：『坡下死者二人，傍一人坐歎。』詢其狀，則其子又死矣！』明日，復有人來，云：『見坡下積屍三焉。』則其僕又死矣！」環境相同，境遇不同，陽明此時似乎隱約體悟到決定人生悲喜憂懼的關鍵不是外在的環境，而是內在的心靈，或者說是在心而不在境。儘管此時的陽明還沒有徹底從朱熹「性即理」的影響下解脫出來，但是他已經朦朧地意識到「心即理」的哲學理念。

　　陽明弟子徐珊《居夷集跋》曰：「夫子居夷三載，素位以行，不願乎外，蓋無入而不自得焉。其所為文，雖應酬寄興之作，而自得之心，溢之言外。故其文宏以肆，純以雅，婉曲而暢，無所怨尤者，此夫子之知發而為文也。」誠如徐珊所言，陽明居夷處困，依然能實現人生的飛躍，所憑藉的正是「素位以行」。陽明非常重視「素位以行」，如《與王純甫》所言：「後之君子，亦當素其位而學，不願乎其外。素富貴，學處乎富貴；素貧賤患難，學處乎貧賤患難；則亦可以無入而不自得。」「素位以行」是儒家重要的處世之道，《中庸》曰：「君子素其位而行，不願乎其外。素富貴，行乎富貴；素貧賤，行乎貧賤；素夷狄，行乎夷狄；素患難，行乎患難。君子無入而不自得焉！在上位不陵下，在下位不援上；正己而不求於人，則無怨；上不怨天，下不尤人。故君子居易以俟命，小人行險以徼幸。」所謂「素位以行」就是安於當下而不怨天尤人，即是指君子會根據所處的位置而採取適當的處理方式。至於處理方式的選擇，當然要尊重所處的位置，但是更為重要的是要持守內心的價值標準，不因外在環境的變化而擾亂內在的價值標準。正如陽明《觀德亭記》所言：「心端則體正，心敬則容肅，心平則氣舒，心專則視審，心通故時而理，心純故讓而恪，心宏故勝而不張、負而不弛。七者備而君子之德成。」德者，得也，「君子無入而不自得」，正賴乎對內在價值標準的持守不渝。

　　「點詠懷沂朋，孔歎阻陳楫」。「點詠懷沂朋」，典出《論語·先進》：「莫春者，春服既成。冠者五六人，童子六七人，浴乎沂，風乎舞雩，詠而歸。」陽明用此典故，意在表達對得意門生徐愛等人的思念之情。錢德洪《王文成公年譜》正德二年（1507）載曰：「是時先生與學者講授，雖隨地興起，未有出身承當，以聖學為己任者。徐愛，先生妹婿也。因先生將赴龍場，納贄北面，奮然有志於學。愛與蔡宗兗、朱節同舉鄉貢。先生作《別三子序》以贈之。」去年年底徐愛等三人進京參加會試，此時會試已經放榜，但是山川阻隔，音問遲滯，陽明尚不知徐愛等人是否高中，內心時常惦念此事，思念徐愛等人。「點詠懷沂朋」，是對徐愛等弟子的關切。「孔歎阻陳楫」，據《論語》

所載，孔子在陳處困時曾兩次表喟然而歎，一處見於《論語‧公冶長》：「子在陳曰：『歸與！歸與！吾黨之小子狂簡，斐然成章，不知所以裁之。』」另一處見於《論語‧衛靈公》：「在陳絕糧，從者病，莫能興。子路慍見曰：『君子亦有窮乎？』子曰：『君子固窮，小人窮斯濫矣。』」陽明「孔歎阻陳楫」一句應該是同時涵攝了這兩處典故，《公冶長》所言「吾黨之小子狂簡，斐然成章，不知所以裁之」，是陽明對弟子的關切；《衛靈公》所言「君子固窮」是表達自己的操守。陽明用這兩個典故，也與自身處境貼合，孔子在陳絕糧，從者慍見，陽明在龍場亦絕糧，從者亦慍見，陽明有詩《謫居絕糧請學於農將田南山永言寄懷》爲證，其詩曰：「謫居屢在陳，從者有慍見。」

「躊躇且歸休，毋使霜露及」。躊躇，遲疑不決之意。《楚辭‧九辯》：「事亹亹而覬進兮，蹇淹留而躊躇。」此處是反其意而用之，即不要遲疑不決，應該早日辭官歸隱。歸休，辭官歸隱。《韓詩外傳》曰：「田子爲相三年歸休，得金百鎰奉其母。」趙孟頫《奉和帥初雨中見贈》：「溪南流水清如玉，終擬歸休理釣磯。」「毋使霜露及」，典出《離騷》：「雖萎絕其亦何傷兮，哀眾芳之蕪穢。」王逸《楚辭章句》曰：「言己所種眾芳草當刈未刈，早有霜雪。枝葉雖早萎病絕落，何能傷於我乎？哀惜眾芳摧折，枝葉蕪穢而不成也。以言己循行忠信，冀君任用，而遂斥棄，則使眾賢志士失其所也。」陽明用此典故意在表達自己遭受貶謫，使徐愛等弟子暌違良師，失去歸依，聖賢之學可能會因之而中斷，這才是陽明最爲擔憂之事，至於個人遭遇的不幸、貶謫之所的荒僻等，反而不是陽明最爲關切的事情。篇末的這兩句詩，集中體現了陽明憂道不憂貧的儒家情懷。孔子被匡人圍困，生命危在旦夕之時，依然首念斯文之興廢，孔子說：「天之將喪斯文也，後死者不得與於斯文也；天之未喪斯文也，匡人其如予何！」（《論語‧子罕》）陽明的這種斯文擔承與孔子有精神血脈的一致性。

第二節　王陽明《答毛拙庵見招書院》箋釋

> 野夫病臥成疏懶，書卷長拋舊學荒。
>
> 豈有威儀堪法象？實慚文檄過稱揚。
>
> 移居正擬投醫肆，虛席仍煩避講堂。
>
> 範我定應無所獲，空令多士笑王良。

根據錢德洪《王文成公年譜》記載，此詩大約作於正德三年（1508）歲末，時

年王陽明 37 歲，身處貶謫之地龍場。毛拙庵，名毛科，浙江餘姚人，時任貴州憲副，從四品官員，執掌兵備、學政等，是王陽明的頂頭上司。毛科與王陽明同為餘姚人，有同鄉之宜，毛科本應該對身處困境的王陽明有所扶持，但毛科卻盛氣凌人，以權勢強迫王陽明向思州太守跪拜請罪。事情緣起於一件意外衝突，在貶謫之地，王陽明以高尚的道德與高超的智慧贏得了龍場百姓的愛戴，思州太守心生嫉恨，派人來龍場侮辱王陽明，當地百姓聞訊而來，為王陽明抱打不平，將來人痛打出去。此事惹怒了思州太守，思州太守不僅要上報朝廷，還要重罰王陽明。毛科得知此事之後，不問原委本末，派人來龍場命令王陽明到思州太守處跪拜請罪，並警告王陽明，如若不然，定然是大禍將至。王陽明憤然命筆，寫下《答毛憲副》書信，在信中，王陽明直言已將生死禍福置之度外，寧冒生命之險，不廢忠信禮義，明確拒絕向思州太守道歉。毛科與思州太守被王陽明的凜然正氣折服，心生慚悔之意，不僅沒有降罪，反而對王陽明敬重有加。當時，修葺一新的貴陽書院，缺少一位德高望重的師長，毛科擬聘請王陽明擔任教職。思州太守一事，毛科就給王陽明留下了很壞的印象，面對毛科的聘請，王陽明婉言拒絕，此詩就是王陽明對毛科的答復。

「野夫病臥成疏懶」，言身體有病，不堪繁重之教務。王陽明在龍場確實身體欠佳，他在其他詩中也時常提到病痛，如《鳳雛次韻答胡少參》「養屙深林中，百鳥驚辟易」，《贈黃太守澍》「臥屙閉空院，忽來古人車」，但王陽明的身體尚不至於不能擔任書院教職，並且王陽明也不排斥通過書院教化諸生，在《諸生來》詩中就曾坦言「講習性所樂，記問復懷覬」。王陽明在當地百姓的幫助下曾經建成了龍岡書院，龍岡書院雖然形制簡陋，王陽明卻堅信「吾道固斯存」（《龍岡新構》），慨然以孔子自期，大有「君子居之，何陋之有」的氣象。王陽明在龍岡書院與諸生登山臨水，「夜弄溪上月，曉陟林間丘」（《諸生夜坐》）；詩酒往還，「門生頗群集，樽斝亦時展」（《諸生來》），相處非常愉快。王陽明親自構築龍岡書院尚且樂此不疲，卻要拒絕貴陽書院的邀請，不是排斥書院，而是對毛科的品性人格，心存警惕。「疏懶」一詞源出嵇康《與山巨源絕交書》「性復疏懶，筋駑肉緩」，王陽明用「疏懶」依次，意在表明在謙卑的外表下，掩藏著傲岸不屈的人格。

「書卷長拋舊學荒」，言書卷長拋，無可傳授之學問，其實這都是王陽明拒絕毛科的託詞。有病無學，因病廢學，是古來詩家的慣常口吻，如陸游《秋晚書懷》「結廬窮僻新知少，屬疾沈綿舊學荒」。王陽明的病是小病，並沒有長拋

書卷，與之相反，王陽明雖處逆境，卻未嘗廢書不觀，作於之前的兩首詩足以證明：《西園》「放鋤息重陰，舊書漫批閱」，《贈黃太守澍》「經濟非復事，時還理殘書」。未嘗長拋書卷，學問自然不可能荒廢，王陽明在龍場期間，曾經著有學術專著《五經臆說》。因此，有病與無學，均是王陽明拒絕毛科的委婉託詞。

「豈有威儀堪法象」，出句「威儀」二字出自《詩經・大雅・抑》：「抑抑威儀，維德之隅。人亦有言，靡哲不愚。」鄭玄注曰：「人密審於威儀者，是其德必嚴正也。故古之賢者道行心平，可外占而知內，如宮室之制，內有繩直，則外有廉隅也。」朱熹《詩集傳》曰：「有哲人之德者，固必有哲人之威儀矣。而今之所謂哲者，未嘗有其威儀，則是無哲而不愚矣。」王陽明謙言無哲人之威儀可供師法，按照《抑》篇的邏輯，外無哲人之威儀，乃是因為內無哲人之德，無德而強為師，自然是「靡哲不愚」，難免為他人所笑。王陽明所言無哲人之威儀，乃是暗指受廷杖之恥。正德元年（1506）二月，王陽明疏救南京科道戴銑、薄彥徽，得罪權奸劉瑾，被去衣廷杖四十，死而復蘇。廷杖的奇恥大辱，在王陽明內心留下了揮之不去的陰影。書院乃人文教化之所，刑餘之人，臨此大任，難免招人非議，王陽明推辭書院聘請，確實有難言之苦衷。

「實慚文檄過稱揚」，該句慚愧之中有不滿之意。毛科「過稱揚」，讓王陽明感覺慚愧；但「文檄」二字卻透漏出不滿情緒。為書院禮聘師長，應該心存禮敬，登門力邀，毛科卻以一紙「文檄」相壓，如此傲慢無禮的聘請方式，王陽明又如何肯屈就呢？王陽明推辭教職的義理依據來源於《孟子・滕文公》：「陳代曰：『不見諸侯，宜若小然；今一見之，大則以王，小則以霸。且《志》曰枉尺而直尋，宜若可為也。』孟子曰：『昔齊景公田，招虞人以旌，不至，將殺之。志士不忘在溝壑，勇士不忘喪其元。孔子奚取焉？取非其招不往也。如不待其招而往，何哉？且夫枉尺而直尋者，以利言也。如以利，則枉尋直尺而利，亦可為與？』」朱熹《孟子集注》曰：「夫虞人招之不以其物，尚守死而不往，況君子豈可不待其招而自往見之邪？」王陽明拒絕毛科，也是因為毛科對其「招之不以其物」，聘請方式無禮非義。

「移居正擬投醫肆，虛席仍煩避講堂」。頸聯與首聯是呼應關係。計劃移居醫肆，是為了療養病痛，與「野夫病臥」相呼應。躲避書院講堂，是因為無學問可以傳授，與「書卷長拋」相呼應。再次強調有病與無學，無非是說明推辭之意的堅決。從句法結構方面來看，頸聯模擬陳師道《酬應物見戲》：「醒心正賴揮毫疾，誤筆仍煩送喜來。」

「範我定應無所獲」，王陽明在前三聯說明了拒絕教職的理由，尾聯則是告訴毛科，即使勉爲其難，勉強出山，也不會在書院有所貢獻，無疑會令毛科失望，「多士」嘲笑。「多士」出自《詩經・大雅・文王》：「世之不顯，厥猶翼翼。思皇多士，生此王國。王國克生，維周之楨。濟濟多士，文王以寧。」朱熹《詩集傳》曰：「此承上章而言。其傳世豈不顯乎？而其謀猷皆能勉敬如此也。美哉，此眾多之賢士，而生於此文王之國也！文王之國，能生此眾多之士，則足以爲國之幹，而文王亦賴以爲安矣。蓋言文王得人之盛，而宜其傳世之顯也。」王陽明是反用「多士」之義，既然書院有眾多賢士，毛憲副又何必捨近求遠，聘請病臥之野夫呢？況且，王陽明持身甚嚴，堅守節操，不會做「枉尺直尋」之事。在教育理念方面，王陽明與貴陽書院之間可謂是南轅北轍，差異甚大。不僅是貴陽書院，當時幾乎所有書院的教育目標都是圍繞著科舉展開，書院教育和學生讀書的目的幾乎都是爲了考取功名，這種功利主義的教育理念對讀書人的腐蝕很大。王陽明的教育理念與當時的書院迥然有別，他認爲讀書人應該追求的第一等事是成聖賢，這種理念早在王陽明十一歲時就已經確立（錢德洪《王文成公年譜》）。之後在婁諒、湛若水等師友的勉勵下，王陽明立志做聖賢的志向更爲堅定。即使在貶謫之地龍場的困頓生活中，王陽明不僅從來沒有放棄過做聖賢的理想，反而以孔子、顏回、曾點等聖賢作爲師法對象，如《始得東洞遂改爲陽明小洞天三首》其一曰：「夷居何有陋，恬淡意方在」，典出《論語・子罕》：「子欲居九夷。或曰：『陋如之何？』子曰：『君子居之，何陋之有？』」《始得東洞遂改爲陽明小洞天三首》其三曰：「邈矣簞瓢子，此心期與論」，「簞瓢子」是指顏回，典出《論語・雍也》：「子曰：『賢哉，回也！一簞食，一瓢飲，在陋巷，人不堪其憂，回也不改其樂。賢哉，回也！』」《諸生夜坐》：「緬懷風沂興，千載相爲謀」，典出《論語・先進》：「『點，爾何如？』鼓瑟希，鏗爾，舍瑟而作，對曰：『異乎三子者之撰。』子曰：『何傷乎？亦各言其志也。』曰：『莫春者，春服既成，冠者五六人，童子六七人，浴乎沂，風乎舞雩，詠而歸。』夫子喟然歎曰：『吾與點也！』」《龍岡漫興五首》其二曰「人間不有宣尼叟，誰信申棖未是剛？」典出《論語・公冶長》：「子曰：『吾未見剛者。』或對曰：『申棖。』子曰：『棖也欲，焉得剛？』」

在成聖賢的道路上，功名利祿的誘惑牢不可破，儘管王陽明不排斥考取功名，但是他堅決反對把考取功名作爲讀書的終極目標，以至於放棄了成聖賢的志向，這就是王陽明反覆強調的科舉之害在於「不患妨功，惟患奪志」。

書院諸生已被科舉奪志者比比皆是，多數學生早已胸無大志，更遑論學為聖賢。讀書人若無成聖成賢的志向，其危害甚大，正如王陽明在《教條示龍場諸生》中所言：「志不立，如無舵之舟，無銜之馬，漂蕩奔逸，終亦何所底乎？」功利主義盛行的書院與王陽明學為聖賢的教育理想有很大鴻溝，這也是王陽明拒絕貴陽書院聘請的一個原因。

「空令多士笑王良」，「王良」典出《孟子·滕文公》：「昔者趙簡子使王良與嬖奚乘，終日而不獲一禽。嬖奚反命曰：『天下之賤工也。』或以告王良。良曰：『請復之。』強而後可，一朝而獲十禽。嬖奚反命曰：『天下之良工也。』簡子曰：『我使掌與女乘。』謂王良。良不可，曰：『吾為之範我馳驅，終日不獲一；為之詭遇，一朝而獲十。《詩》云：不失其馳，舍矢如破。我不貫與小人乘，請辭。』御者且羞與射者比，比而得禽獸，雖若丘陵，弗為也。如枉道而從彼，何也？且子過矣，枉己者未有能直人者也。」朱熹《孟子集注》曰：「或曰：『居今之世，出處去就，不必一一中節，欲其一一中節，則道不得行矣。』楊氏曰：『何其不自重也！枉己其能直人乎？古之人寧道之不行，而不輕其去就，是以孔孟雖在春秋戰國之時，而進必以正，以至終不得行而死也。使不郵其去就而可以行道，孔孟當先為之矣。孔孟豈不欲道之行哉？』」王陽明用「王良」一典，意在表明「寧道之不行，而不輕其去就」之意。

概括起來說，王陽明此詩有兩個值得注意的特點：

第一，用典渾融，充滿理趣。

此詩有多處用典，並且典故出自《詩經》、《孟子》等儒家經典，相對於歷史典故而言，以義理見長的典故運用到詩中的難度更大。這就要求詩人才學兼備，有更高的詩學技巧，正如《文心雕龍·事類篇》所言：「文章由學，能在天資。才自內發，學以外成。……才為盟主，學為輔佐。主佐合德，文采必霸。才學褊狹，雖美少功。」王陽明可謂是才學兼擅的詩人，在十一歲時創作的《金山寺》、《蔽月山房》兩首詩，已經令人「大驚異」，之後沉潛詩文多年，又得茶陵詩派宗主李東陽指點，學養日深，詩學精進。以此詩而論，王陽明用典渾融，不刻意求工，而自然工穩，渾然天成。通過儒家經典的穿插點綴，我們不難看出深處困境的王陽明的精神歸趨，孔子、孟子等儒家聖賢的典範人格為王陽明的出處去就提供了可資師法的義理準則。王陽明此詩即非情節完整的敘事詩，也非直抒胸臆的抒情詩，而是充滿儒學興味的理趣詩，當然，這與王陽明心學家的學術修養是密不可分的。

第二，抑揚吞吐，婉而多諷。

此詩幾乎整體摹擬杜甫《有客》，杜詩曰：「幽棲地僻經過少，老病人扶再拜難。豈有文章驚海內，謾勞車馬駐江干。竟日淹留佳客坐，百年粗糲腐儒飱。莫嫌野外無供給，乘興還來看藥欄。」蕭滌非《杜甫全集校注》說：「來訪的這位『佳客』大概是個地位較高的官僚，他仰慕詩人之名，前來相訪，並非杜甫的文章知己，所以詩中的言辭較爲客氣，感情亦平淡。仔細體味，會感到詩人貌似謙恭後面的一絲傲岸之氣。」王陽明自覺地摹擬《有客》，對感情的抒發不是排山倒海而來，而是低徊婉轉，內斂節制。此詩言內之意是謙和自抑，婉言謝絕；弦外之音卻是持守節操，傲骨嶙峋，言內之意與弦外之音密切配合，眞情實感隱藏於應酬客套之中，是杜甫《有客》以後的又一篇佳作。

當然，在日後更加頻繁深入的交往過程中，王陽明對毛科以及貴陽書院的態度也有一些轉變。在毛科致仕之後，提學副使席書再次邀請王陽明執掌貴陽書院，「身率貴陽諸生以所事師禮事之」（錢德洪《王文成公年譜》），席書心誠禮恭，使王陽明難卻盛情，王陽明最終接受了貴陽書院的聘請，並培養了大批人才，逐漸形成了一個學術群體，史稱「黔中王門」。

第三節　王陽明《紀夢》詩本事新考

一、引言

二十世紀五十年代，史學家陳寅恪先生在中山大學講授「元白詩證史」課程，第一講就開宗明義論述了中外詩歌的不同之處以及與歷史關係的疏密問題：

中國詩與外國詩不同之點——與歷史之關係：中國詩雖短，卻包括時間、人事、地點。……外國詩則不然，空洞不著人、地、時，爲宗教或自然而作。中國詩既有此三特點，故與歷史發生關係。〔註1〕

據此可知，中國詩歌一般都有比較明確的時間、人事以及地點，而且中國詩歌與歷史的關係非常密切。因此，以詩證史、以史證詩，或者說詩史互證，就成了中國史學、中國詩學研究的重要方法，也是被學術實踐證明了

〔註1〕陳寅恪《陳寅恪集·講義及雜稿》，生活·讀書·新知三聯書店 2001 年版，第 483 頁。

的行之有效的研究方法。

本文即採用詩史互證的研究方法，對王陽明一首非常奇特且含混的詩歌——《紀夢》詩，進行釋讀。爲方便下文論述，先將《紀夢》詩並序逐錄如下：

> 正德庚辰八月廿八夕，臥小閣，忽夢晉忠臣郭景純氏以詩示予，且極言王導之奸，謂世之人徒知王敦之逆，而不知王導實陰主之。其言甚長，不能盡錄。覺而書其所示詩於壁，復爲詩以紀其略。嗟乎！今距景純若干年矣，非有實惡深冤鬱結而未暴，寧有數千載之下尚懷憤不平是者耶！

> 秋夜臥小閣，夢遊滄海濱。海上神仙不可到，金銀宮闕高嶙峋。中有仙人芙蓉巾，顧我宛若平生親。欣然就語下煙霧，自言姓名郭景純。攜手歷歷訴衷曲，義憤感激難具陳。切齒尤深怨王導，深奸老猾長欺人。當年王敦覬神器，導實陰主相緣夤。不然三問三不答，胡忍使敦殺伯仁？寄書欲拔太眞舌，不相爲謀敢爾云。敦病已篤事已去，臨哭嫁禍復賣敦。事成同享帝王貴，事敗仍爲顧命臣。幾微隱約亦可見，世史掩覆多失眞。袖出長篇再三讀，覺來字字能書紳。開窗試抽晉史閱，中間事蹟頗有因。因思景純有道者，世移事往千餘春。若非精誠果有激，豈得到今猶憤嗔！不成之語以筮戒，敦實氣沮竟殞身。人生生死亦不易，誰能視死如輕塵？燭微先幾炳《易》道，多能餘事非所論。取義成仁忠晉室，龍逢龔勝心可倫。是非顚倒古多有，吁嗟景純終見伸。御風騎氣遊八垠，彼敦之徒草木糞土臭腐同沉淪！

> 我昔明《易》道，故知未來事。時人不我識，遂傳耽一技。一思王導徒，神器良久覬。諸謝豈不力，伯仁見其底。所以敦者傭，周顧天經與地義。不然百口未負託，何忍置之死！我於斯時知有分，日中斬柴市。我死何足悲，我生良有以。九天一人撫膺哭，晉室諸公亦可恥。舉目山河徒歎非，攜手登亭空灑淚。王導眞奸雄，千載人未議。偶感君子談中及，重與寫眞記。固知倉卒不成文，自今當與頻譆戲。倘其爲我一表揚，萬世萬世萬萬世。

右晉忠臣郭景純《自述詩》，蓋予夢中所得者，因表而出之。〔註2〕

二、王陽明《紀夢》詩本事舊說述舉

《紀夢》詩是王陽明詩集中最爲奇特含混的一首詩，儘管這首詩有明確的時間、地點以及人事。根據詩序和錢德洪《陽明先生年譜》可以確定，該詩創作於正德十五年（1520）八月二十八日晚，地點是江西贛州，人事是王陽明在當晚夢到了郭璞，王陽明用詩歌的形式記錄下了兩人在夢中的會面交流經過，也照錄下了夢中郭璞向他展示的《自述詩》。

該詩的奇特之處在於，在夢中郭璞向王陽明訟冤，並告訴王陽明東晉權臣王導是王敦叛亂的幕後主使，王導也並非如史家所描述的那樣是忠臣，反而是「深奸老猾長欺人」的奸詐僞善之徒。王導是王陽明本人和王氏家族公認的先祖，錢德洪《陽明先生年譜》、黃綰《陽明先生行狀》等文獻都有明確記載，儘管學者對此還有疑義，但是在情感上，王陽明始終相信王導在家族譜系中佔據重要的地位。令人詫異的是，面對郭璞對王導罪行的揭露，王陽明不但沒有反駁，反而高度認同郭璞的意見，以至於「袖出長篇再三讀，覺來字字能書紳」。暫且不說郭璞的觀點是否符合歷史事實，單從家族情感上來講，王陽明也不應該違背爲長者諱的傳統道德。

面對這種不合情理的創作矛盾，我們可以確認，王陽明創作此詩時的奇特心理有一種較爲合理的解釋，那就是該詩是借古諷今，表面看是批判王導，其實是別有所指。所以，該詩就不單是一個歷史考據學的問題，王導是不是姦臣不是該詩所要討論的眞正內容，因此，簡單地從歷史事實角度贊同或者反對王陽明觀點的解讀方式，都偏離了該詩眞正的主題。從這個層面上說，楊愼和袁枚對該詩的解讀價值並不太大。楊愼《升菴集》卷四十九《陽明紀夢詩》曰：

惇嘗反覆《晉書》目王導爲叛臣，頗爲世所駭異。後見崔後渠《松窗雜錄》亦同余見。近讀陽明《紀夢》詩，尤爲卓識眞見，自信鄙說之有稽而非謬也。〔註3〕

袁枚的思路與楊愼基本相同，只是多增加了兩個類似的疑古過勇的考證事例

〔註2〕　〔明〕王守仁撰，吳光、錢明、董平、姚延福編校《王陽明全集》，上海古籍出版社 2015 年版，第 856 頁。
〔註3〕　〔明〕楊愼《升菴集》卷四十九，文淵閣四庫全書本。

而已，其《隨園詩話》卷六：

> 《王陽明集》中云：「正德庚辰八月夢見郭璞，極言王導姦邪
> 在王敦之上。」故公詩責導云：「事成同享帝王貴，事敗仍爲顧命臣。」
> 璞亦有詩云：「倘其爲我一表揚，萬世萬世萬萬世。」余按此說與蘇
> 子瞻夢中人告以唐楊綰之好殺，陶貞白《真誥》言晉太尉郗鑒之貪
> 酷，皆與史冊相反。〔註4〕

古典詩歌中的典故有「古典」與「今典」兩種類型，正如陳寅恪《柳如是別
傳》所言：「自來注釋詩章，可別爲二。一爲考證本事，一爲解釋辭句。賈言
之，前者乃考今典，即當時之事實。後者乃釋古典，即舊籍之出處。」〔註5〕
具體到王陽明《紀夢》而言，在解釋辭句、考證古典出處等方面，李慶《讀
王陽明〈紀夢〉詩》一文對該詩「全文加以校勘，進行箋注」〔註6〕，有助於
對該詩的理解。至於該詩所涉及到的「當時之事實」，或者說詩中本事，代表
性的觀點有以下三種：第一，最先注意到王陽明《紀夢》詩本事的是清末民
初學者余重耀，他在《陽明先生傳纂》一書中說：「按此篇與下《火秀宮》詩，
均託夢遊，以寄其嫉邪刺讒之意。與黃樓聽濤，夢見子瞻，同一微旨，無可
疑者，但借王茂弘以斥奸爲可異耳。」〔註7〕余重耀說得比較籠統，雖然指出
該詩是「嫉邪刺讒」之作，但並沒有考證出邪讒之人具體爲誰。第二，日本
學者岡田武彥《王陽明大傳》認爲王陽明同情郭璞遭遇、揭露王導奸詐可能
是受其良知影響，是一種自覺地道德批判行爲，並沒有其他創作意圖。當然，
他也並不反對余重耀的觀點，他說：

> 王陽明身爲王家子孫，卻假借託夢之舉對祖先提出批判，這種
> 行爲是不可思議的。當時的王陽明已經歷經千難萬險，「良知」說的
> 思想也已顯現出雛形。王陽明批判祖先王導，可能是他僅憑「良知」
> 所做出的一種舉動，並沒有其他意圖。對此，一些學者有不同意見。
> 曾著有《陽明先生傳纂》的余重耀先生認爲，王陽明這是在借古諷
> 今，假借託夢來諷刺姦邪讒佞之人。這種說法也不無道理。王陽明

〔註4〕〔清〕袁枚《隨園詩話》，人民文學出版社 1960 年版，第 204 頁。
〔註5〕陳寅恪《陳寅恪集·柳如是別傳》，生活·讀書·新知三聯書店 2001 年版，
　　　第 7 頁。
〔註6〕李慶《讀王陽明〈紀夢〉詩》，張伯偉、蔣寅主編《中國詩學》第二十四輯，
　　　第 84 頁。
〔註7〕余重耀《陽明先生傳纂》，中華書局 1924 年版，第 2 頁。

作爲一名忠臣，對向武宗進獻讒言的小人肯定充滿憤懣，《紀夢》一
詩也許是爲了表達這一層意思。〔註8〕

岡田武彥的觀點比余重耀更爲具體一些，他指出《紀夢》詩中的姦邪讒佞之
人可能就是「嚮明武宗進獻讒言的小人」。

第三，束景南、李慶比較明確地指出了詩中人物的眞實身份，即王敦爲
朱宸濠，王導爲張忠、許泰、江彬、陸完，郭璞爲王陽明、冀元亨。

束景南《王陽明年譜長編》曰：

> 此所謂夢中郭景純所示詩，實非郭景純作，而爲陽明自作詩，
> 其詭託爲夢中郭景純作，乃是其一貫之手法，一如當年僞造《遊海
> 詩》、《絕命辭》也。宸濠反，張忠、許泰爲奸，陽明被謗，冀元亨
> 忠而被冤死，與當年王敦起兵反，王導陰主爲奸，周顗（伯仁）義
> 而被殺，郭景純忠而被戮，何其相似乃爾。陽明此詩中隱以王敦比
> 宸濠，以王導比張忠、江彬、許泰之流，以郭景純比冀元亨，其詩
> 所寓意眞意昭然若揭矣。按「景純」與「惟乾」義近，陽明作此詩，
> 正與其上《詣六部伸理冀元亨》同時，此詩所云與《詣六部伸理冀
> 元亨》所述如出一轍，對讀可明也。〔註9〕

李慶《讀王陽明〈紀夢〉詩》曰：

> 《紀夢》詩，寫的是王敦這樣的謀反者和朝廷當權者的關係，
> 可使人聯想到張忠、許泰、陸完等一大批朝中權貴與謀反的寧王「宸
> 濠」暗中勾結的情況。或許還有把冀元亨等當時仍在蒙冤者，乃至自
> 己本身，比作古代受冤屈的郭景純的可能。所謂「夢中所得」的「郭
> 景純《自述》詩」，恐怕也係王守仁假託郭璞之作。是借晉朝的歷史，
> 借用所謂郭璞之口，對於朝廷中的現實，表達自己的看法。〔註10〕

筆者對以上三種觀點的取捨情況是，認同《紀夢》是批判正德朝姦佞小人之
作，也認同王敦所指的是叛王朱宸濠，但是不認同束景南和李慶對姦佞小人
的具體考證，也不認爲郭璞所指爲冀元亨，王導爲張忠、許泰、江彬、陸完。
筆者認爲，詩中所言王導所指爲楊廷和，郭璞爲孫燧。

〔註8〕〔日〕岡田武彥《王陽明大傳：知行合一的心學智慧》，重慶出版社 2015 年
　　　版，第 28 頁。

〔註9〕束景南《王陽明年譜長編》，上海古籍出版社 2017 年版，第 1320 頁。

〔註10〕李慶《讀王陽明〈紀夢〉詩》，張伯偉、蔣寅主編《中國詩學》第二十四輯，
　　　第 88 頁。

三、王陽明《紀夢》詩中之郭璞實爲孫燧

束景南、李慶將《紀夢》詩中之郭璞對應爲冀元亨，其根據主要有兩點：

第一，《紀夢》詩「中有仙人芙蓉巾，顧我宛若平生親」，「攜手歷歷訴衷曲，義憤感激難具陳」，這四句詩顯示出王陽明與郭璞所隱喻的人物關係非常密切。而冀元亨是符合這一詩歌情感指向的，因爲冀元亨是王陽明弟子，師生情誼甚篤。王陽明非常欣賞冀元亨的德行和才華，曾聘請冀元亨教育家中子弟。冀元亨的傳記也被史官附在《明史・王守仁傳》後，並且對冀元亨有極高之評價，史官曰：「守仁弟子盈天下，惟冀元亨嘗與守仁共患難。」〔註11〕

第二，王陽明創作《紀夢》詩時，冀元亨正遭受不白之冤，身陷囹圄之中。冀元亨蒙冤的過程，《明史》言之甚詳：

> 宸濠懷不軌，而外務名高，貽書守仁問學，守仁使元亨往。宸濠語挑之，佯不喻，獨與之論學，宸濠目爲癡。他日講《西銘》，反覆君臣義甚悉，宸濠亦服，厚贈遣之，元亨反其贈於官。已，宸濠敗，張忠、許泰誣守仁與通，詰宸濠，言無有。忠等詰不已，曰：「獨嘗遣冀元亨論學。」忠等大喜，搒元亨，加以炮烙，終不承。械繫京師詔獄。〔註12〕

事情的起因是，寧王朱宸濠密謀起兵謀反，欲拉攏時任督察院右副都御使的王陽明。王陽明也發現朱宸濠有謀逆徵兆，就委派冀元亨前往寧王府一探究竟。沒曾料想，冀元亨的寧王府之行，竟然成了日後張忠、許泰誣陷王陽明與寧王府交通的僞證。正德十四年（1519）六月，朱宸濠起兵謀反，七月，朱宸濠被王陽明俘獲，謀反被迅速平定。八月，昏庸的明武宗竟然做出御駕親征的荒唐決定，張忠、許泰爲了邀功，慫恿明武宗命王陽明釋放朱宸濠，他們要再俘獲一次。王陽明拒不奉旨，並通過太監張永將朱宸濠等一干謀逆罪犯呈交給明武宗，以至於激怒了張忠、許泰等姦佞之人，他們遂詆毀王陽明「先與通謀，慮事不成，乃起兵」〔註13〕，並抓住冀元亨這條線索不放，嚴刑拷打逼供。冀元亨有威武不能屈的君子氣概，即使蒙冤入獄，也不負師恩，絕不妥協。對於冀元亨的冤案，科道官員屢屢上疏申辯，王陽明也在正德十五年（1520）八月上《諮六部伸理冀元亨》，爲冀元亨訟冤。

〔註11〕〔清〕張廷玉等《明史》，中華書局1974年版，第5170頁。
〔註12〕〔清〕張廷玉等《明史》，第5170頁。
〔註13〕〔清〕張廷玉等《明史》，第5170頁。

　　筆者否認《紀夢》詩中郭璞爲冀元亨的依據主要有以下兩點：

　　第一，《紀夢》詩描寫的是郭璞被殺害之後的事情，而王陽明創作《紀夢》詩時冀元亨尚在人世。

　　《紀夢》詩明確提到了郭璞之死，即「取義成仁忠晉室，龍逢龔勝心可倫」。另外，郭璞的《自述詩》，當然這首《自述詩》也出自王陽明之手，也記載了郭璞之死，即「我於斯時知有分，日中斬柴市。我死何足悲，我生良有以」。如果作爲古典的郭璞所指確爲今典冀元亨的話，那麼冀元亨應該也是與郭璞類似的命運，但是此時冀元亨雖然蒙冤幽囚，卻尚在人世。王陽明也正在全力營救冀元亨，其《諮六部伸理冀元亨》的目的就是「具諮貴部，煩請諮詢鑒察，特賜扶持，分辨施行」〔註14〕。可見，此時王陽明對冀元亨洗脫冤案的信心依然很大，不至於絕望到認爲冀元亨必然被冤死。冀元亨是王陽明「素所愛厚」的弟子，從師生情誼上來講，王陽明也不忍心預判冀元亨的死，更何況還要把這種預判筆之於詩呢。

　　第二，冀元亨最終病死獄中的命運與郭璞被殺的遭遇明顯不同。郭璞之死，《晉書・郭璞傳》曰：

　　　　敦將舉兵，又使璞筮，璞曰：「無成。」敦固疑璞之勸嶠、亮，又聞卦凶，乃問璞曰：「卿更筮吾壽幾何？」答曰：「思向卦，明公起事，必禍不久。若往武昌，壽不可測。」敦大怒曰：「卿壽幾何？」曰：「命盡今日日中。」敦怒收璞，詣南崗斬之。〔註15〕

冀元亨之死與郭璞不同，郭璞是在王敦起兵之前被殺，冀元亨則是在朱宸濠叛亂平定之後被姦臣折磨致死。蔣信《鄉進士冀暗齋先生元亨墓表》：「久之，洗滌開釋之命下，而先生疾弗起矣，是爲辛巳五月四日。」又「世宗登極，詔將釋，前已得疾，後五日卒於獄。」〔註16〕據此可知，冀元亨死於正德十六年（1521）五月四日，此時明世宗已經即位，冀元亨的冤案也在正德十六年（1521）四月三十日大白於天下，距離王陽明《紀夢》詩寫作時間已經過去七個月（正德十五年（1520）閏八月，故至此時爲七個月時間）。

　　既然冀元亨不是詩中郭璞，那麼這個郭璞形象到底喻指何人呢？筆者認爲，這個人應該是孫燧。理由如下：

〔註14〕〔明〕王守仁撰，吳光、錢明、董平、姚延福編校《王陽明全集》，第674頁。
〔註15〕〔唐〕房玄齡等撰《晉書》，中華書局年1974版，第1907頁。
〔註16〕〔明〕焦竑《國朝獻徵錄》卷一百十三，明萬曆四十四年徐象橒曼山館刻本。

　　第一，孫燧與王陽明是同鄉，《明史・孫燧傳》曰：「孫燧，字德成，餘姚人。」〔註17〕又與王陽明是同年舉人，錢德洪《陽明先生年譜》曰：「弘治五年壬子，先生二十一歲，在越，舉浙江鄉試。是年，場中夜半見二巨人，各衣緋綠東西立，自言曰：『三人好作事。』忽不見。已而，先生與孫忠烈燧、胡尚書世寧同舉。其後，宸濠之變，胡發其奸，孫死其難，先生平之，咸以為奇驗。」〔註18〕又同在江西為官，孫燧被殺時官右副都御史，巡撫江西。兩人交情深厚，孫燧被殺之後，王陽明買棺裝殮。正德十四年（1519）八月二十九日，王陽明又在《行南昌府禮送孫公歸櫬牌》中命令南昌府委派專員護送孫燧靈柩還鄉。王陽明與孫燧的篤厚交誼，符合詩中「攜手歷歷」、「宛若平生親」的描寫。

　　第二，孫燧死難的情景與郭璞一致，都是拒絕從逆，在叛臣謀反之時被殺。《明史・孫燧傳》曰：

　　　　（正德十四年）六月乙亥，宸濠生日，宴鎮巡三司。明日，燧及諸大吏入謝。宸濠伏兵左右，大言曰：「孝宗為李廣所誤，抱民間子，我祖宗不血食者十四年。今太后有詔，令我起兵討賊，亦知之乎？」眾相顧愕眙。燧直前曰：「安得此言？請出詔示我。」宸濠曰：「毋多言，我往南京，汝當扈駕。」燧大怒曰：「汝速死耳！天無二日，吾豈從汝為逆哉？」宸濠怒叱燧，燧益怒，急起，不得出。宸濠入內殿，易戎服，出麾兵縛燧。（許）逵奮曰：「汝曹安得辱天子大臣？」因以身翼蔽燧，賊並縛逵，二人且縛且罵，不絕口。賊擊燧，折左臂，與逵同曳出。逵謂燧曰：「我勸公先發者，知有今日故也。」燧、逵同遇害惠民門外。〔註19〕

此處尚有一疑問需要解決，王陽明何以在孫燧死後一年多又重提舊事，借助郭璞之遭遇為孫燧訟冤呢？主要是因為孫燧功高不賞，死難之後遲遲得不到朝廷的褒獎。《明史・孫燧傳》曰：「明年（正德十五年），守臣上其事於朝，未報。世宗即位，贈禮部尚書，諡忠烈，與逵並祀南昌，賜祠名旌忠，各蔭一子。」〔註20〕《明世宗實錄》卷三對此有更為精確的記載，即「正德十六年六月二十四日，贈前巡撫江西都察院右副都御史孫燧禮部尚書諡忠烈，前

〔註17〕　〔清〕張廷玉等《明史》，第7427頁。

〔註18〕　〔明〕王守仁撰，吳光、錢明、董平、姚延福編校《王陽明全集》，第1348頁。

〔註19〕　〔清〕張廷玉等《明史》，第7428頁。

〔註20〕　〔清〕張廷玉等《明史》，第7429頁。

江西按察司副使許逵都察院左副都御史諡忠節，建旌忠祠於南昌，命有司春秋致祭，仍各依贈官品級賜祭葬。蔭一子錦衣衛，世襲百戶。宸濠之變，二臣同時死義，久未褒錄。至是禮部遵詔以請，上嘉二臣精忠大節，諸恤典俱視部擬加厚焉。」〔註21〕

在平定朱宸濠叛亂之後，以死難激發忠義的孫燧最應該首先得到褒獎，朝廷卻屢屢延滯；相反，那些身居高位，在平叛過程中無尺寸之功的內閣首輔楊廷和，卻早早就得到封賞。對於朝廷的賞罰不公，王陽明深致不滿，故借助郭璞以發孫燧之委屈，借助王導批判楊廷和之姦僞。

四、王陽明《紀夢》詩中之王導實爲楊廷和

束景南認爲《紀夢》詩中之王導是張忠、江彬、許泰，李慶認爲是張忠、許泰、陸完，綜合兩人的觀點可以發現，他們認爲王導影射的乃是明武宗身邊的姦臣群像，尤其是以上四人。

筆者認爲王導不可能是以上四人，因爲此四人與《紀夢》詩明顯有三個齟齬扞格之處：

第一，《紀夢》詩云「切齒尤深怨王導，身奸老滑長欺人」，王陽明僞託郭璞《自述詩》亦云「王導眞奸雄，千載未人議」，這都顯示出王陽明借助王導影射的那個人物應該是看似忠貞而實則奸詐，劣跡被其深斂厚藏，很難被人識破的姦猾僞善之人，張忠、許泰、陸完三人均與此詩意不合。

尤其是，張忠、許泰在朱宸濠叛亂之後對王陽明的詆毀，已經是明火執仗的小人行徑，並無遮掩避忌之處，而且劣跡全幅鋪張開來。公然指使士兵對王陽明肆口謾罵，《明史·王守仁傳》曰：「（王守仁）聞巡撫江西命，乃還南昌。忠、泰已先至，恨失宸濠，故縱京軍犯守仁，或呼名嫚罵，守仁不爲動。」〔註22〕他們甚至詆毀王陽明與朱宸濠原本是擬聯合起兵謀反，王陽明發現事機不順，才臨時決定倒戈，起兵平叛。《明史·王守仁傳》曰：「諸嬖幸故與宸濠通，守仁初上宸濠反書，因言覬覦者非特一寧王，請黜奸諛，以回天下豪傑心，諸嬖幸皆恨。宸濠既平，則相與媢功，且懼守仁見天子，發其罪，競爲蜚語，謂守仁先與通謀，慮事不成，乃起兵。」〔註23〕張忠、許泰還是貪財之徒，親往南昌調查朱宸濠收

〔註21〕中央研究院歷史語言研究所校印、黃彰健校勘《明世宗實錄》，中華書局 2016年版，第 146 頁。

〔註22〕〔清〕張廷玉等《明史》，第 5165 頁。

〔註23〕〔清〕張廷玉等《明史》，第 5164 頁。

斂的財富，並誣告王陽明吞沒了這筆鉅資。《明史・王守仁傳》曰：「忠、泰言：『寧府富厚甲天下，今所蓄安在？』守仁曰：『宸濠異時盡以輸京師要人，約內應，藉可按也。』忠、泰故嘗納宸濠賄者，氣懾，不敢復言。」〔註24〕在南昌被王陽明挫敗之後，張忠、許泰回到明武宗身邊，又詆毀王陽明必然會起兵謀反，《明史・王守仁傳》：「忠、泰不得已班師。比見帝，與紀功給事中祝續、御史章綸讒毀百端，獨（張）永時時左右之。忠揚言帝前曰：『守仁必反！試召之，必不至。』忠、泰屢矯旨召守仁，守仁得永密信，不赴。及是知出帝意，立馳至，忠、泰計沮，不令見帝。守仁乃入九華山，日宴坐僧寺。帝覘知之，曰：『王守仁學道人，聞召即至，何謂反？』乃遣還鎮，更令上捷音。」〔註25〕張忠、許泰的行徑已是盡人皆知的小人所為，不是「千載未人議」的掩覆深藏。

兵部尚書陸完確實與朱宸濠勾結甚多，符合《紀夢》詩所言「當年王敦覬神器，導實陰主相緣夤」。《明史・陸完傳》曰：

> 正德初，歷江西按察使，寧王宸濠雅重之。時召預曲宴，以金罍為贈。……時宸濠已萌異志，聞完為兵部，致書盛陳舊好，欲復護衛及屯田。完答書令以祖制為詞，宸濠遂遣人齎金帛鉅萬，寓所善教坊臧賢家，遍遺用事貴人，屬錢寧為內主，比奏下，完遂為覆請，而以屯田屬戶部，請付廷議。內閣擬旨上，並予之。舉朝譁然。六科給事中高淓、十三道御史汪賜等力爭，章並下部，久不覆。〔註26〕

朱宸濠叛亂之後，從繳獲的寧王府往還書信中，太監發現了陸完的罪證，《明史・陸完傳》曰：

> 十年，改吏部尚書。宸濠反，就執。中官張永至南昌搜其籍，得完平日交通事上之。帝大怒，還至通州，執完。〔註27〕

陸完罪證敗露的具體時間不可能晚於正德十四年八月二十四日，因《明武宗實錄》卷一百七十七曰：

> 正德十四年八月二十四日，杖教坊司樂官臧賢、施鈇、司鑒於午門，賢八十，鈇七十，鑒六十，仍發戍廣西馴象衛，籍沒其家。初，賢以伶人得幸於上，宸濠遣使厚遺之，使行賄於太監蕭敬、尚

〔註24〕〔清〕張廷玉等《明史》，第5165頁。
〔註25〕〔清〕張廷玉等《明史》，第5165頁。
〔註26〕〔清〕張廷玉等《明史》，第4956頁。
〔註27〕〔清〕張廷玉等《明史》，第4956頁。

書陸完、都督朱寧結爲內，禁中動靜，莫不密報於濠，故反謀益固。
至是事覺，詞連寧，及發遣，行至張家灣，寧乃使盜往殺之以滅口
云。〔註28〕

據此可知，在王陽明創作《紀夢》詩前一年陸完之罪狀已經爲天下人所稔知，
亦非「千載未人議」之秘事。

第二，江彬生平事蹟與王陽明《紀夢》詩「當年王敦覬神器，導實陰主
相緣黃」無關。江彬雖然姦佞，卻與朱宸濠並無瓜葛，反而是比較早地揭發
朱宸濠謀反罪狀之人。儘管江彬揭發朱宸濠也不是忠於國事，而是因爲與錢
寧爭寵，把寧王叛亂作爲扳倒錢寧的由頭而已。《明史・錢寧傳》曰：

然卒中江彬計，使董皇店役，彬在道盡白其通逆狀，帝曰：「點
奴我固疑之。」乃羈之臨清，馳收其妻子家屬。帝還京，裸縛寧，
籍其家，得玉帶二千五百束、黃金十餘萬兩、白金三千箱、胡椒數
千石。世宗即位，磔寧於市。〔註29〕

第三，《紀夢》詩言王導「事成同享帝王貴，事敗仍爲顧命臣」，即是說謀反
若能僥倖得手，則能與謀反者同享帝王之尊貴；即使謀反失敗，也能憑藉巧
妙的僞裝，繼續扮演忠臣的角色，當本朝天子駕崩之時，依然是顧命大臣的
不二人選。以此衡量張忠、許泰、陸完、江彬等四人，均枘鑿難合。陸完勾
結叛臣的罪狀已被確認，張忠身份是太監，許泰、江彬身爲武將，都不是顧
命大臣的應有人選，所以此四人均不可能是《紀夢》詩中之王導。

筆者認爲，內閣首輔楊廷和才是王陽明《紀夢》詩影射的眞正對象。
理由如下：

第一，楊廷和應該收受過朱宸濠的重賄，是朱宸濠謀反的內應，與《紀
夢》詩「當年王敦覬神器，導實陰主相緣黃」契合。

《明史・楊廷和傳》：「大學士東陽致政，廷和遂爲首輔。」〔註30〕對照
《明武宗實錄》卷九十五：「正德七年十二月二十七日丁卯，少師兼太子太師
吏部尚書華蓋殿大學士李東陽致仕。」正德七年十二月，在李東陽致仕之後，
楊廷和就擔任了內閣首輔，至正德十四年（1519）朱宸濠叛亂，七年之內，
江西副使胡世寧等官員不斷上疏臚列朱宸濠不法罪證，提醒朝廷朱宸濠極有

〔註28〕中央研究院歷史語言研究所校印、黃彰健校勘《明武宗實錄》，第3467頁。
〔註29〕〔清〕張廷玉等《明史》，第7982頁。
〔註30〕〔清〕張廷玉等《明史》，第5032頁。

可能謀反，楊廷和竟然始終不爲所動。如《明史・胡世寧傳》曰：

> 正德九年三月，上疏曰：顧江西患非盜賊，寧府威日張，不逞
> 之徒群聚而導以非法，上下諸司承奉太過。數假火災，奪民廛地，
> 採辦擾旁郡，蹂籍遍窮鄉。臣恐良民不安，皆起爲盜。臣下畏禍，
> 多懷二心，禮樂刑政漸不自朝廷出矣。〔註31〕

如此嚴重的問題，楊廷和卻置若罔聞，極有可能是收受了朱宸濠的賄賂，有
意爲朱宸濠遮掩。對於胡世寧，楊廷和任由朱宸濠黨羽詆毀迫害，未嘗秉公
援救，反而將胡世寧幽囚獄中。《明史・胡世寧傳》曰：

> 宸濠聞，大怒。列世寧罪，遍賂權倖，必殺世寧。章下都察院。
> 右都御史李士實，宸濠黨也，與左都御史石玠等上言，世寧狂率當
> 治。命未下，宸濠奏復至，指世寧爲妖言。乃命錦衣官校逮捕世寧。
> 世寧已遷福建按察使，取道還里，宸濠遂誣世寧逃，馳使令浙江巡
> 按潘鵬執送江西。鵬盡係世寧家人，索之急。李承勳爲按察使，保
> 護之。世寧乃亡命抵京師，自投錦衣獄。獄中三上書言宸濠逆狀，
> 卒不省。居四年，宸濠果反。〔註32〕

楊廷和在朱宸濠申請恢復王府護衛之事上也是首鼠兩端。朱宸濠屢屢申請恢
復王府護衛，這是他謀反布局中關鍵的一步，因爲恢復護衛之後，朱宸濠就
擁有了謀反的軍事力量，也可以借助恢復護衛的理由名正言順地擴充兵馬。
《明武宗實錄》卷一百十一曰：

> 正德九年四月四日丁酉，復寧府原革護衛及屯田。……濠未上
> 奏時，密遣人齎金帛數萬遍賄當路。檢討郭維藩聞之，言於編修費
> 寀，以達之大學士費宏。奏既下，（陸）完在朝迎謂宏曰：「寧王求
> 護衛，可與之否？」宏逆知其意所在，婉詞諷之曰：「不知革之以何
> 故也？」完屬聲言：「恐不能不與耳！」宏應之曰：「若是則宏不敢
> 與聞。」……既而完爲覆奏，遂以太祖典章從臾成之，而錢寧又爲
> 之奧主。聞宏言，深爲濠憾，故決意去宏矣。〔註33〕

在姦佞之人陸完、錢寧的幫助下，寧王府的護衛得以恢復，而竭力反對者只
有武英殿大學士、戶部尚書費宏，身爲華蓋殿大學士、內閣首輔的楊廷和卻

〔註31〕〔清〕張廷玉等《明史》，第 5260 頁。

〔註32〕〔清〕張廷玉等《明史》，第 5260 頁。

〔註33〕中央研究院歷史語言研究所校印、黃彰健校勘《明武宗實錄》，第 2264 頁。

默許了兵部尚書陸完等人的決議。

第二，楊廷和似忠實奸的行為與《紀夢》詩所言「深奸老獪長欺人」契合。

正德十年（1515）閏四月，兵部尚書陸完改任吏部尚書，戶部尚書王瓊改任兵部尚書，朱宸濠失去了兵部的支持。王瓊也不是朱宸濠一黨，反而要徹查寧王府不軌之事。這時明武宗也發覺了朱宸濠的奸謀，形勢越來越不利於朱宸濠，為了全身避禍，楊廷和又反過來勸說朱宸濠上護衛自贖。錢德洪《陽明先生年譜》載其事曰：

> （陸）完改吏部。王瓊代為本兵，度濠必反，乃申軍律，督責撫臣修武備，以待不虞。而諸路戒嚴，捕盜甚急。凌十一系獄劫逃，瓊責期必獲。濠始恐，復風諸生頌己賢孝，挾當道奏之。武宗見奏，驚曰：「保官好升，保寧王賢孝欲何為耶？」是時江彬方寵幸，太監張忠欲附彬以傾錢寧，聞是言，乃密應曰：「錢寧、臧賢交通寧王，其意未可測也。」……廷和恐禍及，欲濠上護衛自贖。同官外廷不知也。〔註34〕

錢德洪說楊廷和所為「同官外廷不知」，那麼，錢德洪又是從何獲此秘聞呢？錢德洪是王陽明入室弟子，此事應該是得知於王陽明之口。想來是王陽明收復寧王府之後，在查閱朱宸濠往還信函之時，發現了楊廷和勾結朱宸濠的證據。王陽明深知此事事關重大，關乎身家性命，再三權衡之後，放棄了對楊廷和的彈劾，只是將此事告訴了錢德洪等極少數人。這也是《紀夢》詩所言「王導真奸雄，千載人未議」的原因所在。

明武宗發現朱宸濠有謀反的徵兆之後，並沒有立即發兵逮捕，而是派遣駙馬都尉崔元等前往申飭，革除朱宸濠寧王府護衛，以觀後效。錢德洪在敘寫楊廷和對此事的反應時，所用語詞，大可玩味。錢德洪《陽明先生年譜》曰：

> 一日，駙馬都尉崔元遣問瓊曰：「適聞宣召，明早赴闕，何事？」瓊問廷和。廷和佯驚曰：「何事？」瓊微笑曰：「公勿欺我。」廷和怩怩，徐曰：「宣德中，有疑於趙，嘗命駙馬袁泰往諭，竟得釋，或此意也。」明旦，瓊至左順門，見元領勅，謂曰：「此大事，何不廷宣？」乃留，當廷領之。勅有曰：「蕭淮所言，關係宗社大計。朕念親親，不忍加兵，特遣太監賴義、駙馬都尉崔元、都御史顏頤壽往諭，革其護衛。」元領勅既行，廷和復令兵部發兵觀變。瓊曰：「此不可泄。

〔註34〕〔明〕王守仁撰，吳光、錢明、董平、姚延福編校《王陽明全集》，第1390頁。

　　近給事中孫懋、易贊建議選兵操江，爲江西流賊設備。疏入，留中日
　　久，第請如擬行之。備兵之方，無出此矣。」廷和默然。〔註35〕

正如錢德洪所敘，楊廷和確實是舉措失當，兵部尚書王瓊的意見才是正確的。
崔元等往寧王府宣詔，應該當廷領之，宣之於衆，這是爲了讓朱宸濠瞭解朝
廷的眞正用意是申飭而不是拘捕，避免朱宸濠因誤解而激成反叛，楊廷和卻
有意讓崔元秘密領敕，當宣而不宣。崔元等出發之後，楊廷和又公開命令兵
部發兵觀變，這是當隱而不隱。因爲朱宸濠一旦獲悉兵部發兵，必定會孤注
一擲，鋌而走險。楊廷和此舉不像是老成謀國者應該有的姿態，反而更像是
故意激怒朱宸濠，逼迫其盡快謀反。

　　第三，楊廷和事蹟與《紀夢》詩所言「事成同享帝王貴，事敗仍爲顧命
臣」契合。

　　儘管王陽明創作《紀夢》時明武宗尚且在世，但是依據常理判斷，當明
武宗駕崩之時，作爲內閣首輔的楊廷和必然是顧命大臣的首選。八個月之後，
歷史的發展果然印證了王陽明的預見。正德十六年（1521）三月十四日，明
武宗駕崩，楊廷和不但是顧命大臣，而且因爲明武宗沒有子嗣，新天子嘉靖
皇帝也是楊廷和選定的。《明史・楊廷和傳》曰：

　　　　三月十四日丙寅，谷大用、張永至閣，言帝崩於豹房，以皇太
　　后命，移殯大內，且議所當立。廷和舉《皇明祖訓》示之曰：「兄終
　　弟及，誰能瀆焉。興獻王長子，憲宗之孫，孝宗之從子，大行皇帝
　　之從弟，序當立。」梁儲、蔣冕、毛紀咸贊之，乃令中官入啓皇太
　　后，廷和等候左順門下。頃之，中官奉遺詔及太后懿旨，宣諭群臣，
　　一如廷和請，事乃定。〔註36〕

正德十六年（1521）四月二十二日，從湖北被迎接來的興獻王長子朱厚熜即
皇帝位，是爲明世宗。從明武宗去世至此，前後將近四十天，大明王朝實際
的統治者就是楊廷和，也如王陽明所言，是短暫地「同享帝王貴」，即《明史・
楊廷和傳》所言：「廷和總朝政幾四十日，興世子始入京師即帝位。」〔註37〕

　　第四，《紀夢》詩創作時間與楊廷和在平定寧王叛亂之後受到明武宗褒
獎的時間契合。

〔註35〕〔明〕王守仁撰，吳光、錢明、董平、姚延福編校《王陽明全集》，第 1390 頁。
〔註36〕〔清〕張廷玉等《明史》，第 5034 頁。
〔註37〕〔清〕張廷玉等《明史》，第 5035 頁。

從現存的王陽明詩歌分析統計來看，王陽明的詩作很少有詩序，在詩序中標注明確時間的詩作則更爲罕見。《紀夢》詩卻一反常態，特別標注寫作時間爲正德十五年（1520）八月二十八日，這應該是特意爲之。查閱《明武宗實錄》可以發現，楊廷和被明武宗褒獎是大明王朝這一天唯一被記錄在實錄的事件。《明武宗實錄》卷一百八十九載其事曰：

> 正德十五年八月二十八日癸未，敕諭少師兼太子太師吏部尚書華蓋殿大學士楊廷和：卿自幼齡取科第，動縉紳，事我皇祖，藝學詞苑，積有年勞。逮事皇考以及朕躬，翰長宮僚，資望日深，編摩考校，才華益著。選侍經幄，十數年間，啓沃良多。朕自春宮，實切簡注。爰自纘服之初，擢居內閣，累進保傅，遂冠三孤。地處深嚴，職司密勿，乃能忠以體國，公而忌家。誠意見於謀猷，藻思形諸述作。比緣終制，臺位久虛，尋復召還，忠蓋彌篤。上承德意，下軫時艱，調護維持，心勞力瘁。矧當四方多事之秋，前後兩値逆藩之變，運籌建議，動中機宜。過絕奸萌，消弭禍亂，國是攸屬，中外底寧。頃以一品秩滿九載，盛名清節，終始弗渝，偉績殊勳，輿論推服。朕心嘉悅，茲特降敕褒諭，仍令兼支大學士俸，賜宴禮部，給誥命賞賚，以示優崇。〔註38〕

在寧王朱宸濠叛亂的前後，楊廷和的作爲卻與這篇敕諭完全相反，楊廷和不單沒有「過絕奸萌，消弭禍亂」，反而可能收取朱宸濠重賄，爲朱宸濠遮掩彌縫，以至於養癰成患。朱宸濠叛亂之後，楊廷和也沒能「運籌建議，動中機宜」，反而是舉措失當，慫恿明武宗親征，險些釀成大禍。楊廷和本該受到嚴懲，卻被明武宗褒獎甚隆；本該最先被朝廷褒獎的死難忠臣孫燧，卻是遲遲不見封賞。賞罰倒置、是非顛倒的怪現狀激起了王陽明的憤慨，故借助郭璞爲孫燧鳴不平，借助王導譏刺楊廷和姦僞。但是江西距離北京甚遠，以當時的信息傳遞速度而言，王陽明無論如何也不可能在當日就獲得楊廷和被褒獎的消息，筆者推測王陽明極有可能是在閱讀邸報獲此消息後創作的《紀夢》詩，特意標注八月二十八日這一敏感時間，無非是提醒讀者注意當日楊廷和受褒獎之事而已。

五、餘論

通過前文論述，《紀夢》詩之本事大致可以確定，該詩是借助王導譏刺內閣

〔註38〕中央研究院歷史語言研究所校印、黃彰健校勘《明武宗實錄》，第3593頁。

首輔楊廷和之姦僞，借助郭璞頌揚江西巡撫孫燧之忠貞。另外，《紀夢》詩還關涉到寧王朱宸濠之叛亂、正德後期之黨爭，以及王陽明本人身陷政治漩渦的艱難處境。本文既是對《紀夢》詩本事之考證，也希望通過這篇考證展示王陽明詩歌內容和思想的豐富多樣性、王陽明詩歌與明代歷史複雜而密切的關係，畢竟王陽明的詩歌世界不僅關聯著他的思想世界，也關聯著他的歷史世界。

第四節　龍場悟道與王陽明生命價值體系的重建

　　王陽明謫居龍場時，面臨生存和生命兩個主要問題。他通過高超的處困之道化解了生存危機，以「未嘗一日之戚戚」的樂觀精神應對惡化的生存環境，以忠信禮義保障生命的尊嚴，並從道教神仙之術中解脫出來，體悟到與其片面地追求自然生命的延伸，不如建構文化生命的厚重。王陽明認爲文化生命的建構離不開對理的求索，不同於朱熹心外求理的既有模式，龍場悟道之後的王陽明創造性地提出心即理的哲學命題，開始向「吾性自足」的心內求理。向外求理，一定程度上還是屬於他律道德的範疇；心內求理，則更注重高度自覺的自律道德。另外，心即理的心是孟子所言之本心，本心人皆有之，則理亦人皆有之，如此則保證了理是普遍性的道德根據，而不是少數人的知識霸權。龍場悟道的另一個創造性的成果是知行合一，即道德知識和道德實踐的合一。如果說，心即理是向內探求道德知識的緣起，是文化生命的內求；那麼知行合一則是在知行並重的同時，依然帶有強調道德實踐的傾向，是文化生命的外拓。通過心即理與知行合一，王陽明找到了文化生命的內在依據，也實現了文化生命的外在踐履，在朱熹之後，重新建構了一個完整的生命價值體系。

一、引言

　　儒家哲學主要圍繞生命展開其論述，不同於佛教哲學，儒家沒有一個彼岸世界的構想，也不同於道教哲學，儒家也沒有一個神仙世界的設定。這種重視人間世的現實品格，早在孔子那裡就已經被確認。相對於不可把捉的鬼神世界，孔子更加重視當下切實的人間世界；相對於對死後問題的諸種玄想，孔子更加重視人間世的生命狀態。

　　儒家哲學發展到王陽明，尤其是龍場時期的王陽明，他所面臨的生存困境和生命困擾可以與孔子的厄於陳蔡等量而觀，甚至還有過之。此時的王陽

明可謂是內外交困，迫近生命的邊緣，正如他在《答毛憲副》中所言：「某之居此，蓋瘴癘蠱毒之與處，魑魅魍魎之與遊，日有三死焉。」〔註39〕從外部條件來看，龍場地處貴州西北山林之中，毒蛇猛獸所在多有，瘴氣彌漫，交通阻塞，自然環境十分惡劣。居住環境更爲簡陋，初到龍場的王陽明並無房舍供其居住，只好如野人一般暫時穴處於山洞之中。人文環境幾乎處於空白，王陽明與當地少數民族語言不通，溝通交流，障礙重重。官場環境依然惡化，當朝權貴劉瑾對王陽明的打擊報復還在持續，貴州本地官員對王陽明亦是極度之不友好，且時常有欺凌之事發生。從王陽明本身來說，經過長途奔波，加之不久之前受過杖刑，原本就有肺疾的王陽明，舊疾重發，一度被疾病困擾。王陽明詩文中時常有疾病的記載，如《答毛拙庵見招書院》：「野夫病臥成疏懶，書卷長拋舊學荒。」〔註40〕《鳳雛次韻答胡少參》：「養疴深林中，百鳥驚辟易。」〔註41〕《贈黃太守澍》：「臥疴閉空院，忽來故人車。」〔註42〕因此，如何化解生存危機，如何重塑生命價值，就成了龍場時期王陽明不得不面對的兩個首要問題。

二、王陽明的處困之道與生存危機的化解

王陽明在龍場時期的處困之道主要有以下四點：

第一、聖人之志的最終確立

據錢德洪《王文成公年譜》記載，早在十一歲時，王陽明就朦朧地樹立了讀書學聖賢的志向。但是在隨後的二十多年間，王陽明又被辭章、遊俠、佛老等學問吸引，聖學之路歧出多變。龍場悟道之後，王陽明的聖人之志才最終確立，並之死靡它，未嘗再度動搖。此時的王陽明不僅學爲聖人，而且以孔子自居自勵，單從他對貴州期間的詩文集命名爲《居夷集》即可覘知。「居夷」典出《論語·子罕》，其文曰：「子欲居九夷。或曰：『陋如之何？』子曰：『君子居之，何陋之有？』」〔註43〕孔子所謂居夷只是面對禮壞樂崩的時局所作的憤激之言，王陽明則實實在在地是遠離諸夏而困處九夷。王陽明篤定聖人之志，使他清醒地認識

〔註39〕〔明〕王陽明撰、吳光等編校《王陽明全集》，上海古籍出版社 2011 年版，第 883 頁。
〔註40〕〔明〕王陽明撰、吳光等編校《王陽明全集》，第 778 頁。
〔註41〕〔明〕王陽明撰、吳光等編校《王陽明全集》，第 774 頁。
〔註42〕〔明〕王陽明撰、吳光等編校《王陽明全集》，第 775 頁。
〔註43〕〔宋〕朱熹《四書章句集注》，中華書局 2012 年版，第 113 頁。

到，即使人格完美如孔子，也難免「謫居屢在陳」〔註44〕的困厄，更爲重要的是，王陽明認爲這種困厄乃如孟子所言是「天將大任於斯人」之前的必經考驗。

王陽明在《教條示龍場諸生》一文中指出立志之重要，他說：「志不立，如無舵之舟，無銜之馬，漂蕩奔逸，終亦何所底乎？」〔註45〕以孔子自勵的王陽明，志向堅定，可謂是控住了浮舟之舵、駿馬之銜，心有所主，不爲外境所轉，卻能轉化外境。從這個意義上說，王陽明不僅踐履了孔子的居夷構想，也實踐了從居夷到化夷的儒家教化之道。

第二、孔顏樂處的精神傳承

孔門弟子眾多，孔子唯獨垂青於顏回，其中有一個重要的原因就是顏回即使在生存條件極端簡陋困苦的境況下，依然能夠以不改其樂的樂觀情懷堅守儒家之道。《論語‧雍也》載其事曰：「子曰：賢哉！回也。一簞食，一瓢飲，在陋巷，人不堪其憂，回也不改其樂。賢哉！回也。」〔註46〕宋明儒者非常推崇這種樂觀情懷，並以參禪悟道的體悟方式索解孔顏所樂爲何事？其實，答案並不複雜，孔顏所樂當然不是貧，而是道，就是日常所言之安貧樂道。李澤厚甚至把孔顏樂觀精神視爲中國文化的根本特徵，他說：「與西方『罪感文化』、日本『恥感文化』相比較，以儒學爲骨幹的中國文化的精神是『樂感文化』。」〔註47〕

孔顏樂處的樂觀精神也成了王陽明化解生存危機的重要精神資源，王陽明在《瘞旅文》中記載了一位吏目慘死於赴任途中，吏目的兒子和僕人也於次日相繼死去。同是天涯淪落人的王陽明大有物傷其類之感，文中表達了沉痛的同情，也分析了自己幸存的原因，即「自吾去父母鄉國而來此二年矣，歷瘴毒而苟能自全，以吾未嘗一日之戚戚也」〔註48〕。借助儒家的樂觀精神，不僅王陽明本人做到了「胸中灑灑」〔註49〕，甚至還幫助身邊的僕人克服了精神的壓抑，錢德洪《王文成公年譜》曰：「而從者皆病，自析薪取水作糜飼之；又恐其懷抑鬱，則與歌詩；又不悅，復調越曲，雜以詼笑，始能忘其爲疾病夷狄患難也。」〔註50〕

〔註44〕 〔明〕王陽明撰、吳光等編校《王陽明全集》，第 769 頁。
〔註45〕 〔明〕王陽明撰、吳光等編校《王陽明全集》，第 1073 頁。
〔註46〕 〔宋〕朱熹《四書章句集注》，第 87 頁。
〔註47〕 李澤厚《論語今讀》，中華書局 2015 年版，第 3～4 頁。
〔註48〕 〔明〕王陽明撰、吳光等編校《王陽明全集》，第 1049 頁。
〔註49〕 〔明〕王陽明撰、吳光等編校《王陽明全集》，第 887 頁。
〔註50〕 〔明〕王陽明撰、吳光等編校《王陽明全集》，第 1354 頁。

第三、忠信禮義與生命之尊嚴

生存問題是一個事實問題，生命問題則是一個價值問題，儒家反對爲了苟且的生存而放棄生命的價值。如孟子承認「生亦我所欲」，「死亦我所惡」，好生惡死是人類最基本欲求，但是「所欲有甚於生者，故不爲苟得也」，「所惡有甚於死者，故患有所不辟也」〔註 51〕。爲了維護生命的尊嚴，有些人選擇放棄生存，殺身成仁、舍生取義的事例史不絕書。

王陽明也遭遇過生存與生命之間的兩難抉擇，事情緣起於思州太守派人到龍場欺凌王陽明，龍場地區的百姓爲王陽明抱打不平，與思州太守所派之人發生了武力衝突，釀成了一起不大不小的群體性事件。思州太守將此事上報給貴州按察副使毛科，毛科致函王陽明，命令王陽明至思州太守處跪拜請罪，並威脅王陽明說若不依令而行，必有災禍之事。王陽明義正辭嚴地拒絕了毛科所謂的建議，並在《答毛憲副》的回信中表明了持守忠信禮義的決心，至於俗世間的禍福利害，並不能動搖其決心，王陽明說：「跪拜之禮，亦小官常分，不足以爲辱，然亦不當無故而行之。不當行而行，與當行而不行，其爲取辱一也。廢逐小臣，所守以待死者，忠信禮義而已。又棄此而不守，禍莫大焉。凡禍福利害之說，某亦嘗講之。君子以忠信爲利，禮義爲福。苟忠信禮義之不存，雖祿之萬鍾，爵以侯王之貴，君子猶謂之禍與害。如其忠信禮義之所在，雖剖心碎首，君子利而行之，自以爲福也。」〔註 52〕接到回信的毛科不僅沒有處分王陽明，反而被王陽明的道德操守所感動，還決定聘請王陽明至貴陽書院講學。

三、從自然生命的延長到文化生命的提升

王陽明時期的貴州龍場，物質條件和文化觀念還比較落後，當地百姓以少數民族居多，風俗方面還有很多原始巫術文化的遺存，普遍信奉鬼神之道。王陽明早年有過修養神仙之道的經歷，這段傳奇經歷引發了當地人的興趣，有人多次來向王陽明請教神仙有無的問題，王陽明就寫了一篇《答人問神仙》作爲答覆，這篇文章有以下三點值得注意：

第一、王陽明以切身體驗證明了神仙之道在養生方面的功效甚微

王陽明自言早在八歲之時，就對神仙之道心生憧憬。之後，對神仙之道的

〔註 51〕〔宋〕朱熹《四書章句集注》，第 339 頁。
〔註 52〕〔明〕王陽明撰、吳光等編校《王陽明全集》，第 883 頁。

興趣與年俱增。在早年思想的探索階段，王陽明走過了一段較爲漫長的「溺於神仙之習」的歧路〔註53〕。在王陽明的早年交遊中，也時常可以看見方外之士的身影。十七歲時，王陽明前往江西南昌迎娶妻子諸氏。完婚之日，信步到城外鐵柱宮，遇到一位道士，王陽明與之交流養生之法，相談甚歡，竟然一夜未歸。三十一歲時，王陽明告病還鄉，在陽明洞中行導引之術，有一些神秘主義的體驗，當時很多人認爲王陽明已經具備了事能先知的靈異能力，甚至有人還誤以爲王陽明已經得道。殊不知，王陽明最終發現了神仙之道的虛幻之處，正德元年（1506），從溺於神仙之習中解脫出來，復歸到儒家思想之中。

很多人癡迷於神仙之道，無非是爲求長生不老，認爲神仙之道在養生方面多有神奇效驗。王陽明卻以個人的身體狀況否定了這種說法，當時王陽明只有三十七歲，正當壯年時期，本該耳充目明，身康體健，可是王陽明卻牙齒搖動，頭髮微白，視力下降，聽力衰退，經常臥病在床，事實證明所謂的神仙之道對養生而言，功效甚微。

第二、相對於自然生命的延伸，王陽明更加重視文化生命的建構

不可否認，神仙之道反映了人類對自然生命延伸的渴望，有一定的合理之處。儒家同樣認爲長壽是一種非常難得的幸福指標，《尚書·洪範篇》把「壽」作爲「五福」之首〔註54〕。儒家對身體和生命的珍愛程度絲毫不亞於道教：《孝經》開篇就把保護好身體而不敢毀傷認爲是孝道之始〔註55〕；孟子也主張愛惜生命，「知命者不立乎岩牆之下」，要遵守生命本身的自然規律，「盡其道而死者，正命也」〔註56〕。

儒家將生命區分爲自然生命和文化生命兩種不同形態，對生命的體認分疏更爲細密。自然生命以時間年限爲依據，有壽有夭，有長有短，是事實判斷，無價值差別。文化生命以道德事功爲核心，有大有小，有厚有薄，是價值判斷，有高下之分。

〔註53〕〔明〕湛若水《陽明先生墓誌銘》：「初溺於任俠之習，再溺於騎射之習，三溺於辭章之習，四溺於神仙之習，五溺於佛氏之習。正德丙寅（元年1506年），始歸正於聖賢之學。」〔明〕王陽明撰、吳光等編校《王陽明全集》，第1539頁。

〔註54〕《尚書·洪範》曰：「五福：一曰壽，二曰富，三曰康寧，四曰攸好德，五曰考終命。」〔宋〕蔡沈《書集傳》，鳳凰出版社2010年版，第149頁。

〔註55〕《孝經·開宗明義章》曰：「身體髮膚，受之父母，不敢毀傷，孝之始也。」汪受寬《孝經譯注》，上海古籍出版社2004年版，第2頁。

〔註56〕〔宋〕朱熹《四書章句集注》，第350頁。

　　至於兩者的關係，儒家認爲文化生命是對自然生命的提升，沒有文化生命的挺立，自然生命的延伸就失去了價值支撐。自然生命需要提升到文化生命的境界，需要道德、仁義等文化因素的淬煉。如果缺失文化生命的建構，而單純地追求自然生命的延伸，雖然有可能長壽，但是這種長壽不但不足以爲榮，反而應該引以爲恥，這就是孔子批評原壤時所言的「幼而不孫弟，長而無述焉，老而不死，是爲賊」〔註57〕。

　　自然生命是文化生命的基礎，沒有自然生命的適度展開，文化生命也無法建立。當然，自然生命固然重要，但是有很多文化因素比生命本身更有價值，比如「道」，孔子說「朝聞道，夕死可矣」〔註58〕；比如「仁」，孔子說「志士仁人，無求生以害仁，有殺身以成仁」〔註59〕；比如「義」，孟子說「生，亦我所欲也；義，亦我所欲也，二者不可得兼，舍生而取義者也」〔註60〕。因此，相對於道教對長生不老的迷戀，儒家更加關注青史留名，或者說儒家清醒地認識到生而不死不符合自然規律，儒家從來不奢望「不死」，而更加關注「不朽」。

　　王陽明認爲顏回三十二歲而卒，自然生命非常短暫。但是顏回精進不已的好學品格，不違如愚的謙恭態度，簞瓢屢空的樂觀精神，具體而微的聖學修爲，不斷被後人稱頌。顏回在短暫的三十二年中建立了圓滿自足、澤被後世的文化生命，他的自然生命雖然非常短暫，文化生命卻綿延久長。因此，與其追逐廣成子、李伯陽等方外之士自然生命的延伸，不如師法顏回建構文化生命的不朽。

第三、相對於虛幻的神仙世界，王陽明更爲關注當下的現實世界

　　在鬼神和人之間，儒家更重視「人」，即孔子所言「未能事人，焉能事鬼」；在生死之間，儒家更重視生，即孔子所言「未知生，焉知死」〔註61〕；在人與宇宙萬物之間，儒家更重視人，即孔子所言「鳥獸不可與同群，吾非斯人之徒與而誰與」〔註62〕。因此，儒家的宇宙觀念是以人爲本的，而不是以神爲本的，也正因爲如此，相對於虛幻的神仙世界，儒家更爲重視現實的人間世界。

〔註57〕〔宋〕朱熹《四書章句集注》，第160頁。
〔註58〕〔宋〕朱熹《四書章句集注》，第71頁。
〔註59〕〔宋〕朱熹《四書章句集注》，第163頁。
〔註60〕〔宋〕朱熹《四書章句集注》，第332頁。
〔註61〕〔宋〕朱熹《四書章句集注》，第125頁。
〔註62〕〔宋〕朱熹《四書章句集注》，第184頁。

道教有一個彼岸世界的玄想，把現實世界視為紅塵染著之地，通過一系列的修為方式，最終了生脫死，羽化登仙，升往神仙世界中去。儒家沒有彼岸世界的設計，儒家從來沒有脫離現實世界而自求解脫的懸空之論，雖然儒家也承認現實世界有諸多弊端和不合理之處，但是儒家堅信主體通過不斷的修身實踐和創造性努力，可以建構家齊、國治、天下平的大同世界。「窮則獨善其身，達則兼善天下」〔註63〕，是儒家知識分子堅定的人生信念。儒家的一切理念和價值都植根於現實世界中，離開現實世界，人生的價值和意義將無從談起。因此王陽明認為為了尋求神仙之術，脫離現實世界，而且還要「退處山林三十年」，不僅自私，而且無益。

四、心即理與文化生命的內求

根據錢德洪《王文成公年譜》的記載，王陽明龍場悟道帶有強烈的神秘主義色彩，即「（王陽明）因念聖人處此，更有何道？忽中夜大悟格物致知之旨，寤寐中若有人語之者，不覺呼躍，從者皆驚。始知聖人之道，吾性自足，向之求理於事物者，誤也。」〔註64〕據此可知，龍場悟道的主要內容是儒家自《大學》以來就爭論不休的格物致知問題。王陽明早年就開始關注格物致知的問題，那時的王陽明主要是沿著朱熹的思想路徑格物，並開始嘗試著格庭院中的竹子，結果堅持格了幾天就病倒了，以至於王陽明對朱熹的思想產生了懷疑。值得注意的是，《大學》格物致知的知主要是道德認知，而不是一個簡單的科學認知。在理學的詞匯系統裏面，格物致知的知即是理。

朱熹認為理是外在的，道德實踐的依據在於道德實踐的對象之中，通過格物的手段，獲得該依據，然後付之於實踐，才能產生道德的效果。比如最常見的孝親問題，朱熹強調孝親首先要瞭解父母的身心需求，還要熟悉有關孝的知識和孝的儀軌，沒有這些前期的格物工夫，就難以獲得孝親之知，更不會有孝親的道德實踐。朱熹心外求理的方式帶有他律道德的味道，王陽明則繼承孟子仁義禮智根植於心的思想，變他律道德為自律道德。以孝親為例，王陽明認為孝親之理存在於主體內心，而不在於孝親的對象親人身上。王陽明說：「且如事父，不成去父上求個孝的理；事君，不成去君上求個忠的理；交友治民，不成去友上民上求個信與仁的理。都只在此心，心即理也。此心

〔註63〕〔宋〕朱熹《四書章句集注》第351頁。

〔註64〕〔明〕王陽明撰、吳光等編校《王陽明全集》，第1354頁。

無私欲之蔽，即是天理。不須外面添一分，以此純乎天理之心，發之事父便是孝，發之事君便是忠，發之交友治民便是信與仁。只在此心去人欲存天理上用功便是。」〔註65〕

當然，王陽明也不反對道德實踐過程中的知識講求，但是在知識探求和心內求理兩者之間，總是有個輕重緩急的區分。徐愛問：「如事父一事，其間溫凊定省之類，有許多節目，不亦須講求否？」王陽明答曰：「如何不講求，只是有個頭腦，只是就此心去人欲存天理上講求。就如講求冬溫，也只是要盡此心之孝，恐怕有一毫人欲間雜；講求夏凊，也只是要盡此心之孝，恐怕有一毫人欲間雜。只是講求得此心，此心若無人欲，純是天理，是個誠於孝親的心，冬時自然思量父母的寒，便自要去求個溫的道理，夏時自然思量父母的熱，便自要去求個凊的道理。這都是那誠孝的心發出來的條件，卻是須有這誠孝的心，然後有這條件發出來。譬之樹木，這誠孝的心便是根，許多條件便是枝葉。須先有根，然後有枝葉，不是先尋了枝葉，然後去種根。」〔註66〕

朱熹心外求理的思想有可能導出一個道德霸權的弊端，按照朱熹的邏輯，道德實踐取決於道德認知，道德認知的程度決定道德實踐的程度，也就是說道德水平取決於知識水平，那麼聖賢也就只能由哲學家充當了，儒家人人皆可為堯舜的設想就變成少數知識人的特權，大多數知識水平不高或者沒有知識者就被排除在道德的領域之外。王陽明敏銳地發現從道問學逆推到尊德性必然出現此弊端，因為人與人之間確確實實存在知識的差異。但是人人皆有的道德本心是沒有差異，正如孟子所言「無惻隱之心，非人也；無羞惡之心，非人也；無辭讓之心，非人也；無是非之心，非人也」〔註67〕，但凡是人，都有一顆道德本心。既然人同此心，心同此理，以此理為依據，自然會出現類似的道德實踐。

在之後的哲學歷程中，王陽明將心即理的思想淬煉為致良知學說，哲學的突破性更為顯著，這一學說的提出，不僅解決了文化生命價值的來源問題，也在最根本處保障了人性尊嚴與人性平等。良知之心是人人皆有的道德本心，即使是殘障的聾啞人也有此良知，有此良知就具備了成聖成賢的可能性，如王陽明在《諭泰和楊茂》所開示的那樣。聾啞人楊茂口不能言，耳不能聽，王陽明

〔註65〕〔明〕王陽明撰、吳光等編校《王陽明全集》，第2～3頁。
〔註66〕〔明〕王陽明撰、吳光等編校《王陽明全集》，第3頁。
〔註67〕〔宋〕朱熹《四書章句集注》，第239頁。

與之交流要靠筆談。其文曰:「你口不能言是非,你耳不能聽是非,你心還能知是非否?答曰:知是非。如此你口雖不如人,你耳雖不如人,你心還與人一般。茂時首肯拱謝。大凡人只是此心。此心若能存天理,是個聖賢的心,口雖不能言,耳雖不能聽,也是個不能言不能聽的聖賢。心若不存天理,是個禽獸的心,口雖能言,耳雖能聽,也只是個能言能聽的禽獸。茂時扣胸指天。」〔註68〕王陽明這種發自內心的道德真誠、慈悲情懷,激活了聾啞人楊茂的道德自信,生發出巨大的道德力量。「不能言不能聽的聖賢」是王陽明的哲學創造,是對一切主體生命的高度尊重,帶有強烈的儒家人文主義色彩。

五、知行合一與文化生命的外拓

王陽明龍場悟道的另外一個思想成果是知行合一,錢德洪《王文成公年譜》載其事曰:「是年(正德四年),先生始論知行合一。始席元山書提督學政問朱陸同異之辨,先生不語朱陸之學,而告之以其所悟,書懷疑而去。明日復來,舉知行本體,證之五經諸子,漸有省。往復數四,豁然大悟,謂聖人之學復睹於今日,朱陸異同各有得失,無事辯詰,求之吾性,本自明也。遂與毛憲副修葺書院,身率貴陽諸生以所事師禮事之。」〔註69〕如果說心即理是文化生命的內求,那麼知行合一則是文化生命的外拓。

在王陽明的思想體系中,知與行是不分軒輊,同等重要的。但是,如果把知行合一思想與朱熹進行比較的話,那麼行的重要性就比知要大得多。朱熹的知行觀是知先行後,知對行有範導作用,失去知的範導,行就失去了理論依據。朱熹理解的知有很強的知識論傾向,王陽明理解的知則帶有更強烈的道德色彩,類似於之後的良知。良知無須借助知識,知識反而會遮蔽良知的自然呈現。另外,良知本身就有實踐要求,也有範導作用,無須再從心外覓取實踐的知識。王陽明以舜不告而娶、武王不葬而興師爲例釋之曰:「致知之必在於行,而不行之不可以爲致知也明矣。知行合一之體,不益較然矣乎?夫舜之不告而娶,豈舜之前已有不告而娶者爲之準則,故舜得以考之何典,問諸何人而爲此邪抑?亦求諸其心一念之良知,權輕重之宜,不得已而爲此邪?武之不葬而興師,豈武之前已有不葬而興師者爲之準則,故武得以考之何典,問諸何人而爲此邪?抑亦求諸其心一念之良知,權輕重之宜,不得已而爲此邪?使舜之心而非誠於爲無後,武之心而非

〔註68〕〔明〕王陽明撰、吳光等編校《王陽明全集》,第1013頁。
〔註69〕〔明〕王陽明撰、吳光等編校《王陽明全集》,第1355頁。

誠於爲救民，則其不告而娶與不葬而興師，乃不孝不忠之大者。」〔註70〕

　　在傳統社會，婚姻是合兩姓之好的大事，必然要經由父母之命、媒妁之言。不告而娶，是不孝之行。舜卻生活在一個非常不幸的家庭之中，舜的父親和繼母日以殺舜爲事，若是舜將婚姻之事告知父母，則不得娶妻。儒家認爲無後爲大不孝，這種不孝要比不告而娶的隱瞞之不孝要大得多，兩害相衡取其輕。此等特例之事，自然無有書冊可資借鑒，無有往事可資取則，舜不告而娶的行爲完全是良知的當機裁斷。武王不葬其父文王就興師伐商，其志在於救民，也是良知的當機裁斷。良知本身就具有這種當機裁斷的範導能力和實踐要求，也就是眞知必然導向眞行，眞行必然依據眞知。

　　在對知行合一信受奉行的過程中，陽明弟子也面臨知行脫節的困惑。不可否認，確實存在知而不行者，也存在行而不知者，王陽明知行合一的思想怎麼解釋知行脫節的問題呢？《傳習錄》記載了一段王陽明與弟子之間的思想論難，「愛因未會先生知行合一之訓，與宗賢惟賢往復辯論，未能決，以問於先生。先生曰：試舉看。愛曰：如今人盡有知得父當孝兄當弟者，卻不能孝不能弟，便是知與行分明是兩件。先生曰：此已被私欲隔斷，不是知行的本體了，未有知而不行者，知而不行只是未知」。〔註71〕

　　被私欲腐蝕了的知行是變異了的知行，不是知行本體，不是本然的知行。要恢復本然的知行，就要運用去私欲的修身克己工夫。這種工夫王陽明用兩個比喻來形容，一是刮磨鏡體，《答黃宗賢應原忠》：「聖人之心，纖翳自無所容，自不消磨刮。若常人之心，如斑垢駁雜之鏡，須痛加刮磨一番，盡去其駁蝕，然後纖塵即見，才拂便去，亦自不消費力。到此已是識得仁體矣。」〔註72〕二是鍛鍊精金，《傳習錄》曰：「聖人之所以爲聖，只是其心純乎天理，而無人欲之雜；猶精金之所以爲精，但以其成色足而無銅鉛之雜也。人到純乎天理方是聖，金到足色方是精。……聖人不過是去人欲而存天理耳。猶煉金而求其足色金之成色，所爭不多，則鍛鍊之工省而功易成。成色愈下，則鍛鍊愈難」〔註73〕。因此，知行合一必然關聯著存天理、去人欲的修身工夫，沒有這個工夫，單獨懸空講一個知行合一，容易導致高蹈的道德虛無主義。

〔註70〕〔明〕王陽明撰、吳光等編校《王陽明全集》，第 57 頁。

〔註71〕〔明〕王陽明撰、吳光等編校《王陽明全集》，第 4 頁。

〔註72〕〔明〕王陽明撰、吳光等編校《王陽明全集》，第 164 頁。

〔註73〕〔明〕王陽明撰、吳光等編校《王陽明全集》，第 31 頁。

在王陽明的哲學體系中，天理、人欲是此消彼長的關係，即「吾輩用功，只求日減，不求日增。減得一分人欲，便是復得一分天理，何等輕快脫灑，何等簡易」？〔註74〕

六、結語

前文主要從學理層面論述了龍場悟道與王陽明生命價值體系的重建問題，此處則略作伸延，談談王陽明生命哲學的當代價值。

首先，經過四十年的改革開放，富裕起來的中國人早已解決了生存問題，但是生命的困惑依然存在。王陽明的生存智慧，如聖人之志可以醫治生命虛無主義的病痛，孔顏樂處的樂觀情懷可以緩解精神生命的重壓，忠信禮義的道德持守可以挺立被財富異化了的靈魂。

其次，長壽是五福之首，是中國人最爲重要的幸福指標。愛生護生，追求長壽，原本就是值得稱讚之事。但是過猶不及，當下國人對養生長壽之道有一種近乎迷狂的追捧，養生節目滿天飛。王陽明《答人問神仙》一文有助於祛除養生氾濫的虛火，該文提醒我們，在追求自然生命延長的同時，不要忘記了文化生命的建構，因爲生命不僅有長度，還有厚度。

最後，正如柳宗元筆下的蝜蝂，我們的生命一直都在做加法，背負著沉重的知識、技術、財富等。王陽明心即理、知行合一與天理人欲的思想卻提醒我們要做減法，警示我們不要被知識遮蔽了良知，不要被技術異化了良知，不要被財富腐蝕了良知。在滿足正常生命欲求的同時，要用理性生命控制情慾生命的漫延，還生命一個輕鬆脫灑的本然狀態。

〔註74〕〔明〕王陽明撰、吳光等編校《王陽明全集》，第32頁。

第四章 黃宗羲專題研究

第一節 清初文壇盟主之代興：從錢謙益到黃宗羲

姚江黃氏與虞山錢氏是世交，博學擅文的黃宗羲經由文壇盟主錢謙益的獎掖推揚，聲望日隆。對於錢謙益的提攜之恩，黃宗羲甚爲感念，但是黃宗羲的古文追求和審美好尚均與錢謙益有較大差異，因此在對錢氏古文理論繼承批判的基礎上，他逐漸形成了一套獨立的古文理論，並以宏富的創作實績贏得了錢謙益與其他古文家的一致讚賞，最終成爲繼錢謙益之後領導群倫的新任文壇盟主。

清初文壇呈眾流奔競之勢，文家雲集，文派林立。錢謙益由明入清，儘管降清一事使其聲譽受損，出處選擇，或可商榷，但錢謙益淹練掌故，書卷博洽，古文造詣，幾乎無人訾議。並世文家也難以與之頡頏爭勝，即使享譽一時的清初古文三大家侯方域、魏禧、汪琬也不得不稍避其鋒，所以故明文學鉅子，還能超拔群賢，繼續主盟新朝文壇二十餘年。錢謙益歿後，桐城古文家異軍突起，時人有「天下之文章，其出桐城」之慨歎〔註1〕，百川匯海，桐城文派遂籠罩有清一代文壇，後世學者論及清代文章，不能不以桐城文派爲大宗。殊不知在錢謙益已歿之後，桐城文派未盛之前，尚有姚江黃宗羲主持風雅。黃宗羲「起於文衰道喪之餘，能使二者煥然復歸於一」〔註2〕，其古文「有褒譏予奪、微顯闡幽者，有痛哭流涕、感動激發者，有研析精微、發揮宏鉅者」〔註3〕，黃宗羲尤其擅長碑版

〔註1〕〔清〕姚鼐《惜抱軒詩文集·劉海峰先生八十壽序》，上海古籍出版社 1992 年版，第 114 頁。

〔註2〕〔清〕鄭梁《南雷文案序》，《黃宗羲全集》第 11 冊，浙江古籍出版社 2005 年版，第 420 頁。

〔註3〕〔清〕鄭梁《南雷文案序》，《黃宗羲全集》第 11 冊，第 424 頁。

傳記、史論政論，被陳維崧、湯斌譽爲「魯殿靈光」〔註4〕、「吾黨斗杓」〔註5〕。
黃宗羲之後，浙東一脈，代有人出，萬斯同、李鄴嗣、全祖望、章學誠相繼興起，
浙東文派也能在桐城文派之外拔戟自成一隊，究其發軔之功，自然當推黃宗羲。
遺憾的是，黃宗羲的文章之名被學術盛名所掩，與豐碩的學術研究成果相比，學
界對黃宗羲文章之學的研究還非常薄弱，有鑑於此，本文擬從文人交往與文章嬗
變角度探討黃宗羲主盟文壇之經過，並試圖將錢謙益與桐城文派之間的散文發展
斷層接續起來，以之呈現更爲完整的清初文壇版圖。

一、黃宗羲與錢謙益之交往始末

　　黃宗羲、錢謙益之初晤是在天啓四年（1624）秋季至天啓五年（1625）
三月之間。當時黃宗羲年僅十五歲，隨父黃尊素居京師，是一位好窺群籍、
厭棄章句的後起之秀；錢謙益四十三歲，正當強仕之年，學問文章已久爲士
林推重。黃宗羲對這位文壇前輩十分敬仰，彼時的錢謙益與正義之士密切往
還，敢於同閹黨鬥爭，是東林黨中舉足輕重的人物，其道德品行亦足以使黃
宗羲尊重。京師往還僅持續了數月，伴隨著魏忠賢對東林黨的瘋狂打壓，黃
尊素含冤而死，錢謙益也被排擠出京師。而後數年之間，黃宗羲爲父頌冤，
奔走南北，已無暇再來拜會錢謙益。直到崇禎九年（1636）二月，黃宗羲擬
遷葬黃尊素於化安山，先期北上虞山，拜訪錢謙益，請求錢謙益爲黃尊素撰
寫墓誌銘。對於故人之子的來訪，錢謙益很是高興，欣然允其所請。明朝滅
亡之後，南明弘光朝廷徵招錢謙益爲禮部尚書。但是南明政權很快就被清軍
擊潰，錢謙益降清，一時輿論譁然，士林爲之齒冷。錢謙益對自己的失足降
清也是非常悔恨，在柳如是的幫助下，錢謙益開始秘密聯絡反清武裝，以圖
恢復明朝社稷。明亡之後，黃宗羲也組織了地方武裝世忠營，擁戴魯王，在
浙東一帶對抗清軍。此時的錢謙益與黃宗羲在反清復明運動方面，有很強的
政治一致性，黃宗羲時常來絳雲樓商談軍務。順治七年（1650）三月，黃宗
羲至常熟，請錢謙益出山游說婺中鎮將馬進寶倒戈反清。錢謙益熱情地款待
了黃宗羲，並邀請黃宗羲觀覽絳雲樓的藏書。絳雲樓藏書雖富，但據曹溶《絳
雲樓書目題詞》說錢謙益「好矜嗇，傲他氏以所不及，片楮不肯借出」〔註6〕。

〔註4〕　〔清〕黃宗羲《交遊尺牘》，《黃宗羲全集》第11冊，第389頁。
〔註5〕　〔清〕黃宗羲《交遊尺牘》，《黃宗羲全集》第11冊，第386頁。
〔註6〕　〔清〕葉昌熾著、王欣夫補正《藏書紀事詩補正》，上海古籍出版社1987年
　　　　版，第336頁。

可見，錢謙益的藏書是秘不示人的，因此能得到他的允許而登絳雲樓讀書者，黃宗羲應該是獲此殊榮之第一人。錢謙益的格外垂青使黃宗羲大為感動，他在《思舊錄‧錢謙益》小傳中特意記下了此事，他說：

> 余數至常熟，初在拂水山房，繼在半野堂絳雲樓下。……絳雲樓藏書，余所欲見者無不有。公約余為老年讀書伴侶，任我太夫人菽水，無使分心。一夜，余將睡，公提燈至榻前，袖七金贈余曰：「此內人（即柳夫人）意也。」蓋恐余之不來耳。〔註7〕

通過黃宗羲的回憶可以看出，錢謙益對於政治還是不甚關心，其寄情之處仍在學術與文章，所以才約黃宗羲為讀書伴侶。柳如是的心思恰好與錢謙益相反，她關注的重點乃是黃宗羲此行的政治目的，陳寅恪先生《柳如是別傳》就曾指出：

> 更可注意者，即說馬（進寶）之舉，實與黃梨洲有關。太沖三月至常熟，牧齋五月往金華。然則受之此次游說馬進寶，實梨洲所促成無疑。觀河東君特般勤款待黃氏如此，則河東君之參與反清之政治活動，尤可證明也。〔註8〕

柳如是贈黃宗羲白銀七兩，並不是讀書伴侶的定金，而是希望黃宗羲堅定信念，促成錢謙益游說馬進寶之事，黃宗羲不負柳如是一片苦心，終於說服了錢謙益，兩個月之後，錢謙益前往金華勸說馬進寶投誠。次年，錢謙益又寫信給馬進寶，介紹黃宗羲之弟黃宗炎至彼處從事反清運動。

康熙三年（1664），八十二歲的錢謙益走到了人生的邊緣。黃宗羲偕同呂留良、吳孟舉、高斗魁等遺民前來探視，錢謙益以兩件大事請黃宗羲相助。其一，請黃宗羲代其撰文三篇，以抵文債；其二，以身後墓誌相請。此兩事黃宗羲均有記載，《思舊錄‧錢謙益》小傳曰：

> 甲辰，余至，值公病革，一見即云以喪事相託，余未之答。公言顧鹽臺求文三篇，潤筆千金，亦嘗使人代草，不合我意，固知非兄不可。余欲稍遲，公不可，即導余入書室，反鎖於外。三文，一《顧雲華封翁墓誌》，一《雲華詩序》，一《莊子注序》。余急欲出外，二鼓而畢。公使人將余草謄作大字，枕上視之，叩首而謝。余將行，

〔註7〕〔清〕黃宗羲《思舊錄》，《黃宗羲全集》第 1 冊，浙江古籍出版社 2005，第 378 頁。
〔註8〕陳寅恪《柳如是別傳》，上海古籍出版社 1980 年版，第 1016 頁。

公特招余枕邊云：「唯兄知吾意，歿後文字，不託他人。」尋呼其子孫貽，與聞斯言。其後孫貽別求於龔孝升，使余得免於是非，幸也。
〔註9〕

黃宗羲代錢謙益完成了三篇文章，至於錢謙益的墓誌銘，錢謙益之子未能遵照父親遺囑，轉而請求貳臣龔鼎孳撰寫，實在是未能理解錢謙益的苦心。黃宗羲離開虞山之後不久，錢謙益就於本年五月二十四日溘然長逝。對於這位前輩知己的逝世，黃宗羲非常悲痛，次年，他作詩《八哀詩·錢宗伯》一首寄託哀思，其詩云：「四海宗盟五十年，心期末後與誰傳？憑裀引燭燒殘話，囑筆完文抵債錢。紅豆俄飄迷月路，美人欲絕指箏弦。平生知己誰人是？能不為公一泫然！」
〔註10〕隨著錢謙益的逝世，黃宗羲和錢謙益的交往也遺憾地結束了。

二、黃宗羲對錢謙益古文之批評

黃宗羲《思舊錄·錢謙益》小傳批評錢謙益古文有五大缺陷，他說：

（錢謙益）主文章之壇坫者五十年，幾與弇洲相上下。其敘事必兼議論而惡夫剿襲，詩章貴乎鋪序而賤夫雕巧，可謂堂堂之陣，正正之旗矣。然有數病：闊大過於震川，而不能入情，一也；用六經之語，而不能窮經，二也；喜談鬼神方外，而非事實，三也；所用詞華，每每重出，不能謝華啓秀，四也；往往以朝廷之安危，名士之隕亡，判不相涉，以為由己之出處，五也；至使人以為口實，掇拾為《正錢錄》，亦有以取之也。〔註11〕

這是黃宗羲對錢謙益古文最為理性而系統的批評，這個批評表明錢謙益的時代已經結束，黃宗羲的時代即將開始。黃宗羲通過對錢謙益的批評，基本上廓清了錢謙益的古文影響，同時也建立了他足以領導文壇的全新古文理論，因此這段批評在清初文學史上具有破舊開新的雙重意義，有必要逐一梳理論述之。

（一）「不能入情」

錢謙益死後五年（1669），黃宗羲作《錢屺軒先生七十壽序》，文中談及古文做法問題，也涉及到了對錢謙益古文成就的評價，黃宗羲對錢謙益的蓋棺之論是：「錢虞山一生，訾毀太倉，頌法崑山，身後論定，余直謂其滿得太

〔註9〕　〔清〕黃宗羲《思舊錄》，《黃宗羲全集》第1冊，第378頁。
〔註10〕　〔清〕黃宗羲《黃宗羲詩集》，《黃宗羲全集》第11冊，第256頁。
〔註11〕　〔清〕黃宗羲《思舊錄》，《黃宗羲全集》第1冊，第377～378頁。

倉之分量而止。」〔註 12〕眾所周知，錢謙益的文學主張在四十歲時有一個巨大的轉變，他在《復李叔則書》曾自言：「僕年四十，始稍知講求古昔，撥棄俗學。」〔註 13〕錢謙益所言俗學即是以王世貞為代表的後七子之學，在四十歲的時候，錢謙益自認為已經從王世貞等人的文風籠罩下走出，轉而皈依了歸有光和唐宋派。從那時算起，到他去世，在四十三年的時間裏，錢謙益幾乎都是浸潤在唐宋派的古文理論中，其用力不可不謂之勤劬，對於歸有光的古文也是極為熟稔。然而在黃宗羲看來，錢謙益的古文最終還是近於王世貞而遠於歸有光，這就是黃宗羲所說的「所就非所欲」。那麼，錢謙益的古文與歸有光相比，所缺少者究竟是何物呢？黃宗羲認為，錢謙益缺少的正是歸有光古文的至情。他在《前翰林院庶吉士韋庵魯先生墓誌銘》中慨歎：「余謂今日古文之法亡矣：錢牧齋掎摭當世之疵瑕，欲還先民之矩矱，而所得在排比鋪張之間，卻是不能入情。」〔註 14〕在黃宗羲看來，錢謙益的古文偏勝處是在「排比鋪張」等修辭方面。過於講究此類修辭技巧，就容易出現「剟然無物」與「不能入情」的弊端，也就是方孝岳所說的「泥沙俱下」與「煩雜蕪蔓」〔註 15〕。歸有光的古文精妙之處，卻不在修辭排比方面，而在於真實情感的流露之中。這正是黃宗羲在《張節母葉孺人墓誌銘》中所說的：「予讀震川文之為婦女者，一往深情，每以一二細事見之，使人欲涕。」〔註 16〕歸有光曾以五色筆批註《史記》，對《史記》傳人之法極為熟悉，又在古文中借助了後世小說家的筆法，能夠把看似無關緊要的瑣細之事寫得極有情致，人物的性情也因了這些匠心獨具的白描寫法而鮮活起來。可見，平常之語與瑣細之事是歸有光抒發至情至性的一種書寫技巧，不是寫作的目的。錢謙益在學習歸有光古文時似乎是錯會了意，以至於把歸有光的書寫技巧當成了根本，又踵事增華，作了進一步的推演，於是就形成了排比鋪張的文風。殊不知排比鋪張所導致的蕪蔓之弊，正是歸有光受後人批評的癥結所在。如歸有光《通儀大夫都察院左副都御史李公行狀》，姚鼐評該文曰：「所序事繁重而氣能包舉，亦集中傑構。但首尾瑣細語，尚宜剪裁。」〔註 17〕從這個意義上說，錢

〔註 12〕〔清〕黃宗羲《思舊錄》，《黃宗羲全集》第 1 冊，第 673 頁。
〔註 13〕〔清〕錢謙益《有學集》，上海古籍出版社 1996 年版，第 1343 頁。
〔註 14〕〔清〕黃宗羲《黃宗羲文集》，《黃宗羲全集》第 10 冊，第 340 頁。
〔註 15〕方孝岳《中國文學批評》，生活・讀書・新知三聯書店 2007 年版，第 673 頁。
〔註 16〕〔清〕黃宗羲《黃宗羲文集》，《黃宗羲全集》第 10 冊，第 380 頁。
〔註 17〕吳孟復、蔣立甫《古文辭類纂評注》，安徽教育出版社 1995 年版，第 1083 頁。

謙益沒有得到歸有光散文一往深情之神理，只得到了歸有光瑣細的行文法則，這正是黃宗羲所言「四十年來歸虞山，所得一半只氣魄」〔註18〕。

（二）「不能窮經」

鄒鎡序錢謙益《有學集》云：「本之六經以立其識，參之三史以練其才，遊之八大家以通其氣，極之諸子百氏、稗官小說以窮其用。」〔註19〕儘管錢謙益是主盟文壇五十餘年的古文大家，但是鄒鎡的評價有近之弊。黃宗羲對錢謙益的評價與鄒鎡大相徑庭，他毫不留情地指出錢謙益「用六經之語，而不能窮經」〔註20〕，《論文管見》也有類似的論述，他說：「文必本之六經，始有根本。唯劉向、曾鞏多引經語。至於韓、歐，融聖人之意而出之，不必用經，自然經術之文也。近見鉅子（錢謙益），動將經文填塞，以希經術，去之遠矣。」〔註21〕在黃宗羲看來，錢謙益雖然在文章中時常徵引六經之語，但是那只是淺層次的「填塞」，與他所理解的「窮經」還相差很遠。既然填塞經文不是窮經，那麼黃宗羲所理解的窮經究竟所指爲何呢？對於這個問題，黃宗羲認爲文道合一才是窮經的最高境界。除了錢謙益的刺激之外，黃宗羲提出「文道合一」的古文理論也是對清初文壇空疏之弊的有意針砭，這是因爲「清初文學界，大家所欣賞的和所倡導的，都是清眞雅正的作風」〔註22〕，這種清眞雅正的文風追求有很多消極方面的規定，古文不可入道學語即是一項重要的限制。黃宗羲作爲王學殿軍大師，自然不能接受這種文壇對道學的偏見，他在《明文授讀》卷二十六羅洪先《峽山練公祠記》的評語中說：

> 念庵之文，從《理窟》中來，自然轉折可觀。彼以膚淺道學之語填寫滿紙，不可謂之道學，故不可謂之文也。若如念庵，何一句不是道學，推而上至濂溪、遜志，亦何一句不是道學乎？故言「文章不可入道學語」者，吾不知其以何爲文也。〔註23〕

當然，黃宗羲也不否認一些三流道學家既不能在道學方面有所建樹，也不能在文學方面有所突破的尷尬局面，他在《明文海》卷九十評彭輅《文論》云：「宋人無文，亦是習氣之論。宋文之衰，則是程、朱以下門人蹈襲粗淺語錄，

〔註18〕〔清〕黃宗羲《黃宗羲詩集》，《黃宗羲全集》第 11 冊，第 259 頁。
〔註19〕〔清〕錢謙益《有學集》，第 2 頁。
〔註20〕〔清〕黃宗羲《思舊錄》，《黃宗羲全集》第 1 冊，第 377 頁。
〔註21〕〔清〕黃宗羲《論文管見》，《黃宗羲全集》第 2 冊，第 271 頁。
〔註22〕方孝岳《中國文學批評》，第 265 頁。
〔註23〕〔清〕黃宗羲《明文授讀》，《黃宗羲全集》第 11 冊，第 173 頁。

眞嚼蠟矣。」〔註 24〕蹈襲語錄者自然不是黃宗羲文道合一理論的代表，黃宗羲心目中文道合一的典範人物是那些博學於文的眞正道學家，而這些道學家無不擅長古文，這正如黃宗羲《李杲堂文集序》所言：

> 余嘗謂文非學者所務，學者固未有不能文者。今見其脫略門面，與歐、曾、《史》、《漢》不相似，便謂之不文，此正不可與於斯文者也。濂溪、洛下、紫陽、象山、江門、姚江諸君子之文，方可與歐、曾、《史》、《漢》並垂天壤耳。蓋不以文爲學，而後其文始至焉。〔註 25〕

不可否認，以詞章稱雄於世的錢謙益正是「以文爲學」，「以文爲學」在黃宗羲看來只不過是末端工夫，未得其本質。另外，錢謙益的窮經本領和道學修爲與黃宗羲相比也有很大差距，他之見笑於黃宗羲，也就不是什麼非常可怪之事了。

（三）「喜談鬼神」

黃宗羲批評錢謙益古文的第三個弊端是「喜談鬼神方外，而非事實」〔註 26〕，他還舉例說：「牧齋言念庵仙去不死，來訪虞山，眞是癡人說話，豈堪載之著述，引人笑柄耶？」〔註 27〕被黃宗羲譏諷爲癡人說話的故事見於錢謙益《列朝詩集》，該書丁集卷一《羅贊善洪先》小傳云：

> 洪先，字達夫，吉水人。嘉靖己丑進士，廷試第一人。授修撰，進左春坊贊善。疏請預定東宮朝儀，忤旨，罷爲民。隆慶初，贈太常少卿，諡文恭。……達夫沒，人言其仙去不死，又數言見之燕齊海上。蜀人馬生，好奇恢怪之士也。余遇之京口，謂余曰：「念庵先生不遠數千里訪公於虞山，得無相失乎？」余歸問之，果有西江老人，衣冠甚偉，杖策扣門，不告姓名而去。〔註 28〕

錢謙益《列朝詩集》採用以詩繫人，以人繫傳的方法，其目的在於以詩庇史，以詩存史。因此，《列朝詩集》就不單是一部文學總集，一定程度上也是一部《明史列傳》。眾所周知，史學著作必然以徵實爲最高準則，而錢謙益所言羅洪先仙去不死之事，焉能是事實，錢謙益卻將此等神仙鬼怪之事載諸史冊，

〔註 24〕〔清〕黃宗羲《明文授讀》，《黃宗羲全集》第 11 冊，第 105 頁。
〔註 25〕〔清〕黃宗羲《黃宗羲文集》，《黃宗羲全集》第 10 冊，第 28 頁。
〔註 26〕〔清〕黃宗羲《思舊錄》，《黃宗羲全集》第 1 冊，第 377 頁。
〔註 27〕〔清〕黃宗羲《明文授讀》，《黃宗羲全集》第 11 冊，第 105 頁。
〔註 28〕〔清〕錢謙益《列朝詩集小傳》，中華書局 1959 年版，第 375 頁。

焉能不引起史學大家黃宗羲的批評。若以徵實爲基本書寫原則，那麼黃宗羲
《姚沉記》所載之事也未必屬實，該文開篇所記龍戰於野，洪水肆虐的景象
就有誇大事實之嫌，該文曰：

> 庚午七月二十三夜，大雨，明晨，山水大至，平地驟高二丈。
> 二十五日子時，龍自東至西，其目如炬，盤旋於屋瓦之上，風聲如
> 戰鼓萬面，各山蛟蜃，皆起而應之，山崩者百餘處。凡蛟蜃之出，
> 山崗自裂，湧水數丈而下，雖萬鈞之石，投空如撒沙，響震數十里，
> 水如血色。棺槨之在平地者，不論已葬未葬，皆破冢自出，縱橫水
> 面，如波濤相上下。廬舍大者沉，小者飄流。人民死者無算。〔註29〕

這段文字有如嘈嘈大絃，動人心魄，一場數百年不遇的水災在黃宗羲的筆下
變得清晰可感，情文並茂。美中不足之處在於，黃宗羲所言龍蜃興風作浪之
事顯然與科學相背。但是黃宗羲畢竟是理性的史學家，與感性的文學家錢謙
益不同，儘管黃宗羲用筆不免有些煊赫，所言之事也非全部屬實，不過那都
是爲凸顯水災的強度不得已而爲之的下策，並且黃宗羲在文章的末尾還特意
點出一句，「此據見聞所及，拾其一二」〔註30〕，明確告訴讀者，文中所言有
傳言成份，與錢謙益認虛無爲實有的做法還是有所區別。

（四）「不能謝華啓秀」

黃宗羲批評錢謙益古文的第四個弊端是：「所用詞華，每每重出，不能謝華
啓秀。」〔註31〕「謝華啓秀」初見於陸機《文賦》，其辭云：「謝朝華於已披，
啓夕秀於未振。」楊慎云：「陸機《文賦》云：『謝朝華於已披，啓夕秀於未振。』
韓昌黎云：『惟陳言之務去，戛戛乎其難哉！』李文饒曰：『文章如日月，終古
常見而光景常新。』此古人論文之要也。」〔註32〕則陸機所言「謝朝華於已披」
類似於韓愈「惟陳言之務去」，是針對文學創作的修辭問題所作的有益探討。黃
宗羲對錢謙益的這一條批評，也是從修辭角度立論的。他說錢謙益在創作古文
時好用華麗新穎的辭藻，這是符合陸機和韓愈對於修辭的界定的，對於卓有建
樹的古文家來說，修辭上的創新是必須的，當然也是無可厚非的，但是問題在
於，錢謙益在修辭上的創新沒有持久性，那些創新出來的華詞麗藻被他反覆使

〔註29〕 〔清〕黃宗羲《黃宗羲文集》，《黃宗羲全集》第 10 冊，第 140 頁。
〔註30〕 〔清〕黃宗羲《黃宗羲文集》，《黃宗羲全集》第 10 冊，第 140 頁。
〔註31〕 〔清〕黃宗羲《思舊錄》，《黃宗羲全集》第 1 冊，第 377 頁。
〔註32〕 張少康《文賦集釋》，上海古籍出版社 1984 年版，第 36 頁。

用，儘管與其他古文家的遣詞造語相比，這些辭藻具有新鮮感，可是這些被自我重複使用的辭藻對於錢謙益自己來說，卻已是陳詞濫調。在修辭的創新方面，錢謙益之所以出現難以爲繼的局面，其原因還是其學問不足。「謝華啓秀」和「陳言務去」，雖然是修辭方面的要求，但是眞正能達到此要求，還需要修辭以外的工夫。故此，黃宗羲《論文管見》云：

> 言之不文，不能行遠。今人所習，大概世俗之調，無異吏胥之案牘，旗亭之日曆。即有議論敍事，敞車羸馬，終非卥中物。學文者熟讀三史八家，將平日一副家當盡行籍沒，重新積聚，竹頭木屑，常談委事，無不有來歷，而後方可下筆。顧儓父以世俗常見者爲清眞，反視此爲脂粉，亦可笑也。〔註33〕

「熟讀三史八家」看似與古文修辭無關，實際上卻是創作古文的必備工夫，也可以說是根本。黃宗羲《庚戌集自序》云：

> 余觀古文，自唐以後爲一大變，唐以前字華，唐以後字質；唐以前句短，唐以後句長；唐以前如高山深谷，唐以後如平原曠野；蓋畫然若界限矣。然而文之美惡不與焉，其所變者詞而已。其所不可變者，雖千古如一日也。〔註34〕

黃宗羲比較了唐以前和唐以後古文的區別，如用字的華麗與否，語句的長短選擇，文境的拗折坦易等，這些區別很容易就能看出來，是屬於淺層次的區別。若以此淺層次的比較來論斷唐代前後之古文，可能會得出這樣的結論，既唐代前後的古文在修辭方面、文境方面有很大的差別。可是黃宗羲卻並不同意這種論斷，他說唐代前後的古文雖然在表層上有些差異，有些變化，而究其根本卻並無二致，終古不變。黃宗羲認爲這終古不變的根本就是學養，從這個意義上說，古今文章家的境界差別，也就不單是修辭的工拙，學養才是造成古文成就懸殊的根本。他批評錢謙益不能謝華啓秀，其實還是批評錢氏的學問不足。同樣，黃宗羲對公安派古文家的批評也多從學問角度立論，如《明文授讀》卷二十七評袁宏道《抱甕亭記》云：「天才駿發，一洗陳腐之習，其自擬蘇子瞻，亦幾幾相近，但無其學問耳！」〔註35〕評袁中道《遠帆樓記》云：「珂雪之文，隨地湧出，意之所至，無不之焉。馮具區云：『文章

〔註33〕〔清〕黃宗羲《論文管見》，《黃宗羲全集》第2冊，第270頁。
〔註34〕〔清〕黃宗羲《黃宗羲文集》，《黃宗羲全集》第10冊，第9頁。
〔註35〕〔清〕黃宗羲《明文授讀》，《黃宗羲全集》第11冊，第176頁。

須如寫家書一般。』此言是之而非也。顧視寫家書者之爲何人：若學力充足，信筆滿盈，此是一樣寫法；若空疏之人，又是一樣寫法，豈可比而同之乎？珂雪之才更進之以學力，始可言耳！」〔註36〕學養與識見密不可分，學養精深廣博，識見自然就能高人一等。所以學養不單是修辭的根本，而且也是識見的根本。因此，在黃宗羲看來，真正實現韓愈所倡導的「陳言務去」，就不能僅在字句修辭方面做表層文章，其關鍵還要在思路和識見上痛下工夫，這正是《論文管見》所言：

> 昌黎陳言之務去。所謂陳言者，每一題必有庸人思路共集之處，纏繞筆端，剝去一層，方有至理可言。猶如玉在璞中，鑿開頑璞，方始見玉，不可認璞爲玉也。不知者求之字句之間，則必如曹成王碑，乃謂之去陳言，豈文從字順者，爲昌黎之所不能去乎！〔註37〕

思路之鍛鍊賴有學養之支撐，在黃宗羲的古文理論裏面，學養始終佔據著重要的地位。這是作爲學者的古文家的獨特好尚，但是學養畢竟不能等同於文章，文章別是一家，有其內在的要求和操作方式，學問之淺深與文章之優劣也未必就有必然的關聯。所以，黃宗羲批評錢謙益學養空疏倒是有情可原，至於說錢謙益古文不能謝華啓秀，成就不高，那就帶有學者論文的偏見了。

（五）「以朝廷之安危，名士之隕亡，判不相涉」

黃宗羲批評錢謙益古文的第五個弊端是：「往往以朝廷之安危，名士之隕亡，判不相涉，以爲由己之出處。」〔註38〕也就是說，錢謙益的古文沒有把國家安危和名士隕亡的關係揭示出來，以爲名士的隕亡是個人出處選擇所致，與國家的安危治亂沒有必然的聯繫。覆巢之下，安有完卵？如此淺顯之道理錢謙益焉能不知，只是明朝覆亡之後，錢謙益以身仕清，在清朝的斧鉞淫威之下，發言立論不能不有所顧忌。再加上錢謙益性格懦弱，優柔寡斷，爲全身避禍計，行文時難免畏首畏尾，不敢暢所欲言。黃宗羲與錢謙益不同，其爲人負有奇氣，交遊之中就不乏劍客俠士。十九歲時以長錐錐殺仇人，已名震京華。明亡之後，組建世忠營，追隨魯王於海上，多次統帥軍隊與清兵對抗，馳驅江海之間，鋒頭血路，瀕於十死。黃宗羲在《怪說》中回憶這段滄桑歲月時說：「自北兵南下，

〔註36〕〔清〕黃宗羲《明文海》，《黃宗羲全集》第 11 冊，第 176 頁。
〔註37〕〔清〕黃宗羲《論文管見》，《黃宗羲全集》第 2 冊，第 270 頁。
〔註38〕〔清〕黃宗羲《思舊錄》，《黃宗羲全集》第 1 冊，第 378 頁。

懸書購余者二,名捕者一,守圍城者一,以謀反告訐者二三,絕氣沙墠者一畫
夜,其他連染邏哨之所及,無歲無之,可謂瀕於十死者矣。」〔註39〕黃宗羲流
離失所、親冒鋒鏑的經歷皆是國家敗亡所致,在血雨腥風的歲月裏,黃宗羲雖
然幾次迫近死亡,但都有驚無險,這是非常僥倖的。可是,黃宗羲的很多師友,
卻沒有他這麼幸運,伴隨著清兵南下,這批名士就像地捲朔風、庭流花雪一般,
與故國一同隕亡了,這其中就有黃宗羲的恩師劉宗周。順治二年(1645)六月,
清兵攻破杭州,紹興投降。消息傳來,大儒劉宗周決定以身殉國。黃宗羲或許
已經預感到恩師的抉擇,所以他冒著生命危險前來拜望恩師,可是,當黃宗羲
趕到之日,劉宗周已經絕食二十日,黃宗羲在《思舊錄·劉宗周》小傳中記下
了師徒兩人的生死訣別,他說:

> 乙酉六月□日,先生勺水不進者已二十日。道上行人斷絕,余
> 徒步二百餘里,至先生之家,而先生以降城避至村中楊堰,余遂翻
> 嶕門山支徑入楊堰。先生臥匡床,手揮羽扇。余不敢哭,淚痕承睫,
> 自序其來。先生不應,但頷之而已。時大兵將渡,人心惶惑,余亦
> 不能久侍,復徒步而返,至今思之痛絕也。〔註40〕

本年,除了劉宗周之外,黃宗羲師友殉國者尚有徐汧、文震亨、陸培、王元趾、
祝淵、徐石麒、祁彪佳、黃端伯、陳龍正等。當然,錢謙益說國家安危與名士
隕亡沒有必然的聯繫,或許也有他的理論根據,畢竟明朝滅亡並沒有妨害錢謙
益的前程,他仍在清朝享受俸祿,雖然在新朝之中也有憂懼與懺悔,但是這種
痛苦與死難之士相比,真是微不足道。降清的錢謙益對於殉國的名士,始終有
著很深的隔膜,他似乎不能明白社稷丘墟的故國何以有那麼大的吸引力,以至
於使得這批名士和烈女紛紛以身相殉。在黃宗羲看來,錢謙益甚至有點像他所
諷刺的「無心人」,他在康熙二十四年《謝時符先生墓誌銘》說:

> 嗟乎!亡國之戚,何代無之?使過宗周而不閔黍離,陟北山而
> 不憂父母,感陰雨而不念故夫,聞山陽笛而不懷舊友,是無人心矣。
> 故遺民者,天地之元氣也。〔註41〕

節烈之士已經隨著故國而隕亡,錢謙益之類的貳臣又無心社稷,因此,光復
社稷、維繫道統的重任就自然地落在了含垢忍辱的遺民身上,這就是黃宗羲

〔註39〕 〔清〕黃宗羲《黃宗羲文集》,《黃宗羲全集》第 10 冊,第 170 頁。
〔註40〕 〔清〕黃宗羲《思舊錄》,《黃宗羲全集》第 1 冊,第 342 頁。
〔註41〕 〔清〕黃宗羲《黃宗羲文集》,《黃宗羲全集》第 10 冊,第 422 頁。

所言遺民是天地元氣的原因。黃宗羲在《明名臣言行錄序》曾呼喚：「嗟乎！顧安得事功、節義之士，而與之一障江河之下乎？」〔註42〕黃宗羲也曾組織義師，以圖恢復，但是風流總被雨打風吹去，大廈已傾，非一木可支。黃宗羲漸漸認識到恢復故明已經毫無希望，於是奉母返里，潛心著述，以維繫斯文、保存文化為己任。所以，他將「遺民者，天地之元氣也」的理論調整為「文章，天地之元氣也。」〔註43〕

三、牧齋以後第一人

康熙三年（1664）四月，黃宗羲至虞山探望錢謙益。風燭殘年的錢謙益自知大限將至，但是死後銘墓之文未有著落，不知請何人撰寫為好。錢謙益一生譽謗交織，降清使他倍受訾議，反清又使他贏得了遺民的同情。其婉曲之心事、痛苦之自悔，非深知其生平境遇者不能明瞭。另外，錢謙益摛藻擅文，主盟文壇五十餘年，為此等文壇名宿銘墓，非有如椽大筆者不能勝任。兼具二者之人，錢謙益思前想後，未得其選。此時，黃宗羲的到訪驅散了錢謙益心頭的陰霾，他對黃宗羲說：「唯兄知吾意，歿後文字，不託他人。」〔註44〕面對錢謙益的殷勤請託，黃宗羲既感到榮幸，又覺得為難。為難之處在於，對於錢謙益這等政治敏感人物，評價的尺度該如何拿捏，黃宗羲內心沒有十足的把握，稍有散失，就會有引火上身的危險。錢謙益死後，當黃宗羲得知錢氏之子錢孫貽改求貳臣龔鼎孳為其父銘墓時，黃宗羲連呼「幸也」，其中原因，黃宗羲說是「使余得免於是非」〔註45〕。不過黃宗羲感到榮幸的是，錢氏作為文壇盟主，能以銘墓之文相託，且許以為知己，這無疑是對黃宗羲古文成就的最好認證，也可以說是對黃宗羲文壇盟主地位的默許。錢謙益的銘墓之請，類似於禪宗的傳授衣缽。在清初文壇上，錢謙益對黃宗羲的臨終請託，具有非常重要的文學史意義，此事既標誌著錢謙益的時代已經結束，也昭示著黃宗羲的時代即將開啟。對於接替錢謙益而主盟文壇，黃宗羲充滿信心，他在悼念錢謙益的詩中詰問：「四海宗盟五十年，心期末後與誰傳？」〔註46〕這足以顯示他易幟文壇、領導群倫的雄心。在此之後，他也曾經以文學宗老自稱，其《奉議大夫刑部郎中深柳張公墓

〔註42〕〔清〕黃宗羲《思舊錄》，《黃宗羲全集》第1冊，第52頁。
〔註43〕〔清〕黃宗羲《思舊錄》，《黃宗羲全集》第1冊，第13頁。
〔註44〕〔清〕黃宗羲《思舊錄》，《黃宗羲全集》第1冊，第377頁。
〔註45〕〔清〕黃宗羲《思舊錄》，《黃宗羲全集》第1冊，第377頁。
〔註46〕〔清〕黃宗羲《黃宗羲詩集》，《黃宗羲全集》第11冊，第256頁。

誌銘》云：「運會推遷，文學宗老已遠，而余以樂道人善，冒昧充賦。」〔註47〕
黃宗羲主盟文壇，不單是錢謙益的私下傳授，更是清初文士的眾望所歸。吳任
臣致函黃宗羲云：「虞山既逝，文獻有歸，當今捨先生其誰！」〔註48〕其他文士
的推揚與擁戴之詞也與之類似，許三禮也說：「先生當世文獻，淵源有本，仰止
實甚！……海內慶道長者望屬東南，不向先生而誰歸之哉！」〔註49〕黃宗羲與
錢謙益是世交，經由錢謙益的獎掖推揚，黃宗羲在清初文壇上的聲望日隆，錢
謙益以後事及墓誌銘相託，也有傳授衣缽的象徵意義。對於錢謙益的殷勤厚意，
黃宗羲自然是非常感念，他的古文理論和古文創作受錢謙益的影響很深，但是
黃宗羲的審美好尚和古文追求終究與錢謙益不同。在對錢謙益古文理論系統批
評清理的基礎上，黃宗羲形成了一套獨立的古文理論，並通過大量的創作實績
贏得了當時古文家的一致讚賞，他逐漸取代錢謙益成爲新的文壇盟主。之後文
學史的發展證明，黃宗羲的政論文、傳記文成就遠遠勝過錢謙益，這些成就被
萬斯同、全祖望、章學誠等史學家繼承下來，形成了獨具特色的浙東文派。

第二節　黃宗羲《高旦中墓誌銘》中的公義與私情

　　黃宗羲的碑傳文微顯闡幽，表彰節義，兼具文學與史學雙重價值，向來
被譽爲一代文獻所關，影響極大，學界對其褒獎之詞層出不窮。殊不知千慮
一失，白璧微瑕，黃宗羲有時也會被私情困擾，碑傳文中尚有一些有悖公義
之作，《高旦中墓誌銘》即是其中代表。該墓誌一經流傳，質疑與責難之聲就
不曾停息。呂留良率先發難，爲好友高旦中鳴冤，指出黃宗羲歪曲事實，詆
毀死友。黃宗羲作文辯護，猛烈還擊，於是圍繞著《高旦中墓誌銘》就引發
一場公義與私情的論爭。這場論爭關涉到學術與意氣的糾葛，生計與節義的
矛盾，當然更關係到對黃宗羲碑傳文價值的重估。

一、一篇墓誌起波瀾

　　清康熙九年（1670）五月十六日，甬上名醫高斗魁病逝。受其兄長高斗權
之請，黃宗羲爲高斗魁撰寫了墓誌銘，即《高旦中墓誌銘》。本年十一月十一日，
大雪，高斗魁下葬，黃宗羲前來爲其神位題主，並將《高旦中墓誌銘》交付給

〔註47〕　〔清〕黃宗羲《黃宗羲文集》，《黃宗羲全集》第 10 冊，第 37 頁。

〔註48〕　〔清〕黃宗羲《思舊錄》，《黃宗羲全集》第 1 冊，第 279 頁。

〔註49〕　陳寅恪《柳如是別傳》，第 393 頁。

高家〔註50〕。葬事順利進行，黃宗羲的心情頗為輕鬆，朋友的死似乎沒有減卻他的遊興。次日，黃宗羲就和高斗權去了烏石山遊玩，因為冬雨連綿，道路泥濘，一時無法出山，他們就索性住在了山中的阿育王寺裏。十三日，寺僧請黃宗羲觀瞻寺內供奉的佛祖舍利，黃宗羲以為該寺舍利「不特偽造，且偽造者亦不一人一事」，際此因緣，黃宗羲還特意寫了一篇辨偽文章，題為《阿育王寺舍利記》〔註51〕。就在黃宗羲為自己的考辨工夫心喜時，同來會葬的呂留良也在糾《高旦中墓誌銘》之諸種謬說。與黃宗羲的閒適相較，高斗魁的英年早逝使呂留良悲痛萬分，他冒雪痛哭而來，哭聲迴蕩在烏石山中，山民也為之動容。在高家，呂留良看到了黃宗羲撰寫的這篇墓誌銘，閱讀之後，呂留良發現黃宗羲所撰墓誌對高斗魁醜詆過甚，建議高氏子弟停止鑿刻該墓誌，高家聽從呂留良的建議，遂棄黃撰《高旦中墓誌銘》而不用〔註52〕。

非議《高旦中墓誌銘》者尚不止呂留良一人，該墓誌一經流傳，「諸公皆以為過」〔註53〕。黃門高足萬斯大自然也聽到了時人對黃宗羲的不滿之詞，故此託人帶口信與乃師，勸說黃宗羲改易其中兩敏感之辭，以牽就公議。黃宗羲並沒有採納萬氏的善意之諫，他堅持墓誌原文，不作任何改變，不僅如此，黃宗羲還致函李鄴嗣、陳錫嘏，在信中縱論該墓誌行文措詞緣由，且對呂留良等人的議論表示不滿，而高家廢棄該墓誌的做法無疑讓黃宗羲更加氣憤，他說：

> 萬充宗傳諭：以《高旦中誌銘》中有兩語，欲弟易之，稍就圓融：其一謂旦中之醫行世，未必純以其術；其一謂身名就剝之句。弟文不足傳世，亦何難牽就其說。但念杲堂、介眉，方以古文起浙河，芟除黃茅白葦之習，此等處未嘗熟講，將來為名文之累不少，

〔註50〕〔清〕黃宗羲《高旦中墓誌銘》曰：「辰四理其垂歿之言以請銘，余不得辭。……生於某年癸亥九月二十五日，卒於某年庚戌五月十六日，以某年十一月十一日，葬於烏石山。」《黃宗羲全集》，浙江古籍出版社，2005年，第10冊，第326頁。

〔註51〕〔清〕黃宗羲《阿育王寺舍利記》曰：「庚戌十一月甲子，余為高旦中題主於烏石山。明日雨，不可出山，遂偕辰四宿阿育王寺。」《黃宗羲全集》，第10冊，第111頁。

〔註52〕呂公忠《〔呂留良〕行略》云：「時會葬高先生於鄞之烏石山，先君芒鞵冒雪哭而往，山中人遙聞其聲，曰：『此間無是人，是必浙西呂用晦矣。』高氏子弟礱石將刻墓誌。先君視其文，微辭醜詆，乃歎曰：『銘之義，稱美而不稱惡，此何為者也。』遂不復刻。」〔清〕呂留良《呂晚村先生文集》附錄，續修四庫全書本（上海古籍出版社，2002年），第1411冊，第58頁。

〔註53〕〔清〕全祖望《續耆舊》卷四十二《高斗魁傳》，續修四庫全書本（上海古籍出版社，2002年），第1682冊，第628頁。

故略言之，蓋不因鄙文也。……今日古文一道，幾於墜地。所幸浙河以東二三君子，得其正路而由之，豈宜復狗流俗，依違其說。弟欲杲堂、介眉，是是非非，一以古人爲法，寧不喜於今人，毋遺譏於後人耳。若鄙文不滿高氏子弟之意，則如范家神刻，其子擅自增損；尹氏銘文，其家別爲墓表。在歐公且不免，而況於弟乎？〔註54〕

黃宗羲自以爲這樣做是爲了堅持是非公義而不是徇朋友私情，是固守古文正路而不是盲從流俗，他爲身後聲譽計，不惜開罪時人，其孤往之志可謂勇矣。不過，事與願違，《高旦中墓誌銘》不但沒有給黃宗羲帶來聲譽，更大的質疑與非議卻因之而起。事隔十一年，即康熙二十一年（1682）十月，呂留良雨中無事，通讀了黃宗羲新近梓行的《南雷續文案》，此信赫然在列。在此之前，呂留良與黃宗羲就已嫌隙不斷，今又睹斯文，新仇舊恨，一時湧上心頭，呂留良大罵黃宗羲「議論乖角，心術鏃薄」，批評黃宗羲對高斗魁驅使之在生前，而巧詆之於身後，實不仁之甚。呂留良於是決定與黃宗羲正式絕交〔註55〕，吳之振也爲黃宗羲的做法而歎息〔註56〕，即使是向來都譴責呂留良而迴護黃宗羲的全祖望，也不得不承認「莊生（呂留良）雖狂妄，而於先生（高斗魁）則有死生不相背負之誼」〔註57〕，言下之意，黃宗羲是負了死友高斗魁了。可見，黃宗羲《高旦中墓誌銘》是既「不喜於今人」，又「遺譏於後人」，成了黃宗羲人品與文品之玷。

　　此墓誌所引起的波瀾還不止於此，黃宗羲晚年有很多歪曲史實的諛墓之文，也因了這篇墓誌的可信度而被後人陸續揭發出來。黃宗羲的碑傳文向來被譽爲「一代文獻所關」〔註58〕，通過《高旦中墓誌銘》可以看出，將黃宗

〔註54〕　〔清〕黃宗羲《與李杲堂陳介眉書》，《黃宗羲全集》，第 10 冊，第 160～162 頁。

〔註55〕　〔清〕陸隴其《三魚堂日記》卷十云：「己巳（康熙二十八年 1689），三月廿八日，呂無黨來，……又言東莊與梨洲不合，因爭高旦中之墓誌起。」 清同治九年（1870）浙江書局刻本。

〔註56〕　〔清〕呂留良《與魏方公書》曰：「至太沖所以致憾旦中，而必欲巧詆之死後，其說甚長，亦不欲盡發也。昨吳孟舉兄亦深爲歎息。」呂留良《呂晚村先生文集》卷二，第 93 頁。

〔註57〕　〔清〕全祖望《續耆舊》卷四十二《高斗魁傳》，第 628 頁。

〔註58〕　嵇文甫《黃梨洲文集序言》云：「梨洲以史學大家而擅長古文辭，生平所著傳狀、碑誌、書序、雜文等甚多……大部分文字表彰當時許多忠臣義士在災難中所表現出來的堅苦節操和壯烈行爲，可以和他的《行朝錄》並讀。其他有涉及人物的聚散，學風的盛衰，文章的流變，都是一代文獻所關，從這裡面可以得到很多方面的知識和啓發。」〔清〕黃宗羲著，陳乃乾編《黃梨洲詩文集》卷首，中華書局，1959 年，第 4 頁。

義的碑傳文視爲信史，顯然不妥，其史料價值也需要重新評估。

二、高斗魁見惡於黃宗羲之緣由

高斗魁（1623～1670），字旦中，號鼓峰，浙江鄞縣人。諸生。《清史稿》卷五百二《高旦中傳》曰：

> 斗魁任俠，於遺民罹難者，破產營救。妻因事連及，勒自裁。
> 素精醫，遊杭，見舁棺者血瀝地，曰：「是未死！」啓棺，與藥而蘇。
> 江湖間傳其事，求治病者無寧晷。著《醫學心法》。又《吹毛編》，
> 則自記醫案也。其論醫宗旨亦近於張介賓。〔註59〕

全祖望《續耆舊》卷四十二《高斗魁傳》云：

> 鬚長如戟，談笑足傾一座，江湖呼爲高髯。蓋先生本以王、謝
> 家兒，遭逢陽九，爲韓庸之肥遯，而心熱技癢，遂成劇季一流，固
> 非風塵中人所能識也。初，先生講學雙瀑院中，黃先生澤望謂其省
> 悟絕人。至是風波漸定，慨然歎曰：「乃公豈可老於遊俠，自今當謝
> 絕人世。」由是一意講學。〔註60〕

據以上文獻可以看出，高斗魁的人生經歷了三次重大的轉變：少年遭逢國變，志在抗清，是《遊俠傳》中的人物；中年家道衰落，提囊行醫，成爲浙東名醫，《清史稿》將其列入《藝術傳》中；晚年受黃宗羲兄弟影響，專心講學，又似爲《儒林傳》傳中人。

高斗魁還擅長詩歌創作，著有《桐齋集》、《多青閣集》。詩風與其人生相似，也都經歷了三次大的改變，黃宗羲序其《多青閣集》云：

> 庚寅、辛卯之間，有所悟，始盡棄其所爲，詩一變而進；未幾，
> 又有所悟，又變而進；戊戌、己亥之間，輸心於江門，其悟日深，
> 其變日進，日未有已。〔註61〕

全祖望在黃宗羲該序的基礎上，進一步指出：

> 其爲詩初與廢翁相近，已而變爲犖兀倔強，最後輸心於江門。
> 論者謂先生之人三變，其詩亦三變。〔註62〕

可見，高斗魁早年之詩得江山之助，多是模山範水之作，風格清麗婉轉，與

〔註59〕〔清〕趙爾巽等《清史稿》卷五百二，中華書局，1977年，第13870頁。
〔註60〕〔清〕全祖望《續耆舊》卷四十二，第627～628頁。
〔註61〕〔清〕黃宗羲《黃宗羲全集》，第11冊，第533頁。
〔註62〕〔清〕全祖望《續耆舊》卷四十二，第628頁。

其兄長高斗權〔註63〕相近；國變之後，滄桑閱盡，風格變爲奡兀倔強；晚年
師法蔡道憲〔註64〕，以學問爲詩，富含性理意味。

在交遊方面，高斗魁與黃宗羲的關係非常密切。兩人之初晤是在清順治
六年（1649），地點在萬泰家中，介紹人是萬泰和劉應期。黃宗羲《高旦中墓
誌銘》詳細記載了這次會面的背景及其過程，他說：

> 啓、禎之間，甬上人倫之望，歸於吾友陸文虎、萬履安。文虎
> 已亡，履安只輪孤翼，引後來之秀以自助，而得旦中。旦中有志讀
> 書，履安語以「讀書之法，當取道姚江，子交姚江而後知吾言之不
> 誣耳。」姚江者，指余兄弟而言也。慈谿劉瑞當，亦言甬上有少年
> 黑而鬈者，近以長詩投贈，其人似可與語。己丑，余遇之履安座上。
> 〔註65〕

初次會面，二人並未深談。次年（1650），高旦中偕同萬泰登門求教，黃宗羲
爲其誠心所感，遂以古文正路相告：

> 明年，遂偕履安而來。當是時，旦中新棄場屋，采飾字句，以
> 竟陵爲鴻寶，出而遇其鄉先生長者，則又以余君房、屠長卿之瘴語
> 告之。余乃與之言曰：「讀書當從六經，而後《史》、《漢》，而後韓、
> 歐諸大家。浸貫之久，由是發爲詩文，始爲正路。捨是則旁蹊曲徑
> 矣。有明之得其路者，潛溪、正學以下，毗陵、晉江、玉峰，蓋不
> 滿十人耳。文雖小道，必由其道而後至。毗陵非聞陽明之學，晉江
> 非聞盧齋之學，玉峰非聞莊渠之學，則亦莫之能工也。」旦中銳甚，
> 聞余之言，即遍求其書而讀之。汲深解惑，盡改其紈綺餘習，衣大
> 布之衣，欲傲岸頹俗。與之久故者，皆見而駭焉。〔註66〕

通過黃宗羲的回憶，可以看出，他們兩人雖然名爲平輩的朋友關係，但據黃宗羲
的記載，在這第一次實質性的交談中，黃宗羲扮演的卻是師長的角色，而高斗魁
儼然是一個擇善而從、唯唯聽命的學生，這種亦師亦友的關係始終貫穿在黃、高
交往的歷程中。年齡的懸殊似乎導致了兩人關係的不平等，畢竟黃宗羲長高斗魁
十三歲，本年黃四十一歲，已過不惑之年，高才二十八歲，還未到而立之年。

〔註63〕高斗權，字辰四，號廢翁。鄞縣人。著有《寒碧亭集》。
〔註64〕蔡道憲，字符白，號江門。晉江人。著有《悔後集》。
〔註65〕〔清〕黃宗羲《黃宗羲全集》，第10冊，第323頁。
〔註66〕〔清〕黃宗羲《高旦中墓誌銘》，《黃宗羲全集》，第10冊，第323頁。

　　另外，也可以看出，黃宗羲是在有意地抬高自己而貶抑高斗魁，「黃宗羲似乎一心想顯示高斗魁多麼尊敬他和視其為老師」〔註67〕。黃宗羲在宣揚這樣一個事實，即庚寅（1650）會面之後，高斗魁之所以能夠走上古文正路，改變紈綺習氣，都是因了他這一番宏論的啟發。不可否認，黃宗羲之於高斗魁固然是良師，不過，高斗魁之於黃宗羲也未必不是益友。然而在《高旦中墓誌銘》中，黃宗羲卻有意地誇大了前者，而抹殺了後者。事實上，庚寅（1650）之會，除了詩文交流之外，高斗魁還做了一件關乎黃氏兄弟身家性命的大事，很可惜，這件事情並沒有出現在黃宗羲的回憶中，所幸全祖望將其本末記載了下來。全祖望《鷓鴣先生神道表》云：

> 先生諱宗炎，字晦木，一字立溪。……畫江之役，先生兄弟盡帥家丁，荷戈前驅，婦女執爨以餉之，步迎監國於蒿壩。伯子西下海昌，先生留龕山以治輜重，所謂世忠營者也。事敗，先生狂走，尋入四明山之道岩，參馮侍郎京第軍事，奔走諸寨間。庚寅，侍郎軍殲，先生亦被縛。侍郎之嫂，先生妻母也。匿於其家，又跡得之，待死牢戶中。伯子（黃宗羲）東至鄞，謀以計活之。故人馮道濟，尚書鄭仙子也，唧然獨任其責。高旦中等為畫策，而方僧木欲挺身為請之幕府，道濟曰：「姑徐之，定無死法。」及行刑之日，傍晚始出，潛載死囚隨之。既至法場，忽滅火，暗中有突出負先生去者，不知何許人也。及火至，以囚代之，冥行十里始息肩，忽入一室，則萬戶部履安白雲莊也，負之者即戶部子斯程也。〔註68〕

全祖望在記載黃宗炎脫難經過時，僅提到了高斗魁的策劃之功，其實高斗魁的貢獻遠不止於此，為了營救黃宗炎，任俠的高斗魁幾乎傾盡了所有的家產〔註69〕。黃宗羲在追憶死友時，只彰顯自己對高斗魁的啟迪之功，而忽略掉高斗魁毀家以救友的恩情，顯然有失公允。論者或許以為黃宗炎抗清被捕，在當時是敏感話題，容易觸犯忌諱，故此黃宗羲不得不有意迴避此事。其實不然，

〔註67〕費思堂著，趙世瑜譯《黃宗羲與呂留良》，吳光主編《黃宗羲論：國際黃宗羲學術討論會論文集》，浙江古籍出版社，1987年，第465頁。

〔註68〕〔清〕全祖望著，朱鑄禹匯校集注《全祖望集匯校集注》，上海古籍出版社，2008年，第248頁。

〔註69〕〔清〕呂留良《質亡集小序·高斗魁傳》云：「旦中聰明慷慨，幹才英越，嗜聲氣節義。嘗毀家以救友之死。有所求，不惜肝腦以隨。」《呂晚村先生文集》續集卷三，第235頁。

參與營救黃宗炎的還有萬泰等人，萬泰死後，黃宗羲在其所撰《萬晦庵先生墓誌銘》中就特意記下了此事，即「先生一病三年，炊煙屢絕，形廢心死，然友人高中丞在獄，予弟晦木犯難，猶能以奇計活之。」〔註70〕可見，黃宗羲在《高旦中墓誌銘》中漏記此事，絕非是出於避嫌的考慮。

除了營救黃宗炎出獄之外，高斗魁對於黃氏兄弟的恩情還有數十年如一日的經濟援助，高斗魁行醫所得，大部分都輸入了黃家，其中對黃宗炎的資助尤多，呂留良《賣藝文》說：

> 東莊有貧友四，爲四明鷓鴣黃二晦木，檇李而山農黃復仲，桐
> 鄉殳山朱聲始，明州鼓峰高旦中。四友遠不相識，而東莊皆識之。
> 東莊貧或不舉晨爨，四友又貧過東莊，獨鼓峰差與埒，而有一母、
> 四兄弟、一友、六子、一妾，乃以生產枝梧其家，而以醫食其一友，
> 友爲鷓鴣也。鷓鴣貧十倍東莊，而又有一母、五子、二新婦、一妾，
> 居刿中化安山，有屋三間，深一丈，闊才二十許步，床灶書籍，家
> 人屯伏其中，烈日霜雪，風雨流水，繞攻其外，絕火動及旬日，室
> 中至不能啼號。〔註71〕

高斗魁對黃宗羲也有經濟上的資助，同時還爲黃宗羲聯繫家館，招收弟子等，黃宗羲在呂留良家坐館，應該也是出於高斗魁的介紹。但是高斗魁的義舉似乎並沒有換來黃宗羲的感動，卻引來了黃宗羲的抱怨，個中緣由，呂留良分析地較爲清楚，他說：

> （高旦中）精於醫，以家世貴，不行，至是爲友提囊行市，所
> 得輒以相濟，名震吳越。友益望之深，至不能副，則反致怨隙。又
> 爲友營館穀，招徒侶，復責以梯媒關說。力有不能得，亦得罪，於
> 是群起詬之。然旦中意不衰，病革猶惓惓於諸友。死之日，貧不能
> 備喪葬，孤寡啼饑，無或過而問焉者。而詬聲至今未息，真可怪可
> 痛。〔註72〕

呂留良以爲黃宗羲與高斗魁之間出現嫌隙是因爲黃宗羲所求過多，而高斗魁能力有限，不能饜足其欲所致。當然，呂留良與黃宗羲結怨甚深，呂留良所述緣由未免袒護高斗魁而排詆黃宗羲，其所言高斗魁對黃黃宗羲的資助也有失實之

〔註70〕　〔清〕黃宗羲《黃宗羲文集》，《黃宗羲全集》，第 10 冊，第 298 頁。
〔註71〕　〔清〕呂留良《呂晚村先生文集》卷八，第 198 頁。
〔註72〕　〔清〕呂留良《呂晚村先生文集》續集卷三，第 235 頁。

處，不過，黃宗羲對高斗魁不滿確實有經濟上的原因，這一點還是可以肯定的。

高斗魁之見惡於黃宗羲還有另外一個原因，就是高斗魁與呂留良的關係太過密切。順治十七年庚子（1660），是黃宗羲、高斗魁、呂留良交往歷程上的轉折點。本年六月，呂留良病熱，黃宗炎偕高斗魁前來醫治，呂留良服下高斗魁「補中益氣數劑，神情如舊」，病體迅速康復〔註73〕。呂留良驚歎高斗魁醫術湛深，遂與之訂交。同年八月十六日，呂留良在孤山結識了黃宗羲。此後六年，黃宗羲設館於呂留良家，黃宗炎、高斗魁也時常過訪，詩酒往還，他們三人之間的關係還算密切。直到康熙五年丙午（1666），黃宗羲與呂留良因為購買祁氏澹生堂藏書，兩人的關係開始出現矛盾。次年（1667），黃宗羲移館甬上姜希轍家，又在姜家說了一些批評呂留良的話，呂留良得知後，很是氣憤，遂反唇相譏，作了兩首詩來挖苦黃宗羲，兩人關係進一步惡化。再加上他們學術路徑迥然有異，文人刻薄之習氣未除，終於鬧到水火不容的地步。

呂留良與黃宗羲的關係日漸疏離，他與高斗魁的交往卻是越來越親密了。庚子初會之後，呂留良就開始追隨高斗魁學醫，吳之振《己壬編弁語》云：

> （高斗魁）庚子過東莊，意氣神合，一揖間即訂平生之交。相與議論道義，流連詩酒，因舉其奧以授東莊（呂留良）。東莊天資敏妙，學有源本，性命理學之要，向所精研。因源以溯流，窮本以達末，不數月間，內外貫徹。時出其技以治人，亦無不旦夕奏效。
> 〔註74〕

高斗魁與呂留良年齡懸殊不大，高斗魁僅長呂留良六歲，兩人屬於同輩，交往較為輕鬆。且意氣神合，志趣相投，現在又多了一層醫學上的師生之誼，關係自然就慢慢密切了起來。高斗魁後來又與呂留良結成了兒女親家，呂公忠《（呂留良）行略》云：

> 高旦中先生，與先君交最厚，許以女室先君之第四子。忽致札曰：「某病甚將死，家貧，吾女恐不足以辱君子，請辭。」人或勸從其請，先君正色曰：「旦中與余義同車笠，不應有是言。此辭命矣。」卒娶之。〔註75〕

高斗魁與呂留良可謂是惺惺相惜，至死不相背負的。高斗魁在人生的彌留之際

〔註73〕卞僧慧《呂留良年譜長編》，中華書局，2003年，第103頁。
〔註74〕卞僧慧《呂留良年譜長編》，第180頁。
〔註75〕〔清〕呂留良《呂晚村先生文集》附錄，第58頁。

尚不肯以貧女拖累呂留良之子，平時更不會有不利於呂留良的言行。黃宗羲對呂留良發難，高斗魁沒有附和；黃宗羲與呂留良交惡時，高斗魁又被夾在中間，他是希望調和兩人之間的矛盾，不肯偏袒一方的。可是高斗魁與呂留良的關係勝過黃宗羲很多，黃宗羲原本對高斗魁就有些不滿，現在高斗魁又不肯隨著他批評呂留良，黃宗羲就難免更加懊惱了。這層緣由，黃宗羲是難以啓齒的，其不滿情緒既然無法表達於高斗魁生前，他就在高斗魁死後，借題發揮，說了一通「微詞」。其中經過，全祖望《高斗魁傳》所記甚詳，他說：

> 先生（高斗魁）與梨洲、晦木、澤望並稱莫逆。晦木之子，石門莊生（呂留良）之僚壻也。莊生以是學道於梨洲，學醫於先生，共執弟子禮，於梨洲尤恭。莊生時已補學宮弟子，慕諸遺民之風，遂棄之。蒼水之死，隱學之出獄，莊生皆大有力焉。然莊生負氣，酒後時出大言，梨洲每面折之，莊生慚，不甘。及吳孟舉與梨洲共購祁氏藏書，莊生使其客竊梨洲所取衛湜《禮記集說》、王偁《東都事略》以去。未幾，貽書梨洲，直呼之曰某甲，且告絕交。浙東黃氏弟子皆大駭，先生力爲之調停而不得，而梨洲頗卞急，深以先生不絕莊生爲非。其作先生墓誌，遂有微詞。

全祖望上文所記有些地方不符合事實，如黃宗羲與呂留良最初是結爲忘年交，不存在所謂的師生關係〔註 76〕。不過全祖望分析高斗魁見惡於黃宗羲之原因，還是合乎情理的。全祖望指出黃宗羲《高旦中墓誌銘》有不滿高斗魁之「微詞」，也是客觀事實。

　　黃宗羲的「微詞」一出，當時文壇非議之聲就接連不斷，於是圍繞著《高旦中墓誌銘》就引發了一場關於公義與私情的論爭，論爭的主角就是黃宗羲與呂留良。

三、黃宗羲的「公義」與呂留良的「私情」

　　黃宗羲與呂留良圍繞《高旦中墓誌銘》所爭之問題主要有三個：首先，是《高旦中墓誌銘》之墓銘「身名就剝」一句，以及它所關聯的墓銘能否稱惡問題。其次，是高斗魁的醫術高明與否，這涉及到高斗魁的朽與不朽之爭。

〔註76〕〔清〕呂留良《友硯堂記》云：「其秋，太沖先生亦以晦木言，會予於孤山。晦木、旦中曰：『何如？』太沖曰：『斯可矣。』予謝不敢爲友，固命之，因各以硯贈予，從予嗜也。」《呂晚村文集》卷六，第 175 頁。

最後，是黃宗羲改高斗魁遺詩「明月岡頭人不見，青松樹下影相親」之「不見」爲「共見」，此改確當與否的問題。以上三個問題，反映了黃宗羲與呂留良對高斗魁的不同評價。在他們的評價中，黃宗羲力圖持守公義，卻因個人恩怨羼雜其中，影響了評價的公正，不自覺地滑向了私情；呂留良以私情抗爭，反而因同情之理解，而更能切近事實，不期然地達到了公義。此種弔詭局面的出現，與以上三個問題緊密相連，故下文依次論述之。

（一）「身名就剝」與銘法稱惡問題

黃宗羲《高旦中墓誌銘》之墓銘云：

> 吾語旦中，佐王之學；發明大體，擊去疵駁。小試方書，亦足
> 表襮；淳于件繫，丹溪累牘。始願何如，而方伎齷齪；草堂未成，
> 鼓峰蠹蠹。日短心長，身名就剝；千秋萬世，恃此幽斷。〔註77〕

黃宗羲的這篇墓銘，感歎高斗魁原本有王佐之才，可惜生不逢時，才能得不到施展，沒有豐功偉業足以信今傳後。又困於生計，提囊行醫，妨礙了讀書作文，也沒有藏諸深山的鴻篇巨著，所以黃宗羲說他難免會被世人遺忘，其聲名也如同慢慢腐朽的肉身一樣，終究會消失於無形，即墓銘中所言之「身名就剝」。在高斗魁家人和好友看來，黃宗羲的這種評價無異於是誹謗。期於不朽乃是古人之常情，黃宗羲卻以速朽對高斗魁蓋棺論定，也就無怪乎高氏子弟要廢棄此文，呂留良也要與之抗言力爭了。

黃宗羲的高足萬斯大也覺得「身名就剝」一句對高斗魁貶抑太甚，遂勸乃師稍稍改易，以牽就公論。黃宗羲不僅未採納萬氏的建議，還作文辯駁，他說：

> 夫銘者，史之類也。史有褒貶，銘則應其子孫之請，不主褒貶，
> 而其人行應銘法則銘之，其人行不應銘法則不銘，是亦褒貶寓其間。
> 後世不能概拒所請，銘法既亡，猶幸大人先生一掌以堙江河之下，
> 言有裁量，毀譽不淆。〔註78〕

黃宗羲很坦然地承認了他在銘文中批評了高斗魁，不過他以爲這種批評乃是銘法題中應有之義。與時下銘文的只褒不貶、濫詞貢諛不同，黃宗羲認爲，寓褒貶於墓銘之中，才是銘法之正路。對於黃宗羲的這番辯解，呂留良難以認同，他說：

> 凡銘之義，稱美而不稱惡，原與史法不同，稱人之惡則傷仁，稱

〔註77〕〔清〕黃宗羲《黃宗羲全集》，第 10 冊，第 326 頁。
〔註78〕〔清〕黃宗羲《與李杲堂陳介眉書》，《黃宗羲全集》，第 10 冊，第 160～161 頁。

惡而以深文巧詆之，尤不仁之甚，然猶曰不沒其實云爾。未聞無其實
而曲加之，可以不必然而故周內之，而猶曰古誌銘之法當然也。〔註79〕

在呂留良看來，黃宗羲對高斗魁的批評絕不是善意的，而是無中生有，肆意誹謗，此種做法不僅與銘法相悖，其人品心術也近乎不仁了。

關於「身名就剝」一句，兩人糾結辯難的關鍵就在於墓銘能否稱惡。要解決這個問題，必然要對墓銘的源流及其做法作一番簡要梳理。墓銘是喪葬類的應用文字，其起源晚於警戒類和稱頌類的銘文。

喪葬類銘文的起源見於《禮記・檀弓篇》，其辭曰：

銘，明旌也。以死者為不可別已，故以其旗識之。

鄭玄注引《士喪禮》云：

為銘各以其物，亡則以緇，長半幅，經末，長終幅，廣三寸，
書銘於末，曰某氏某之柩。竹杠長三尺，置於宇西階上。〔註80〕

據以上記載可以看出，最早的喪葬類銘文類似於後世的招魂幡，其載體是布帛，銘文也非常簡單，只是將死者姓氏書寫其上，居喪其間，以竹竿懸掛於西階之上，起到標示死者姓氏的作用。

死者既葬之後，子孫追念先祖，遂將其功德鑴刻在鍾鼎之上，明示後世，於是就出現了鼎銘，《禮記・祭統》云：

夫鼎有銘，銘者自名也，自名以稱揚其先祖之美，而明著之後
世者也。為先祖者，莫不有美焉，莫不有惡焉。銘之義，稱美而不
稱惡，此孝子孝孫之心也，唯賢者能之。銘者，論譔其先祖之有德
善、功烈、勳勞、慶賞、聲名，列於天下，而酌之祭器，自成其名
焉，以祀其先祖者也。……子孫之守宗廟者，其先祖無美而稱之，
是誣也；有善而弗知，不明也；知而弗傳，不仁也。此三者，君子
之所恥也。〔註81〕

子孫鑄鼎鑴銘，彰顯祖先功德，鼎銘存於宗廟之中，對一個家族來說，鼎銘具有類似於後世家傳的史料功能。《禮記・祭統》中「銘之義，稱美而不稱惡」這一界定對於後世文章學影響很大，黃宗羲、呂留良在論爭時也都徵引了這

〔註79〕　〔清〕呂留良《呂晚村先生文集》卷二《與魏方公書》，第91頁。
〔註80〕　〔漢〕鄭玄注、〔唐〕孔穎達疏《禮記正義》卷九《檀弓上》，北京大學出版
　　　　　社，2000年，第310～311頁。
〔註81〕　〔漢〕鄭玄注、〔唐〕孔穎達疏《禮記正義》，第1590～1592頁。

句話，關於銘法能否稱惡，他們也都將根據溯源至此。若從原初意上來說，鼎銘是逝者子孫所作，稱頌祖先功德乃是必然之事，絕不可能將祖先劣跡鐫刻其上，故銘法不應該稱惡。問題似乎很容易解決，其實不然。黃、呂所爭的《高旦中墓誌銘》，不是這種遠古的鼎銘，而是晚出的墓銘，鼎銘與墓銘功能、做法迥然不同，從原初的鼎銘那裏尋找墓銘的做法，實在是有些泥古不化，問題也就越爭論而越混亂了。若要明晰兩人所爭孰是孰非，還要從墓銘文的起源說起。當然，在探討墓銘的起源之前，也有必要對墓誌、墓銘這一對容易混淆的概念稍作解釋。其實墓誌與墓銘乃是兩種不同的文體，一般來說，墓誌多是散體型的敘事文字，是文章的主體部分，墓銘多是韻語型的總結性文字。後世所稱的「墓誌銘」，是指兼備墓誌與墓銘者。單曰「墓誌」，則是有墓誌而無墓銘。單稱「墓銘」，則是有墓銘而無墓誌。當然，也有單云「墓誌」卻有墓銘，單云「墓銘」卻有墓誌者。

墓誌與墓銘體式與功能有別，其起源也有先後。關於墓誌的起源，程章燦教授指出，「墓誌文經歷了從誌墓到墓記再到墓誌的發展過程；結合傳世文獻與出土文獻可以看出，作爲有一定行文格式的墓誌，是一種起於江左的文體，其出現時間在晉宋之際」〔註82〕。

墓銘的起源要早於墓誌，關於墓銘的起源，代表性的說法有以下四種：

第一、商末比干說。

宋代高承《事物紀原》卷九曰：

> 唐開元時，人有耕地得比干墓誌，刻其文以銅盤，曰：「右林左泉，後崗前道。方世之寧，茲焉是保。」……則墓之有誌，其來遠矣。

此四句四言韻文，不像是墓誌卻神似墓銘。宋明兩代學者不乏信以爲眞者，清代考據學興盛，懷疑其爲僞作者甚多。當代學者程章燦教授以爲該銅盤乃是「時人迎合宋徽宗好古求寶之意而僞造的」〔註83〕，高承所記不足爲據。

第二、春秋孔子及其弟子說。

高承《事物紀原》卷九云：

> 昔吳季札之喪，孔子銘其墓曰：「嗚呼！有吳延陵季子之墓。」

此說附會孔子，杜撰不實，學者均持懷疑態度。另外，有人還將墓銘創體之功歸之於孔子及其弟子。唐代墓誌《大唐故張府君墓誌銘》云：

〔註82〕程章燦《墓誌文起源新論》，《學術研究》2005年第6期，第136頁。
〔註83〕程章燦《墓誌文起源新論》，第136頁。

夫銘者，稱其美也，記歷年代，載標行德。因夫子讖秦始皇必發

吾墓，顏回以下乃誌讖詞於墓內，使始皇見之，知我先師聖焉。〔註84〕

顏回先孔子而卒，何來遵照孔子遺囑，置讖詞於孔子墓內之事？此種說法乖

謬至極，不足爲信。

第三、西漢夏侯嬰說。

西晉張華《博物志》卷七《異聞》類記：

漢滕公薨，求葬東都門外。公卿送葬，駟馬不行，踏地悲鳴，

刨蹄下地，得石有銘，曰：「佳城鬱鬱，三千年，見白日。吁嗟滕公

居此室！」遂葬之。〔註85〕

該條所記「馬踏石槨」的故事頗爲神異，恐於史實不符，亦難徵信。

第四、西漢杜鄴說。

此說最早見於東晉葛洪《西京雜記》卷三，其詞云：

杜子夏葬長安北四里，臨終作文曰：「魏郡杜鄴，立志忠欵。

犬馬未陳，奄先草露。骨肉歸於后土，氣魂無所不之。何必故丘，

然後即化。封於長安北郭，此焉宴息。」及死，命刊石埋於墓側，

墓前種松柏樹五株，至今茂盛。〔註86〕

杜鄴的這篇自作文章儘管沒有以墓銘標題，也不是整齊的韻語，在體式上與

後世成熟的墓銘還有很多差異，但是從內容上來看，這篇文章簡略地敘述了

杜鄴個人的生平、性格，也包含了志業未酬的喟歎，以及放棄還葬故里，選

擇長眠京畿的達觀，這些內容都與後世墓銘具有實質上的吻合一致。所以後

人多將墓銘的源頭追溯至此，徐師曾《文體明辨序說·墓誌銘》云：

至漢，杜子夏始勒文埋墓前，遂有墓誌，後人因之。蓋於葬時

述其人世系、名字、爵里、行治、壽年、卒葬日月，與其子孫之大

略，勒石加蓋，埋於壙前三尺之地，以爲異時陵谷變遷之防也，而

謂之誌銘。其用意深遠，而於古無害也。〔註87〕

由此可見，早期的墓銘更像是銘墓，墓銘通常被埋在墓前三尺左右的地方，

主要功能是標注墓主人的身世，當陵谷變遷，墳墓不可辨識時，還可以根據

〔註84〕周紹良、趙超主編《唐代墓誌彙編》，上海古籍出版社，1992年，第2502頁。

〔註85〕〔晉〕張華著、范甯校證《博物志校證》，中華書局，1980年，第85頁。

〔註86〕〔晉〕葛洪《西京雜記》，中華書局，1980年，第20頁。

〔註87〕王水照主編《歷代文話》，第2冊，總第2119頁。

地下埋藏的墓銘斷定墓主人的生平行實等。另外，早期墓銘往往是自作，或者是墓主人子孫所作，後世文體發展，踵事增華，墓主後人往往請文壇鉅子代筆，希望人借文傳，徐師曾《文體明辨序說‧墓誌銘》云：

> 迨夫末流，乃有假手文士，以謂可以信今傳後，而潤飾太過者，亦往往有之，則其文雖同，而意斯異矣。然使正人秉筆，必不肯狥人以情也。其體圓。事實多者專敘事，事實少者可參以議論焉。〔註88〕

名家作銘一般都會收取豐厚的潤筆，受人錢財，作文時難免有所避諱，所以表彰墓主德行功業者多，而批評貶抑者少，曲狥人情，潤飾太過，就成了墓銘的主要缺點。當然，高明的文士還是可以將《春秋》筆法運用其中，暗施褒貶，韓愈就是這種做法的代表。韓愈對於墓銘文體的貢獻，王之績曾論及之，其《鐵立文起》前編卷六《墓誌銘》云：

> 墓誌，則直述世系、歲月、名氏、爵里，用防陵谷遷改。埋銘、墓記，與墓誌同，而墓記則無銘辭耳。古今作者，惟昌黎最高，行文敘事，面目首尾，不再蹈襲。凡碑碣表於外者，文則稍詳，誌銘埋於壙者，文則嚴謹。其書法，則惟書其學行大節，小善寸長，則皆弗錄。觀其所作可見。〔註89〕

王之績說韓愈墓銘力避蹈襲，行文嚴謹有法，書其大節而略其小善，堅持客觀的標準，能夠做到有其美而必書之，無其美而必去之。王之績對韓愈墓銘的評價非常公正，只是論述流於膚泛，未能舉出具體銘文印證其論點。對於韓愈的墓銘，黃宗羲的認識更為具體深刻，他在《金石要例‧銘法例》中說：

> 《祭統》云：「銘之義，稱美而不稱惡，此孝子孝孫之心也。」故昌黎云「應銘法」。若不應銘法，則不銘之矣，以此寓褒貶於其間。然昌黎之於子厚，言：「少年勇於為人，不自貴重。」誌李于，單書服秘藥一事，「以為世戒」。誌李虛中，亦書其「以水銀為黃金服之，冀不死」。誌王適，書其譎侯高事。誌李道中，言其薦「妄人柳泌」。皆不掩所短，非截然諛墓者也。〔註90〕

黃宗羲列舉了韓愈墓銘中稱惡的五個例子，可以看出，墓銘經過了韓愈的改造，已經不再是單調的諛墓文字，一些適當的批評意見也可以巧妙地穿插其

〔註88〕王水照主編《歷代文話》，第 2 冊，總第 2119 頁。
〔註89〕王水照主編《歷代文話》，第 4 冊，總第 3698 頁。
〔註90〕〔清〕黃宗羲《黃宗羲全集》，第 2 冊，第 269 頁。

間，從而達到勸善規過、維繫道統的目的。黃宗羲受韓愈的影響很深，不過黃宗羲對於韓愈墓銘的理解過於偏執，他誇大了韓愈墓銘中稱惡的成份，對於稱惡問題的尺度把握不當，以至於在《高旦中墓誌銘》中對亡友批評太過嚴苛。並且黃宗羲的墓銘又夾雜了很多文人意氣和私人恩怨，其所稱之惡未必屬實，雖然他標榜韓文，鼓吹道統，但是仍難以平復時人的質疑之聲。

（二）高斗魁的高明醫術與黃宗羲的稱惡不實

墓銘經過韓愈、歐陽修等古文家的改造後，稱美之餘亦可適當稱惡，這也是黃宗羲《高旦中墓誌銘》稱惡的理論支撐。不過韓、歐墓銘所稱之惡均有事實可查，他們所發之感喟，以及所持之批評，尺度都比較適中，《高旦中墓誌銘》則不然，其中所稱之惡幾乎皆與事實相悖。

黃宗羲所稱之惡主要有兩點，第一點就是高斗魁的醫術其實並不高明。他之所以享有盛名，與其說是因爲其醫術高超，毋寧說是高氏工於揣測人情，善於緣飾。他說：

> 旦中家世以醫名，梅孤先生《針灸聚英》，志齋先生《靈樞摘注》，皆爲醫家規範。旦中又從趙養葵得其指要，每談醫藥，非肆人之爲方書者比，余亟稱之。庚子，遂以醫行世。時陸麗京避身爲醫人已十年，吳中謂之陸講山，謁病者如室。旦中出，而講山之門驟衰。蓋旦中既有授受，又工揣測人情於容動色理之間，巧發奇中，亦未必純以其術也。所至之處，蝸爭蟻附，千里拏舟，踰月而不能得其一診。孝子慈父，苟能致旦中，便爲心力畢盡，含旦中之藥而死，亦安之若命矣。嗟乎！旦中何不幸而有此，一時簧鼓，醫學一時爲之一闋。《醫貫》、《類經》，家有其書，皆旦中之所變也。〔註91〕

高斗魁的醫術高明與否，是高氏朽與不朽的關鍵。儘管高斗魁也擅長詩歌創作，並且有詩集《多青閣集》梓行，但總體來說，其詩歌成就不高，不足以使其人傳世久遠。高氏若要不朽，還要依靠其醫術。黃宗羲貶抑了高斗魁的醫術，就等於判定了高氏必然速朽，這是高氏親友無法接受的事實。再說，黃宗羲說高斗魁醫術不高，善於緣飾，也未必屬實。呂留良就與之辯論道：

> 又謂寧波諸醫肩背相望，旦中第多一番議論緣飾耳。太沖嘗遣其子名百家字正誼者納拜旦中之門學醫矣。夫以旦中之術庸如此，

〔註91〕〔清〕黃宗羲《高旦中墓誌銘》，《黃宗羲全集》，第 10 冊，第 324 頁。

其緣飾之狡獪又如此，且中於太沖其歸依相知之厚也又如此，不知太沖當時何以不一救止之，而反標榜之，又使其子師事之。及其死也，乃從而掎摘之。驅使於生時，而貶駁之身後，則前之標榜既失之偽，今之誌銘又失之苛，恐太沖亦難自免此兩重公案也。〔註92〕

在呂留良看來，黃宗羲說高斗魁善於緣飾，是將高氏列入小人之類中，不僅其醫術不足觀，其人品心術也在下流之列。對此，呂留良以黃宗羲之矛而攻其盾，呂留良質問黃宗羲，既然高氏人品技藝如此不堪，作為畏友，高氏生前為何不糾正之，反而遣其子隨高氏習醫呢〔註93〕？友人有不善，在其生時不能糾正之，則黃宗羲近乎諂媚。友人卒後，又指謫其莫須有之罪名，則黃宗羲又近乎刻薄。可見黃宗羲實在是難以逃脫此兩難局面，究其根本，乃是因黃宗羲所言不實。《清史稿》卷五百二《高旦中傳》記載了高斗魁行醫的一則故事：高氏曾在杭州遊玩，看見有人出殯，他根據棺木中滴下的血液判斷棺中人還可以救治，遂命人打開棺木，與之丹藥，棺中人死而復生。這等起死回生之事，非具高明技藝不可，又豈是工於揣測人情者所能辦？再者，高斗魁一生任俠仗義，扶危濟困，雖然性格近乎狂者一路，但終究不失仁者本色，絕非善於緣飾之小人可比。張履祥記載的一則見聞，可以作為高氏仁德品格的佐證，張履祥《言行見聞錄》四《高旦中》條云：

　　高旦中曰：「刑人於市，與眾棄之。予數經會城，見引囚於市而殺之者，既殺之後，鮮不為之歎恨。或罪歸有司，或悲其運命，甚者為之泣下，為之髮指。乃醫家以三指殺人於床戶之間，而人莫知之，反將受其謝金而去。天道神明，可不畏哉！」旦中志尚士也，先世以醫名家。變亂後，旦中術益工，來遊三吳，三吳之人爭得之，全活甚眾。其學傳於浙西，厥功匪小，乃其存心若此。〔註94〕

相較之下，不難看出，黃宗羲對高斗魁的論定，不僅失之公正，而且近乎詆

〔註92〕〔清〕呂留良《與魏方公書》，《呂晚村先生文集》卷二，第91～92頁。

〔註93〕黃宗羲之子黃百家確曾隨高斗魁習醫，據黃宗羲記載，黃百家至遲在高斗魁卒前一年，就已經可以單獨行醫了。1669年，黃宗羲攜其子黃百家探訪病重的周增遠，黃宗羲就命黃百家為其切脈診視，黃宗羲《余若水周唯一兩先生墓誌銘》云：「若水疾革，余造其榻前，命兒子正誼為之切脈。若水曰：『某祈死二十年之前，反祈生二十年之後乎？』余汯然而別。」〔清〕黃宗羲《黃宗羲全集》，第10冊，第287頁。

〔註94〕〔清〕張履祥《楊園先生全集》卷三十四，中華書局2002年版，中冊，總第964頁。

毀。黃宗羲以公義爲最高懸鵠，卻不自覺地墮入私情泥淖之中，其原因大概
有二，一則是因爲對醫術的理解不同，學術見解存在差異。黃宗羲以爲醫術
最難在辨別經絡，而高氏只強調陽明一經，對其他十一經所知甚淺，故此引
起了黃宗羲的鄙夷，他曾將高斗魁的這種不辨經絡而妄然投藥的做法稱之爲
七怪之一，其《七怪》篇云：

> 醫之難者，以辨其經絡也。故傷寒之書，疏十二經絡，以脈辨
> 之，又以見症辨之，而後投藥，不敢不慎也。鄞人趙養葵著《醫貫》，
> 謂江南傷寒之直中三陰者，間或有之。間如五百年其間之間，言絕
> 無也，其說已謬甚。然傳遍各經，亦不敢自執其說也。今之學醫者，
> 喜其說之便己，更從而附會之，以爲天下之病，止有陽明一經而已，
> 公然號於人人，以掩其不辨經絡之愚。夫言己之不識十二經絡，而
> 言十一經之無病，猶之天下有九州島，不言己之足跡未曾歷九州島，
> 而言天下無九州島也。〔註95〕

黃宗羲《高旦中墓誌銘》說：「《醫貫》、《類經》，家有其書，皆旦中之所變也。」
可知此處所言「喜其說之便己」者是指高斗魁。黃宗羲認爲辨識經絡乃是醫
家最難本領，也是初始本領，高斗魁不辨經絡，卻能藥到病除，屢見奇效，
醫名大振。這是黃宗羲難以理解的，他無法從醫理上找到解釋這種矛盾現象
的必然緣由，遂以爲高氏行醫類似於投機取巧，醫術庸劣不堪，偶而見效，
乃是高氏吹噓緣飾得來，論其眞實本領，卻是空疏讜陋至極了。所以黃宗羲
在《與李杲堂陳介眉書》說：

> 曩者，旦中亦曾以高下見質，弟應之曰：「以秀才等第之，君
> 差可三等。」旦中欲稍宣之，弟未之許也。〔註96〕

高斗魁生前是否有此一問，我們不得而知，但據此卻可以看出黃宗羲對高斗
魁醫術的眞實評價。醫品有九，以科名譬之，總分進士、舉人、秀才三品，
三品之中又各分上中下三品，黃宗羲將高斗魁置於下品中之下品，乃是九品
之末，評價之低，無以復加。且不說公義、事實如何，單就這個評價而言，
黃宗羲實在是孤負了高斗魁對他的一段魂牽夢繞之深情了〔註97〕。

〔註95〕　〔清〕黃宗羲《黃宗羲全集》，第10冊，第652頁。
〔註96〕　〔清〕黃宗羲《黃宗羲全集》，第10冊，第161頁。
〔註97〕　〔清〕黃宗羲《高旦中墓誌銘》云：「余自喪亂以來，江湖之音塵不屬。未幾，
　　　　瑞當、履安相繼物故。旦中夐然出於震盪殘缺之後，與之驚離弔往，一泄吾
　　　　心之所甚痛，蓋得之而甚喜。自甬上抵余舍，往來皆候潮汐。驚風暴雨，泥

　　高斗魁與呂留良親密的關係是導致黃宗羲貶抑高氏的另一誘因，起初高斗魁與黃、呂兩人關係都很密切，黃呂交惡，高斗魁無意偏袒任何一方，但是城門失火，殃及池魚，高斗魁也難以置身事外。高斗魁的醫術在浙西大行，他與呂留良交往日漸緊密，與黃宗羲則略顯疏遠，難免引起黃宗羲的不快。黃宗羲現在貶抑高斗魁，其實也有指桑罵槐，譏諷呂留良的用意所在。清康熙十年（1671），即高斗魁去世後一年，黃宗羲就借著撰《張景岳傳》的機會，將呂留良痛斥了一番，他說：

> 自太史公傳倉公，件繫其事，後之儒者每仿是體，以作名醫之傳，戴九靈、宋景濂其著也。而名醫亦復自列其事，存為醫案，以待後人；遇有病之相同者，則仿而治之，亦盛心也。世風不古，以醫負販，其術無異於里閭俗師也，而不肯以里閭俗師自居，雖復殺人如草，亦點綴醫案以欺人。介賓醫案散在《景岳全書》，余不敘於篇，惡夫蹈襲者之眾也。趙養葵，名獻可，寧波人，與介賓同時，未嘗相見，而議論往往有合者。〔註98〕

呂留良曾經點評過趙養葵的《醫貫》，並在自家天蓋樓書坊中刊刻該書，可知黃宗羲文中所言之點綴醫案者即是呂留良。呂留良醫術也絕不是像黃宗羲所說的那樣，是「以醫負販」，「殺人如草」。其實呂留良天資敏妙，學有淵源，再經高斗魁的指點，醫術進步很快，吳之振就非常推崇呂留良的醫術，說他「時出其技以治人，亦無不旦夕奏效」〔註99〕。面對黃宗羲的詆毀，呂留良自然也不會善罷甘休，他站出來為高斗魁辯誣，自然也有個人聲譽方面的考慮，只是不像黃宗羲說的那樣嚴重罷了，黃宗羲《與李杲堂陳介眉書》說：

> 說者必欲高抬其術，非為旦中也。學旦中之醫，旦中死，起而代之，下旦中之品，則代者之品亦與之俱下，故不得不爭其闞術之媒，是利旦中之死也。弟焉得膏唇販舌，媚死及生，周旋其刻薄之心乎？〔註100〕

深夜黑，旦中不以為苦，一歲常三四至。一日，病蹶不知人，久之而蘇。謂吾魂魄棲遲成山、車廄之間，大約入黃竹浦路也。黃竹浦，余之所居。其疾病瞑眩，猶不置之，旦中之於余如此。」《黃宗羲全集》，第10冊，第324頁。

〔註98〕　〔清〕黃宗羲《黃宗羲全集》，第10冊，第564～565頁。

〔註99〕　〔清〕吳之振《己任編弁語》，卞僧慧《呂留良年譜長編》，第180頁。

〔註100〕　〔清〕黃宗羲《黃宗羲全集》，第10冊，第161頁。

黃宗羲說呂留良高抬高斗魁的身價，乃是為其自身留餘地，欲取而代之，這個說法沒有任何根據。順治十七年（1660），呂留良開始隨高斗魁學醫，當時呂留良經濟窘迫，確實有生計上的考慮。十年之後，呂留良通過評點、刊刻八股文選本積累了很多資金，生活已經非常充裕，無須再靠提囊行醫來維持生活了，他偶而外出為親朋診病，也是礙於情面，推脫不掉，並不是以營利為目的。呂留良在《客坐私告》對自己的醫者身份棄之唯恐不及〔註101〕，又怎麼會在高斗魁去世之後，反而要取而代之呢？可見黃宗羲對與高斗魁、呂留良醫術均是貶抑太甚，失之公允。

黃宗羲既不肯承認高斗魁之高明醫術，又言高氏享有盛名乃是黃氏兄弟為之標榜而來，他在《與李杲堂陳介眉書》說：

> 今夫旦中之醫，弟與晦木標榜而起，貴邑中不乏肩背相望，第旦中多一番議論緣飾耳。若曰其術足以蓋世而躋之和、扁，不應貴邑中擾擾多和、扁也。〔註102〕

鼎革之後，黃氏兄弟生計維艱，高斗魁以行醫所得資助黃家，黃氏兄弟宣揚高斗魁醫術，想來也是情理之當然。順治十七年（1660），黃宗炎介紹高斗魁來浙西為呂留良診病即是一例證。高斗魁行醫之初，得黃氏推介之助不少，這是事實。不過，黃宗羲居功自傲，貪人之功以為己有，將高氏醫術大行簡單地歸之為其標榜所得，顯然與事實不符。

高斗魁死後，其家貧寒窘迫，高斗魁之子高君鴻謀生乏術，致函呂留良，央請呂留良為之謀館，且欲效法乃父，行醫餬口。呂留良勸慰高君鴻不要怨天尤人，若要謀館職，還需自修本領，單靠親朋推揚只能蒙混一時，難以常保無虞。說到

〔註101〕〔清〕呂留良《客坐私告》曰：「某所最畏者有三。……又有九不能。……二曰行醫。靈蘭之書，向為之讀也。因家人病久，醫有盤桓，粗識數方，間與親契論列，遂為謬許，傳誤遠邇。今三年之中，兄喪女夭，冢婦暴亡。身患藏毒，淋漓支綴，其能事可睹矣。且年未五十，鬢白齒墮，痼疾一發，臥起洗滌，非人不便。頹然一廢物，豈能提囊行市耶？……凡此三畏九不能，友朋間有知其大半者，有知其一二者，有全不知者，但一不知而觸焉，必因之而得罪矣，故不敢不布。」《呂晚村先生文集》卷八，第201～202頁。按：呂留良學宗程朱，平生以道統自任，不肯安於醫技之末流，所以文中所言不能行醫是假，不欲以醫者自居，擔心因醫妨學，力圖辭掉醫者身份是真。又卷四《與仰問渡書》曰：「僕自村居避跡，唯恐問醫者之至，堅辭曲遁，至於發憤，此自性所不能，志所不欲，亦非外飾以為高。」《呂晚村先生文集》，第141頁。
〔註102〕〔清〕黃宗羲《黃宗羲全集》，第10冊，第161頁。

行醫，呂留良又舊事重提，極力否認黃宗羲的標榜說，他告訴高君鴻，其父醫術大行於世靠得是自家本領，與他人標榜與否了無關涉，呂留良《復高君鴻書》說：

> 即行醫之道亦然。如尊公當日之行於三吳，亦其本領自取，非關人之薦揚而行也。若謂賴人薦揚，則戊戌、己亥之間，懸壺湖上者兩年，其時同遊之友，不惜極口，何以寂然不行。及庚子至敝邑，弟亦未嘗為尊公標榜也。偶遇死症數人，投藥立起，於是一時翕然歸之。然則戊巳兩年之不行，以薦揚之虛語也。庚子以後之盛行，以本領之實效也。〔註103〕

總的說來，黃宗羲在《高旦中墓誌銘》中說高斗魁醫術不高，享有盛名一則是因為高氏工於揣測人情，善於緣飾；二則乃是黃氏兄弟標榜而來。通過上文的論述可以看出，這兩點緣由都是難以成立的。雖然墓銘可以稱惡，但所稱之惡一定要有根據，不能捕風捉影，肆意誹謗。遺憾的是，黃宗羲所稱之惡均無事實依據，他之所以貶抑高斗魁，不是出於公義，而是私情作祟，是因為他厭惡呂留良而牽連到高斗魁，他批評高斗魁其實是含沙映像，別有所指。這層私心黃宗羲是難以啟齒的，《高旦中墓誌銘》中的詆毀之詞已被呂留良一一揭穿，其私情幾乎暴露無遺，黃宗羲不得不借公義來作一番掩飾，故此又徵引韓愈墓銘，為其詆毀死友之事尋求理論上的支撐。其實，黃宗羲這些做法真是欲蓋彌彰，他批評高斗魁已經與事實相悖，引來了友朋的不滿，現在又要援引韓愈之文，殊不知將《高旦中墓誌銘》與韓愈墓銘文比較之後，黃宗羲詆毀死友的私情反而更難遮掩了。

當然，黃宗羲並不諱言他對高斗魁的批評，只是他不承認這種批評是錯誤的，反而以古文正路相標榜，以韓愈墓銘為例證，他在《與李杲堂陳介眉書》中說：

> 如昌黎銘王適，言其譎婦翁；銘李虛中、衛之玄、李于，言其燒丹致死；雖至善如柳子厚，亦言其少年勇於為人，不自貴重。豈不欲為其諱哉？以為不若是，則其人之生平不見也；其人之生平不見，則吾之所銘者，亦不知誰何氏也，將焉用之？〔註104〕

誠如黃宗羲所言，韓愈墓誌銘中的批評是為了凸顯墓主獨特的性格，不是為批評而批評，韓愈的這些批評，恰如頰上三毫，經他妙筆勾勒，墓主神態立刻就鮮活起來。另外，關於批評的尺度，韓愈把握的也是恰到好處。黃宗羲

〔註103〕〔清〕呂留良《呂晚村先生文集》卷二，第96頁。
〔註104〕〔清〕黃宗羲《黃宗羲全集》，第10冊，第160～161頁。

似乎只是意識到了墓誌銘中可以加入批評，而沒有較多地注意到批評的尺度，加之個人恩怨羼雜其中，致使他對高斗魁的批評近乎嚴苛，不僅沒有忠實地傳達出高斗魁的性格，反而抹殺了高斗魁的生平行實。故此黃宗羲雖然援引了韓愈墓誌銘，但是這些墓誌銘都不足以掩飾黃宗羲詆毀死友的罪名，他借韓愈墓誌銘來掩蓋自我醜行的面紗，也同樣被呂留良一一揭開。

黃宗羲在《與李杲堂陳介眉書》中提到了韓愈墓誌銘稱惡的三組事例，下文逐一分析之：

第一，王適謾婦翁

韓愈在《試大理評事王君墓誌銘》中記載了王適欺騙岳丈一事，即：

> 妻上谷侯氏，處士高女。高固奇士，自方阿衡、太師，世莫能用吾言，再試吏，再怒去，發狂投江水。初，處士將嫁其女，懲曰：「吾以齟齬窮，一女，憐之，必嫁官人，不以與凡子。」君曰：「吾求婦氏久矣，唯此翁可人意，且聞其女賢，不可以失。」即謾謂媒嫗：「吾明經及第，且選，即官人。侯翁女幸嫁，若能令翁許我，請進百金爲嫗謝。」諾許，白翁。翁曰：「誠官人邪？取文書來。」君計窮，吐實，嫗曰：「無苦，翁大人不疑人欺。我得一卷書，粗若告身者，我袖以往，翁見未必取視，幸而聽我。」行其謀。翁望見文書銜袖，果信不疑，曰：「足矣！」以女與王氏。〔註105〕

韓愈的這篇墓誌描寫了一個奇人王適，文章本身也充滿奇氣，王安石說：「退之善爲銘，如王適、張徹銘尤奇也。」茅坤也說此文「澹宕多奇。」〔註106〕文章之奇，源於內容之奇。韓愈開篇即言王適「懷奇負氣」，隨後通過幾個奇異故事的敘述，王適特立獨行的性格就已躍然紙上。王適爲迎娶處士侯高之女爲妻而採取欺瞞手段，顯然非君子所當爲，墓誌銘於此類偏離中庸之道的行爲應該有所避諱，韓愈卻將此大書特書之，出人意想之外。不過，韓愈記載此事雖然跡近貶抑，其實卻是暗含褒揚，畢竟記述王適謾婦翁之事是虛筆，凸顯王適「懷奇負氣」的性格才是文章的重心所在。黃宗羲對高斗魁性格的摹寫則與之相反，高斗魁也是負氣任俠之流的人物，爲解決親朋生計問題，提囊行醫，醫術大行，黃宗羲卻說高氏善於緣飾，醫術低劣，如此一來，高斗魁光明俊偉的性格不但沒有被公正地傳達出來，反而因了黃宗羲的曲筆抹殺，給人以卑劣庸俗的印象。

〔註105〕　〔清〕馬其昶《韓昌黎文集校注》，古典文學出版社，1957年，第251～252頁。
〔註106〕　〔清〕馬其昶《韓昌黎文集校注》，第250頁。

雖然黃宗羲聲稱「不欲置且中於醫人之列，其待之貴重，亦已至矣」，但是他的行文卻是與之背道而馳了，這種貌似褒揚而實則貶抑，又援引韓文遮掩其詆毀死友行為的做法引起了呂留良的不滿。呂留良在《與魏方公書》中辯駁說：「王適之誣婦翁，所以狀侯高之駭，與適之負奇耳。如《史記》稱高祖賀錢萬，實不持一錢，豈為謗高祖哉？」〔註107〕呂留良說到了問題的實質，司馬遷沒有誹謗漢高祖，韓愈也沒有誹謗王適，事實與公義是他們行文的準則，黃宗羲卻是受了私情與恩怨的困擾，在墓誌銘中歪曲了事實，詆毀了高斗魁。曾國藩評價韓愈的這篇文章時說：「以蔡伯喈碑文律之，此等已失古意。然能者遊戲，無所不可，末流傚之，乃墮惡趣。」〔註108〕儘管黃宗羲援引了韓愈的這篇文章，其實他在創作《高且中墓誌銘》時未必就是效法該文，亦步亦趨，但是曾國藩所言效法者所常犯的惡趣之弊，也未嘗不可以用之形容黃宗羲的《高且中墓誌銘》。

第二，李虛中、衛之玄、李于燒丹致死

唐代煉丹服食，以期長生不老的風氣十分盛行，時人因食丹而殞命者為數不少。韓愈的親朋故舊，也不乏因此而早逝者。對於親朋的食丹而死，韓愈非常痛心，故此在撰述其墓誌時，縷述其服食致死經過，以為世道之誡。韓愈《殿中侍御史李君墓誌銘》記載了李虛中服食而死：

> 君亦好道士說，於蜀得秘方，能以水銀為黃金，服之冀果不死。將疾，謂其友衛中行大受韓愈退之曰：「吾夢大山裂，流出赤黃物如金。左人曰：『是所謂大還者，今三年矣。』君既歿，愈追占其夢，曰：「山者艮，艮為背，裂而流赤黃，疽象也。大還者，大歸也。其告之矣。」〔註109〕

韓愈《唐故監察御史衛府君墓誌銘》記載了衛之玄食丹而死：

> 父中丞薨，既三年，與其弟中行別，曰：「我聞南方多水銀、丹砂，雜他奇藥，燭為黃金，可餌以不死。今於若丐我，我即去。」遂踰嶺阸，南出，藥貴不可得。以干容帥，帥且曰：「若能從事於我，可一日具。」許之，得藥，試如方，不效，曰：「方良是，我治之未至耳。」留三年，藥終不能為黃金。……未幾竟死。〔註110〕

〔註107〕〔清〕呂留良《呂晚村先生文集》卷二，第91頁。
〔註108〕〔清〕馬其昶《韓昌黎文集校注》，第250頁。
〔註109〕〔清〕馬其昶《韓昌黎文集校注》，第250頁。
〔註110〕〔清〕馬其昶《韓昌黎文集校注》，第265～266頁。

韓愈《故太學博士李君墓誌銘》記載了李於食丹致死：

> 初于以進士爲鄂岳從事，遇方士柳泌，從授藥法，服之往往下
> 血。比四年，病益急，乃死。〔註111〕

文以載道是韓愈行文的準則，李于等三人可傳之事蹟不多，但三人服食而死的沉痛教訓，未嘗不可以用來警戒世人，韓愈之所以不憚其煩地記述眾人服食之事，其用意乃在世道人心，不是單純地批評他們的服食行爲。韓愈在《故太學博士李君墓誌銘》中明確地標明了他的撰述目的，他說：

> 余不知服食說自何世起，殺人不可計，而世慕尚之益至，此其
> 惑也。在文書所記及耳聞相傳者不說，今直取目見親與之遊而以藥
> 敗者六七公，以爲世誡。〔註112〕

黃宗羲援引韓愈的以上墓誌銘作爲他批評高斗魁的理論淵源，亦屬不倫。韓愈的以上三篇墓誌銘致力處在世道人心，黃宗羲的《高旦中墓誌銘》糾葛處乃是個人恩怨。黃宗羲的批評十分苛刻，近乎詆毀，韓愈對眾人的服食行爲雖然也有批評，但批評並不嚴苛，慨歎與惋惜壓過了批評。公義與私情的巨大懸殊，使得《高旦中墓誌銘》無法與韓愈以上墓誌相媲美。黃宗羲「所引昌黎銘法爲證」，也被知情人呂留良譏諷爲「尤可笑」〔註113〕。

第三，柳宗元少時勇於爲人，不自貴重

黃宗羲也徵引了《柳子厚墓誌銘》中韓愈對柳宗元的批評，韓文云：

> 子厚前時少年，勇於爲人，不自貴重顧藉，謂功業可立就，故
> 坐廢退。既退，又無相知有氣力得位者推挽，故卒厄於窮裔，材不
> 爲世用，道不行於時也。使子厚在臺省時，自持其身已能如司馬、
> 刺史時，亦自不斥；斥時有人力能舉之，且必復用不窮。然子厚斥
> 不久，窮不極，雖有出於人，其文學辭章，必不能自以力傳於後如
> 今無疑也。雖使子厚得所願，爲將相於一時，以彼易此，孰得孰失，
> 必有能辨之者。〔註114〕

其實韓愈對柳宗元之批評仍是非常輕微的，儘管韓愈對柳宗元不自貴重，倒向王叔文一派有所批評，但批評仍不是該文的重心所在，惋惜與欣幸才是韓

〔註111〕〔清〕馬其昶《韓昌黎文集校注》，第319頁。
〔註112〕〔清〕馬其昶《韓昌黎文集校注》，第319～320頁。
〔註113〕〔清〕呂留良《呂晚村先生文集》卷二，第91頁。
〔註114〕〔清〕馬其昶《韓昌黎文集校注》，第296～297頁。

愈所抒發的主要感情。柳宗元沉淪下僚、困厄一生的遭際使韓愈感到惋惜；柳宗元窮而後工的不朽詩文，又使韓愈感到欣幸。從這個意義上說，黃宗羲對高斗魁的詆毀也很難從《柳子厚墓誌銘》中找到依據，黃宗羲的私情反而因了與《柳子厚墓誌銘》的比較而更難遮掩了。呂留良《與魏方公書》就比較了韓愈的公義與黃宗羲的私情，他說：

> 若太沖本意止歎惜旦中馳騁於醫，而不及從事太沖之道，則亦但稱其因醫行而廢學，亦足以遣詞立說矣，何必深文巧詆之如此。是昌黎一誌而出子厚爲君子，太沖一誌而入旦中於小人，其居心厚薄何如也？乃欲以猘獒之牙，擬觸邪之角哉？且昌黎立身嶄然，未嘗與子厚同黨，故可以歎惜不諱。若旦中之醫，則固太沖兄弟欲藉其資力以存活，故從臾旦中提囊出行，其本末某所親見具悉，今太沖書中亦明云「弟與誨木標榜而起矣」。旦中果有過乎，則太沖者，旦中之叔文也。使叔文而歎惜子厚，天下有不疾之者歟？〔註115〕

通過上文的論述，可以看出，儘管黃宗羲援引了韓愈的很多墓誌銘，但是這些墓誌銘均不能爲其提供任何佐證，黃宗羲詆毀死友的私情也終究難以掩蓋，其所稱之惡也均與事實相悖，黃宗羲以「身名就剝」論定高斗魁，其用心也難免令呂留良懷疑〔註116〕。

康熙十九年（1680），黃宗羲刊刻《南雷文案》，收錄有《高旦中墓誌銘》。康熙二十一年（1682），《吾悔集》刻成，黃宗羲也將《與李杲堂陳介眉書》收錄其中。文集流傳之後，黃宗羲的私情被呂留良等一一揭露無遺，黃宗羲也自覺有愧，所以在康熙二十七年（1688）之後刊刻的晚年文集定本《南雷文定》中，已將這兩篇文章刪除了〔註117〕。

〔註115〕 〔清〕呂留良《呂晚村先生文集》卷二，第91頁。

〔註116〕 〔清〕呂留良《與魏方公書》云：「即身名就剝句，引歐陽銘張堯夫例，亦屬不倫。歐陽所謂昧滅，歎年位之不竟其施也。太沖所云，譏其不學太沖之道而抹殺之也。旦中生平正志好義，才足有爲，其大節磊落，足傳者頗多，固不得以醫稱之，又豈遂爲醫之所掩哉？世有竊陳、王之餘涎，擬雜流之枝語，簧鼓聾瞶，建孔招顏，藉講院爲竿牘之階，飾丹黃爲翰苑之徑，一時爲之闃然。然而山鬼之技終窮，妖狐之霧必散，此乃所謂身名就剝者耳。旦中身無違道之行，口無非聖之言，其生也人親之，其沒也人惜之，然則旦中之日雖短，而身名固未嘗剝也。太沖雖欲以私意剝之，亦烏可得耶？」呂留良《呂晚村先生文集》卷二，第92頁。

〔註117〕 〔清〕方濬師《蕉軒隨錄》卷八《呂留良論南雷文案》條曰：「《南雷文》爲黃梨洲宗羲著。梨洲列蕺山門下，又爲忠端之子，賞於虞山錢牧齋。偏魯

（三）黃宗羲改高斗魁詩之優劣

關於《高旦中墓誌銘》，呂留良與黃宗羲往復辯難者，尚有黃宗羲改高斗魁遺詩一事。黃宗羲《高旦中墓誌銘》云：

> 明年，過哭旦中，其兄辰四出其絕筆，有「明月岡頭人不見，青松樹下影相親」之句，余改「不見」為「共見」。夫可沒者形也，不可滅者神也，形寄松下，神留明月，神不可見，則墮鬼趣矣，旦中其尚聞之。〔註118〕

黃宗羲未嘗不工詩，不過他的這次改詩，真是一次敗筆。高斗魁原詩淒涼哀婉，可以媲美秦觀《好事近》之「醉臥古藤陰下，了不知南北」，經黃宗羲一改，不僅詩理不通，詩境也蕩然無存。這就無怪乎呂留良要反唇相譏了，呂留良說：

> 旦中臨絕，有句云：「明月岡頭人不見，青松樹下影相親。」此幽清哀怨之音也。太沖改「不見」為「共見」，且訓之曰：「形寄松下，神留明月。神不可見，即墮鬼趣。」夫使旦中之神共見於明月岡頭，真活鬼出跳矣。旦中之句，以鬼還鬼，道之正也。如太沖言，即佛氏大地平沉，有物不滅之說耳。青天白晝，牽率而歸陰界，太沖之云毋乃正墮鬼趣乎？即「不見」、「共見」，以詩家句眼字法而論，孰佳孰否，老於詩者皆能辨之。此文義之失，又其小者矣。〔註119〕

黃宗羲的改詩與他對高斗魁的批評一樣，都遭到時人的非議，而與之辯難最為激烈者當推呂留良。個中緣由，呂留良說的非常明白，他說：

> 飄風自南，青蠅滿棘，本不足與深辨。但念旦中疇昔周旋，今日深知而敢辨者，僅某一人而已。若復閔默畏罪，是媚生貴而滅亡友也。故欲直旦中之誣，則不得不破太沖之固耳。〔註120〕

王監國時，擢至副都御史。海上之變，不能一死塞責。迨塵氛靖後，聖祖如天之德，不復根究僞朝從亡諸人，梨洲乃儼然自居明之遺逸，草間苟活，年逾八旬，忠節兩字，我不敢知也。今所刊《南雷文定》，蓋晚年刪定之本，如《高旦中墓誌》等篇均削去不復存，或亦自知其短，冀身後之掩覆歟？江藩《漢學師承記》殿梨洲、寧人於八卷之末，而褒貶究未允當。予之錄留良文，蓋欲後人知梨洲為人，亦不以人廢言之義也。」《蕉軒隨錄·續錄》，中華書局1995年版，第299～300頁。

〔註118〕〔清〕黃宗羲《黃宗羲全集》，第10冊，第326頁。
〔註119〕〔清〕呂留良《呂晚村先生文集》卷二，第92頁。
〔註120〕〔清〕呂留良《呂晚村先生文集》卷二，第93頁。

黃宗羲紀念亡友而失之誣枉者尚不止《高且中墓誌銘》一篇，與詆毀亡友相反，黃宗羲還有一些諂媚生貴的諛墓文章。之前的黃宗羲研究者，對黃宗羲表彰遺民，記述南明史實的功績都給予了很高的評價，可惜似乎沒有發現黃宗羲還有許多歪曲史實的諛墓文章，對此種文章的分析與論述也難得一見。故有必要將黃宗羲的諛墓文章略舉幾篇，以期重新衡定黃宗羲碑傳文的價值。

四、黃宗羲諛墓文舉例

　　黃宗羲以古文正路爲最高懸鵠，以事實公義爲行文準則，卻因了私情恩怨困擾，評價標準出現了嚴重錯亂。對於高斗魁這樣的貧交死友，他的批評近乎苛責；相反，對於一些當道朱門，又不惜曲筆爲之隱諱，以至於顛倒忠奸，混淆是非。正如呂留良《與魏方公書》所言：

　　　　所云是是非非，一以古人爲法，言有裁量，毀譽不淆，古文之道，豈復有出於此？然拔太沖之矛，以刺其盾，其誌銘中如降賊後遁者，授職僞府賊敗慚死者，勸進賊庭歸而伏誅者，概稱其忠節，而憤其曲殺。以國論之大，名教之重，逆跡之昭然，不難以其私昵也而曲出焉。一故人陰私之未必然者，則必鉤抉而曲入焉，是非毀譽，淆乎否乎？言之裁量，謬乎否乎？當道朱門，枉辭貢諛，紈袴銅臭，極口推尊，余至麼麿蒐瑣，莫不爲之滅瘢刮垢，粉飾標題，獨取此貧交死友，奮然伸其無稽之直筆，且教於人曰：「此爲古文之法、誌銘之義當然也。」世間不少明眼，有不爲之胡盧掩鼻歟？〔註121〕

呂留良與黃宗羲結怨太深，上文所言未免誇張，但是不可否認，黃宗羲晚年確實創作了一些諛墓之文。關於這一點，即使是對黃宗羲推崇備至的全祖望也不能諱言其短，全祖望《奉九沙先生論刻南雷全集書》云：

　　　　向讀梨洲《文定》第四、五集，其間玉石並出，眞贋雜糅。曾與史雪汀言：黃先生晚年文字，其所以如此者，一則漸近崦嵫，精力不如壯時；一則多應親朋門舊之請，以諛墓掩眞色。苟非嚴爲陶汰，必有擇焉不精之歎。〔註122〕

大體說來，黃宗羲晚年諛墓文章可分爲兩類，一類是混淆勝敗，將戰敗之役粉飾爲勝利之戰，以《王仲撝墓表》爲代表。另一類是溢美從逆諸臣，對他們的從逆

〔註121〕〔清〕呂留良《呂晚村先生文集》卷二，第92～93頁。

〔註122〕〔清〕全祖望著，朱鑄禹匯校集注《全祖望集匯校集注》，第1703頁。

經歷避口不談，反而極力美化之，以《翰林院庶吉士子一魏先生墓誌銘》爲代表。

（一）顛倒戰爭勝負例

1645 年七月十八日，在明原兵部尙書張國維及在籍官員陳函輝、宋之普、柯夏卿等人的擁戴下，魯王朱以海就任監國。同年八月，監國命方國安、王之仁進攻杭州，方、王大敗而歸。是年冬，再次攻打杭州，十二月十九日，魯王朱以海親自到錢塘江邊之西興犒勞軍士，每名士兵賞銀二錢，責令限期渡江。二十四日，方國安、馬士英、王之仁分兵三路，強渡錢塘江，迫近杭州府城時，遭到清朝總督張存仁的伏擊，明軍鎩羽而歸。「這次渡江攻杭戰役失敗後，魯監國政權的將領壯志頓消，基本上轉爲劃江扼險的守勢。」〔註123〕黃宗羲及其弟子王正中也參與了這次攻杭戰役，事隔二十四年之後（1669），黃宗羲爲王正中表墓，在記述到這次戰役時，對王正中的功績不無溢美，與史實不符。

黃宗羲《王仲撝墓表》稿本云：

> 未幾，升監察御史。浙河列守以西興爲門戶，蓐食鳴鼓，放船對岸，未經一時，復鳴鼓轉柁，習以爲常，竟不知有他途之可出者。唯熊督師以五百人走橋司，轉戰數日夜，雖士卒殘破略盡，而浙西太湖豪傑多響應者。某謂仲撝：「其勢可乘也。」相與抽兵得數千人，渡海破澉浦，還益治兵，以爲長驅之計。浙西義師來受約束者，尙寶寺卿朱大定、太僕寺卿陳潛夫、兵部主事吳乃武，並扎臨山以待發。丙戌五月，禡牙復渡，由壇山以取海寧，烽火達於武林，而列守高潰，事不可爲矣。〔註124〕

黃宗羲的這段記述有兩個地方與史實相悖，首先，王正中並未攻破澉浦，只是率軍迂迴至海鹽以北的乍浦，伺機登陸，遇到清兵的抵抗而敗歸。所以全祖望在《梨洲先生神道碑文》中就此事特意辯證之，他說：「按是役也，正中實以敗歸，公爲正中墓表，不無溢美，予考證之，不敢失其實也。」〔註125〕全祖望對於王正中敗歸經過也有詳細的論述，《梨洲先生神道碑文》云：

> 自公力陳西渡之策，惟熊公嘗再以所部西行，攻下海鹽，軍弱不能前進而返。至是孫公嘉績以所部火攻營卒盡付公，公與王正中合

〔註123〕顧誠《南明史》，中國青年出版社，1997 年，第 271 頁。

〔註124〕〔清〕黃宗羲著，吳光整理《黃宗羲南雷雜著稿眞跡》，浙江古籍出版社，1987年，第 242 頁。

〔註125〕〔清〕全祖望著，朱鑄禹匯校集注《全祖望集匯校集注》，第 217～218 頁。

軍得三千人。正中者，之仁從子也，其人以忠義自奮，公深結之。使之仁不以私意撓軍事，故孫、熊、錢、沈諸督師皆不得支餉，而正中與公二營獨不乏食。查職方繼佐軍亂，披髮走公營，異於床下，公呼其兵，責而定之。因爲繼佐治舟，使同西行。遂渡海，扎潭山，烽火遍浙西。太僕寺卿陳潛夫以軍同行，而尚寶司卿朱大定、兵部主事吳乃武等皆來會師，議由海寧以取海鹽，因入太湖，招吳中豪傑，百里之內，牛酒日至，軍容甚整，直抵乍浦。公約崇德義士孫爽等爲內應，會大兵已戒嚴，不得前，於是復有議再舉，而江上已潰。〔註126〕

其次，攻杭戰役命令王正中西進攻打海寧者是孫嘉績，而非黃宗羲。全祖望《明大學士熊公行狀跋》：

公（熊汝霖）始終欲用西師，乃請封萬良爲平吳伯，以吳易爲總督，朱大定、錢重爲監軍。大定身至浙東請期，且言嘉善、長興、吳江、宜興皆有密約，而瑞昌王在廣德引領以待，查繼坤、馬萬方輩皆喁喁也。於是孫公嘉績、錢公肅樂亦助公請，公議由海寧、海鹽，直趨蕪湖以梗運道。又慮二郡可取不可守，則引太湖諸軍以爲犄角，足踞浙西之肩背而困之。萬良請但得兵三千人，給半月餉，即可有成。顧公軍不滿千人，其餉又減口以給，陳公軍無可支，而餘營有兵有餉，皆坐視。公雖大聲疾呼，繼以痛哭，而莫如之何。孫公乃遣知餘姚縣王正中獨進，至乍浦，不克而還。於是萬良三疏請行，公爲之力措得餉，又無舟，乃以兵陸進，冒矢石以前，幾克德清，而德清內應之民兵先潰，公部將徐龍達死之。於是吳易方以軍來會，而公兵以無繼，已渡江，浙撫張存仁大出兵攻易，則萬良之軍入山自保，不敢復出。〔註127〕

對於以上兩個失實之處，黃宗羲亦有所警覺，晚年編訂《南雷文定》時，將王正中攻破澉浦這一杜撰之事刪除，原文變爲：

升監察御史。尚寶寺卿朱大定、太僕寺卿陳潛夫、兵部主事吳乃武皆從浙西來受約束。壇山烽火，達於武林。〔註128〕

黃宗羲對王正中揄揚太過，以至於將敗仗杜撰爲勝仗，歪曲了歷史事實，而

〔註126〕〔清〕全祖望著，朱鑄禹匯校集注《全祖望集匯校集注》，第 217 頁。

〔註127〕〔清〕全祖望著，朱鑄禹匯校集注《全祖望集匯校集注》，第 1354 頁。

〔註128〕〔清〕黃宗羲《黃宗羲全集》，第 10 冊，265～266 頁。

究其原因，仍是私情作祟。王正中是黃宗羲的得意門生，曾隨黃宗羲習曆法、律呂、壬遁之學，而尤能傳黃宗羲象數之學。黃宗羲在《王仲撝墓表》中說：

> 自某好像數之學，其始學之也無從叩問，心火上炎，頭目為腫。
>
> 及學成，而無所用。屠龍之技，不待問而與之言，亦無有能聽者矣。
>
> 蛩然之音，僅一仲撝。〔註129〕

王正中死後，黃宗羲象數之學鮮有傳人，對於王正中的死，黃宗羲也有天喪予之喟歎。另外，王正中追隨黃宗羲二十餘年，同歷滄桑，出入兵戈，師生之情甚篤，故表其墓時，溢美過當。

出於門戶之見與個人好惡，黃宗羲對關係親密之王正中，不惜歪曲史實以遂私情；而對於馬士英等有宿怨者，又要造謠生事以陷害之。據史家考證，「1646 年六月浙東兵敗，馬士英逃入四明山削髮為僧，被俘就義，實屬難能可貴」〔註130〕。黃宗羲卻將馬士英的就義行為說成是投降，其《行朝錄》說：「六月丙子朔，兵潰。⋯⋯方國安、方逢年、馬士英、阮大鋮皆降，從征福建。」〔註131〕儘管馬士英當國時期，昏庸腐敗，但是國破時尚能持守大義，本應予以表彰，黃宗羲卻無中生有，抹殺其節義行為，誠非史家所當為。

（二）溢美從逆諸臣例

崇禎十七年甲申（1644）三月十九日，李自成率領的農民軍攻破北京，明朝京城陷落，崇禎皇帝自縊而死，史稱甲申之難。板蕩之際的士人選擇，成了史家區分忠逆的依據。崇禎皇帝龍馭上賓之後，很多士人選擇了殉難，這些人成了史家稱頌的對象。當然，也有很多人適時地加入了農民起義軍的行列，為新朝代的奠基做準備工作，史家將此類人貶抑為從逆諸臣。黃宗羲的碑傳文中有很多都是為這些從逆諸臣而作的，為逆臣作傳也未嘗不可，但是黃宗羲的從逆諸臣碑傳文卻頗受人訾議，原因就在於，黃宗羲違背了當時的倫理觀，將一些從逆臣子美化成了骨鯁忠臣，這是史家所不能接受的。嚴元照在全祖望《答諸生問南雷學術帖子》的評語中就舉出了黃宗羲顛倒忠逆的兩個例子，「梨洲晚年潦倒，至使海寧有公憤文字相詆。其集中如魯栗降賊而回籍，魏學濂降賊，不得志而自縊，皆竭力諛墓，是亦不得以乎？」〔註132〕

〔註129〕〔清〕黃宗羲《黃宗羲全集》，第 10 冊，第 267 頁。

〔註130〕顧誠《南明史》，第 300 頁。

〔註131〕〔清〕黃宗羲《行朝錄》卷二，《黃宗羲全集》，第 2 冊，第 130 頁。

〔註132〕〔清〕全祖望著，朱鑄禹匯校集注《全祖望集匯校集注》，第 1696 頁。

嚴元照所言黃宗羲竭力誅墓之人就是魯栗和魏學濂。魯栗，字季栗，號韋庵。崇禎癸未進士，選爲庶吉士。魯栗是大明王朝的末科進士，令後人慨歎不已的是，這些末科進士，多數都成了從逆之人。全祖望《跋明崇禎十七年進士錄》感歎末科進士們「內負疚而外畏禍，逡巡而出，盡污僞命。第一甲三人無論已，三十六庶常不得免者三十四。嗚呼！是館閣未有之恥也」。從全祖望收藏的《流賊所授降臣官薄》來看，魯栗也未能脫身事外，他接受了農民政權的官職，「以庶常留館」〔註 133〕。作爲故明官員，國破不死，已經爲當時嚴苛的世論所不許，更何況魯栗還接受了「僞職」。魯栗被世論所輕，乃是必然之事。黃宗羲卻極力爲魯栗開脫罪名，將時人對魯栗的倫理譴責，說成是魯栗好標榜的文人習氣所致，即「一時多盛名之士，而以先生與魏子一、周介生、王茂遠爲稱首。然諸君雅好標榜自喜，故後來皆中刻薄之論，爲人咀嚼」〔註 134〕。對從逆之人施以譴責，乃是其時良史分內必然之事，黃宗羲卻將此公論說成是「刻薄之論」，顯然是與《春秋》筆法相悖的。黃宗羲在爲魯栗作傳時，略去從逆一段經歷，單言魯栗「念從死之不能如三良也，復仇之不能如包胥也，事乖志負，息機摧撞，閉室不出，出其書觀之。門屛之間，落然不聞人聲，其所與往來談經問事者，亦不過數人而已，花晨月夕，歡娛少而愁歎多」〔註 135〕。黃宗羲所言未必不是實情，魯栗悔恨降賊之事，也是人情所應有。不過黃宗羲略去降賊大節不談，只是避重就輕地描摹魯栗的悔恨境況，其輕重取捨之間，已經將私情闌入其中了。

黃宗羲在魏學濂的墓誌銘中傾注的私情更多。黃、魏兩家原屬世交，黃宗羲之父黃尊素與魏學濂之父魏大中同罹閹禍，黃宗羲與魏學濂「以同難兄弟，過相規，善相勸，蓋不易同胞也」〔註 136〕。魏學濂因從逆之事爲同郡公討，黃宗羲也沒有袖手旁觀，他借著撰寫《翰林院庶吉士子一先生墓誌銘》的機緣，聲稱要披撥白日，爲魏學濂辯誣。可惜黃宗羲辯誣不成，卻又製造了兩個誣枉之說，給後世考史者帶來了不便。

第一，魏學濂從逆問題。

甲申之難，魏學濂從逆之事見諸載籍處甚多。李長祥《天問閣集》卷上

〔註 133〕　〔清〕全祖望著，朱鑄禹匯校集注《全祖望集匯校集注》，第 1320～1324 頁。

〔註 134〕　〔清〕黃宗羲《前翰林院庶吉士韋庵魯先生墓誌銘》，《黃宗羲全集》，第 10
　　　　　冊，第 341 頁。

〔註 135〕　〔清〕黃宗羲《前翰林院庶吉士韋庵魯先生墓誌銘》，《黃宗羲全集》，第 10
　　　　　冊，第 341 頁。

〔註 136〕　〔清〕黃宗羲《思舊錄·魏學濂》，《黃宗羲全集》，第 1 冊，第 349 頁。

《魏學濂傳》曰：

> （魏學濂）素與容城舉人孫奇逢講經世大略，至是遣間使走容城，約聯絡忠勇赴難，未得報。都城破，見賊，受僞命，爲戶政府司務，管草場放草。

李長祥，字研齋，四川遂寧人。與魏學濂是同榜進士，也是全祖望表彰的末科進士中少有的忠義之士。李長祥是甲申之難的親歷者，他根據見聞撰成該書，史實詳覈，足資考證，其所言魏學濂從逆之事當爲不誣。魏學濂是忠義之後，國難之時，反而降賊從逆，消息傳來，一時議論譁然，親友也不禁爲之氣短。在其故鄉嘉興府，討伐之聲紛至沓來。《嘉興府紳衿公討僞戶政府司務檄》就是其中一例，檄文臚列了魏學濂的幾條罪狀，其中最主要的罪狀就是對李自成妄稱天命與一統：

> 與吳爾薰等聚議，敢言一統無疑；偕陳名夏等授官，私喜獨膺優擢。疏銜爲闖父避諱，受牛賊叱嗤；拜爵頌天命攸歸，作同官領袖。〔註137〕

關於魏學濂的這一罪狀，彭孫貽《平寇志》言之尤詳，該書云：

> 庶吉士魏學濂聞變旁皇，謀南遷，夜觀乾象，退入於室，繞床行，竟夕，頓足曰：「一統定矣！」明發趨出，庶吉士周鍾寓王百戶家，百戶約同死，鍾未應。同官史可程、朱積、魏學濂、吳爾塤等並詣鍾，邀入朝，百戶挽鍾帶，不聽，出，絕帶而行。百戶自縊，鍾等並詣張家玉，約俱朝，言未畢，擲甌茶，濺鍾面乃去。〔註138〕

以上文獻足以說明魏學濂從逆乃是實有其事，且接受了李自成授予的戶政府司務之職。對於這些史實，黃宗羲皆有意迴避，墓誌銘中未見隻字道及此事，可謂是奉行了銘法不稱惡的行文傳統，但是將此文與《高旦中墓誌銘》作一對觀，就會發現，雖然黃宗羲以古文正路相標榜，但是在具體的行文過程中，卻又時常背離這一文法要求。

第二，魏學濂後死問題。

黃宗羲一方面有意地略去魏學濂從逆這一有礙節義的事實，另一方面又在極表彰魏學濂自縊而死烈舉，以期凸顯後者之功，而消解前者之罪。《翰林院庶吉士子一先生墓誌銘》曰：

〔註137〕〔清〕計六奇《明季北略》，中華書局 1984 年版，第 613 頁。
〔註138〕〔清〕彭孫貽《平寇志》卷九，清康熙刻本。

先是，子一與容城孫鍾元密結義旅，劫其不備，賊中亦頗有願內應者，故子一遲遲以待其至。久之音塵斷絕，賊黨勸進，將以四月十九日燔燎告天以正號位，子一曰：「吾死晚矣！」以其日賦詩二章，自縊死。〔註139〕

在黃宗羲的敘述中，魏學濂滯留圍城之中，乃是忍辱負重，準備與孫奇逢裏應外合，反對李自成政權。後因孫奇逢愆期，義舉不遂，魏學濂眼看大勢已去，只好自縊殉國。如此敘述，魏學濂不愧爲忠明之士，節義英豪。但是黃宗羲所言卻是與史實大相逕庭。其實魏學濂自縊是另有原因，彭孫貽《平寇志》曰：

魏學濂自縊死。學濂父大中死璫禍，兄學洢復殉父死。學濂才藻冠一時，自負忠孝門第，議論慷慨，海內名流，莫不斂手推之。京師陷，江南人士謂學濂必死國難。學濂惑於象緯圖讖，謂自成必一統，有天下，翻然改圖，思以功名成佐命，受職戶政司務。已怏怏悔之。南歸者至家，知學濂污僞命懷卻者羣起攻之，幾毀其家。學濂觀賊所爲，知必無成，慚恨無極，遣間使走容城，聯絡義旅。既聞太子、二王皆爲賊得，知事不可爲，遂爲絕命辭，自經死。〔註140〕

彭孫貽的記載大不同於黃宗羲，在彭氏的筆下，魏學濂起初是被星象迷惑，認爲李自成能夠榮登皇位，一統天下，順時擁戴新朝，他日論功行賞，也不失功名顯位。可是魏學濂誤判了形勢，對於他們這些逆臣，李自成不但沒有禮遇之，反而極力羞辱之。魏學濂等第一次上朝就遭遇到了這種難堪局面，彭孫貽《平寇志》云：

百官囚服環坐皇極殿前，賊兵抵其帽，或推僕之，不敢出聲。雞鳴往，日旰，自成不出，饑憊，有困臥階阤者。

〔註139〕〔清〕黃宗羲《黃宗羲全集》，第10冊，第415頁。按：魏學濂自縊時間，文獻記載頗有出入，主要有四種：一，三月廿八日，以計六奇《明季北略》爲代表。二，四月十九日，以黃宗羲《翰林院庶吉士子一先生墓誌銘》爲代表；三，四月二十九日，以《明史稿》爲代表。四，四月三十日，以《甲乙史》爲代表。黃宗羲將魏學濂自縊的時間定爲四月十九日，也是爲魏學濂洗脫罪名。因爲李自成於四月十九日在武英殿舉行了登基大典，魏學濂死在次日，也算是盡忠明朝了。所以黃宗羲在《翰林院庶吉士子一先生墓誌銘》著重強調了魏學濂選擇此日就義的用意，他説：「京師既陷，子一謂其同志曰：『吾輩自分唯有一死，然死有三節目，先帝上升之日一也，發喪之日二也，李賊即僞位之日三也。前此二者，今已不及，以彼篡位之晨，爲吾易簀之期耳。』」其實黃宗羲對魏學濂的這段話也是將信將疑，故此在這段話之下加小注曰：「此言余聞之魯季櫟。」

〔註140〕〔清〕彭孫貽《平寇志》卷十一。

李自成佔領北京之後，迅速腐化墮落。魏學濂發現李自成不足以成事，才開始悔恨當時的錯誤抉擇，此時方才聯絡孫奇逢，密謀起事。起事不成，自縊而死。其實勘破魏學濂觀望投機行為的遠不止彭孫貽，魏學濂的死同樣沒有換得計六奇的寬恕，在《明季北略》中，計六奇仍將魏學濂劃入從逆諸臣之類中，並進而剖析從逆之人的卑微心理，他說：

> 夫一念之違，且有常刑，況公然拜舞賊庭，污其偽命者乎！所以然者，以貪生怖死之心，用觀風望氣之志。方其苟且圖活，亦迫於勢之無奈，迄乎周旋匪類，反幾幸賊之有成。肝腸既已全易，要領尚保其無恙乎？〔註141〕

黃宗羲卻不顧時人言論，曲徇私情，顛倒了魏學濂從逆與起事的順序，如此一來，魏學濂就從一個政治投機文人轉變為殉國忠臣了。

魏學濂自縊而死，也有來自當時輿論的壓力。魏學濂從逆之初，其僕人就曾有過規勸，李長祥《天問閣集》載其事曰：

> 都城破，見賊，受偽命，為戶政府司務，管草場放草。一僕勸之曰：「忘先人乎？先人何等人，今為此。」〔註142〕

嘉興府對魏學濂的討伐更為激烈，計六奇《明季北略》云：

> 予聞嘉善人初傳學濂降賊，眾欲焚其故廬，其母忠節公夫人親出拜眾曰：「吾子必當死難，若等姑待之。」眾退。越三日，而京師報至，果於三月廿八日縊死。遂免於毀。〔註143〕

魏學濂的從逆行為敗壞了魏氏忠義門風，以致老母、僕人都希望魏學濂以一死來謝天下，在如此巨大的輿論壓力面前，魏學濂豈能苟活，自縊而死，也是一種無奈之舉，魏學濂死的也確實非常艱難，李長祥《天問閣集》卷上《魏學濂傳》載其死時慘狀云：

> 初自縊，不死，又飲藥，亦不死。乃執小利刀，自擊其喉，血出有聲，僕但掩面哭，不忍顧，其已昏絕，久之，復不死。又支吾起，投繯乃死。〔註144〕

在史家的記載中，魏學濂的形象有些忠奸莫辨，賢逆難分。究其原因，乃是

〔註141〕〔清〕計六奇《明季北略》，第598～599頁。
〔註142〕〔清〕李長祥《天問閣集》卷上，周駿富主編《明人傳記叢刊》，第106冊，第611頁。
〔註143〕〔清〕計六奇《明季北略》，第612頁。
〔註144〕〔清〕李長祥《天問閣集》卷上，第612～613頁。

當時史家持一種嚴苛的道德主義繩墨人物，以殉國與否、生死問題來判定忠奸，這種簡單而又苛責的歷史標準，對於先從逆而後赴死的矛盾之士是不適用的。複雜的歷史，多變的人心，都不是單一的標準所能涵蓋的。另外，文人黨同伐異的惡習，也不時地模糊了歷史鏡象，對於魏學濂的評價，譽之者多溢辭，而毀之者亦屬過詆。本文希望以實事求是的態度，還原一個真實的魏學濂。指出魏學濂的一些人生污點，不是苛求前人，而是爲了指出黃宗羲碑傳文有記載失實之處，這些失實之處又被黃門後學延續下去，對歷史造成了很壞的影響。萬斯同在撰修《明史》時，就延續了乃師溢美魏學濂的錯誤，乾隆朝史官修改《明史稿》時，才將這一錯誤糾正過來。詳下表：

萬斯同《明史稿》	張廷玉《明史》
無何，京師陷，帝殉社稷。學濂以太子二王猶在，先所結畿輔義旅甫至，思得乘間以圖大事，乃隱忍受賊戶部司務職。既而所圖不果，賊且謀僭號，慨然賦絕命辭二章，自縊死，時四月二十有九日也。〔註145〕	無何，京師陷，不能死，受賊戶部司務職，隕其家聲。既而自慚，賦絕命辭二章，縊死。去帝殉社稷時四十日矣。〔註146〕

五、結語

　　本文的研究思路，主要是取資於阿利耶（Philippe Aries）《私人生活史》（A History of Private Life）以及臺灣學者的一些研究，比如熊秉眞《欲掩彌彰：中國歷史文化的私與情》。受到這些研究成果的啓迪，筆者發現，學界對於黃宗羲的想像與研究很大程度上還只是局限於公眾形象，而沒有關注到作爲普通人的黃宗羲的私人生活與寫作。當然，也有一些學者意識到了私人感情的重要性，但是出於爲賢者諱的考慮，過度強調和渲染黃宗羲的正面形象，故意遮掩黃宗羲混雜了私人感情的偏私，這就影響了對黃宗羲的客觀評價。有鑑於此，筆者特意舉出《高旦中墓誌銘》，採用文史兼綜的過程化研究方法，揭示出黃宗羲的這篇碑傳文確實是因私情困擾而影響了公義標準，他對高旦中的蓋棺論定太過嚴苛，甚而至於有貶抑詆毀之嫌。與之相反，黃宗羲對於一些故友的評價又失之過寬。在《王仲撝墓表》中，黃宗羲就誇大了其弟子

〔註145〕〔清〕萬斯同《明史》卷三百五十一，清鈔本。
〔註146〕〔清〕張廷玉等《明史》卷二百四十四，中華書局1974年版，第21冊，總第6337頁。

王正中的戰績，顛倒了戰爭的勝負，將敗戰曲筆改寫成勝戰。在《翰林院庶吉士子一先生墓誌銘》中，黃宗羲對摯友魏學濂的從逆問題竭力彌縫，把原本是叛臣的魏學濂改塑成了待時匡復明朝的忠臣，這顯然違背了歷史的真實。因此，我們在評價黃宗羲的碑傳文時，也要將這些失實之作與諛墓之文納入考量的範疇之中，這樣我們的評價才能更全面、更公正。

第三節　史筆與至情：黃宗羲《八哀詩・錢宗伯牧齋》品鑒

　　黃宗羲《八哀詩》是在繼承杜甫詩歌舊題與中國悼亡詩傳統的基礎上，表現出獨創性的優秀作品，這種獨創性就是詩史與至情的完美結合，而最能體現這種獨創性的詩作就是其中哀悼錢謙益的一首。該詩全文如下：

> 四海宗盟五十年，心期末後與誰傳？
>
> 憑祧引燭燒殘話，囑筆完文抵債錢。
>
> 紅豆俄飄迷月路，美人欲絕指箏弦。
>
> 平生知己誰人是？能不為公一泫然。

　　「四海宗盟五十年」。錢謙益是明清之際的文壇領袖，其主盟文壇的時間長達五十年之久，首句即是明講這一文學史實。黃宗羲在另一部悼亡小品集《思舊錄・錢謙益》中也有相同的表達，他說：「錢謙益，字受之，常熟人。主文章壇坫者五十年，幾與弇洲相上下。」

　　「心期末後與誰傳」。「末後」，《孟子・萬章下》曰：「繆公之於子思也，亟問，亟餽鼎肉。子思不悅。於卒也，摽使者出諸大門之外，北面稽首再拜而不受。」趙岐《孟子章句》注曰：「於卒者，末後復來時也。」「末後」與「卒」同義，是最後的意思。明清之際常常以「末後」喻指「死後」，如錢謙益《華首空隱和尚塔銘》曰：「是年九月，博山示寂，始知為末後付囑也。」黃宗羲《贈黃子期序》曰：「余因令寫先公末後伍員讖語及蕺山夫子泣別像，太夫人禮斗誦經二像。」所以這句詩的字面意思是說錢謙益期望的死後傳人是誰？在解決傳人問題之前，我們還要回答錢謙益所期望的傳承內容為何物？平慧善、盧敦基《黃宗羲詩文選譯》說：「心期句：意謂錢謙益晚年最後抗清的心思誰可給予流傳？」這個解釋不夠妥貼，第一，首句是講錢謙益的文學成就，按照詩歌的內在邏輯，不應該突然跳躍到抗清事業上來。第二，

錢謙益晚年的抗清復明悔過之舉，在江南地區的知識界中幾乎已經是一個常識，不存在不被流傳的問題。第三，黃宗羲雖然也曾一度參加到錢謙益抗清復明的運動中，但此時黃宗羲對清朝的敵對態度已經有所轉變，對清朝初年的繁榮景象也有一定程度的認同，所以黃宗羲不太可能將自己認定爲錢謙益在政治的知己。另外，在清初文網甚秘、動輒得咎的高壓文化環境下，黃宗羲更不可能「流傳」「錢謙益晚年最後抗清的心思」。因此，「心期末後與誰傳」的內容應該是文學事業，而不是政治事業，是說錢謙益主盟文壇五十餘年，他期望的身後傳承者是誰呢？這一句是暗講，言外之意是黃宗羲自認爲錢謙益文學上的知音，也是錢謙益文學盟主地位的傳承人。當然，黃宗羲的這層婉曲心事不是一廂情願的自我幻想，也不是狂妄蠻橫的自我驕矜，而是得到了錢謙益和很多文人的一致認可。關於錢謙益的認可，黃宗羲集中筆墨在以下兩句中表現出來。

「憑祵引燭燒殘話」。康熙三年（1664）四月末，黃宗羲偕同黃宗炎、呂留良、吳之振、高旦中等遺民前往常熟探視錢謙益，此時的錢謙益已經走到了人生的邊緣（錢謙益卒於本年五月二十四日），錢謙益躺在病床上會晤了來訪者。「祵」通「茵」，是指兩層床墊，如邵雍《林下五吟》：「庭花盛處涼鋪簟，簷雪飛時軟布祵。誰道山翁拙於用，也能康濟自家身。」錢謙益靠著床墊與黃宗羲推心置腹地談到了深夜，所談內容即是喪葬事與墓誌銘，黃宗羲《思舊錄·錢謙益》言之甚詳，他說：「甲晨，余至，值公病革，一見即云以喪葬事相託，余未之答。余將行，公特招余枕邊云：唯兄知吾意，歿後文字，不託他人。尋呼其子孫貽，與聞斯言。其後孫貽別求於龔孝升，使余得免於是非，幸也。」對於錢謙益喪葬之事的請求，黃宗羲不置可否。錢謙益的墓誌銘改求他人撰寫，使黃宗羲免於是非，以至於黃宗羲有「幸也」之歎，如釋重負之情溢於言表。黃宗羲所言「是非」應該就是錢謙益降清與抗清的政治糾葛，通過黃宗羲的自我表述，我們可以看出，黃宗羲雖然心知錢謙益的晚年抗清事業，但是他卻無意接續承傳它。黃宗羲畢竟是一個學者，儘管也曾在政治的漩渦中掙扎抗爭過，但是當塵埃落定之後，他所關心的依然是文化傳承而不是政治上一家一姓的興衰榮辱。綜觀黃宗羲與錢謙益的交往歷程，會發現政治因素在其中所佔的比例遠遠少於文化交流，正如黃宗羲自己所言：「餘數至常熟，初在拂水山房，繼在半野堂絳雲樓下。後公與其子孫貽同居，余即住於其家拂水，時公言韓、歐乃文章之六經也。見其架上八家之

文，以做法分類，如直敘，如議論，如單序一事，如提綱，而列目亦過十餘門。絳雲樓藏書，余所欲見者無不有。公約余爲老年讀書伴侶，任我太夫人菽水，無使分心。一夜，余將睡，公提燈至榻前，袖七金贈余曰：此內人（即柳夫人）意也。蓋恐余之不來耳。是年十月，絳雲樓毀，是余之無讀書緣也。」（黃宗羲《思舊錄・錢謙益》）

　　「囑筆完文抵債錢」，是指受錢謙益臨終囑託，代筆作文三篇，抵還錢謙益欠下的文債，此事黃宗羲在《思舊錄・錢謙益》中也有明確的記載，他說：「公言顧鹽臺求文三篇，潤筆千金，亦嘗使人代草，不合我意，固知非兄不可。余欲稍遲，公不可，即導余入書室，反鎖於外。三文，一《顧雲華封翁墓誌》，一《雲華詩序》，一《莊子注序》。余急欲出外，二鼓而畢。公使人將余草謄作大字，枕上視之，叩首而謝。」「非兄不可」應該不是簡單的恭維，錢謙益也曾請人代筆，但都不合意，唯有黃宗羲的文稿才讓他「叩首而謝」，這是對黃宗羲極高的期許。更爲重要的是，錢謙益將其死後蓋棺論定的墓誌銘託付給黃宗羲，更是對黃宗羲的絕對信任，這種信任裏面當然含有「唯兄知吾意」的政治同道之情誼，可是知錢謙益心思的人並非只有黃宗羲，同來探訪的呂留良等人也深諳其中隱曲，但能以巨筆雄文傳達錢謙益心思的或許只有黃宗羲，因此錢謙益說「唯兄知吾意」其實是在說「唯兄可傳吾意」，這是對黃宗羲文學才華的高度認可與絕對信任，這才是「心期末後與誰傳」的真正含義。至於錢孫貽改求龔鼎孳撰寫錢謙益墓誌銘，是基於龔鼎孳官居高位的政治影響力，從文學修爲上來講，龔鼎孳無疑是遜色於黃宗羲的，錢孫貽的這種抉擇，黃宗羲自認爲是幸事，可是對於逝者錢謙益來說，可能就是一種憾事了。另外，不僅錢謙益認爲黃宗羲具備接替他成爲文壇盟主的文學才能，其他文人也有類似的期許，比如吳任臣在給黃宗羲的信中就說：「虞山（錢謙益）既逝，文獻有歸，當今捨先生其誰！」（黃宗羲《交遊尺牘》）另外，黃宗羲還在這句詩中提到了錢謙益晚年賣文爲生的淒慘經歷，這種經歷錢謙益本人也有沉痛的表述，其《蘇眉山書金剛經跋》曰：「病榻婆娑，繙經禪退，杜門謝課久矣。奈文魔詩債不肯捨我，友生故舊四方請告者繹絡！」錢謙益《牧齋尺牘・致盧淡岩》曰：「謹承臺命，以弁簡端。承分清俸，本不敢承。久病纏綿，資生乏術，藉手嘉惠，以償藥券。」

　　在前面四句詩中，黃宗羲運用了對比的修辭手法，「四海宗盟五十年」，何其煊赫，「囑筆完文抵債錢」，又何等淒慘，一代文宗竟然淪落到資生乏術，

賣文為活的境地，怎能不讓人欷歔感歎！錢謙益晚年貧病交加，經濟十分窘迫，柳如是也是因經濟問題被人逼迫致死。錢謙益、柳如是的淒涼身事，雖然是錢氏一家之大不幸，又何嘗不是清初文學史的一件大不幸呢？所以黃宗羲在寫完錢謙益臨終之事後，又述柳如是自縊之事。

「紅豆俄飄迷月路」，是寫錢謙益八十壽辰之境況，錢謙益《紅豆詩序》曰：「紅豆樹二十年復花，九月賤降時，結子才一顆，河東君遣僮探枝得之。老夫欲不誇為己瑞，其可得乎？重賦十絕句，更乞同人和之」。對此陳寅恪有很精妙的評論，他在《柳如是別傳》中說：「河東君於牧齋生日，特令童探枝得紅豆一顆以為壽，蓋寓紅豆相思之意，殊非尋常壽禮之可比。河東君之聰明能得牧齋之歡心，於此可見一端矣。」八十老翁得此紅豆祥瑞，又有蕙心蘭質之柳如是相伴，錢謙益當時的喜悅心情不難想見。然而憂樂相隨，泰盡否來，短短三年之後，錢謙益就撒手人寰。留下了柳如是孤單一人，沉浮於爾虞我詐的濁世之中，就如同當年的那顆紅豆，悄無聲息地落在了孤清寂寥的月路之上。黃宗羲營造了一個淒美的意境，紅豆的燦爛與月路的蒼白，紅豆的渺小與月路的寂寥，這兩者之間有強烈的對比與張力，更何況黃宗羲所寫的不單是紅豆的隕落，而是紅豆的主人柳如是，以及柳如是如同紅豆隕落一樣的死亡。

「美人欲絕指箏弦」，美人就是柳如是的名字，陳寅恪《柳如是別傳》云：「寅恪竊疑河東君最初之名實為雲娟二字。此二字乃江浙民間所常用之名，而不能登於大雅之堂者。當時文士乃取李杜詩句與雲娟二字相關之美人二字以代之，易俗為雅，於是河東君遂以美人著稱。」錢謙益病逝方才數日，錢朝鼎就夥同錢曾威逼柳如是交出白銀三千兩，殊不知錢家早已陷入經濟困境，柳如是何來銀兩饜足威逼者的貪欲。康熙三年（1664）六月二十八日，不堪凌辱的柳如是懸樑自縊，柳氏之女在《孝女揭》中述其慘狀曰：「因遂披麻就縊，解經投繯。威逼之聲未絕於閫外，而呼吸之氣已絕於閨中。」

「平生知己誰人是」。自注曰：「應三四句」。眾所周知，錢謙益的紅顏知己是柳如是，黃宗羲則自認為是錢謙益的文學知己，呼應三四句，也是再次強調接續錢謙益文學事業的雄心，是寫文學公義。

「能不為公一泫然」。自注曰：「應五六句」。如上所述，五六句是寫錢氏家難，有感於錢謙益、柳如是的淒慘身世，黃宗羲泫然下淚，這淚水是為私情而流。

綜合以上分析，我們可以看出，黃宗羲這首詩的成就主要體現在以下兩個方面：

　　第一，史筆。黃宗羲繼承並發展了杜甫詩歌直面現實、書寫現實的「詩史」精神，並進一步發展出「史亡而後詩作」的創論。《孟子・離婁下》曰：「王者之跡熄而詩亡，詩亡而後《春秋》作。」孟子強調的是《春秋》對《詩經》教化功能的承續，而黃宗羲則著眼於詩歌保存歷史真實的寫實性功能。他在《萬履安先生詩序》中說：「逮夫流極之運，東觀、蘭臺但記事功，而天地之所以不毀，名教之所以僅存者，多在亡國之人物。血心流注，朝露同晞，史於是而亡矣。猶幸野制遙傳，苦語難銷，此耿耿者明滅於爛紙昏墨之餘，九原可作，地起泥香，庸詎知史亡而後詩作乎？」易代之際，「史亡而後詩作」的情況更為常見。比如元代修纂的《宋史》，出於忌諱，南宋的最後兩位皇帝端宗和帝昺就被排斥在本紀之外，強權政治壓制了歷史的客觀性，使歷史書寫名存實亡，所幸當事者文天祥的詩集《指南錄》詳細記載了這一段史實，後人還可以通過《指南錄》瞭解到南宋末帝風雨飄搖而又奮勇抵抗的歷史。身處明清鼎革之際的知識分子也面臨「史亡」的困擾，有志之士如黃宗羲者，目睹滄桑巨變，緣事而發，借助詩歌保存了一段信史。具體到這首悼亡詩來說，黃宗羲在詩歌之中注入了錢氏一門之興衰，錢謙益晚年的境遇，柳如是悲慘的遭遇。儘管錢謙益被清代正史污蔑得面目不堪，經由該詩提供的史實，我們依然可以看到他相對真實的身影。

　　第二，至情。在黃宗羲的文學理論中，至情佔有非常重要的地位，正如他在《明文案序》中所言：「凡情之至者，其文未有不至者也。」他認為「情」是文學的第一要素，決定著文學作品的優劣成敗。至於文學作品如何傳達至情，他也有過探索，其《朱人遠墓誌銘》曰：「今之論詩者，誰不言本於性情。顧非烹煉使銀銅鉛鐵之盡去，則性情不出。」黃宗羲主張感情的自然抒發，對於過分強調溫柔敦厚所導致的委蛇頹墮、有懷不吐之弊深惡痛絕，也自覺地擯斥文辭方面雕鏤字句、塗抹詞章之陋習。黃宗羲《八哀詩》能夠比較好地反映出這一文論主張，全詩質樸如話，不假雕鏤，以「汍然」二字煞尾，哀悼之情如千尋瀑流，噴湧而出，絕無矯揉吞吐之態，感人至深。另外，黃宗羲所言之「情」的範圍非常寬廣，一人之性情，天下之治亂，都被涵攝其中。所以在這首悼亡詩中，黃宗羲「汍然」留下的淚水，既包含著對錢謙益逝世的哀傷，也藏納著對文運潛變的關注以及對國運升降的感喟。

　　總之，這首詩是史筆與至情的完美結合，體現了黃宗羲詩歌具有史學和文學雙重價值，是值得後人品鑒玩味的優秀之作。

第四節　黃宗羲與清代藏書樓

　　黃宗羲抱負內聖外王之學，卻遭際亂世，才能不獲施展，無法康濟斯民，平生所學只能寄託於殘編斷簡之中。黃宗羲又迭遭喪亂，所藏書籍散落流失，保存無多。爲了著書立說，延續文脈，黃宗羲遍訪藏書之家，錢謙益的絳雲樓、祁彪佳的澹生堂、徐乾學的傳是樓皆是他時常登臨之所，這些藏書樓均爲黃宗羲提供了重要的學術資源，故有必要對此作一番論述與闡揚。

　　黃宗羲是明清之際著名的思想家、史學家、文學家，其著述《明夷待訪錄》、《明儒學案》、《明文海》等均有極高的學術價值，這些學術著作的編纂，必然需要大量的藏書作爲文獻依據。黃宗羲藏書原本非常豐富，可是在明清之際的戰亂之中，黃宗羲顛簸流離，居無定所，所藏之書有被士兵搶奪而去者，有被裏媼甕兒竊去者，有被大火焚毀者，再加上鼠殘蠹齧，雨湮梅蒸，殘存下來的藏書已經不足以供其研治學術了，黃宗羲只好外出訪書。清初的重要藏書樓，黃宗羲均曾登臨，而錢謙益的絳雲樓、祁彪佳的澹生堂、徐乾學的傳是樓對黃宗羲的幫助尤大，故下文依次論述之。

一、黃宗羲與絳雲樓

　　絳雲樓是清初著名的藏書樓，該樓由錢謙益創建於崇禎十七年（1644）。錢謙益（1582～1664），字受之，號牧齋，晚號蒙叟等。萬曆三十八年（1610）進士，官至南明禮部尚書。錢謙益工詩擅文，是明末清初的文壇領袖。他博收墳籍，交遊滿天下，曾購得劉子威、錢功父、楊五川、趙汝師四家的全部藏書，又花費鉅資購買善本古書。錢謙益嗜書的美名遠播，書賈也樂於向他出售書籍，在錢謙益的家裏，書賈頻繁往來，幾無虛日。錢謙益又精通版本，每得一部書，都能如數家珍地指出該書舊版如何，新版如何，新舊版之間的差別如何。錢謙益對宋元善本書更是情有獨鍾，曹溶《絳雲樓書目題詞》說錢謙益：「所收必宋元版，不取近人所刻及鈔本。雖蘇子美、葉石林、三沈集等，以非舊刻，不入《目錄》中。」〔註147〕因此，錢謙益的藏書可謂是琳琅滿目，幾埒內府。崇禎十七年（1644）冬，絳雲樓落成，歷代金石文字、宋刻書籍數萬卷充牣其中，大江以南藏書之富，必推絳雲樓爲第一。

　　黃宗羲與錢謙益是世交，天啓四年（1624），錢謙益與東林黨人楊漣等交往

〔註147〕〔清〕葉昌熾《藏書紀事詩》，北京燕山出版社 1999 年版，第 282 頁。

密切，也就是在此時，錢謙益結識了黃宗羲父子，當時黃宗羲年僅十五歲，錢謙益的文章風雅已經在黃宗羲幼小的心靈裏留下了深刻的印象。後來，黃宗羲的父親黃尊素因爲反對魏忠賢，被迫害致死。崇禎九年（1636），黃宗羲遷葬黃尊素於化安山，銘墓之文就出自錢謙益之手，兩人的情誼進一步加深。明代滅亡之後，南明弘光朝廷徵招錢謙益爲禮部尚書。但是南明王朝很快被清軍擊潰，錢謙益開門降清，一時間輿論譁然，士林爲之齒冷。錢謙益對自己的失足降清也是非常悔恨，在柳如是的幫助下，錢謙益開始秘密聯絡反清武裝，以圖恢復明朝社稷。明亡之後，黃宗羲也組織了地方武裝世忠營，擁戴魯王，在浙東一帶對抗清軍。此時的錢謙益與黃宗羲在反清復明的運動中，有很強的一致性，黃宗羲也時常來絳雲樓商談軍務，所以絳雲樓在明末清初的特殊歷史背景下，既是傳統文化的保存之地，也是復明運動的一個重要據點。

　　順治七年（1650）三月，黃宗羲至常熟，請錢謙益出山游說婺中鎮將馬進寶倒戈。對於黃宗羲這位故人之子的到來，錢謙益非常高興，他熱情地款待了黃宗羲，並邀請黃宗羲觀覽絳雲樓的藏書。曹溶《絳雲樓書目題詞》說錢謙益「好矜嗇，傲他氏以所不及，片楮不肯借出」〔註148〕。可見，錢謙益的藏書是秘不示人的，所以能夠獲得錢謙益的允許而登絳雲樓讀書者，黃宗羲應該是獲此殊榮之第一人。錢謙益的慷慨使黃宗羲大爲感動，他在《思舊錄·錢謙益》條特意記下了此事，他說：「余數至常熟，初在拂水山房，繼在半野堂絳雲樓下。後公與其子孫貽同居，余即住於其家拂水。絳雲樓藏書，余所欲見者無不有。公約余爲老年讀書伴侶，任我太夫人菽水，無使分心。一夜，余將睡，公提燈至榻前，袖七金贈余曰：『此內人（即柳夫人）意也。』蓋恐余之不來耳。」〔註149〕通過黃宗羲的回憶可以看出，錢謙益對於政治不甚關心，其寄情之處仍在學術與文章，所以才約黃宗羲爲讀書伴侶。柳如是的心思恰好與錢謙益相反，她關注的重點乃是黃宗羲此行的政治目的，陳寅恪先生《柳如是別傳》就曾指出：「更可注意者，即說馬（進寶）之舉，實與黃梨洲有關。太沖三月至常熟，牧齋五月往金華。然則受之此次游說馬進寶，實梨洲所促成無疑。觀河東君特殷勤款待黃氏如此，則河東君之參與反清之政治活動，尤可證明也。」〔註150〕柳如是贈黃宗羲白銀七兩，並不是讀書伴

〔註148〕〔清〕葉昌熾《藏書紀事詩》，第 322 頁。

〔註149〕〔清〕黃宗羲《黃宗羲全集》，第 1 冊，浙江古籍出版社 2005 年版，第 378 頁。

〔註150〕陳寅恪《柳如是別傳》，上海古籍出版社 1980 年版，第 1016 頁。

侶的定金，而是希望黃宗羲堅定信念，促成錢謙益游說馬進寶之事，黃宗羲也不負柳如是一片苦心，終於說服了錢謙益，兩個月之後，錢謙益前往金華勸說馬進寶投誠。故此，黃宗羲此次虞山之行，也完成了兩個任務，既完成了政治任務，也閱讀了絳雲樓的秘笈，可謂是不虛此行。

遺憾的是，錢謙益和黃宗羲的讀書伴侶之約卻未能踐行。本年十月的一個夜晚，錢謙益的小女兒和乳媼在絳雲樓上玩耍，剪落的燭花掉在紙堆之中，於是就引起了一場大火，絳雲樓的珍本圖書瞬息之間就化爲灰燼。錢謙益仰天長歎：「甲申之亂，古今書史圖籍一大劫也；吾家庚寅之火，江左書史圖籍一小劫也。」〔註151〕黃宗羲也深感惋惜，他在《天一閣藏書記》中說：「庚寅三月，余訪錢牧齋，館於絳雲樓下，因得翻其書籍，凡余之所欲見者無不在焉。牧齋約余爲讀書伴侶，閉關三年，余喜過望，方欲踐約，而絳雲一炬，收歸東壁矣。」〔註152〕絳雲樓被焚，不僅是錢謙益一家之劫難，也是中國圖書史的一次劫難。

錢謙益和黃宗羲的友誼卻並沒有因爲這次大火而漸滅，他們的感情在歷盡劫波之後反而愈見深篤。康熙三年（1664），八十二歲的錢謙益走到了人生的邊緣。黃宗羲偕同呂留良、吳孟舉、高旦中等遺民前來探視，彌留之際的錢謙益看到來訪的黃宗羲，欣慰之餘，又以兩件大事相託。其一，請黃宗羲代其撰文三篇，以抵文債；其二，以身後墓誌相請。此兩事黃宗羲均有記載，《思舊錄·錢謙益》條曰：「甲辰，余至，值公病革，一見即云以喪事相託，余未之答。公言顧鹽臺求文三篇，潤筆千金，亦嘗使人代草，不合我意，固知非兄不可。余欲稍遲，公不可，即導余入書室，反鎖於外。余急欲出外，二鼓而畢。公使人將余草謄作大字，枕上視之，叩首而謝。余將行，公特招余枕邊云：『唯兄知吾意，歿後文字，不託他人。』尋呼其子孫貽，與聞斯言。」〔註153〕黃宗羲幫錢謙益完成了三篇文章，至於錢謙益的墓誌銘，錢謙益之子未能遵照父親的囑咐，轉而請求龔鼎孳撰寫，實在是未能理解錢謙益的苦心。黃宗羲離開虞山之後不久，錢謙益就於本年五月二十四日溘然長逝。對於這位前輩知己的逝世，黃宗羲非常悲痛，他作詩《八哀詩·錢宗伯》一首寄託哀思，其詩云：「四海宗盟五十年，心期末後與誰傳。憑襽引燭燒殘話，囑筆完文抵債錢。紅豆俄飄迷月路，

〔註151〕〔清〕葉昌熾《藏書紀事詩》，第322頁。
〔註152〕〔清〕黃宗羲《黃宗羲全集》，第10冊，第118頁。
〔註153〕〔清〕黃宗羲《黃宗羲全集》，第1冊，第348頁。

美人欲絕指箏弦。平生知己誰人是？能不爲公一泫然！」〔註154〕隨著錢謙益的逝世，黃宗羲和絳雲樓的關係也遺憾地結束了。

二、黃宗羲與澹生堂

　　山陰祁氏澹生堂藏書豐富，雄視一方。澹生堂藏書始於祁承㸁（1562～1628），承㸁字爾光，號夷度。萬曆三十二年（1604）進士，官至江西布政使司右參政。嗜好藏書，聚書十萬餘卷。全祖望《曠亭記》曰：「山陰祁忠敏公之尊人少參夷度先生，治曠園於梅里，有澹生堂，其藏書之庫也。夷度先生精於汲古，其所鈔書，多世人所未見，校勘精覈，紙墨俱潔淨。」〔註155〕祁承㸁還編有《澹生堂藏書目》和《澹生堂藏書約》，他在《澹生堂藏書約》中對讀書、聚書、購書、鑒書都進行了理論歸納，是中國古代最早最全面的藏書理論著作。子承父業，祁承㸁的兒子祁彪佳也好藏書。祁彪佳（1602～1645），字幼文，號世培。天啓二年（1622）進士，官至應天都御使。祁彪佳的藏書理念與父親略有不同，他的藏書門類更爲豐富，除了關注經史等著作之外，還專門收藏戲曲和小說，即使是時人鄙夷的八股文選本也在收藏之列。

　　黃宗羲與澹生堂發生關係時，祁彪佳尚健在，黃宗羲和祁彪佳都是劉宗周的得意門生，兩人有同門之誼，感情甚篤，所以黃宗羲就成了澹生堂的座上賓。黃宗羲《思舊錄·祁彪佳》條回憶這段登樓經過時說：「余嘗與馮留仙、馮鄴仙訪之於梅市，入公書室，朱紅小榻數十張，頓放書籍，每本皆有牙籤，風過鏗然。公知余好書，以爲佳否，余曰：『此等書皆閶門市肆所有，腰纏百金，便可一時暴富。唯夷度先生（公之父）所積，眞希世之寶也。』二馮別去，留余，夜深而散。」〔註156〕通過這段回憶可以看出，祁彪佳對於書籍的裝幀是非常考究的，這種考究甚至可以說是有些奢侈，以至於當澹生堂藏書散落發售之時，所賣之錢，尚不及裝幀之費，這正如呂留良《得山陰祁氏澹生堂藏書三千餘本示大火》詩中所感歎的那樣：「宣綾包角藏經箋，不抵當時裝訂錢。」〔註157〕當然，黃宗羲熱衷經史之學，對祁彪佳收藏戲曲、小說、八股文選本的做法甚不以爲然，認爲祁彪佳的藏書品格與乃父祁承㸁相差甚遠。

〔註154〕〔清〕黃宗羲《黃宗羲全集》，第 11 冊，第 256 頁。
〔註155〕朱鑄禹《全祖望集匯校集注》，上海古籍出版社 2008 年版，第 1133 頁。
〔註156〕〔清〕黃宗羲《黃宗羲全集》，第 1 冊，第 378 頁。
〔註157〕〔清〕呂留良《呂晚村詩》，上海古籍出版社 2002 年版，第 23 頁。

黃宗羲在《天一閣藏書記》中曾開門見山地指出：「讀書難，藏書尤難，藏之久而不散，則難之難矣。」〔註158〕澹生堂在明清易代的遭遇恰好印證了黃宗羲的觀點，兵荒馬亂之世，澹生堂的命運遠不及天一閣，隨著祁彪佳的慷慨赴難，祁氏家族的沒落，澹生堂已經露出日薄西山的末世景象。福無雙至，禍不單行，祁彪佳死後，祁彪佳的兩個兒子又因爲魏耕案的牽連，祁班孫被發配到遼東，祁理孫鬱鬱而死。儘管祁班孫從遼東逃回，但是爲了躲避清政府的追查，只好剃度出家，至此祁氏家族徹底敗落，澹生堂也無法繼續存在。祁家曾經把澹生堂的藏書寄存在化鹿寺，希望借助寺廟保存祁家三代心血攢集而成的藏書，可是事與願違，寺內的僧人覬覦祁氏的家藏，不時地把這些珍本偷竊出來變賣，這樣市場上就流通了很多澹生堂的藏書。

康熙五年（1666），在呂留良家坐館的黃宗羲得知此事後，覺得祁氏藏書有很高的學術價值，散落人間甚爲可惜，於是就同呂留良商討共同購買澹生堂藏書之事。呂留良也是嗜書如命之人，欣然應允。黃宗羲與呂留良一同前往化鹿寺，可是兩人均未曾想到，此次購書又引發了一場公案，他們之間的關係卻因爲購書而疏離，以至於最終破裂。事情的原委，黃宗羲在《天一閣藏書記》中有記載，他說：「祁氏曠園之書，初庋家中，不甚發視。余每借觀，惟德公知其首尾，按目錄而取之，俄頃即得。亂後，遷至化鹿寺，往往散見市肆。丙午，余與書賈入山翻閱三晝夜，余載十捆而出，經學近百種，稗官百十冊，而宋元文集已無存者，途中又爲書賈竊去衛湜《禮記集說》、（王偁）《東都事略》。山中所存，唯舉業講章、各省志書，尚二大櫥也。」〔註159〕因呂留良的主要經濟收入是批點發售八股文選本，所以文中所言之書賈即是黃宗羲對呂留良的蔑稱，而中途竊取《禮記集說》、《東都事略》之人應該也暗指呂留良。

黃宗羲對此事的記載略顯簡略，其中的曲折過程，全祖望《小山堂祁氏遺書記》所言最爲翔實，他說：「初南雷黃公（黃宗羲）講學於石門，其時用晦（呂留良）父子俱北面執經，已而以三千金求購澹生堂書，南雷亦以束脩之入參焉。交易既畢，用晦之使者中途竊南雷所取衛湜《禮記集說》、王偁《東都事略》以去，則用晦所授意也。然用晦所藉以購書之金，又不出自己，而出之同里吳君孟舉，及購至，取其精者，以其餘歸之孟舉，於是孟舉亦與之絕。是用晦一舉而既廢師弟之經，又傷朋友之好，適成其爲市道之薄，

〔註158〕〔清〕黃宗羲《黃宗羲全集》，第 10 冊，第 117 頁。
〔註159〕〔清〕黃宗羲《黃宗羲全集》，第 10 冊，第 117 頁。

亦何有於講學也。」〔註160〕

　　全祖望的記載雖然詳細，可是因為全祖望私淑黃宗羲，下筆為文，難免迴護黃宗羲而貶抑呂留良，所以有些地方就與事實不合了。首先，黃宗羲雖然長呂留良十九歲，但是兩人還是朋友關係，黃宗羲坐館石門是教授呂留良之子，他與呂留良之間並不存在師生關係，故此黃宗羲也不可能「絕其通門之籍」。其次，購買澹生堂藏書的資金是呂留良所出，不是出自吳孟舉，因呂留良《得山陰祁氏澹生堂藏書三千餘本示大火》其一云：「阿翁銘識墨猶新，大擔論觔換直銀。說與癡兒休笑倒，難尋幾世好書人。」〔註161〕當然，黃宗羲也以束脩所得加入，只是坐館所得原本就非常微薄，可知黃宗羲的購書資金不多，大部分還是出自呂留良。從這個意義上說，黃宗羲是不應該太貪心的，可是他卻得了澹生堂的大部分藏書，這也正是全祖望《小山堂藏書記》所言：「曠園之書，其精華歸於南雷（黃宗羲），其奇零歸於石門（呂留良）。」〔註162〕黃宗羲選取澹生堂藏書精華本的做法肯定引起了呂留良的不滿，他將黃宗羲選定的宋本《禮記集說》、《東都事略》拿去，也是合乎情理之事，不該過於詆毀。可是就是因為澹生堂的這兩套宋版書，卻成了黃宗羲與呂留良交惡的誘因。購書風波之後的次年（1667），黃宗羲辭掉了呂留良的家館，從此之後，兩人關係日漸惡化，終於鬧到了水火不相容的地步。

三、黃宗羲與傳是樓

　　傳是樓的創始人是徐乾學，徐乾學（1631～1694），字原一，號健庵，崑山人。康熙九年（1670）進士，官至刑部尚書。關於傳是樓得名之緣起，汪琬《傳是樓記》言之甚詳，他說：「徐健庵尚書築樓於所居之後，凡七楹，斲木為廚，貯書若干萬卷。部居類匯，各以其次，素標湘帙，啟鑰爛然。與其子登斯樓而詔之曰：『吾何以傳汝曹哉？』因指書而欣然笑曰：『所傳者惟是矣！』遂名其樓為『傳是』。」傳是樓藏書的來源，黃宗羲《傳是樓藏書記》有明確的分析，他說：「喪亂之後，藏書之家，多不能守。異日之塵封未觸，數百年之沉於瑤臺牛篋者，一時俱出，於是南北大家之藏書，盡歸先生。先生之門生故吏遍於天下，隨其所至，莫不網羅墜簡，搜抉緗帙，而先

〔註160〕朱鑄禹《全祖望集匯校集注》，第1074頁。
〔註161〕〔清〕呂留良《呂晚村詩》，第25頁。
〔註162〕朱鑄禹《全祖望集匯校集注》，第1074頁。

生爲之海若，作樓藏之，名曰傳是。昔人稱藏書之盛者，謂與天府相埒，則無以加矣。明室舊書，盡於賊焰。新朝開創，天府之藏未備。朝章典故，制度文爲，歷代因革，皆於先生乎取之。是先生之藏書非僅關一家也。」〔註163〕可以看出，傳是樓的藏書主要是徐乾學憑藉自己的顯宦地位，從民間收集購買而來。因爲明清之際，戰火連連，內府藏書遭到嚴重的破壞。清朝入主中原，內府藏書匱乏，徐乾學的藏書爲清朝典章制度的重建提供了豐富的文獻資源。可見，傳是樓不僅保存了明朝的史料，而且爲清朝的文化建設做出了舉足輕重的貢獻。

　　黃宗羲結識傳是樓徐氏大約是在康熙十五年（1676）左右，本年海昌縣令許三禮聘請黃宗羲講學，慕黃宗羲大名前來聽講者就有徐乾學的弟弟徐秉義，徐乾學公務在身，無暇赴會，不過他還是特意派遣弟子彭孫遹來此旁聽。康熙十九年（1680），徐乾學的弟弟徐元文聘請黃宗羲修纂明史，徐秉義也親自到黃宗羲所居之黃竹浦敦請，但是黃宗羲固守遺民節義，拒絕出山。不過黃宗羲又深知明朝可亡，明史不可亡的文化大義，面對清政府的再三邀請，黃宗羲採取了一個折中的辦法，他讓季子黃百家入參史局，代父修史，並致函徐元文曰：「昔聞首陽二老，託孤於尙父，遂得三年食薇，顏色不壞。今我遣子從公，可以置我矣。」〔註164〕黃宗羲爲文化大義所作出的讓步，卻引來了其他遺民的誤解與譏諷，呂留良就作詩諷刺黃宗羲，他在《管襄指示近作，有夢伯夷求太公書，薦子仕周，詩戲和之》中以離奇的夢境影射黃宗羲，詩云：「頓首復頓首，尻高肩壓肘。俯問此何人，墨胎孤竹後。比使謁公旦，四方糊其口。附書乞關節，未知得報否。新制蕨薇歌，纖喉忘老醜。筠籃進一曲，殿下千萬壽。」呂留良嘲笑黃宗羲爲了兒子的前程，不惜背棄節義，以至於斯文掃地，卑躬屈膝，殊不知黃宗羲薦子修史乃是爲了延續文化，不是爲了利祿榮華。呂留良與黃宗羲結怨很深，此詩充滿個人意氣，所言未免過當。

　　呂留良等人的反對並沒有阻止黃宗羲與徐乾學的繼續交往，徐乾學憑藉著自己的政治優勢，給予黃宗羲很多幫助。黃宗羲的事蹟得以上達清廷，康熙皇帝對黃宗羲非常讚賞，諸如此類，均與徐乾學的薦揚有很大關係。此外，康熙二十五年（1686），餘姚縣重建黃宗羲父親黃尊素祠堂，祠堂碑銘就是徐

〔註163〕〔清〕黃宗羲《黃宗羲全集》，第10冊，第135頁。
〔註164〕〔清〕黃炳垕《黃宗羲年譜》，中華書局2006年版，第42頁。

乾學所撰。黃宗羲埋骨之地，化安山的墓所，徐乾學也曾出資襄助。

　　除了在政治和經濟上給予黃宗羲幫助之外，徐乾學的傳是樓也是黃宗羲編纂《明文海》的重要資料來源。康熙十四年（1675），《明文案》編訖，共二百一十七卷。黃宗羲對該選本非常重視，他在《明文案序》中自言：「有某茲選，彼千家之文集龐然無物，即投之水火不爲過矣。」〔註165〕明文精華自然不出《明文案》之外，但是《明文案》編成之後，未能立刻付之剞劂，幾經周折，反而被黃宗羲的一個弟子攘爲己有，署名刊刻行世。黃宗羲得知此事，非常氣憤，於是決定在《明文案》的基礎上，重新編纂一部規模更爲宏大的明文選本，該選本就是《明文海》。爲此黃宗羲四出訪書，崑山徐氏的傳是樓就是他時常登臨之所。徐乾學兄弟也爲黃宗羲提供了周到的服務，黃宗羲在傳是樓的查閱工作進行得非常愉快，他在傳是樓抄錄的明人文集多達三百餘家，徐秉義《明文授讀序》回憶黃宗羲在傳是樓的抄書經過云：「姚江黃先生初有《明文案》之選，其所閱有明文集無慮千家，搜羅廣矣，猶恐有遺也。詢謀於余兄弟伯氏，細檢傳是樓所藏明集，復得文案所未備者三百餘家。先生驚喜過望，侵晨徹夜，拔萃摭尤。余亦手抄目堪，遙爲襄理，於是增益《文案》而成《文海》。」〔註166〕

　　黃宗羲對傳是樓的貢獻也不小，他曾應徐乾學之請撰寫了《傳是樓藏書記》。黃宗羲褒獎了傳是樓藏書的學術史價值，稱讚該樓可與白鹿洞書院媲美。並對徐乾學寄寓厚望，希望徐乾學善用藏書，轉移文風，主持文運。有了黃宗羲如椽大筆的宣傳，傳是樓的大名遂爲士林所矚目。另外，黃宗羲曾在天一閣讀書，將天一閣所藏流通未廣者抄爲書目。因天一閣藏書規約嚴格，所藏書目不輕示人。學識淵博的黃宗羲是第一位外姓人氏登閣者，他抄錄的書目就有非比尋常的價值，所以徐乾學就曾派遣門生到黃宗羲處抄錄該書目。後來徐乾學又將這份書目呈給了明史館，史官在編寫《明史·藝文志》時應該也參考了這份書目。

　　爲黃宗羲提供學術資源者當然不止以上三座藏書樓，其他藏書樓如金陵黃氏的千頃堂、山陰鈕氏的世學樓、寧波范氏的天一閣、禾中曹氏的倦圃也都是黃宗羲經常參訪之處，可見清初的藏書樓對黃宗羲確實有很大的幫助，從藏書樓角度研究黃宗羲，也有其合理性與必要性。

〔註165〕〔清〕黃宗羲《黃宗羲全集》，第10冊，第19頁。
〔註166〕〔清〕黃宗羲《明文案》，齊魯書社1997年版，第202頁。

第五節　黃宗羲、呂留良交惡與澹生堂藏書之關係

　　黃宗羲、呂留良之交惡是清初學術思想史上的一件大事，購買澹生堂藏書即是兩人交惡的重要原因之一，全祖望對此事經過論述甚詳。但全祖望是黃門後學，偏袒黃宗羲而貶抑呂留良，所述經過謬誤頗多。後世學者有承襲全氏之誤者，亦有滋生新謬誤者。本文從原始文獻出發，通過嚴密考證，力圖還原黃、呂交惡的眞實圖景，也試圖闡發交惡背後的性情之爭與學術差異。

　　在清初學術發展史上，黃宗羲、呂留良之交惡是一件影響深遠的大事，交惡的原因有很多，既有性格差異，也有學術之爭，在諸多複雜的原因之中，購買澹生堂藏書是重要的一種原因。購書過程中，兩人因爭搶兩本宋刊善本書而出現嫌隙，最終反目成仇，割席斷交。關於這個過程，全祖望《小山堂祁氏遺書記》言之甚詳，但全祖望的記載帶有強烈的感情色彩，存在偏袒黃宗羲而貶抑呂留良的錯誤，有失公允。後世學者對此事的評價也存在諸多問題，對此有必要重新做一番考論。

一、澹生堂之沒落與黃宗羲、呂留良之購書

　　山陰祁氏澹生堂藏書豐富，雄視一方。澹生堂藏書始於祁承㸁（1562～1628），字爾光，號夷度。萬曆三十二年（1604）進士，官至江西布政使司右參政。嗜好藏書，聚書十萬餘卷。全祖望《曠亭記》曰：「山陰祁忠敏公之尊人少參夷度先生，治曠園於梅里，有澹生堂，其藏書之庫也。夷度先生精於汲古，其所鈔書，多世人所未見，校勘精覈，紙墨俱潔淨。」〔註167〕祁承㸁還編有《澹生堂藏書目》和《澹生堂藏書約》，其中《澹生堂藏書約》對讀書、聚書、購書、鑒書等都進行了理論歸納，是中國古代最早最全面的藏書理論著作。子承父業，祁承㸁的兒子祁彪佳也好藏書。祁彪佳（1602～1645），字幼文，號世培。天啓二年（1622）進士，官至應天都御使。祁彪佳的藏書理念與其父略有不同，他的藏書門類更爲豐富，除了關注經史等經典著作之外，還專門收藏戲曲和小說，即使是時人鄙夷的八股文選本也在收藏之列。

　　黃宗羲初登澹生堂時，祁彪佳尚健在，黃宗羲和祁彪佳都是劉宗周的得意門生，兩人有同門之誼，感情甚篤，所以黃宗羲就成了澹生堂的座上賓。黃宗羲《思舊錄·祁彪佳》小傳回憶這段登樓經過時說：「余嘗與馮留仙、馮

〔註167〕朱鑄禹匯校《全祖望集匯校集注》，上海古籍出版社 2008 年版，第 1133 頁。

鄞仙訪之於梅市，入公書室，朱紅小榻數十張，頓放書籍，每本皆有牙籤，風過鏗然。公知余好書，以爲佳否，余曰：『此等書皆閶門市肆所有，腰纏百金，便可一時暴富。唯夷度先生（公之父）所積，眞希世之寶也。』馮別去，留余，夜深而散。」〔註168〕祁彪佳對於書籍的裝幀非常考究，這種考究甚至可以說是有些奢侈，以至於當澹生堂藏書散落發售之時，所賣之錢，尚不及裝幀之費，這正如呂留良《得山陰祁氏澹生堂藏書三千餘本示大火》詩中所感歎的那樣：「宣綾包角藏經籤，不抵當時裝訂錢。」〔註169〕另外，黃宗羲熱衷經史之學，對祁彪佳收藏戲曲、小說、八股文選本的做法甚不以爲然，認爲祁彪佳的藏書品格與其父祁承爃相差甚遠。

黃宗羲在《天一閣藏書記》云：「讀書難，藏書尤難，藏之久而不散，則難之難矣。」〔註170〕澹生堂在明清易代之際的遭遇恰好印證了黃宗羲的觀點，兵荒馬亂之世，澹生堂的命運遠不及天一閣，隨著祁彪佳的慷慨赴難，祁氏家族的沒落，澹生堂已經露出日薄西山的末世景象。祁彪佳死後，他的兩個兒子又因爲魏耕案的牽連，祁班孫被發配到遼東，祁理孫鬱鬱而死。儘管祁班孫從遼東逃回，但是爲了躲避清廷的追查，無奈之下，只好剃度出家，至此祁氏家族徹底敗落，澹生堂也無法繼續存在。祁家曾經把澹生堂的藏書寄存在化鹿寺，希望借助寺廟保存祁家三代心血攢集而成的藏書，可是事與願違，寺內的僧人覬覦祁氏的家藏，不時地把這些珍本圖書偷竊出來變賣，這樣市場上就流通了很多澹生堂的藏書。

康熙五年（1666），在呂留良家坐館的黃宗羲得知此事後，覺得祁氏藏書有很高的學術價值，散落人間甚爲可惜，於是就同呂留良商討共同購買澹生堂藏書之事。呂留良也是嗜書如命之人，遂欣然應允。黃宗羲與呂留良一同前往化鹿寺購書，可是兩人均未曾想到，此次購書又引發了一場公案，他們之間的關係也因爲購書而疏遠。全祖望《小山堂祁氏遺書記》載其事曰：

> 初，南雷黃公講學於石門，其時用晦父子俱北面執經。已而以三千金求購澹生堂書，南雷亦以束脩之入參焉。交易既畢，用晦之使者中途竊南雷所取衛湜《禮記集說》、王偁《東都事略》以去，則用晦所授意也。南雷大怒，絕其通門之籍。用晦亦遂反而操戈，而

〔註168〕〔清〕黃宗羲《黃宗羲全集》，第1冊，浙江古籍出版社2005年版，第348頁。
〔註169〕〔清〕呂留良《呂留良詩文集》，浙江古籍出版社2012年版，第367頁。
〔註170〕〔清〕黃宗羲《黃宗羲全集》，第10冊，第117頁。

妄自託於建安之徒，力攻新建，並削去《蕺山學案》私淑，爲南雷
也。近者石門之學固已一敗塗地，然坊社學究，尚有推奉之謂足以
接建安之統者。弟子之稱，猖猖於時文批尾之間，潦水則盡矣，而
潭未清，時文之陷溺人心一至於，此豈知其濫觴之始，特因澹生堂
數種而起，是可爲一笑者也。然用晦所藉以購書之金，又不出自己
而出之同里吳君孟舉。及購至，取其精者，以其餘歸之孟舉。於是
孟舉亦與之絕。是用晦一舉而既廢師弟之經，又傷朋友之好，適成
其爲市道之薄，亦何有於講學也！〔註171〕

全祖望所言購書之事甚爲詳細，不過全祖望私淑黃宗羲，在情感上難免迴護
黃宗羲而貶抑呂留良，再加上雍正朝呂留良冤案已成，文字忌諱頗多，凡此
種種，都導致了全祖望之記載多處失實。

二、竊書者是呂留良

黃宗羲與呂留良在購買澹生堂藏書的過程中，又發生了一件很不愉快的
事情，也就是全祖望所言，呂留良命人「中途竊南雷所取衛湜《禮記集說》、
王偁《東都事略》以去」。關於這一點，全祖望所言大致不謬，只是竊書者不
是呂留良的使者，而就是呂留良本人。康熙十八年（1679），黃宗羲作《天一
閣藏書記》，他回憶這段購書經歷時說：

祁氏曠園之書，初度家中，不甚發視。余每借觀，惟德公知其
首尾，按目錄而取之，俄頃即得。亂後遷至化鹿寺，往往散見市肆。
丙午，余與書賈入山翻閱三晝夜，余載十捆而出，經學近百種，稗
官百十冊，而宋元文集已無存者。途中又爲書賈竊去衛湜《禮記集
說》、《東都事略》。山中所存，唯舉業講章，各省志書，尚二大櫥也。
〔註172〕

因呂留良主要的經濟收入是批點和發售八股文選本，還曾多次到南京、杭州
主持選本銷售，其行跡有時近乎商人，所以文中之「書賈」應該就是黃宗羲
對呂留良的蔑稱。

另外，據吳光考證，「《南雷文案》係由宗羲手選，門人萬斯大、鄭梁等校刻，
選文時間當在康熙十七、十八年間，刻成時間在康熙十九年（1680），宗羲七十

〔註171〕朱鑄禹匯校《全祖望集匯校集注》，第 1074 頁。
〔註172〕〔清〕黃宗羲《黃宗羲全集》，第 10 冊，第 118 頁。

一歲時。」〔註173〕《南雷文案》刻成後的第二年，即康熙二十一年（1682）十月，呂留良雨天無事，遂將魏方公寄來的《南雷文案》拿出來翻閱，因《天一閣藏書記》被編入《南雷文案》第二卷中，所以呂留良肯定也讀到這篇文章。雖然他發現黃宗羲《南雷文案》「議論乖角，心術鏦薄，觸目皆是，不止如尊意所指讁僅旦中一首也」，但是他在《與魏方公書》中只是辯駁了黃宗羲對於高斗魁的污蔑，至於黃宗羲將他稱作「書賈」，以及竊書之事，並沒有作任何辯解，由呂留良的默許，可以證明，《禮記集說》和《東都事略》確實是在呂留良的手上。

卞僧慧《呂留良年譜長編》也考證出這兩本書藏在呂留良家，卞僧慧指出，黃虞稷、周在浚《徵刻唐宋秘本書目》所言：「宋衛湜《禮記集說》一百六十卷：湜字正叔，號櫟齋，崑山人。集諸家說，自注疏而下凡一百四十五家，小戴之學，莫備於是。此書近從□□□□得之。」空缺四字，即是「呂晚村處」，進而得出結論，「《禮記集說》，或本為宗羲所欲，而終歸留良。」〔註174〕

關於澹生堂購書和竊書的問題，清末民初，學界又有了新的認識和評價。這是與黃宗羲和呂留良學術地位的消長有很大關係。晚清以降，清朝衰朽已極，漢人反對滿清統治的呼聲日漸高漲，在排滿風潮的大背景下，反清人士對於呂留良格外推崇，章炳麟就是其中的代表。光緒六年（1880），十三歲的章炳麟讀蔣良騏《東華錄》至呂留良冤案時，就感到「甚不平」，而「《春秋》賤夷狄之旨」已經了然於胸。在此之後，章炳麟「勃然發憤，以踣胡清」，很大程度上也是受到了呂留良的影響。民國元年（1912），章炳麟至齊齊哈爾，為了表達對呂留良的景仰之情，他還親自到呂家祭奠。革命派之推重呂留良者尚不止章炳麟一人，民國三年（1914）姜泣群所編輯之《民國野史》出版，其中就有《過古革命家呂留良墓紀事》一篇，該文痛惜於呂留良所遭遇的不幸，更歎服於呂留良的排滿理論，故此稱呂留良為「古革命家」，甚至還倡議將呂留良請入先烈祠享受祭祀，可見清廷的淫威已無法永久地禁錮呂留良之思想，也足以表明時人對於呂留良之感情也已經發生了巨大的轉變。

時過境遷，隨著呂留良地位的提升，此時的學者對於黃、呂澹生堂爭書之事的評價也出現了新的動向，全祖望倒向黃宗羲一邊而貶抑呂留良的片面性觀點此時已不多見，反而出現了一些批評黃宗羲的聲音，章炳麟《書呂用晦事》即是一例，他說：

〔註173〕〔清〕黃宗羲《黃宗羲全集》，第 11 冊，第 454 頁。
〔註174〕卞僧慧《呂留良年譜長編》，中華書局 2005 年版，第 151 頁。

> 祁忠敏（彪佳）本蕺山弟子，身既死節，其子傾家為國復仇，
> 竟坐遣戍。太沖乘其衰落，入化鹿寺，載其書十捆而出，又藉用晦
> 資力以取之，亦於故舊為恝也。〔註175〕

章炳麟認為黃宗羲與祁彪佳誼屬同門，當祁氏家道敗落之時，黃宗羲不但沒
有施以援手，反而乘人之危，忙於覬覦其藏書，這種做法顯然是愧對老友了。

1936年，黃嗣艾《南雷學案》問世，黃氏試圖淡化黃宗羲與呂留良之間
的學術差異，所以他在為黃宗羲作學案之時，竟然把呂留良列為黃宗羲的同
調，這種做法已經違背了學術史實，更為奇特的是，黃嗣艾不僅要從學術上
拉近黃、呂的關係，還要彌縫兩人早已破裂的情感鴻溝，故此不惜篡改澹生
堂購書之史實。他說：

> 先是祁氏澹生堂藏書出售，先生（呂留良）持吳孟舉三千金以
> 往，南雷公亦以束脩之入參焉。交易畢，各載書歸。先生門人某中
> 途破緘篋，竊南雷公所得衛湜《禮記集說》、王偁《東都事略》去。
> 南雷公責之，門人竟反覆為譖，致先生雖無事，亦皆以攻擊南雷公
> 為口實，進且攻擊王文成之學矣。先生之於南雷公也，其購釁一自
> 其門人。先生歿後，其門人注遺詩，尚架虛造事以誣南雷公，泄所
> 積恨，世每為先生太息云。〔註176〕

黃嗣艾的以上文字是從全祖望《小山堂祁氏遺書記》脫胎而來，但是經過篡
改之後，就與全祖望的觀點大相徑庭了。全祖望所言竊書之人是呂留良之使
者，此處黃嗣艾卻坐實此人就是呂留良之門人，雖然黃嗣艾未曾明說此門人
是誰，但是通過文中「其門人注遺詩」來看，黃嗣艾所言之竊書者應該就是
嚴鴻逵，因為在呂留良的眾多門人中，只有嚴鴻逵為呂留良的詩集作過箋
注。可見，黃嗣艾迫於清末民初舉世尊呂的輿論壓力，他是不敢冒天下之大不韙
而批評呂留良的，只好把黃呂交惡的責任推卸到嚴鴻逵身上，把嚴鴻逵說成
是挑撥黃呂關係的罪魁禍首，甚至還說嚴鴻逵造謠污蔑黃宗羲。其實，造謠
生事者不是嚴鴻逵而恰就是黃嗣艾。黃嗣艾徵引呂留良《黃太沖書來三詩見
懷依韻答之》之第一首云「倚壁蛛絲名士榻，荒碑宿草故人墳」，並釋之曰：
「『名士榻』者，南雷往來先生家，必下榻，因先生偏執，不敢再近，故云云。
『故人』，則指高旦中，謂其已死而無調協之友矣。」得出的結論是呂留良因

〔註175〕卞僧慧《呂留良年譜長編》，第462頁。
〔註176〕黃嗣艾《南雷學案》，正中書局1936年版，第438頁。

得罪黃宗羲而「旋復自悔」〔註177〕。

黃嗣艾是在故意曲解呂留良之詩，事實上自悔的是黃宗羲而不是呂留良。事情的原委是這樣的，澹生堂購書風波之後，黃呂之間已經出現齟齬，所以康熙六年（1667），黃宗羲就改在姜希轍家設館，並同姜希轍、張應鰲恢復了劉宗周創辦的證人書院講會，從此之後，就再也沒有到過呂留良家。對於黃宗羲的不辭而別，呂留良非常氣憤，於是就寫了兩首詩挖苦黃宗羲，黃宗羲自知理虧，也沒有作出回應。康熙九年（1670），黃、呂共同的朋友高斗魁去世，黃宗羲所作的墓誌銘對高斗魁有詆毀之處，被呂留良指出，高氏家人聽從了呂留良的勸告，沒有採用黃宗羲寫的墓誌銘，黃、呂之間的矛盾進一步激化。康熙十四年（1675）十月，呂留良因事到杭州，或許是黃宗羲覺得在很多事情上做得太過偏激，此時心裏有些自責，很想來杭與呂留良會晤，但是又礙於情面，不方便自前來，所以就寫了一封書信，並在扇面上寫了三首詩，遣其子黃百家帶著書信和扇面前來拜訪呂留良。黃宗羲的三首詩已經亡佚，其具體內容已經不可盡知，但根據呂留良的和詩可以看出，黃宗羲是希望與呂留良重歸舊好的。可是，呂留良拒絕了黃宗羲的示好請求，他在《黃太沖書來三詩見懷，依韻答之》第一首就明確表示了拒絕之意，詩云：

> 越山吳樹兩曾勤，何日忘之詩不云。倚壁蛛絲名士榻，荒碑宿
> 草故人墳。

> 想從歧路招揚子，誰出蘆舟載伍員。慚愧賞音重鼓動，枯桐早
> 已斷聲聞。〔註178〕

嚴鴻逵對該詩的注解是：

> 方太沖之館子家，將歸，必親送之杭，歸後必頻寄書附物，其
> 勤如此。方今雖與子絕，子固無日忘也。名士榻，斥太沖；故人墳，
> 蓋指鼓峰（高斗魁）。太沖之交，實因鼓峰。鼓峰始終誼篤，而太沖
> 後來凶隙。故因太沖之交絕而遂念鼓峰之不可作也。故又言有從歧
> 路而招揚子者，無出蘆舟而載伍員者，雙承上意也。結語則正言己
> 不求人之意，而毅然絕之矣。〔註179〕

兩相對照，就可以看出，嚴鴻逵的注解比黃嗣艾更貼近實情。以「必頻寄書

〔註177〕黃嗣艾《南雷學案》，第438頁。

〔註178〕〔清〕呂留良《呂留良詩文集》，第417頁。

〔註179〕卞僧慧《呂留良年譜長編》，第237頁。

附物」爲例，確實如嚴鴻逵所言，呂留良早先對黃宗羲很是尊敬，也眞正是頻頻寄送書物，即使是在兩人關係出現疏離之後的康熙八年（1669），呂留良還堅持給黃宗羲寄去了「弊衣一件，松蘿一觔」〔註180〕。另外，從呂留良的和詩來看，「慚愧賞音重鼓動」，是說黃宗羲「賞音重鼓動」；而「枯桐早已斷聲聞」，是呂留良自比枯桐，暗示自己無續弦之意。因此，黃嗣艾說呂留良自悔完全是斷章取義，故意曲解，而「架虛造事」之人也不是嚴鴻逵而是黃嗣艾。至於嚴鴻逵竊書之後挑撥黃、呂關係之事，也是子虛烏有，而眞正拿取那兩本書的人還是呂留良。

三、呂留良竊書非關學術

上文已經論證了《禮記集說》和《東都事略》確實是被呂留良在中途拿去，但問題是呂留良爲何在黃宗羲十捆書之中單單取這兩種？這是一個懸而未決的問題，自全祖望以下，學界還沒有對此提出過有說服力的觀點。2004年，陳居淵發表了《清初的黃、呂之爭與浙東學術》，他從學術史發展的角度對此問題進行了論述。陳氏認爲，清初浙東地區的學術繁榮，浙東學者對搜集、抄錄、纂輯宋元經注的活動表現出異常的熱情，在恢復宋元經注的工作中，尋覓、搜集傳世的宋元經注著作便是頭等任務。當時黃宗羲的高足萬斯大正在編纂《禮記注疏》，學術價值極高的衛湜《禮記集說》自然就成了他所關注的重點，因爲門生萬斯大的關係，黃宗羲對此書也格外在意。故此陳氏得出的結論是：「從這一意義上說，爲獲取《禮記集說》一書而引發的黃呂之爭，表面上純屬個人行爲，而其背後正深藏著誰先擁有宋人經注，誰就先擁有經書解釋權的學術史意蘊。」〔註181〕

陳居淵的論證疏漏之處太多，不足採信：

首先，被呂留良中途拿走的是兩種書，而陳居淵只論述了《禮記集說》一種，問題的關鍵是兩部書，而不是「一部《禮記集說》就導致了黃、呂之爭」。另外，假設爭書之事確實如陳居淵所言，是爭奪經書的解釋權，那麼《禮記集說》是經部要集，與陳氏觀點尙無扞格之處，可是王偁《東都事略》乃是宋代史部之書，與經學解釋權有何關係？

其次，陳氏說「誰先擁有宋人經注，誰就先擁有經書解釋權」，按照陳氏的

〔註180〕〔清〕呂留良《呂留良詩文集》，第38頁。
〔註181〕陳居淵《清初的黃呂之爭與浙東學術》，《寧波黨校學報》2004年第6期。

邏輯，呂留良擁有了《禮記集說》，他就應該擁有經書解釋權，可惜學術史的發展已經證明，呂留良在三禮之學上並無發明，也沒有看到呂留良有禮學著作問世，可見擁有了《禮記集說》的呂留良並沒有就擁有經學的解釋權。何況呂留良對於三禮之學也從未有萬斯大那樣的熱情，對三禮注疏之學既然毫無興趣，呂留良又怎麼會去爭所謂的經學解釋權呢？至於呂留良的學術興趣，正如錢穆先生所言，「亦未能如亭林、梨洲諸人之轉途深治經史，而始終落在時文圈套中，乃獨以批選時文成為中國學術史上一特出人物，此則晚村之所以為晚村也」〔註182〕。可見，呂留良癡迷的是程朱理學和時文批選，其學術的主要依據是朱熹《四書章句集注》和《近思錄》等，而不是衛湜《禮記集說》。

因此，陳居淵的觀點是求深反惑，與事實不符。事實上，關於爭搶這兩部書的原因，當事人黃宗羲已經說得非常清楚，其《天一閣藏書記》說：

> 丙午，余與書賈入山翻閱三晝夜，余載十捆而出，經學近百種，稗官百十冊，而宋元文集已無存者。途中又為書賈竊去衛湜《禮記集說》、《東都事略》。山中所存，唯舉業講章，各省志書，尚二大櫥也。〔註183〕

由黃宗羲的回憶可以得出如下結論：

首先，既然黃宗羲蔑稱呂留良為書賈，那麼書賈所關心的無非是書籍的經濟效益，而不是學術含量，所以黃宗羲認為呂留良將兩種宋版書拿走，是因為被它們的經濟價值所誘惑。

其次，儘管全祖望《禮記輯注序》說：「會姚江黃徵君自山陰祁氏書閣見之，遽售以歸，踔急足告先生，而中途為書賈竊去。」〔註184〕黃宗羲遣人告訴萬斯大，是因為萬斯大正在注解《禮記》，有必要參考此書，並不能說明黃宗羲本人對此書有多麼大的學術興趣。再說，黃宗羲感歎的是澹生堂「宋元文集已無存者」，宋元文集才是他關注的重點，而不是宋元經書，這是與黃宗羲編輯《宋元文案》的構想有關，與經學注疏則了無干涉。還有，黃宗羲擬定編纂的古文總集不僅有《宋元文案》，還有《明文案》和《明文海》，若從數據收集方面考慮，那麼黃宗羲應該同時關注宋、元、明三朝的文集，但是他在文中卻略去明代文集不表，單單突出宋元文集，這就表明，黃宗羲關注的不是宋元文集的數據價

〔註182〕錢穆《中國學術思想史論叢》，第 8 冊，安徽教育出版社 2005 年版，第 140 頁。
〔註183〕〔清〕黃宗羲《黃宗羲全集》，第 10 冊，第 118 頁。
〔註184〕朱鑄禹匯校《全祖望集匯校集注》，第 1178 頁。

值，而是宋元文集之「宋元」的文物價值和經濟價值。

綜合以上兩點，在澹生堂書籍嚴重流失，宋元珍本所剩無幾的情況下，宋版《禮記集說》、《東都事略》的文物和經濟價值才顯得彌足珍貴，以至於讓黃、呂兩人均爲之心動，才出現了黃宗羲已經將兩書納入囊中，又被呂留良中途截去的鬧劇。

四、購書的費用來源與呂留良、吳之振之交惡

全祖望《小山堂祁氏遺書記》說：「（呂留良）已而以三千金求購澹生堂書，南雷亦以束脩之入參焉。」可見，購書的費用分爲兩部分，一部分是呂留良所出的三千兩白銀，另一部分是黃宗羲作爲家庭教師的收入。雖然全祖望沒有說明黃宗羲具體的出資數目，但是清初家庭教師的酬勞應該也不會太高，或許正是因爲數目太少，全祖望才故意略去。所以黃、呂購書的大部分資金還是由呂留良提供的。既然呂留良出資最多，按照資金多少分配書籍，呂留良應該獲得更多的圖書，但事實卻並非如此，黃宗羲反而得了澹生堂剩餘的精華藏書，而真正落在呂留良手裏的只是少量普通書籍。黃宗羲這種做法，肯定會使呂留良氣憤，而呂留良中途劫下兩種宋版書卻是合情合理之事，因爲買書費用本來就是呂留良所出，書籍的擁有權自然是歸呂留良所有，而黃宗羲和全祖望在記載此事時，還在使用「竊」字，反倒顯得是有些無理取鬧了。

全祖望又說：「然用晦所藉以購書之金，又不出自己而出之同里吳君孟舉。及購至，取其精者，以其餘歸之孟舉。」全祖望說購書的三千兩白銀是吳之振（1640～1717）所出，但是現存吳之振詩文集裏卻沒有與澹生堂相關的文獻，其他清代文獻也沒有明確的記載，所以我們無法得知吳之振是否出資，也不知道具體的出資數目。可是，關於澹生堂購書的費用，呂留良卻有過記載。他買下澹生堂藏書之後，心情頗爲激動，於是乘興作詩兩首抒懷，即《得山陰祁氏澹生堂藏書三千餘本示大火》，第一首詩云：「阿翁銘識墨猶新，大擔論觔換直銀。說與癡兒休笑倒，難尋幾世好書人。」通過呂留良教導兒子不要嘲笑其「大擔論觔換直銀」的購書行爲來看，既然說到白銀換書，那麼呂留良肯定是出了一大筆錢，儘管是否就是三千兩，仍無法確認。

全祖望在文中還提到一件事，就是呂留良與吳之振的關係破裂，也是因呂留良拿了吳之振的錢去買澹生堂藏書，交易完畢之後，呂留良選取了精華，把撿剩下的書籍給了吳之振，引起了吳之振的不滿，所以吳之振決定與呂留

良絕交。此事也非如全祖望所言，因為首先提出絕交的是呂留良而不是吳之振。呂留良《與某書》明確說明了絕交之意，他說：

> 孟舉原未嘗絕弟，弟自不可立於孟舉之庭耳。夙昔之惠，但有維恩，豈敢怨乎？吾兄往矣，致語孟舉，江湖浩浩，遊乎兩忘之鄉，斯可矣。各匿其意，貌與盤桓，名曰世情，實嶮詖之所為，又何取焉？〔註185〕

據卞僧慧考證，呂留良的這封信是寫給沈起廷的。通過呂留良的書信可知吳之振是希望與呂留良和解的，所以就請沈起廷出面說情，但是呂留良拒絕和解，他是決心要與吳之振絕交，並請沈起廷將絕交的意思轉告給吳之振。因此全祖望所言吳之振主動提出絕交，是沒有根據的。

另外，呂留良和吳之振之交惡，是別有原因，與購書之事無關。對此，包賚《呂留良年譜》有很詳細的論述，他指出呂留良與吳之振交惡，其原因主要有兩個，首先是兩個人的志趣不同。呂留良是以理學家自居，力圖做正人君子的學問，但是吳之振似乎無法忍受道學家的清苦，好逸惡勞的少爺脾性終究沒有改掉，這就引起了自律甚嚴的呂留良的不滿。包賚說：

> 我們讀了這一封信（呂留良《與某書》），曉得晚村原來是希望吳孟舉好好運用他的天才，共同研究「正人君子」的道理，但後來孟舉是沾染世俗了，他不免有「戲弄博簺，講習聲伎」的少爺脾氣。
> 〔註186〕

其次，呂留良與吳之振又不是泛泛之交，呂留良是受了吳之振母親的重託，負有督責吳之振的責任。吳之振生活作風出現了問題，呂留良自然不會袖手旁觀，未免以老大哥的身份自居，不時出來教育吳之振，而吳之振嬌生慣養，養尊處優，對於呂留良的良苦用心反而覺得厭惡，他在與呂留良的交往中，總是覺得被道德教化壓抑著。正如包賚所言：「對吳孟舉這樣面面周到的指示，無一不是老大哥教小弟弟的話。其實晚村不光是對吳孟舉擺著老大哥的態度，他對於一切的朋友總是負責任，總是愛做老大哥。」〔註187〕因此，全祖望所言呂留良與吳之振之交惡是因澹生堂藏書而起，是毫無根據的。

〔註185〕〔清〕呂留良《呂留良詩文集》，第81頁。
〔註186〕包賚《呂留良年譜》，商務印書館1940年版，第136頁。
〔註187〕包賚《呂留良年譜》，第137頁。

第五章　八股文專題研究

第一節　呂留良八股文選本探微

　　呂留良將夷夏之防打併入八股文選本，借助八股文評點傳播其反滿之論。並在選本中努力維繫程朱道統，自覺地引導著亂世之際的讀書種子，希望道統、學統不會因王朝的更迭而湮滅。但是他的苦心並未被時人所理解。黃宗羲譏諷他的八股文評點是紙尾之學，張履祥誠懇地告誡他八股文評點無益身心、有損志氣。更有甚者，詆毀呂留良從事八股文批點，乃是爲生計所迫，與國家、學術兩無所涉。面對舉世譴責之聲，臨終前的呂留良也不禁彷徨、自悔。

一、心跡年年處處違：被理解與被誤解的「時文鬼」

　　對於呂留良來說，死亡並不是一個結束，更大的災難在他死後接踵而至，除了因曾靜的牽連而慘遭戮屍之外，當時的文人還將一個「時文鬼」的惡諡蓋棺論定般地強加在了他的頭上。袁枚是這個惡諡的始作俑者，他借小說家言宣洩了他對呂留良的厭惡和咒詛，《新齊諧》卷二十四《時文鬼》以看似眞實的筆墨虛構了一個神怪故事：

　　　　淮安程風衣，好道術，四方術士，咸集其門。有蕭道士琬，號韶陽，年九十餘，能遊神地府。雍正三年，風衣宴客於晚甘園，蕭在席間醉睡去。少頃醒，喈曰：「呂晚村死久矣，乃有禍，大奇。」人驚問。曰：「吾適遊地府間，見夜叉牽一老書生過，鐵鎖銀鐺，標曰『時文鬼呂留良，聖學不明，謗佛太過』。異哉！」時坐間諸客皆誦時文，習四書講義，素服呂者，聞之不信，且有不平之色。未幾，曾

靜事發，呂果剖棺戮屍。今蕭猶存，嚴冬友秀才與同寓轉運盧雅雨署
中，親見其醉後伸一手指，令有力者以利刃割之，了無所傷。〔註1〕
對一位因反清而遭難的鄉賢用這樣尖刻的故事來諷刺，儘管袁枚或許無意迎
合朝廷意旨，也難免給人以牆倒眾人推的歎惋。且不管袁枚的刻薄少恩，故
事本身卻透漏了一個事實，那就是呂留良與八股文有著莫大的聯繫。如果借
用《孽海花》對「時文鬼」所下的定義——「現在大家都喜歡罵時文，表示
他是通人，做時文的叫時文鬼」〔註2〕，那麼袁枚稱呂留良爲「時文鬼」也未
嘗是冤枉他，反而還可能是一種深度的理解。

畢竟呂留良不僅不罵八股文，反而不時流露出對八股文的溺愛，姚瑚曾
記載了呂留良和張履祥兩人關於八股文存廢的一場論爭軼事：

> 晚村云：「非時文不足以明道。」先師（張履祥）戲曰：「我若
> 爲相，當廢八股，復鄉里選舉之法。」晚村云：「先生雖廢，我當叩
> 閽復之。」〔註3〕

張履祥恢復鄉里選舉之法是帶有儒家復古主義色彩的，這個理想顯然無法推
行於當時。當然，清初八股文的運命也不容樂觀。經歷了宗廟丘墟的鼎革巨
變，懷著黍離之悲的士大夫們在反思明代滅亡的諸種原因時，也紛紛將批判
的矛頭指向了八股文，以至於有人將其置於崇禎皇帝的靈前拷問，雖然有些
過激，但八股文之見棄於時人，乃是無可置辯的事實。在這樣的群聲叫罵中，
呂留良還「沾黏爲制藝家言，若嗜之而不知倦也」〔註4〕，確實是令人難以理
解的，說他是鬼迷心竅，也是情理之中的事情。

正如呂留良自己所言，他對八股文是有著特殊感情的，他與八股文的因
緣幾乎貫穿於他的一生，根據卞僧慧先生《呂留良年譜長編》提供的資料，
通過梳理排撰，我們把呂留良生平的八股文活動以表格的形式呈現如下：

時間	年齡	八股文活動
崇禎十五年（1642）	14歲	參與徵書社八股文選本——《壬午行書臨雲》的編選。
順治十年（1652）	25歲	應清廷試，爲邑諸生。八股文技法嫻熟，每試輒冠軍，聲譽籍甚。

〔註1〕〔清〕袁枚著、崔國光校點《新齊諧》，齊魯書社1985年版，第530頁。
〔註2〕〔清〕曾樸《孽海花》，上海古籍出版社1979年版，第16頁。
〔註3〕卞僧慧《呂留良年譜長編》，中華書局2003年版，第202頁。
〔註4〕卞僧慧《呂留良年譜長編》，第101頁。

順治十二年（1655）	27 歲	與陸文霦同事房選，後結集爲《五科程墨》。
順治十五年（1658）	30 歲	仍與陸文霦從事評選時文。
順治十七年（1660）	32 歲	呂留良八股文集《慚書》刻成。
順治十八年（1661）	33 歲	應陸文霦之請，爲選本《庚子程墨》作序。
康熙十一年（1672）	44 歲	友人張履祥致函呂留良，勸阻其批選時文。
康熙十二年（1673）	45 歲	至金陵收集八股文選本，並以所刻選本發售。
康熙十三年（1764）	46 歲	聽從張履祥勸告，擬停止八股文評選。
康熙十四年（1679）	47 歲	八股文選本《天蓋樓偶評》刻成。
康熙十五年（1676）	48 歲	在金陵寄售八股文選本，命其子公忠往經紀之。
康熙十六年（1677）	49 歲	自是年始，輯錄諸亡友八股文爲《質亡集》。
康熙十八年（1679）	51 歲	八股文選本《歸震川先生全稿》刻成。
康熙二十年（1681）	53 歲	所選時文在福建銷售，命子公忠前往經紀其事。
		八股文選本《錢吉士先生全稿》刻成。
		《質亡集》刻成。
康熙二十一年（1682）	54 歲	十一月，選本《江西五家稿》刻成。

我們的統計很可能是不完整的，但這已經足以顯示出呂留良對八股文的癡迷了。他一生都在與八股文打交道，從十四歲涉足選政，到五十五歲辭世，在短暫的四十一年中，呂留良評選刊刻的八股文選本至少有《天蓋樓偶評》等三十餘種〔註 5〕。這個數量，在清代幾乎是罕有其匹的。不僅如此，這些八股文選本的銷售量和受歡迎程度也是無人可以望其項背的。用「風行海內」來形容絕對不是一句憑空的誇大，王應奎《柳南續筆》卷二《時文選家》記載了呂選時文的熱銷盛況：

> 本朝時文選家，惟天蓋樓本子風行海內，遠而且久。嘗以發賣
> 坊間，其價一兌至四千兩，可云不脛而走矣。〔註 6〕

清代一品官員的月俸是白銀一百八十兩〔註 7〕，呂留良發售一次八股文選本的收入是四千兩，這差不多是當時一品大員兩年的俸祿，這樣比較起來，呂選時文受到熱捧的程度就不難想像了。

呂選時文的熱銷也是對呂留良八股文造詣的逆向認定，毫無疑問，呂留良

〔註 5〕 李裕民《呂留良著作考》，《浙江學刊》1993 年第 4 期。
〔註 6〕 〔清〕王應奎《柳南隨筆續筆》，中華書局 1983 年版，第 163 頁。
〔註 7〕 閻步克《中國古代官階制度引論》，北京大學出版社 2010 年版，第 139 頁。

確實是一位高超的八股文寫手。順治十七年（1660），三十二歲的呂留良將個人的三十篇八股文匯集付梓，定名爲《慚書》。何以名爲《慚書》，呂留良說是自己的八股文水準遠遜前人，與之相較，自然心生慚愧意。這句略帶謙虛的自白卻引來了友人的不滿，不少人認爲他是故作矯情，陸文霖在爲《慚書》作序時，就用詫異的言語質問，並爲呂留良的八股文擊節歡賞，他說：「天下讀其文果不及古人乎哉？其慚吾不知，知其無慚而慚，爲可歎而已。」〔註8〕與呂留良的酷愛八股文相反，友人黃周星則是恨八股文入骨的，他說生平有兩恨，一個是凡人都無法解脫的阿堵物（錢），再一個就是陰魂不散的八股文了。他自己都覺得奇怪的是，當他讀到《慚書》裏的八股文時，竟然驚歎累月，恍然開悟，意識到向來所恨者乃是卑庸陋劣的八股文，而呂留良的八股文卻是另外一種景象，黃周星用了一連串排比華麗的詞句來讚揚他所未曾遭遇到的八股文境界：

> 昨得用晦制藝，讀之，乃不覺驚歎累月。夫僕所恨者，卑庸陋劣之帖括耳。若如用晦所作，雄奇瑰麗，詭勢環聲，拔地倚天，雲垂海立。讀者以爲詩賦可，以爲制策可，以爲經史子集諸家皆無不可。何物帖括，有此奇觀？眞咄咄怪事哉！〔註9〕

呂留良的八股文修爲是全面的，他的八股文理論也頗多警策之處。比如，明代嘉靖後期以降，科舉時文與古文經過了長期的疏離之後，出現了很多問題，一些古文家如茅坤、歸有光等開始借助古文來提升時文的品格，即今人所熟知的「以古文爲時文」。這個改良構想自然是合理且高明的，但具體操作起來卻並非易事，用幾個古文語詞來裝點八股文門面的膚廓現象屢見不鮮。另外，還出現了一種古文家所未曾想到的惡果：他們改造八股文的設想還沒有成功，反而讓古文染上了八股氣息。針對這種流弊，呂留良的見解或許正是一劑良方。他主張時文借鑒古文的關鍵是在「得其氣」，「得其氣」遠比「補衲幾句古文麻布夾紓絲」重要，後者被他譏諷爲是「死口取活氣」。而「得其氣」，首先要「開膽力」，「膽力何由開？只是看得道理明白」〔註10〕。道理明白不是一句空談，最終還要從書本中取資，因爲「天下極奇極幻文字正在目前，經傳中自具」，也就是說書本中具備了時文所需的一切資源，但癥結是「不患手拙，只患腹枵」〔註11〕。「腹枵」者見道不

〔註8〕　〔清〕呂留良《慚書》卷首，清順治刻本，北京大學圖書館古籍部藏。

〔註9〕　〔清〕呂留良《慚書》卷首。

〔註10〕　〔清〕呂留良《晚村先生論文匯鈔》，《四庫禁燬書叢刊》子部第36冊，第108頁。

〔註11〕　〔清〕呂留良《晚村先生論文匯鈔》，第103頁。

明，胸無所有，筆下自然乾枯，就不由地「生出旁敲借擊，討便宜法」，呂留良說這是「不學者無聊之術也」〔註12〕。同樣，把攬大話作門面，呆填敷衍幾句空話，都是不學無術的表徵。即使文家時常掛在嘴邊的鍊字妙訣，也要靠書本知識的滋養，不然「以語枵腹之人，教他煉什麼」？〔註13〕這都是極爲切實的建議，其功用自然也不局限於八股文，古文出現的問題也未嘗不可以拿來醫治。如果聯繫呂留良的尊朱傾向來看，這或許也是對王學末流束書不觀弊端的一個有意針砭。

除了學養，呂留良還特別強調人品德行對八股文境界的決定性影響，他說：「人品高者，爛俗事故之言，盡是看透義理之言。時手開口便露俗腸，眞是瞞人不得。」〔註14〕凸顯學養和道德在文章學中的地位，是呂留良的機警處，他是借這兩個因素來模糊時古文之間的界限，縮小時古文之間的價值差距，把時古文的區別淡化在文體差異的狹小區域內，即「有德者必有言，八股文與詩古文只體格異耳，道理文法非有異也」〔註15〕，這是爲了抬高八股文的聲價，爲他的八股文事業找到一種道義上的支撐。另外，文如其人，人品決定文品，這是傳統文論的老生常談，呂留良舊話重提，似乎沒有什麼特別之處。但是如果我們把它置於明清之際的大背景下分析，這句老話未必就沒有新的批評價值，畢竟當時已經有一些遺民變節，開始忙於應清廷科舉了，其中就包括久負盛名的侯方域。

令人費解的是，高張節義赤幟的呂留良也參加了清廷的科舉，順治十年（1652），二十五歲的呂留良牛刀小試，「每試輒冠軍，聲譽籍甚」〔註16〕，成了滿清的秀才。對於呂留良的失足，時論譴責之言紛至沓來，張符驤《呂晚村先生事狀》卻道出了呂留良的苦衷，他說

> 先生悲天憫人，日形窘歎。而怨家猏吽不已，暱先生者咸曰：
> 「君不出，禍且及宗。」先生不得已，易名光輪，出就試，爲邑
> 諸生。〔註17〕

可見呂留良應試乃是爲了避死免禍，保全門戶，家族性命得以無恙，但呂留

〔註12〕〔清〕呂留良《晚村先生論文匯鈔》，第 101 頁。
〔註13〕〔清〕呂留良《晚村先生論文匯鈔》，第 119 頁。
〔註14〕〔清〕呂留良《晚村先生論文匯鈔》，第 105 頁。
〔註15〕〔清〕呂留良《晚村先生論文匯鈔》，第 101 頁。
〔註16〕〔清〕呂葆中《(呂留良)行略》，《續修四庫全書》第 1411 冊，《呂晚村先生文集》第 56 頁。
〔註17〕卞僧慧《呂留良年譜長編》，第 92 頁。

良的內心卻是異常痛苦。在痛苦中苟全隱忍了十四年之後，呂留良終於置身家性命於不顧，毅然決定棄去青衿，這個過程，其子呂葆中所撰《行略》有詳細記載：

> 至丙午歲，學使者以課按禾，且就試矣。其夕造廣文陳執齋先生寓，出前詩示之，告以將棄諸生，且囑其為我善全，無令剩幾微遺憾。執齋始愕眙不得應，繼而聞其曲衷本末，乃起而揖曰：「此真古人所難，但恨向日知君，未識君耳。」於是詰旦傳唱，先君不復入，遂以學法除名。一郡大駭，親知無不奔問彷徨，為之短氣。而先君方怡然自快。〔註18〕

從親友的「短氣」和呂留良的「怡然自快」也可以看出，呂留良應試背後的社會壓力。呂留良棄去青衿的決定也不是心血來潮，而是在胸中盤桓已久，至遲在前一年，他就表達了這個想法，康熙四年（1665），他作《耦耕》詩自述心跡〔註19〕，詩云：

> 誰教失腳下漁磯，心跡年年處處違。雅集圖中衣帽改，黨人碑裏姓名非。苟全始信談何易，餓死今知事最微。醒便行吟埋亦可，無慚尺布裹頭歸。

將生死置之度外，他的決絕與節操也不輸僧人臨死僅以布帛裹頭而去的曠達了。不過呂留良的快然並沒有維持太久，稍事平息之後，他就對呂葆中說：「自此，老子肩頭更重矣。」〔註20〕他又挑起了一個更加沉重的擔子，這個更重的擔子是什麼？呂葆中沒有說出，事隔多年，真相被雍正皇帝道出，那就是，棄去青衿的呂留良「忽追思明代，深怨本朝」〔註21〕。呂留良承擔起的重擔是反滿。然而這一次反滿的方式已經不同於以往的武力抵抗了，他發現了一個更為隱秘方便的法門，即借助清廷的應制八股文散播反滿思想，把夷夏之防隱藏在八股文選本中，將希望寄託在一批識字的秀才身上。故此，呂留良之選擇八股文選本乃是不得已之策，是針對滿清高壓專制政策的對抗策略。如果忽略這一點，僅僅把呂留良視作癡迷八股文的時文鬼，實在是誤解他了，所以他說自己選批時文是「行跡乖誤，刺違本懷」，「於選家二字，素所愧恥」〔註22〕。

〔註18〕 〔清〕呂留良《呂晚村先生文集》，第 56 頁。
〔註19〕 〔清〕呂留良《呂晚村詩》，《續修四庫全書》第 1411 冊，第 48 頁。
〔註20〕 〔清〕呂留良《呂晚村先生文集》，第 65 頁。
〔註21〕 〔清〕世宗胤禛《大義覺迷錄》，《四庫禁燬書叢刊》史部第 22 冊，第 365 頁。
〔註22〕 〔清〕呂留良《呂晚村先生文集》，第 102 頁。

二、屠龍餘技到雕蟲：選本中的反清與尊朱

　　因爲曾靜的謀反案，呂留良死後四十六年（1729），雍正皇帝讀到了呂留良的八股文選本和詩文集，「繙閱之餘，不勝惶駭震悼」〔註23〕，禁不住氣憤地叫罵道：「自生民以來，盜名理學大儒者，未有如呂留良之可恨人也。」〔註24〕雍正皇帝的震驚並非無據，因爲他讀出了呂留良八股文選本中的兩大「違逆」之處：一是「著邪書，立逆說，喪心病狂，肆無忌憚」；二是「於聖祖仁皇帝任意指斥，公然罵詛，以毫無影響之事，憑空撰造」〔註25〕。第二個罪狀無非是文人發幾句牢騷，譏評一下時政，還不足以引起天子的震悼，問題的核心是在第一條罪狀上，即「立逆說」。誠如雍正皇帝所言，呂留良確實在八股文選本中暗藏了反滿的消息，吳爾堯在爲呂留良的八股文選本《天蓋樓偶評》制定凡例時，第一條就是一個曖昧的反滿暗示，他說：

> 　　先生非選家也，偶評非時書也，先生之言託於是爾。先生之言
> 也蓋詳，天下有志之士，由其言而得其所不言，則是書已多。屢讀
> 偶評而不入，視不過時文而已，則其於先生之言固終無得矣。〔註26〕

呂留良選擇八股文評語來宣傳他的革命見解，源於他的一個預設，呂留良考慮到，反滿事業的希望全在底層知識分子身上，他認爲捨目前幾個秀才，便無可與言者，他說：

> 　　讀書未必能窮理，然而窮理必於讀書也；秀才未必能讀書，
> 然而望讀書必於秀才也；識字未必能秀才，然而望秀才必於識字
> 也。〔註27〕

當時多數的秀才是僅讀《四書》、八股文的，這是令人痛心的局面，呂留良卻從中找到了植入反滿言論的切口，這真是是困境中的無奈之舉，但從事後的影響來看，這種做法確實也達到了預想的目的。這是因爲，秀才們每日浸染於八股文之中，反滿思想可以潛移默化地深入他們的內心，引起他們對清政府的仇恨，喚醒日漸沉睡的民族意識。當然，這還是淺層次的，更爲重要的是，八股文縱有千般罪孽，但有一點卻可以爲遺民傳播反滿思想提供便利，那就是八股文的「入口氣」。八股文的入口氣，也叫代聖賢立言，通俗一點說

〔註23〕〔清〕世宗胤禛《大義覺迷錄》，第 365 頁。
〔註24〕〔清〕世宗胤禛《大義覺迷錄》，第 366 頁。
〔註25〕〔清〕世宗胤禛《大義覺迷錄》，第 365 頁。
〔註26〕〔清〕呂留良《晚村天蓋樓偶評》，《四庫禁燬書叢刊》經部第 5 冊，第 402 頁。
〔註27〕〔清〕吳爾堯《天蓋樓大題偶評序》，同上，第 399 頁。

來，就是以聖賢的口吻發言。模擬聖賢發言或許會喪失行文者的個性，這也是八股文倍受批判的一個口實；不過，如果行文者是高超的作手，那就未嘗不可以借助聖賢的口吻說出內心的情愫，也可以通過聖人神聖不可侵犯的地位和不可估量的號召力，為自我的思想找到一個不容置疑的依據，這就好比農民起義領袖慣常使用的靈魂附體法。呂留良運用的就是這種策略，通過曾靜的供詞就可以看出，曾靜說：

> 生於楚邊，身未到大都，目未接見文人，見聞固陋，胸次尤狹，只有一點迂腐好古好義之心，時存於中而不可泯。加以呂留良之文評盛行於世，文章舉子家多以伊所論之文為程法，所說之義為定議。而其所譏詆本朝處，又假託春秋之義，以寄其說於孔子口中，所以不得不令愚人信其實。無奈呂留良將此義發的驚異，且以為說出於孔子，彌天重犯雖不識呂留良何如人，為有不信孔子？〔註28〕

還有，秀才們的固陋無知、盲目輕信也為呂留良提供了便利，曾靜的供詞說：

> 國家今日士子之從事舉業文字，曉得他的說話者，胸中未嘗不染其惡，但所知有深淺，是以受病有輕重。求其能卓然自信，知呂留良之說為非，而復解脫得一部《春秋》之義與本朝絲毫無礙者實少。〔註29〕

正如曾靜所供，呂留良在八股文選本中注入了「春秋大義」、「夷夏之防」。以管仲是否為仁者為例：在齊桓公與公子糾的政變中，管仲背棄故主，輔佐桓公。相對於召忽的殉難，管仲是否為仁者，是儒學中一個敏感的話頭。孔門高足子路、子貢都曾提出質疑，孔子的回答是：「管仲相桓公，霸諸侯，一匡天下，民到於今受其賜。微管仲，吾其被髮左衽矣！」朱熹的注解云「尊周室，攘夷狄，皆所以正天下也」〔註30〕。這有點類似於顧炎武所言亡國與亡天下，孔子的著眼點是在天下這一更高層次上，強調了管仲打擊蠻夷，保存周室文明的功績。呂留良抓住了孔子尊王攘夷的思想，以之來排滿，所以他說：「一部春秋大義，尤有大於君臣之倫，為域中第一事者，故管仲可以不死耳。」奉旨批駁呂留良的滿臣朱軾、方苞等也讀出了呂留良言論的危險處，不得不用君臣節義來消解尊王攘夷的春秋大義，

〔註28〕〔清〕世宗胤禛《大義覺迷錄》，第 373 頁。
〔註29〕〔清〕世宗胤禛《大義覺迷錄》，第 373 頁。
〔註30〕〔宋〕朱熹《四書章句集注》，中華書局 1983 版，第 153 頁。

他們說：「域中之義，莫大於君臣。孔子所以嘉管仲之功，而不責以匹夫之小諒者，正爲君臣之大義也。」〔註31〕朱軾、方苞自有他們的狡獪處，抬出「匹夫之小諒」，意在淡化遺民守節的必要性，也爲他們身仕新朝提供了洗刷罪名的理由。看似一舉兩得，其實他們的這種心態，早就被呂留良預先駁倒，呂留良說：

> 此章孔門論出處、事功、節義之道，甚精甚大。子貢以君臣之義言，已到至處，無可置辯。夫子謂義更有大於此者，此春秋之旨。聖賢皆以天道辯斷，不是夫子寬恕論人，曲爲出脫也。後世苟且失節之徒，反欲援此以求免，可謂不識死活矣。〔註32〕

朱軾、方苞等人對呂留良的上述言論眞是難以置喙了，而所謂批駁也終究是無力的，無怪乎容肇祖先生說：「《駁呂留良四書講義》一書，即全爲應制而作，他的內容，當然是要不得的。朱軾、吳襄、方苞、吳龍應、顧成天等，都是媚上和苟取祿位之流，他們所摘駁，自然是斷章取義，敷衍成書，毫無價值的了。」〔註33〕

呂留良灌注在八股文選本中的尊王攘夷思想不是一句空談，他還主張以武力反抗清政府的統治，爲此他甚至不惜改易孔子和朱熹的本義，來遷就他的主張。如《論語・八佾篇》：「子曰：射不主皮，爲力不同科，古之道也。」朱熹注曰：

> 古者射以觀德，但主於中而不主於貫革，蓋以人之力有強弱，不同等也。《記》曰：武王克商，散軍郊射，而貫革之射息。正謂此也。周衰禮廢，列國兵爭，復尚貫革，故孔子歎之。〔註34〕

處於列國紛爭時的孔子，原是反對「貫革」，反對武力的，他的初衷是要消弭戰火，意在推行文教，是通過射禮觀德，而不是強調武備。呂留良卻說：「原有主皮用處在。不主二字，一以奮武衛，一以揆文教，兩義都在。」將武衛和文教置於平行的位置。後來又借評點劉子壯八股文的機緣，單獨凸顯武衛，劉子壯八股文其中的兩股曰：「不貫革，可也，所以進天下於能射之路也；能貫革，亦非所禁也，所以收天下用力之權也。」呂留良評語

〔註31〕〔清〕朱軾等《駁呂留良四書講義》，《四庫未收書輯刊》第 6 輯第 3 冊，第 718 頁。
〔註32〕〔清〕呂留良《呂子評語》，《四庫禁燬書叢刊》經部第 8 冊，第 113～114 頁。
〔註33〕容肇祖《呂留良及其思想》，第 85 頁。
〔註34〕〔宋〕朱熹《四書章句集注》，第 65 頁。

頗見其用心，他說：

> 方見不主全義。主字是專重，解謂不專重貫革，便非禁貫革也。謂力不同科，便非捨力而論射也。弧矢之利以危天下，古聖何故製此不祥之器乎？蓋有所用也。不貫革，用之何益？此可悟井田、封建，古聖人爲天下計，至深遠矣。〔註35〕

朱軾等駁斥呂留良「非聖人發歎本旨」〔註36〕，也是看出了其中的端倪。

對於清政府入關初年的血腥屠殺，呂留良也在八股文選本中表達了強烈的抗議，《論語・子路篇》：「子曰：善人爲邦百年，亦可以勝殘去殺矣，誠哉是言也！」朱熹注曰：「勝殘去殺，不爲惡而已，善人之功如是。若夫聖人，則不待百年，其化亦不止此。」〔註37〕呂留良云：

> 因殘殺而思善人，因善人而思是言。一片深情，直使鳥驚心而花濺淚。是從殘殺之世，思望至治而不可得，不得已而思及此。誠哉句味不盡，紙上猶聞太息之聲。〔註38〕

如果聯繫到揚州十日、嘉定三屠的國家災難，以及留良侄兒抗清戰死的家族血淚，再來分析呂留良的八股文選本，那麼我們就會發現，呂留良隱藏在八股文評語裏的就不僅僅是一聲歎息了。

八股文選本之於呂留良，不僅是他傳播反清思想的利器，也是他傳承程朱理學道統的重要載體。呂忠葆《（呂留良）行略》記載了呂留良棄去青衿之後，選擇八股文選本維繫道統的原因，曰：

> （呂留良）又嘗歎曰：「道之不明也久已。今欲使斯道復明，捨目前幾個識字秀才，無可與言者。而捨四子書之外，亦無可講之學。」故晚年點勘八股文字，精詳反覆，窮極根底，每發前人之所未及，樂此不疲也。〔註39〕

道統是個很玄妙模糊的東西，不太容易落到實處，爲此呂留良發現了一個下學上達的辦法，即通過學統的傳承返溯到道統的維繫上去，而傳承學統的關鍵是要保住一批讀書種子。依據這個邏輯，讀書種子是最切實基礎的入手處，是道統、學統賴以綿延不絕的根本。而讀書種子就是上文提到的秀才，這些

〔註35〕 〔清〕呂留良《呂子評語》，第 687 頁。
〔註36〕 〔清〕朱軾等《駁呂留良四書講義》，第 680 頁。
〔註37〕 〔宋〕朱熹《四書章句集注》，第 144 頁。
〔註38〕 〔清〕呂留良《呂子評語》，第 102 頁。
〔註39〕 〔清〕呂留良《呂晚村先生文集》，第 59 頁。

秀才是非八股文、四子書不觀的，因此最終還是要借助八股文吸引他們的注意力。職是之故，至輕至賤的八股文也不可等閒視之了，吳爾堯《天蓋樓大題偶評序》說：

> 晚村之爲人也，倀倀涼涼，多否少唯，遇車蓋則疾走，聞異音則掩耳而逃。與人言至科舉種子，未嘗不痛疾而雪涕也。顧沾黏焉取時文批點之。〔註40〕

呂留良《程墨觀略論文》也一再強調八股文對於讀書種子的重要性，他說：

> （八股文）文體猶小者也，使古來讀書種子於是乎絕，天下奇才美質於是乎無成，苟且奔競之習深，而人心風俗於是乎大壞，曾不意禍弊之至此極也。〔註41〕

最早提出讀書種子這個概念的是黃庭堅，他在《戒讀書》中說：

> 四民皆當世業，士大夫家子弟能知忠信孝友，斯可矣。然不可令讀書種子斷絕，有才氣者出，便當名世矣。〔註42〕

這是針對家族文化的傳承而言的。明初姚廣孝將讀書種子的重要性提升到國家、天下文脈存廢的高度，《明史·方孝孺傳》曰：

> 先是成祖發北平，姚廣孝以（方）孝孺爲託，曰：「城下之日，彼必不降，幸勿殺之。殺孝孺，天下讀書種子絕矣。」成祖頷之。〔註43〕

把讀書種子視爲道統所繫，並將其與八股文捆綁在一起，確實是呂留良的一個創舉。不過這個創舉並非有什麼值得誇耀之處，因爲它背後所蘊含的無奈是非常沉重的。

康熙二十二年（1683）八月十三日，呂留良去世。他與八股文選本的孽緣結束了，但友人對呂選時文的推重並沒有因爲的他的去世而終止。陳祖法《祭呂晚村先生文》說：「於選政中見君議論評騭，知非斤斤以文章士自命也」〔註44〕，隱約道出了呂選時文中的反清意圖；陸隴其則稱讚呂留良的理學貢獻，其《祭呂晚村先生文》說呂留良「辟除榛莽，掃去雲霧。一時學者，獲

〔註40〕〔清〕吳爾堯《天蓋樓大題偶評序》，見呂留良《天蓋樓偶評》卷首，《四庫禁燬書叢刊》經部第5冊，第399頁。

〔註41〕〔清〕呂留良《呂晚村先生文集》，第162頁。

〔註42〕黃庭堅《山谷別集》，《影印文淵閣四庫全書》第1113冊，頁592。

〔註43〕張廷玉等《明史》，北京：中華書局1974年版，頁4019。

〔註44〕卞僧慧《呂留良年譜長編》，頁300。

睹天日」﹝註45﹞。不過也有對呂留良為時文所困而感到惋惜者，查慎行《挽呂晚村徵君》詩就感歎呂留良明珠暗投，把天縱之才荒廢於八股文批點了，同時也對呂留良的賣文行為深致不滿，其詩云：「屠龍餘技到雕蟲，《賣藝文》成事事工。」

三、一事無成空手去：臨終自悔

　　康熙二十二年（1683）年初，病重的呂留良走到了人生的邊緣，他並不畏懼死亡，死亡對他來說或許更是一個解脫，從康熙五年（1666）公開與清廷決裂之後，他就已經決定一死明志了，所以在死亡逼近時，呂留良沒有躲閃，而是坦然地迎接，他一連寫了六首《祈死詩》，總結一生的經歷與功業。遺憾的是，當年「醒便行吟埋亦可，無慚尺布裹頭歸」的壯志已經消失的無影無蹤了，此時的呂留良不是「無慚」，而是「有悔」，《祈死詩》第六首就是這樣一首自悔詩，詩云：

　　　　悔來早不葬青山，浪竊浮名飽豆籩。作賊作僧何者是？賣文賣
　　藥汝乎安？便令百歲徒增感，行及重泉稍自寬。一事無成空手去，
　　先人垂問對應難。

詩中充斥著遺憾和悔恨，既有遺民身份認證的模糊，也有個人價值衡定的困難。呂留良憑藉時文批點宣揚了夷夏之防，維繫了程朱道統，是無愧於春秋大義，無愧於程朱先賢的。但是呂留良除了幾十部八股文選本，以及附庸於八股文的兩部四書著作和少量的詩文之外，幾乎沒有其他可以傳世的著述，並且他所珍視的八股文選本在當時是為士大夫所不恥的，藏書家不取，目錄家不著，肯定是無法傳世的，這對於一位以理學名家的遺民來說，無疑是最痛苦的，所以他是有愧於個人，有愧於祖宗的。在生命的最後盡頭，呂留良的遺憾依然沒有消除，八個月後，他抱憾而卒。呂留良臨終前的自責與自悔是沉重的，而促成這份沉重的因素又有很多，既有遺民的生計困境，也有親友的誤解背叛，還有學界的冷嘲熱諷。

　　有人說呂留良評選時文，與民族大義、儒家道統無涉，完全是為謀利。康熙十二年（1673），呂留良在金陵發售八股文選本，就遇到了這些人的詰難，他們說呂留良以選文為業，是「饜宮室、妻妾、子女、藏獲之欲」。並逼迫呂留良做出解釋，呂留良既氣憤又無奈，他說：

────────────
﹝註45﹞同上，頁305。

余又烏乎正！人心之污下也久矣。士不力學，而丐活於外，惟
知溫飽聲勢爲志。凡余以爲理也、文也，彼且以爲利也、名也。而
又烏乎正？〔註46〕

這個辯解肯定不足以饜服人心，在大庭廣眾之中，呂留良自然無法傾訴隱衷，
不過人們的詰問也切實地觸到了呂留良的痛處。

　　呂留良選評時文確實有生計上的考慮，順治十七年（1660），爲生活所迫，
呂留良與諸友相約賣藝，還親自起草了一份《賣藝文》，類似於今天的廣告詞，
賣藝文後開列價目單，明白標注所賣書畫、詩文等價格，其中最貴的是應酬
文章壽文，白銀一兩一篇。可見，爲了生存，遺民也不得不混跡塵世，與流
俗虛與周旋了〔註47〕。之後呂留良的銷售時文，也有類似的目的。康熙十五
年（1676）《與潘美岩書》就坦白心跡，說：「某年來乞食無策，賣文金陵，
慨寓布家，自鬻自刻。」〔註48〕正如前文《柳南續筆》所記載的那樣，呂留
良的時文選本很是暢銷，收入也非常可觀，以至於人們忽視了他背後的隱微
之處，片面的以爲他是借選本斂財，往往將他與射利的書賈混作一類。還有，
他屢屢爲之的評選行爲，幾十種之多的八股文選本，也不禁使人懷疑他樂此
不疲的眞正用意是否如他宣稱的那樣正大光明？對此，呂留良內心非常懊
惱，百口難辨，他說：

鴟夷之簫，漸離之築，摩詰之琵琶，偶斯可耳，終日吹彈於市，
而曰我非乞倡，雖乞倡且憎笑之矣。〔註49〕

最讓呂留良傷心的是，他的兒子辟惡也誤解了他，以爲選本是呂留良的求利之
具，故此也要效法乃父，「欲聚精會神，謀治生之計」，氣得呂留良大罵其俗，
他說：「吾向不憂汝鈍，而憂汝俗。此等見識，乃所謂俗也。」並直言心曲，說：

吾之爲此，賣書非求利。喻義喻利，君子小人之分，實人禽中
外之關。與其富足而不通文義，無寧明理能文而餓死溝壑，此吾素
志。亦所望與汝輩同之者也，豈願有一跖子哉？〔註50〕

〔註46〕〔清〕呂留良《呂子評語續編》卷八，《四庫禁燬書叢刊》經部第 8 冊，第 473 頁。
〔註47〕卞僧慧《呂留良年譜長編》，第 104、105 頁。按：通行本《呂晚村文集》卷
　　　　八《賣藝文》有文無例，卞僧慧先生據《國粹學報》第六十四期的鈔印本補
　　　　入這篇例文，今摘錄與此。
〔註48〕〔清〕呂留良《呂晚村先生文集》卷二，第 101 頁。
〔註49〕〔清〕吳爾堯《癸丑大題序》，見呂留良《癸丑大題》卷首，《四庫禁燬書叢
　　　　刊》經部第 5 冊，第 402 頁。
〔註50〕〔清〕呂留良《呂晚村先生家訓眞跡》卷三，《四庫禁燬書叢刊》子部第 36

如此厲聲的訓斥才勉強打消了辟惡的誤解，其子的疑慮已經到了如許程度，更遑論他人呢？

呂留良反滿的曲衷被忽視，人們糾纏於他因生計困境不得已而爲之的營利。與之相類，他志在延續道統方面的努力也被人黃宗羲、全祖望等人譏諷爲「紙尾之學」，王應奎說：「浙中汲古之士如黃梨洲、范季野輩，頗薄其所爲，目爲紙尾之學云。」〔註51〕全祖望也有極嚴苛的批評，他在《小山堂祁氏遺書記》文中說：

> 近者石門之學，固已一敗塗地。然坊間學究，尚有捧之謂足以接建安（朱熹）之統者。弟子之稱，猖猖於時文批尾之間。潦水則盡而潭未清，時文之陷人心，一至於此。〔註52〕

康熙五年（1666），因購買祁氏澹生堂藏書，呂留良與黃宗羲發生爭端，以至反目，全祖望左袒黃宗羲，故二人對呂留良的批點八股文頗不以爲然。另外，呂留良的尊奉程朱理學，排斥陸王心學，也引起了黃宗羲的反感。如果說黃宗羲、全祖望的批評是夾雜個人恩怨、不同學術派別的論爭，還不足以動搖呂留良視聽的話，那麼理學內部，尤其是同道好友的規勸，就不免讓呂留良困惑深思了。

康熙十一年（1672）粹儒張履祥致函呂留良，勸誡呂留良停止時文評點：

> 案頭忽見《天蓋樓觀略》之顏，深疚修己之不力，無一科委相觀之益。而復直諒不足，不能先事沮勸，坐見知己再有成事遂事之失。如兄之稟賦高明，嗜善之饑渴，與夫擇道之不惑，見義之勇爲，種種懿美，何難進造比肩於千古之人豪。堪爲若此無益身心，有損志氣之事，耗費精神，空馳日月乎？昔上蔡強記古今，程子尚以爲「玩物喪志」；東萊日讀《左傳》，朱子亦以其守約恐未。何況制舉文字，益下數等，兄豈未之審思耶？鳳凰翔於千仞，何心下視腐鼠；隋侯之珠，不忍於彈鳥雀。祥固知言之於今日，無及與事矣。但前此未聞。抑古人有言：「非咎既往，實欲愼將來耳。」伏維鑒此硜硜，急卒此役。移此副精神，惜此時歲月，爲世道人心大德業之計。作字至此，心煩手震，不能復作。〔註53〕

　　　　冊，第173頁。
〔註51〕〔清〕王應奎《柳南隨筆續筆》，第163頁。
〔註52〕〔清〕全祖望《鮚埼亭集外編》卷十七，《續修四庫全書》第1429冊，第624頁。
〔註53〕〔清〕張履祥《楊園先生詩文》卷七《與呂□□》，《續修四庫全書》第1399冊，第108～109頁。

張履祥惋惜呂留良懿美之才消耗於腐鼠事業，勸他早日停止無益的八股文批點，改弦更張，將所剩無幾的歲月運用到世道人心的大德業上去。書信事理剖析深刻，感情真摯誠懇。可惜這位直諒畏友，在兩年之後（1674）的七月二十八日去世。張履祥的死刺激了呂留良，呂留良接受了亡友的規諫，就是在本年，呂留良宣佈封筆，自此以後不再評選八股文，他對門人陳鏦說：

> 非吾友，誰與語此。小子識之，張先生之言是也，吾未之能改也。存此以誌吾過。吾偶止此矣。〔註54〕

張履祥的死是呂留良反思自悔的一個契機，康熙二十年（1681）年呂留良的長子呂葆中決意參加清廷科舉，又使呂留良的自悔之心更加沉重。辟惡的專注利益是俗，而葆中的樂於仕進簡直就是對呂留良操守的背叛，呂留良知道遺民絕無二代，也明白科舉的誘惑力，所以他沒有像訓斥辟惡那樣，只是勸勉其子好自為之，他說：

> 人生榮辱重輕，目前安足論，要當遠付後賢耳。父為隱者，子為新貴，誰能不嗤鄙？父為志士，子承其志，其為榮重，又豈舉人、進士之足語議也耶？兒勉矣！〔註55〕

太多的誤解與背叛使得呂留良甚至奢望死亡早日來臨，與苟活世間的痛苦比照，死亡是幸福的，所以《祈死詩》一曰：「貧賤何當富貴衡，今知死定勝如生」〔註56〕。他也自悔早年成聖夢想的落空，《祈死詩》三曰：「總角狂思聖可期，既今老病復何為。」〔註57〕臨終前，呂留良完成了他的自悔。他所期望的「此行未必非奇福，沽酒泉臺得快論」〔註58〕。實現與否，我們不得而知。同樣，我們也不能確定，呂留良是否真的放棄了他的堅守。但是我們從呂留良的自悔中，卻深切地體會到了社會文化困境對遺民的重壓，也體會到了呂留良自悔中的迷茫和痛苦。

四、論餘

康熙十二年（1673），呂留良為發售八股文選本，在金陵滯留了三月之久。此時館於其家的好友張履祥兩度寄函，敦促呂留良早日返家息影，勸其豹隱南

〔註54〕卞僧慧《呂留良年譜長編》，第236頁。
〔註55〕〔清〕呂留良《家訓真跡》卷二，第167頁。
〔註56〕〔清〕呂留良《呂晚村詩》，第48頁。
〔註57〕〔清〕呂留良《呂晚村詩》，第48頁。
〔註58〕〔清〕呂留良《呂晚村詩》，第48頁。

山之中，不要流連於通都之會。作爲一位學養深厚的理學家，張履祥比較清醒地意識到，在鼎革之際，咎毀之言可以滅身，而過多的讚譽則更爲危險，他敏銳地預感到，交遊日廣、聲聞日昭的呂留良，正處在這個危險的當口，所以他不得不用警醒而又略顯峭刻的話語提示呂留良，張履祥說：「君子之儒，遯世而無悶，究竟爲法天下，可傳後世；小人之儒，同乎流俗，合乎污世，贏得身名俱辱。」〔註59〕張履祥顯然無意將呂留良劃入小人之儒的類別裏去，但是他對小人之儒身後命運的預測卻實實在在地在呂留良身上得到了印證。被呂選八股文鼓動起來的秀才曾靜，在呂留良去世後四十五年（1728），派遣弟子張熙至陝西總督岳鍾琪處策反，儘管這兩個中無所有、迂執固陋的秀才無論如何也難以成事，但是他的無知和莽撞卻使得一個大儒在身後遭受了戮屍之辱。

我們在爲呂留良感到惋惜的同時，也不得不反思，他將反對滿清、延續道統的隱微之義打並在應制八股文裏，也許只能產生兩種悲劇性的困境：一種是，像曾靜一樣，一知半解地讀懂了他的微言大義，並被這些微言大義鼓舞，以至於鋌而走險，不顧身家，最終禍及呂氏；還有一種就是，驚歎於呂留良精湛的八股文技藝，沒有讀懂其中的「違逆」之語，或者讀懂而裝不懂，置「違逆」之語於不顧，只是琢磨呂選八股文中所開示的行文技法，並受益於這些技法，將其作爲躋身清廷的敲門磚。呂留良爲前一種困境付出了慘痛的代價，其實後一種困境的悲劇性一點也不亞於前者。前者爲呂氏一門帶來了滅門之災，後者卻爲他素來所反對的清廷培養了大批進士。今天我們已經無法精確地統計清代有多少進士是通過讀呂留良的八股文選本而折桂蟾宮的，但是我們卻知道，康熙二十一年（1682），新科榜眼吳涵就是因爲熟讀呂選而通籍金鑾的，他對呂留良的感激自不待言，甚至以不得執經叩問爲憾事〔註60〕。另外，呂留良之子呂葆中也最具諷刺性的中了康熙四十五年丙戌（1706）科的榜眼。徐倬對此事的評價是「國士無雙存月旦，名山大業守庭聞」〔註61〕，把呂葆中的高中歸結爲乃父的庭訓。還有，直到晚清光緒五年（1879），十三歲的蔡元培開始學作八股文時，他的啓蒙老師王子莊還是最爲推崇呂留良所選的八股文〔註62〕。可見，呂選八股文與清代科舉的孽緣竟然綿延了兩百多

〔註59〕 〔清〕張履祥《與呂某某（癸丑）》，第110頁。

〔註60〕 〔清〕吳涵《唐文呂選序》，見《呂留良年譜長編》第284頁。

〔註61〕 〔清〕徐倬《喜聞呂無黨及第之信》，見《呂留良年譜長編》第352頁。

〔註62〕 蔡元培《我青年時代的讀書生活》，《讀書生活》1935年第2卷，第6期。

年，他的影響跨度幾乎和清朝的壽數相等。從這個意義上說，呂選八股文的影響已經溢出了呂留良的最初設計，一定程度上還成了清政府的幫兇，這對於呂留良來說，是比戮身斫頭還要痛心百倍的事情。

不過，呂選八股文的影響還是有些可喜的意外。康熙十三年（1674），呂留良接受張履祥的忠告，宣佈封筆，停止八股文的批點評選。二十六年之後的康熙三十九年（1700），四十八歲的戴名世接過了呂留良的選筆，延續其房書選政，在他的第一部八股文選本《九科大題文》的序言中，戴名世解釋了選本始於康熙十四年乙卯（1675）的緣由，這是因爲「晚村呂氏之選，終於壬子（1672）、癸丑（1673）也。」不僅如此，戴名世也毫不掩飾對呂留良的崇敬之情，他說：「吾讀呂氏書，而歎其維挽風氣，力砥狂瀾，其功有不可沒也。」〔註63〕這是一份遲來的讚譽，此時呂留良已經謝絕人世一十七載，但戴名世確實是呂留良的一位身後知己，他對待故明和滿清的態度與呂留良有頗多莫逆之處，可惜這位後起之秀，卻先留良十九年（1713）挨了滿清的屠刀。當然，呂留良的影響還不止戴名世一人，雍正在給呂留良定案時說：「浙省風俗澆漓，人懷不逞，如汪景祺、查嗣庭之流，皆以謗訕悖逆，自伏其辜，皆呂留良之遺害也。甚至民間氓庶，亦喜造言生事。此皆呂留良一人爲之倡導於前，是以舉鄉之從風而靡也。」〔註64〕這顯然是誇大了呂留良的罪行，但是呂留良的影響據此也可窺見一斑了。乾隆八年（1743），浙江博學鴻儒杭世駿抗言讜論滿漢平等問題，險些喪命，這也可以看作是，對呂選八股文反覆強調的夷夏之防思想的一個遙遠嗣音吧。

第二節　劉大櫆與時文

一、問題的提起

在桐城派的發展歷程中，古文與時文之間的糾葛關聯始終是一個焦點問題，關於這個問題的認識，代表性的觀點主要有三種，即以時文爲古文，以古文爲時文和折中二者而各有偏重者。

錢大昕是第一種觀點的倡導者，在《與友人書》中詆諆桐城初祖方苞曰：「若方氏，乃眞不讀書之甚者。吾兄特以其文之波瀾意度近於古而喜之，予

〔註63〕〔清〕戴名世《戴名世文集》，北京：中華書局 1986 年版，第 101 頁。
〔註64〕〔清〕世宗胤禛《大義覺迷錄》，第 371 頁。

以爲方所得者，古文之糟粕，非古文之神理也。王若霖言靈皋以古文爲時文，卻以時文爲古文，方終身病之。若霖可謂洞中垣一方癥結者矣。」〔註65〕在錢大昕看來，方苞空疏無學，所謂古文義法乃是得自世俗古文選本，義且不通，更遑論法，且以時文爲古文，儘管所作古文能肖時文之波瀾意度，但終究不入精華境界，反而墮入時文糟粕之中。包世臣也有類似的認識：「古文自南宋以來，皆以時文之法，繁蕪無骨勢。茅坤、歸有光之徒程其格式，而方苞繫之，自謂眞古矣，乃與時文彌近。」〔註66〕直到五四時期，周作人在《中國新文學的源流》第四講《清代文學的反動（下）——桐城派古文》中，依然批判桐城派「文章統系也終和八股文最相近」〔註67〕。

與上述觀點截然相異的一批學者認爲，桐城派古文家是以古文爲時文，自覺避免時文做法闌入古文義法之中，是提升了時文的境界，而不是降低了古文的品格。針對清人對桐城派以時文爲古文的種種非難，率先提出質疑與駁論的學者是錢仲聯先生，他在《桐城古文與時文的關係問題》一文中認爲：「影響不能改變不同文體的特性，古文自是古文，時文自是時文，涇渭清濁，原自分別。」即視古文與時文文體有別，各有其行文之法，很難達到眞正意義上的溝通轉化，因此「事實上，桐城古文家的創作實踐，與時文是有鴻溝之殊的」〔註68〕。

折中派的代表王氣中先生在《桐城文風探源——兼論它流行長遠的原因》中指出：「形成桐城派文風」的「要素」之一，「是經義時文的影響……在這一歷史時期，很多散文作者既是古文的名家，又是時文高手。歸有光、方苞等人，他們都是馳名的八股文大家……由此可見，在八股文盛行時代，散文所蒙受的巨大影響……八股文最大的毛病，在其思想固定和寫作方法程式化。我們不能因爲這些原因而怕說它對古文的影響，影響是客觀存在的。」〔註69〕雖然是折中二者，但論述約略偏重在時文對桐城古文風格的影響上。鄭健行先生也力圖調和二者，但較偏重在古文對時文的影響上，其《桐城派前期

〔註65〕〔清〕錢大昕著、呂友仁標校《潛研堂文集》上海古籍出版社 1989 年版，第 608 頁。

〔註66〕〔清〕包世臣《讀大雲山房文集》，見《藝舟雙楫》商務印書館 1936 年版，第 55 頁。

〔註67〕周作人《中國新文學的源流》，華東師範大學出版社 1995 年版，第 48 頁。

〔註68〕錢仲聯《夢苕庵清代文學論集》，齊魯書社 1983 年版，第 79、80 頁。

〔註69〕王氣中《桐城文風探源——兼論它流行長遠的原因》，見《江淮論壇》1985 年第 6 期。

作家對時文的觀點與態度》一文指出：「古文入時文才是最初的步驟，而且是決定性的步驟。後來如果出現時文影響古文的情況，大抵只能算是虛象。推本溯源，所謂影響，還是來自古文的。」〔註70〕

綜合這三種觀點，不難看出，時文和古文的關係問題是桐城派古文的核心命題之一，不管二者之間的主從關係如何，在考察桐城派古文時，時文是繞不開的議題。不無缺憾的是，上述觀點多是從宏觀的角度著眼，對具體作家個案的微觀分析則很少，而深入到文獻肌理的微觀分析有時卻是宏觀抉擇的基礎。因此本文試以桐城三祖之一的劉大櫆爲個案，環繞《海峰制義》、《時文論》以及《劉大櫆集》中的十一篇時文序進行考察，著力揭示劉大櫆的時文理論、時文風格和矛盾的時文情感，以期爲探尋桐城派古文與時文之關係提供一個基礎性的研究。

二·劉大櫆的時文理論

方苞盛讚劉大櫆精於時文，私淑姚鼐的吳德璿也說：「桐城劉海峰先生以詩古文負重名雍正、乾隆間，然其生平著述之尤善者，經義也。」〔註71〕擅長時文的劉大櫆在時文理論上頗多創獲，主要見於《海峰制義》附錄的《時文論》十六則和《劉大櫆集》中的十一篇時文序中。因通行本《劉大櫆集》所附的《時文論》僅有六則，故容易使人誤以爲是《時文論》全本。

從時文起源論上來講，劉大櫆有明顯的尊體意識。《張蓀圃時文序》曰：

> 余嘗謂古昔聖人之言，約而彌廣，徑而實深，即之若甚近，尋之則愈遠。儒衣之子，幼而習之，或通其詞訓，而未究其指歸。後之英主，更創爲八比之文，使之專一於四子之書，庶得沿波以討源，刮膚以窮髓，其號則可謂正矣。〔註72〕

他指出時文雖然不能與六經相提並論，但對於理解六經卻是厥功甚偉，以至於佔據於「藝事」的「精之精者」的品位：

> 立乎千百載之下，追古聖之心思於千百載之上而從之。聖人愉，則吾亦與之爲愉焉；聖人戚，則吾亦與之爲戚焉；聖人之所窈然而深懷，僾然而遠志者，則吾亦與之窈然而深懷，僾然而遠志焉。

〔註70〕鄺健行《詩賦與律調》，中華書局 1994 年版，第 212～213 頁。
〔註71〕〔清〕吳德旋《初月樓文續鈔》卷三《劉海峰先生經義鈔目錄序》，清光緒九年（1883 年）蛟川張榮壽《花雨樓叢鈔》本。
〔註72〕〔清〕《劉大櫆集》，上海古籍出版社 1990 年版，第 101 頁。

如聞其聲，如見其形，來如風雨，動中規矩，故曰文章者藝事之至

精，而八比之時文，又精之精者也。(《徐笠山時文序》)〔註73〕

代言體是時文最重要的特徵之一，它是時文區別於其他文體的重要標誌，也
內在性地規定了時文技法的精密與艱深。在時文中果眞能夠追攀「古聖之心
思」，既蘊含儒家之思想，又能展示聖賢之形象，那麼這樣的時文就遠非其他
文體所能媲美。因爲時文分股立柱有詩歌的形式，文以載道有古文的內涵，
肖像古人有小說的特徵，但詩歌闡發義理不及時文，古文則缺少時文的擬象
性，時文典重莊雅的性質也非小說所敢跂望。從這個意義上來說，劉大櫆將
時文界定爲藝事的「精之精者」，是有其內在的合理性的。

　　既然時文地位如此之高，做法如此其難，那麼能夠追步古賢、不爲世俗之
文者就寥若晨星了，而庸濫時文卻是積案盈箱，這就導致了如下的悖謬景象：

今以前代之時文，與今之時文，果足以追步古人者，與今人見

之，則適適然驚矣，望望然去矣。何者？彼其於詩歌、古文徒見其

善者也；彼其於時文，雖有善者不見，徒見其不善者也。徒見其善

者，以善者示之，彼以爲類也，故安之也；徒見其不善者，忽以善

者示之，彼以爲不類也，故怪之也。(《徐笠山時文序》)〔註74〕

庸濫時文橫行天下，其實也殃及時文自身，人們已忘記時文中的「善者」了。
從懲治庸濫時文的角度看，清初不少學者甚至將明代亡國歸咎於時文，譏刺
與討伐紛至沓來。此後亦不乏廢毀之議，如康熙二年（1663 年）廢除時文，
改行策論，乾隆三年（1738 年）又有兵部侍郎舒赫德上書請廢時文。而劉大
櫆則從維護境界時文的角度立說，雖然絕不是向庸濫低頭，但在理論視野上
自能發人深省。

　　從技法論上來講，劉大櫆以爲時文作爲代言體，最重要的「須是逼眞」：

八比時文，是代聖賢說話，追古人神理於千載之上，須是逼眞。

聖賢意所本有，我不得減之使無；聖賢意所本無，我不得增之使有，

然又非訓詁之謂。取左、馬、韓、歐的神氣音節，曲折與題相赴，

乃爲其至者。〔註75〕

〔註73〕〔清〕《劉大櫆集》，第93～94頁。

〔註74〕〔清〕《劉大櫆集》，第94頁。

〔註75〕《時文論》第 1 則，見劉大櫆《海峰制藝》附錄，光緒元年（1875 年）劉繼
　　　　於邢邱重刊本。《時文論》共有十六則，吳孟復標點《劉大櫆集》第 612 頁所
　　　　附《時文論》僅錄六則，故本文以劉繼刻本爲參照。

這種「逼眞」的要求，是時文不同於古文的特徵所在，「古文只要自己精神勝，時文要己之精神與聖賢精神相湊合」（《時文論》第 11 則）。這裡的難度不僅在於跨越千年之遙去逼肖古人，而且在於「己之精神」也有寄身之處，劉大櫆對此深有感悟：

> 如今人作文字便不見聖賢神理，待模神理時又不見今人。作文字的人須是取自家行文神理，去合古聖賢神理。有古人有我，即我即古人，大非易事。（《時文論》第 10 則）

如何達到「有古人有我，即我即古人」這種富有辯證性的境地，劉大櫆提出八字要言：

> 作時文要不是自我議論，又不是傳注、訓詁始得。要文字做得好，才不是傳注、訓詁。要合聖賢當日神理，才不是自我議論。故曲折如題而起滅由我，八字是要言。（《時文論》第 2 則）

「曲折如題」是題面對作者的限制，「起滅由我」則是作者對這種限制的某種反動。正因主客之間的辯證制衡，才能激發碰撞出「肖題」的生動與飽滿，畢竟「時文體裁原無一定，要在肖題而已。整散佈置，隨題結撰可也」（《時文論》第 9 則）。於此不難看出劉大櫆深諳藝術辯證法。「起滅由我」的背後，還包含時文家的主觀修爲工夫，它要求時文家備具高深的學問基礎，即「時文小技，然非博極群書不能作」[註76]；要有「文字做得好」的文筆準備，即「必皆通乎六經之旨，出入於秦、漢、唐、宋之文，然後辭氣深厚，可備文章之一體，而不至齟齬於聖人」[註77]；還要有美善的心地，因爲「文之不同，如其人也。一任其人之清濁美惡，而文皆肖像之。以卑庸齷齪之胸，而求其文之久長於世，不可得也」[註78]。所以要做好時文，「須先洗滌心地，加以好學深思，令自家肺腸與古聖賢肺腸相合，然後吐出語言，自然相似」（《時文論》第 4 則）。

另外，以古文爲時文也是劉大櫆時文理論的重要組成部分，他說：「談古文者多蔑視時文，不知此亦可爲古文中之一體，要在用功深，不與世俗轉移。」（《時文論》第 15 則）值得注意的是，劉大櫆力圖將時文納入古文之中，希望以古文氣格振起時文頹勢，所以他延續了明代唐宋派以古文爲時文的成

〔註76〕〔清〕《劉大櫆集》，第 100 頁。
〔註77〕〔清〕《劉大櫆集》，第 97 頁。
〔註78〕〔清〕《劉大櫆集》，第 96 頁。

法，稱讚唐宋派「以古文爲時文之說甚確」，在考察明代八股文發展史時，也認爲唐宋派的時文成就爲最高：

> 明代以八股時文取士，作者甚眾，日久論定，莫盛於正、嘉。
> 其時精於經，熟於理，馳驟於古今文字之變，震川先生一人而已。
> 荊川之神機天發，鹿門之古調鏗鏘，卓然自立，差可肩隨。（《時文論》第 13 則）

歸有光、唐順之、茅坤之所以在時文創作上成就斐然，原因就在於三人的時文都師法《史記》，即「唐、歸、茅三家，皆有得於《史記》之妙」。不同之處在於所得各異，「荊川所得，多在敘置曲盡處；鹿門所得，多在歇腳處，逸響鏗然；震川所得，多在起頭處，所謂來得勇猛也」（《時文論》第 14 則）。而且劉大櫆的時文理論特別強調音節的作用，與他的古文理論專著《論文偶記》契合，也可以看出劉大櫆以古文文法充實時文技法的趨向。

三‧劉大櫆的時文創作

劉大櫆的時文作品主要集中在《海峰制義》中，《海峰制義》收錄時文一百零一篇，有評點，光緒元年（1875 年），由劉開之子劉繼刻於邢丘，歐陽霖、曾紀雲等編校。細讀這些時文，可以看出，以時文爲古文，時文與古文交互影響，是劉大櫆時文創作的最大特點。

劉大櫆的時文創作師法明代時文大家歸有光，並已登堂入室，得歸氏神味，很多時文作品儼然備具歸有光風格，如《弟子入則孝一節》，徐誠齋先生評曰：「逐句還他實義，瘦硬直達，而丘壑自然起伏，波瀾自然瀠洄，精神自然雄渾，前輩惟震川有此能事。」《質勝文則一節》，符幼魯評曰：「後半一氣直達，又似震川。」《子曰中人以上一節》，徐笠山評曰：「行文一氣奔泄，莽蒼樸拙處非震川先生不能。」劉大櫆的受業弟子吳定在《海峰夫子時文序》中，將歸有光推尊爲明代時文第一人，有清一代承繼歸有光且能得時文家法者，惟劉大櫆一人而已，他說：

> 前明以經義試士，作者相望，然能以古文爲時文者，惟歸氏熙甫一人。先生生我朝文教累洽之時，獨閉戶得古文不傳之學，其爲時文也，神與聖通，求肖毫髮，不增一言，不漏一辭，臭味色聲，動中乎古，遠出國朝諸賢意象之外。〔註79〕

〔註79〕〔清〕吳定《紫石泉山房詩文集》卷六，清光緒十三年（1887 年）刻本。

劉大櫆師法歸有光所得不傳之秘，即是以古文爲時文，《海峰制義》中的時文蘊蓄古文神理者甚多，如《未知生焉知死》，周白民評曰：「引星辰而上，決江河而下，體雖排偶，寔則古文之單行也。」《聖人吾不得二節》，鍾潤川評曰：「格調近化治而氣味則出自古文。」《詩云邦畿千里一節》，陳伯思評曰：「鑄六經爲偉詞似劉克猷，而一種濃鬱之氣，則得於古文者深矣。」

　　劉大櫆以古文爲時文的行文方式有時已經做到極致，以至於喪失了時文特有的體貌特徵，出現了時文不時的現象，如《子曰泰伯一節》，全文如下：

　　　　昔周自后稷以來，積德累仁數百年，至於太王寔始翦商，其後武王伐紂，遂克商而有天下焉。

　　　　夫子曰我周之初，聖人繼作，皆出於事不獲己，而各行一心之所安也。由今思之，泰伯其可謂至德也矣。（前一大股）

　　　　自周失其政，親戚離畔而祝降時喪，曆數歸於我周，太王不忍百姓於非辜，思欲拔之於水火，登諸衽席，以道濟天下爲己任，非苟而已也。設使泰伯以彼其賢，纘太王之緒，朝諸侯，有天下，如反掌耳。

　　　　泰伯顧以爲君臣大義無所逃於天地之間，矢心孤往，獨行其是，而卒能自全，無有所失，乃與仲雍託之採藥而逃荊蠻。荊蠻夷狄之俗，世或傳其斷髮文身，無所用之耳。

　　　　然泰伯何嘗有棄天下如屣之跡，示人以毫末哉？推其意，蓋有不欲百世之下鑒其衷，何況欲當世知其故乎？

　　　　由今思之，三以天下讓，民無得而稱焉。（後一大股）

如果此文不是載於時文集《海峰制義》，而單純從文體特徵上來看，我們很難將其歸入時文一類。因爲劉大櫆在創作這篇時文時，幾乎打破了所有時文應有的文體規範。該題出自《論語・泰伯》篇，全文是「子曰：泰伯，其可謂至德也矣！三以天下讓，民無得而稱焉。」題面內在地規定了泰伯「至德」和「民無得而稱」是該篇時文闡釋的兩個重點，是典型的兩層意思並列的雙扇題，劉大櫆分爲兩大股是較爲常見的做法，且後一股三四段儼然也是相對的兩股，還是能夠體現出一些時文文法。但是兩大股字數懸殊，前一大股 86 字，後一大股 229 字，很難構成股與股之間的對稱。全文以古文單行之筆展開，也一定程度上沖淡了時文所要求的對偶。更爲遺憾的是，該文甚至於沒

有設置破題，雖然在兩大股的收尾處各自點明了題旨，但這絕對不符合時文要求。該文方苞的評語是「渾含而意已盡」，雷貫一評曰：「以含蓄之筆，寫難盡之詞，得《史記》之神。」著眼點都是在於表彰劉大櫆以古文含蓄之筆，寫時文難盡之詞，可見劉氏時文的植根之處，除了明代歸有光而外，還有古文楷模似的著作《史記》。

可見，以古文爲時文，以古文筆法提升時文境界，在劉大櫆這裡是顯而易見的。同樣，通過細讀《劉大櫆集》，也不難發現時文文法經常逆向滲透在劉大櫆的古文作品中，使得一些古文在文體特徵上更接近於時文，古文不古的現象在《劉大櫆集》中也可以看到。前文舉證的是劉大櫆的時文《子曰泰伯一節》，在《劉大櫆集》中也有一篇出處相同之作，這篇古文題爲《泰伯高於文王》，爲了便於分析時文的影響，故將該古文按照時文格式標目分段如下：

泰伯高於文王（破題）

使文王而生於泰伯之時，其不能爲泰伯之爲邪？嗚呼！其亦能爲也。

使泰伯而居文王之位，其不爲三分有二之天下以服事殷，其又將過之邪？嗚呼！其無以過也。（起二股）

若是，則泰伯與文王等耳，何以異？（出題）

雖然，天下之事將然者不可知，而惟已然者可以循跡而較。（中二股）

文王可謂無愧於其君，泰伯則無愧於君，而又無歉於其父。（後二股）

且文王之三分有二以服事也，人知之。

泰伯者，一日與其弟仲雍採藥而至荊蠻，久之不返，有來告者曰：已爲吳人，斷髮文身矣。設使衰周之世無孔子，則人孰不以泰伯爲狂哉？（束二股）

嗚呼！此泰伯所以高於文王也。（收結）（《劉大櫆集》第27頁）

這篇古文的文體規範是時文式的，有明顯的破題、出題、分股立柱、收結等時文格式，也具備時文內在要求的起承轉合等行文邏輯，可以看做是一篇頗爲嚴格的時文。儘管該文收錄在古文集中，但是收錄的依據是它的內涵思想，而不是體貌特徵。之所以將其定位爲古文，原因就在於它提出了與朱熹相左

的觀點，朱熹認爲泰伯高於文王是因爲他固守臣子的忠心，而劉大櫆則將泰伯的至德界定爲孝悌。不過思想上謹守《四書章句集注》卻是時文在內涵上最重要的規定性，也是時文與古文深層的區別之一，《子曰泰伯》歸入時文類，《泰伯高於文王》錄在古文集中，都是基於思想內涵上的考慮，而不是簡單的文體特徵歸類，如果以文體特徵爲分類根據的話，那麼這兩篇文章的歸屬肯定會重置。

　　通過以上兩篇同題文章可以看出，時文和古文在劉大櫆這裡，不是涇渭分明、難以交融的，而是彼此滲透、交互影響的，古文筆法提升了時文境界，使時文富含古文蒼樸古質之氣，而時文嚴謹的行文邏輯也深化了古文的思想性。所以因詆毀桐城派而強調以時文爲古文，或因揄揚而表彰以古文爲時文，都是片面的。

四、劉大櫆的時文情感

　　劉大櫆的時文情感非常複雜，根據當時人的評介和現存的《海峰制義》來看，劉大櫆是擅長時文的，但是他在科舉上卻是屢屢失意，除雍正七年、十年，兩次舉副榜貢生而外，在之後幾十年的科舉生涯中，再也沒有過金榜高中的機會，這對於一位文壇鉅子的傷害無疑是巨大的。

　　劉大櫆對於自己屢考屢不中的原因還是有清醒認識的，主要原因有兩個，首先即是自己的時文不合當時風尚，也就是時文不時。在《答周君書》中他說：「僕賦資椎魯，又生長窮鄉，不識機宜，不知進退，惟知慕愛古人，務欲一心進取，而與世俗不相投合。」〔註80〕這種不合時宜的感歎在文集之中時有流露，甚而至於當朋友請求他爲時文集作序時，劉大櫆還擔心自己與流俗有別的時文觀會牽連朋友，《顧備九時文序》說：「顧君古湫將刻其平生所爲文章以行於世，而以余之有舊也，願一言以廁其簡端。余聞之而笑。夫古湫之文固已不宜於世俗，而重以余言，其不益滋之垢厲哉？」〔註81〕《方晞原時文序》中也表達了同樣的顧慮，「方子晞原將刻其平生所爲制義，而請序於余，余應之曰：子之文，不合於時者也。而重以余言，其毋乃未獲揄揚之益，而益滋之詬厲乎！」〔註82〕

〔註80〕　〔清〕《劉大櫆集》，第 121 頁。
〔註81〕　〔清〕《劉大櫆集》，第 98 頁。
〔註82〕　〔清〕《劉大櫆集》，第 97 頁。

　　將劉大櫆的時文置於雍乾兩朝時文的發展史中考察，確實看出他的時文與當時風尚難以吻合，清眞雅正是清朝科舉取場中的衡文標準，這個標準通過朝廷訓敕和欽定選本《欽定四書文》而逐步強化，到劉大櫆生活的時代已經達到極致，不幸的是劉大櫆的時文風格卻是蒼老瘦樸，如《康誥曰克一章》，徐笠山評曰：「蒼老瘦樸而神氣一片」，《眾惡之必察焉》，吳荊山評曰：「瘦折而變態不窮」。這與清眞雅正的取士標準恰恰是格格不入的。另外，當時日漸興起的漢學考據之法滲入時文之中，成爲時文創作上的一種新風氣，如「任釣臺先生深於經學，發而爲制義，雖小題亦必用考據之法行之。」〔註83〕尊奉宋學的劉大櫆，自然也無法與此類風氣相契合。

　　其次，劉大櫆認爲個人的不遇是衡文者的不學無術所致。《徐笠山時文序》曰：「彼一夫者，懵然踞坐於其上，持彼之一是，恃彼之一長，自以爲繩墨，而以之衡天下士。」這些衡文者多數在文章學上並無甚深之修爲，專以個人喜好爲去取標準，「此世之能爲古人之文者所以潛蹤滅影，牢關深閉，藏其文於筐篋之中，而不與今人見之也。」〔註84〕

　　儘管劉大櫆在科場上屢屢受挫，困厄終生，但時文是藝事之「精之精者」的尊體意識，始終沒有改變，以古文文法提升時文境界的努力也始終沒有終止，自別於流俗腐爛時文的品格也始終沒有變更，他在《顧備九時文序》中說：

　　　　楚之南有漁者，冀得吞舟之魚，而惡其鈎之曲也，乃取莊山之金以爲錐，投之瀟湘之浦，大魚之食其餌而去者以千數，而終年不一得魚也。人見之，或諷其少曲。漁者曰：「寧終吾之生不得魚，顧不忍曲鈎而求之爲恥也。」

這是劉大櫆的自我寫照，展示了境界時文家不俗的行文追求，也述說著失意古文家悲涼的憤慨愁緒。從科舉的功利性角度來說，劉大櫆是不幸的，但是從時文發展史的角度來看，劉大櫆卻是重要的，他的重要性就在於，他的固守成就了時文的高貴品格，也反映了桐城派古文家獨特的時文貢獻。

〔註83〕〔清〕梁章鉅《制義叢話》，上海書店出版社2001年版，第190頁。
〔註84〕〔清〕《劉大櫆集》，第95頁。

第六章　紅學專題研究

第一節　《紅樓夢》與良知學

　　明代中葉以降，陽明學蔚然興起，從者雲興，陽明學者盈天下，《紅樓夢》與陽明學尤其是良知學也存在著千絲萬縷的聯繫。首先，曹雪芹繼承良知作為一種道德情感的眞誠惻怛，著力摹寫寶玉的赤子之心。其次，寶玉厭棄功利主義的讀書觀念，反對知識對道德的遮蔽，與王陽明良知學思想有內在的一致性。最後，王陽明強調聖人可學而至，在理想人格的極限處保證了人性的平等；曹雪芹則主張凡人可敬，在人類生存的最低處保障了人性的尊嚴，二者之間，思想遞嬗之跡關聯甚巨。

一、引言

　　自《紅樓夢》問世以來，關於這部書文學成就的研究、文學史地位的界定，已經有了非常豐富的成果，也就是說，作為小說的《紅樓夢》，或者說作為文學的《紅樓夢》已經被大家所熟知了。可是，作為思想的《紅樓夢》就顯得相對落寞，作為儒學的《紅樓夢》更是少人問津，甚至很多學者還認為《紅樓夢》與儒家思想是冰炭難以同爐。筆者曾經撰文論述過《紅樓夢》與儒家仁學思想的關係，也論述過《紅樓夢》對儒家人倫思想的繼承與發展。現在，針對一些學者認為《紅樓夢》是反理學的，如牟潤孫《從〈紅樓夢〉研究說到曹雪芹的反理學思想》〔註 1〕，故此撰文論述《紅樓夢》與宋明理學

〔註 1〕 胡文彬、周雷《香港紅學論文選》，百花文藝出版社 1982 年版。

之間的關係。因宋明理學所關涉的內容太多，學派之間的思想差異也很大，受限於篇幅，本文則專論《紅樓夢》與陽明學之間的關聯。

比較早地關注到《紅樓夢》與陽明學之間關係的是蔡元培，他在《石頭記索隱》中指出：

> 劉姥姥，湯潛庵也（合肥蒯君若木爲我言之）。潛庵受業於孫夏峰，凡十年。夏峰之學，本以象山、陽明爲宗。《石頭記》：「劉姥姥之女婿曰王狗兒，狗兒之父曰王成，其祖上曾與鳳姐之祖、王夫人之父認識，因貪王家勢利，便連了宗。」似指此。〔註2〕

可惜的是，蔡元培的研究方法不是思想史研究的方法，而是歷史考證，或者說是索隱猜謎的方法，這種方法根本不能解決《紅樓夢》的思想問題，即使作爲歷史考據來說，其荒謬之處也是顯而易見的，正如胡適所駁斥的那樣：

> 其實《紅樓夢》裏的王家既不是專指王陽明的學派，此處似不應該忽然用王家代表王學。況且從湯斌想到孫奇逢，從孫奇逢想到王陽明學派，再從陽明學派想到王夫人一家，又從王家想到王狗兒的祖上，又從王狗兒轉到他的丈母劉姥姥，這個謎可不是比那「無邊落木蕭蕭下」的謎還更難猜嗎？〔註3〕

蔡元培索隱的方法解決不了《紅樓夢》的思想淵源問題，胡適考證的方法也是收效甚微。近年來，劉再復提出了通過「悟證」解讀《紅樓夢》的新方法，這一方法倒是真正觸碰到了《紅樓夢》與陽明學之間的關係。劉再復在《讓「紅學」回歸文學與哲學》說：

> 以往雖然也有學者觸及《紅樓夢》的某些哲學內容，但還未能從哲學高度上把握《紅樓夢》的精神整體與精神之核。因爲具有哲學視角，我便發現《紅樓夢》是一部偉大的意象性心學，與王陽明的心學相通相似，但王的心學是論述性心學，而《紅樓夢》則是形象性心學，形態完全不同。王陽明是哲學家的哲學，曹雪芹是藝術家的哲學。後者是類似鹽化入水中而化入小說中的哲學。〔註4〕

劉再復以凝練的語言展示了一個精練的結論，這個結論無疑是成立。但是，

〔註2〕 王國維等《王國維、蔡元培、魯迅點評紅樓夢》，團結出版社 2004 年版，第103～104 頁。

〔註3〕 胡適《中國章回小説考證》，上海書店 1980 年版，第 184 頁。

〔註4〕 劉再復《劉再復講演集》，人民日報出版社 2013 年版，第 8 頁。

劉再復卻沒有展示出論述的過程，《紅樓夢》與陽明學之間的「相通相似」之處究竟何在，也言之不詳，甚至付之闕如。因此，《紅樓夢》與陽明學之間的思想淵源，還只是空懸一個肯定性的結論，兩者之間細密複雜的關係，還有待於進一步論證，這也是本文撰寫的一個重要原因。

　　王陽明最大的哲學突破是在孟子哲學的基礎上創造性地提出了良知學說，王陽明堅信良知學說是儒家千古聖學之秘，是孔門正法眼藏，王陽明在《與鄒謙之》說：「近時四方來遊之士頗眾，其間雖甚魯鈍，但以良知之說略加點掇，鮮不即有開悟，以是益信得此二字真吾聖門正法眼藏。」〔註 5〕在《寄薛尚謙》亦有類似的表達，他說：「致知二字，是千古聖學之秘。向在虔時，終日論此，同志中尚多有未徹。近於古本序中改數語，頗發此意，然見者往往亦不能察。今寄一紙，幸熟味。此是孔門正法眼藏，從前儒者多不曾悟到。」〔註 6〕

　　曹雪芹在寫作《紅樓夢》時有意借鑒了王陽明的良知學說，《紅樓夢》所體現出來的良知思想，有以下三點值得注意。

二、賈寶玉的赤子之心與良知的真誠惻怛

　　王陽明強調良知作為一種道德情感具有真誠惻怛的特質，《答聶文蔚》曰：

> 蓋良知只是一個天理自然明覺發見處，只是一個真誠惻怛，便是他本體。故致此良知之真誠惻怛以事親便是孝，致此良知之真誠惻怛以從兄便是弟，致此良知之真誠惻怛以事君便是忠。只是一個良知，一個真誠惻怛。〔註 7〕

牟宗三對此有精當的分析，他在《王學之分化與發展》中說：

> 「天理之自然明覺」一語頗不好講，意即「天理之自然地而非造作地，昭昭明明而即在本心靈覺中之具體地而非抽象地呈現」。……良知是天理之自然而明覺處，則天理雖客觀而亦主觀；天理是良知之必然不可移處，則良知雖主觀而亦客觀。〔註 8〕

良知既是一種道德意識也是一種道德情感，從情感方面來說，良知具有非常

〔註 5〕　〔明〕王守仁撰，吳光、錢明、董平、姚延福編校《王陽明全集》，上海古籍出版社 2015 年版，第 200 頁。
〔註 6〕　〔明〕王守仁撰，吳光、錢明、董平、姚延福編校《王陽明全集》，第 222 頁。
〔註 7〕　〔明〕王守仁撰，吳光、錢明、董平、姚延福編校《王陽明全集》，第 96 頁。
〔註 8〕　牟宗三《從陸象山到劉蕺山》，吉林出版集團有限責任公司 2010 年版，第 139～140 頁。

鮮明的兩個規定性，即眞誠和惻怛。惻怛源自孟子所言「惻隱之心」，是一種悲憫同情之心。

惻怛比較簡易，眞誠則較爲複雜。誠這個概念在儒家思想體系中佔有重要地位，誠既是本體又是工夫，含有形而上與形而下兩個層面的內容，如《孟子‧離婁上》所言：「是故誠者，天之道也；思誠者，人之道也。」〔註9〕《大學》也有對誠意的重要論述：

> 所謂誠其意者，毋自欺也。如惡惡臭，如好好色，此之謂自謙。故君子必愼其獨也！小人閒居爲不善，無所不至，見君子而後厭然，掩其不善，而著其善。人之視己，如見其肺肝然，則何益矣。此謂誠於中，形於外，故君子必愼其獨也。曾子曰：「十目所視，十手所指，其嚴乎！」富潤屋，德潤身，心廣體胖，故君子必誠其意。〔註10〕

王陽明非常重視《大學》對誠意的論述，曾將誠意喻之爲爲學的「心髓入微處」，《答黃宗賢》曰：「僕近時與朋友論學，惟說『立誠』二字。殺人須就咽喉上著刀，吾人爲學，當從心髓入微處用力，自然篤實光輝。」〔註11〕王陽明還將誠意與否視之爲人格境界的重要區分標準，《大學古本傍釋》曰：「君子小人之分，只是能誠意與不能誠意。」〔註12〕在王陽明看來，能夠做到誠意者方爲君子，反之則爲小人。

曹雪芹塑造的寶玉形象與儒家誠意的道德要求基本吻合，寶玉在立身處世方面，能夠做到心之所發之意的眞實無妄。寶玉對於任何人、任何事都能本著先天的良知之心，以自然而眞誠的態度對待，不遮掩，不虛誇，眞誠如赤子。喜歡的人和事，就眞誠地喜歡，「如好好色」；厭惡的人和事，就眞誠地厭惡，「如惡惡臭」。

寶玉對待秦可卿的態度就是本著一顆良知之心，以眞誠惻怛的良知悲憫同情秦可卿的不幸遭遇。賈府中的其他人等則無此等眞誠的態度，他們對於秦可卿的評價，無非是功利主義和縱慾主義兩種俗世視角。以焦大爲代表的賈府忠僕，出於對賈府前途命運的功利主義關懷，酒後大罵賈府男女關係紊亂，視「擅風情，秉月貌」的秦可卿爲「敗家的根本」。導致秦可卿悲慘命運

〔註9〕 〔宋〕朱熹《四書章句集注》，中華書局2015年版，第287頁。
〔註10〕 〔宋〕朱熹《四書章句集注》，第7～8頁。
〔註11〕 〔明〕王守仁撰，吳光、錢明、董平、姚延福編校《王陽明全集》，第165頁。
〔註12〕 束景南《王陽明佚文輯考編年》，上海古籍出版社2012年版，第672頁。

的罪魁禍首賈珍，在秦可卿死後，雖然有如喪考妣的悲痛，但是這種悲痛無非是出於縱慾主義的齷齪之心，無非是因為喪失了縱慾的對象而感到空虛落寞而已，一旦找到新的縱慾對象如尤三姐等，他對秦可卿的記憶就會消失的無影無蹤。

唯獨寶玉則不然，借用王陽明的話說，寶玉對待秦可卿就是一個「真誠惻怛」。第十一回，寶玉跟隨王熙鳳來探望秦可卿，此時的秦可卿心知賈府難以容下她這種媳婦，所以對王熙鳳說出了實話：「我自想著，未必熬的過年去呢。」〔註13〕王熙鳳和賈蓉找一些無關痛癢的話來安慰敷衍秦可卿，聽了秦可卿說出的錐心之語，寶玉的反應如何呢？《紅樓夢》描寫其情景曰：「（寶玉）正自出神，聽得秦氏說了這些話，如萬箭攢心，那眼淚不知不覺就流下來了。」〔註14〕「不知不覺」四字用得高妙，寫出了寶玉感情的真實自然，不假雕飾。

秦可卿死亡的兇信將睡夢中的寶玉驚醒，寶玉的反應是——「如今從夢中聽見說秦氏死了，連忙翻身爬起來，只覺心中似戳了一刀的不忍，哇的一聲，直奔出一口血來。」〔註15〕針對寶玉吐血的悲痛行為，有兩種代表性的解釋：

一是脂硯齋曰：「寶玉早已看定可繼家務事者可卿也，今聞死了，大失所望。急火攻心，焉得不有此血？為玉一歎！」〔註16〕這種功利主義的解釋是錯誤的，寶玉從來不過問家事，至於賈府的家務繼承者等瑣屑之事更不會上心，脂硯齋的解釋是把寶玉降低到焦大的層次，是把一個原本屬於天地境界的寶玉降低到了功利境界〔註17〕。

〔註13〕〔清〕曹雪芹著、無名氏續《紅樓夢》，人民文學出版社 2015 年版，第 153 頁。

〔註14〕〔清〕曹雪芹著、無名氏續《紅樓夢》，第 153 頁。

〔註15〕〔清〕曹雪芹著、無名氏續《紅樓夢》，第 171 頁。

〔註16〕〔清〕曹雪芹著、黃霖校點《脂硯齋評批紅樓夢》，齊魯書社 199 年版，第 221 頁。

〔註17〕此處借鑒馮友蘭對人生境界的四種分類，馮友蘭《新原人·境界》：「人所可能有底境界，可以分為四種：自然境界，功利境界，道德境界，天地境界。」馮友蘭論功利境界曰：「功利境界的特徵是：在此境界中底人，其行為是『為利』底。所謂『為利』，是為他自己的利。……他的行為，或是求增加他自己的財產，或是求發展他自己的事業，或是求增進他自己的榮譽。他於有此種行為時，他瞭解這種行為是怎樣一回事，並且自覺他是有此種行為。在此境界中底人，其行為雖有萬不同，但其最後底目的，總是為他自己的利。」馮友蘭論天地境界曰：「天地境界的特徵是：在此種境界中底人，其行為是『事天』底。……他已知天，所以他知人不但是社會的全的一部分，而並且是宇宙的全的一部分。不但對於社會，人應有貢獻；即對於宇宙，人亦應有貢

二是護花主人王希廉的解釋，他說：「寶玉一聞秦氏兇信，便心如刀戳，吐出血來。夢中雲雨，如此迷人，其然豈其然乎？」〔註18〕王希廉認為寶玉在夢中曾與秦可卿發生過雲雨之事，寶玉因男女之欲而產生男女之情，故對情慾對象秦可卿的死感到悲痛。王希廉的解釋把寶玉降低到了賈珍的層次，也是對寶玉的蔑辱。

關於寶玉對秦可卿去世時的吐血之舉，脂硯齋與王希廉的解讀幾乎都是誤讀。其實，寶玉的強烈悲痛，可以從兩個角度來解讀。從家庭倫理的角度來說，寶玉是叔叔，秦可卿是侄兒媳婦，親人亡故，寶玉本著儒家的親親之仁、親親之良知的道德要求，表達出應有的悲痛是自然而且合理的。從宇宙倫理的角度來說，寶玉有王陽明所言「以天地萬物為一體」的仁愛情懷，天地之中，與之相關的任何生命的非正常隕落都足以牽動寶玉那顆良知之心，更何況天生麗質、年華正好的秦可卿的莫名去世呢？

寶玉本著良知之心的真誠惻怛，對於所喜愛的人是「如好好色」地愛，如對黛玉就是不避嫌疑地稱揚，令黛玉十分感動，故黛玉心想：「所喜者，果然自己眼力不錯，素日認他是個知己，果然是個知己。所驚者，他在人前一片私心稱揚於我，其親熱厚密，竟不避嫌疑。」〔註19〕寶玉本著良知之心的真誠惻怛，對於所厭惡的人則是「如惡惡臭」地恨，是不避嫌疑、不計厲害地恨。如第八回，寶玉在梨香院與寶釵、黛玉吃酒，正吃在興頭上，奶母李嬤嬤三番五次上來攔阻，又拿賈政問書壓制寶玉，以至於寶玉興致全消，垂頭不語。這李嬤嬤不僅是無趣之惡俗人，又以寶玉奶母的身份自傲，「逞的他比祖宗還大」，全然不把晴雯、茜雪等丫鬟放在眼中，而且還貪圖小利，即使是一碟子豆腐皮的包子、一碗楓露茶也貪圖，無怪乎寶玉氣急敗壞地把茶杯摔了個粉碎，要攆了李嬤嬤出去。對於賈雨村，寶玉亦是「如惡惡臭」地厭惡，唯恐避之不及，如三十二回，「正說著，有人來回說：『興隆街的大爺來了，老爺叫二爺出去會。』寶玉聽了，便知是賈雨村來了，心中好不自在。襲人忙去拿衣服。寶玉一面蹬著靴子，一面抱怨道：『有老爺和他坐著就罷了，回回定要見我。』」〔註20〕

獻。人不但應在社會中，堂堂地做一個人；亦應於宇宙間，堂堂地做一個人。」馮友蘭《三松堂全集》，河南人民出版社 2001 年版，第 4 冊，第 496～509 頁。
〔註18〕〔清〕護花主人、大某山民、太平閒人評《三家評本紅樓夢》，上海古籍出版社 2012 年版，第 202 頁。
〔註19〕〔清〕曹雪芹著、無名氏續《紅樓夢》，第 433 頁。
〔註20〕〔清〕曹雪芹著、無名氏續《紅樓夢》，第 431 頁。

三、寶玉的讀書觀與良知的遮蔽說

　　宋代理學家張載首先提出德性所知，《正蒙·大心》曰：「見聞之知乃物交而知，非德性所知。德性所知不萌於見聞。」〔註 21〕見聞所知是後天的一種感性認知，德性所知是先天的道德認知。德性所知根源於人類好善惡惡的本心，與後天的見聞之知沒有必然的關聯，也就是說後天的知識無助於道德意識的培養，畢竟知識和道德屬於兩個範疇，知識水平不能決定道德水平。

　　王陽明的良知思想進一步發展了張載提出的德性所知不萌於聞見之知的思想，王陽明的良知思想淵源於孟子，良知涵蓋孟子所言仁義禮智四端之心，孟子所言「是非之心，智之端也」〔註 22〕也在良知的統攝範圍之內。因此，良知本身就具備科學上的必然與道德上的應然兩種是非判斷，良知天然地就有當機裁奪的決斷功能，無須聞見之知的外在助益。王陽明在《答顧東橋書》說：

> 　　夫舜之不告而娶，豈舜之前已有不告而娶者為之準則，故舜得以考之何典，問諸何人而為此邪？抑亦求諸其心一念之良，知權輕重之宜，不得已而為此邪？武之不葬而興師，豈武之前已有不葬而興師者為之準則，故武得以考之何典，問諸何人而為此邪？抑亦求諸其心一念之良知，權輕重之宜，不得已而為此邪？使舜之心而非誠於為無後，武之心而非誠於為救民，則其不告而娶與不葬而興師，乃不孝不忠之大者。〔註23〕

舜生活在一個非常不幸的家庭中，舜的父母日日以殺舜為事，若舜之婚事稟告父母，父母定然會拒絕舜娶妻的請求，不得娶妻則無後，無後為大不孝。舜本著孝子之良知，權衡利弊，故不告而娶。周武王不葬其父周文王就就急於起兵乏紂，是本著救民於水火的良知，不能因三年之喪耽誤了救民的大好時機，故權衡利弊，不葬而興師。此等特殊事例，並無成法可以借鑒，也無書冊可資參研，既無聞見之知，也無需聞見之知，本諸良知之心，權衡利弊輕重，當機裁奪，自然無往而不利。

　　另外，王陽明認為良知不僅不萌於見聞之知，而且見聞之知反而還會遮蔽良知的自然朗現。如王陽明《詠良知四首》詩其一所言：「個個人心有仲尼，自

〔註21〕　〔宋〕張載《張載集》，中華書局 2014 年版，第 24 頁。
〔註22〕　〔宋〕朱熹《四書章句集注》，第 239 頁。
〔註23〕　〔明〕王守仁撰，吳光、錢明、董平、姚延福編校《王陽明全集》，第 56～57 頁。

將聞見苦遮迷。」〔註24〕良知之心是人人皆有，聖凡無別，聖人孔子與芸芸眾生都具有良知之心。正如陸九淵《鵝湖和教授兄韻》詩所言：「墟墓興哀宗廟欽，斯人千古不磨心。」〔註25〕聖人之所以爲聖，是良知統帥聞見之知，良知時時處處自然朗現；凡人之所以爲凡，是良知被聞見之知遮蔽，良知之光芒黯然不彰。王陽明《詠良知四首》詩其三：「人人自有定盤針，萬化根緣總在心。卻笑從前顛倒見，枝枝葉葉外頭尋。」〔註26〕「枝枝葉葉」是支離破碎，不成體系，毫無統緒；「外頭尋」是心外工夫，失卻本體。此等爲學方式的結果恰如富貴之人捨棄家中財物，反而沿門托缽作行乞之人，此即是王陽明《詠良知四首》詩其四所言：「拋卻自家無盡藏，沿門持缽效貧兒。」〔註27〕

正常的聞見之知無益於良知，異化了的聞見之知對良知的遮蔽更爲嚴重。所謂異化的聞見之知，即是爲求名求利而對知識的探求。異化的聞見之知，會極大地摧折良知本有的以天地萬物爲一體之仁，助長人類的麻木不仁與自私自利之心。

> 於是乎有訓詁之學，而傳之以爲名；有記誦之學，而言之以爲
> 博；有詞章之學，而侈之以爲麗。若是者紛紛籍籍，群起角立於天
> 下，又不知其幾家，萬徑千蹊，莫知所適。〔註28〕

寶玉似乎總給人一種厭棄讀書的印象，「愚頑怕讀文章」是寶玉鮮明的性格標籤。值得注意的是，寶玉之不讀書，乃是不讀功利主義的書，尤其是不讀八股文章，筆者在《紅學與仁學》中曾有過辨析：「殊不知《西江月》對寶玉是似貶而實褒，詞中所言之『文章』也不是泛指廣義的圖書，而是特指科舉時代的八股講章。對於科舉制度對人性的扭曲，對於八股文章對知識分子的腐蝕，寶玉都有清醒而深刻地認識。」〔註29〕科舉制度，八股文章，這種帶有強烈功利誘惑的制度設計與知識體系，以巨大的陰影遮蔽了良知。在科舉的功利場中，是以無用之虛文逞英雄，而不論良知之存喪、道德之隆污。故寶玉將汲汲於功名者斥之爲「祿蠹」，《紅樓夢》借襲人之目，寫出寶玉之心：

> 襲人道：「第二件，你眞喜讀書也罷，假喜也罷，只是在老爺

〔註24〕〔明〕王守仁撰，吳光、錢明、董平、姚延福編校《王陽明全集》，第 870 頁。
〔註25〕〔宋〕陸九淵《陸九淵集》，中華書局 2014 年版，第 301 頁。
〔註26〕〔明〕王守仁撰，吳光、錢明、董平、姚延福編校《王陽明全集》，第 870 頁。
〔註27〕〔明〕王守仁撰，吳光、錢明、董平、姚延福編校《王陽明全集》，第 870 頁。
〔註28〕〔明〕王守仁撰，吳光、錢明、董平、姚延福編校《王陽明全集》，第 63 頁。
〔註29〕趙永剛《紅學與仁學》，《明清小說研究》2017 年第 3 期。

跟前或在別人跟前，你別只管批駁誚謗，只作出個喜讀書的樣子來，
也教老爺少生些氣，在人前也好說嘴。他心裏想著，我家代代念書，
只從有了你，不承望你不喜讀書，已經他心裏又氣又惱了。而且背
前背後亂說那些混話，凡讀書上進的人，你就起個名字叫作『祿蠹』
又說只除『明明德』外無書，都是前人自己不能解聖人之書，便另
出己意，混編纂出來的。這些話，你怎麼怨得老爺不氣？不時時打
你。叫別人怎麼想你？」〔註30〕

可知，寶玉並不反對原始儒家《四書》等經典著作，而是反對被科舉異化了《四
書》論著和依託《四書》的八股文章，因為這些異化了的知識如鏡體之灰塵一般，
遮蔽了良知心體。即使是甄寶玉一流的人物，一旦被科舉腐蝕，一旦被知識異化，
也會立刻墮落成「祿蠹」。第一百十五回，記載賈寶玉與甄寶玉晤面之情景曰：

　　甄寶玉道：「弟少時不知分量，自謂尚可琢磨。豈知家遭消索，
數年來更比瓦礫猶殘，雖不敢說歷盡甘苦，然世道人情略略的領悟了
好些。世兄是錦衣玉食，無不遂心的，必是文章經濟高出人上，所以
老伯鍾愛，將為席上之珍。弟所以才說尊名方稱。」賈寶玉聽這話頭
又近了祿蠹的舊套，想話回答。賈環見未與他說話，心中早不自在。
倒是賈蘭聽了這話甚覺合意，便說道：「世叔所言固是太謙，若論到
文章經濟，實在從歷練中出來的，方為真才實學。在小姪年幼，雖不
知文章為何物，然將讀過的細味起來，那膏粱文繡比著令聞廣譽，真
是不啻百倍的了。」甄寶玉未及答言，賈寶玉聽了蘭兒的話心裏越發
不合，想道：「這孩子從幾時也學了這一派酸論。」〔註31〕

這一段真假二玉的會面，正應了「假作真時真亦假，無為有處有還無」那句
話。甄寶玉已經被「文章經濟」吞噬了本然良知，幾無真性情、真學問、真
道德可言。年幼的賈蘭，也習染了「這一派酸論」，喪失了兒童的天然稚氣。
並且閨閣中也被功利之論侵襲，除黛玉之外，寶釵、湘雲也時常以「仕途經
濟」之類的「混帳話」規勸寶玉。唯獨寶玉時刻警惕功利主義讀書觀念的強
勢介入，始終以無功利、非世俗的赤子之心呵護良知的自然朗現。

　　既然寶玉極力批判科舉制度對良知的遮蔽，何以又親赴考場，考中舉人
呢？作者設置這一情節，不單是受限於「延世澤」等古典小說大團圓結局的

〔註30〕〔清〕曹雪芹著、無名氏續《紅樓夢》，第263頁。
〔註31〕〔清〕曹雪芹著、無名氏續《紅樓夢》，第1532頁。

習見套路，而是有以下兩點值得闡申之處：

第一、寶玉中舉是對儒家人倫關係的世俗化交代

寶玉赴試出發之前，與王夫之道別：

> 只見寶玉一聲不哼，待王夫人說完了，走過來給王夫人跪下，滿眼流淚，磕了三個頭，說道：「母親生我一世，我也無可答報，只有這一入場用心作了文章，好好的中個舉人出來。那時太太喜歡喜歡，便是兒子一輩的事也完了，一輩子的不好也都遮過去了。」〔註32〕

這是寶玉本著父（母）子有親的良知，盡了最後一點父（母）子人倫的責任。以此類推，寶玉與嫂嫂李紈的道別，是本著長幼有序的良知，盡了最後一點長幼人倫的責任；與寶釵道別，是本著夫婦有別的良知，盡了最後一點夫婦人倫的責任。寶玉本著良知之心，盡到了人倫責任，也算是對世俗之情有了一個最後的交代，塵緣已盡，從名利場中自我抽離出來，也未嘗不是很好地選擇。

第二，寶玉中舉是科舉不能奪聖賢之志的隱喻

科舉制度雖然有很強的功利誘惑，但是這種誘惑只能奪小人之志，不能奪君子之志；只能奪凡庸之志，不能奪聖賢之志。王陽明《寄聞人邦英邦正》曰：

> 家貧親老，豈可不求祿仕？求祿仕而不工舉業，卻是不盡人事而徒責天命，無是理矣。但能立志堅定，隨事盡道，不以得失動念，則雖勉習舉業，亦自無妨聖賢之學。若是原無求為聖賢之志，雖不業舉，日談道德，亦只成就得務外好高之病而已。此昔人所以有不患妨功，惟患奪志之說也。〔註33〕

儘管寶玉並無成就聖賢之志，但是在保持內在良知不為外物所誘方面，與儒家有內在的一致性。在王陽明看來，立定聖賢之志，則科舉雖能妨其功而不能奪其志；曹雪芹認為，立定赤子心志，則科舉雖能耗其神而不能變其心。本著良知之心，立定赤子之志，不僅科舉不能奪其志，外在的一切穢惡之人之事皆無法動搖其心志，因此，呆霸王的蠻橫與粗俗不足以改變寶玉的良知，賈珍、賈璉的好淫與殘忍不足以改變寶玉的良知，王熙鳳的權力欲與貪貨財不足以改變寶玉的良知等。

〔註32〕〔清〕曹雪芹著、無名氏續《紅樓夢》，第1576頁。
〔註33〕〔明〕王守仁撰，吳光、錢明、董平、姚延福編校《王陽明全集》，第189頁。

四、凡人可敬與聖人可學

　　王陽明在孟子「人人皆可爲堯舜」的基礎上，進一步發展出「聖人可學」的理論。王陽明認爲凡人與聖人具有同樣的良知，即「這良知人人皆有，聖人只是保全，無些障蔽。」〔註34〕又說「與愚夫愚婦同的，是謂同德。與愚夫愚婦異的，是謂異端。」〔註35〕此處不是把聖人降低到愚夫愚婦的層次，而是把愚夫愚婦提升到聖人的境界，因爲愚夫愚婦與聖人一樣，具備同樣的良知，具備同樣的成聖之質，在本體上愚夫愚婦與聖人無少缺欠。正如王陽明在傳習錄《傳習錄》卷三所言：

> 在虔，與於中、謙之同侍。先生曰：「人胸中各有個聖人，只自信不及，都自埋倒了。」因顧於中曰：「爾胸中原是聖人。」於中起，不敢當。先生曰：「此是爾自家有的，如何要推？」於中又曰：「不敢。」先生曰：「眾人皆有之，況在於中？卻何故謙起來？謙亦不得。」於中乃笑受。〔註36〕

良知說起來比較抽象，很難被一般人所理解，王陽明有一個比較通俗的解釋，他說：「良知只是個是非之心，是非只是個好惡，只好惡就盡了是非，只是非就盡了萬事萬變。」〔註37〕此處所言的是非不是簡單的科學上的是非正誤，而主要是道德上的是非正誤，所以是非關聯著好惡的道德情感。因此，良知主要解決的是道德認知的問題，而不是科學認知的問題。道德上的是非辨別能力、情感上的好惡之情，帶有先天性、先驗性，是不慮而知，不學而能，人人都具備的道德能力。即使是殘障人士，也同樣具備這種能力，王陽明《諭泰和楊茂》一文記載了這樣一個故事，楊茂是聾啞人，屬於社會底層的殘障人士，比較自卑，對於王陽明提出的聖人可學而至理論不能確信篤行，故前來請求王陽明開示。以下是兩人之間的一段筆談：

> （王陽明問）「你口不能言是非，你耳不能聽是非，你心還能知是非否？」答曰：「知是非。」
>
> 「如此，你口雖不如人，你耳雖不如人，你心還與人一般。」
>
> 茂時首肯拱謝。

〔註34〕〔明〕王守仁撰，吳光、錢明、董平、姚延福編校《王陽明全集》，第189頁。
〔註35〕〔明〕王守仁撰，吳光、錢明、董平、姚延福編校《王陽明全集》，第121頁。
〔註36〕〔明〕王守仁撰，吳光、錢明、董平、姚延福編校《王陽明全集》，第105頁。
〔註37〕〔明〕王守仁撰，吳光、錢明、董平、姚延福編校《王陽明全集》，第126頁。

「大凡人只是此心，此心若能存天理，是個聖賢的心，口雖不能言，耳雖不能聽，也是個不能言不能聽的聖賢。心若不存天理，是個禽獸的心，口雖能言，耳雖能聽，也只是個能言能聽的禽獸。」

茂時扣胸指天。

「你如今於父母但盡你心的孝，於兄長但盡你心的敬，於鄉黨鄰里宗族親戚但盡你心的謙和恭順。見人怠慢，不要嗔怪；見人財利，不要貪圖。但在裏面行你那是的心，莫行你那非的心。縱使外面人說你是，也不須聽；說你不是，也不須聽。」

茂時首肯拜謝。

王陽明激勵楊茂雖然口不能言，耳不能聽，但是其內心還能明辨是非，還具備與聖人同樣的良知本體，將此良知本體擴充推廣開來，加之以後天的篤行工夫，就能達到聖賢的境界。

王陽明聖人可學的理論在人性的根本之處賦予一種絕對平等的觀念，又在人格理想的境界上賦予一種均等的機會。良知人人皆有，聖人人人可學，這是一種十分難得的人類平等觀念，王陽明消除了普通人、下等人、凡庸人的自卑心理，激活了他們內在的道德本心，並指示給他們一條修養理想人格的康莊大道——存天理、去人欲，人欲盡處，天理流行，滿街都是聖人的理想國就會出現。

王陽明聖人可學的理論比較簡易，也有過於理想的問題，畢竟良知本體雖然無有差別，但是後天成聖的工夫，人與人殊，宛如其面。正是因為洞察到王陽明的弊端，曹雪芹才批判性地繼承了王陽明的理論，曹雪芹捨棄了人人皆可為聖人的理想設計，在汲取王陽明良知人人皆有的思想基礎上，創造性地將王陽明聖人可學的理論轉化為凡人可敬的理論。曹雪芹認同王陽明良知人人皆有的思想，既然良知人人皆有，那麼人人都是值得尊重的存在，尤其是那些處於社會底層的平凡人，更應該本著惻怛之心去尊敬、去關愛。《紅樓夢》正是以血淚之筆關愛那些處於男權社會中女性，關愛那些處於權勢底層的凡人，而且以鮮明的對照寫出了男性的骯髒與女性的高貴，寫出了權貴的虛偽與凡人的質樸。

曹雪芹善用反諷之筆刻畫人物，貴人可厭、凡人可敬的理念通過以下兩點巧妙地呈露出來：

第一，凡人可敬，在心不在貌

　　正如王陽明筆下的楊茂一樣，因爲楊茂有良知之心，所以是不能聽、不能說的聖賢，而耳聰口利之人，因爲良知被遮蔽，反而是能聽能說的禽獸。曹雪芹筆下的人物也應如是觀察，人物之善惡邪正，關鍵在於是否具備良知之心，而非華美之外貌。如賈雨村之相貌，「生得腰圓背厚，面闊口方，更兼劍眉星眼，直鼻權腮」〔註38〕。相貌雖然出眾，卻是脂硯齋所言「莽操遺容」〔註39〕，是王莽、曹操一流的奸雄。再如王熙鳳眼中之賈蓉，「一個十七八歲的少年，面目清秀，身材夭嬌，輕裘寶帶，美服華冠」，脂硯齋評曰「紈絝寫照」〔註40〕。

　　僧道形象馬道婆，可謂是伶牙俐齒、巧舌如簧，見了寶玉臉被賈環燙傷，就裝神弄鬼地借機向賈母索要香油錢。賈母比較矛盾，既疼愛寶玉，又不忍過於奢靡，正在思忖之時，馬道婆擔心賈母拒絕，揣摩賈母心事，又說道：「還有一件，若是爲父母尊親長上的，多捨些不妨；若是像老祖宗如今爲寶玉，若捨多了倒不好，還怕哥兒禁不起，倒折了福。也不當家花花的，要捨，大則七斤，小則五斤，也就是了。」賈母說：「既是這樣說，你便一日五斤合准了，每月打躉來關了去。」聽到賈母允諾，「道婆念了一聲阿彌陀佛慈悲大菩薩」〔註41〕。馬道婆能言善辯，卻喪失了良知，唯利是圖，做出謀財害命的卑劣勾當。正如脂硯齋所言：「賊道婆！是自『太君思忖』上來，後用如此數語收之，使太君必心悅誠服願行。賊婆，賊婆，費我作者許多心機摹寫也。」〔註42〕

　　常懷慈悲之心，真正濟世救人的僧道，未必如馬道婆一般巧言令色，反而是邋邋遢遢，癩頭跛足。如第一回點化甄士隱的僧道形象是「只見從那邊來了一僧一道，那僧則癩頭跣腳，那道則跛足蓬頭，瘋瘋癲癲，揮霍談笑而至」〔註43〕。看破紅塵，唱《好了歌》的道士形象是「忽見那邊來了一個跛足道人，瘋癲落脫，麻屣鶉衣，口內念著幾句言詞」〔註44〕。又如，賈雨村遇到的智通寺老僧，「只有一個龍鍾老僧在那裡煮粥。雨村見了，便不在意。及至問他兩句話，那老僧既聾且昏，齒落舌鈍，所答非所問」〔註45〕。這位不被賈雨村在意的老僧，恰恰在脂硯齋眼中「是翻過來」的得道高僧。再如，

〔註38〕〔清〕曹雪芹著、無名氏續《紅樓夢》，第 12 頁。
〔註39〕〔清〕曹雪芹著、黃霖校點《脂硯齋評批紅樓夢》，第 15 頁。
〔註40〕〔清〕曹雪芹著、黃霖校點《脂硯齋評批紅樓夢》，第 124 頁。
〔註41〕〔清〕曹雪芹著、無名氏續《紅樓夢》，第 339 頁。
〔註42〕〔清〕曹雪芹著、黃霖校點《脂硯齋評批紅樓夢》，第 429 頁。
〔註43〕〔清〕曹雪芹著、無名氏續《紅樓夢》，第 10 頁。
〔註44〕〔清〕曹雪芹著、無名氏續《紅樓夢》，第 17 頁。
〔註45〕〔清〕曹雪芹著、無名氏續《紅樓夢》，第 25 頁。

寶玉、王熙鳳被馬道婆的巫術挾制，救出姐弟二人的和尚是「鼻如懸膽兩眉長，目似明星蓄寶光。破衲芒鞋無住跡，醃臢更有滿頭瘡」。道士是「一足高來一足低，渾身帶水又拖泥。相逢若問家何處，卻在蓬萊弱水西。」〔註46〕

第二，凡人可敬，在心不在位

曹雪芹筆下的凡人可敬，亦是看其人是否有良知之心，而非看其權勢地位高下。如劉姥姥，出身寒微，家境窘迫，寒冬之際，缺衣少食，無奈之下，帶著外孫板兒通過周瑞家的疏通關節，好不容易見到王熙鳳，王熙鳳雖然資助了劉姥姥，但是王夫人、王熙鳳那種傲慢態度，十足令人寒心，無怪乎脂硯齋說劉姥姥一進榮國府是「寫盡天下富貴人待窮親戚的態度」〔註47〕，「王夫人數語令余幾哭出」〔註48〕，「為財勢一哭」〔註49〕。受到賈府資助之後，劉姥姥家境有所起色，劉姥姥不忘賈府之恩德，二進榮國府答謝，為討賈母等人歡喜，劉姥姥不得不忍辱含垢，強顏歡笑，令人唏噓感歎。脂硯齋評曰：「寫貧賤輩低首豪門，凌辱不計，誠可悲乎！」〔註50〕當賈府敗落之後，王熙鳳的女兒巧姐被賈環等人逼婚，恰恰正是這位被黛玉譏諷為「母蝗蟲」的劉姥姥本著感恩的良知之心，幫助巧姐躲過一劫，正應了巧姐判詞，「勢敗休雲貴，家亡莫論親。偶因濟劉氏，巧得遇恩人。」〔註51〕

在興修大觀園時，賈芸欲某一個差事，要給王熙鳳送一些冰片麝香行賄，手頭緊張，只好央求開香料鋪的母舅卜世人。卜世人是個勢利眼，全然不念及血緣親情，不僅不借，反而說了很多奚落賈芸的話，這卜世人還真不是人。仗義疏財，解了賈芸燃眉之急的卻是潑皮倪二，這倪二在賭場吃閒錢，放高利貸，雖是社會底層人物，卻有俠義心腸，扶危濟困的良知之心。可見，人品之高貴是在心不在位，貴人未必可信，凡人卻是可敬。《紅樓夢》寫倪二，實有此等深意存焉，不可泛泛放過，正如脂硯齋所言：「夾寫『醉金剛』一回是書中之大淨場，聊醒看官倦眼耳。然亦書中必不可少之文，必不可少之人。今寫在市井俗人身上，又加一俠字，則大有深意存焉。」〔註52〕

〔註46〕〔清〕曹雪芹著、無名氏續《紅樓夢》，第3466頁。
〔註47〕〔清〕曹雪芹著、黃霖校點《脂硯齋評批紅樓夢》，第121頁。
〔註48〕〔清〕曹雪芹著、黃霖校點《脂硯齋評批紅樓夢》，第126頁。
〔註49〕〔清〕曹雪芹著、黃霖校點《脂硯齋評批紅樓夢》，第127頁。
〔註50〕〔清〕曹雪芹著、黃霖校點《脂硯齋評批紅樓夢》，第665頁。
〔註51〕〔清〕曹雪芹著、無名氏續《紅樓夢》，第78頁。
〔註52〕〔清〕曹雪芹著、黃霖校點《脂硯齋評批紅樓夢》，第403頁。

五、餘論

　　陽明學的影響不僅體現在哲學史和思想史上，對於明代中後期的文學發展亦有很大的影響，本文則專論陽明學對《紅樓夢》的影響，尤其是陽明學的核心組成部分——良知學對《紅樓夢》的影響。其實，陽明學的其他內容，如心即理、知行合一以及萬物一體之仁等思想對於《紅樓夢》也有直接或間接的影響，筆者將陸續撰文申闡。

第二節　紅學與仁學

　　長期以來，學術界普遍認爲《紅樓夢》是反封建、反儒家的，並把這種反抗傳統的特質視爲思想上的進步。本文則認爲《紅樓夢》對於儒家文化的態度是贊同的而不是反對的，尤其是在賈寶玉身上體現出了儒家的仁者風範。通過賈寶玉人物形象的塑造，曹雪芹繼承了儒家仁學思想的核心理念，如學以成仁、克己復禮爲仁、仁者以天地萬物爲一體等，同時又創造性地發展了儒家仁學思想，糾正了宋明理學對仁學思想的曲解，並且以小說的通俗語言擴大了仁學思想的影響力。

一、引言

　　關於《紅樓夢》的思想內涵可謂是眾說紛紜，爭論不休，正如魯迅在《〈絳洞花主〉小引》中所言：「《紅樓夢》是中國許多人所知道，至少，是知道這名目的書。誰是作者和續者姑且勿論，單是命意，就因讀者的眼光而有種種：經學家看見《易》，道學家看見淫，才子佳人看見纏綿，革命家看見排滿，流言家看見宮闈秘事……」〔註53〕

　　縱觀新中國建立以後的紅學發展史，對於《紅樓夢》的思想成就，很多學者從階級鬥爭和反封建的角度來論述，最爲典型的兩篇論文就是李希凡、藍翎在1954年共同撰寫的《關於〈紅樓夢簡論〉及其他》〔註54〕與《評〈紅樓夢研究〉》〔註55〕。這種觀點在文革期間被不斷強化，幾乎成爲《紅樓夢》思想成就的蓋棺之論。按照這些學者的邏輯，作爲封建社會主流意識形態的

〔註53〕魯迅《集外集拾遺》，《魯迅全集》，人民文學出版社2005年版，第7卷第419頁。
〔註54〕原載《文史哲》，1954年第9期。
〔註55〕原載1954年10月10日《光明日報》「文學遺產」第24期。

儒家思想，自然就成了《紅樓夢》集矢之處，文革期間大批論文都強調《紅樓夢》的反儒傾向，如梁效《封建末世的孔老二——〈紅樓夢〉裏的賈政》〔註56〕、龐向榮《論賈寶玉的反儒傾向》〔註57〕、石鳴《從〈紅樓夢〉看曹雪芹的尊法反儒思想》〔註58〕、佘樹森《孔孟之道擋不住歷史的潮流——讀〈紅樓夢〉筆記》〔註59〕。

　　如果說在特定的歷史時期，在特殊的學術背景下，出現了上述論斷是有情可原的話，那麼時至今日，依然還有一些學者持守類似的觀點，就有些令人不解了。畢竟《紅樓夢》植根於中華文化之中，是中華文化孕育出來的曠世巨著，而儒家文化又是中華文化的重要支柱，《紅樓夢》不大可能對儒家文化採取徹底否定的激進態度。恰恰相反，我們認為《紅樓夢》是認同儒家文化的，而且對儒家文化的核心價值理念是有深刻體知並付諸實踐的。對於這個問題，清代學者太平閒人張新之已著先鞭，他在《太平閒人〈石頭記〉讀法》中說：「《石頭記》乃演性理之書，祖《大學》而宗《中庸》，故借寶玉說『明明德之外無書』，又曰『不過《大學》、《中庸》』。」「是書大意闡發《學》、《庸》，以《周易》演消長，以《國風》正貞淫，以《春秋》示予奪，《禮經》、《樂記》，融會其中」。〔註60〕張新之尤其強調《紅樓夢》是借助小說的形式闡發《四書》中的思想內蘊，第三回林黛玉進賈府，有兩處寶玉和黛玉談論讀書的場景：

> 賈母因問黛玉念何書，黛玉道：「只剛念了《四書》。」黛玉又問姊妹們讀何書，賈母道：「讀的是什麼書，不過是認得兩個字，不是睜眼的瞎子罷了！」

> 寶玉便走近黛玉身邊坐下，又細細打量一番，因問：「妹妹可曾讀書？」黛玉道：「不曾讀，只上了一年學，些須認得幾個字。」寶玉又道：「妹妹尊名是那兩個字？」黛玉便說了名。寶玉又問表字。黛玉道：「無字。」寶玉笑道：「我送妹妹一妙字，莫若『顰顰』二字極妙。」探春便問何出。寶玉道：「《古今人物通考》上說：『西方有石名黛，可代畫眉之墨。』況這林妹妹眉尖若蹙，用取這兩個字，

〔註56〕原載 1974 年 6 月 28 日《人民日報》。
〔註57〕原載《教育革命通訊》，1974 年第 2 期。
〔註58〕原載《武漢大學學報》，1974 年第 4 期。
〔註59〕原載《解放軍文藝》，1974 年第 5 期。
〔註60〕〔清〕護花主人、大某山民、太平閒人《三家評本紅樓夢》，上海古籍出版社2012 年版，第 2 頁。

豈不兩妙！」探春笑道：「只恐又是你的杜撰。」寶玉笑道：「除《四
書》外，杜撰的太多，偏只我是杜撰不成？」

　　太平閒人評曰：「此回乃寶黛相合之首，而再提《四書》，故我
以是書爲『明明德』之奇傳，是他所自有，而我特爲抉發之，非閒人
迂腐而強爲拉扯傅會也。看《石頭記》批評，有點頭者否？」〔註61〕

張新之斷定《紅樓夢》是《四書》之「奇傳」，或者說《紅樓夢》是《四書》
的一個注腳，這種論斷無疑是有膠柱鼓瑟的附會之弊。但是如果拋開這些弊
端，對於張新之的論斷，我們是會「點頭」的，我們認爲《紅樓夢》與儒家
經典《四書》、《五經》在思想內涵上有諸多一致性，《四書》、《五經》中的核
心理念在《紅樓夢》中有很精彩的呈現，下文我們就著力論述《紅樓夢》與
儒家仁學思想之間的內在關聯，姑且以「紅學與仁學」名篇。

二、學以成仁與《紅樓夢》的教育觀

　　儒家認爲任何一個生理健全的個體都具備仁義禮智之心，也具備成爲聖
賢的可能性，這就是孟子所倡言的「人人皆可爲堯舜」。然而，儒家的聖賢理
想對於大多數人來說只是一種可能性，要使這種可能性轉換爲現實性，則要
付出很多艱辛的努力，其中好學就是成爲聖賢理想人格的必備修養。儒家的
代表人物幾乎都以好學而著稱，這一點在孔子身上有最爲典型的呈現，正如
陳來在《論儒家教育思想的基本理念》中所言：「『好學』決不是孔子思想中
的一個普通觀念，我們可以肯定地說『好學』是孔子思想中一個具有核心意
義的基礎性觀念，不僅在他的教育思想，也在他的整個思想中佔有特別重要
的地位。」〔註62〕

　　孔子晚年在回憶他的生命歷程時，在十五歲的人生節點上，他以「志於
學」開啓了豐富多彩的人生，在此之後，孔子所有的人生飛躍，包括「三十
而立」、「四十而不惑」、「五十而知天命」、「六十而耳順」、「七十而從心所欲
不逾矩」，都植基於「志於學」〔註63〕，離開學習對人格的轉化和知識的提升，
孔子之後的人生將不能呈現出如此完美的軌跡。

　　《論語》一書對好學的強調可謂俯拾即是，開篇就以「學而時習之」統

〔註61〕　〔清〕護花主人、大某山民、太平閒人《三家評本紅樓夢》，第51頁。
〔註62〕　陳來《從思想世界到歷史世界》，北京大學出版社2015年版，第2頁。
〔註63〕　〔宋〕朱熹《四書章句集注》，中華書局1983年版，第54頁。

領全書，對學習的重視可謂是到了無以復加的程度。孔子還把好學視爲比忠信更爲難得的美德：

《論語‧公冶長篇》：「子曰：『十室之邑，必有忠信如丘者焉，不如丘之好學也。』」

朱熹注曰：「忠信，如聖人生質之美者也。夫子生知而未嘗不好學，故言此以勉人。言美質易得，至道難聞。學之至，則可以爲聖人；不學，則不免爲鄉人而已！」〔註64〕

孔子還指出，其他美德如好仁、好智、好信、好直、好勇、好剛，這六種美德如果離開好學的約束與輔助，反而會產生諸多弊端。

子曰：「由也，女聞六言六蔽矣乎？」對曰：「未也。居，吾語女。好仁不好學，其蔽也愚；好知不好學，其蔽也蕩；好信不好學，其蔽也賊；好直不好學，其蔽也絞；好勇不好學，其蔽也亂；好剛不好學，其蔽也狂。」（《論語‧陽貨》）

朱熹注曰：「六言皆美德，然徒好之而不學以明其理，則各有所蔽愚，若可陷可罔之類。」〔註65〕

《紅樓夢》表面上看起來，似乎與儒家的好學理念背道而馳，以當時世俗的讀書評價體系而論，寶玉無論如何也不是好學之人。但是，如果我們仔細推敲，寶玉與儒家的好學理念卻是具有內在的一致性。第三回有兩首《西江月》描述寶玉的性格，其中提到了他「愚頑怕讀文章」〔註66〕，很多學者以此作爲寶玉不讀書、不好學的最佳例證。殊不知《西江月》對寶玉是是似貶而實褒，詞中所言之「文章」也不是泛指廣義的圖書，而是特指科舉時代的八股文講章。對於科舉制度對人性的扭曲，對於八股文章對知識分子的腐蝕，寶玉都有清醒而深刻地認識，所以他疏離科舉制度、遠離八股文章，幾乎從來不讀與之相關的圖書，而且把熱衷功名之人的勸慰之言視作「混帳話」，寶玉視林黛玉爲知己而與薛寶釵、史湘雲相對隔閡，其中一個重要原因就在於林黛玉從來不說這些「混帳話」，而薛寶釵、史湘雲卻時常以此「混帳話」來游說他。

除開八股文章，寶玉幾乎是無書不讀，與八股文時代的陋儒相比，寶玉實在是一位博學多識之人。第十七回，寶玉在大觀園撰寫的楹聯匾額在藝術

〔註64〕〔宋〕朱熹《四書章句集注》，第83頁。
〔註65〕〔宋〕朱熹《四書章句集注》，第178～179頁。
〔註66〕〔清〕曹雪芹、高鶚《紅樓夢》，人民文學出版社2000年版，第34頁。

水準上明顯高於那些清客相公，寶玉在詩文上的藝術修爲也難得一見地獲得他父親賈政的認可，即使賈政素來對寶玉的「不學無術」深感失望。第八回，林黛玉評價寶玉題寫的「絳芸軒」三字，黛玉笑道：「個個都好。怎麼寫的這麼好了？明兒與我寫一個匾。」〔註67〕林黛玉的評價體現了寶玉在書法方面有一定的造詣。第二十三回，西廂記妙詞通戲語，牡丹亭豔曲警芳心，不難看出寶玉對於《西廂記》、《牡丹亭》等古典戲劇的癡迷。第二十一回，寶玉續寫《莊子‧胠篋篇》，可以看出寶玉在老莊哲學方面的不俗修爲。第二十二回，聽曲文寶玉悟禪機，則反映了寶玉對佛教哲學的濃厚興趣，寶玉最終皈依佛門的人生結局，早在此時就已經埋下了伏筆。

　　既然儒家非常重視培養好學的美德，那麼自然對教育也十分關注。儒家的代表人物，幾乎都有兩種相反相成的身份，他們既是勤奮好學的學生，又是誨人不倦的老師。正如孔子所言：「默而識之，學而不厭，誨人不倦，何有於我哉？」〔註68〕（《論語‧述而》）。孟子也把教育英才視爲非常難得的人間至樂，《孟子‧盡心上》曰：「君子有三樂，而王天下不與存焉。父母俱存，兄弟無故，一樂也；仰不愧於天，俯不怍於人，二樂也；得天下英才而教育之，三樂也。君子有三樂，而王天下不與存焉。」〔註69〕

　　儒家對教育的重視程度可以說超過了同時九流十家的其他學術流派，以至於後人在評價孔子、孟子的思想史地位時，都繞不開他們在教育方面的卓越貢獻，孔子、孟子教育家的身份也不斷獲得後人的尊崇與敬仰。儒家對教育方面的諸多問題都有深入地探討，儒家認爲教育的終極目標是培養聖賢人格，即使達不到聖賢的標準，也要努力培養學生成爲謙謙君子。當然，對入世懷著濃厚興趣的儒家並不反對學生步入仕途，但是步入仕途的前提必須是「學而優則仕」，而且在仕途的每一個階段，都不能離開學習，即「仕而優則學」。那種未經教育就茫然步入仕途的做法是被孔子嚴厲批評的，因爲知識上的無知和經驗上的不足，不僅無法完成具體的政務，也會對從政者本人造成傷害。正如《論語‧先進》所載：「子路使子羔爲費宰。子曰：『賊夫人之子。』子路曰：『有民人焉，有社稷焉，何必讀書，然後爲學？』子曰：『是故惡夫佞者。』」〔註70〕

〔註67〕〔清〕曹雪芹、高鶚《紅樓夢》，第93頁。
〔註68〕〔宋〕朱熹《四書章句集注》，第93頁。
〔註69〕〔宋〕朱熹《四書章句集注》，第361～362頁。
〔註70〕〔宋〕朱熹《四書章句集注》，第130頁。

　　儒家雖然不反對學生入仕，但是政事僅僅是孔門四科之一，除了擅長政事的冉有、季路，孔門還有以德行見長的顏淵、閔子騫、冉伯牛、仲弓，以言語見長的宰我、子貢，以文學見長的子游、子夏，而且在諸多弟子中，孔子最為中意的學生即是以德行著稱的顏淵，孔子從不吝惜對顏淵的表彰，《論語・雍也》載曰：「子曰：『賢哉，回也！一簞食，一瓢飲，在陋巷，人不堪其憂，回也不改其樂。賢哉，回也！』」〔註71〕

　　對於教育問題，《紅樓夢》也是非常重視，反覆強調。曹雪芹與孔子、孟子的不同之處在於，孔子、孟子是從正面對教育問題給予指導，而曹雪芹是從反面對教育所出現的弊端進行針砭。《紅樓夢》中的賈府是一個日漸衰頹、逐漸沒落的大家族，這個大家族式微的原因有很多，其中一個重要的原因就是在子孫後代的教育問題上出現了嚴重失誤，第二回，冷子興演說榮國府時就已經明白指出：

　　　　冷子興云：「如今生齒日繁，事務日盛，主僕上下，安富尊榮者盡多，運籌謀畫者無一，其日用排場費用，又不能將就省儉，如今外面的架子雖未甚倒，內囊卻也盡上來了。這還是小事。更有一件大事：誰知這樣鐘鳴鼎食之家，翰墨詩書之族，如今的兒孫，竟一代不如一代了！」雨村聽說，也納罕道：「這樣詩禮之家，豈有不善教育之理？別門不知，只說這寧、榮二宅，是最教子有方的。」

　　　　太平閒人評曰：「全書以左氏『譏失教也』一言概之，賈、冷二人口中，『不善教育』四字，乃大書特書。」〔註72〕

《紅樓夢》開卷第一回有一段文字介紹寫作緣起，曹雪芹剖析了個人命運悲劇及家族悲劇的成因，也歸咎於教育方面的失誤：

　　　　今風塵碌碌，一事無成，忽念及當日所有之女子，一一細考較去，覺其行止見識，皆出於我之上。何我堂堂鬚眉，誠不若彼裙釵哉？實愧則有餘，悔又無益之大無可如何之日也！當此，則自欲將已往所賴天恩祖德，錦衣紈綺之時，飫甘饜肥之日，背父兄教育之恩，負師友規談之德，以至今日一技無成，半生潦倒之罪，編述一集，以告天下人。〔註73〕

曹雪芹對教育問題的反覆強調、再三致意，使太平閒人張新之將「譏失教」

〔註71〕　〔宋〕朱熹《四書章句集注》，第87頁。
〔註72〕　〔清〕護花主人、大某山民、太平閒人《三家評本紅樓夢》，第25頁。
〔註73〕　〔清〕曹雪芹、高鶚《紅樓夢》，第1頁。

定爲《紅樓夢》的核心主題，他在《太平閒人〈石頭記〉讀法》中說：「《石頭記》一百二十回，一言以蔽之，左氏日『譏失教也』。」〔註74〕

第九回，戀風流情友入家塾，起嫌疑頑童鬧學堂，寶玉與秦鍾第一天入賈氏學堂，就因瑣屑之事大打出手，脂硯齋評論學堂混戰的場景堪比《水滸傳》燕青打擂，並且以傷感的語調剖析日：「此篇寫賈氏學中，非親即族，且學乃大眾之規範，人倫之根本。首先悖亂，以至於此極，其賈家之氣數，即此可知。」〔註75〕

賈府學堂折射出了教育的嚴重失誤，這些失誤包括：

首先，在教育目的上，賈府的教育有嚴重的功利主義傾向，賈府教育的目的是培養科舉考試的成功者，是爲了家族的長盛不衰而儲備政治力量，而不是培養健全的人格，更不是培養君子。

其次，在教育內容方面，完全以枯燥陳腐的八股文爲主，儒家強調的「游於藝」，六藝之教，在賈府學堂中幾乎是天方夜譚。

再次，賈府學堂中的師生，老師賈代儒昏聵平庸，很多學生因裙帶關係進入學堂，原有的尊卑等級也隨之帶入學堂之中，嚴重影響了賈府學堂的學風。

最後，教育方法單一粗暴，當處在叛逆期的寶玉犯了錯誤時，賈政只能一打了事，不但沒有合理有效的善後之策，而且也沒有防範於未然的先見之明。如第三十三回，太平閒人評寶玉挨打日：

> 此回暢發失教本旨。古人自灑掃應對，以及修齊治平，由小學入大學，樂有賢父兄也。而思善實貫終始，孝悌慈則其大端。顧乃父不慈，子不孝，兄不友，弟不悌，以致門內門外，讒謗叢生，倫常乖舛，立見消亡矣。賈政上不能悟親，下不能教子，說私欲愁悶而不察所從來，說弒父弒君而不思所自弭，一打了事，何其愚哉？家敗人亡，實坐於此。〔註76〕

這樣的學堂和家族焉有不敗之理，反觀儒家理想中學堂的學規，如王陽明《客坐私祝》日：

> 但願溫恭直諒之友來此講學論道，示以孝友謙和之行。德業相勸，過失相規，以教訓我子弟，使毋陷於非僻。不願狂懆惰慢之徒

〔註74〕〔清〕護花主人、大某山民、太平閒人《三家評本紅樓夢》，第2頁。
〔註75〕〔清〕曹雪芹著、脂硯齋評《紅樓夢》，齊魯書社1998年版，第181頁。
〔註76〕〔清〕護花主人、大某山民、太平閒人《三家評本紅樓夢》，第526頁。

來此博弈飲酒，長傲飾非，導以驕奢淫蕩之事，誘以貪財黷貨之謀，
冥頑無恥，扇惑鼓動，以益我子弟之不肖。嗚呼！由前之說，是謂
良士，由後之說，是謂凶人。我子弟苟遠良士而近凶人，是爲逆子，
戒之戒之！〔註77〕

與之相較，我們不難發現，《紅樓夢》中的賈府在教育方面確實存在嚴重的失
誤，曹雪芹以一個悔過者的身份反思家族敗落的悲劇，也將教育方面的失誤
視爲一個重要的原因。

三、克己復禮爲仁與《紅樓夢》的由「理」復「禮」傾向

很多現代學者認爲傳統社會的禮教制度是對人性的束縛，而彰顯人性的
《紅樓夢》與禮教制度的關係簡直是冰炭不同爐，如余英時在《曹雪芹的反
傳統思想》一文中所言：

《紅樓夢》全書都是暴露禮法的醜惡的，並不是像脂批所云，
是在有意無意間炫耀作者的門第。

總結地說，曹雪芹的反傳統思想，基本上是屬於魏晉反禮法的
一型。這一型的思想家在理論上持老莊自然與周孔名教相對抗；在
實踐中則常常表現爲任情而廢禮。〔註78〕

曹雪芹的思想有無老莊自然論的影響，其反傳統思想是否屬於魏晉反禮法的
類型，暫且不論，即使曹雪芹確實對以上兩種思想尊崇有加，也不能推導出
「《紅樓夢》全書都是暴露禮法醜惡的」結論，反而有可能推導出與余英時相
反的結論，即曹雪芹看似反對禮法，其實比很多儒門之士更爲篤信禮法。對
於這種矛盾心理、怪異行爲的解析，魯迅先生可謂是獨具隻眼，他在《魏晉
風度及文章與藥及酒之關係》深刻地指出：

例如嵇阮的罪名，一向說他們毀壞禮教。但據我個人的意見，
這判斷是錯的。魏晉時代，崇奉禮教的看來似乎很不錯，而實在是
毀壞禮教，不信禮教的。表面上毀壞禮教者，實則倒是承認禮教，
太相信禮教。〔註79〕

按照魯迅先生的邏輯判斷來分析曹雪芹的思想，我們也可以說曹雪芹是表面

〔註77〕〔明〕王陽明《（新編本）王陽明全集》，浙江古籍出版社 2011 年版，第 970 頁。
〔註78〕余英時《紅樓夢的兩個世界》，上海社會科學院出版社 2006 年版，第 195 頁。
〔註79〕魯迅《而已集》，人民文學出版社 1995 年版，第 109 頁。

上的毀壞禮教者，「實則倒是承認禮教，太相信禮教」。

　　曹雪芹生活的清代，程朱理學依然是官方倡導的主流意識形態，「存天理、去人欲」是程朱理學的入聖工夫。高懸天理，以圓足完美的道德人性為最高追求目標，把自然人性中的動物性存在、過分的個人欲求通過懲忿窒欲的方法剔除出去，使動物性自然存在狀態的人，轉變成為聖賢般道德存在狀態的人，是「存天理、去人欲」工夫論的合理之處。當然，此種思想的流弊也比較明顯，比如對人性修養工夫的要求過於嚴苛，一定程度上限制了人性自由，而且在對「人欲」的界定上也太過嚴格，有時還把正常的生理欲求當作「人欲」，甚至對「人欲」的誅求不僅是在行為層面，還要深入到人心不可知的動機層面。如朱熹《與劉共父》曰：「蓋修德之實，在乎去人欲，存天理。人欲不必聲色貨利之娛，宮室觀遊之侈也，但存諸心者小失其正，便是人欲必也。」〔註80〕

　　不可否認，曹雪芹對程朱理學「存天理、去人欲」的修養工夫是十分反感的，他反對程朱理學對人性的過分壓制，反對程朱理學末流引發的偽善流弊。曹雪芹認可食色等人類賴以生存的基本欲求的合理性，呼籲對女性的尊重與理解，承認男女之情的正當性，認為功利主義的金玉良緣是對正常婚姻關係的扭曲，非功利、愛情至上的木石姻緣才是婚姻的最佳狀態。

　　對於人性、愛情、婚姻、禮法等，曹雪芹希望越過程朱理學設置的重重障礙，復歸到孔子、孟子所倡導的儒家源頭上去，或者說曹雪芹通過《紅樓夢》表達了由「理」復「禮」的思想傾向。

　　「理」是程朱理學創造的哲學詞匯，這個詞匯包含宇宙論、倫理學等多個層面的內容，原始儒家並沒有這個詞匯，在人性修養方面，孔子更加重視踐履性的「禮」而不是抽象性的「理」。如《論語・顏淵》曰：

　　　　顏淵問仁。子曰：「克己復禮為仁。一日克己復禮，天下歸仁焉。為仁由己，而由人乎哉？」顏淵曰：「請問其目。」子曰：「非禮勿視，非禮勿聽，非禮勿言，非禮勿動。」顏淵曰：「回雖不敏，請事斯語矣！」〔註81〕

相對於「存天理、去人欲」而言，孔子倡導的「克己復禮」更為篤實，從視聽言動的具體行為上規範人性，比空懸一個抽象的「天理」，有更強的可操作性。《紅樓夢》很多章節都體現出對「禮」的嚮往，林黛玉就是曹雪芹塑造的

〔註80〕〔宋〕朱熹《晦庵集》卷三十七，《文淵閣四庫全書》本。
〔註81〕〔宋〕朱熹《四書章句集注》，第132～133頁。

謹守禮法之道的大家閨秀。如林黛玉六歲喪母，對於母親賈敏的名諱，從來不敢冒犯，碰到敏字都要避諱，賈雨村說：「怪道這女學生讀至凡書中有『敏』字，皆念作『密』字，每每如是，寫字遇著『敏』字，又減一二筆。」〔註82〕第三回，榮國府收養林黛玉，林黛玉進賈府「步步留心，時時在意，不肯輕易多說一句話，多行一步路，惟恐被人恥笑了他去」〔註83〕，一舉一動都符合儒家禮儀之道，林黛玉初入賈府的行爲儀軌，有點類似於孔子在《論語·鄉黨篇》裏中規中矩的表現，或者說第三回是林黛玉的《鄉黨篇》。

曹雪芹不但重視儒家禮儀文化的外在儀軌，而且更爲重視外在儀軌背後主體情感的眞誠。儀軌是禮儀的外在呈現方式，而主體情感的眞誠才是儒家禮儀文化的根本靈魂。儒家經典《禮記》第一篇《曲禮》開篇即強調「毋不敬」，關於「毋不敬」的重要性，范祖禹有很精闢的闡發，他說：「經禮三百，曲禮三千，可一言以蔽之，曰毋不敬。」〔註84〕《紅樓夢》呼籲主體情感眞實，反對形式化禮儀的繁文縟節，所以曹雪芹對禮儀文化的態度與《禮記》「毋不敬」的規定是高度一致的。

以喪禮爲例，喪禮爲五禮——「吉凶軍賓嘉」之一，在儒家禮儀文化中佔有重要地位，歷代儒者都非常重視喪禮，孔子對喪禮主體情感的抉發對後世影響深遠。

> 林放問禮之本。子曰：「大哉問！禮，與其奢也，寧儉；喪，與其易也，寧戚。」

> 朱熹注曰：「易，治也。孟子曰：『易其田疇。』在喪禮，則節文習熟而無哀痛慘怛之實者也。戚則一於哀，而文不足耳。禮貴得中，奢易則過於文，儉戚則不及而質，二者皆未合禮。然凡物之理，必先有質而後有文，則質乃禮之本也。」〔註85〕

相對於喪禮儀軌節文的熟練，孔子更加看重喪禮所需的情感眞實，聖賢制定喪禮的目的，是爲了將喪失親人帶來的悲痛之情得到合理充分的表達，而不是把喪禮作爲演習儀軌節文的鬧劇。秦可卿的喪禮是《紅樓夢》所描寫的最爲隆重的一場喪禮，然而在這樣隆重的喪禮之中，除了寶玉之外，我們幾乎

〔註82〕 〔清〕曹雪芹、高鶚《紅樓夢》，第21頁。
〔註83〕 〔清〕曹雪芹、高鶚《紅樓夢》，第24頁。
〔註84〕 〔宋〕葉時《禮經會元》，卷一，《文淵閣四庫全書》本。
〔註85〕 〔宋〕朱熹《四書章句集注》，中華書局1983年版，第62頁。

看不到賈府中人的悲痛之情。王熙鳳協理寧國府，忙於展示個人凜然難犯的威嚴和持家有道的才華；秦鍾居喪期間，還在與小尼姑智慧纏綿。這兩位一個是秦可卿的弟弟，一個被秦可卿視為「素日相好」的知己，其表現尚且如此，更遑論他人？唯獨寶玉「從夢中聽見說秦氏死了，連忙翻身爬起來，只覺心中似戳了一刀的不忍，哇的一聲，真奔出一口血來」〔註86〕，「忙忙奔至停靈之室，痛苦一番」〔註87〕。秦可卿出殯之時，「浩浩蕩蕩，壓地銀山一般」〔註88〕的盛況，在寶玉至情至性的傷痛面前，顯得異常虛空且浮誇。

第四十三回，閒取樂偶攢金慶壽，不了情暫撮土為香。寶玉從王熙鳳過生日的熱鬧場景中逃出來，去郊外祭奠金釧，書中這樣描寫祭奠的情形：

> 一氣跑了七八里路出來，人煙漸漸稀少，寶玉方勒住馬，回頭問茗煙道：「這裡可有賣香的？」茗煙道：「香倒有，不知是那一樣？」寶玉想道：「別的香不好，須得檀，芸，降三樣。」茗煙笑道：「這三樣可難得。」寶玉為難。茗煙見他為難，因問道：「要香作什麼使？我見二爺時常小荷包有散香，何不找一找。」一句提醒了寶玉，便回手向衣襟上拉出一個荷包來，摸了一摸，竟有兩星沉速，心內歡喜：「只是不恭些。」再想自己親身帶的，倒比買的又好些。寶玉不覺滴下淚來。……老姑子獻了茶。寶玉因和他借香爐，那姑子去了半日，連香供紙馬都預備了來。寶玉道：「一概不用。」便命茗煙捧著爐出至後院中，揀一塊乾淨地方兒，竟揀不出。茗煙道：「那井臺兒上如何？」寶玉點頭，一齊來至井臺上，將爐放下。茗煙站過一旁。寶玉掏出香來焚上，含淚施了半禮，回身命收了去。〔註89〕

整個祭奠過程沒有任何祭品，連祭祀必備的香燭和香爐也沒有提前準備。可是書中卻兩次提到寶玉落淚，儀軌雖然寒微單薄，感情卻真摯濃烈

第五十八回，藕官祭祀藥官，在大觀園內燒紙錢，被一個婆子訓斥，「藕官滿面淚痕，蹲在那裡，手裏還拿著火，守著些紙錢灰作悲」〔註90〕。寶玉同情庇護藕官，並通過芳官囑咐藕官，不要輕信世俗之言，祭祀之時完全沒有必要燒紙錢：

〔註86〕〔清〕曹雪芹、高鶚《紅樓夢》，第 132 頁。
〔註87〕〔清〕曹雪芹、高鶚《紅樓夢》，第 133 頁。
〔註88〕〔清〕曹雪芹、高鶚《紅樓夢》，第 147 頁。
〔註89〕〔清〕曹雪芹、高鶚《紅樓夢》，第 461～463 頁。
〔註90〕〔清〕曹雪芹、高鶚《紅樓夢》，第 633 頁。

寶玉道：「以後斷不可燒紙錢。這紙錢原是後人異端，不是孔子遺訓。以後逢時按節，只備一個爐，到日隨便焚香，一心誠虔，就可感格了。愚人原不知，無論神佛死人，必要分出等例，各式各例的。殊不知只一『誠心』二字為主。即值倉皇流離之日，雖連香亦無，隨便有土有草，只以潔淨，便可為祭，不獨死者享祭，便是神鬼也來享的。你瞧瞧我那案上，只設一爐，不論日期，時常焚香。他們皆不知原故，我心裏卻各有所因。隨便有清茶便供一鍾茶，有新水就供一盞水，或有鮮花，或有鮮果，甚至葷羹腥菜，只要心誠意潔，便是佛也都可來享，所以說，只在敬不在虛名。以後快命他不可再燒紙。」〔註91〕

寶玉強調的孔子遺訓其實是曾子之言，《論語‧學而》篇載「曾子曰：『慎終追遠，民德歸厚矣！』朱熹注曰：「慎終者，喪盡其禮；追遠者，祭盡其誠。」〔註92〕寶玉所言祭祀「只在敬不在虛名」，與儒家「祭盡其誠」的祭祀要求若合符節。

四、仁者以天地萬物為一體與《紅樓夢》的仁愛觀

仁者以天地萬物為一體是儒家的基本信念，它的源頭可以追溯到孔子「仁者愛人」的思想，在之後的儒學發展歷程中，特別是在宋明理學家那裡，這個基本信念被普遍接受。

張載《西銘》曰：

乾稱父，坤稱母；予茲藐焉，乃混然中處。故天地之塞，吾其體；天地之帥，吾其性。民吾同胞，物吾與也。〔註93〕

程顥《識仁篇》明確提出：

仁者以天地萬物為一體，莫非己也。認得為己，何所不至？若不有諸己，自不與己相干。〔註94〕

陸九淵曰：

宇宙內事，是己分內事。己分內事，是宇宙內事。〔註95〕

〔註91〕〔清〕曹雪芹、高鶚《紅樓夢》，第638～639頁。
〔註92〕〔宋〕朱熹《四書章句集注》，第50頁。
〔註93〕〔宋〕張載《張載集》，中華書局1978年版，第62頁。
〔註94〕〔宋〕程顥、程頤《二程集》，中華書局1981年版，第15頁。
〔註95〕〔宋〕陸九淵《陸九淵集》，中華書局1980年版，第273頁。

王陽明在前人基礎上，全面系統地闡釋了仁者以天地萬物爲一體的思想，王陽明《大學問》曰：

> 大人者，以天地萬物爲一體者也，其視天下猶一家，中國猶一人焉。若夫間形骸而分爾我者，小人矣。大人之能以天地萬物爲一體也，非意之也，其心之仁本若是，其與天地萬物而爲一也。豈惟大人，雖小人之心亦莫不然，彼顧自小之耳。是故見孺子之入井，而必有怵惕惻隱之心焉，是其仁之與孺子而爲一體也；孺子猶同類者也，見鳥獸之哀鳴觳觫，而必有不忍之心焉，是其仁之與鳥獸而爲一體也；鳥獸猶有知覺者也，見草木之摧折而必有憫恤之心焉，是其仁之與草木而爲一體也；草木猶有生意者也，見瓦石之毀壞而必有顧惜之心焉，是其仁之與瓦石而爲一體也：是其一體之仁也，雖小人之心亦必有之。〔註96〕

王陽明借鑒孟子關於惻隱之心、不忍人之心的思想資源，把主體的同情憐憫之心視作貫通萬物的關鍵。在人我關係方面，主體的同情憐憫之心可以破除個人中心主義的自私觀念，消除隔閡，化解衝突，實現人我之間的和諧共處；在天人關係方面，主體的同情憐憫之心可以避免人類中心主義，避免對自然的無情掠奪與破壞，實現人與宇宙萬物的和諧共存。

在寶玉身上比較集中地體現了儒家「仁者以天地萬物爲一體」的基本信念，如第三十五回，寶玉挨打之後，原本就想攀賈府高枝的傅試爲了獻殷勤，派了兩個婆子前來給寶玉請安。正趕上玉釧服侍寶玉吃蓮葉羹，兩人忙著跟兩個婆子談話，玉釧不小心把碗撞落，熱湯潑在了寶玉手上，「玉釧兒倒不曾燙著，唬了一跳，忙笑了：『這是怎麼說！』慌的丫頭們忙上來接碗。寶玉自己燙了手倒不覺的，卻只管問玉釧兒：『燙了那裡了？疼不疼？』玉釧兒和眾人都笑了。玉釧兒道：『你自己燙了，只管問我。』寶玉聽說，方覺自己燙了。」〔註97〕寶玉這個異於常人的特殊舉動引發了傅家兩個婆子的議論，她們嘲笑寶玉是個「呆子」，《紅樓夢》敘寫其議論曰：

> 老個秋芳那兩個婆子見沒人了，一行走，一行談論。這一個笑道：「怪道有人說他家寶玉是外像好裏頭糊塗，中看不中吃的，果然有些呆氣。他自己燙了手，倒問人疼不疼，這可不是個呆子？」那

〔註96〕 王陽明《（新編本）王陽明全集》，第 1015 頁。

〔註97〕 〔清〕曹雪芹、高鶚《紅樓夢》，第 373～374 頁。

一個又笑道：「我前一回來，聽見他家裏許多人抱怨，千眞萬眞的有些呆氣。大雨淋的水難似的，他反告訴別人『下雨了，快避雨去罷』。你說可笑不可笑？時常沒人在跟前，就自哭自笑的；看見燕子，就和燕子說話；河裏看見了魚，就和魚說話；見了星星月亮，不是長籲短歎，就是咕咕噥噥的。且是連一點剛性也沒有，連那些毛丫頭的氣都受的。愛惜東西，連個線頭兒都是好的；糟踏起來，那怕值千值萬的都不管了。」

在兩個婆子眼中，寶玉是沒有剛性的可笑呆子；但是在曹雪芹筆下，寶玉卻是有著民胞物與寬廣胸懷的仁者。脂硯齋的評點指出了曹雪芹對寶玉的喜愛之情：

> 如人飲水，冷暖自知，其中深意味，豈能持告君？寶玉之為人，非此一論，亦描寫不盡；寶玉之不肖，非此一鄙，亦形容不到。試問作者是醜寶玉乎，是贊寶玉乎？試問觀者是喜寶玉乎，是惡寶玉乎？〔註98〕

值得注意的是，儒家仁者以天地萬物為一體的仁愛觀，不是對其他主體和宇宙萬物無差別的博愛，而是有非常明顯的類別差異的，有不可顛倒的嚴格序列的，即先親親，再仁民，最後是愛物。

在處理人際關係時，要堅持先親親再仁民。儒家的仁愛觀不能等同於墨家的兼愛，對於其他主體的仁愛，要做到先親親再仁民。雖然孟子主張推恩，呼籲「老吾老以及人之老，幼吾幼以及人之幼」〔註99〕，但是「及人之老」的前提是先「老吾老」，「及人之幼」的前提是先「幼吾幼」。孝悌為仁之根本，親親是仁愛之心的根本立足點。對於家人和普通人一視同仁、毫無差別的兼愛主張，儒家是極力反對的。因為兼愛思想違背血緣親疏的自然情感，奉行兼愛觀念不會出現視路人如父親般的溫情敬意，反而會導致視父親如路人般的冷漠無情，這就是孟子批評墨子兼愛的「無父」之弊。

在處理人與宇宙萬物的關係時，要先仁民再愛物。愛惜宇宙萬物，而對人民漠不關心的做法是儒家所不能允許的。孟子就曾批評齊宣王「恩足以及禽獸，而功不至於百姓」，也批評梁惠王「率獸而食人」，梁惠王「庖有肥肉，廄有肥馬」，對於動物肥馬仁愛有加，對於百姓卻極其殘忍，以至於出現了

〔註98〕〔清〕曹雪芹著、脂硯齋評《紅樓夢》，第181頁。
〔註99〕〔宋〕朱熹《四書章句集注》，第209頁。

「民有饑色，野有餓莩」〔註100〕的慘劇，齊宣王、梁惠王就是典型的愛物而不仁民者。

　　《紅樓夢》的仁愛觀堅持親親、仁民、愛物的差等原則，寶玉對於親人的孝悌自不待言，定然是放在首位。親親之後就是仁民，寶玉對於賈府中人都非常尊敬，即使是當時社會地位低下的丫鬟侍女、伶人戲子，也都極盡關愛庇護之能事。正如周汝昌《〈紅樓夢與中華文化〉卷頭總論》所言：

　　　　很多人都說寶玉是禮教的叛逆者。他的思想言談行動中，卻有
　　　「叛逆」的一面，自不必否認。但是還要看到，只認識了「叛逆」
　　　是事情的一面。真正的意義也在於他把中華文化的重人、愛人、為
　　　人的精神發揮到了一個「唯人」的新高度。〔註101〕

當人與物發生矛盾對立之時，寶玉首先關愛的是人，而不是物，是仁民而不是愛物。如第三十一回，襲人被寶玉誤傷，因病臥床休養，晴雯替代襲人給寶玉換衣服，不小心把扇子跌在地上，將扇股子跌折了，寶玉原本就心情不好，就與晴雯發生了激烈爭吵，把晴雯氣得痛哭一場。寶玉勸解晴雯，竟然「撕扇子作千金一笑」，而且還發了一大段被麝月視為「作孽」的非常可怪之論：

　　　　寶玉笑道：「既這麼著，你也不許洗去，只洗洗手來拿果子來
　　　吃罷。」晴雯笑道：「我慌張的很，連扇子還跌折了，那裡還配打發
　　　吃果子。倘或再打破了盤子，還更了不得呢。」寶玉笑道：「你愛打
　　　就打，這些東西原不過是借人所用，你愛這樣，我愛那樣，各自性
　　　情不同。比如那扇子原是扇的，你要撕著玩也可以使得，只是不可
　　　生氣時拿他出氣。就如杯盤，原是盛東西的，你喜聽那一聲響，就
　　　故意的碎了也可以使得，只是別在生氣時拿他出氣。這就是愛物了。」
　　　晴雯聽了，笑道：「既這麼說，你就拿了扇子來我撕。我最喜歡撕的。」
　　　寶玉聽了，便笑著遞與他。晴雯果然接過來，嗤的一聲，撕了兩半，
　　　接著嗤嗤又聽幾聲。寶玉在旁笑著說：「響的好，再撕響些！」正說
　　　著，只見麝月走過來，笑道：「少作些孽罷。」寶玉趕上來，一把將
　　　他手裏的扇子也奪了遞與晴雯。晴雯接了，也撕了幾半子，二人都
　　　大笑。麝月道：「這是怎麼說，拿我的東西開心兒？」寶玉笑道：「打
　　　開扇子匣子你揀去，什麼好東西！」麝月道：「既這麼說，就把匣子

〔註100〕〔宋〕朱熹《四書章句集注》，第205頁。
〔註101〕周汝昌《紅樓夢與中華文化》，中華書局2012年版，第9頁。

搬了出來，讓他盡力的撕，豈不好？」寶玉笑道：「你就搬去。」麝
月道：「我可不造這孽。他也沒折了手，叫他自己搬去。」晴雯笑著，
倚在床上說道：「我也乏了，明兒再撕罷。」寶玉笑道：「古人云，『千
金難買一笑』，幾把扇子能值幾何！」〔註102〕

寶玉撕扇子博晴雯一笑，其氣魄可比周幽王烽火戲諸侯，不過寶玉所爲不是
暴殄天物，而是仁民爲先，愛物爲次，不因物而累人，是役物而不役於物，
符合儒家仁愛等級差異的基本原則。

五、結語

　　本文採用文學與思想相結合的研究方法，粗略論述了《紅樓夢》與儒家
仁學之間的內在關係，可以初步得出如下結論：

　　第一，對於《紅樓夢》的思想成就，學術界的主流意見是《紅樓夢》是
反對儒家思想的，尤其是反對儒家禮法制度，揭示暴露儒家禮法制度的罪惡。
這些觀點產生於特定的歷史時期，受制於時代的局限，時過境遷之後，再來
審視這些觀點，其不合理之處應該被修正。

　　第二，《紅樓夢》是中華文化孕育出的文學精品，儒家文化是中華文化的
重要組成部分，《紅樓夢》無疑受到了儒家文化的影響。當然，《紅樓夢》確
實也批評了儒家文化的流弊，特別是宋明理學的弊端，但是我們不能把這種
批評簡單地視作對整個儒家文化的全盤否定。

　　第三，本文認爲《紅樓夢》的思想是以儒家文化爲主，同時吸收了老莊
哲學、魏晉玄學、佛教哲學的思想精粹。《紅樓夢》與儒家文化有深層的一致
性，本文只是簡略論述了紅學與仁學之間的關係，其實《紅樓夢》所蘊含的
儒家思想資源非常豐富，而且曹雪芹不是保守僵化地接受儒家文化，而是創
造性地發展了儒家文化，《紅樓夢》在儒家思想的發展歷程中，應該佔有一席
之地。

〔註102〕〔清〕曹雪芹、高鶚《紅樓夢》，第332～333頁。

第七章　曾國藩專題研究

第一節　曾國藩歷史形象重構

　　曾國藩是中國近代史上影響深遠的人物，也是毀譽不一、爭議頗多的人物，對於曾國藩的評價，正如章太炎所言「譽之則爲聖相，讞之則爲元兇」。在眾聲喧嘩之中，曾國藩的形象不是清晰了而是模糊了，對於曾國藩的誤解不是消除了而是加大了。有鑒於當下對於曾國藩的種種曲解，本文從原始文獻出發，力圖還原一個眞實的曾國藩。

一、毀譽不一的曾國藩

　　同治十一年（1872）二月初四日傍晚，兩江總督府西花園內，病入膏肓的曾國藩在兒子曾紀澤的陪同下散步，剛剛走了幾步，曾國藩連呼腳麻，曾紀澤扶掖他回到書房，曾國藩正襟端坐了四十三分鐘之後，本日戌時，曾國藩徹底走完了他的人生旅程。得知曾國藩逝世的消息，同治皇帝輟朝三日，以示哀悼。賞銀三千兩作爲治喪之費，賜祭一壇，派穆騰阿前往致祭，諡號文正，入祀京師昭忠祠、賢良祠，並於湖南原籍、江寧省城建立專祠。同治皇帝御製祭文，對曾國藩更是褒揚有加，他說曾國藩「學問純粹，器識深宏，秉性忠誠，持躬清正」，這十六字是清政府對曾國藩的定評。

　　哀悼褒揚曾國藩的不單有高居廟堂之上的同治皇帝，還有很多追隨曾國藩東征西討的俊傑之士，湘軍水師領袖彭玉麟敬獻的輓聯就把曾國藩比作諸葛亮和范仲淹，即「爲國家整頓乾坤，耗完心血，隻手挽狂瀾，經師人師，

我侍希文廿載；痛郊成暌違函丈，永訣彥溫，鞠躬真盡瘁，將業相業，公是武鄉一流。」還有人說曾國藩功高郭子儀，學勝王陽明，即使是狂傲如左宗棠者，也是自歎不如。左宗棠的輓聯說：「謀國之忠，知人之明，自愧不如元輔；同心若金，攻錯若石，相期無負平生」。這些褒揚之論，基本上代表了當時朝野上下對於曾國藩的基本評價。

可是這些評價並沒有維持太久，隨著清政府的腐敗加劇，外國列強的侵略愈演愈烈，有志之士呼籲驅除韃虜，恢復中華。在辛亥革命黨人看來，鎮壓太平天國的曾國藩實在是倒行逆施，為虎作倀，所以章太炎詆毀曾國藩為民賊，陳天華罵曾國藩毫無心肝。在晚清民國特殊的歷史時期，批判曾國藩成了當時思想界的主潮。這種民族主義的評價方式，至范文瀾達到頂峰，他在《漢奸劊子手曾國藩的一生》中說：「曾國藩是封建中國數千年尤其是兩宋以下封建統治階級一切黑暗精神的最大體現者，又是鴉片戰爭後，百年來一切對外投降對內屠殺的反革命漢奸劊子手們安內攘外路線的第一個大師！」然而詆毀與謾罵並沒有阻止人們對於曾國藩的崇敬，維新領袖梁啟超就曾說：「吾黨不欲澄清天下則已，苟有此志，則吾謂《曾文正集》，不可不日三復也。」毛澤東也毫不掩飾他對曾國藩的敬仰，直言不諱地說：「愚於近人，獨服曾文正」。蔣介石更是終身奉曾國藩為師，練軍治國，受惠甚多。

建國之後，受極左思潮的影響，學術界對於曾國藩的評價失之片面，對於曾國藩的研究也是沈寂了很長時間。思想解放之後，隨著《曾國藩全集》的編輯出版，唐浩明大型歷史小說《曾國藩》的暢銷，曾國藩又重新回到了人們的視野之中。很多讀者也紛紛從功利主義的角度塑造新的曾國藩形象，是忠臣還是權奸，是官聖還是梟雄，是理學家還是偽道學，諸如此類的爭議，說明曾國藩的形象還是模糊不清，那麼歷史上真實的曾國藩又是如何呢？

二、還原真實的曾國藩

筆者從原始文獻出發，力圖從以下四個方面還原真實的曾國藩。

第一，勤勉藏器，待時而動。

在中國歷史上，曾國藩的勤勉幾乎是無人能及，咸豐八年六月起至於臨終之日，曾國藩的日記未曾間斷一日，甚至在去世的當天，他還在補寫前一天的日記。同治十一年（1872）二月初三日的日記說：「早起，蔣、蕭兩大令來診脈，良久去。早飯後，清理文件，閱《理學宗傳》。圍棋二局。至上房一

坐。又閱《理學宗傳》。中飯後，閱本日文件。李紱生來一坐。屢次小睡。核科房批稿簿。傍夕久睡。又有手顫心搖之象，起吃點心後，又在洋床久睡。閱《理學宗傳》中張子一卷。二更四點睡。」通過日記我們可以看出，曾國藩的身體已經衰弱到了極點，以致屢次昏睡，但即使在這種情況之下，他還在堅持處理公務，接待訪客，更為難能可貴的是，曾國藩還在閱讀《理學宗傳》，且不說他的理學修為如何，單是這種至死不渝的學術熱情，已經足以讓很多自詡為大儒的理學家汗顏無地了。

曾國藩戎馬半生，親冒鋒鏑，卻未嘗一日廢書不觀，從他的家書和日記中，我們可以看出曾國藩的閱讀經歷，他在咸豐六年（1856）寫給曾紀澤的信中說：「余在軍中不廢學問，讀書寫字未甚間斷。」即使是在被困祁門，生命且夕不保的艱危時刻，他依然「意氣自如，猶時時以詩古文是娛。」（黎庶昌《曾太傅毅勇侯別傳》）

曾國藩系統地治學始於道光十六年（1836），本年曾國藩會試落榜，南下返鄉途中，拜訪了同鄉睢寧知縣易作梅，並從易作梅那裡借了白銀一百兩，在金陵書肆，購買了一套廿三史。回到湖南老家，其父曾麟書說：「你借錢買書，我不會責怪你，但是希望你能悉心閱讀才是。」曾國藩秉承庭訓，黎明起床，夜半方休，足不出戶者一年，通讀了廿三史，樹立了學術的根基。道光十八年（1838），學有所成的曾國藩順利考取進士，授翰林院庶吉士，入詞垣之後，更是夙興夜寐，無忝所生。道光二十七年（1847），曾國藩升任禮部侍郎，官居二品。十年時間，曾國藩被提拔了七次，由從七品升到正二品，連躍十級，實屬罕見。這其中雖然有軍機大臣穆彰阿的提攜，但從根本上來說，還是曾國藩個人勤奮所得。

「君子儲百用，多藏如列肆」（曾國藩《送吳榮楷之官浙江三首》），終朝勤勉，恪盡職守，曾國藩的仕途可謂是青雲直上。可是曾國藩畢竟不是庸常之輩，高官厚祿並非是他的終極目標，效法前賢，澄清天下，才是他的人生理想，正如其《題唐鏡海先生十月戎行圖》詩所言：「生世不能學夔皋，裁量帝載歸甄陶。猶當下同郭與李，手提兩京還天子。」君子藏器於身，待時而動。曾國藩也期望時機降臨，宏圖大展，正所謂「一朝孤鳳鳴雲中，震斷九州無凡響。」（曾國藩《感春》）

多事之秋的晚清政局終於將曾國藩推到了歷史的風口浪尖。道光三十年（1850）正月十四日，宣宗道光成皇帝駕崩，咸豐皇帝登基。本年夏季，洪

秀全、楊秀清在廣西桂平縣金田村揭竿而起，清廷起用林則徐爲欽差大臣，馳赴廣西督剿，然而林則徐病死在赴命途中，咸豐皇帝只好改派大學士賽尚阿赴廣西督師。太平軍勢如破竹，廣西官兵節節敗退，消息傳到北京，朝廷震動。咸豐皇帝下詔求言，曾國藩心繫朝廷安危，一連上了五道奏章，即《應詔陳言疏》《議汰兵疏》《敬呈聖德三端預防流弊疏》《備陳民間疾苦疏》《平銀價疏》，這五道奏章分別涉及到軍事腐敗、經濟衰退、民間疾苦等諸多尖銳問題，而尤以《敬呈聖德三端預防流弊疏》最爲骨鯁戇直，這篇奏疏矛頭直指剛剛即位的咸豐皇帝。曾國藩指出咸豐皇帝有三個優點，但是也分別伴隨著三個流弊：第一，咸豐皇帝在祭祀大典和日常禮儀方面，都能做到雍容謹愼，其流弊是過於瑣碎；第二，咸豐皇帝敏而好古，喜歡舞文弄墨，其流弊是愛慕虛榮；第三，咸豐皇帝胸懷大志，剛毅果敢，其流弊是自以爲是。

咸豐皇帝讀罷這篇奏疏，暴跳如雷，立刻宣召軍機大臣覲見，定要將曾國藩鎖拿問罪。曾國藩命懸一線，所幸大學士祁寯藻「主聖臣直」一言紓解了咸豐皇帝的怒氣，左都御史季芝昌也叩首求情，曾國藩才免於一死。這一篇奏疏雖然使曾國藩險些遭難，但是他公而忘私國而忘家的忠心，卻贏得了朝野上下的一片讚揚之聲，正如好友劉蓉所言：「曾公當世一鳳凰，五疏直奏唱朝陽。」曾國藩忠義骨鯁之臣的美譽流播海內，所以當他墨絰從戎，出山討伐太平天國之時，豪傑之士都紛紛投其麾下，供其調用差遣。

第二，廣交賢良，陶鑄後進。

黃侃論學語錄說：「讀書之士，以讀奇書，事通人，居通都，三者爲要。」交遊對於讀書人的重要性是不言而喻的，曾國藩居官京師之時就非常注重選擇師友，義理之學師從唐鑒、倭仁，考據之學受益于邵懿辰、莫友芝，辭章之學與梅曾亮、何紹基馳騁，經濟之學與江忠源、羅澤南切磋。以上諸人都是當世賢俊，在交往的過程中，曾國藩各方面的能力都有大的提升，爲日後的軍事鬥爭儲備了豐厚的知識，也建立了良好的人脈關係。

曾國藩也非常注意發現人才，培養人才，他早年曾撰寫《原才》一文，呼籲才士轉移風氣，爲國效力，也曾在《應詔陳言疏》中建議皇帝廣納人才。曾國藩陶鑄提拔的人才不計其數，其中尤其以江忠源、塔齊布、彭玉麟、楊載福爲著名，這四人是湘軍的水陸統帥，是曾國藩攻城略地、擊敗太平天國的骨幹力量。當然，要說曾國藩最得意的門生，還是要以李鴻章爲首。

曾國藩與李鴻章的父親李文安是同年進士，曾李兩家是世交，道光二十

四年（1844），李鴻章拜曾國藩為師。對於這位年家子，曾國藩頗為垂青，稱讚他才可大用。咸豐八年（1858），李鴻章投奔曾國藩幕府，負責文案工作，尤其擅長奏議之作。李鴻章嶄露頭角，始於咸豐十年（1860）。本年挑起第二次鴉片戰爭的英法聯軍擊敗僧格林沁的精銳奇兵和勝保的救援軍隊，攻佔了北京，火燒圓明園，咸豐皇帝倉惶出逃，並發佈上諭，命各省督撫、將軍速速帶兵勤王，八月二十六日曾國藩也接到了上諭，命他派遣鮑超帶湘軍精銳二三千人剋日赴京。這一道上諭使曾國藩陷入了矛盾境地，朝廷遭此大難，作為臣子，勤王護駕是頭等大事。可是江南戰局也是瞬息萬變，鮑超北援，勢必消弱湘軍實力，對於安慶戰局乃至整個江南戰局都會有大的影響。曾國藩左思右想，都沒有兩全之策，他在給朋友的書信中描述焦灼的心情說：「京信危急，弟實憂皇竟日，在室中徘徊私慟，幾不能辦一事。」在曾國藩進退兩難的關鍵時刻，李鴻章出了一條妙計。

　　為謹慎起見，對於北上勤王之事，曾國藩召集幕僚商討對策，多數幕僚都建議北上，惟獨李鴻章力排眾議，李鴻章以為英法聯軍挑起戰端，攻佔京城，無非是為了經濟利益，既然如此，割地賠款，金帛議和，就會平息戰爭，根本就用不著千里勤王。一語點醒夢中人，曾國藩接受了李鴻章的建議，採用拖延時間的方法觀望時局變化。曾國藩上奏說，北援之事非同小可，鮑超雖是猛將，但不足以統帥全域，應該由曾國藩或者胡林翼率眾北上，至於曾、胡二人誰更適合，還需要皇帝欽定。一經接到聖諭，就會即刻出發。祁門大營距離北京千里之遙，奏報往返需要一個多月的時間，曾國藩、李鴻章估計在這麼長的時間內，清廷已經與英法聯軍簽訂合約了。果不其然，十月十四日曾國藩接到廷寄，《北京條約》和議已成，無須北援。

　　李鴻章對於曾國藩知遇提攜之恩的報答，在同治三年（1864）會剿金陵一事上表現的尤為突出。同治元年（1862）五月初三日，曾國荃統帥湘軍進駐雨花臺，開始對太平天國首府天京的圍攻。至同治三年（1864）正月二十一日，湘軍攻陷天堡城，駐軍太平門、神策門外，完全包圍了天京。就在曾國荃功敗垂成之時，本年五月十四日，曾國藩接到上諭，同治皇帝命李鴻章率領淮軍會剿金陵。淮軍四月初六日剛剛攻陷常州，士氣正旺，裝備精良，軍餉充足，這支軍隊的到來，無疑會幫助曾國荃迅速解決金陵戰事。然而，如此一來，攻陷金陵，最終剿滅太平天國的功勞勢必會分成兩份，一份屬於曾國藩兄弟，另一份則要分給李鴻章。這對於苦戰兩年之久的曾國荃以及湘

軍將士而言，是無論如何也不會接受的。李鴻章深諳其中利害關係，又礙於曾國藩師相之尊的情面，所以不敢近禁臠而窺臥榻。李鴻章在《請俟湖州克復再協攻金陵片》中找出三條藉口拖延時間，拒絕協攻金陵，第一，淮軍苦戰經年，傷病疲乏，軍隊需要時間休養整頓；第二，曾國荃全軍兩年圍攻，現在已經鑿開地道，金陵不久即可攻陷，湘軍現在急缺的不是兵源而是軍餉；第三，曾國藩已經命令淮軍接防句容等地，一部分淮軍還要進駐長興，牽制湖州一帶的太平軍，能夠調動的軍隊不多。

李鴻章執意按兵不動，顯然是要把克復金陵的功勞拱手讓給曾國藩兄弟，成就乃師的萬世勳名。曾國藩對於李鴻章的這片苦心自然是無限感激，劉體智《異辭錄》說：「及大功告成，文忠（李鴻章）至金陵，官場迎於下關，文正（曾國藩）前執其手曰：『愚兄弟薄面，賴子全矣。』」曾國藩在《復陳金陵皖北江西各路軍務籌辦情形摺》也向同治皇帝坦言李鴻章的眞實用意，他說：「李鴻章平日任事最勇，進兵最速，此次會攻金陵，稍涉遲滯，蓋絕無世俗避嫌之意，殆有讓功之心，而不欲居其名。」

第三，大巧若拙，剛柔並濟。

從整體上來講，曾國藩的性格屬於剛強雄直一類，這種性格的形成，受他的祖父曾玉屏的影響很大，他說：「祖父教人以懦弱無剛四字爲大恥，故男兒自立，必須有倔強之氣。」這種倔強之氣是曾國藩傲然挺立，以天下爲己任的精神支撐。它在幫助曾國藩死裏圖生、困而修德的同時，也給曾國藩帶來了很多阻撓。「養活一團春意思，撐起兩根窮骨頭」的剛硬性格，對於個人修身來說是一種有力的因素，可是用到官場交往中就顯得格格不入了。曾國藩在江西戰場上的三年困境（1854～1857），就與他的性格有很大的關係。

湘軍是民間武裝，不是清廷的正規軍隊，政府不負責湘軍的軍餉供應，曾國藩只能採用勸捐、抽釐等方式籌備軍餉。勸捐與抽釐都要有地方政府的強力支持，可是籌備軍餉肯定會加重當地經濟壓力，所以一般來說，地方官員幾乎都是陰奉陽違，處處掣肘，江西巡撫陳啓邁就是如此。陳啓邁是曾國藩的同年進士，又是湖南同鄉，本該互相扶持，但陳啓邁卻看不慣曾國藩獨斷專行的處事方式，在軍餉供應、官員升降問題上與曾國藩針鋒相對，曾國藩一氣之下，羅列了陳啓邁的數條罪狀，將他參倒革職。原本以爲新上任的巡撫文俊會有所收斂，哪知文俊比之陳啓邁更是有過之而無不及。曾國藩得不到江西官場的支持，又被太平天國的傑出領袖石達開連連擊敗，確實是「所

至齟齬，百不遂志。」曾國藩陷入了極度苦悶之中，咸豐七年（1857）二月
十一日，收到父親曾麟書死於二月初四日的訃告，就奏報丁憂，陳請開缺，
還沒有等到朝廷的批覆，就同胞弟曾國華回鄉奔喪了。

　　居喪其間，回想在江西遭遇的困境，曾國藩的內心難以平靜，一度臥病
在床。好友歐陽兆熊推薦名醫曹鏡初診視，曹說心病還需心藥醫，岐黃之藥
雖然可以醫治身體上的病痛，至於心理上的剛硬之疾，還是要借助黃老柔順
之方。聽罷此言，曾國藩恍然大悟，再次出山之後，一改舊習，謙恭和順，
人際關係得到了緩解，處理軍務也更加得心應手了。

　　晚清名臣左宗棠盛氣凌人，自視甚高，早年不甚尊重曾國藩。相傳曾國
藩拜訪左宗棠時，左宗棠爲了殺一殺曾國藩的傲氣，遲遲不肯出來會面，曾
國藩問他忙於何事，他說在給小妾洗腳，曾國藩氣憤不過，就出了一個上聯
諷刺他說：「看如夫人洗腳」，左宗棠也反唇相譏，應聲對了一個下聯，「賜同
進士出身」，諷刺曾國藩是進士三甲。對於左宗棠的刻薄，改習黃老之術的曾
國藩一笑了之。咸豐八年（1858），曾國藩奉命救援浙江時，就請左宗棠用篆
書寫了一幅對聯，即「敬勝怠，義勝欲；知其雄，守其雌」，兩人都不念舊惡，
和好如初。同治二年（1863），曾國藩舉薦左宗棠爲閩浙總督兼任浙江巡撫，
同治三年（1864）二月二十四日，左宗棠收復了杭州，緩解了曾國荃攻陷金
陵的軍事壓力，是徹底擊敗太平天國的關鍵一戰。

　　第四，退以保身，儉以養德。

　　鳥盡弓藏，兔死狗烹的慘劇在中國歷史上層出不窮，立下汗馬功勳的將
帥名臣幾乎都難逃身首異處的下場。收復金陵，曾國藩被封爲一等毅勇侯，
貴極人臣，天下矚目，可是風雲突變的局勢也將曾氏兄弟逼到了危險境地。
曾國荃收復金陵，獨佔全功，雖說居功甚偉，但是也有三條致命的罪狀。第
一，天王洪秀全的兒子幼天王洪福瑱乘亂逃逸；第二，未能奉旨將忠王李秀
成押解進京，而是就地處決；第三，太平天國寶藏不知所終，清廷懷疑被曾
國荃私吞。出於明哲保身的考慮，曾國藩決定向清政府妥協，推出了三條應
對之策：第一，奏請曾國荃因病開缺，交出軍事指揮權，回原籍調養；第二，
裁撤湘軍，僅留劉松山、易開俊統領的六千湘軍協防金陵；第三，奏請停解
部分釐金，緩解政府的經濟壓力。通過這三條對策，曾國藩消除了清政府的
疑懼之心，也抑制了滿漢大臣的妒忌之心，不僅保全了身家性命，還贏得了
忠誠體國的美譽。

曾國藩不迷戀權勢,在政治上能夠退以保身。在家庭生活方面,曾國藩奉行儉以養德的古訓,「家勤則興,人勤則健;能勤能儉,永不貧賤」的自箴對聯就是這種家風的形象表達。曾國藩時時訓誡子弟勤儉持家,咸豐六年(1856)他在給曾紀澤的家書中說:「古人云勞則善心生,佚則淫心生;孟子雲生於憂患,死於安樂。吾慮爾之過佚也。新婦初來,宜教之入廚作羹,勤於紡績,不宜因其為富貴子女,不事操作。大、二、三諸女已能做大鞋否?三姑一嫂,每年做鞋一雙寄余,各表孝敬之忱,各爭針黹之工。所織之布,做成衣襪寄來,余亦得察閨門以內之勤惰也。」咸豐十一年(1861),曾國藩被困祁門,生命危在旦夕,預先寫下了遺囑,他對曾紀澤、曾紀鴻說:「爾兄弟奉母,除勞字儉字之外,別無安身之法。吾當軍事極危,輒將此二字囑咐一遍,此外亦別無遺訓之語。」

三、曾國藩的自我評價

同治十一年(1872)二月初一日,也就是去世前三天,曾國藩對自己的一生作了最為透徹的評價,他在《日記》中說:「通籍三十餘年,官至極品,而學業一無所成,德行一無可許,老大徒傷,不勝悚惶慚報。」後人對於曾國藩的評價有褒揚,有貶損,有頂禮膜拜,有肆口謾罵,而曾國藩本人在回顧人生軌跡時,卻只有憾恨與歎息。這種憾恨與歎息,應該距離老於世故、殘忍屠戮、漢奸賣國很遠很遠吧?

第二節　家族視域中的曾國藩

曾國藩是中國近代史上盡人皆知的重要人物,其生平事業,功過是非,史有明文,不煩縷述。然而在很多時候,正史的記載似乎都有些硬冷,缺少一種溫情與溫度。在時光早已洗褪硝煙的今日,我不止一次地閱讀正史中關於曾國藩的記載,遺憾的是,我對於曾國藩形象的認識,不是更加清晰,而是更加模糊了。在「譽之則為聖相,貶之為則民賊」的兩極評價中,我分不清哪一個曾國藩更為真實。讚譽曾國藩的人把他奉若神聖,貶斥者則詆毀其為妖魔,在這兩極之間,有沒有一個折中的評價,或者說有沒有一種評價是把曾國藩當作一個人,一個正常的、健全的人來衡量的。幸運的是,曾國藩的幼女曾紀芬《崇德老人八十自訂年譜》給我們提供了這樣一個視域。

曾紀芬生於咸豐二年(1852)三月三十日,是年曾國藩四十二歲,官居

禮部侍郎。曾紀芬二十四歲嫁給聶緝槼，聶緝槼出身世家，官運亨通，官至安徽、浙江巡撫。晚年在上海創辦恒豐紡織新局，家族資本高達九十萬兩。1920 年，其子聶其傑當選上海總商會會長，在上海工商界地位顯赫。曾紀芬家強運旺，富足壽高，卒於 1935 年，享年八十三歲。《崇德老人八十自訂年譜自敘》云：「歲在辛未，崇德老人聶曾紀芬手題，時年八十，越二年再版重錄。」據此可知該書初版於 1931 年。《自敘》又云：「近年長夏無事，思及圖繪必須切合舊日生活實況，爰再手述瑣屑情事，屬兒之（瞿宣穎）壻轉請故都畫家陳君增繪成十六幅，並將最近之照片亦附入重印一過焉。歲在癸酉八月，崇德老人續題，時年八十有二。」知該書定稿於 1933 年，是曾紀芬的晚年回憶之作，可以看作曾紀芬對父親曾國藩的晚年定評。

　　書生報國，出將入相，曾國藩這些傳奇的經歷我早已熟稔，所以翻開這本書時，我更爲希望瞭解的是這位中興名臣的死亡場景。曾紀芬在同治十一年（1872）的年譜中詳細記載了曾國藩死亡的過程，曾紀芬說本年正月二十三日，曾國藩會客時，偶患腳筋上縮，過了很久，又恢復正常。曾國藩步入內室，對次女曾紀耀說，我還以爲是大限將至呢，沒想到又活過來來了。其實曾國藩的預感是正確的，十一天之後，他將永遠離開這個世界。二十六日，曾國藩出門拜客，很想說話，但無論他怎麼掙扎，都沒能吐出一個字來，好像是中風一樣，吃藥之後，症狀消除。家人和僚屬已經看出曾國藩時日無多，都勸說他請假修養。曾國藩苦笑著說：「今日請假，何日銷假？」曾國藩隨後又問他的妻子歐陽夫人，「父親大人易簀時是怎樣一個情形？」「久病之人，難免有些痛苦。」歐陽夫人說。曾國藩沉思了一會，說：「我他日當俄然而逝，不至如此。」曾國藩的父親曾麟書死於咸豐七年二月初四日，本年二月初四，曾國藩飯後在內室小坐，曾紀芬姊妹將剝好的橙子遞給曾國藩，曾國藩勉強吃了幾瓣。從內室出來，在曾紀澤的陪同下到兩江總督府西花園散步，花園非常大，曾國藩已經走了一遍，還想登樓遠眺，因樓閣正在施工，未能如願。又走了一會，曾國藩雙足一滑，身體前傾，險些栽倒。曾紀澤扶住他，「父親是不是覺得鞋子不合適？」曾國藩搖頭，「我突然覺得腳麻難忍！」曾紀澤和隨從戈什哈攙扶著曾國藩，曾國藩已經不能站立了，之後就是痛苦地抽搐，「拿椅子過來！」曾國藩喊到。大家用太師椅把曾國藩抬到客廳，聞訊而來的家人環繞著他，曾國藩環顧四周，口不能言，端坐三刻而薨，享年六十一歲。本年曾紀芬二十一歲。曾國藩與曾紀芬的父女人世親情至此結束，而曾紀芬

對於父親永久懷念的簾幕，此時才算剛剛開啟。

曾紀芬說：「凡茲所記，皆余心目中所長在而不忘者，自非身歷目睹，悉不屬入。又本意以備家乘，示子孫，故所敘述多家庭瑣碎。」在眾多「家庭瑣碎」之事中，曾國藩留給曾紀芬最深的印象是勤儉，留給她最大的財富也是勤儉。

曾紀芬出生的當年，因祖母過世，曾國藩回籍丁憂，曾紀芬也結束了短暫的京師生活，隨母親返回湖南老家，並長居鄉里。十二年之後，同治二年（1863）九月二十九日，在母親歐陽夫人的帶領下，抵達曾國藩的安慶督署。歐陽夫人離家之時，僅帶鄉間老嫗一人，每月支付工資八百文。大女兒曾紀靜也只有一個小丫鬟，三女兒曾紀琛一個丫鬟也沒有。房中粗活都要交給老嫗處理，老嫗年老體弱，難以應付。歐陽夫人就擅作主張在安慶以十緡錢又買了一個壯年婢女，曾國藩得知此事，大加申斥，歐陽夫人不敢違拗，只好將該婢女轉贈他人。曾國藩持家節儉，馭下嚴肅，所以曾國藩的女兒、兒媳梳妝之事都不敢請婢女代勞。

同治七年，十七歲的曾紀芬入居江寧總督府，此時的曾國藩因鎮壓太平天國，敕封一等毅勇侯，官居兩江總督，貴極人臣，官高極品，但依然不改寒素家風。五月二十日四，曾國藩為家中女性制定功課單，內容是「食事：早飯後，做小菜點心酒醬之類。衣事：巳午刻，紡花或績麻。細工：中飯後，做針織刺繡之類。粗工：酉刻過二更後，做男鞋女鞋或縫衣。」不僅制定功課，曾國藩還要親自驗功，「食事則每日驗一次，衣事則三日驗一次，紡者驗線子，績者驗鵝蛋。細工則五日驗一次，粗工則每月驗一次。每月須做成男鞋一雙，女鞋不驗。」曾國藩在功課單後面寫下治家格言，「家勤則興，人勤則健；能勤能儉，永不貧賤。」

曾國藩的勤儉持家思想與其家庭出身、個人經歷息息相關，曾國藩出身寒門，奮勉讀書，中進士之後，平步青雲，十年升遷九次，連升十級，官至禮部侍郎。太平天國爆發之後，組建湘軍，歷時十二年方戡定大亂。親冒鋒鏑，宦海沉浮的曾國藩深知官位不可依恃，富貴難以常保的道理，所以嚴格要求家人勤儉。因為勤可以保證家族有源源不斷的財富湧入，而儉則能夠保證湧入的財富不至於在短時內揮霍殆盡。勤與儉的對立面就是懶與奢，官宦子弟常有此二病，二者之中奢靡之弊更重。曾國藩對於奢靡之風更是深惡痛絕，規定家中女性不得穿金戴銀，珠翠纏身。曾紀芬清晰記得二姐曾紀耀出嫁時，有一枚重七

錢的金耳挖被人偷走，歐陽夫人心疼的幾晚都難以入眠，深感愧對女兒，使女兒到了夫家無耀首之飾。曾國藩規定女兒嫁奩爲二百兩白銀，這點嫁資與曾國藩侯爺的身份實在是不相稱，以至於曾國藩的胞弟曾國荃也不敢置信。曾紀芬的四姐曾紀純出嫁時，歐陽夫人謹遵曾國藩的規定，曾國荃用充滿質疑的目光問道：「眞有這等事？」說著就打開妝奩箱子一看，果然只有二百兩。不禁感歎噓唏，以爲難敷家用，又額外添加了四百兩給侄女。

通過這件事也可以看出，曾國藩確實是居官清貧，家無餘財，而曾國荃卻家資豐厚，生活闊綽。關於曾國荃的家產來源，曾紀芬在同治三年（1864）年譜下也有微言記載，她說：「忠襄公（曾國荃）每克一名城，奏一凱戰，必請假還家一次，頗以求田問舍自晦。文正（曾國藩）則向不肯置田宅。」曾紀芬也曾記載曾國荃於咸豐九年（1859）在家中大興土木之事，她說：「忠襄公（曾國荃）於是年構新居，頗壯麗，前有轅門，後仿公署之制，爲門數重。鄉人頗有浮議，文正聞而馳書令毀之。余猶憶戲場之屋脊爲江西所燒之藍花回文格也。」曾氏兄弟，曾國藩清廉之名譽滿天下，曾國荃老饕惡謚遍佈人口，儉奢之異，判若雲泥，也是晚清史上的一大奇聞。

當然曾國藩也不是整日板著臉的老夫子，嚴肅不是曾國藩的全部，他也有幽默可親之處。曾紀芬小時候頭上常生蝨子，一直都是短髮，十一歲才開始蓄髮。因爲年齡小，頭髮短，不會盤頭，都是家人代勞。當時流行一種叫抓髻的頭飾，先用鐵絲在頭上固定一個支架，再把頭髮盤繞在鐵絲上。十二歲的時候，曾紀芬就照貓畫虎地自己盤頭，結果鐵絲支架太大，頭髮盤成後，宛如兩個小西瓜頂在頭上。曾國藩見此大笑，說「須換木匠改大門框也。」關於曾國藩的幽默，他的好友歐陽兆熊在《水窗春囈》卷上「夫人儉樸」條目下也有記載：曾國藩對僚屬說，歐陽夫人居家儉樸，在安慶督署中，每晚都要與兒媳紡四兩棉紗，二更就寢。有一晚紡紗過了三更還未歇息，這時曾紀澤早已熟睡。歐陽夫人說，媳婦，我給你說一個笑話醒神。說有一個婆婆帶著兒媳紡紗至深夜，紡車的噪聲吵醒了早已入睡的兒子，兒子大罵妻子，說再紡紗就把你的紡車砸碎。這時他的父親也在房中隨聲附和，說兒子你最好把你媽的那輛紡車一併砸碎。曾國藩講完這個笑話，「坐中無不噴飯。」

曾紀芬自言年譜所記乃「家庭瑣碎」之事，無關大體，其時不然。年譜中所記之事，有很多是晚清史上的大事，有些甚至可以訂補正史之缺漏，校正文獻之訛誤。例如，同治三年（1864）年譜曰：「九月朔日，全眷赴寧。初

十日入督署，亦故英王府也。方師之入城也，搜捕餘黨，悉焚其巢穴，巨廈多為煨燼，洪秀全所居之天王府更無論矣。」這條記載明確表明，太平天國首府天京陷落後，放火焚燒王府者為湘軍。然而，本年六月二十三日，曾國藩《奏報攻克金陵盡殲全股悍賊並生俘逆酋李秀成洪仁達摺》卻說：「又據城內各賊供稱，首逆洪秀全實係本年五月間官軍猛攻時服毒而死，瘞於偽宮院內，立幼主洪福瑱重襲偽號。城破後，偽幼主積薪宮殿，舉火自焚等語。應俟偽宮火熄，挖出洪秀全逆屍，查明自焚確據，續行具奏。」曾國藩謊報軍情，說天王府的大火乃是幼天王洪福瑱「舉火自焚」所致。又把放火焚燒諸王府及民宅的罪責推在李秀成身上，奏摺說：「偽忠王（李秀成）傳令群賊，將偽天王府及各偽王府同時舉火焚燒，偽宮殿火藥衝霄，煙焰滿城。其時偽城火以燎原，不可向邇。街巷要道，賊均延燒塞衢。三日夜火光不熄。」對照曾紀芬的回憶，曾國藩的謊言就不攻自破了。其實，湘軍是焚燒天京的罪魁禍首，這一點，曾國藩的心腹幕僚，天京陷落時的親歷者趙烈文也有記載，他在《能靜居日記》同治三年六月十七日載：「官軍進攻，亦四面放火，賊所焚十之三，兵所焚十之七，煙起數十道，屯結空中不散，如火山紫絳色。」六月二十三日載：「又蕭孚泗在偽天王府取出金銀不皆，即縱火燒屋以滅跡。」曾紀芬的年譜與趙烈文的日記不謀而合，關於這段歷史真相，賴有兩人記載才得以大白於天下。

曾紀芬年譜還記載了曾國藩稱帝的問題，她說：「文正在軍未嘗自營居室，惟咸豐中於家起書屋，號思雲館。湘俗構新屋必誦上樑文，工匠無知，乃以湘鄉土音為之頌曰：『兩江總督太細哩，要到南京做皇帝。』湘諺謂小為細也。其時鄉愚無知，可見一斑。」曾紀芬這段話可謂是得抑揚吞吐之妙，與其說是「鄉愚無知」，毋寧說曾國藩難免沒有稱帝的野心，這種野心即使是鄉愚之人都心知肚明，而且鄉里之人也認為曾國藩具備稱帝的實力。

可是曾國藩不但沒有稱帝，而且還做了清政府的忠臣，同治中興第一人。這又該如何解釋呢？羅爾綱在《一條關於李秀成學姜維的曾國藩後人的口碑》一文給出了答案，文中記錄了俞大縝的回憶。俞大縝，浙江紹興人，北京大學西語系教授。俞大縝的母親曾廣珊，是曾國藩的孫女，也就是說俞大縝是曾國藩的曾外孫女。俞大縝說：「有一天，有人提起母親出生的地方說兩江總督衙門就是現在的國民政府（偽），過去是天王府。大概因提到天王府，就提到了李秀成。大家隨便閒談，我沒有注意具體內容，我已記不起了。事後母

親親口對我說：『李秀成勸文正公做皇帝，文正公不敢。』當時我沒有認識到這句話的重要性。所以沒有追問，現在萬分後悔。」

　　曾紀芬與俞大縝公佈曾國藩稱帝之事，想來不單是要誇耀門楣。辛亥革命前後，革命黨人章炳麟等痛罵曾國藩為「漢奸民賊」。或許是迫於當時的政治壓力，曾氏後人拋出一個稱帝迷案，這樣一來，曾國藩雖然算不上是革命者，但終究也曾動過取清代皇帝而代之的念頭，而且已經具備了稱帝的實力，只是因為曾國藩的個人原因，放棄了這個念頭，所以他們認為章炳麟等罵曾國藩為「漢奸民賊」，實在是有點冤枉。至於曾國藩有沒有覬覦龍床的想法，野史筆記附會渲染甚多，這就不是本文所要關注的內容了。

第三節　曾國藩、李鴻章會剿金陵與晚清軍事變局

一、曾國藩、李鴻章會剿金陵之始末

　　同治三年（1864）正月二十一日，湘軍統帥曾國荃攻克了太平天國軍隊設在鍾山之上的天保城，並派兵扼守太平門、神策門，實現了對金陵的合圍。二月二十四日，左宗棠攻陷杭州。三月初七日，鮑超攻陷句容。四月初六日李鴻章攻陷常州。太平天國的東南防線，全部崩潰。四月二十七日，洪秀全病歿金陵。湘軍將士所期待的勝利指日可待，但是要取得這最終的勝利還要付出慘痛的代價，攻陷太平天國首府金陵絕非易事，更何況此時的湘軍也面臨諸多困境：第一，曾國荃肝病已深。進駐金陵兩年有餘，攻城之戰不下百次，垂成之功卻遲遲不能得手，曾國荃心氣鬱結而患肝病。與之相較，左宗棠、李鴻章卻是捷報頻傳，嫉妒之心也使得曾國荃肝火上揚，病情加劇，對此其長兄曾國藩看得最為真切，他說：「其時適聞初六常州克復、初八丹陽克復之信，正深欣慰，而弟信中有云肝病已深，痼疾已成，逢人輒怒，遇事便優等語，讀之不勝焦慮。」第二，軍餉缺欠太多，曾國荃將金陵城內的寶藏許諾給吉字營官軍，如果久攻金陵不下，軍隊銳氣餒弱是小，嘩變潰散是大。第三，湘軍彈藥嚴重不足，轟城的開花炮不多，僅靠挖掘地道，填埋炸藥轟塌城牆，在太平軍死守的情形下，短時期難以奏效。面對以上困境，老成持重的曾國藩深恐功虧一簣，於是決定奏調李鴻章的淮軍前來助攻。恰好此時清政府也急於平定太平天國之亂，遂於五月初八日下詔命李鴻章「迅調勁旅數千及得力炮隊前赴金陵，會合曾

國荃圍師相機進取，速奏膚公。」

　　五月十四日，曾國藩收到了朝廷的上諭，隨即致函曾國荃，商討究竟是否允許李鴻章前來會剿。在邀請李鴻章會剿金陵的問題上，曾氏兄弟分歧很大，曾國藩擔心局面遲則生變，希望李鴻章前來。曾國荃則倍感委屈，他說：「兩年之勞苦在弟，一旦之聲名在人」，不願與李鴻章平分功勞，堅決反對淮軍助攻。曾國藩苦口婆心，連續六天，每天一封信勸說曾國荃，還特意讓其子曾紀澤前往金陵核實軍情，在確定曾國荃可以獨立攻陷金陵的情況後，曾國藩決定婉拒李鴻章前來助攻。

　　接到上諭後李鴻章也深感躊躇，他是曾國藩一手栽培起來的得意門生，對於曾氏兄弟自然是感恩戴德，相親相衛，理所當然。他也深知此時的金陵城已是垂死之局，而他所統帶的淮軍則是壓垮這隻駱駝的最後一根稻草，不費苦力而享大功，李鴻章何嘗不樂意前往呢？可是曾國荃死纏爛打金陵，無非是要獨佔剿滅太平天國的頭功，也是覬覦太平天國的寶藏，在這個時候李鴻章要去平分秋色，且不說曾氏兄弟不樂意，缺糧少餉的湘軍更不會同意，若李鴻章執意前來，湘軍、淮軍之間的內訌火拼恐怕是難以避免的。李鴻章知道期間利害關係非比尋常，所以立即致信曾國荃，表白心跡，他說：「我公兩載辛勞，一簣未竟，不敢近禁臠而窺臥榻。弦外之音，當入清聽。」李鴻章將攻陷金陵的功勞讓渡出來，成就了曾氏兄弟的祿位與榮譽，所以曾國藩對此感激不盡，劉體智《異辭錄》記載其事甚詳，他說：「金陵圍攻不下，時蘇州已克，朝旨令淮軍助戰。李文忠遷延不行，顯然讓功之意。及大功告成，文忠至金陵，官場迎於下關，文正前執其手曰：『愚兄弟薄面，賴子全矣。』方詔之日促也，銘盛諸將，咸躍躍欲試。或曰：『湘軍百戰之績，垂成之功，豈甘為人奪。若往，鮑軍遇於東壩，必戰。』劉壯肅曰：『湘軍之中，疾疫大作，鮑軍十病六七，豈能當我巨炮。』文忠存心忠厚，終不許。將卒皆知其事，文正益感不置，故云然。」梁啟超對於李鴻章的德量也是讚歎不已，他說：「國荃之克金陵也，各方面諸將，咸嫉其功，誹謗讒言，蜂起交發，雖以左宗棠之賢，亦且不免，惟李鴻章無間言，且調護之功甚多云。案此亦李文忠之所以為文也，詔會剿而不欲分人功於垂成，及事定而不懷嫉妒於薦主，其德量之過人者焉。名下無虛，非苟焉已耳。」那麼，劉體智、梁啟超的讚譽是否符合實情呢，難道李鴻章果真敢於冒著抗旨不遵的危險而讓功於曾氏兄弟，李鴻章的存心果真如此寬厚？其實不然！

二、會剿金陵與曾國藩、李鴻章存心之厚薄

　　關於李鴻章讓功的眞實內幕，曾國藩的心腹幕僚趙烈文在《能靜居日記》卷二十言之甚詳，他說：「十八、九間中旨，忽云飭令李鴻章不分畛域，不避嫌怨，迅速會剿之語。則京師權要處，必先有信，言此間之不願其來，此一事而機械百出，語言處處不同，其圖望大功，日夜計算，心計之工，細入毫芒。中堂（曾國藩）此疏，不望有功，但求無過，其辭氣之卑約，不獨自雪無專功之念，而李之驕亢，已隱然言外。處功名之際，固當如此，即論手段，平直無奇，實則高李數倍，不可不細細玩味。」通過趙烈文的日記我們可以得出如下兩點結論：首先，李鴻章非常希望前來助攻金陵，可是曾國荃不忍分垂成之功與他，李鴻章遂在京師權要之處散佈信息，促使清政府責令曾國藩「不分畛域，不避嫌怨」，迫使曾國藩做出讓步，若曾國藩同意其會剿金陵，那麼李鴻章就達到了與曾氏兄弟平分剿滅太平天國功勞的目的。其次，若曾國藩堅拒其前來，李鴻章也可將抗旨不遵的責任推卸在曾國藩身上。李鴻章看似大度的讓功之表面，其實潛藏著無限波瀾，無怪乎趙烈文指責他「圖望大功，日夜算計」。另外，李鴻章雖然致函曾國荃表明不會前來之意，其實還是派出了軍隊，趙烈文《能靜居日記》說：「同治三年六月十五日，見李少泉宮保來諮，已派劉士奇、潘鼎勳、劉銘傳、周盛波等二十餘營來助攻，十六拔營。中丞在龍膊子行營，接此諮傳示眾將曰：『他人至矣，艱苦二年以與人耶？』眾皆曰：『願盡死力。』是日草堆尚未成而已枯，賊時擲火蛋，官軍防之甚嚴。又堆高齊城，礙山上炮路，遂移炮數尊堆旁，仰轟城上。信字營李臣典所挖地保城下地道，今晚告成。」

　　趙烈文與曾國藩師徒情深，以上所言會剿金陵內幕雖然大體屬實，然而也有左袒曾國藩而貶低李鴻章之處。其實在會剿金陵一事上，曾國藩也在暗運籌策，只不過手段高於李鴻章而已。曾國藩接到上諭之後，表面上同意了李鴻章會剿金陵，但是他也不將會蓋世功勳平分與人，所以在五月十五日給李鴻章的信中作了如下約定：「一則東軍富而西軍貧，恐相形之下，士氣消沮；一則東軍屢立奇功，意氣較盛，恐平時致生詬誶，城下之日，或爭財物。請閣下與舍沅弟將此兩層預爲調停，如放餉之期，能兩軍普律勻放，更可翕合無間。」曾國藩的這兩條約定貌似平淡無奇，其實大有文章。李鴻章迫不及待地會剿金陵，覬覦太平天國的寶藏是一個主要目的，他希望城下之日平分金銀，可是曾國藩卻約之在前，禁止淮軍手奪財物，斷掉其借機發財的美夢。另外，曾國荃吉字

營湘軍多達五萬餘人，這支軍隊缺糧少餉多年，曾國藩卻讓李鴻章在發放軍餉之時，做到「兩軍普律勻放」，李鴻章如何籌措這筆鉅資。所以曾國藩的約定，不但讓李鴻章無財可取，反而要折本填補湘軍的巨額欠餉。這種賠了士兵又搭軍餉的差事，李鴻章不按兵不動，還能有何妙策呢？除了分攤天國寶藏之外，平分功勞也是李鴻章會剿金陵的主要目的。其實他的這個目的，也難以實現。曾國藩五月十六日在給曾國荃的家書中說：「少泉（李鴻章）將到之時，余亦必趕到金陵會剿，一看熱鬧也。」此言大有玄機，此時曾國藩坐鎮安慶，統領全域，若李鴻章不來，則曾國藩亦穩坐安慶，將攻陷金陵的大功歸在乃弟曾國荃名下。若李鴻章執意前來，曾國藩也會移師金陵，城下之日，大功自然屬於曾國藩，可見，李鴻章來與不來功勞都在曾氏兄弟頭上。因此李鴻章即使參與會剿，也不會平攤財物，更不可能平分功勞。

名利之際，歷來難處。梁啓超褒獎李鴻章「雅量過人」，趙烈文景慕曾國藩「無專功之念」，都是受個人好惡所限，沒有公正地核查原委，所以才得出此是彼非，高下厚薄之見。其實在會剿金陵一事上，曾國藩與李鴻章之存心厚薄只不過是五十步與百步之分。當然，在處理此問題時所運用之手段，曾國藩還是棋勝一籌。

三、會剿金陵與晚清軍事之變局

會剿金陵關乎曾國藩、李鴻章家族之興衰榮辱，更關乎晚清軍事格局之變遷，約略言之，有以下三點值得注意：

第一，此時滿洲旗兵已經徹底腐化墮落，不足以沙場馳騁。綠營兵也是不堪重用，難當大任。漢族武裝湘軍與淮軍成了清政府唯一可以剿滅太平天國的軍事力量，清政府的軍事大權完全掌握在以曾、李爲首的漢族軍官手中。

第二，湘軍連年征戰，攻城略地，戰功卓越，可是也出現了將老兵油的腐化現象。淮軍卻是朝氣蓬勃，攻陷蘇州、常州、上海等膏腴重鎮之後，裝備精良，糧餉充裕，戰鬥力極強，湘軍沒落而淮軍興起已成必然之勢。金陵城下之後，曾國藩裁撤湘軍，既是自剪羽翼的保身之舉，也是軍事格局潛變的時事所迫。

第三，在會剿金陵這一關乎清政府利益大局的問題上，曾國藩、李鴻章不僅沒有遵照清政府的指揮，反而是稱量輕重，權衡利弊，呈現出家族利益凌駕於國家政令之上的趨勢，爲日後軍閥割據的局面埋下了伏筆。

通過以上分析可以看出，會剿金陵雖然是清政府的一個偶然舉措，但是在這個舉措背後，卻反映著曾國藩、李鴻章家族勢力的消長進退，也折射出晚清軍事格局的微妙變化。

第四節　曾國藩與黎庶昌的師徒情誼

黎庶昌（1837～1897），號蓴齋，貴州遵義人。生於耕讀仕宦之家，祖父黎安理，官山東常山縣縣令，父黎愷，由進士起家，歷官雲南巧家同知。黎庶昌六歲而孤，體弱多病，命運坎坷，但是平生未嘗廢學。在兄長的指導下，年十四五，賦詩撰文，便能犁然成誦。同治元年（1862），下詔求言，黎庶昌以諸生獻萬言策，又奏陳國家應當變革者十五條，都能切中時弊，得到清政府的重視，以知縣發往曾國藩大營查看委用。同治元年（1862）十二月二十一日，曾國藩接到上諭，曰：「前因貴州貢生黎庶昌呈遞條陳，言尚可採，當降旨賞給知縣，交曾國藩差遣委用。該員以邊省諸生，抒悃上言，頗有見地，其才似堪造就，誠恐年少恃才，言行或未能符合，著俟該員到營後，由該大臣留心查看，是否有裨實用，不致徒託空言，附便據實具奏。」（曾國藩《黎庶昌請留江蘇候補片》）

黎庶昌於同治二年（1863）初春由北京啓程，三月到達曾國藩安慶大營。入幕曾國藩大營，是改變黎庶昌命運的頭等大事。曾國藩有感於黎庶昌篤實樸訥，才堪造就，將其收入門下，悉心栽培。在曾國藩的訓導提攜之下，黎庶昌的政治能力得到迅速提升，文學創作更是蒸蒸日上，得曾國藩古文之嫡傳，並與吳汝綸、張裕釗、薛福成並駕馳騁，文學史上將此四人譽爲「曾門四傑」。長年追隨曾國藩，黎庶昌與之建立了深厚的師徒情誼。同治十一年（1872）二月初四日，曾國藩中道溘逝，黎庶昌不負師恩，收集整理曾國藩生平事蹟，撰成《曾國藩年譜》十二卷，後又爲曾國藩作了一篇長達萬餘字的傳記文章，題爲《曾太傅毅勇侯別傳》，這兩篇文獻對於保存曾國藩生平事蹟來講，可謂是居功甚偉。可見，曾國藩與黎庶昌之間的師徒情誼，對於黎庶昌的成長意義重大，對於曾國藩的身後聲譽也有不可忽視的作用，因此有必要做一番梳理介紹。

一、教誨以修身之道

傳統中國的知識分子無不以修身爲生平要務，修身是一種道德培植，而這種道德培植是爲出仕從政作準備，也就說修身是齊家、治國、平天下的起

點與基礎，其重要性正如《大學》所言「自天子以至於庶人，壹是皆以修身為本」。黎庶昌二十六歲應詔建策，一篇《上皇帝書》，舉世皆知，獲得同治皇帝的垂青，特賞知縣。黎庶昌久困場屋，一朝得勢，難免有些恃才傲物。

同治二年（1863）三月，黎庶昌業已趕到曾國藩安慶大營。四月初一日，黎庶昌內兄莫友芝也恰好在曾氏大營。莫友芝是曾國藩的學術畏友，道光二十七年（1847），赴京會試的莫友芝在虎市橋頭書肆邂逅曾國藩，言論往還之中，曾國藩被莫友芝深厚的學養折服，驚呼「黔中果有此宿學耶！」曾國藩遂設宴與之定交。在曾氏幕府之中，莫友芝地位較高，莫友芝去世後，曾國藩撰輓聯一幅曰：「京華一見便傾心，當時書肆定交，早欽宿學；江表十年常聚首，今日酒尊和淚，來弔詩魂！」足見曾國藩對莫友芝的友情之深。黎庶昌能夠前來曾氏大營，雖然是上諭所定，也未嘗不是因為莫友芝從中斡旋，央請曾國藩所致。按照常理，既然本日莫友芝在曾氏大營，而且曾國藩也宴請莫友芝等吃便飯，想來也可請遠道而來的黎庶昌一同赴宴，可是曾國藩卻並未如此，本日，他只是「閱黎庶昌所陳時務策」（《曾國藩日記》），並未請他前來一敘。曾國藩處事謹慎，待人接物，儀軌甚嚴，此時疏遠黎庶昌，自然是要磨礪其性情。

黎庶昌在曾氏大營的第一份職務是稽查保甲，這是一份職位較低的工作，黎庶昌心情頗為低落，儀容憔悴，氣勢頹靡。十一月初三日，黎庶昌首次見到了曾國藩，但他留給曾國藩的第一印象卻不怎麼好。曾國藩性格剛健堅忍，激賞陽剛之美，黎庶昌卻身體羸弱，有體不勝衣之態，加之精神委頓，頗令曾國藩失望。所以曾國藩以《孟子》養氣之論激勵黎庶昌，曾國藩在日記中記載曰：「黎蓴齋來，與之言志以帥氣、器以養志之道。」曾國藩發現曾經上萬言書的黎庶昌雖然「篤學耐勞，內懷抗希先哲、補救時艱之志，而外甚樸訥，不事矜飾」。君子不重則不威，黎庶昌儀容方面缺少剛毅之氣，這雖然是天地賦行，生成之性，受先天體質所限，但曾國藩以為後天修身養氣的工夫可以彌補這個不足，這也是他對《孟子》「居移氣，養移體」修身哲學的具體運用。

受到曾國藩的鼓勵與指導，黎庶昌心情振奮，汲汲有為。同治三年（1864），曾國藩指揮湘軍攻陷南京，太平天國運動宣告失敗。曾國藩委派黎庶昌協助處理善後事宜，次年曾國藩保舉黎庶昌為直隸州知州，盡先補用。同治五年（1866），曾國藩赴山東鎮壓捻軍，黎庶昌追隨左右，師生情誼日漸深厚。同治七年（1868），曾國藩調任直隸總督，黎庶昌留江蘇候補，臨行之時，黎庶昌前來送行，情義難捨，面有戚容，睹此情景，曾國藩也大為感動，

其日記曰：「十一月初七日，日來送行者，多依戀不捨之情，黎蓴齋等尤爲惓惓，余亦黯然不忍別也。」

曾國藩北上直隸，黎庶昌失去依傍，也未有機會補到實缺。此時的黎庶昌已經三十三歲，歲月蹉跎，不要說壯志未酬，即使是生活也面臨困境。黎庶昌致函恩師曾國藩告知近況，並訴說抑鬱之苦。曾國藩見愛徒「以修名不立、志事無成爲俱」，不免心生惻隱，親筆回信，開導勸慰，曾國藩說：「至以建樹無聞，遽用皇皇，則殊太早。計三十三歲甫及壯年，古來如顏子立德，周郎立功，賈生立言，均在少壯。然千古曾有幾人？其餘賢哲代興，樹立宏大，大抵皆在四十以後耳。以仲尼之聖而不惑亦待四十，今來示以惑之滋甚，急思袪疑，似聞道更早於魯叟，斯可謂大惑也。」勉勵黎庶昌安貧樂道，居易俟命。雖說無恆產而有恒心者惟士爲能，但面臨生存危機的黎庶昌也讓曾國藩大爲憂心。既然實缺難以補授，曾國藩只好另覓它途，他向江蘇巡撫丁日昌推薦黎庶昌，希望丁日昌能施以援手，聘請黎庶昌入其幕府，以緩解黎庶昌的生活困境，也是爲了等待時機，徐圖補授實缺。可見，曾國藩對於黎庶昌不僅教誨以修身之道，還薦舉於朝廷僚友，其玉成琢磨之功，足令黎庶昌感激銘記。

二、薦舉於朝廷僚友

同治七年（1868）九月初二日，曾國藩移督直隸之前，曾上奏朝廷，請朝廷俯允黎庶昌留江蘇候補。曾國藩奏章曰：「臣查黎庶昌自到營以來，先後六年，未嘗去臣左右。北征以來，追隨臣幕，與之朝夕晤對。今臣交卸督篆在即，該員係特旨差委人員，既無經手事件，不必隨臣前赴直隸，亦無須補行引見，應即歸於江蘇聽候補用。」江蘇乃是膏腴之地，經濟富庶，曾國藩薦舉黎庶昌留在江蘇候補，也是破費苦心。當然，這也不是曾國藩第一次薦舉黎庶昌了，在此之前，他曾三次薦舉黎庶昌，即「臣於同治二年（1863）十一月密保一次，又於續保克復金陵水陸等軍暨銘軍克黃陂案內明保兩次，奏請以直隸州知州留於江蘇遇缺即補，均經奉旨允准在案。」（《曾國藩《黎庶昌請留江蘇候補片》）

朝廷同意了曾國藩的奏章，可是滯留在江蘇的黎庶昌卻很長時間沒有得到實缺，曾國藩只有央請江蘇巡撫丁日昌來解決黎庶昌的生活困境，同治八年（1869）三月初七日，曾國藩在給黎庶昌的信中明確說明：「至於朝夕升斗之謀，則丁中丞道出此間，當與之熟商。」丁日昌接受了曾國藩的

請求，聘請黎庶昌入其幕府。

同治七年（1868）冬季至同治八年（1869）正月，曾國藩入京觀見同治皇帝及兩宮太后，黎庶昌也曾隨曾國藩入京，黎庶昌此行的目的是到吏部打通關節，希望盡快補授實缺，可是吏部官員處處阻撓，黎庶昌未能如願，只好黯然出京，再次回到丁日昌幕府。同治九年（1870）正月二十四日，曾國藩再次致函丁日昌，請求他安排黎庶昌到洋務局等待時機。曾國藩說：「蓴齋去歲在都，因部書多方挑剔，稽留過久，到省聞已在十月初旬。省中調動業已定局，驟難位置，暫令於洋務局迴翔數月，春間有相當缺出，當可為補一缺。渠於敝處相從最久，深悉其有抗希前哲、康濟生民之志，不忍令其久淹，故屢以奉商。」

就在曾國藩籌劃黎庶昌的政治出路問題之時，黎庶昌又出現了新的問題。同治九年（1870）二月，朝廷命令李鴻章率領淮軍進駐陝西，協同左宗棠鎮壓回民起義。久困幕府的黎庶昌想投筆從戎，隨李鴻章入陝，希望能建立軍功，以求得一個輝煌前程。但黎庶昌又丟不下補授實缺的機會，所以在從戎和出仕之間彷徨，反覆躊躇，難以決斷。黎庶昌再次致函曾國藩，同治九年（1870）三月初一日，曾國藩在回信中以為從戎一事不甚現實，還是出仕為上，他說：「但就閣下現處情形，則上有垂白之親，下有襁褓之子，家徒四壁，僑寓異鄉，自應以祿世為上策。」曾國藩分析黎庶昌從戎建功有三不可，第一，黎庶昌匹馬從戎，留在江蘇的家眷無人照管；第二，朝廷東征西剿，中原大亂已漸次削平，與咸豐初年太平天國如日中天時的態勢迥然不侔，建功立業的機會很少；第三，李鴻章麾下宿將故交甚多，必不能捨棄屢立戰功之舊人，改用未習軍旅之文人，黎庶昌即使從戎，也只不過是處理一些文案之事，難有顯才出頭之日。綜合以上三點，曾國藩建議黎庶昌等待時機，權作一地方官員。他說：「敝處前致馬谷帥（馬新貽）一函，論薦閣下，後致丁雨帥（丁日昌）信又已及計。閣下在江南稍俟一兩月，當不難得一地方。閣下與敝處相知甚深，遠近周知。即令此後累函商薦馬、丁二帥，亦當不厭繁複。若薦之江南不效，即薦之陝西，亦豈果有濟乎？」

在曾國藩、馬新貽、丁日昌的共同努力下，黎庶昌補授吳江縣知縣。多年久等苦熬，黎庶昌才得到了這個實缺，原本以為是一件好差事，卻未曾料想，初到吳江，黎庶昌就碰到一個大難題。吳江雖是魚米之鄉，但因太平天國戰亂，連年烽火，民生凋敝，苛捐雜稅拖欠多達五千餘石，當地百姓無力承擔，黎庶昌只能挪用公款墊付。吳江風俗剽悍，錢糧難以徵收，黎庶昌一心想調離吳江，丟掉這塊燙手的山芋。所幸同治十年（1871）閏十月，曾國藩重回兩江總督之

任，洞悉黎庶昌的苦衷後，曾國藩致函江蘇巡撫張之萬，希望張之萬施以援手，曾國藩說：「黎牧庶昌撫字心勞，催科政拙，誠如明論。聞其錢漕尾數欠徵至五千餘石之多，挪墊公款，無處彌縫。前與敏齋及子範商及，俱謂苟無他缺可補，又不如久署吳江之稍愈。今尊意許量移一席，俾無負累，厚澤尤爲優渥。」通過曾國藩、張之萬的幫助，本年冬，黎庶昌改署青浦知縣。至此，黎庶昌的出仕問題才得以圓滿解決，此後數年，黎庶昌一直在青浦任上平穩做官，這一切的措置安排，幾乎都與其恩師曾國藩密切相關。

三、切磋以學術文章

曾國藩不僅是晚清權貴，中興功臣，而且是晚清文壇上的一位巨擘。曾國藩戎馬倥傯二十年，未曾一日廢書不觀，登高必賦，著作斐然。幕府之中，文士星羅，吳汝綸、張裕釗、黎庶昌、薛福成尤爲翹楚，文學史上稱這一文學流派爲湘鄉派。曾國藩自言初解文章由姚鼐啓之，但曾國藩的古文創作是從桐城派入手，卻不受桐城派牢籠。桐城派古文以清眞雅正爲文風宗尙，優美有餘而壯美不足，曾國藩以漢賦、韓文雄直之氣矯正桐城派頹靡之弊，其古文呈現出樸茂雄肆的陽剛之美；桐城派主張義理、考據、詞章三者結合，曾國藩結合時事，補上經濟一條，其古文更強調經世致用的實用特色。曾國藩雅善古文，黎庶昌也有相同嗜好，所以他們師徒二人就經常談文論道，交流文學創作心得。如同治四年（1865），曾國藩日記中就有與黎庶昌論文的很多記載，「七月十二日，與黎蓴齋等談文。」「九月二十八日，旋與黎蓴齋久談，教以作文之法，兼令細看秉批。」「十一月三十日，與黎蓴齋談文。」「十二月初七日，批黎蓴齋等文二首。」

在曾國藩與黎庶昌的師徒往還中，我們也可以看出即使是古文巨擘，也有捉襟見肘，手不應心的窘境。同治十年（1871），曾國藩應黎庶昌之請，爲其父黎愷作墓誌銘。本來墓誌銘一類的文章在古文中是屬於較容易創作的，因爲託請者往往會有介紹墓主人生平的行狀呈上，作者根據行狀刪削改撰即可，要表達的感情也較爲固定，有功名者頌其政績，無功名者稱其道德。可是這篇應酬文章，卻讓曾國藩夜不成寐，感歎才力枯竭，其日記曰：「六月十四日，傍夕小睡，夜，換作《黎子元墓誌銘》，黎蓴齋之父也，作二百餘字。三更睡。六月十五日，將《黎子元墓誌》作畢，約六百餘字。傍夕小睡。夜作銘辭廿四句，三更始畢。文思之鈍，精力之衰，均可愧歎。睡後，不甚成寐。」在給黎庶昌的信中又再次申發衰頹之歎，他說：「尊公墓誌撰就，寄呈

雅鑒。老年心如廢井，無水可汲，勉強應命，殊不愜意，未足表章潛德邃學。」

此時的曾國藩已經走到了人生邊緣，右目失明業已兩年，親友勸說他應該擯除官務，安心靜養，但是曾國藩卻昕夕孜孜，未嘗倦怠。曾國藩平生以宋儒義理為主，而於訓詁、詞章二途，亦研精覃思，不遺餘力。本年距離他的人生終點只有短短幾個月，可是在這幾個月之中，曾國藩還堅持創作了十多篇古文，數首詩歌。其自書日記，尤多痛自刻責之語。其實曾國藩的刻責，或者說自我反省並不始於今日，作為一位有自知之明的古文家，反省與檢討幾乎與其古文創作相始終，而同治九年（1870）的一次反省，尤其應該引起我們的重視。

同治九年（1870），天津發生了毆斃洋人、焚燒教堂的教案，年邁的曾國藩臨危受命，赴天津處理該案。曾國藩心知中國百姓受盡洋人壓迫，憤怒的情緒已經被點燃，要想撲滅，實屬艱難。洋人一方，則倚仗其堅船利炮，性情兇悍，肆無忌憚。津民與洋人各不相讓，難以調停。曾國藩擔心處理不妥，會激成大變，局勢恐難以收拾。曾國藩有以死報國之想，赴津途中，擬好遺囑，訓示曾紀澤、曾紀鴻兩兒身後事宜，在遺囑中曾國藩特別提到他的古文刊刻問題，他說：「余所作古文，黎蒓齋抄錄頗多，頃渠已照抄一份寄余處存稿，此外黎所未抄之文寥寥無幾，尤不可發刻送人，不特篇帙太少，且少壯不克努力，志亢而才不足以副之，刻出適以彰其陋耳。如有知舊勸刻餘集者，婉言謝之可也。切囑切囑！」一代文雄，臨終也難免一生歎息！且不說曾國藩對於自己古文的評價，但看此封家書，我們還會得到一條重要的信息，即黎庶昌對於曾國藩古文的保存起到了關鍵作用，我們今日還能讀到曾國藩樸茂雄肆之文，其中也有黎庶昌收集整理之功。

黎庶昌之古文深得曾國藩之真傳，「文正公（曾國藩）謂蒓齋生長邊隅，行文頗得堅強之氣，鍥而不捨，可成一家之言。」在曾國藩的勉勵下，黎庶昌的古文取得了很高的成就，正如其同門好友薛福成《拙尊園叢稿序》所言：「蒓齋為文恪守桐城義法，其研事理，辨神味，則以求闕齋（曾國藩書齋號）為師。」民國時期的貴陽學者凌惕安更是將黎庶昌《上皇帝書》比作賈誼《陳政事疏》、諸葛亮《隆中對》、范仲淹《上宰相書》、文天祥《殿試策》，能與前哲往聖，並駕頡頏，黎庶昌實在是貴州文學發展史上一位耀眼的明星，也是中國文學發展史上一位耀眼的明星。在貴州建省六百年慶典來臨之際，我們應該記住這位貴州籍的文學家。黎庶昌還是晚清著名的外交家，他曾兩度充出使日本大臣。在日本期間，黎庶昌竭力訪求流傳日本的中國珍稀善本古籍，精選中國已經亡佚的珍本古籍二十六種，影刻問世，名為《古逸叢書》，這項重大的文化工程，耗時兩年之久，

耗銀一萬數千兩之多。《古逸叢書》具有極高的文獻價值，對於中國學術研究的貢獻極大，而且該書還有示範意義，近年來方興未艾的中國學人海外訪書運動，以及域外漢籍研究的熱潮，也是黎庶昌編輯《古逸叢書》的一個遙遠迴響吧！

第五節　《曾國藩家書》文論思想中的訓詁觀

　　《曾國藩家書》反映了曾國藩對子弟獨特的文學教育方式，其中對訓詁和辭章關係的探討就很有價值。曾國藩學兼漢宋，不主一偏。閎通的學術胸懷使得他能客觀地評定和借鑒漢宋學家的成果，並結合自己的創作經驗，提出以「精確之訓詁，作古茂之文章」的文學創做法，並將韓愈古文與漢魏辭賦文學傳統相勾貫，以建立不囿於前期桐城派的審美觀。

　　曾國藩是晚清著名的文學家，其古文承桐城而起，拓其堂奧，自成一家，有「湘鄉派」之稱。曾國藩一生著述鴻富，《曾國藩家書》就是非常重要一種。《家書》的主要目的是傳授子弟修身、治學的方法，其中文學教育是曾國藩諸多教育內容之一。通過自己的言傳身教，他希望使曾氏家族的文化資本得到有效的傳承，從而保持家族的文化聲望。在進行文學教育的過程中，曾國藩探索著適合子弟操作的學習方法，其中對訓詁的闡發就值得重視。

一、辭章為體，兼重訓詁

　　曾國藩在咸豐十年四月初四日致弟紀澤的信中言：

> 　　二十七日劉得四到，接爾稟。所謂論《文選》俱有所得，問小學亦有條理，甚以為慰。……吾於訓詁、詞章二端頗嘗盡心。爾看書若能通訓詁，則於古人之故訓大義、引申假借漸漸開悟，而後人承訛襲誤之習可改。若能通詞章，則於古人之文格文氣、開合轉折漸漸開悟，而後人硬腔滑調之習可改。〔註1〕

精湛的訓詁知識可以闡明古人的注疏大義，能夠體悟引申假借的修辭妙處，同時也是辨析後人訛誤的必備修為，訓詁在古文創作和鑒賞方面有其無法替代的基礎性功用。辭章之學則是重在格調的構建和文氣的疏通，從而有效地矯正聲調的油滑纖弱和文腔的硬塞哽咽。訓詁和辭章二者不可偏廢，前此姚鼐已作調和，但如何加以妙合，從而創作出精美厚重的古文，

〔註1〕〔清〕曾國藩《曾國藩家書》，嶽麓書社，1985 年版，第 332 頁。

仍是一個難題。曾國藩頗有示範，如提出「解《漢書》之訓詁，參以《莊》《列》之詼詭」，明確倡導「以精確之訓詁，作古茂之文章」。同治元年八月初四諭紀澤的家訓中云：

> 爾所作擬莊三首，能識名理，兼通訓詁，慰甚慰甚。余近年頗識古人文章門徑，而在軍鮮暇，未嘗偶作，一吐胸中之奇。爾若能解《漢書》之訓詁，參以《莊》《列》之詼詭，則余願償矣。

精確的訓詁和詼詭的氣象是行文的不二法門，如果將前者比作古文的血肉，那麼後者則是文章的風神，二者交相互用而不可偏廢。訓詁的精當爲氣象的詼詭提供了不可或缺的載體，而文氣的詼詭搖曳又克服了訓詁的呆板與枯澀。

同治二年三月初四日的家書中又叮囑道：

> 私竊有志，欲以戴、錢、段、王之訓詁，發爲班、張、左、郭之文章。久事戎行，斯願莫遂，若爾曹能遂我未竟之志，則樂莫大乎是。即日當批改付歸。爾既得此津筏，以後便當專心一志，以精確之訓詁，作古茂之文章。

「以精確之訓詁，作古茂之文章」。可以看出曾國藩在修正對訓詁工具性認識的同時，也有效地避免了對訓詁的本體論似的拔高，因而沒有沒入考據學的泥潭。曾國藩對訓詁的重視和探討是基於文章的學習和創作，訓詁始終是從屬□辭章的。易言之，就是辭章爲本，訓詁爲用。

二、調和漢宋，不主一偏

曾國藩對訓詁的論述也體現著他調和漢宋，兼容並蓄的通達學術觀。曾國藩學兼漢宋，不主一偏。「雖自謂『粗解文章，由姚先生啓之』。然平日持論，並不拘拘桐城鉅鑊，而以姚氏與亭林、蕙田、王懷祖父子同列考據之門，尤爲隻眼獨具。雖極推唐鏡海諸人，而能兼採當時漢學家、古文家之長處，以補理學枯槁狹隘之病。其氣象之闊大，包蘊之宏豐，更非鏡海諸人斷斷徒爲傳道、翼道之辯者所及。則滌生之所成就，不僅戡平大難，足以震爍一時，即論學之平正通達，寬宏博實，有清二百餘年，固亦少見其匹亦。」〔註 2〕

曾國藩這種宏通的學術取向，李鴻章在《求闕齋文鈔序》也有精到的闡釋：

> 蓋公之學，其大要在淵源經術，兼綜漢宋，以實事求是、即物窮理爲主，以古聖人之仁禮爲宗，以程、朱之義理爲準，以唐杜氏、

〔註 2〕錢穆《中國近三百年學術史》，商務印書館 1997 年版，第 655 頁。

　　　　　宋馬氏及國朝諸老之考據爲佐助，持論最爲平允。〔註3〕
對於清代學術界長期存在的漢宋之爭，曾國藩不片面地偏袒任何一家。正如
他在《致劉孟容》書札中所說：

　　　　　於漢宋二家構訟之端，皆不能左袒以附一闋。於諸儒崇道貶文
　　之說，尤不敢雷同而苟隨。

曾國藩無意介入漢宋兩派的爭論，他的學術取向迥異於漢宋兩家的互相詆
毀，而是以客觀冷靜的態度分析各家優劣，肯定漢宋兩學派各有其成就，也
批判地指出了他們各自存在的缺陷。

　　在清代漢學領域，高郵王氏父子和金壇段氏是曾國藩極度推崇的代表。在家
書中反覆提及他們的考據、訓詁成就，並且把兩家的著作作爲培養訓詁能力的必
讀書。曾國藩以高郵王氏父子和金壇段氏爲有清一代訓詁學的頂峰，在指導曾紀
澤學習訓詁時，始終以此二家爲典範。如咸豐六年十一月初五日諭紀澤：「欲通
小學，須略看段氏《說文》、《經籍纂詁》二書。王懷祖先生有《讀書雜志》，中
於《漢書》之訓詁極爲精博，爲魏晉以來釋《漢書》者所不能及。」咸豐八年十
二月三十日諭紀澤：「余於本朝大儒，自顧亭林之外，最好高郵王氏之學。王安
國以鼎甲官至尚書，諡文肅，正色立朝，生懷祖先生。念孫經學精卓，生王引之，
復以鼎甲官尚書，諡文簡，三代皆好學深思，有漢韋氏、唐顏氏之風。」咸豐十
年閏三月初四日諭紀澤「及至我朝巨儒，始通小學，段茂堂、王懷祖兩家，遂精
研乎古人文字聲音之本，乃知《文選》中古賦所用之字，無不典雅精當。」

　　但是曾國藩並沒有盲目地推尊漢學，也不希望自己的子弟作純粹的考據
家，訓詁只是一種必備的能力，而不是最終的目的。同時他也致憾於漢學家
不擅辭章的不足。如他在同治二年三月初四日諭紀澤信中云：

　　　　　余嘗怪國朝大儒如戴東原、錢辛楣、段懋堂、王懷祖諸老，其
　　小學訓詁實能超越近古，直逼漢唐，而文章不能追尋古人深處，達
　　於本而闇於末，知其一而昧其二，頗所不解。

在《歐陽生文集序》一文也表達了相似觀點，認爲漢學家爲文繁複不得其要，稱：

　　　　　當乾隆中葉，海內魁儒畸士，崇尚鴻博，繁稱旁證。考核一字，
　　累數千言不能休，別立幟志，名曰「漢學」，深擯有宋諸子義理之說，
　　以爲不足復存。其爲文，尤蕪雜寡要。〔註4〕

〔註3〕〔清〕李鴻章《李鴻章全集》，時代文藝出版社 1998 年版，第 329 頁。
〔註4〕〔清〕曾國藩《曾國藩詩文集》，上海古籍出版社 2005 年版，第 286 頁。

在有清一代的古文家中，曾國藩最爲服膺姚鼐，《聖哲畫像記》云：

> 然姚先生持論宏通，國藩之初解文章，由姚先生啓之也。

姚鼐「義理、考證、文章」三者相結合的文論思想對曾國藩影響很大，他「以精確之訓詁，作古茂之文章」的主張，顯然有姚鼐這一文論思想的影子。也常在文章中表達對它的稱許，如《歐陽生文集序》說：

> 姚先生獨排眾議，以爲義理、考據、辭章三者，不可偏廢。必義理爲質，而後文有所附，考據有所歸。一編之中，惟此尤兢兢。

但是，曾國藩對姚鼐的主張也不是不加分辨地完全接納，而是有了新的發展。如果說姚鼐將桐城文論抽象化的話，那麼曾國藩則是將是其平易化了，尤其在指導子弟爲文時，擱置空疏抽象的義理，而著重強調訓詁和辭章怎樣妙合，這是曾國藩從切用的角度所作的積極性地開拓。

三、推尊兩漢，師法昌黎

在訓詁和辭章具體結合的技術層面上，曾國藩也有實用性的闡釋，其中至關重要的一點就是列舉訓詁辭章兼善的前人佳篇，作爲學習和模擬的典範，從對經典的模仿中體會其微妙之處。咸豐六年十一月初五日諭紀澤：

> 余生平好讀《史記》《漢書》《莊子》《韓文》四書，爾能看《漢書》，是余所欣慰之一端也。……欲明古文，須略看《文選》及姚姬傳之《古文辭類纂》二書。班孟堅最好文章，故於賈誼、董仲舒、司馬相如、東方朔、司馬遷、揚雄、劉向、匡衡、谷永諸傳皆全錄其著作；即不以文章名家者，如賈山、鄒陽等四人傳、嚴助、朱買臣等九人傳、趙充國屯田之奏、韋玄成爲議禮之疏以及貢禹之章、陳湯之奏獄，皆以好文之故，悉載短篇。如賈生之文，既著於本傳，覆載於《陳涉傳》《食貨志》等篇；子雲之文，既著於本傳，覆載於《匈奴傳》《王貢傳》等篇，極之充國《贊酒箴》，亦皆錄入各傳。蓋堅於典雅瑰偉之文，無一字不甄採爾將十二帝紀閱畢後，且先讀列傳。凡文之昭明暨姚氏所選者，則細心讀之；即不爲二家所選，則另行標識之。
> 若小學、古文二端略得途徑，其於讀《漢書》之道，思過半矣。

對桐城家法最顯得有所變通的是，他突出了取資《漢書》的重要性，因爲由此可以強化鍛鍊融匯訓詁之學與辭章之學。在他看來，《漢書》乃至《文選》以及《古文辭類纂》中所錄的漢代辭賦奏議等文，其審美要義可輕忽，咸豐

十年閏三月初四日諭紀澤云：

> 爾所論看《文選》之法，不爲無見。吾觀漢魏文人，有二端最
> 不可及：一曰訓詁精確，二曰聲調鏗鏗。……《文選》中古賦所用
> 之字，無不典雅精當……唐宋文人誤用者，惟《六經》不誤，《文選》
> 中漢賦亦不誤也。即以爾稟中所論《三都賦》言之，如「蔚若相如，
> 皭若君平」，以一蔚字該括相如之文章，以一皭字該括君平之道德，
> 此雖不盡關乎訓詁，亦足見其下字之不苟矣。至聲調之鏗鏘，如「開
> 高軒以臨山，列綺窗而瞰江」，「碧出萇宏之血，鳥生杜宇之魄」，「洗
> 兵海島，刷馬江洲」，「數軍實乎桂林之苑，飧戎旅乎落星之樓」等
> 句，音響節奏，皆後世所不能及。

從這一審美思路中，我們可以看出，他對韓愈古文成就的解讀也是獨特的，
同治元年五月十四日諭紀澤的家書中說：

> 余觀漢人詞章，未有不精於小學訓詁者，如相如、子雲、孟堅
> 於小學皆專著一書，《文選》於此三人之文著錄最多。余於古文，志
> 在效法此三人，並司馬遷、韓愈五家。以此五家之文，精於小學訓
> 詁，不妄下一字也。至韓昌黎出，乃由班、張、楊、馬而上躋《六
> 經》，其訓詁亦精當。而試觀《祭張署文》、《平淮西碑》諸篇，則知
> 韓文實與《詩經》相近。近世學韓文者，皆不知其與楊、馬、班、
> 張一鼻孔出氣。爾能參透此中消息，則幾矣。

以「訓詁精確」來看待韓文的好處，這是曾氏的特識。那麼，雖然韓愈在清
代頗受推崇，桐城派也標舉「文在韓歐之間」，但曾氏不滿於「近世學韓文者，
皆不知其與揚、馬、班、張一鼻孔出氣」，實際上在如何學韓上，他要建立自
己的古文宗尙。

四、出於桐城，拓宇桐城

　　曾國藩論文、行文之法出於桐城，非常推崇「桐城三祖」，特別是方苞和
姚鼐，他說：「望溪先生古文辭爲國家二百餘年之冠，學者久無異辭。即其經
術之湛深，八股文之雄厚，亦不愧爲一代大儒。雖乾嘉以來，漢學諸家百方
攻擊，曾無損於毫末。」他在《歐陽生文集序》也曾坦言姚鼐對他的啓蒙性
影響，即「國藩之初解文章，由姚先生啓之也。」並且與姚鼐四大弟子之梅
曾亮爲密友，可見曾國藩古文理論實出於桐城派。

與此同時，他對桐城諸老也不乏微詞，對於方苞的經世之文，「持論太高」，姚鼐的《古文辭類纂》「小有疵誤」也不諱言。至於桐城派對歸有光的稱道，更是不以為然，其《書歸震川文集後》云：「近世綴文之世，頗有稱述熙甫，以為可繼曾南豐、王半山之為文。自我觀之，不可同日而語矣。」可見，曾國藩是出於桐城，又拓宇桐城，並不為桐城義法所拘禁，而是對桐城派古文理論的弊端做了積極的修正。正如郭預衡先生所說：「世稱曾國藩為桐城古文的繼承者。現在看來，從理論到實踐，並非盡守桐城家法。」〔註 5〕

方苞的古文義法理論在語言方面的主張是「雅潔」，要求用最為洗練的言語畫出文章的內涵，而儘量刪削與文章無關緊要的文字。他說：「但南宋元明以來，古文義法久不講。吳越間遺老尤放恣，或雜小說家，或延翰林舊體，無一雅潔者。古文中不可入語錄語，魏晉六朝人藻儷俳語，漢賦中板重字法，詩歌中雋語，南北史佻巧語。」〔註 6〕

可見，漢賦厚重典奧的語言在方苞看來是板重無用的，其無益於文等之於小說家和魏晉駢語，為了雅潔起見，這種板重字眼是在擯棄之列的。姚鼐在《復魯絜非書》云：「抑人之學文，其功力所能至者，陳義理必明當，布置、取捨、繁簡、廉肉不失法，吐辭雅馴不蕪而已。」姚鼐這裡倡導的「雅馴」和方苞的「雅潔」在內在理路上是相通的，都是對文章的精緻凝練作出的禁忌和約束。這對於實現古文的雅化和潔精是十分有益的，並且確實也對桐城古文影響巨大，在這一理論的導引下產生了一批雅潔的典範之作，其中姚鼐的《登泰山記》就是其中的代表。然而，桐城末流過分地拘泥於「雅潔」的教條，也使得古文出現了許多弊病，古文的雅潔有餘而氣勢不足就為當時人所詬病，桐城流裔氣弱是不爭的文學史事實。

為了糾正桐城派氣弱的不足，曾國藩引入了氣勢雄偉渾厚為主要特色的漢大賦和《漢書》，同時也師法具有戞戞獨造之氣的韓愈之文。並且曾國藩對漢代文章和韓文的推崇不是一般意義上的學習，而是切實地將其作為典範來師法，甚至曾國藩的許多文章就直接是對漢文和韓文的摹擬，汪辟疆在《曾湘鄉詩文》箚記中就指出：「竊意湘鄉為文，亦尤昌黎陳言務去，戞戞獨造為能事。稍長，遍讀《求闕齋詩文》，乃知其篇摹句擬亦復猶人。……今約可指者，如《五箴》摹昌黎，《陳岱雲喪妻詩》摹韓文公《東野喪子詩》，皆可比

〔註 5〕 郭預衡《中國散文史》，上海古籍出版社 1999 年版，第 589 頁。
〔註 6〕 〔清〕沈廷芳《隱拙齋集》卷四十一，清乾隆刻本。

擬。《戶部員外郎袁君墓表》中一段，則全摹《漢書‧趙廣漢傳》。至其竊取古人已言之意，如《苟柯文篇序》。……清代治樸學末流之弊實有如曾氏所言，不知《漢書‧藝文志》一段與曾氏言正復相類。」〔註7〕

曾國藩對訓詁的重視，以及對漢文和韓文的推重，最終凝結成了在《家書》中反覆倡言的「以精確之訓詁，作古茂之文章」的透闢理論。這是對前期桐城派理論的修正，也是對後期桐城派創作實踐中出現的萎靡之病的救治。在這個過程中，曾國藩用理論和創作實現了對桐城文派的革新，同時也劃分了與桐城古文之間的畛域。吳汝綸說：「桐城諸老，氣清體潔，海內所宗，獨雄奇瑰瑋之境尚少。……後儒但能平易，不能奇崛，則才氣薄弱，不能復振，此一失也。曾文正公出而矯之，以漢賦之氣運之，而文體一變，故卓然爲一代大家。」〔註8〕對於曾國藩開創的這一文派，學界號爲「湘鄉派」。

可見，曾國藩特別拈出訓詁一條，並在家書中切實示範訓詁與古文辭氣章采的關係，這是是湘鄉派古文觀的核心元素之一，也是迥異於桐城家法的重要元素之一。

第六節　曾國藩壽序文芻議

湘鄉派古文大家曾國藩對明清兩代流行的壽序文體貢獻頗大，他痛詆壽序文體的四種弊端，尤其是揄揚過實、品格低俗之弊，問途六經，宗奉修辭立其誠的爲文準則，在壽序中注入宏大之論、經世之旨，提升了壽序這一應酬文體的思想境界，且議論通達、文氣拗折，其貢獻可比肩明代壽序大家歸有光。

壽序，發端於元代，程矩夫、虞集、歐陽玄、柳貫、陳大章、俞希魯的文集中都有壽序出現，但作爲文章變體之壽序，在元代只是偶而一見，還沒有形成蔚然大觀之景象。沿及明代，江南地區經濟富庶，且普遍存有爲父祖祝壽的喜筵風俗，而壽序作爲一種祝壽的頌禱之辭，在明代中後期日漸繁榮起來。尤其是經過歸有光、陶望齡、王世貞等古文大家的陶鑄，在文章學中處於庶從地位的壽序，正逐步躋身於文章正宗之行列，清初黃宗羲編輯《明文海》，薛熙編輯《明文在》，均單獨臚列壽序一目，這說明，壽序至遲在清代初葉就已經獲得

〔註7〕金程宇《汪辟疆先生筆記二種輯補》，《古典文獻研究》2007年總第十輯。
〔註8〕吳志達、陳文新等編纂《中華大典‧明清文學分典》，鳳凰出版社2005年版，第419頁。

了與其他文體頡頏並駕的地位了。與明代相較，清代的壽序創作更是有盛無衰，以至於歸莊在《謝壽詩說》中說「凡富厚之家，苟男子不爲盜，婦人不至淫，子孫不至不識一丁者，至六七十歲，必有一徵詩之啓。」〔註 9〕壽詩是如此，壽序亦然。直至曾國藩生活的道光、咸豐年間，壽序依然風行文壇，但是經過數百年的因襲，作爲應酬揄揚之體的壽序，已是日漸浮濫，弊竇叢生。在曾國藩看來，此時的壽序文體，至少被四種弊病所困擾。

道光二十二年（1842 年），曾國藩在《田昆圃先生六十壽序》一文中指出，時下流行的壽序文體，有四種弊端，他說「壽序者，猶昔之贈序云爾。贈言之義，粗者論事，精者明道，旌其所已能，而蘄其所未至。是故稱人之善，而識小以遺巨，不明也；溢而飾之，不信也；述先德而過其實，是不以君子之道事其親者也；爲人友而不相勖以君子者，不忠也。」〔註 10〕四種弊端之中，尤其以揄揚過實爲甚。稍微分析一下壽序文產生的文化機制，就不難看出這一點。壽序一般都是受人託請而撰，壽序文中，「屬余爲序」，「命余爲序」，「不獲辭」等等，皆是習見的謙退辭令。請人撰序祝壽，無非是要借他人之文彰揚家族文教儒風，希望通過壽序將壽星的令名德行、文采風華等傳播久遠，當然，如果撰文者是當世文壇巨匠，壽星也可以因該撰者不朽的壽序文章而留名史冊，儘管該壽星或許在歷史上幾乎沒有什麼重大的影響，在曾國藩的文集中就不乏這種因文傳人的例子。託請者往往是壽星的兒孫，兒孫輩在通過壽序娛親致孝、以博堂上歡心的同時，自然也期望壽序能表彰其謹守家風、有所成就等美德。從撰文者的角度來說，可能會獲得不菲的潤筆金，並且作者可能對壽星的生平事蹟一無所知，只能根據壽星兒孫提供的行狀連綴成文，而託請者上述的諸種閱讀期待也不能不影響到作者的行文，所以敷衍揄揚之弊是撰文者很難避免的。

基於揄揚過實的弊病，黃宗羲稱壽序爲文體之變，曾國藩更進一步，在道光二十五年（1845 年）所作的《易問齋之母壽詩序》中，徑直將壽序譏諷爲「文體之詭」，即壽序「率稱功頌德，累牘不休，無書而名曰序，無故而諛人以言，是皆文體之詭」〔註 11〕。

在反省壽序文體弊病之時，曾國藩已經將批判的矛頭對準了歸有光，歸有光雖然不是壽序這一文體的始作俑者，但是一生卻創作了 76 篇壽序，加之

〔註 9〕〔清〕歸莊《歸莊集》，上海古籍出版社 1984 年版，第 492 頁。
〔註 10〕〔清〕曾國藩《曾國藩詩文集》，上海古籍出版社 2007 年版，第 127 頁。
〔註 11〕〔清〕曾國藩《曾國藩詩文集》，第 161 頁。

錢謙益、黃宗羲以及桐城諸文家的推揚，歸有光在清代文壇上佔據著極高之位置，而這些壽序也隨著歸有光炙手可熱的影響力而風行天下。歸氏壽序中的優秀之處嘉惠廣播，瑕疵之處也是流毒甚遠。曾國藩要廓清壽序之弊端，歸有光自然成為他首當其衝的批判對象。

曾國藩在道光二十四年（1844 年）所作的《書歸震川文集後》中，批評歸氏壽序之缺失主要有兩點，一是妄加毀譽於人，其實這也不是歸有光的首創，他只不過是沿襲了韓愈詩序的弊端，踵事增華，愈演愈烈。即「蓋古之知道者，不妄加毀譽於人，非特好直也。內之無以立誠，外之不足以信後世，君子恥焉。自周詩有《崧高》、《烝民》諸篇，漢有《河梁》之詠，沿及六朝，餞別之詩，動累卷帙。於是有為之序者，昌黎韓氏，為此體特繁，至或無詩而徒有序。駢拇枝指，於義已侈矣。」〔註 12〕歸氏壽序讓曾國藩難以容忍的另一流弊是詞盛於義，他說：「熙甫則不必餞別而贈人以序，有所謂賀序者、謝序者、壽序者，此何說也？又彼所為抑揚吞吐、情韻不匱者，苟裁之以義，或皆可以不陳。浮芥舟以縱送於蹄涔之水，不復憶天下有日海濤者也，神乎，味乎？徒詞費耳。」〔註 13〕歸有光壽序文尤其是女性壽序文，其佳處恰恰在於「抑揚吞吐，情韻不匱」，這是許多文論家的共識，黃宗羲對此更是推崇有加，他在《張節母葉孺人墓誌銘》一文中指出，「予讀歸震川文之為婦女者，一往情深，每以一二細事見之，使人欲涕。」〔註 14〕曾國藩卻不太欣賞這種偏於陰柔和緩的文章，他追求的是與此迥然相異的樸茂閎肆之風。並且，曾氏衡定壽序高下的標準是義，文以載道是曾國藩的最高準則，曾氏壽序中不乏儒家價值觀念的身影。與之相反，歸有光的壽序在對儒家道統的開掘與闡發方面卻是乏善可陳，其壽序難入以道統自居的曾氏法眼之中也就不難理解了。

誠然，在剛大之氣、明遠之識方面，歸有光不能與曾國藩相媲美，但是在柔緩細膩、情韻感人方面，曾國藩也差歸有光一籌。總之，歸有光壽序以情韻悠遠勝，而曾國藩則以識見氣勢勝，歸、曾異軌，但所詣均高，不能因曾國藩不同的文學興味品評而否認歸文的佳境，更何況歸有光對上述壽序弊端也曾有過比較清醒的認識呢？他在《陸思軒壽序》中對當時壽序文的水準

〔註12〕　〔清〕曾國藩《曾國藩詩文集》，第 146 頁。
〔註13〕　〔清〕曾國藩《曾國藩詩文集》，第 147 頁。
〔註14〕　〔清〕黃宗羲《黃宗羲全集》第 10 冊，浙江古籍出版社 1985 年版，第 669 頁。

感到擔憂，他說：「又有壽序之文，多至數十首，張之壁間。而來會者飲酒而已，亦少睇其壁間之文，故文不必佳，凡橫目二足之徒，皆可爲也。」〔註15〕可見，當時壽序乃是一種在民間流傳的文體，幾乎是人盡可爲，文學價值不高，流傳方式只是懸掛牆壁之上作爲壽宴的一種點綴而已。壽序從民間發展到廟堂，文學價值逐步提高，至清初成爲一種雅正有致的應用文體，歸有光是起了非常關鍵性的作用的。從這個意義上說，曾國藩的批評是有些苛刻的。

頗爲戲劇性的是，儘管曾國藩對壽序文有過如此多的批評，其本人卻是難以脫俗，數鄙之而數爲之，通過檢視王澧華校點的《曾國藩詩文集》，統計得壽序 25 篇，爲數不少。不過，曾國藩畢竟不是隨波逐流之徒，他的壽序與當時普遍流行之作相比，其價值簡直是判若雲泥。這是因爲，曾國藩有比較明確的撰述宗旨，那就是修辭立其誠。

李翰章《曾文正公全集序》論曾國藩文章曰：「樸茂閎肆，取途於漢、魏、唐、宋，上訴周、秦，衷之以六經，而修辭必以立誠爲本。」〔註16〕《求闕齋文鈔序》亦云：「文之精審縝密，又無一浮溢之詞，眞孔子所謂修辭立其誠者與？」〔註17〕「修辭立其誠」，語出《周易‧乾卦》，原文曰：「修辭立其誠，所以居業也。」孔穎達注疏曰：「辭謂文教，誠謂誠實也。外則修理文教，內則立其誠實，內外相成，則有功業可居，故雲居業也。」具體到古文理論，「修辭」可以視作文以載道、經世濟邦，是從古文的本體與功用方面作出的內在性規定；而「立誠」則重在古文的創作方法，它要求古文家具備實事求是的態度，洞徹幾微的識見。合而言之，修辭立其誠就是古文家以誠實的態度、嫻熟的技巧，創作出教化民氓、移風易俗的古文佳作。

不過修辭立其誠的行文準則在當時的壽序創作中已經很難看到，曾國藩以爲，近時歸有光、方苞已經不能盡洗阿諛陋習，較遠的韓愈在詩序中也不乏言過其實之失，若要在古代文章中尋找可供師法的典範之作，非得上追三代、問途《六經》不可。其實，這也是曾國藩一貫的爲文主張，他最終在《詩》、《禮》二經中找到了行文依據，道光二十七年（1847 年），他在《黃矩卿師之父母壽序》說：「惟因事而致其敬，相與爲辭以示不忘，則古多有之。若魯侯作閟宮，奚斯有頌；晉獻文子成室，張老有禱。施之少者，有冠禮三加之辭；

〔註15〕〔明〕歸有光《震川先生集》，上海古籍出版社 1981 年版，第 334 頁。
〔註16〕〔清〕曾國藩《曾國藩詩文集》，第 451 頁。
〔註17〕〔清〕曾國藩《曾國藩詩文集》，第 458 頁。

施之老者，有祝鯁祝噎之辭。其爲辭也，貴約而韻，質而不蔓，君子尚焉。」
〔註18〕曾國藩本《詩》、《禮》之成憲，在創作壽序時心存敬畏，謹守途則，摛
辭運藻捨侈而貴斂，不作溢量之語，既抵制了時下阿諛頌禱的不良習氣，又
留下了許多優秀的壽序之文。

如《田昆圃先生六十壽序》，田昆圃只不過是鄉間一老塾師，因其子田雨
公中進士而顯貴，平生未有豐功偉績值得載記，這是壽序作者經常遇到且十
分棘手的問題，慣常的做法是飾以美言、敷衍成篇，全然不顧事實，用歸莊
的話說，即是「往往誣稱妄譽，不盜者即李、杜齊名，不淫者即鍾、郝比德，
略能執執筆效鄉里小兒語者，即屈宋方駕也。」〔註 19〕曾國藩卻迥異與此，
他本著實事求是的態度，並沒有過多的頌揚之詞，只是截取了田氏家居的兩
句話語展開文章，先籍田氏之子田雨公之口點出此二語，即「敬堂曰：吾父
固好質言。凡生平庸行，眾人所恒稱道者，不足爲君述。吾父早歲以課徒爲
業，迄今幾四十年，嘗曰塾師鹵莽塞責，誤人子弟不淺，吾不敢也。戊戌，
雨公幸成進士，選庶常，吾父書來，戒以初登仕，版勿輕千人。」〔註 20〕不
敢誤人子弟，不輕干人，兩者都不是豪言壯語，稍能謹守君子人格者都可以
說出，曾國藩將壽序的中心植基與此，確實是修辭立其誠。

但是修辭立誠畢竟不是呆板地轉述，曾國藩的高超之處就在於，他能從
這不起眼的言語中提煉出不俗的思想，該壽序在點出是二語之後，筆鋒一
轉，轉入議論闡發，從秦始皇焚書坑儒、教澤蕩然說起，順次表彰漢武帝獨
尊儒術之功績，又讚揚明太祖八股取士能「明聖道於煨燼之餘，而炳若日星；
表宋儒之精理，使僻陬下士皆得聞道。」〔註21〕但是利祿之途，干謁之風也
隨之而起，甚囂塵上，即「以詩書爲干澤之具，援飾經術，而蕩棄廉恥者，
又未始非二君有以啓之也。今世之士，自束髮受書，即以干祿爲鵠，惴惴焉
恐不媚悅於主司；得矣，又挾其術以釣譽而徼福祿，利無盡境，則干人無窮
期。下以此求，上以此應，學者以此學，教者以此教，所從來久矣。」〔註
22〕曾國藩藉此文對當時科舉場上的干謁之風大肆批評，在壽序這種原本屬
於揄揚之體的文章中，注入經世之志，展開對社會問題的批判，這在之前作

〔註18〕〔清〕曾國藩《曾國藩詩文集》，第 200 頁。
〔註19〕〔清〕歸莊《歸莊集》，第 492 頁。
〔註20〕〔清〕曾國藩《曾國藩詩文集》，第 128 頁。
〔註21〕〔清〕曾國藩《曾國藩詩文集》，第 128 頁。
〔註22〕〔清〕曾國藩《曾國藩詩文集》，第 128 頁。

家的壽序文中是很難看到的。並且，該文不僅揭示了干謁之風的惡俗淵源，更進一步闡發了干謁之風的惡劣影響，以至於干謁與否，乃成為區別君子小人的鴻溝，即「振古君子多塗，未有不自不干人始者也；小人亦多塗，未有不自干人始者也。」〔註23〕文章大開大合，中間插入這一段長篇宏論，看似隔斷前文了前文的敘述脈絡，實際上卻是草蛇灰線，伏脈千里。將此干謁之風源流梳理清楚，弊害剖析分明，才能凸顯在舉世蠅營狗苟的干謁熾風之下，田氏教子「勿輕干謁」是多麼能難可貴，所以文章迂迴轉折，曲終奏雅，仍歸結在壽星田昆圃的君子人格上。「今先生之誡子首在不輕干人，則平日之立教，所謂不誤人子弟者，概可知矣。出處取與之間，士大夫或置焉不講，而鄉里老師耆儒，往往以教其家，繩其門徒。」〔註24〕文章起首處援引田氏二語，習見的做法是立兩大柱分別論述，但曾國藩卻不是如此，而是相題而發，另闢蹊徑，以干謁為主，將不敢誤人子弟納入其中，既節省了筆墨，又突出了中心，為文技巧頗高。文末表彰田氏嘉言的同時，也在慨歎廟堂風氣之壞，禮失只能求諸於野了。識見高遠，迴超流輩，移風易俗的經世憂患意識也蘊蓄其中。再者，該文敘事與議論相得益彰，平緩的敘事之中，插入一段雄峻的議論，一洗懦緩之氣，拗折頓挫，氣韻多姿。

曾國藩忠於事實、識見高遠的壽序文還很多，如《江岷樵之父母壽序》引江氏父母之言：「吾不願女以美官博封誥，無使百姓唾罵吾夫婦足矣。」〔註25〕論述了娛親而養志應以不墮父母令名為首務的道理。《曹穎生侍御之繼母七十壽序》強烈批判「末世稱誦女史，好道其奇特者，或有刲臂徇身之事，駭人聽睹」〔註26〕的旌表惡習，而力主表彰「貞持數十年，冰蘗百端，兢兢細務」的真正苦節之婦。

可見，曾國藩在繼承桐城壽序義法謹嚴、清真雅潔諸種優點的同時，力詆其揄揚惡習，本著修辭立其誠的為文準則，創意造言本於事實，不諛不贅；議論平正通達，不煩不苟。並將高遠之識、宏大之論、經世之旨融入壽序之中，提高了壽序文的思想境界。如果說沒有歸有光，壽序只能流蕩於民間，做文學價值低劣的喜筵裝飾品的話，那麼，沒有曾國藩，壽序文阿諛浮濫的

〔註23〕 〔清〕曾國藩《曾國藩詩文集》，第128頁。
〔註24〕 〔清〕曾國藩《曾國藩詩文集》，第129頁。
〔註25〕 〔清〕曾國藩《曾國藩詩文集》，第232頁。
〔註26〕 〔清〕曾國藩《曾國藩詩文集》，第218頁。

低俗思想也無法提升到如此高明的境界。因此，曾國藩對於壽序文的貢獻與歸有光是相同的，歸有光將壽序陶鑄成了典雅的應酬文體，而曾國藩則提升了壽序的思想境界。

第七節　曾國藩《沅圃弟四十一初度》與晚清慶壽詩的新拓展

一、晚清慶壽詩文之流弊

《尚書》提出中國人的幸福觀是五福，五福之首即為長壽。中國有源遠流長的慶壽風俗，此種風俗也催生了大量慶壽詩文。慶壽詩的雛形可以追溯到《詩經》，陳瑚《和石田詩序》曰：

> 古人無壽詩，非無壽詩也，三百篇所載臣子頌禱君父，如介眉
> 壽、祈黃耇、君子萬年、黃髮兒齒之辭，皆言壽也。而或讚揚其休
> 烈，或稱道其令名，故能歡欣和悅以盡其情、恭敬齋莊以發其德。
> 千載而下，讀其詩而美，美斯愛，愛斯傳。〔註27〕

《詩經》中已有零零星星的祝壽詞句，但還不是成熟的慶壽詩。慶壽詩的大量湧現應該始於宋代，而其弊端的充分顯露則始於明代。李東陽曰：

> 挽詩始盛於唐，然非無從而弟者。壽詩始盛於宋，漸施於官長，
> 故舊之間，亦莫有未同而言者也。近時士大夫子孫之於父祖者弗論，
> 至於姻戚鄉黨，轉相徵乞，動成卷帙，其辭亦互為蹈襲，陳俗可厭，
> 無復有古意矣。〔註28〕

明晴兩代，慶壽之風盛行，對壽序和壽詩的需求量也日漸增多，多則濫，濫則俗，弊端日漸明顯。壽序與壽詩都是慶壽時的應酬性文體，雖然文體不同，弊端則有相同之處，概括來說，其弊端主要有三點：

第一，數量多而水平低

擅長壽序寫作的歸有光對此有深刻體悟，他在《陸思軒壽序》中說：

> 東吳之俗，號為淫侈，然於養生之禮，未能具也；獨隆於為壽。
> 人自五十以上，每旬而加。必於其誕之辰，召其鄉里親戚為盛會，

〔註27〕〔清〕陳瑚《確庵文稿》卷十二，清康熙毛氏汲古閣刻本。
〔註28〕〔明〕李東陽《麓堂詩話》，中華書局 1985 年版，第 17 頁。

又有壽之文，多至數十首，張之壁間。而來會者飲酒而已，亦少睇
其壁間之文，故文不必其佳。凡橫目二足之徒，皆可為也。〔註29〕

第二，作者志在求利，不計文之工拙

作者撰寫壽序和壽詩，一般都會收取高昂的潤筆費用，邱仲麟《誕日稱
觴——明清社會的慶壽文化》指出：「清代壽序的價碼，多半數十兩，有些則
至百兩以上。……光緒十九年，王闓運（1832～1916）代撰賀湖南巡撫吳大
澄的壽序，甚至索價一千兩。」〔註30〕慶壽詩文的作者幾乎都是賣文求利，
至於詩文的水平高低，則無暇計較。

第三，違背事實，阿諛逢迎

花費鉅資請人撰序祝壽，無非是要借他人之文彰揚家族文教儒風，希望
通過詩文將壽星的令名德行、文采風華傳播久遠。請託者一般都是壽星的兒
孫，兒孫輩在通過詩文娛親致孝、以博堂上歡心的同時，自然也期望詩文能
表彰他們謹守家風、有所成就等美德，故此，請託者上述的諸種閱讀期待不
能不影響到作者的行文，因此，就出現了不管事實之有無，一味阿諛奉迎的
怪現狀。歸莊在《謝壽詩序》中就曾憤慨地道出了此種弊端，他說：

> 凡富厚之家，苟男子不為盜，婦人不至淫，子孫不至不識一丁
> 字者，至六七十歲，必有一徵詩之啟，遍求於遠近從不識而聞名之
> 人。啟中往往誑稱妄譽，不盜者即李、杜齊名，不淫者即鍾、郗比
> 德，略能執筆效鄉里小兒語者，即屈、宋方駕也。〔註31〕

關於慶壽詩的揄揚失實之弊，如陳昌圖《孟廣文六十壽詩》：「轅固張蒼杜子
春，經師耆福慶松筠。新詞譜出南飛鶴，絳帳生徒三百人。」〔註32〕孟氏是
廣文先生，是閒閒而清苦的儒學教官，儘管他在儒學方面可能有不俗的造詣，
但是將其比作轅固生、張蒼、杜子春，乃至絳帳傳經的經學大師馬融，就顯
得比擬不倫，跡近阿諛。

對於慶壽詩文的這些弊端，曾國藩有清醒的認識，他在《田昆圃先生六
十壽序》中指出：

> 壽序者，猶昔之贈序云爾。贈言之義，粗者論事，精者明道，

〔註29〕〔明〕歸有光《震川先生集》，上海古籍出版社2007年版，第334～335頁。
〔註30〕蒲慕州主編《生活與文化》，中國大百科全書出版社2005年版，第471頁。
〔註31〕〔清〕歸莊《歸莊集》，上海古籍出版社2010年版，第493頁。
〔註32〕〔清〕陳昌圖《南屏山房集》卷六，清乾隆五十六年陳寶元刻本。

> 旌其所已能，而斳其所未至。是故稱人之善，而識小以遺巨，不明
> 也；溢而飾之，不信也；述先德而過其實，是不以君子之道事其親
> 者也；爲人友而不相勖以君子者，不忠也。〔註33〕

曾國藩對慶壽詩文的弊端深惡痛絕，在創作過程中自覺地矯正其流弊，並試
圖採用新的寫作方法提升慶壽詩文的藝術水平。針對慶壽詩文「稱人之善，
而識小以遺巨，不明也」的弊端，曾國藩強化慶壽詩文的敘事性功能；針對
「溢而飾之，不信也」的弊端，曾國藩堅持修辭立誠的創作準則，強化慶壽
詩文的事實性原則；針對「述先德而過其實，是不以君子之道事其親者也；
爲人友而不相勖以君子者，不忠也」的弊端，曾國藩堅持儒家責善之道，在
慶壽詩文中植入了道德訓誡。通過這三種寫作策略，曾國藩的慶壽詩文呈現
出卓爾不群的藝術水準，也實現了對晚清慶壽詩文的新突破。下文以《沅圃
弟四十一初度》爲例，分析其詩學藝術和時代價值。

二、曾國藩《沅圃弟四十一初度》寫作緣起

　　同治三年（1864）八月二十日，曾國荃迎來了他四十一歲的生日。這個生日
對於曾國荃來說，可謂是平生最爲沮喪委屈的生日。曾國荃歷經艱險，終於在本
年六月十六日攻陷太平天國首府天京，立下蓋世功勳，被封一等威毅伯，賞戴雙
眼花翎，加太子少保。位高權重，自然是志高意滿，得意洋洋。但是趾高氣揚的
心情並沒有持續太久，功高震主，曾國荃以及其麾下湘軍，已經成爲清政府猜忌
提防的對象，並將其視爲太平軍之後最大的軍事威脅，在清政府的授意下，一時
間彈劾曾國荃的奏疏此起彼伏，正如曾國藩所言：「好事未必見九弟之功，壞事
必專指九弟之過。」爲了全身避禍，其長兄曾國藩採取斷臂保身之法，決定裁撤
湘軍以表忠心，又命曾國荃急流勇退、辭官歸里，以消除清政府的猜疑。如此一
來，曾國荃炙手可熱的權勢得而復失，因此窘辱憤懣，舊疾復發，一度病倒。四
十一歲的生日來臨之際，想來曾國荃也是鬱鬱寡歡，心灰意冷。

　　生日當天，曾國荃收到了曾國藩的家書：

> 今日乃弟四十一大慶，吾未得在金陵舉樽相祝，遂在皖作壽
> 詩，將寫小屏幅帶至金陵，以將微意。一則紀澤壽文不甚愜意，一
> 則以近來接各賀信，皆稱吾兄弟爲古今僅見。若非弟之九年苦戰，
> 吾何能享此大名？故略採眾人所頌者，以爲祝詩也。東坡有壽子由

〔註33〕　〔清〕曾國藩《曾國藩詩文集》，上海古籍出版社 2005 年版，第 127 頁。

詩三首，吾當過之耳。順賀壽祺。〔註34〕

曾國藩說他擬寫一組詩爲曾國荃祝壽，並說明寫詩祝壽的原因。四天之後，曾國藩開始創作這組祝壽詩，《曾國藩日記》詳細記載了創作過程。

八月二十四日：「思作小詩數首爲沅弟祝壽，沉吟久之而不可得，是夕僅作一首。」〔註35〕

二十五日：「旋作詩，七絕四首。夜又作詩二首。機軸太生，艱窘殊甚。」〔註36〕

二十八日：「又作沅弟壽詩三絕句，至二更三點畢。久不作詩，艱窘若此，殊自歎耳！」〔註37〕

九月初一日：「夜再作沅弟壽詩二首。」〔註38〕

初二日：「作詩二首，共作七絕十三首，至是始畢。寫手卷一個，即沅弟壽詩十三章。跋尾云：『使兒曹歌以侑觴』，蓋欲使後世知沅甫立功之苦、興家之不易，常思敬愼以守也。」〔註39〕

曾國藩花費九天時間，克服了「機軸太生，艱窘殊甚」的困境，鄭重其事地創作了十三首祝壽詩，名曰《沅圃弟四十一初度》，爲了行文方便，現將全詩徵引如下：

九載艱難下百城，漫天箕口復縱橫。今朝一酌黃花酒，始與阿連慶更生。

陸雲入洛正華年，訪道尋師志頗堅。慚愧庭階春意薄，無風吹汝上青天。

幾年橐筆逐辛酸，科第尼人寸寸難。一劍須臾龍變化，誰能終古老泥蟠。

盧陵城下總雄師，主將赤心萬馬知。佳節中秋平劇寇，書生初試大功時。

〔註34〕〔清〕曾國藩《曾國藩全集》，嶽麓書社2011年版，第21冊，《家書之二》，第325頁。

〔註35〕〔清〕曾國藩《曾國藩全集》，嶽麓書社2011年版，第18冊，《日記之三》，第86頁。

〔註36〕〔清〕曾國藩《曾國藩全集》，第18冊，《日記之三》，第86頁。

〔註37〕〔清〕曾國藩《曾國藩全集》，第18冊，《日記之三》，第87頁。

〔註38〕〔清〕曾國藩《曾國藩全集》，第18冊，《日記之三》，第88頁。

〔註39〕〔清〕曾國藩《曾國藩全集》，第18冊，《日記之三》，第89頁。

楚尾吳頭暗戰塵，江干無土著生民。多君鼉定同安郡，上感三光下百神。

濡須已過歷陽來，無數金湯一蕢開。提挈湖湘良子弟，隨風直薄雨花臺。

邂逅三才發殺機，王尋百萬合重圍。昆陽一捷天人悅，誰識中軍血染衣。

平吳捷奏入甘泉，正賦周宣六月篇。生縛名王歸夜半，秦淮月畔有非煙。

河山策命冠時髦，魯衛同封異數叨。刮骨箭瘢天鑒否，可憐叔子獨賢勞。

左列鍾銘右謗書，人間隨處有乘除。低頭一拜屠羊說，萬事浮雲過太虛。

已壽斯民復壽身，拂衣歸釣五湖春。丹誠磨煉堪千劫，不藉良金更鑄人。

黃河餘潤沾三族，白下饑民活萬家。千里親疏齊頌禱，使君眉壽總無涯。

童稢溫溫無險巇，酒人浩浩少猜疑。與君同講長生訣，且學嬰兒中酒時。

甲子八月二十日，沅甫弟四十一生日，爲小詩十三首壽之。往在壬戌四月，沅弟克覆巢縣、和州、含山等城。余賦詩四首，一時同人以爲聲調有似鐃歌而和之，此詩略仿其體，以徵和者，且使兒曹歌以侑觴。國藩識。〔註40〕

祝壽詩是世俗應酬性詩體，有諸多限制，格調不高，鮮有上層之作。曾國藩的這組祝壽詩，卻是經過較長時間的推敲打磨，是精心構思的上層之作，體現了較高的藝術水準，對晚清祝壽詩的創作發展來說，也有新的突破，下文詳細論述之。

三、慶壽詩敘事性特徵的強化

《沅圃弟四十一初度》十三首組詩的成功之處，首先就在於對慶壽詩敘

事性功能的強化，曾國藩優秀的敘事才能決定了這組詩不俗的文學價值。曾國藩的敘事之才得益於對歷史典籍的熟稔，根據曾氏《日記》和《家書》等文獻記載，曾國藩幾乎通讀了二十四史，對於《史記》和《漢書》的閱讀次數更多。另外，與清政府長期的章奏往還，與同僚之間的書信交往，也在實踐中鍛鍊了曾國藩的敘事才能。其敘事才能在這組詩中也有充分的展示，歸納來說，表現在三個方面，即敘事的條理性、敘事的典型性和敘事的概括性。

第一，敘事的條理性

這十三首詩是一個首尾完足的整體，敘事有條不紊，層次分明。組詩由四個部分組成：

第一首是第一個部分，總說曾國荃蓋世之功勳與創作之緣起。

「九載艱難下百城」。《清史稿》卷四百一十三《曾國荃傳》曰：「（咸豐）六年，粵匪石達開犯江西，國藩兵不利。國荃欲赴兄急，與新授吉安知府黃冕議，請於湖南巡撫駱秉章，使募勇三千人，別以周鳳山一軍，合六千人，同援江西。」〔註41〕咸豐六年（1856），曾國荃援救江西，是出師之始。至同治三年（1864），時間跨度為九年。九年之中，曾國荃率領湘軍攻城略地，所下之城確有百數之多。

「漫天箕口復縱橫」。出句言功高天下，此句言謗滿天下。曾國荃被人指謫之原因，蕭一山《曾國藩傳》有詳細分析，他說：「當金陵攻下的時候，國藩兄弟功名蓋天下，而謗亦隨之，因幼主逃亡，他根據報告稱業已焚死，就和左宗棠、沈葆楨打了不少的筆墨官司，甚至絕交！歷年以來，中外紛傳，洪秀全佔據南京十餘年，金銀如海，實則全無所得，又倉促把李秀成殺了，於是群言囂囂，都說曾國荃有毛病。」〔註42〕

「今朝一酌黃花酒，始與阿連慶更生」。黃花酒，菊花酒，時近九月，正是菊花初開的美好時節；阿連，指代曾國荃，用《宋書·謝靈運傳》中謝惠連典故，表達兄弟之深情，並褒揚曾國荃才悟出眾，不可以平常人視之。

第二首、第三首是第二個部分，敘述曾國荃在科舉上的困頓失意。

第二首，「陸雲入洛正華年，訪道尋師志頗堅」。用陸雲入洛的典故敘述曾國荃在京城時期的生活。道光二十年（1840），曾國藩授職翰林院檢討。本年十二月，十七歲的曾國荃陪同其父曾麟書、嫂夫人歐陽氏、侄兒曾紀澤進

〔註41〕〔清〕趙爾巽等《清史稿》，中華書局 1977 年版，第 39 冊，第 12037 頁。
〔註42〕蕭一山《曾國藩傳》，江蘇人民出版社 2015 年版，第 114 頁。

京，希望在京城謀求發展。當時曾國藩官位卑下，無力給曾國荃太多幫助，道光二十二年（1842）七月，曾國荃很失望地離開了京城，對此曾國藩也深感遺憾，即「慚愧庭階春意薄，無風吹汝上青天」。

第三首，「幾年橐筆逐辛酸，科第尼人寸寸難」。從京城回到湘鄉之後，十多年來，曾國荃在科舉上始終沒有成功，三十二歲才考取了優貢生。次年（1856），曾國荃棄文就武，從此命運發生了變化，正如困龍昇天一般，一躍而起，即「一劍須臾龍變化，誰能終古老泥蟠」。

第四首至第八首是第三部分，敘述曾國荃在軍事上的春風得意和豐功偉績，以及兄弟同日封爵的榮耀。

第九至第十三首是第四個部分，表達對曾國荃的慶壽祝福之意，並植入委婉的訓誡之意。（第三、第四兩個部分詩歌的內容，下文有詳細闡釋，此處從略。）

第二，敘事的典型性

曾國荃投筆從戎之後，九年之間，經歷的大小戰役不計其數，若不加選擇，拉雜敘述之，就難免主次混亂、枝蔓冗長之弊端。為避免此種弊端，曾國藩擇取六件典型性事例敘述之。

第四首，「廬陵城下總雄師，主將赤心萬馬知。佳節中秋平劇寇，書生初試大功時」。曾國藩自注云：「沅甫初在吉安統兵二萬，八年八月十五日，克復府城。」咸豐八年（1858）中秋節，曾國荃率領湘軍攻克江西吉安府，解除了曾國藩在江西軍事上的困境。曾國荃也一戰成名，這隻軍隊也因之被名為吉字營，曾國荃和吉字營的威名從此流播海內。

第五首，「楚尾吳頭暗戰塵，江干無土著生民。多君戡定同安郡，上感三光下百神」。曾國藩自注云：「十一年八月初一日，克復安慶。欽天監奏是日四星聯珠，日月合璧。」咸豐十一年（1861）八月初一，曾國荃攻陷安徽安慶。安慶是長江要塞，歷來是兵家必爭之地，攻陷安慶，徹底切斷了太平軍與長江上游的聯繫，將太平軍的勢力範圍擠壓在長江下游的狹小範圍內，湘軍取得了戰爭的絕對優勢。正如陳康祺《郎潛紀聞》所言：

> 咸豐十一年八月初一日，今山西巡撫威毅伯曾公國荃克復安
> 慶，欽天監奏是日四星聯珠，日月合璧，見《曾文正公集・沅圃弟
> 四十一初度》詩注。按文正公兄弟收湖湘之猛士，膺魯衛之崇封，
> 東征十載，直搗金陵，剗除僭號巨寇，其光復王土，由尺寸以基至
> 千百里，實賴同安一郡為中興堪定之基固。宜城下之日，三光現瑞，

百神效靈，中外驩欣，焯然知爲天之所祐也。〔註43〕

第六首，「濡須已過歷陽來，無數金湯一夼開。提挈湖湘良子弟，隨風直薄雨花臺」。黎庶昌《曾國藩年譜》曰：「同治元年（1862）五月初三日，公弟國荃攻克大勝關、秣陵關、三汊河賊壘，會合水師攻克頭關、江心洲、蒲包洲諸賊壘，遂進軍金陵城外，駐營雨花臺。」〔註44〕湘軍攻陷了太平軍設在金陵外圍的主要堡壘，搶佔了城南雨花臺制高點，初步實現了對太平天國首府金陵城的包圍。

第七首，「邂逅三才發殺機，王尋百萬合重圍。昆陽一捷天人悅，誰識中軍血染衣」。同治元年（1862）閏八月二十日，爲解除金陵被包圍的困境，忠王李秀成自蘇州率軍六十萬聯合城內太平軍，裏應外合，猛撲湘軍雨花臺大營，被曾國荃拼死擊退。九月初一日，侍王李世賢自浙江率軍十萬再次強攻雨花臺，還是被曾國荃擊退。十月初五日，曾國荃主動出擊，大獲全勝，斬殺俘獲太平軍數萬人。雨花臺爭奪戰前後持續了四十六日，這場惡戰之後，湘軍徹底實現了對金陵的包圍，太平軍再也沒有能力打破被包圍的格局，失敗的命運已經難以挽回。

第八首，「平吳捷奏入甘泉，正賦周宣六月篇。生縛名王歸夜半，秦淮月畔有非煙」。同治三年（1864）六月十六日，曾國荃攻陷金陵，太平天國宣告失敗。六月十九日，生擒忠王李秀成、勇王洪仁達，斬斷了太平天國的復國夢想。

第九首，「河山策命冠時髦，魯衛同封異數叨。刮骨箭瘢天鑒否，可憐叔子獨賢勞」。同治三年（1864）六月二十九日，奉上諭「曾國藩著加恩賞加太子太保銜，錫封一等侯爵，世襲罔替，並賞戴雙眼花翎。曾國荃著賞加太子少保銜，錫封一等伯爵，並賞戴雙眼花翎。」〔註45〕兄弟同日獲封侯爵、伯爵，是世所罕見的榮耀之事，曾國藩分析獲封之原因是「可憐叔子獨賢勞」。

這一部分也有一個總分的關係，前面敘述五個典型戰役是分說，第九首封爵的獲得是前面戰爭成功的結果是總說，敘事的層次甚爲分明。

第三，敘事的概括性

第四首至第九首敘述了曾國荃的卓著功勳，這些功勳的獲得，自然是經歷了浴血奮戰的艱苦過程。這組慶壽詩既鋪陳了曾國荃的功高，又渲染了曾

〔註43〕〔清〕陳康祺《郎潛紀聞》卷四，清光緒刻本。
〔註44〕〔清〕黎庶昌《曾國藩年譜》，嶽麓書社 1986 年版，第 152 頁。
〔註45〕〔清〕黎庶昌《曾國藩年譜》，第 189 頁。

國荃的勞苦。對於這些勞苦之事，曾國藩進行了高度地概括，最終凝結爲兩句詩「誰識中軍血染衣」和「刮骨箭瘢天鑒否」。

曾國藩以高度概括的詩化語言書寫了曾國荃出生入死的經歷，這些經歷都是有史實可以佐證的，如曾國藩在《金陵湘軍陸師昭忠祠記》記載了同治元年（1872），秋季，在雨花臺爭奪戰中，曾國荃裏創奮戰的情景：

> 僞王李秀成等大至，援賊三十萬，圍我營者數重。我軍力疾禦之。一夕築小壘無數，障糧道以屬之。江賊益番休迭進，蟻傅環攻，累箱實土以作櫓楯，挾西洋開花炮自空下擊，子落則石裂鐵飛。多掘地道，屢陷營壁。凡苦守四十五日，至冬而圍解。軍士物故，殆五千人。會有天幸，九帥獨免於病，目不交睫者月餘，而勤劬如故。雖槍傷輔頰，血漬重襟，猶能裏創巡營，用是轉危而爲安。〔註46〕

趙烈文在《能靜居日記》中也記載了攻陷金陵時曾國荃疲憊不堪的樣子，「申刻將盡，忽報中丞回營，余偕眾賀。中丞衣短布衣、跣足，汗淚交下」〔註47〕。

蕭一山《清代通史》說：「國荃讀至刮骨箭瘢二句，爲之放聲大哭。蓋以至情至性文字，現極高極明意境。」〔註48〕曾國藩用高度凝練的概括性語言，喚醒了曾國荃對戰爭的苦難記憶，引發了曾國荃的心靈震動，從曾國荃「放聲大哭」的反應來看，曾國藩的這組詩是成功的、是優秀的。

四、慶壽詩眞實性原則的強化

李瀚章《曾文正公全集序》著重強調曾國藩的著作符合儒家「修辭立其誠」的原則，他說曾著：「樸茂閎肆，取途於漢、魏、唐、宋，上泝周、秦，衷之以六經，而修辭必以立誠爲本。」〔註49〕李瀚章在《求闕齋文鈔序》中也有類似的表述：「文之精審縝密，又無一浮溢之詞，眞孔子所謂修辭立其誠者與！」〔註50〕「修辭立其誠」語出《周易‧乾卦》，即「修辭立其誠，所以居業也」。孔穎達疏曰：「辭謂文教，誠謂誠實也。外則修理文教，內則立其誠實，內外相成，則功業可居，故雲居業也。」〔註51〕「修辭立其誠」原本是儒

〔註46〕〔清〕曾國藩《曾國藩詩文集》，第 364 頁。

〔註47〕〔清〕趙烈文《能靜居日記》，嶽麓書社 2013 年版，第 799 頁。

〔註48〕蕭一山《清代通史》，中華書局 1986 年版，第 806 頁。

〔註49〕〔清〕曾國藩《曾國藩詩文集》，第 451 頁。

〔註50〕〔清〕曾國藩《曾國藩詩文集》，第 451 頁。

〔註51〕〔唐〕孔穎達《周易正義》，北京大學出版社 2000 年版，第 18 頁。

家文教的基本原則，屬於道德政治的範疇。之後也被用來指導文學創作，成爲儒家立言的道德規範，要求作者秉承實事求是的誠實原則，以文質彬彬的語言形式反映眞實情感。

曾國藩一生謹守儒家之道，以聖賢人格爲師法對象，著書立說嚴格遵守「修辭立其誠」的原則，其慶壽詩文呈現出典型的理學特色。筆者在《曾國藩壽序文芻議》將其概括爲「他問途六經，宗奉修辭立其誠的爲文準則，在壽序中注入宏大之論、理學之旨，提升了壽序這一應酬文體的思想境界，是繼歸有光文學化壽序、黃宗羲學術化壽序之後的又一新變，是典型的理學化壽序」〔註52〕。

《沅圃弟四十一初度》符合「修辭立其誠」的立言準則，這組詩既是慶壽詩，也是史詩，詩中所言曾國荃的功勳都有史實作爲依據，而且還是詩史，這組詩還可以作爲補充晚清史寫作的重要史料。

曾國藩通過兩種方法強化了這組慶壽詩的眞實性，保證了詩中史事的可信度：

第一，強化結果的真實性而弱化過程的真實性

曾國荃先後攻陷吉安、安慶、佔領雨花臺，最終攻克金陵城，生擒李秀成和洪仁達，徹底擊敗了太平軍，這些都是有目共睹、有史可查的歷史事實，這個結果是眞實的，我們可以把它稱爲結果的眞實。還有另外的一種眞實，就是過程的眞實。過程的眞實遠遠比結果的眞實更爲複雜，這裡面涉及很多問題，比如征戰的過程中是否存在軍紀渙散的問題，是否存在殘殺暴虐的問題，是否存在侵官擾民的問題，這些問題或多或少地都存在，不適合在詩中展示，以免引起不必要的爭議。曾國藩在組詩中就弱化了過程的眞實性，而強化了結果的眞實性。

曾氏兄弟的心腹幕僚趙烈文也有十三首唱和之作，且不說趙烈文和詩的藝術水準明顯低於原作，即使在眞實性的原則下來考察，和詩也有諸多失實之處。造成失實的原因，就在於趙烈文採用了與曾國藩完全相反的敘事方法，他過分強調過程的眞實性而忽視結果的眞實性。趙烈文對於過程眞實性的渲染不但有悖於國史，而且與他本人的記載也有自相矛盾之處。

和詩第九首「斬馘何曾及二髦，湛恩婦孺亦同叨」，頌揚曾國荃攻克金陵時並未曾殘殺斑白二毛之老人，婦女兒童也承受其湛深恩德，得以保全性命於混戰之中。事實果眞如此嗎？恰恰相反，城破之日，金陵已經淪爲人間地

〔註52〕趙永剛《曾國藩壽序文芻議》，《廈門教育學院學報》2010年第1期。

獄，首當其衝的就是老人、婦女和兒童。

趙烈文《能靜居日記》六月二十一日載：

> 是日城中大火漸滅，猶一二處屍骸塞路，臭不可聞。中丞令各
> 營掩斂其當大路者，曳至街旁草中，以碎土覆之，餘皆不問。〔註53〕

六月二十三日載：

> 計城破後，精壯長毛除拒時被斬殺外，其餘四者寥寥，大半爲
> 兵勇扛抬什物出城，或引各勇挖窖，得後即行縱放。城上四面縋下
> 老廣賊不知若干。其老弱本地人民不能挑擔，又無窖可挖者，盡情
> 殺死，沿街死屍十之九皆老者，其幼孩未滿二三歲者亦斫戳以爲戲，
> 匍匐道上。婦女四十以下者，一人俱無，老者無不負傷，或十餘刀，
> 或數十刀，哀號之聲達於四遠。其亂如此，可爲髮指。〔註54〕

爲了掩蓋殘殺百姓、掠奪財務的罪證，湘軍還放火燒了金陵城，趙烈文《能
靜居日記》六月十七日載：「官軍進攻，亦四面放火，賊所焚十之三，兵所焚
十之七，煙起數十道，屯結空中不散，如火山紫絳色。」〔註55〕六月二十三
日載：「又蕭孚泗在僞天王府取出金銀不皆，即縱火燒屋以滅跡。」〔註56〕

不可否認，趙烈文的幕僚身份限制了他寫作的自由，他不敢在詩歌這種
公眾性文體中書寫歷史的眞實，而是把它隱藏在私密性的日記中。不過，選
擇性敘述的失誤無疑是導致這首詩違背史實的主要原因，趙烈文確實不該顛
倒是非，渲染這個不該被渲染的過程。曾國藩就比趙烈文更爲高明，他更多
地強調了金陵城下的結果，而略寫了整個過程，第八首用「生縛名王歸夜半，
秦淮月畔有非煙」含混之語，輕輕帶過，沒有給人留下質疑眞實性的空間。

第二，強化事的眞實性而弱化理的眞實性

曾國荃攻克金陵之後，可謂是福禍相依，緊相連屬，榮封一等伯爵同時，
御史的彈劾奏疏也隨之而來，這就是曾國藩詩中所言「左列鍾銘右謗書」，「漫
天箕口復縱橫」。曾國藩這兩句詩描述的是實情，曾國荃確實是被人彈劾誹
謗，這是事的眞實。至於別人彈劾誹謗曾國荃的內容，以及這些內容的眞實
性與合理性，是屬於理的眞實，曾國藩略而不談。理的眞實是個爭議叢雜的

〔註53〕〔清〕趙烈文《能靜居日記》，第802頁。
〔註54〕〔清〕趙烈文《能靜居日記》，第806頁。
〔註55〕〔清〕趙烈文《能靜居日記》，第801頁。
〔註56〕〔清〕趙烈文《能靜居日記》，第806頁。

是非問題，不易著手。比如，御史彈劾曾國荃的一條罪狀就是他私吞了金陵城太平天國的寶藏，趙烈文《能靜居日記》同治三年七月二十一日載曰：

> 見七月十一日廷寄，內稱：御史賈鐸奏，請飭曾國藩等勉益加勉，力圖久大之規，並粵逆所擄金銀，悉運金陵，請查明報部備撥等語。曾國藩以儒臣從戎，歷年最久，戰功最多，自能慎終如始，永保勳名。惟所部諸將，自曾國荃以下，均應由該大臣隨時申儆，勿使驟勝而驕，庶可長承恩眷。至國家命將出師，拯民水火，豈為徼利之圖。惟用兵日久，帑相早虛，兵民交困，若如該御史所奏，金陵積有鉅款，自係各省脂膏，仍以濟各路兵餉賑濟之用，於國於民，均有裨益。此事如果屬實，諒曾亦必早有籌畫布置。惟該御史既有此奏，不得不令該大臣知悉等語。〔註57〕

這些都是非常嚴重的政治問題，要在奏疏等公文中據理力爭，不適合在非官方性質的詩歌中討論。另外，詩歌的語言太過凝練，有嚴格的字數限制，不像奏疏那樣，可以根據內容放寬字數限制，鋪陳言之。要在詩歌之中，把複雜事情之理的真實性說清楚，幾乎是不可能的。這也是曾國藩強調事的真實性，而擱置理的真實性的原因之一。

五、慶壽詩訓誡功能的強化

與世俗習見的慶壽詩不同，曾國藩《沅圃弟四十一初度》在頌揚功德之時，還植入了相關的訓誡內容。面對曾國荃所處的複雜處境，曾國藩以善相責，教誨曾國荃明哲保身之法和養生長壽之術。

第一，功成身退，明哲保身

「低頭一拜屠羊說」，典出《莊子‧讓王篇》：

> 楚昭王失國，屠羊說走而從於昭王。昭王反國，將賞從者，及屠羊說。屠羊說曰：「大王失國，說失屠羊；大王反國，說亦反屠羊。臣之爵祿已復矣，又何賞之言！」王曰：「強之。」屠羊說曰：「大王失國，非臣之罪，故不敢伏其誅；大王反國，非臣之功，故不敢當其賞。」王曰：「見之。」屠羊說曰：「楚國之法，必有重賞大功而後得見，今臣之知不足以存國而勇不足以死寇。吳軍入郢，說畏難而避寇，非故隨大王也。今大王欲廢法毀約而見說，此非臣之所

〔註57〕〔清〕趙烈文《能靜居日記》，第 815 頁。

以聞天下也。」王謂司馬子綦曰：「屠羊說居處卑賤，而陳義甚高，
子綦爲我延之以三旌之位。」屠羊說曰：「夫三旌之位，吾知其貴於
屠羊之肆也；萬鍾之祿，吾知其富於屠羊之利也；然豈可以貪爵祿
而使吾君有妄施之名乎？說不敢當。願復反吾屠羊之肆。」遂不受
也。〔註58〕

曾國藩用此典意在點醒曾國荃要師法屠羊說之恬淡，不可貪戀富貴。「拂衣歸釣
五湖春」亦是此意，該句用范蠡典故，見於《史記》卷四十一《越王句踐世家》：

范蠡以爲大名之下，難以久居。且句踐爲人，可與同患，難與
處安，爲書辭句踐曰：「臣聞主憂臣勞，主辱臣死。昔者君王辱於會
稽，所以不死，爲此事也。今既以雪恥，臣請從會稽之誅。」句踐
曰：「孤將與子分國而有之。不然，將加誅於子。」范蠡曰：「君行
令，臣行意。」乃裝其輕寶珠玉，自與其私徒屬乘舟浮海以行，終
不反。〔註59〕

攻陷金陵之後，曾國藩反覆勸說曾國荃功成身退，《日記》同治七月初一日曰：
「夜與沅弟論行藏機宜。」〔註60〕九月初三日《致沅弟》家書曰：「弟回籍之摺，
余斟酌再三，非開缺不能回籍。平日則嫌其驟，功成身退，愈急愈好。」〔註61〕

曾國藩明哲保身之舉，受到了《周易》和老莊思想的影響。曾國藩精通
《周易》哲學，深知陰陽消長、盛衰更迭的自然規律，即詩中所言「人間隨
處有乘除」。曾國藩自言：「吾學以禹墨爲體，以莊老爲用。」〔註62〕老子哲
學中禍福相依之道也是做出這一決策的理論依據。

中國歷史上功高震主，以至於鳥盡弓藏、兔死狗烹的慘劇屢見不鮮，使
曾國藩常懷憂患意識，同治三年（1864）八月二十四《致澄弟》：

紀鴻想已抵家，在署一年，已染貴公子習氣否？吾家子侄，人
人須以勤儉二字自勉，庶幾長保盛美。觀《漢書·霍光傳》，而知大
家所以速敗之故。觀金日磾、張世安二傳，而知大家所以久盛之故。
弟抄此三傳解示後輩可也。〔註63〕

〔註58〕〔清〕郭慶藩《莊子集釋》，中華書局 1961 年版，第 974～975 頁。
〔註59〕〔漢〕司馬遷《史記》，中華書局 1959 年版，第 1752 頁。
〔註60〕〔清〕曾國藩《曾國藩全集》，第 18 冊，《日記之三》，第 90 頁。
〔註61〕〔清〕曾國藩《曾國藩全集》，第 21 冊，《家書之二》，第 325 頁。
〔註62〕蕭一山《曾國藩傳》，江蘇人民出版社 2015 年版，第 66 頁。
〔註63〕〔清〕曾國藩《曾國藩全集》，第 21 冊，《家書之二》，第 326 頁。

現實遭遇到的艱難困境，以及對哲學、歷史的熟稔，使曾國藩在爲乃弟慶壽
之時，並沒有被功勳卓著的表象所迷惑，他有非常清醒冷靜的認識，並將這
種認識提煉爲訓誡之詞植入慶壽詩中，警醒曾國荃急流勇退才是明智之舉。

第二，養生有術，知足常樂

雖然在曾國藩的反覆開導勸說下，曾國荃同意開缺回籍，但其內心並不
情願，不平之氣見於辭色，曾國藩回憶當時的情景說：「三年秋，吾進此城行
署之日，舍弟甫解浙撫任，不平見於辭色。時會者盈庭，吾直無地置面目。」
〔註64〕曾國荃畢竟不是恬淡之人，而是熱衷功名的利祿之人，追隨曾國荃多
年的趙烈文對此有深刻的認識，同治三年七月初十日記載：

> 傍晚至中丞處久談。中丞歸志頗切，自言非疆吏才，局量褊淺
> 而急躁，太無學問，又各事務規模條例，絕不當行。余云：「量未嘗
> 不宏，但過急則有之；至事務之規例，其小焉者不足經意。公爲國
> 名臣，豈有樂志林泉之理，所願遇事益求詳慎，自無悔吝矣。」中
> 丞改容納之。〔註65〕

曾國荃迫於各種壓力和曾國藩的開導，很不情願地申請開缺，內心卻是憤憤不
平，肝火過旺，一度病倒。所以曾國藩在組詩的最後一首就告訴曾國荃養生之
法：「童稊溫溫無險巇，酒人浩浩少猜疑。與君同講長生訣，且學嬰兒中酒時。」
曾國藩說師法童稊之無欲無求，效法醉酒之人難得糊塗，知足常樂，恬淡爲懷，
才是養生長壽之術的根本所在。曾國藩在家書中也屢次以此意開導曾國荃，如
同治三年八月初二日《致沅弟》曰：「弟肝氣尚旺，遇有不稱意之端必加惱怒，
不知近日如何懊悶？」〔註66〕八月十四日《致沅弟》：沅弟濕毒與肝鬱二者總未
痊癒。濕毒因太勞之故，肝疾則沅弟心太高之故。立此大功，成此大名而猶懷
鬱鬱，天下何一乃快意之事？何年乃是快意之時哉？〔註67〕

曾國藩《沅圃弟四十一初度》是至情至性之作，以至於曾國荃拜讀之後，
痛哭流涕，可以說這首詩在情感的感發方面是成功的。在慶壽詩被阿諛奉迎
的虛僞感情充斥的晚清，此種情眞意切的訓誡之作是不多見的。

〔註64〕〔清〕趙烈文《能靜居日記》，第1110頁。
〔註65〕〔清〕趙烈文《能靜居日記》，第812頁。
〔註66〕〔清〕曾國藩《曾國藩全集》，第21冊，《家書之二》，第318頁。
〔註67〕〔清〕曾國藩《曾國藩全集》，第21冊，《家書之二》，第322頁。

第八章 古代文學史教學方法專題研究

第一節 淺談古典詩歌的鍊字藝術

接觸古典詩歌，我們會發現有一類詩句，諸如杜甫的「為人性僻耽佳句，語不驚人死不休」、盧延讓的「吟安一個字，撚斷數莖鬚」、杜荀鶴的「生應無輟日，死是不吟時」等，都是關於語句字詞的揣摩，這也就是古典詩歌創作中一種常見的現象，即後人所說的鍊字。

古人在寫詩過程中常常傾注頗多心力在幾個甚至一兩個字上，正是這幾個或一兩個字讓全詩意境飛出，情感表達更為徹底，也使詩歌有了一種言有盡而意無窮的藝術效果，對此妙處有過相關闡釋的如王國維《人間詞話》：「『紅杏枝頭春意鬧』，著一『鬧』字而境界全出。『雲破月來花弄影』，著一『弄』字而境界全出矣」。「鬧」與「弄」帶來的意趣正是前人鍊字的結果。

鍊字常能把詩歌寫活，所以歷來詩人們非常講究字句的錘鍊。元代詩人楊仲弘曾說：「詩要鍊字，字者眼也」，宋人胡仔在《苕溪漁隱叢話》中對鍊字之妙也早有議論：

> 詩以一字為工，自然穎異不凡，如靈丹一粒，點石成金也。浩然曰：「微雲淡河漢，疏雨滴梧桐。」上句之工在一「淡」字，下句之工在一「滴」字。若非此二句，亦烏得而為佳句哉？如《六一詩話》云：陳舍人從易偶得《杜集》舊本，文多脫落，至《送蔡都尉》

云「身輕一鳥」，其下脫一字。陳公因與數客論，各以一字補之，或
云疾，或云落，或云起，或云下，或云度，莫能定。其後得一善本，
乃是「身輕一鳥過」，公歎服。余謂陳公所補數字不工，而老杜一「過」
字工也。（卷九）

這段話很好地為我們展示了古人鍊字的藝術以及對字句錘鍊所下的工夫，也
正是這種不讓詩句落入俗套的追求，才有了「暝色赴春愁，無人覺來往」等
傳世佳句。

關於鍊字，還需明確鍊字與詩眼的區別。前者傾向於推敲錘鍊字句，
而後者在於能高度揭示詩歌主題，不過歷來文人常常將兩者合而為一，詩
眼往往也就是鍊字的結果。關於鍊字的藝術，在很多詩歌論著中都有過闡
述，下面我們以杜甫詩歌為主，就鍊字的位置以及所煉之字的詞性來進行
下簡單的探討。

一、所煉之字的位置

所煉之字在詩句中的位置並不是固定的，很多詩歌中鍊字所放之處，時有變
化，正如楊載在《詩法家數》中說：「句中要有字眼，或腰或膝或足，無一定之
處。」脫俗巧妙之字在不同的位置卻都能讓詩句或活靈活現或深刻逼真，毫不影
響詩意的絕妙傳遞。孫奕《示兒編》說：「詩人嘲弄萬象，每句必須鍊字，子美
工巧尤多。」他以所煉之字的位置對杜詩進行了一個簡單的歸納。首先，他說：

如《春日江村》詩云：「過懶從衣結，頻遊任履穿。」又云：「經
心石鏡月，到面雪山風。」《陪王使君晦日泛江》云：「稍知花改岸，
始驗鳥隨舟。」《漫興》云：「糝徑楊花鋪白氈，點溪荷葉疊青錢。」
皆練得句首字好。（卷十）

這裡是為我們介紹杜詩中首字寫得比較好的三處，其中特別是「經心石鏡月，
到面雪山風」中的「經」與「到」字寫得非常傳神靈動。接下來孫奕又說：

《北風》云：「爽攜卑濕地，聲拔洞庭湖。」《壯遊》云：「氣
劘屈賈壘，目短曹劉牆。」《泛西湖》云：「政化蕁絲熟，刀鳴鱠縷
飛。」《早春》云：「紅入桃花嫩，青歸柳葉新。」《秋日夔府詠懷》
云：「峽束滄江起，岩排石樹圓。」《建都十二韻》云：「風斷青蒲節，
霜埋翠竹根。」《柴門》云：「足了垂白年，敢居高士差。」皆練得
第二字好也。（卷十）

杜詩中比比皆是的妙句，是他精於錘鍊的結果。這段又舉了杜詩中第二字煉得好的，像「紅入桃花嫩，青歸柳葉新」中的「入」與「歸」歷來爲人所稱道，元代詩人楊仲弘曾說：「『紅入桃花嫩，青歸柳葉新』，煉第二字；非煉『歸』『入』字，則是學堂對偶矣。」確也如此，萬物復蘇的春天到了，一些些的紅色在悄悄鋪染嬌嫩欲滴的桃花，池邊的柳條慢慢吐出青翠的新芽。詩句將顏色的變化用動態來呈現，巧妙絕倫，爲我們描繪了一幅生機靈動的春景圖。

在《示兒編》中，孫奕還介紹了杜詩中腰字（中間一字）和尾字寫得好的，腰字如「遠鷗浮水靜，輕燕受風斜」，尾字如「江碧鳥逾白，山青花欲然」，讓人讀之便能在腦海中勾勒出如圖畫般曼妙的場景。

上面已經說過鍊字不只是煉一兩個字，有時是幾個字，有時甚至是全句，孫奕同樣找出了一些杜詩中煉得非常好的五、七言全句。他說：

> 至於「綠垂風折筍，紅綻雨肥梅」，「雪嶺界天白，錦城曛日黃」，「破柑霜落爪，嘗稻雪翻匙」，「霧交才灑地，風逆旋隨雲」，「檢書燒燭短，看劍引杯長」，「紫崖奔處黑，白鳥去邊明」，皆練得五言全句好也。「無邊落木蕭蕭下，不盡長江滾滾來」，「旁見北斗向江低，仰看明星當空大」，「返照入江翻石壁，歸雲擁樹失山村」，「影遭碧水潛勾引，風妒紅花卻倒吹」，皆練得七言全句好也。（卷十）

「綠垂風折筍，紅綻雨肥梅」兩句，出自杜甫《陪鄭廣文遊何將軍山林十首》，這兩句採用倒裝句法，沐浴過春風春雨的嫩竹、肥梅形神畢現，如在目前。新出的嫩竹經不住春風的吹拂，低垂著腦袋，翠綠的模樣甚是可愛；春雨滋潤過的梅子在慢慢變紅，飽滿得像是快要綻開了。這兩句詩即是杜詩中全句鍊字的佳例。

二、所煉之字的詞性

鍊字非易事，江順治在《續詞品》說：「千鈞之重，一發繫之；萬人之眾，一將馭之。句有長短，韻無參差。一字未穩，全篇皆疵」。那麼所煉之字的詞性有無特殊之處，讓創作與鑑賞有跡可循呢？有些學者認爲古詩鍊字之妙皆在動詞，只有動詞才能讓詩句精練傳神，事實卻不盡然。當然，不可否認的是動詞在歷來詩人所煉之字中確實佔有很大比重。

（一）動詞

動詞在鍊字藝術中較爲常見，寫的非常好的也很多，最爲人所熟知的莫

過於「推敲」的故事，這是一個關於苦吟，關於鍊字，更是關於錘鍊動詞的故事。其他的如李白「曉戰隨金鼓，宵眠抱玉鞍」中的「隨」和「抱」，杜甫「感時花濺淚，恨別鳥驚心」中的「濺」和「驚」，都是傳誦至今的錘鍊動詞的佳句。楊仲弘說杜甫「暝色赴春愁，無人覺來往」兩句詩：「非煉『覺』『赴』字，便是俗詩，有何意味耶？」也有前人說：「暝色赴春愁。下得赴字最好，若下起字，便是小兒語也。無人覺來往。下得覺字大好。足見吟詩，要一兩字工夫。』觀此，則知余之所論，非鑿空而言也。」

還有如杜甫的「輕燕受風斜」和「細雨魚兒出，微風燕子斜」，其中「受」、「斜」、「出」三個動詞頗為精練傳神，描寫雨細魚歡，燕子迎風斜舞的場景，曼妙自然，生動貼切。因為鍊字之於動詞在古典詩歌中較為常見，這裡就不再贅述。

（二）虛詞

虛詞是沒有詞匯意義的，能把虛詞寫活，需要很深的文學功底，而杜甫卻能運用自如。宋代范晞文《對窗夜雨》卷二：

> 虛活字極難下，虛死字尤不易。蓋雖是死字，欲使之活，此所以為難。老杜「古牆猶竹色，虛閣自松聲」。及「江山有巴蜀，棟宇自齊梁」，人到於今誦之。予近讀其《瞿塘兩崖》詩云：「入天猶石色，穿水忽雲根」，猶、忽二字如浮雲著風，閃爍無定，誰能跡其妙處。他如「江山且相見，戎馬未安居」，「故國猶兵馬，他鄉亦鼓聲」，「地偏初衣裕，山擁更登危」，「詩書遂牆壁，奴僕且旌旄」，皆用力於一字。

這裡的「皆用力於一字」，指的是每句中的虛字，寫得都非常之好。從上面范晞文的話中，我們還能發現，杜甫詩歌中的虛詞「猶」字似乎用得頻率較高，其實杜詩中的「猶」字有多種意義。

第一種，相當於文言的「亦」，白話「的」。如：《詠懷五百字》：「撫跡猶酸辛，平人固騷屑」，《新安吏》：「白水暮東流，青山猶哭聲」以及《潼關吏》：「應急河陽役，猶得備晨炊」。

第二種，時間副詞，已、已經。如《客亭》：「秋窗猶曙色，落木更天風」和《北征》：「微爾人盡非，於今國猶活」。

第三種，範圍副詞，只、獨之意。如《得舍弟消息》：「猶有淚成河，經天復東注」。僅僅通過這些詩句中的「猶」字，我們也可見老杜用字藝術之深厚。另，杜甫的《蜀相》「映階碧草自春色，隔葉黃鸝空好音」也有兩個字寫

得非常之妙，即「自」與「空」。清人仇兆鰲的《杜詩詳注》中的評語說：「草自春色，鳥空好音，此寫祠廟荒涼，而感物思人之意，即在言外。」

（三）名詞

古代詩歌中很少有人關注名詞，被忽視卻不代表不存在，沒有價值。古典詩歌中名詞煉得好的諸如司空曙《喜外弟盧綸見宿》：「雨中黃葉樹，燈下白頭人。」

對此句的鍊字之妙處，很多古代學者都曾有過探討，如范晞文《對窗夜雨》卷四：

> 詩人發興造語，往往不約而合。如「雨中山果落，燈下草蟲鳴」。王維也。「樹初黃葉日，人欲白頭時」。樂天也。司空曙有云：「雨中黃葉樹，燈下白頭人」。句法王而意參白，然詩家不以爲襲也。

清代田雯《古懷堂集》卷十八：

> 韋蘇州曰：「窗裏人將老，門前樹已秋」。白樂天曰：「樹初黃葉日，人欲白頭時」。司空曙曰：「雨中黃葉樹，燈下白頭人」。三詩同一機杼，司空爲優，善狀目前之景，無限淒感，見於言表。余所見與茂秦不同。司空意盡，不如樂天有餘味。「初」字「欲」字妙，有含蓄。老淚暗流，情景難堪，更深一層。

以上舉韋應物和白居易兩家與司詩同品鍊字之高下。筆者以爲數家之句，仍以司空爲優。「雨中黃葉樹」，妙在一「雨」字，「雨」增淒清之感；「燈下白頭人」，妙在「燈」字，「燈」現寒素讀書之風。且昏黃搖曳之狀，與「黃」字呼應。此其一也。秋雨乃有聲之物，暗夜則無聲之場，以動寫靜，愈見孤寂之感。此其二也。雨籠秋樹，燈困白頭，沉悶壓抑之情，揮之難去，不思又來。此其三也。

再看杜甫《中宵》「飛星過水白，落月動沙虛」兩句，也有前人關於這兩句的不同評價，譚元春認爲「白」字妙，王嗣奭認爲：「只『水』字妙。星飛於天，而夜從閣上視，忽見白影一道從水過，轉盼即失之矣。公即寫入詩，眞射雕手。『落月動沙虛』亦然。沙本白，而落月斜光，從閣上望，影搖沙動。靜則實，而動則虛，此如以鏡取影者。」

這裡筆者認爲「落月動沙虛」，是上弦月景象。上弦月上半夜升起，下半夜落下，月落沙暗，乃虛字之意。說明杜甫下半夜尚未入眠，愁思之深，可以想見。另「飛星過水白」，乃瞬間之景。「落月動沙虛」，乃久立之象。

（四）形容詞

古典詩歌中，形容詞的錘鍊有時也能達到妙筆生花的效果，杜詩諸如「青惜峰巒過，黃知桔柚來」、「碧知湖外草，紅見海東雲」、「翠幹危棧竹，紅膩小湖蓮」以及「林花著雨燕脂濕，水荇牽風翠帶長」等詩句中形容詞用的都非常好，他用一雙善於捕捉世間萬物的慧眼觀察著周圍世界。針對「林花著雨燕脂濕，水荇牽風翠帶長」中的「濕」字，北宋學者王彥輔說：

> 此詩題於院壁，『濕』字爲蝸涎所蝕。蘇長公、黃山谷、秦少游偕僧佛印，因見缺字，各拈一字補之：蘇云『潤』，黃云『老』，秦云『嫩』，佛印云『落』。覓集驗之，乃『濕』字也，出於自然。而四人遂分生老病苦之說。詩言志，信矣。（仇兆鰲《杜少陵集詳注》卷六《曲江對雨》注引）

從仇兆鰲的這一段注引，可以看出杜子美用「濕」這個字時，定然是下過一番工夫。「濕」字以自然取勝，林中花兒被春雨沾濕，豔麗之色，像被胭脂染過一般，姿態宛然俏麗。也有選本作「落」，然咀嚼再三，也不如「濕」字自然生動之妙。

其他的如柳宗元《漁翁》「欸乃一聲山水綠」中的「綠」字，韓愈說「六字尋常一字奇」，和王安石《泊船瓜洲》「春風又綠江南岸」中的「綠」有異曲同工之妙，具有形神兼勝之美，兩者皆爲後人津津樂道。

三、結語

由上述種種，古人寫詩注重鍊字的精神可見一斑。這些所鍊之字生動傳神，或表情或造境，詩人的情感因此表達更爲徹底，讀者亦能從中涵詠出興味。需要注意的是，鍊字是爲了讓詩意表達更加符合詩人所願，在創作詩歌時切忌不能進入死胡同。刻意追求新奇，不僅不會妙筆生花，反而會適得其反，使詩歌顯得晦澀難懂，詩之旨詩之趣遠矣。

第二節　中國古代文學史教學中的功力與性情

中國古代文學史教學要兼顧功力與性情兩個方面，功力保證教學過程中傳授知識的準確性和廣博性，性情則既避免了教學過程的枯燥乏味，又從情感培育的角度薰陶學生，有助於實現知識傳授和人格培養的雙重教育目的。本文舉述了民國以來，中國古代文學史教學的成功案例，如黃侃、胡小石、

顧隨、程千帆、管雄等學者的文學教育，這些學者都是功力和性情兼備的大師級名師，他們教學的風姿是現代教育史上一道亮麗的風景，也是親炙者廣爲稱頌的典範教師。這些學者的學術功力和教學性情，對於當下的中國古代文學史教學而言，是寶貴的精神遺產，值得繼承與發揚。

一、緣起

　　2018 年 9 月 20 日，筆者參加了貴州大學文學與傳媒學院漢語言文學專業接收外專業轉入本科生面試，當一位本科生被問到是什麼樣的機緣促使她決定轉入漢語言文學專業時，她說某一天她經過一間教室，教室裏面傳出吟誦古典詩詞的聲音，這個聲音感動了她，讓她陶醉，從那一刻起，她堅定了轉專業的決心。作爲一名長期從事文學教育的教師，這位學生的講述在給予我觸動的同時，也引發了我的沉思。

　　我在思考文學教育的課堂應該是什麼樣的，或者說我們的文學教育與文學的距離是變遠了還是變近了？文學教育有其特殊性，是知識的傳授，又不能是單調的知識灌輸；是方法的訓練，又不能流於奇技淫巧；是文化的傳承，又不是照搬照抄；是情感的綺靡，又不是煽情濫情。中國古代文學史教學的難度較之一般文學文學教育而言更大，畢竟古代文學與我們隔著久遠的時間，畢竟古人的語言形態、思維方式、情感模式等都與我們有著巨大的差異，將古代文學這條奔流了幾千年的河流導入當下的文學課堂，既需要深厚的文學功力，也需要充沛的文學性情。正如章學誠《文史通義‧博約中》所言：

> 　　學與功力實相似而不同。學不可以驟幾，人當致攻乎功力則可耳，指功力以謂學，是猶指秫黍以謂酒也。夫學有天性焉，讀書服古之中，有入識最初而終身不可變易者是也。學又有至情焉，讀書服古之中，有欣慨會心而忽焉不知歌泣何從者是也。功力有餘而性情不足，未可謂學問也；性情自有而不以功力深之，所謂有美質而未學者也。〔註 1〕

對於一位學者型教師而言，功力和性情缺一不可。沒有性情的功力，就好像封閉的書櫃，散發出的是黴變的酸腐之氣；缺少功力的性情，宛如醉酒的兒童，流露出的是非理性的癲狂。鑒於中國文學史教學中功力和性情的比例失調和輕重失衡，筆者撰寫此文，縷述前賢中國文學史教學的成功案例，以之爲當下之借鏡。

〔註 1〕章學誠《文史通義》，上海書店出版社 1988 年版，第 47 頁。

二、雖有聰明之資，必須做遲鈍工夫

1988 年，北京大學中文系著名學者袁行霈教授應邀出席北大青年教師培訓班開班典禮，發表了題爲《北大學者應有的風度和氣象》的講話，在講話中，袁行霈回憶了老輩學者教學的深厚功力和敬業精神，他說：

> 我上過王力先生的漢語史這門課，我注意到他的講稿是每個字都寫得端端正正的。我還上過李賦寧先生的西方文學史這門課。我注意到他是怎樣在圖書館埋頭備課。當然，講課不一定要念講稿，但要充分準備，態度認眞。大到體系、觀點，小到一些細節，都應該考慮周到，不是自己講痛快就行了，要對學生負責。我們當了多年老師的人都怕誤人子弟，心常懷警惕。即使小心謹慎，還是難免出錯，一旦知道了自己的錯誤就趕快改正，這不要緊。千萬不能領錯了路，把學生領到邪路上去，那就是誤人子弟。〔註 2〕

王力和李賦寧是袁行霈心目中的典範教師，當然也是典範學者。這個道理很簡單，因爲一位優秀的教師首先必須是一位優秀的學者，以孔子爲例，學不厭始終被擺在教不倦之前，學不厭是教不倦的基礎，沒有學不厭的學術積澱，教不倦又從何談起呢？優秀學者的養成，深厚學術功力的培植，雖然離不開先天的資質，但是後天孜孜不倦的爲學工夫則更爲重要。誠如朱熹《總論爲學之方》所言：

> 大抵爲學，雖有聰明之資，必須做遲鈍工夫，始得。既是遲鈍之資，卻做聰明底樣工夫，如何得！〔註 3〕

當代學術史上，不乏資質平常但成就巨大的學者，比如史學大家嚴耕望。嚴耕望本人自認爲天資不高，其師錢穆也承認這一點，不過錢穆勉勵嚴耕望說後天的氣魄和精神意志可以彌補先天資質之不足。嚴耕望在《錢穆賓四先生與我》一文中回憶說：

> 我覺得大本大源的通貫之學，實非常人所可做到；我總覺得天資有限，求一隅的成就，已感不易；若再奢望走第一流路線，恐怕畫虎不成反類狗！先生曰：這只關自己的氣魄及精神意志，與天資無大關係。大抵在學術上成就大的人都不是第一等天資，因爲聰明人總無毅力與傻氣。你的天資雖不高，但也不低，正可求長進！〔註 4〕

〔註 2〕 袁行霈《學問的氣象》，新世界出版社 2009 年版，第 212 頁。
〔註 3〕 黎靖德編《朱子語類》，中華書局 2007 年版，第 136 頁。
〔註 4〕 嚴耕望《怎樣學歷史—嚴耕望的治史三書》，遼寧教育出版社 2006 年版，

學術研究有賴於後天學術功力的恒常聚集，教學則是把研究的獨到之見傳授於學生，同樣需要深厚的學術功力。有此功力方能傳授正確的知識，反之，則極有可能出現錯謬，甚至誤人子弟。

　　南京大學莫礪鋒教授就曾經講述過一位美國教師誤人子弟的例子，1986年，在哈佛大學訪學的莫礪鋒旁聽了一位美國副教授開設的研究生討論課，主講的內容就是唐詩，而莫礪鋒就是研究唐宋文學的專家，對內容深感興趣，就參加了討論。這位教授當時講得是韋莊《金陵圖》，全詩是：「江雨霏霏江草齊，六朝如夢鳥空啼。無情最是臺城柳，依舊煙籠十里堤。」莫礪鋒回憶當時的情景說：

　　　　美國人很能侃，這首詩他講了一個多小時，分析來分析去。……他反覆講烏鴉怎麼樣。我當時就很納悶：這首詩跟烏鴉有什麼關係？後來我搞清楚了，原來是「江雨霏霏江草齊，六朝如夢鳥空啼」中的鳥字被他解釋為「烏鴉」。……他講完以後，看到我在旁聽，回過頭來問我：「莫教授，我講得怎麼樣？」他大概很得意。我說你講得很好，但是據我所知，這首詩裏面沒有「烏」字，是「鳥」字。他不相信，馬上回頭從書架上抽出一本《唐詩三百首》，翻給我看。果然是「六朝如夢烏空啼」，是一個臺灣出版社出版的，臺灣是繁體字，「鳥」字少了一筆就變成了「烏」字。他給我看的《唐詩三百首》裏確實是印的「烏」字，但是我說這肯定是印錯了。我當時就跟他說，這不可能是「烏」字。這是首七言絕句，又是晚唐韋莊寫的。韋莊是詞人，他更是講究平仄的。如果是「烏空啼」，則是三個平聲字連用，變成了三平調，這是律詩的大忌，晚唐人是不可能寫出三平調的。所以平聲字「烏」一定是仄聲字「鳥」。他聽得似信非信，當時就糊裏糊塗地過去了。〔註5〕

這位在課堂上講授唐詩的美國副教授連最起碼的絕句格律都不清楚，都是糊裏糊塗的，又則麼能以己之昏昏使人昭昭呢？

　　海外中國文學的研究與教學不乏此類事例，即使是聲名卓著的漢學家有時也難免在基礎性問題上犯錯，比如日本漢學泰斗級人物吉川幸次郎。吉川

第 275 頁。
〔註5〕莫礪鋒《文獻與史實：古代文學研究的方法問題》，《東方叢刊》2008 年第 2
　　　期，第 203～204 頁。

幸次郎解讀杜甫《自京赴奉先縣詠懷五百字》「聖人筐篚恩，實欲邦國活。臣如忽至理，君豈棄此物」，他說：

所謂的「至理」，是指把皇帝賞賜的東西丟掉這件事，這樣的解釋似乎是合理的。「至理」的「理」，應寫作「治」，爲避高宗李治的諱而寫作「理」。〔註6〕

這段解讀就有兩個明顯的錯誤：

第一，「至理」指的不是「皇帝把賞賜的東西丟掉這件事」，也就是說不是「君豈棄此物」，而是「實欲邦國活」。中國學者對此沒有疑問，如蕭滌非《杜甫詩選注》：「『至理』，即上句『實欲邦國活』。」〔註7〕傅庚生《杜詩散繹》對這四句詩的白話今譯爲：「天子把這些金帛之屬一筐一籠地賞賜給群臣，本意是指望他們能夠出力把國家治理得鼎盛起來，使得一般老百姓能過些好光景；倘或文武群臣忽視這些愛民活國的大道理，天子憑什麼把這些金帛白白地浪費掉呢？」〔註8〕

第二，「至理」的「理」字不存在避諱，不是「爲避高宗李治的諱而寫作理」。據陳垣《史諱舉例》第七十六《唐諱例》所考：「高宗，治改爲持，爲理，或爲化。稚改爲幼。」〔註9〕唐代確實存在吉川幸次郎所言的那種避諱處理方式，但是吉川幸次郎卻忽視了陳垣關鍵性的一句考證成果，陳垣說：「唐時諱法，制令甚寬。」〔註10〕所謂「制令甚寬」就意味著可以避諱，也可以不避諱。有些情況下必須避諱，有些情況則不需要避諱。一般來說，在涉及公文、科舉等政府行文時要避諱，在詩歌等個人性寫作時，沒有嚴格的避諱要求。因此，杜甫在此沒有必要把「至治」改寫爲「至理」。另外，如果杜甫果眞要避高宗李治的名諱，那麼杜詩中就不可能出現「治」字，凡是「治」字都必須避諱。但是事實卻並非如此，杜詩中「治」字經常出現，如《奉酬薛十二丈判官見贈》「吾聞聰明主，治國用輕刑。」《寄岳州賈司馬六丈巴嚴八使君兩閣老五十韻》「典郡終微眇，治中實棄捐。」《戲作俳諧體遣悶》「治生且耕鑿，只有不關渠。」如果吉川幸次郎熟讀杜詩就不難發現這些「治」的存在，之所以沒有發現，就是因爲對杜詩的熟悉程度還不夠，這一點，他

〔註6〕吉川幸次郎著、李寅生譯《讀杜箚記》，鳳凰出版社2011年版，第130頁。
〔註7〕蕭滌非《杜甫詩選注》，人民文學出版社1979年版，第60頁。
〔註8〕傅庚生《杜甫詩選繹》，陝西人民出版社1979年版，第128頁。
〔註9〕陳垣《史諱舉例》，中華書局2009年版，第120頁。
〔註10〕陳垣《史諱舉例》，中華書局2009年版，第119頁。

本人也不否認。吉川幸次郎《中國文學與杜甫》說：

> 杜甫的詩總共約有一千四百首，依照中國方式，注釋這些詩，先要全部背下來，達到任何一首都能答出來的地步，方可落筆。實際上，在過去的中國，恐怕就有這樣的人，但我能背出來的大概是一百首。〔註11〕

作爲一位以杜詩研究爲主要學術致力點的學者來說，僅能背誦一百首杜詩，只占杜詩總數的十四分之一，從功力方面來說，還是欠缺的太多。在中國，確實有能把一千四百餘首杜詩全部背誦下來的學者，比如康有爲。在當代學者中，馬茂元先生的記誦工夫更是令人驚歎，他能背誦一萬多首唐詩。不僅是便於記誦的詩詞，甚至枯燥泛味的古典辭書字典，也有學者背誦如流，如國學大師黃侃。吉川幸次郎《我的留學記》記載了黃侃帶給他的感動，他說：

> 首先讓我佩服的是：對《經典釋文》中《穀梁傳》的部分，我一直有幾處疑問，在北京問過好幾位先生，或沒有清楚、滿意的回答，或乾脆不理我。但我與黃侃先生見面時，一提出這問題，他立即回答說：「這是夾帶進了宋人的校語。」而且，並沒有看原書就作出了這樣的判斷。這讓我覺得很了不起。隨著話題漸漸展開和深入，我更感覺這人才是真正認真讀書的人。他可以把《廣韻》全部背下來。〔註12〕

正是因爲深厚的學術功力，再加上至情至性的學者情懷，讓黃侃成爲北京大學「當年國文系最受尊敬的名教授」〔註13〕之一。

王國維深厚的學術功力也令梁啓超欽佩，梁啓超《與清華研究院同學談話記》說：

> 教授方面，以王靜安先生最爲難得，其專精之學，在今日幾稱絕學。而其所謙稱爲未嘗研究者，亦高我十倍。我於學問未嘗有一精深研究，蓋門類過多，時間又少故也。王先生則不然。先生方面亦不少，但時間則我爲多。加以腦筋靈敏，精神忠實，方法精明，而一方面自己又極謙虛，此誠國內有數之學者。〔註14〕

〔註11〕青木正兒、吉川幸次郎等著、戴燕、賀聖遂選譯《對中國的鄉愁》，復旦大學出版社 2012 年版，第 140 頁。
〔註12〕吉川幸次郎著、錢婉約譯《我的留學記》，中華書局 2008 年版，第 73～74 頁。
〔註13〕陳平原《知識、技能與情懷（上）——新文化運動時期北大國文系的文學教育》，《北京大學學報》（哲學社會科學版）2009 年第 6 期，第 102 頁。
〔註14〕劉東、翟奎鳳選編《梁啓超文存》，江蘇人民出版社 2012 年版，第 576 頁。

梁啟超自言「於學問未嘗有一精深研究」，乃是虛懷若谷的謙虛之言，不必引以爲據。但是他稱揚王國維爲「國內有數之學者」，確實是不刊之論。王國維之博雅精深，可以敦煌寫本《秦婦吟》爲例，王國維《唐寫本韋莊〈秦婦吟〉跋》曰：

> 此詩前後殘闕，無篇題及撰人姓名，亦英倫博物館所藏，狩野博士所錄。案《北夢瑣言》：「蜀相韋莊應舉時，遇黃寇犯闕，著《秦婦吟》一篇，云『內庫燒爲錦繡灰，天街踏盡公卿骨』。」此詩中有此二語，則爲韋莊《秦婦吟》審矣。〔註15〕

這個文本首尾殘闕不全，又沒有著錄篇名和作者姓氏，當時學者包括日本學者都不知爲何物？王國維看到其中「內庫燒爲錦繡灰，天街踏盡公卿骨」兩句詩，就斷定其爲韋莊亡佚已久的詩歌名篇《秦婦吟》。其根據是，宋代孫光憲的筆記《北夢瑣言》著錄了《秦婦吟》這兩句詩。當時還沒有電子檢索的文獻查找技術，王國維全靠對《北夢瑣言》的熟稔，而且記誦下了這兩句詩，才能做出如上論斷，學術功力確實令人敬佩。之後陳寅恪撰寫了《〈秦婦吟〉校箋》，周一良撰寫了《秦婦吟本事》等，學術界對這篇詩作的研究也逐步深入，但開山導源之功自然要歸之於王國維。

三、功力有餘而性情不足，未可謂學問也

深厚的學術功力是學者型教師的立身之本，但是僅有功力而無性情，同樣還是有缺憾的，尤其是面對中國古代文學這種特殊的學科門類，性情乏味的學者無法領略中國古代文學的抒情之美。畢竟，中國古代文學有源遠流長的抒情傳統，抒情性是中國古代文學最大的特色。陳世驤《中國的抒情傳統》一文對此有深刻地剖析歸納，他說：

> 中國文學和西方文學傳統（我以史詩和戲劇表示它）並列，中國的抒情傳統馬上顯露出來。這一點，不管就文學創作或批評理論，我們都可以找到證明。人們驚異偉大的荷馬史詩和希臘悲喜劇，驚異它們造成希臘文學的首度全面怒放。其實，有一件事同樣使人驚奇，那便是，中國文學以其毫不遜色的風格自紀元前十世紀左右崛起到和希臘同時成熟止，這期間沒有任何像史詩那類東西醒目的出現在中國文壇上。不僅如此，直到二千年後，中國還是沒有戲劇可

〔註15〕王國維《觀堂集林》，河北教育出版社 2001 年版，第 632 頁。

言。中國文學的榮耀不在史詩；它的榮耀在別處，在抒情的傳統裏。

抒情傳統始於《詩經》。〔註16〕

抒情性的特質不僅體現在文學領域，在中國文學批評領域，也是如此，正如張伯偉教授在《中國文學批評的抒情性傳統》論文中所揭示的那樣。周汝昌甚至認爲，中華文化就是「情文化」。周汝昌《〈紅樓夢〉與「情文化」》曰：

> 一位僑居日本的女學士寫信告知我說，在一個日語班的課堂上，老師提到日本文化是 X 文化，韓國文化是 X 文化，都用一個詞語來代表那個文化的特色；然後問中國的學者，中國是什麼文化？沒有人能答上來。她信札中很以爲憾事。我「聽」了這段話，很感興趣，於是自己也試尋起答案來。想了很多，最後的「決定」是，如要我答，我將回信道：中華文化是「情文化」。〔註17〕

周汝昌所言中華文化之「情」，不是局限在男女愛情上，還包括親情、友情、忠君愛國之情、朋友篤厚之情，以及對植物、動物一體之仁的惻隱悲憫之情。最遲從孟子開始，儒家就已經意識到人既是道德主體，也是情感主體。受儒家文化影響深遠的中國古代文學，既要擔負懲惡揚善的道德感化，也要宣導創作者的喜怒悲歡之情。道德感化一定程度上還容易滋生說教之呆板，但是文學作品中充溢的情感脈衝，更容易引發後世讀者的心靈共振。遺憾的是，受西方模式的影響，五四以來建構的古代文學研究模式，在追求所謂客觀性、公正性、規範化的同時，也出現了重視理性分析而忽視感性認知，重視邏輯思維而忽視情感體驗的弊端。張伯偉教授《中國文學批評的抒情性傳統》對此有過警示性地分析：

> 二十世紀初，隨著西方學術的大量湧進，導致傳統學術向現代學術的轉型，文學研究也走上另外的途徑。研究小說，則注重情節、結構、人物形象、典型環境等；研究戲劇，則注重衝突、人物、布景、對白；甚至研究抒情詩，也會更加注重主題、題材、韻律、句式。從總體上看，越來越趨向於崇尚思辨，強調分析，輕視感性，忽略整體。……可以說，文學研究若拋棄了感情的因素，則必然是隔膜的，因而也必然是不圓滿的。現代學者的研究態度有時如同法官斷案，冰冷而嚴格，他們往往熱衷於對文學作「科學的」研究，

〔註16〕陳世驤《陳世驤文存》，志文出版社 1975 年版，第 31～32 頁。

〔註17〕周汝昌《〈紅樓夢〉與「情文化」》，《紅樓夢學刊》1993 年第 1 期，第 67 頁。

採用統計學、歷史學、社會學、生物學甚至數學的方式，以求得文
學研究的客觀和確定。〔註18〕

如果說作為學術研究的文學探討尚且可以適度容忍情感體驗的缺席的話，那
麼文學教育無論如何都不應該把情感拋擲在課堂之外。因為文學作品不是塵
封已久的僵死文本，而是承載著古人歌哭悲喜的船舶，順著歷史的河流緩緩
駛來。如果把文學課堂比作宏大的舞臺，學生是觀眾，教師是演員，文學作
品是舞臺的劇本。比如把《牡丹亭》搬上舞臺，無論你費多少唇舌分析愛情
的偉大，都抵不上杜麗娘「原來姹紫嫣紅開遍」一句唱腔。因為後者的感情
可以感動觀眾，而前者因過於理性而消解了作品的魅力，這或許就是章學誠
所言「功力有餘而性情不足，未可謂學問也」的原因吧，獨坐書齋的學問尚
且不能如此，更何況面對學生的文學教育呢？

　　縱觀民國以來的文學教育，稱得上是大師級的學者，他帶給學生的震
撼絕對不僅僅是功力深厚的學術著作，必然還有性情洋溢的課堂風姿。比
如程千帆心目中的胡小石，程千帆《兩點論——古代文學研究方法漫談》
回憶說：

　　　　記得我讀書的時候，有一天到胡小石先生家去，胡先生正在讀
　　唐詩，讀的是柳宗元《酬曹侍御過象縣見寄》：「破額山前碧玉流，
　　騷人遙駐木蘭舟。春風無限瀟湘意，欲采蘋花不自由。」講著講著，
　　拿著書唱起來，念了一遍又一遍，總有五六遍，把書一摔，說，你
　　們走吧，我什麼都告訴你們了。我印象非常深。胡小石先生晚年在
　　南大教《唐人七絕詩論》，他為什麼講得那麼好，就是用自己的心靈
　　去感觸唐人的心，心與心相通，是一種精神上的交流，而不是《通
　　典》多少卷，《資治通鑑》多少卷這樣冷冰冰的材料所可能記錄的感
　　受。我到現在還記得當時胡先生的那份心情、態度，就是在這樣的
　　情況下，我學到了以前學不到的東西。我現在還記得當時胡先生的
　　那份心情、態度，就是在這樣的情況下，我學到了以前學不到的東
　　西。我希望頭一點告訴你們的，就是形象思維和邏輯思維並重，對
　　古代文學的作品理解要用心靈的火花去撞擊古人，而不是純粹地運
　　用邏輯思維。〔註19〕

〔註18〕張伯偉《中國文學批評的抒情性傳統》，《文學評論》2009年第1期，第23頁。
〔註19〕程千帆《桑榆憶往》，上海古籍出版社2000年版，第210～211頁。

在南京大學，胡小石留給程千帆最爲深刻的唐詩教學記憶就是對柳宗元詩歌的吟誦，時隔多年之後，程千帆可能早已遺忘了當年胡小石講授的具體內容，但是那一連串聲音卻一直縈繞心間。曾經就讀於北京大學中文系的張中行，也有類似的記憶，他在《負暄瑣話》中回憶黃節授課的情景：

> 黃先生的課，我聽過兩年，先是講顧亭林詩，後是講《詩經》。他雖然比較年高，卻總是站得筆直地講。講顧亭林詩是剛剛「九一八」之後，他常常是講完字面意思之後，用一些話闡明顧亭林的感憤和用心，也就是亡國之痛和憂民之心。清楚記得的是講《海上》四首七律的第二首，其中第二聯「名王白馬江東去，故國降幡海上來」，他一面念一面慨歎，彷彿要陪著顧亭林也痛哭流涕。我們自然都領會，他口中是說明朝，心中是想現在，所以都爲他的悲憤而深深感動。[註20]

黃節沒有過多地闡述顧炎武詩歌的藝術技巧，單單是那「一面念一面慨歎」的眞情流露，就足以感染學生，激發起學生的愛國激情。這需要的不僅是學術功力，更是學者性情。

相反，那些被公認爲博學的學者，如果在文學教育中不注重性情的浸潤，就會嚴重影響課堂教學效果，乃至引起學生的反感。周作人就是其中一例，他在《知堂回想錄》中所：

> 平心而論，我在北大的確可以算是一個不受歡迎的人，在各方面看來都是如此，所開的功課都是勉強算數的，在某系中只可算得是幫閒罷了。[註21]

對於周作人的文學課堂情景，親炙者也有回憶，楊亮功《早期三十年的教學生活》說：

> 周作人先生教的是歐洲文學史，周所編的講義既枯燥無味，聽講課來又不善言辭。正如拜倫所描寫的泊桑（Porson）教授：「他講起來希臘文，活像個斯巴達的醉鬼，吞吞吐吐，且說且噎。」因爲我們並不重視此學科，所以不打算趕他。[註22]

周作人課堂的乏味雖然與其不善言辭的語言表達障礙有關，但是我認爲這不

〔註20〕張中行《負暄瑣話》，黑龍江人民出版社 1986 年版，第 7～8 頁。
〔註21〕周作人《知堂回想錄》，河北教育出版社 2002 年版，第 468 頁。
〔註22〕楊亮功《早期三十年的教學生活》，傳記文學出版社 1980 年版，第 21 頁。

是最主要的原因，周作人性情的寡淡或許才是問題的癥結所在。我們不能簡單地把性情等同於口才，口才好未必性情佳，口若懸河也有可能導致濫情和浮誇，而吉人辭寡的前輩學者往往也是文學課堂難得的別致風景，比如南京大學的管雄教授。其弟子張伯偉教授《繞溪師的「藏」與「默」》回憶當年問業情景曰：

> 先師不僅惜墨如金，而且也惜「言」如金，他的話總是不多的。讀碩士階段，每週一次師徒對坐兩小時。每次去時，繞溪師就已經坐在那裡。我進去後，師母總是再端一杯茶給我，然後把門掩上。我雖然比較喜歡講話，但在老師面前總應該少講，因而常常是默默地相對無言。先師如老僧入定，沉默無語乃本色當行。〔註23〕

沉默不語或者寡言少語也未必不是好的教學方法，反而是孔子「不憤不啟，不悱不發」教學之道的傳承，這種啟發式教學方法可以調動學生的主觀能動性，讓學生從被動接受知識轉變為主動尋求答案，張伯偉教授就是管雄教授緘默教學之道的獲益者，他說：

> 一次，我問何以從明代開始鍾嶸《詩品》大受歡迎？先師答曰：「與評點有關。」我想瞭解得更詳細一些，乃以目詢之，但繞溪師已眼簾微垂，作「予欲無言」狀了。後來，自己讀書漸廣，對於《詩品》與評點的關係有所了悟，更加欽佩先師的提示堪稱要言不煩。也就是在這樣的鍛鍊下，逐步養成了我凡事多自己鑽研的習慣。〔註24〕

管雄教授對《詩品》在明代的接受與傳播極端熟稔，故能一語中的，這是學術功力的呈現，「與評點有關」五字則是緘默寡言的性情使然，功力與性情交映生輝，成就了現代學術史上的一段佳話。

四、結語

　　中國古代文學史的教育面臨很多困境，從目前學術界的情況來看，存在著重視科研而輕視教學的問題，很多學者片面地認為只有藏之名山的論文和專著才能傳之後世，教學只是一場華麗而易散的演出，文字的壽命比金石還長久，聲音則會隨著下課的鈴聲而中止。殊不知，課堂上教師的一個聲音，一個手勢，一個轉身都有可能留給學生美好的記憶。學生對文學的興趣，對

〔註23〕 張伯偉《讀南大中文系的人》，南京大學出版社 2014 年版，第 6 頁。
〔註24〕 張伯偉《讀南大中文系的人》，南京大學出版社 2014 年版，第 6 頁。

文學知識的掌握，對文學研究方法的研習，需要研讀教師的科研論著，也需要課堂教育的體知。中國文學史的教學又有其特殊性，深厚的學術功力是基礎，但是基礎不是唯一，性情同樣是這門課程的必備修為，前輩大師級學者的成功案例已經證明了這個規律的合理性。

後　記

　　這本書題為《中國古代文學傳習錄》，主要基於以下考慮，我近年來讀書治學的主要方向是中國古代文學，結集在這本書的內容都是在求學過程中老師傳授，個人習得的一點感悟而已。另外，作為中國古代文學專業的教師，傳道受業也是分內之事。倒不是妄希聖賢「傳不習乎」之訓，更不敢僭越陽明先生之《傳習錄》。

　　我系統專業地學習中國古代文學始於 2006 年，時年考入南京大學攻讀碩士學位，導師為曹虹教授。至 2011 年博士畢業，五年之中，曹老師給予我悉心指導，舉凡讀書治學之法、論文撰述之方乃至語言修辭之微，無不縷述之而屢教之。期間又得學術大家卞孝萱先生提攜，獲得張伯偉教授、許結教授、武秀成教授、徐雁平教授、張宗友教授指導，且與諸位同門得切劘學術之樂，與林日波、王思豪、吳海、趙庶洋等學友商量進益，故此南大五年愉快而充實，學術志向愈加堅定，學術研究之路亦由此啟程。

　　2011 年入職貴州大學中文系，先後擔任《元明清文學史》《紅樓夢研究》等課程的主講教師，指導中國古代文學、中國古典文獻學專業碩士研究生，教學相長，收在此書中的一些文章即是教學所感所得。

　　步入學術界之後，又得諸多學術機構和學術組織前輩師友之幫助，如貴陽孔學堂徐圻主任、周之江副主任、肖立斌部長，華東師範大學胡曉明教授，中山大學張海鷗教授，南京師範大學鍾振振教授，北京曹雪芹研究會胡德平會長、樊志斌研究員、胡鵬研究員，孔子研究院路則權部長，孟子研究院趙永和書記、殷延祿院長，在此一併向諸位致以誠摯感謝。

　　最後，感謝花木蘭文化事業有限公司的大力支持，這本小書才得以面世。

　　本書只是近年來個人學術習作之匯集，略記學術蹤跡而已，膚淺疏漏，在所難免，祈望讀者諒察焉。